第六卷

文学创作问题六章

童庆炳 著

童庆炳文集

北京师范大学出版集团
BEIJING NORMAL UNIVERSITY PUBLISHING GROUP
北京师范大学出版社

本卷说明

本卷主要收录作者近些年来公开面世的论文，亦有作者先前著作中的部分章节。卷名《文学创作问题六章》由作者生前所定，但所论内容并不限于创作。

其中“创作论”和“鉴赏论”分别开掘文学创作和文学鉴赏中的理论问题；“大众文化论”既有理论层面的概括，也有面向具体文化产品的剖析；“文学‘终结’论”是与美国学者希利斯·米勒的商榷及其延伸性思考；“文学经典建构论”则在解构经典的文化语境中论证了建构文学经典的要素、文学经典化的途径；“语文建设论”直指目前中小学语文教育中所存在的问题，既有哲学层面的思考，也有对症下药的良方。

代前言
——我的新时期文学理论研究之旅

1936年12月，我出生于福建省连城县莒溪村。1952年毕业于连城一中初中部。1955年毕业于福建龙岩师范学校。1958年提前一年毕业于北京师范大学中文系本科，留校任教。现为北京师范大学资深教授，文学院教授委员会主席，文艺学博士生导师，国家级重点学科北师大文艺学学科点学术带头人，教育部文科基地北师大文艺学研究中心学术顾问。

自1958年大学毕业留校任教，即分配到北京师范大学中文系文艺理论教研室，师从黄药眠教授。经黄药眠先生精心指导，逐渐形成自己的文学理论研究路数。1963年纪念曹雪芹逝世200周年，我在《北京师范大学学报》发表的长篇论文《高鹗续红楼梦的功过》，是我发表的第一篇正式的论文。这篇受到好评并被收入《红学三十论文选编》等多种集子的论文，激发了我的学术研究的自信心，但同时也令我列入“走白专道路”的名单中，而遭受到政治整肃。1963～1965年在越南河内师范大学中文系任教期间，我讲授过中国古代文学发展史及作品选读、古代汉语、写作等课程。我在每周讲授24节课的情况下，利用一切时间，编写了《中国古代文学发展简史》，在炮火连天的河内油印出版，还注释了几十万字的中国古代文学作品。1967～1970年在阿尔巴尼亚地拉那任教期间，除讲授“中国文学”课程外，我用大量的闲暇时间研读“十三经”、“二十四史”、《资治通鉴》和中外名家的大量作品。仅巴尔扎克的长篇小说我就阅读了二十多部。这为我日后的研究打下了比较坚实的基础。我是幸运的。当我的同事下乡“四清”之时，我在炎热的河内静静地读书备课；当我的同事不得不为“文化大革命”“文攻武卫”浪费时间之际，我则在地拉那宁静的城市里研读中外各类书籍。从1958～1976年，这可以说是我学术研究的一个准备时期。

出于对长期以来的文论的政治化和哲学化的不满，我开始了“审美诗学”的建构。“审美”文学的特征，这是我新时期最初的理论观点，许多文学理论问题都要在“审美”的视野下加以具体的解释。

1978年进入新时期以后，整个国家处在一种社会转型中，如何建立中国自己的新的形态的文艺学的课题被现实生活鲜明地提出来了。我的文艺学的教学和研究也随之开始新的阶段。我和文艺学界的同行们此时面对的主要问题是如何清理统治中国长达几十年的苏联教条主义文艺理论的僵化模式，以及在苏联模式基础上发展起来的更为教条化机械化的东西。从新中国成立初直到“文化大革命”结束的二十多年的时间里，中国的文艺学始终受到苏联20世纪50年代极“左”的文艺学的深刻影响。苏联50年代的文论基本上是20年代“拉普”派的庸俗社会学和机械论文论的翻版。把一切文学问题政治化和哲学化是其突出的特点。苏联文论的核心是“社会主义现实主义创作方法”，这个理论一半是政治，另一半才是文学，而“创作方法”则是少数人拼凑出来的概念，并非创作实践的总结。在“苏共”十九大上，苏共中央书记马林科夫竟然荒谬地在政治报告中大谈特谈文学典型问题，认为典型问题是“党性在现实主义艺术中表现的基本范围”，“典型问题任何时候都是政治问题”。50年代初、中期，正是中国文艺学的起步时期，但在“全面学习苏联”口号的指导下，我们在苏联文艺学面前完全失去起码的创造精神，亦步亦趋地跟在苏联文论后面。更为严重的是在60年代初和“文化大革命”时期，中国变本加厉地把一切文学问题政治化，把“写真实论”“题材广阔论”“中间人物论”“人道主义论”等，都当作“修正主义”加以批判，连文艺学的一般常识也被完全堵塞。由此可知，新时期开始，文艺学学术研究的起步是十分艰难的。

在这种历史语境中，我清醒地认识到在文学问题上僵硬的政治化和大而化之的哲学化，是阻碍中国文艺学发展的最重要的问题，而如何突破此前的“反映论”的单一的视角，寻找到文学自身的特征是当务之急。这一时期我的研究主要就围绕这个问题展开。我加入了有关文学创作的“形象思维”的讨论，发表了《略论形象思维的基本特征》《再论形象思维的基本特征》和《评当前文学批评中的“席勒化”倾向》三篇论文，力图摆脱文学研究中的政治化、哲学化模式，揭示文学自身的特征。但是在此期间我最重要的研究成果是向俄国大批评家别林斯基发起“挑战”，发表了受到当时文论界广泛重视的《关于文学特征问题的思考》一文(发表于《北京师范大学学报》1981年第6期，1982年中国社科院编写的《文学年鉴》详细介绍，并选入《中国新文艺大系·理论一集》)。这篇论文怀疑苏联和我国50年代到80年代流行的“文学形象特征论”的正确性。这种理论认为：文学与科学的不同不在内容，而在形式。科学家用逻辑说话，文学家则用形象和图画说话，可它们说的是同一件事，所以文学的根本特征就是用形象来反映生活。我的文章认为区别事物之间的不同特征首先要追寻它们的不同内容，然后才是形式。文章写道："形式，这是事物的外部联系、外部标志，它不可能从根本上确定事物的特征；内容，这是事物的内部联系，内部规律性，只有它才能从根本上确定事物的特征。""我丝毫没有否定'文学用形象的形式反映生活'这一命题的意思。问题在于'文学用形象的形式反映生活'这一特点难道不是由文学的独特对象、内容派生出来的吗?"由此，我认为上述文学特征定义是有问题的。我由这篇文章追根溯源，进而发现这一说法最早是由俄国大批评家别林斯基提出来的。别林斯基曾强调指出："人们只看到，艺术和科学不是同一件东西，却不知道它们之间的差别根本不在内容，而在处理一定内容时所用的方法。哲学家用三段论法。诗人则用图画和形象说话，然而他们所说的是同一件事。"我认为别林斯基的观点是受黑格尔的"美是理念的感性显现"的影响所致。在黑格尔的哲学体系里，"理念"是万事万物的根本，是它派生出一切事物，因此只能从不同的形式来区分此一事物与彼一事物的不同特征。别林斯基的文学特征论显然是黑格尔"理念"论在文学问题上的翻版。把这样一个黑格尔式的文学特征论长期奉为圭臬，不但是错误的，而且会使中国的文学理论裹足不前。在清理了别林斯基的文学特征论后，我在文章中提出了关于文学特征的理论假设：文学特征问题应分层次、分主次地进行探讨：甲，文学的独特内容——整体的、审美的、个性化的生活；乙，作家的独特的思维方式——以形象思维为主，以逻辑思维为辅；丙，文学的独特的反映形式——艺术形象和艺术形象体系；丁，文学的独特功能——艺术感染力，以情动人。我认为文学和科学的具体的对象与内容是不同的。文学反映的生活是人的整体的生活，即现象与本质、个别与一般具体地、有机地融合为整个生活。整体不是指包罗万象，而是"从一粒沙里看一个世界”。“一首短诗可能只抒发诗人瞬间的一点感受，一篇小说可能只写两三个人之间一点纠葛，但都是活生生的一个完整的世界，那里面闪烁着生活的全部色彩。”进一步，这种整体的生活能不能进入文学作品中，还要看这种生活是否与审美发生联系。“文学是美的领域。文学的对象和内容必须具有审美价值，或是描写之后具有审美意义。”更进一步，还要看这种生活是否经过作家的思想感情的灌注，留下作家精神个性的印记。可以说我的这篇文章是新时期国内最早揭示“文学形象特征论”的缺陷，并提出“文学审美特征论”的文章之一。此后我又吸收马克思主义关于对事物的“艺术掌握”以及“诗意的裁判”的观念，认真学习了马克思的《1844年经济学—哲学手稿》中涉及美学的论述。此外，苏联80年代文论界的审美学派的理论资源，也进一步丰富、完善了我的理论。我将上述理论最早吸收进高校的“文学概论”教材中，特别是我自著的由红旗出版社出版的教材《文学概论》(上、下)，以“文学审美特征论”贯穿全书，使教材面貌焕然一新。由于全国各地高校纷纷采用此教材，发行量达到了27万册。从而使我的“文学审美特征论”产生了广泛的影响。“文学审美特征论”摆脱了文学理论依附政治的状况，改变了文学理论简单套用政治理论的模式，推动了中国现代文论的发展，具有重要的学术价值。

另外我还把“文学审美特征论”运用于文学理论的重要问题——文学典型——的研究中，于1994年发表了论文《特征原则与作家的发现》，提出了与以前的哲学化的典型定义——典型是个性与共性的统一，或典型是偶然性与必然性的统一——完全不同的典型定义。文章认为，过去的典型理论缺少“中介”，因此只是把典型的塑造过程看成是对生活的“综合”或“拼凑”。文章借用德国古典艺术鉴赏家希尔特的“特征”理论，把典型创造理解为对特征的生发、强化，把典型理解为经过特征化的、能够唤起人们美感的形象。我的文章认为：“就外延而言，‘特征’可以是一句话、一个细节、一个场景、一个事件、一个人物、一种人物关系等；就内涵而言，‘特征’具有两种属性，其一，它的外在形象是极其具体的、生动的、独特的；其二，它通过外在形象所表现的内在本质又是极其深刻丰富的。‘特征’是生活的一个凝聚点，现象和本质在这里相连，个别和一般在这里重合，形与神在这里聚首，情与理在这里交融。特征化就是指作家对他所抓取的生活凝聚点的加强、扩大和生发的过程。”所以典型创造是否成功，不在积累的生活材料的量的多少，而在于质的高低。我的关于典型问题的“特征”说，是国内典型理论的一种新说。这一理论由于它深入到文学的审美层次，具有一定的启发性，也被学术界不断地引用。我还发表文章试图用“审美”的观点来解释艺术真实性问题，文学结构问题，以及文学的内容与形式的关系等问题。

我的文学审美特性论研究，获得了文学理论界的理解与支持。随后，我的“审美”论就进入各类教材。中国社会科学院文学所的《文学年鉴》转载了我的论文；许觉民先生主编的《新文学大系》“理论卷”收入了我的论文；多年后，王蒙和王元化主编的另一本《新文学大系》“理论卷”也收入了我的论文。值得一提的是越南重要的期刊《文学》，专门翻译了我的评论苏联文论的文章。我自编的以审美为核心观念的教材《文学概论》，1984 年第一版印刷了 27 万册之多，它在大江南北、黄河两岸学习文学理论课程的师生手中流传。1982 年我还是讲师，1986 年，我成为了教授，我还是 1984 年北京市的“劳动模范”。我自己把新时期这一时段的文学审美特征论研究，称为“审美诗学”研究时期。

80 年代中期文学理论界提出的文学主体性是一个重要问题，为深化文学主体性研究，“心理诗学”的探索耗费了我多年的时间。“体验”成为我们阐释的核心观念，而把“矛盾上升为原理”则是我的一种研究思路。

本世纪(20世纪)80年代中期，文艺学“拨乱反正”的任务基本完成后，“实现文学观念的转变，以适应变化了的文学现实”的问题被鲜明地提了出来。1985年刘再复发表了《论文学主体性》的重要论文，引起了学界的轩然大波，立刻引起了激烈的论争。一些人完全否定这篇论文，甚至给扣上“反党反社会主义”的罪名。但我是赞成刘再复的观点的，我认为应该延伸他的研究。刘再复的“文学主体性”研究，我觉得仍然囿于哲学的范畴，难于在文艺学范围内进行深入的探讨。我意识到“文学主体性”问题的重要意义，同时感到“文学主体性”问题可以转到“文艺心理学”领域加以研究。1986年我申请到了国家“七五”社科重点项目——文艺心理学(心理学美学)研究。从1985年起到1992年，经过七年的时光，我和我指导的研究生终于获得了令人欣慰的成果，出版了“心理美学丛书”(十五种)，论文集《艺术与人类心理》，以及由我任主编的，达56万字之多的学术专著《现代心理美学》。我自己的学术专著《艺术创作与审美心理》一书也列在“丛书”中。我和我的学生的“心理学美学”研究与一般的“文艺心理学”有些不同，我们不把“心理学美学”看成是心理学的一个分支，因此不同意用普通心理学的概念生硬地宰割文学艺术的事实。相反，我们主张从文学艺术的事实出发，来寻求心理学视角的解释，因此“心理学美学”完全是属于美学、文艺学的一个分支。

在我所撰写的《艺术创作与审美心理》这部著作中，我所选择的研究范畴并不是新鲜的，仍然是审美知觉、审美情感、审美想象等。但是我在前人研究的基础上，运用辩证思维的方法，使我的研究获得了新的成果。我的研究方法完全是朴实的、富于启发性的，我说过：“我在研究艺术家的创作心理机制的运动、变化和相互作用时，发现了一个普遍的现象，即艺术家诸种创作心理活动往往是矛盾的、相互冲突的：审美知觉既是无关功利的，又是有关功利的，既是对现实的超越，又要受现实的制约；艺术情感既是艺术家自我的情感，又是人类的情感，既是内容的情感，又是与之相对的形式的情感；审美想象既具有主观的意向性，又具有客观的逻辑性……这一对对的矛盾、冲突，起初使我困惑。”在困惑中，海森堡的“将矛盾提升为原理”给了我以极大的启发，为我的创作心理研究开辟了一个崭新的路数。如对审美知觉的研究，在前人那里，或是认为审美知觉是超越功利的，或是认为审美知觉是功利的。这种分歧成为美学理论的一个“死结”。我正是在这个“死结”起步，否定了那种静态的调和功利说与非功利说的尝试，即把审美知觉分成知觉效果与心理状态两个方面，认为从知觉效果上讲，审美知觉是无关功利的，而从心理状态上讲，审美知觉是有关功利的。我认为这种理论离解开“死结”还很远，因为“审美知觉是一种流动的并充满心理冲突的过程”。“最能体现审美知觉深层特征”的，恰好是它“从日常实际态度向审美态度的转变”。而这种过渡与转变能否实现，关键在于两种心理力——功利的、实用的心理力，与超功利的、审美的心理力——反复较量的结果。“换句话说，在这过渡与转变的瞬间，知觉主体处于一个被争夺的临界点上。一方面，审美对象的特质所构成的审美世界召唤他，使他对经验世界处于一种‘假遗忘’状态；可另一方面，他所熟悉的由强大的功利、欲望所构成的经验世界，又挽留他，像一个情人那样拽抱着他，尽量不使他超越临界点，阻止他顺利进入审美世界。”两种心理力的斗争决定着审美知觉能否实现。我的研究的独到之处是在于：把“斗争”“较量”的概念引入知觉过程的研究，从而获得同行的好评。我探索的最后的结论是：“审美知觉作为一个动态过程，不能简单地说成是‘无关欲望’、‘无关功利’的，只能说它从欲望、功利的束缚中解放出来，达到无关功利欲望的境界。有欲是无欲的对立面，但是有欲是无欲的超越条件，甚至可以说，欲望、功利的拖累越是沉重，对此欲望、功利的超越后审美愉悦也越是痛快淋漓。”关于“审美知觉”研究我所提出的新说可以叫作“解放”说。这是我把书本知识、创作经验和生活体验三者关联贯通起来所获得的成果。

我对审美情感的研究也采取融通的态度。我认为"自我表现"论和"人类情感表现"论，都有片面性，都不能完全揭示审美情感的本质。我认为审美情感应该是"自我情感"和"人类情感"的交合、重合和结合。但是这种结合是如何实现的呢？我又一次引进"冲突""搏斗""征服"等概念。我认为，艺术家的自我情感与对象所体现的人类情感之间的冲突是通过相互征服而实现双向流通，从而达到"神秘的统一"。艺术家必须有伟大的人格，超常的智慧，巨大的搏击力量，以及主观战斗精神，把对象所体现的人类情感吸纳、同化到自己心中，成为自我情感的有机组成部分，这样方能克服自我情感与人类情感之间的紧张，方能"在搏击之后结为一体"。我的这一观点在审美情感的研究中被同行专家认为是深刻而独到的。

我用同样的方法研究审美想象，认为审美想象是认识性与意向性两个因素相互征服、相互渗透的结果。

我的"心理学美学"研究力图揭示艺术创作心理机制的复杂性、辩证矛盾性，把"矛盾上升为原理"，学界同好认为这一研究思路颇具独特性。另外一点，也许是更重要的一点，我们朴素地认为作为文学创作的主体，"体验"是最为重要的，我把"体验"与一般的"经验"区别开来，成为我们集体研究的最重要的成果。在由我任主编、我的朋友程正民任副主编的56万字的《现代心理美学》一书中，我们用了最多的篇幅来研究"艺术与体验"，我们罗列了"童年体验""缺失性体验""丰富性体验""崇高体验""愧疚体验""孤独体验""神秘体验""皈依体验"等来阐明艺术主体问题。我们的研究成果不但深化了文学主体性问题的研究，而且把朱光潜30年代的古典的文艺心理学研究提到现代的水平。我们的作品获得了教育部的奖励，还被列为国庆五十周年的"献礼"著作。对我而言，我与我的学生——丁宁、陶东风、李春青、蒋原伦、黄卓越、李珺平、陶水平、唐晓敏、周帆、曹凤、陈向红、金依锂、黄子兴等——的激烈的学术争论，使我们收获了弥足珍贵的友谊。

当作家苦苦摸索"怎么写"的时候，我知道文学理论界应该干什么。我选择了"文体诗学"研究，提出了"文体非文类"说，"文体是一个系统"说，为新时期的文体研究探了探路。

90年代初期，我的研究方向又一次转换。此时我已经清楚地意识到，作家们遇到的问题不仅仅是写什么的问题，还有一个更重要的怎么写的问题，他们正苦苦摸索这个问题。对于文学理论来说，这就是文体问题了。文学是语言的艺术，语言是文学的第一要素，如果不把研究沉落到语言层面，那么怎么写的问题，以及文学的特征和相关的一系列文学问题，还是不可能解决的。经过三年的努力，我的研究又一次获得了成果。1993年我主编了一套"文体学丛书"，我自己撰写的专著《文体与文体的创造》也正式出版。"文体学"的研究在中国文艺学界几乎是一个新开辟的领域，因为我并非把"文体"单纯理解为过去人们所说的"文类"或"文学体裁"。在系统而详尽地梳理了中国和西方关于文体理论的基础上，我提出了对文体的新见解："文体是指一定的话语秩序所形成的文本体式，它折射出作家、批评家独特的精神结构、体验方式、思维方式和其他社会历史、文化精神。"这一"文体"定义实际上可分为两层，从表层看，文体是作品的语言秩序、语言体式；从里层看，文体负载着社会的文化精神和作家、批评家的个体的人格内涵。进一步我把文体作为一个"系统"，认为从呈现层面看可以分为相互联系的三层：体裁——语体——风格。我认为一定的体裁要求一定的语体，一定的语体经作家个性的过滤，达到稳定和成熟的极致，就形成风格。文体是体裁、语体和风格的结合体。这部书最富创造性的部分是它提出的文体创造问题的新发现。我在评述了“美在内容”“美在形式”和“美在内容形式的统一”的观点的局限之后，提出了“美在内容与形式的交涉部”和“内容与形式的相互征服”的新观点。长期以来，内容与形式一直是文艺学中一个最重要的二项对立模式。但这二项对立模式中的内部关系并不是平等的。在“内容决定形式，形式反作用于内容”的理论表述中，内容决定形式，几乎就等于“文艺为政治服务”。所以我想拆解这个二项对立模式，但又认为照搬本世纪(20世纪)在西方流行的完全排斥内容的各种形式主义的模式是不可取的。

经过研究，我把文学的内容与形式的关系理解为辩证矛盾运动，并在内容与形式之间找到了一个中介概念，这就是“题材”。我认为文学作品的内容是无法意释的，但题材则是可以意释的。把题材从艺术内容中剥离出来，其目的是强调从题材(材料)向内容的转化过程中，形式所起的关键作用。我提出：“作品的内容是经过深度艺术加工的独特方式，以语言体式为中心的形式则是对题材进行艺术加工的独特方式，一定的题材经过某种独特方式的深度的艺术加工就转化为艺术作品的内容。”值得一提的是，我在提升艺术形式的作用时，与各种形式主义的美学，其中包括西方的所谓“语言论转向”，仍保持着一条清晰的界限。这不但表现在我仍然使用被形式主义文论弃置不用的“内容”这个概念，更重要地是表现在对内容形式关系的含有辩证矛盾思想的处理。我强调的是，作品的形式无论如何总是一定内容的形式，一定的形式只有在题材的吁求下才会出现。如果题材不发出吁求，形式是不会出现的。而且我进一步指出，题材吁求形式，其中就包含形式的创造要受到题材的生活逻辑和情感逻辑的制约，形式必须这样或那样与题材相匹配。但又强调，这种“制约”不是“决定”。在内容决定形式的理论中，内容是“主人”，形式是“仆人”，“仆人”永远是被动的。在我所理解的题材吁求形式的关系中，题材与形式是“主人”与“客人”的平等关系。把“客人”请到“家”，“客人”就往往“造起反”来，“客人”征服“主人”，重新组合，建立一个新的“家”。所以我认为，题材与形式是相互征服的关系，一方面是题材吁求形式，征服形式；另一方面则是形式改造题材、征服题材。我在书中写道：“我们的基本观点是，创造最终达到内容与形式的和谐统一，不是形式消极地适应题材的结果，恰恰相反，是形式与题材的对立、冲突，最终形式征服(也可以说克服)题材的结果。”我举了俄国作家蒲宁的短篇小说《轻轻的呼吸》，认为是形式征服题材的典范。就这篇小说的题材而言，其意义指向是沉重的、哀伤的、令人叹惜的。小说描写了年轻漂亮的女中学生奥丽雅，她先与一个哥萨克士兵谈恋爱，后又与一个老地主乱搞，最终奥丽雅被哥萨克士兵在火车站站台上开枪打死。这样一个故事就其本事而言是“生活的溃疡”“生活的腐败”。但是作家在结构这个故事的时候，把“开枪打死”这四个字，隐含在对乱糟糟的站台和来往人群的描写的长句子中，如果你不认真读，就可能被忽略过去。小说的艺术描写的重点被转到奥丽雅和羡慕她的女生的一次关于女性美的谈话上面。奥丽雅家的藏书中有一本《古代笑林》，其中的一个故事把“轻轻的呼吸”列为女性美的标准要点之一。奥丽雅绘声绘色地对女友们说：“轻轻的呼吸！我就这样的——你听到我怎样喘气——真是这样吧?”此外，奥丽雅的班主任——一个老处女——对奥丽雅的美貌和风度的羡慕，也得到了大肆地渲染。艺术形式的诗情画意使题材的意义指向发生逆转，整部小说流露出一种乍暖犹寒的春的气息。形式征服了题材，转化出一种新的内容。我的书中通过大量的资料分析证明，这种形式对题材的征服，乃是文体创造的基本规律。作家之所以喜爱描写苦难、伤痛、哀愁、苦闷、死亡，甚至丑恶、病态等，就是因为形式可以征服题材，使题材的意义指向发生逆转，并创造出新的艺术世界来。我在内容与形式关系上的理论突破，被认为使文体学研究进入文艺学研究的前沿，是值得重视的。王蒙给我们的丛书写了“序言”。值得庆幸的是，我们的书再版时，季羡林先生也称赞这套丛书，给丛书写了三段评语。其中第一段说：“‘文体学丛书’是一套质量高、选题新、创见多、富有开拓性、前沿性的好书。以前我们对文体问题、对中国古代文论中的有关文体的思想遗产研究、总结得很不够，因而这套丛书的出版对文艺学的学科建设具有填补空白的意义。”季先生的评价让我受宠若惊。而我的学生莫言在听了我的“创作美学”课程后，所记住的就是那个用来说明文体创造的“轻轻的呼吸”的故事，这也让我感到些微的安慰。

> **文学理论作为学科建设，我一直觉得应在中、西、古、今四个主体间进行平等的对话，互通有无，互相补充，互构互动，互相发明，既借鉴西方的有益的观点，又不失中国民族之地位。当文学理论能利用历史留给我们的全部资源的时候，文学理论的学科建设就可以获得成功。这就是我在“比较诗学”上下了较大工夫的原因。**

新时期三十余年来，我一直把文艺学当成一个学科来建设。就整个文艺学的学科建设而言，我认为要走古今对话、中西对话的路。我深深体会到文艺学的真理不在一家一派手里，而在各家各派手里。因此古今对话、中西对话，是关系到开发文艺学建设的资源问题。我把“古”“今”“中”“西”理解为四个“对话”的主体，通过这种对话，我们才能把包括古今中外一切含有真理性的东西吸收过来，才可能进行综合，并建立起具有新质的中国的现代的文学理论。20 世纪 90 年代我提出了古代文论研究的学术策略是：第一，历史原则。把古代文论的资料置放到产生它的历史文化语境中考察，尽可能恢复其本来面貌。只有这样才可能激活历史资料的生命。尽管这不可能完全做到，但一定要尽力去做。脱离开原有的历史文化语境的研究是不可取的。第二，对话原则。把“古”“今”“中”“西”理解为四个平等的“对话”的主体。通过古今对话和中西对话，互相补充，互相发明，互相贯通。把古今中外一切具有生命力的观点和方法置于我们的视野之内。对话不是相互简单的比附。第三，自洽原则。对话的目的是把古今中外的真理性的成分交融在一起，这种交融不是机械相加，要能自圆其说，而且在对话中寻找新质，创造出属于中国现代的文论形态来。我和黄药眠先生主编了《中西比较诗学体系》(上、下)一书，1991年出版，内容包括中西文论的背景比较、范畴比较和影响研究，至今仍是国内最完整的一部比较诗学的著作。我于90年代发表在《文史知识》杂志上的两组文章，或是以西释中，或是以中释西，受到读者的欢迎，尔后中华书局结集出版，台湾的万卷楼图书有限公司也出版了这部题为《中国古代心理诗学与美学》的书。2000年，我完成了国家“九五”社科规划项目“中国古代文论的现代意义”，成果由北京师范大学出版社出版。2000年，我在新加坡南洋理工大学中华语言文化研究中心担任研究员，完成了“现代学术视野中的中华古代文论”书稿，此书由北京出版社出版。我自1994年起给博士生上的“《文心雕龙》研究”的课程讲稿，即将汇集成《〈文心雕龙〉三十说》一书出版。我的“比较诗学”的研究得到国内研究古文论的朋友的鼓励，我的研讨《文心雕龙》论文的观点，被收入张少康等人编著的《文心雕龙研究史》中。已故资深古代文论研究专家陈良运在评价我的《中国古代文论的现代意义》一书时，认为这部书是“找到古代文论现代阐释的一把钥匙”。他说：“值得我们这些长期研究古代文论的学人特别感兴趣的是，他将现代心理科学知识引进了古代文论研究领域，从人的心理层次观照、诠释某些观念范畴的生成、扩散、延伸与发展，往往令人耳目一新。”他特别称赞我把李贽的“童心”说与马斯洛的“第二次天真”说的比较研究，说“听到他以美国人本主义心理学家马斯洛的'第二次天真'说诠释明代李贽的'童心'说，感到十分新鲜且心胸豁然开朗，一缕古代文论现代阐释的新曙光，启开了笔者原来比较狭窄的视界”。对于我对孔子的“乐而不淫，哀而不伤”的新解，对刘勰的“蓄愤”“郁陶”说的新解等，也赞赏有加。我觉得我找到了知音。

自韦勒克的《文学理论》一书被翻译过来之后，文论界对他提出的所谓“内部研究”和“外部研究”的划分趋之若鹜。90 年代“文化研究”被引入后，文学理论的“文化转向”又变为“日常生活审美化”的话题。“文学理论往何处去”又成为一个问题。这个时候，我提出了把“内部研究”与“外部研究”综合起来的“文化诗学”的新思路。

我于 1998 年扬州会议上提出建立“文化诗学”的初步构想。1999 年我又发表了两篇论文《文化诗学是可能的》《文化诗学的学术空间》。2001 年再次发表了论文《文化诗学刍议》，并于当年 11 月 7 日到中央电视台“百家讲坛”做了题为《走向文化诗学》的讲演。不幸的是我的这个讲题被美国学者斯蒂芬·格林布拉特于 1986 年在西澳大利亚大学讲过。这样，就有人认为我的理论是从格林布拉特那里搬来的。的确，此前我读过格氏有关“新历史主义”批评的论文，他那种把文学文本解读放回到原有的历史语境中去的方法对我有启发。但我当时不认为这是什么新鲜的东西，因为孟子的“知人论世”的方法早就倡导这样做了。我在 90 年代末提出“文化诗学”是基于这样三点：第一，文学理论界过分的“内部研究”，特别是一些琐碎的文本语言研究，忽视了文学的内容，即所谓文学“外部”的东西，我觉得过分的“内部研究”是片面的，文学理论应该追求全面性，那就是把“内部研究”和“外部研究”综合起来，既要关注文学文本的言语技巧、抒情技巧、叙事技巧，也要关注文学文本的文化、社会和政治内容，进行跨学科的研究。第二，90年代后期，随着西方的“文化研究”被引进，一时间又成为文论界追逐的目标。我认为从英国威廉斯等人那里引进的“文化研究”基本上不属于文学理论，它是文化社会学，甚至就是政治社会学。虽然，它有时也举某些文学作品为例来说明某个问题，但它并不看重文学文本的诗情画意，不看重文学文本的审美品质，甚至提出“反诗意”。如果我们搞文学理论的人，都钻进这个“文化研究”中去，那么就必然会脱离文学和文学理论本身，这不利于文艺学这个学科的建设。后来主张引进文化研究的学者又转而提倡什么“日常生活的审美化”研究，实际上常常与商业主义“同流合污”，这就更引起我的反感，我觉得他们这样走下去，必然要撇开我所钟爱的文学。而我所提出的“文化诗学”，就是要坚守文学理论的阵地，与搞文化研究的人保持距离。第三，面对诸种社会问题，我们研究文学理论的学者不能置身局外，要通过文学批评发出我们的制衡的声音。这样文学理论中缺乏文化的元素和视野显然是不行的。我觉得“文化诗学”恰好能使我们研究文学理论的人“介入”现实，与现实保持紧密的、生动的联系。我发表一系列的文章来界说我提出的“文化诗学”。最终，我用“一个中心，两个基本点”来说明我的“文化诗学”的结构。一个中心，就是要以审美为中心，文学与审美不可分离，审美不是小事，是关系到人的自由的大事。两个基本点，文学研究既要伸向微观的文学文本的细部，文本的分析不可或缺；又要伸向宏观的文化历史的观照，把文学文本或问题置放回原有的历史语境中去把握，揭示文学文本中的文化意涵。但是，我认为重要的不是“文化诗学”这个提法本身，重要的是要在文学理论和文学批评中进行实践。我先后主编了两套丛书，一套是北京师范大学出版社出版的“文化与诗学丛书”(10本)，一套是由湖南人民出版社出版的“文化诗学丛书”(5本)，这些著作研究的问题是不同的，但方法则是

“文化诗学”的。我为这两套丛书都写了“序言”，申明我的“文化诗学”的主张。我主持完成的教育部重大攻关课题“历史题材文学创作中的重大问题研究”，最终形成71万字的专著，和一套五本的丛书，也可看成是对“文化诗学”实践的作品。

新时期过去了三十余年，转瞬之间，我已从中年迈入晚年。我从审美诗学起步，经过了心理诗学、文体诗学和比较诗学的跋涉，最后一站来到文化诗学。这就是我的新时期的文学理论之旅。回顾所走过的路，总觉得所做的太少，留下的遗憾太多，论文和著作的质量不能令人满意。我清楚知道，我离我的学术研究目标还有很大的距离，未能像某些大家那样达到那种令人神往的境界。但生命的火焰即将黯淡，我可能再做不了什么来补救了。遗憾将陪伴上天留给我的日子。我只能告诫我的学生：努力吧，勤奋地、不倦地在文学理论这块园地里耕耘。要读万卷书，行万里路，永远和现实生活保持密切的、生动的联系，把书本知识、创作实践和生命体验贯通起来，也许你们能在这块园地获得丰收。我从来不嫉妒学生。我希望你们成家立派。当你们像我这样年老的时候，回首往事，觉得自己的生命没有虚度，你们已经成功，达到了你们的老师没有达到的境界。那对我来说，就是最好的安慰了。

（2012年5月10日，时年76岁）

目　录

第一辑　创作论

第二辑　鉴赏论

第三辑　大众文化论

第一辑

创作论

文学创作的审美意义

真正的文学是美的，它给人带来令人心醉的美感，带来瞬间的却是无限的自由感。本文将从三个层次来揭示文学创作的审美意义。

一、文学创作是人类的本体活动之一

文学作为一种存在，总有它存在的原因，揭示文学之所以能够长期存在的原因，我们就可以找到文学创作的深刻意义。

（一）文学创作起因于人们要表现所体验的感情

一个人的一生总要有各种各样的经历，伴随着经历产生喜怒哀乐等各种各样的感情，当这些感情变成丰富而深刻的体验时，人就想把这些感情体验表现出来，于是文学创作就成为人表现自己感情体验的形式。20 世纪 50 年代初，我国出现了一位名叫高玉宝的作家，他写了一篇题为

《半夜鸡叫》的作品，作品中写的是地主如何残酷压迫和剥削长工，以及长工们如何用自己的聪明才智跟地主做斗争的故事。由于这篇作品写得生动而又深刻，被选进中学语文课本，从而传诵一时。实际上，高玉宝在写这篇作品的时候，识字并不多，作品中不少字不会写，就用图画代替。试想想看，一个识字不多的人，怎么在一夜之间就会成为全国闻名的作家呢？关键是他自己当过长工，有刻骨铭心的体验。在这种情况下，他就会有一种强烈的愿望，要把自己的感受和体验向别人尽情倾诉，以泄心头的块垒。所以高玉宝当时虽然文化水平不高，识字不多，也硬能写下《半夜鸡叫》这样优秀的作品。写作可以看作他生活的继续，是他生活的本体的一部分，或者通俗地说，是他精神生活所开出的花朵。俄国伟大作家列夫·托尔斯泰曾这样说："艺术是人类精神生活的表现之一种。比方说，一只畜生如果是活的，它一定要呼吸，也一定要排出废气，同样，人类是活的，他们一定要从事艺术活动。因此，此时此刻，艺术应当是此时此刻的艺术——当代艺术。"①列夫·托尔斯泰的意思是，艺术活动(包括文学创作活动)对人而言，并不是什么神秘的活动，就像呼吸、吃饭一样自然。人缺氧，就要呼吸，饿了，就要吃饭，若憋了废物，就要排泄。同样，人若有了充溢的感受和体验，就自然会有强烈的把自己的感受和体验写出来的愿望。所以列夫·托尔斯泰又说："心头自然而然想搞文艺创作，但是，只有当那欲望无法祛除，像是喉咙里发痒，非咳嗽不可的时候，我才理当动手去干。"②这就说明，真正的文学创作不是无病呻吟，不是玩耍嬉戏，更不是赚钱的手段，是有感而发，是生活缺失时的补偿，或是生活丰富时的泛溢。

对于文学起因于人们要表现自己所体验的感情的论点，古人早

---

① 列夫·托尔斯泰：《列夫·托尔斯泰论创作》，漓江出版社 1982 年版，第 11 页。

② 列夫·托尔斯泰：《列夫·托尔斯泰论创作》，漓江出版社 1982 年版，第 175 页。

有明确的论述。汉代著名哲学家王充提出了“荣叶皮壳”说，“有根株于下，有荣叶于上，有实核于内，有皮壳于外。文墨辞说，士之荣叶皮壳也。实诚在胸臆，文墨著竹帛，外内表里，自相副称，意奋而笔纵，故文见而实露也”。① 王充的意思是，文学等精神产品是由“根”到“叶”的过程，人的感情体验是“根”，由感情体验之“根”所生长出来的“叶”就是文学创作。“根”是根本的东西，没有“根”，哪里来的“叶”。“意奋而笔纵”，“意”是什么？“意”就是人的内心生活，就是人的刻骨铭心的体验。体验越深，创作的动力就越大，创作也就越容易成功。《诗大序》是中国古代文论中的一部重要著作，其中说：“情动于中，而形于言；言之不足，故嗟叹之，嗟叹之不足，故永歌之；永歌之不足，不知手之舞之足之蹈之也。”在这段著名的论述中，清楚地说明了诗歌起因于情，而喜怒哀乐等各种各样的情，是人的生活的重要内容，是人之所以是人的一个标志，正是从这个意义上，我们说文学创作是人的本体活动之一。

有人可能认为文学总是给我们愉悦，那么一定是人的欢乐的、幸福的、美好的、喜庆的情感体验，才能成为文学创作的动力和内容，而不幸的、哀愁的、痛苦的、愤怒的情感体验，就不可能成为文学创作的内容和动力。其实情况并非如此。诚然，欢乐的、美好的、喜庆的情感体验，作为人的丰富生活的泛溢，有时能促成文学创作的热情，从而产生文学作品。这方面的例子不少，如法国著名作家左拉在中年时期，因得到他所爱的女工让娜的爱情，而焕发了创造力，他神速地完成了《金钱》和《崩溃》两部长篇小说的写作，完成了《卢贡—马卡尔家族》的系列创作，继而又创作了两个长篇集《三名城》和《四福音书》。俄国著名作家普希金在从向冈察洛娃求婚成功到结婚为止的三个月中，创作激情爆发，不但完成了名作《叶甫盖尼·奥

① 王充：《论衡·超奇》。

涅金》《别尔金小说集》，而且还写了四个小悲剧、一首长诗、两个历史讽刺故事、三十多首抒情诗，这段时间被俄国文学史称为“金色的秋天”。这些事实说明，作家欢乐的、幸福的情感体验，使他的感情泛溢出来，激发了他们的创作意识，获得了最佳的创作心境，使他们有可能获得创作的丰收。然而与上述情况相比，不幸的、哀愁的、痛苦的、愤怒的等缺失性的情感体验，更易于造成作家的心理失衡。心理失衡就必然要求恢复心理平衡，对作家来说，恢复心理平衡的途径往往是对失去的对象的追怀，对新的对象的渴求，这种追怀和渴求，会变成一种强大的创作动力，并给他的创作注入独特而深刻的内容。中国古代文论对此论述很多，《史记》的作者司马迁说：“夫《诗》《书》隐约者，欲遂其志之思也。昔西伯拘羑里，演《周易》；孔子戹陈、蔡，作《春秋》；屈原放逐，著《离骚》；左丘失明，厥有《国语》；孙子膑脚，而论兵法；不韦迁蜀，世传《吕览》；韩非囚秦，《说难》《孤愤》；《诗》三百篇，大抵贤圣发愤之所为作也。此人皆意有所郁结，不得通其道也，故述往事，思来者。”①司马迁在这里一口气列了周文王、孔子、屈原、左丘、孙膑、吕不韦、韩非等所谓古代圣贤，都是因为遭遇这样那样的不幸，才发愤著述，写出了不朽的作品。在他看来，因为遭受不幸和灾难，心中“有所郁结”，心理失去平衡，获得了刻骨的情感体验，这样才“述往事，思来者”，焕发了创作的激情，创作出了传世之作。他的看法是有道理的。值得指出的是，司马迁本人正值中年之际，为李陵败降匈奴辩护，得罪了汉武帝，遭受宫刑，痛苦不堪，从而学习先贤，发愤著书，倾他的全部精力，写出了《史记》。司马迁发愤著书的精神和理论，对后代产生了深远的影响。杜甫有“文章憎命达”的诗句。韩愈则有“文穷益工”的说法，他讲：“夫和平之音淡薄，而愁思之声要妙；欢愉

① 司马迁：《史记·太史公自序》。

之辞难工，而穷苦之言易好也。是故文章之作，恒发于羁旅草野。”[①]韩愈的意思是，描写和平和欢愉生活的作品，往往难以动人，倒是表现哀愁和穷苦感情的作品，容易获得成功，所以好的作品常常产生于“羁旅草野”。那么，为什么人处在“羁旅草野”的穷困中，反倒能做出更好的诗呢？对此问题，宋代诗人欧阳修做了回答：“予闻世谓诗人少达而多穷，夫岂然哉？盖世所传诗者，多出于古穷人之辞也。凡士之蕴其所有而不得施于世者，多喜自放于山巅水涯之外，见虫鱼草木风云鸟兽之状类，往往探其奇怪；内有忧思感愤之郁积，其兴于怨刺，以道羁臣寡妇之所叹，而写人情之难言；盖愈穷则愈工。”[②]这就是说，由于诗人穷困不幸，体验过种种缺失的感情，在内心郁积了“忧思感愤”，心理失衡，这样，他所见的外物，如虫鱼草木风云鸟兽之类，都蒙上了另一种色彩，就和常人所看到的不一样，发生了变态，并借写这些变了态的事物来抒发人们的难言之情。所以，缺失性的感情体验往往更能激发人的诗情画意，更能使文学作品获得深厚的内容。正是基于这样的理解，《老残游记》的作者刘鹗这样来勾勒中国古代的文学史，“《离骚》为屈大夫之哭泣，《庄子》为蒙叟之哭泣，《史记》为太史公之哭泣，《草堂诗集》为杜工部之哭泣；李后主以词哭，八大山人以画哭，王实甫寄哭泣于《西厢》，曹雪芹寄哭泣于《红楼梦》。王之言曰：‘别恨离愁，满肺腑难陶泄。除纸笔代喉舌，我千种想思向谁说？’曹之言曰：‘满纸荒唐言，一把辛酸泪，都云作者痴，谁解其中意？’名其茶曰‘千芳一窟’名其酒曰‘万艳同杯’者，千芳一哭，万艳同悲也。”[③]

总之，“情者文之经”（刘勰），文学创作都是人们“有感而发”，是人的感情生活的结晶，是人用自己的鲜活的生命写成的，是人的

① 韩愈：《荆潭唱和诗序》。
② 欧阳修：《梅圣俞诗集序》。
③ 刘鹗：《老残游记·自序》。

生活的本体的一部分，真正的文学永远不是无病呻吟，不是矫情做作。

(二)文学创作表现情感以调节人的心理

文学创作为什么要表现人所体验到的情感呢？难道仅仅是为了好玩吗？我们应该这样来认识这个问题：如上所述，人在生活中会有各种各样的经历，幸福的体验会使人情不自禁地歌唱，可痛苦的磨难会使人产生哀伤、苦闷和焦虑等消极情绪，这种消极的情绪会使人的身心受到损害。如何采取一些有效的手段来调节这种消极的情绪，以保护人的身心健康呢？文学创作就是有效的调节手段之一。因为人们可以通过文学创作把自己心中的哀伤、苦闷和焦虑等情绪畅然一泄，在这种宣泄中，由于在某种程度上摆脱了精神的重负而变得轻松、超脱，从而使自己的心灵得到安慰，精神得到调整。古希腊思想家亚里士多德在《诗学》一书中，谈到悲剧的“净化”作用。所谓“净化”，也可解释为“宣泄”，它不仅是对观众来说的，而且也是对作者说的。就是说，作家通过写悲剧，把自己心中的悲悯、恐惧之情宣泄出来，使自己的精神得到解脱和调节。清代学者陈廷焯说：“情有所感，不能无所寄，意有所郁，不能无所泄。古之为词者，自抒其性情，所以悦己也。”①有的作家甚至说文学创作是“作家躲风雨的一艘凄凉的破船”(日本作家滨田正秀)。这些说法都表明，作家创作首先是为自己，自己心中有一股情感之流，在心里憋得受不了，通过文学创作把它尽情地宣泄出来了，心理就得以恢复平衡。

这里，我们可以举两个例子。鲁迅写了一篇《为了忘却的纪念》，其中说：

我早已想写一点文字，来纪念几个青年作家。这并非为了

① 陈廷焯：《白雨斋词话》。

别的，只因为两年以来，悲愤总时时来袭击我的心，至今没有停止，我很想借此算是竦身一摇，将悲哀摆脱，给自己轻松一下，照直说，就是我倒要将他们忘却了。①

在文章的末尾，鲁迅又写道：

不是年青的为年老的写纪念，而在这三十年中，却使我目睹许多青年的血，层层淤积起来，将我埋得不能呼吸，我只能用这样的笔墨，写几句文章，算是从泥土中挖一个小孔，自己延口残喘，这是怎样的世界呢。②

当然，鲁迅写《为了忘却的纪念》是为了纪念革命烈士和抨击反动派镇压学生运动的罪行。但其中确有想通过写文章，把自己心中憋闷的情绪宣泄出来，“将悲哀摆脱，给自己轻松一下”的愿望。再一个例子就是巴金的写作心路。巴金在好几个场合曾说：“我不是一个文学家。”这句话看起来是不可理解的。他明明是中国一位大作家，却怎么说不是作家呢？还是来看一看他自己是怎么解释的吧。他在《写作生活的回顾》一书中说：

……我想到在上海的活动的生活，我想到那些在苦斗中的朋友，我想到那过去的爱和恨，悲哀和欢乐，受苦和同情，希望和挣扎，我想到那过去的一切，我的心就像被刀割着痛。那不能熄灭的烈焰又猛烈地燃烧起来了。为了安慰这一颗寂寞的青年的心，我便开始把我从生活里得到的一点东西写下来。

① 鲁迅：《为了忘却的纪念》，《鲁迅全集》第4卷，人民文学出版社2005年版，第493页。

② 鲁迅：《为了忘却的纪念》，《鲁迅全集》第4卷，人民文学出版社2005年版，第502页。

我坐在那间清静的小屋子里，把我的痛苦、我的寂寞、我的挣扎、我的希望……全写在信纸上，好像对着一个亲人诉苦一样……

巴金的解释是令人信服的，的确，真正的作家绝不是为赚钱而写作，也不是为好玩而写作，写作是他的生活的一部分，为了慰藉自己的苦痛的心、补偿自己的失落的精神而写作。因此写作就像女人生孩子、蚕吐丝一样自然，写作不是人生之外的什么活动，而是他摆脱痛苦而寻找的一种生活方式。正是从这个意义上，我们认为写作首先是"自律"的，即从一个角度看，可以说它是人类自己规定自己的、并实现自我的本体活动。也正是在这个意义上，马克思才说："作者绝不把自己的作品看作手段。作品就是目的本身；无论对作者本人还是对其他人来说，作品都绝不是手段，所以，在必要时作者可以为了作品的生存而牺牲他自己的生存。"①马克思在谈到英国诗人密尔顿时还说："密尔顿出于同春蚕吐丝一样的必要而创作《失乐园》。那是他的天性的能动表现。"②在马克思看来，文学创作首先不应当从外部关系出发去寻求解释，它不是什么东西的附属物，是社会的人的天性的自由的伸展，是人的生存形式之一，是人的本体活动之一。

这样说来，既然文学创作是人的天性的表现，那么是不是人人都能从事文学创作呢？我们应该这样看，每个人都有从事文学创作的潜能，但要把潜能变为现实，则还要受外部的环境和个人的种种条件的制约。这就是说，作为社会的人，都有自己的感性和理性的力量，可每个人能不能把自己的力量实现出来，从哪个方面实现出

① 马克思：《第六届莱茵省议会的辩论（第一篇论文）》，《马克思恩格斯全集》第1卷，人民出版社1995年版，第192页。

② 《马克思恩格斯全集》第26卷第1册，人民出版社1972年版，第432页。

来，实现到何种程度，则是不同的。每个人所从事的不同职业，所获得的不同成就，实际上就是人的本质力量的不同实现。文学创作也是人的本质力量的自我肯定、自我观照、自我确证、自我实现。就像一个小孩儿，他尽力地向湖中投出了一块石头，溅起了水花，他开心地笑了，他觉得他的力量得到实现。作家也同样是这样，他发表了一部作品，洋洋自得，欣喜异常，因为他感性的和理性的本质力量都渗入作品之中，作品是他的本质力量的实现。

（三）文学创作表现情感以实现人与人之间的交流

当我们说文学创作是人的本质力量的自我肯定、自我观照、自我确证、自我实现的时候，是不是说文学创作是作家个人的感情的"自我表现"，而与别人没有关系呢？的确，有的人就是这样看的。西方有些作家就认为，文学创作是即时的感情的自我表现，"是孤独的时刻自己表白自己"，"用美妙的歌喉唱歌来慰藉自己的寂寞"，因此文学不需要读者。诚然，文学创作所表现的感情是作家自己体验过的感情，自己没有体验过的感情是不可能很好地表现出来的，但认为文学创作是纯粹的"自我表现"的看法，认为作家不需要跟读者交流感情的看法，是值得怀疑的。美国著名艺术理论家苏珊·朗格就不同意这种看法，她在《哲学新解》一书中说："发泄情感的规律是自身的规律。""纯粹的自我表现不需要艺术的形式。"她在《艺术问题》一书中还说："一个嚎啕大哭的儿童释放出来的情感要比一个音乐家释放出来的情感多得多"，然而人们决不要听这哭声，"因为人们不需要自我表现"。她得出的结论是："艺术家表现的决不是他自己的真实的情感，而是他认识到的人类情感。"①我们认为，苏珊·朗格反对"纯粹的自我表现"，是有充分的理由的，但她把"自己的真实情感"与"人类情感"这两者对立起来就未必是正确的。因为在

① 苏珊·朗格：《艺术问题》，中国社会科学出版社1983年版，第23～25页。

实际生活中，人们自己的真实情感跟人类的情感，并不全是矛盾的，相反这两者是可以统一的。让我们举个例子来说明吧。唐代诗人杜甫有首题为《赠卫八处士》的诗：

人生不相见，动如参与商。今夕复何夕，共此灯烛光。
少壮能几时，鬓发各已苍。访旧半为鬼，惊呼热中肠。
焉知二十载，重上君子堂。昔别君未婚，儿女忽成行。
怡然敬父执，问我来何方。问答乃未已，驱儿罗酒浆。
夜雨剪春韭，新炊间黄粱。主称会面难，一举累十觞。
十觞亦不醉，感子故意长。明日隔山岳，世事两茫茫。

这首诗写杜甫在安史之乱中跟分别了二十年的老朋友卫八相会的情景。诗中所表现的那种久别重逢时亦喜亦悲、悲喜交集的感情，因时间的流逝和空间的相隔，恍若隔世，却又切不断朋友间的深厚情谊的感受，以及因世事茫茫，彼此恋恋不舍又不得不分别的感伤情绪的体验，都是诗人杜甫个人的真实感情，但这种感情同时又是人类共同的感情之一种，具有普遍的性质。我们今天之所以还喜欢读这首诗，就是因为诗中所传达的感情我们也同样能感受到，它让我们想起了某次与老朋友老同学突然相遇的情景。这就说明，在真正的作家那里，他所表现的自己的真实感情与人类的共同感情不但是不矛盾的，而且是相同或相通的。换言之，作家往往是通过自我情感的表现，达到对人类情感的把握。

进一步说，作家表现情感并不仅仅是为了宣泄自己，使自己获得宣泄时的愉悦，更重要的是通过表现情感以实现人与人的交流、沟通，以满足人们内心生活的需要。读者需要作家，作家也需要读者，文学创作具有人际交流的性质。我国古代的列子讲过这样一个故事。伯牙善鼓琴，钟子期善听。伯牙志在高山，钟子期曰：巍巍乎，若泰山。伯牙志在流水，钟子期曰：洋洋乎，若江海。伯牙所念，子期心明。伯牙曰：善哉，子之心与吾心同。子期既死，伯牙绝弦，终身不复鼓也。这个故事说明真正的音乐需要知音，知音一死，伯牙觉得再弹琴就没有意义了。同样，文学创作需要与读者交流情感，如果一部作品没有读者，或不能与读者的情感相沟通，不能引起读者的共鸣，那么这部作品也就失去了意义。列夫·托尔斯泰在给艺术下定义时说："在自己心里唤起曾经一度体验过的感情，在唤起这种感情之后，用动作、线条、色彩、声音，以及词句所表达的形象来传达出这种感情，使别人也同样体验到同样的感情——这就是艺术活动。艺术是这样一种人类活动：一个人用某种外在的标志有意识地把自己体验过的感情传达给别人，而别人受到感染，也体验到这些感情。"①这些话是文坛泰斗列夫·托尔斯泰的创作经验的总结，他说明了文艺是人与人之间的感情交流的活动，是人类生活的条件之一，极其深刻地揭示了文艺创作作为人类活动的本体意义。

二、文学创作是审美活动的一种高级形态

当伯牙弹奏出的琴声，传到了钟子期的耳朵里，钟子期心领神会，做出了准确的评价，这种活动实际上就是一种审美活动。所谓审美，就是人们以感情(广义的感情包括感知、情感、回忆、想象等)去评价事物，并从这种感情评价中获得愉悦的感受。文学创作活动是人的审美活动的高级形态之一。

(一)审美是文学创作的质的规定

审美活动对人而言，并不是什么神秘的东西。只要是人的活动，

① 列夫·托尔斯泰：《列夫·托尔斯泰论创作》，漓江出版社1982年版，第16页。

就或多或少具有审美的因素。人的衣、食、住、行等一切活动中，都活跃着审美的分子。比如，人们穿衣不但要讲究实用，而且还要讲究美，使人看了觉得合身、高雅、漂亮；人们吃东西，不但要吃得饱，获得丰富的营养，而且还要讲究色、香、味，使人的视觉、嗅觉、味觉都得到享受；人们住的房子，不但要求能遮风挡雨，而且还要讲究结构、布置、装饰，使人感到舒适、愉快、美好；人们出门行路坐车，同样也有许多讲究，美的因素也活跃其间。至于说到人的精神活动的领域，审美更是处处都存在着、活跃着。总之，人的物质生产活动和精神生产活动的一切方面，人们都自觉不自觉地用感情去观照、审视、评价，以求合乎美的标准，因此，审美是人类历史一开篇就存在的普遍的东西。马克思在《1844年经济学—哲学手稿》中，在谈到人和动物的区别时，把人能"按照美的规律造型"，作为人与动物的区别之一，是十分深刻的论断。

但是，人们日常生活中的审美，还只是作为一个因素存在着，而不是作为主要目的追求着。就人们的衣、食、住、行而言，其主要的目的是实用。一件不美的衣服，仍不失为衣服；一桌缺乏色、香、味的食物，仍不失为食物；一座仅能遮风挡雨的房子，仍不失为房子；一辆陈旧的车，仍不失为车。审美因素的消失，并不妨碍这些事物的存在。换言之，在日常生活中，审美只作为一个附带的因素起着作用，只有在文学艺术创作中，审美才作为主要的目的和基本功能存在着。文学艺术若没有审美的因素活跃着，它就不能吸引人、打动人、感染人，那么它就失去了作为文学艺术的基本品质，它就不再是文学艺术，而成为别的什么东西。从这个意义上说，审美是文学创作的真正的家园，是文学创作的质的规定性。让我们来比较下面两首写雪的诗：

江上一笼统，井上黑窟窿；

黄狗身上白，白狗身上肿。

这是唐代张打油写的《雪诗》。下面再来读一读柳宗元的《江雪》：

千山鸟飞绝，万径人踪灭；
孤舟蓑笠翁，独钓寒江雪。

这两首同是写雪的诗，给人感受是完全不同的。张打油的诗就描写来看，也是很具体的。但除了给人以油腔滑调之感外，不能给人以丝毫的感动。这里没有作者的诗意的感情评价，所以它不是真正的诗。柳宗元的诗就不同了，虽然诗所描写的画面也很简单，一个老渔翁在雪花纷飞的寂静江边垂钓，但诗人通过这景物的描写，传达了一种与尘世无涉的、超然物外的孤寂清高的感情。你看，在这到处被白茫茫的雪所覆盖的时候，在飞鸟绝迹、人踪全无的时候，在那空旷的江边，唯有一个渔翁孤独地在那里垂钓，他为什么在这大雪天不守在家里的火炉边？他难道仅仅是为了在自己的餐桌上多几条鱼？当然不是。渔翁肯定是在这里找到了属于他的世界，一个超然物外的世界。从作者的角度来看，显然是要通过这个景物的描写，寄托自己因失意而产生的苦闷，寄托自己清高而孤独的感情。换言之，作者是以诗意的(即审美的)感情来观照和评价设定的景物，而不是单纯的写景。假如把诗中这种诗意的、审美的感情观照和评价抽去，那么这首诗作为诗的品质也就丧失掉了。

还应该说明的是，文学创作不但以审美为主要目的和基本功能，而且文学创作中的审美与上述日常生活中的审美也有很大的不同。日常生活中的审美主要作用于人的各种感官，引起人的生理上的快感，如食物的色、香、味，只能刺激人的视觉、嗅觉和味觉，并不作用于人的心灵，所以只能引起人的生理的快感，这种审美属于审美活动的较低的形态。文学创作中的审美就不同了。它是对日常生活中审美因素的提炼和升华，它主要作用于人们的心灵，作用于精神世界。比如，美食在日常生活中，只能引起我们的食欲，但一旦进入文学创作中，就不是给我们以感官刺激的问题了。当代著名作家陆文夫的中篇小说《美食家》，里面也写美食，还特别精彩地描绘了著名的苏州美食，但作家不是单纯描写美食，而是把这种描写与高小庭（饮食业的管理干部）及朱自冶（资本家、美食家）的坎坷的、曲折的经历和命运联系起来描写。小说所引起的是对历史的诗意的沉思，对人生意义的关怀。在这里，审美感情已作用于读者的心灵，使我们在感受到生活的美与丑的同时，精神为之震颤。这也就是说，陆文夫所写的美食，已经升华了，已不再是美食本身，他在描写美食时已把他的感情世界交付给我们。在这里，美食即感情，感情即美食，美食已不是可见物，可尝物，可嗅物，而是情感物。因此它能深深地打动我们的心。正是在这个意义上，我们认为文学创作是审美活动的高级形态。

（二）文学创作中审美与非审美的交融

当我们说审美是文学创作的质的规定性的时候，并不是说非审美的因素就不能进入文学创作之中。我们只是认为自然的、政治的、道德的、伦理的、社会的、宗教的等非审美因素，不能在排斥审美因素的情况下，直接地进入文学创作之中。比如，战争、革命、犯罪、吸毒、分离、死亡、生产、商战、学习、教育、君臣关系、父子关系、师生关系、朋友关系等，孤立来看，都是非审美的事物，可不可以写入文学作品中呢？当然可以。问题在于这些非审美的事物，不能单独地写进文学作品中，而是要经过诗意的情感的过滤，使它们跟审美的因素交融在一起，才能成为文学作品的有机组成部分。像《三国演义》就是写东汉末年中国内部诸侯之间的战争，它取材于非审美的历史，但没有完全写成历史，作家是以自己的审美情感去评价其中的人物和事物，诗意地描写其中的情节和场面。比如，“舌战群儒”“草船借箭”“七星坛祭风”“空城计”等章节，把诸葛亮写得镇定自若，料事如神，浑身是计，奇妙无比，这是作者罗贯中审美理想的折射，诸葛亮是经过审美化的人物，不完全是生活中原本的诸葛亮。

同一个事物，它能不能成为文学创作的有机组成部分，这要看作家是不是用审美的眼光去看待它，是不是经过作家的审美情感的过滤。如果作家能够不以功利之心去观照这个事物，那么即使这个事物本身是非审美的，同样也可以获得审美的特性，从而成为文学创作的对象。朱光潜教授举过一个古松的例子，他说：“假如你是一位木商，我是一位植物学家，另外一位朋友是画家，三人同时来看这棵古松。我们三人可以说同时都‘知觉’到这一棵树，可是三人所‘知觉’到的却是三种不同的东西。你脱离不了你的木商的心习，你所知觉到的只是一棵做某事用的值几多钱的木料。我也脱离不了我的植物学家的心习，我所知觉到的只是一棵叶为针状、果为球状、四季常青的显花植物。我们的朋友——画家——什么事都不管，只管审美，他所知觉到的只是一棵苍翠劲拔的古树。我们三人的反应态度也不一致。你心里盘算它是宜于架屋或是制器，思量怎样去买它，砍它，运它。我把它归到某类某科里去，注意它和其他松树的异点，思量它何以活得这样老。我们的朋友却不这样东想西想，他只在聚精会神地观赏它的苍翠的颜色，它的盘屈如龙蛇的线纹以及它的昂然高举、不受屈挠的气概。”[①]这个例子说明，同一棵树在不同人的眼里是不同的，画家之所以能看出木商和植物学家看不出来的东西，就是因为他用审美的眼光过滤过，用诗意的眼光把握过，古树的实用的和科学的价值都熔解在审美的冶炉中了，这样古树在

① 朱光潜：《谈美》，《朱光潜全集》(2)，安徽教育出版社1987年版，第8～9页。

他的心里成为一个审美的对象，创作的对象。实用的价值趋向于善，因为强调实用就必然要考虑功利善恶；科学的价值趋向于真，因为强调科学必然要考虑真与假；艺术的价值趋向美，因为强调艺术就必然要考虑以情动人。当然真正的文学创作应是真、善、美的统一，但这种统一不是把真与美统一在善的上面(否则就成为道德说教)，也不是把善与美统一在真的上面(否则就成为科学讲义)，而必须把真与善统一在美的上面。而且，审美具有一种溶解力，它完全可以把真与善溶解于审美的液汁中，就像盐溶解于水，无色有味。许多人在“文化大革命”中都有“插队”或“进兵团”的经历，而且都有刻骨铭心的体验，可为什么只有少数人后来成为作家，而多数人并不能写作，这原因就在于只有后来成为作家的人能够以诗意的眼光回味那段不平凡的经历，把真与善统一于美之中。

三、文学创作与人的建设

文学创作并不是像有人所理解的那样，仅仅是为了娱乐。文学当然有娱乐的因素，但主要的还不是为了娱乐，从根本上说是为了人的建设。

(一)马克思关于人的理想

现代工业文明无疑给人类带来了许多好处，然而人类也为此付出了昂贵的代价，这就是人的断片化。什么是人的断片化呢？这要从德国思想家席勒和伟大的马克思对人的关怀谈起。

席勒生活在18世纪的德国，与经过工业革命的英国、法国相比，当时的德国仍然是一个四分五裂的封建国家，但作为思想家的席勒就在这工业文明刚刚露出曙光的时刻，就曾超前地预见到人类将用很高的代价来迎接工业文明。他一针见血地指出了工业文明可能带来的弊病。他说：“现在，国家与教会、法律与习俗都分裂开来，享受与劳动脱节、手段与目的脱节、努力和报酬脱节。永远束缚在整体中一个孤零零的断片上，人也就把自己变成一个断片了。耳朵里所听到的永远是由他推动的机器轮盘的那种单调乏味的嘈杂声，人就无法发展他生存的和谐，他不是把人性印刻到他的自然(本性)中去，而是把自己仅仅变成他的职业和科学知识的一种标志。”① 现代工业的发展给人带来的灾难，证实了席勒的论点。现代工业的一大特征就是劳动分工的进一步发展。在一条工业流水线中，每一个人只负责其中一个工序，永远重复着同一个动作，人被死死地捆绑在机器的一个局部上，或者说，人也变成了机器的一个手段。卓别林演的电影《摩登时代》生动地反映了这一点。从一定意义上说，工业文明是很不文明的。因为在这里，人不再是人，原来独立的、完整的人变成了机器的附属品，变成了碎片，现代人的本性的内在纽带，就这样断裂了。这里说的是工人的本性的断片化，在资产者那里是不是就好一些呢？席勒认为，断片化的悲剧在资产者那里也发生了。资产者在工业文明中，被贪欲与腐化所腐蚀，“表现出一种更令人作呕的懒散和性格腐化的景象”，这样，他们自身也被单一的东西支配着，他们的贪欲和腐化使他们“由自然之子变成狂徒，由艺术的门生变成毫无价值的人。”这样一来，无论是上层阶级还是下层阶级，他们的知、情、意都被活活地割裂，工业文明带来了“一代感觉迟钝的人”。席勒的思想充满了对人的关怀，他所发出的是人道主义的呼唤。

马克思听到了席勒的呼唤。他循着席勒的思路继续思考。他发现，工业文明造成人的断片化的原因，是资本主义条件下必然要发生的“异化劳动”。所谓“异化劳动”，用通俗的话来说，就是劳动者不但感觉不到劳动的亲切和愉快，而是感到劳动处处与劳动者为敌。

---

① 席勒：《美育书简》，中国文联出版公司1984年版，第51页。

首先，劳动的异化使劳动者与他们的产品相敌对。因为他们的产品都被资本家掠夺去了，于是，劳动者生产愈多，供他们消耗的就愈少，他们创造的价值愈多，他们自己就愈无价值，他们的产品造得愈美好，他们自己就愈丑陋……[①]其次，更为严重的是异化劳动使劳动者的人性受到摧残，失去了人的本质力量。因为他的劳动不是肯定自己而是否定他自己，不是感到快慰而是感到不幸，不是使人自由地发挥他的身体和精神两方面的力量，而是摧残他的身体，毁坏他的心灵。……所以结果是：人(劳动者)除掉吃、喝、生殖乃至住和穿之类动物性功能外，感觉不到自己自由活动，而在人性的功能方面，他也感觉不到自己和动物有任何差别。动物性的变成人性的东西，人性的东西变成了非人性的东西。[②]就这样，劳动者在异化劳动中，由人变成了非人，变成了动物。劳动者的人性成为断片，那么资产者的人性是不是完整无损呢？完全不是。马克思指出，资产者的人性也异化了，私有财产使他们变得“愚蠢而片面”，他们都钻进钱眼里去了，除了钱，除了拥有感，不再有真正的属人的感觉，因此，一切肉体的和精神的感觉为这一切感觉的简单的异化即拥有感所代替。马克思的理论说明，整个人类在工业文明的异化劳动中，都面临断片化和残缺化的实际危机。

于是断片的人走向完整的人、丰富的人，就成了马克思憧憬的理想。马克思认为，在古希腊人那里出现的那种想象的青年性和理性的成年性结合而成的完美的人性已不可能再现了，我们要获得人性的完美，重新构建完整的人和丰富的人，只能靠斗争，靠消灭私有制，只有在消灭私有制的情况下，才能实现对人的自我异化的积极扬弃，才能实现人向作为社会的人即合乎人的本性的人自身的复归，在这种情况下，“人以一种全面的方式，也就是说，作为一个完

---

① 参见马克思：《1844年经济学—哲学手稿》，人民出版社1979年版，第45页。

② 参见马克思：《1844年经济学—哲学手稿》，人民出版社1979年版，第47～48页。

整的人，把自己的全面的本质据为己有”[1]。在这里，马克思为人类指明了一条从断片的人到完整的人的真正出路。

消灭私有制，实现共产主义，还是将来的事。那么，在这个时刻到来之前，人类就只有消极等待吗？不是。人类可以而且应该从现在起，努力创造一切必要的条件，发挥自己身上一切潜能，以便向完整的人、丰富的人靠近。在这里，审美，特别是文学艺术中的审美，就是人借以达到人性和谐的重要中介。

(二)文学创作在实现人的理想中的意义

“完整的人”“丰富的人”是人的理想。那么什么是“完整的人”和“丰富的人”呢？这就要跟“断片”的人作对比。断片的人被束缚在单一的感觉上面，他的肉体和精神的一切潜能都被遏制。他的感觉器官是麻木的。他的心灵一片空白。他是单面人，是平面人，他就认吃、喝和金钱，没有人应有的丰富性，没有人应有的深度。在他那里，一切都是片面发展的，或者片面发展某些感性或者片面发展某些理性，感性和理性不能协调发展。他们已经丧失了“感受音乐的耳朵，感受形式美的眼睛”(马克思)。进一步说，他们已丧失了精神的家园，就像一个远离故乡的游子茫然无所依归。这种人不但过去存在着，在高科技和商业经济中这种人变得更加畸形。全面的人、丰富的人则与此相反，他具有人类的全部特性，用马克思的话来说，“作为一个完整的人，把自己的全面的本质据为己有”[2]，换言之，他的肉体和精神、感性和理性的各个方面的力量都能得到协调的发展和全面的展开。他的一切心理器官都是畅通的，他的感觉、知觉、感情、想象、思维都处于活跃的自由的状态。具体说，他的感知是敏锐的，他能领略“细雨鱼儿出，微风燕子斜”(杜甫)那种自然场景的细微变化；他的感情是健全的，他能体会“试问闲愁都几许？一川

---

① 马克思：《1844年经济学—哲学手稿》，人民出版社1979年版，第77页。
② 马克思：《1844年经济学—哲学手稿》，人民出版社1979年版，第77页。

烟草，满城风絮，梅子黄时雨”(贺铸)那种无尽的愁思和“昼出耘田夜绩麻，村庄儿女各当家；童孙未解供耕织，也傍桑阴学种瓜”（范成大)那种温馨的田家乐，甚至会有“人生得意须尽欢，莫使金樽空对月。天生我材必有用，千金散尽还复来”（李白)的豪情胸襟和“采菊东篱下，悠然见南山”(陶渊明)的闲情逸致；他的想象力得到最大的发挥，他可以想象自己从黄河里钻下去，又咕咚咕咚地从贝加尔湖钻出来，他可以想象自己是夏天南方最大的一场雨和冬天北方最大的一场雪；他的理解力发挥到了极致，当代的最高、精、尖的科学理论，他都可以把握得十分精到。总之，对全面的人、完整的人、丰富的人来说，他的全部心理机能都是健全的、活跃的，人性在他身上得到了全面的复归。当然，全面发展的人是新人，只有在消灭私有制的条件下，才可能大批涌现。但在通往这一目标的途程中，人类不会等待，不会无所作为。人们已采取了各种有力的措施，以便向全面的人的理想靠近。审美，特别是文学艺术中的高级形态的审美，就是向全面的人的理想靠近的中介。

审美作为建设全面的人的中介，最早也是席勒提出来的。他指出：“只有当人在充分意义上是人的时候，他才游戏；只有当人游戏的时候，他才是完整的人。”[①]席勒这里所说的游戏，不是儿童的戏耍，而是审美，特别是指文学艺术中的审美。为什么审美可以成为从断片的人走向全面的人的中介呢？这是因为审美和审美体验跟其他的活动不同，人的其他活动(如科学、政治、道德、生理等活动)都只侧重运用人的某一种或几种心理机能，人的全部心理机能不可能完全贯通，只有在审美活动中，人摆脱开尘世的喧嚣而进入到一个心醉神迷的境界，人的以情感为中心的一切心理机能才被全面地、充分地调动起来，并达到高度的和谐。人在这一过程中，克服了人

---

① 席勒：《美育书简》，中国文联出版公司1984年版，第90页。

性的片面性。从这个意义上，我们可以说，审美是自由在瞬间的实现，审美是苦难人生的节日，审美活动通过活跃人的审美意识和培养人的审美能力，提高人的生存质量，促使人从断片的状态向完整的状态过渡。文学创作作为人的高级形态的审美活动，其根本意义是满足人的精神生活的需要，构设人的精神家园，是为了建设全面的人。

文学创作的一般准备

当一个有志于从事文学创作的人，在他拿起笔之前，要做哪些准备呢？工人做工，农民种地，士兵打仗，都要事先进行学习。作家从事的是一种精神劳动，一种更复杂的劳动，当然更要进行学习，做好准备。当代著名作家柳青曾说：作家要进“三个学校”，即“生活的学校”“政治的学校”“艺术的学校”。进入“生活的学校”是为了学习社会，积累生活；进入“政治的学校”是为了学习马克思主义，磨砺思想；进入“艺术的学校”是为了学习古今中外一切优秀的文学作品，提高文学修养和写作技巧。生活、思想和技巧是文学创作三要素，有志于创作的人必须从这三个方面，进行必要的准备。

第一节　作家的生活积累

一、文学创作必须以生活为基础

(一)文学创作来源于生活

如前所述，社会生活是文学创作的唯一源泉，那么进行文学创作就必须以生活为基础。文学创作中的一切——内容的和形式的，典型的和不典型的，纪实的和虚构的，平淡的和神奇的，阳刚的和阴柔的，庄严的和荒诞的，纯朴的和巧妙的，历史的和诗意的，曲折的和平直的，熟悉的和陌生的，悲的和喜的，美的和丑的，崇高的和卑下的等，都来自生活的馈赠、启迪、暗示和引导。

古今中外许多理论家和作家对文学创作来源于生活有丰富、深刻的论述。

在古代中国，早在荀子那里，就指出文章与时代生活的联系："乱世之征，其服组，其容妇，其俗淫，其志利，其行杂，其声乐险，其文章匿而采……治世反是也。"①荀子这里所说"声乐""文章"包括今天我们所说的文学艺术，他认为，文学艺术与世(社会)之治乱密切相关，乱世的"声乐"不会是高扬的，"文章"也隐晦而讲究词采，治世则与此相反。因此文学艺术是来自生活的。此后许多学者都强调文学创作"皆感于哀乐，缘事而发"(班固)，强调"感物吟志"。唐代诗歌得到长足的发展，其原因之一是诗人们不是一味"拟赋古题"，而是多取材于现实生活，如元稹在评论杜甫诗歌时就说："近代唯诗人杜甫《悲陈陶》《哀江头》《兵车》《丽人》等，凡所歌行，率

① 《荀子·乐论》。

皆即事名篇，无复依傍。”①杜甫即事成篇，不依傍古人，而依傍生活，所以他的诗成为一代“史诗”，流传不绝。宋代文学家欧阳修提出“穷者而后工”，所谓“穷者”，就是在生活中翻过跟斗的人，他们拥有生活，所以作起诗来必然是有感而发，而不会无病呻吟。陆游告诫写诗的人：“纸上得来终觉浅，绝知此事要躬行”，所谓“躬行”，就是亲自经验过。他还嘱咐他的儿子：“汝果欲学诗，工夫在诗外。”他的意思是说，写诗不是玩弄技巧，工夫要用在技巧以外的了解生活的上面。金代元好问写下这样的诗句：“眼处心生句自神，暗中摸索总非真。”他强调诗情不是凭空而来的，不是暗中摸索得来的，而是眼有所见，心有所感的结果。明代批评家金圣叹在谈到《水浒传》的创作时说：“施耐庵以一心所运，而一百八人各自入妙者，无他，十年格物而一朝物格，斯以一笔而写百千万人，固不以为难也。”②这意思是说，施耐庵之所以能成功，是因为他经过长期的对生活中各种事物的观察推究而忽然于生活的事理融会贯通，这样他的创作才获得成功。清代王夫之也说：“身之所历，目之所见，是铁门限。即极写大景，如‘阴晴众壑殊’‘乾坤日夜浮’，亦必不逾此限。非按舆地图便可云‘平野入青徐’也，抑登楼所得见者耳。隔垣听演杂剧，可闻其歌，不见其舞；更远则但闻鼓声，而可云所演何出乎？”③在这里，王夫之把所历所见的生活看成是创作的“铁门限”，是有相当的道理的。不论你写的是阔大的东西，还是窄小的东西，都是从生活中得来的。清代龚自珍也写下了这样的诗句：“不是无端悲怨深，直将阅历写成吟；可能十万珍珠字，买尽千秋儿女心。”④诗与人的阅历的这种关系，正说明生活对创作的重要意义。

在西方，由于模仿论占据二千余年，生活是创作的基础的思想

① 元稹：《乐府古题序》。
② 金人瑞：《水浒传序三》。
③ 王夫之：《姜斋诗话》。
④ 龚自珍：《题红禅室诗尾》。

也深入人心。古罗马时期的大诗人贺拉斯劝告“已经懂得写什么的作家到生活中到风俗习惯中去寻找模型，从那里汲取活生生的语言吧。”①17世纪法国古典主义理论家波瓦洛认为作家“唯一钻研的就该是自然人性。”②18世纪启蒙主义思想家狄德罗说：“你要认识真理，就得深入生活，……去熟悉各种不同的社会情况。试住到乡下去，住到茅棚里去……”巴尔扎克说：“作家应该熟悉一切现象，一切感情。”③黑格尔说：“艺术家创作所依靠的是生活的富裕。”④别林斯基说：“对于真正的艺术家，哪儿有生活，哪儿就有诗。”⑤……这些作家、理论家的说法虽有不同，但其意思是一致的，就是认为文学是生活的再现，那么作家就应到生活中去汲取创作的源泉。

当然，对于积累生活也还有一个正确理解问题。鲁迅曾说：“作者写出创作来，对于其中的事情，虽然不必亲历过，最好是经历过。诘难者问：那么，写杀人最好是自己杀过人，写妓女还得去卖淫么？答曰：不然。我所谓经历，是所遇，所见，所闻，并不一定是所作，但所作自然也可以包含在里面。”⑥鲁迅对作家的生活积累的理解是正确的，关键是“所遇，所见，所闻”，是不是“所历”，则不能强求，有“所历”当然好，无“所历”，作家也可以根据自己的体会加以想象，处处有生活，条条大路通往生活。不要把积累生活理解得太窄。

(二)认识生活的深度和广度

仅仅说文学创作来源于生活是不够的。人人都生活着，人人都

---

① 贺拉斯：《诗艺》，《〈诗学〉〈诗艺〉》，人民文学出版社1962年版，第154页。

② 波瓦洛：《诗的艺术》，人民文学出版社1959年版，第54页。

③ 巴尔扎克：《〈驴皮记〉初版序言》，《古典文艺理论译丛》第10册，人民文学出版社1965年版，第112页。

④ 黑格尔：《美学》第1卷，商务印书馆1979年版，第358页。

⑤ 别林斯基：《别林斯基论文学》，新文艺出版社1958年版，第112页。

⑥ 鲁迅：《叶紫作〈丰收〉序》，《鲁迅全集》第6卷，人民文学出版社2005年版，第227页。

有感觉器官，人人都有一定的生活基础，然而并不是人人都具备了创作条件。作家所需要具备的生活基础与一般人不同。对作家来说，他应该具备宽广、深厚的生活基础。“宽广”是指认识生活的广度而言，“深厚”是指认识生活的“深度”而言。这就是说，作家积累的生活应同时具有一定的广度和深度。茅盾说：“和体验生活有联系的，还有一个问题，这就是‘博’和‘专’的问题，‘博’就是认识生活的广度，‘专’就是认识生活的深度。这两者不是对立的，而是一体的两面。真能深入一角者，必然也了解全面；全面的了解，有助于一角的深入。”①

为什么说“全面的了解，有助于一角的深入”呢？这是因为社会生活是多方面的，这多方面的社会生活又不是孤立的，相反，它们总是千丝万缕地联系着。一个方面的生活只是总的生活链条上的一环。只有对社会生活的全局有所了解，才能深刻了解社会生活某一方面的意义、地位和作用等。毛泽东指出，作家在进入创作过程前，应“观察、体验、研究、分析一切人，一切阶级，一切群众，一切生动的生活形式和斗争形式，一切文学和艺术的原始材料”。这五个“一切”包罗了生活的全部内容。他讲话的精神实质就是要作家从全部事物的相互联系和作用中去深入认识事物。所以，作家应该不断地开阔自己的生活视野，在认识生活的广度上下功夫。这里以茅盾的名著《子夜》创作的得失为例来说明作家认识生活广度的重要性。据作者自己讲：“《子夜》原来的计划是打算通过农村(那里的革命力量正在蓬勃发展)与城市(那里敌人力量比较集中因而也是比较强大的)两者革命发展的对比，反映出这个时期中国革命的整个面貌，加强作品的革命乐观主义。小说的第四章就是伏笔。”②但是由于作者

① 茅盾：《体验生活、思想改造和创作实践》，《茅盾评论文集》上，人民文学出版社1978年版，第219页。

② 茅盾：《再来补充几句》，《中国现代作家谈创作经验》上，山东人民出版社1980年版，第91页。

对买办资产阶级、民族资产阶级的生活十分熟悉，对城市工人运动的情况，仅有第二手材料，对农村革命势力的发展则连第二手的材料也很缺乏，这就使得《子夜》对买办资产阶级的和民族资产阶级的描写异常生动真实，对城市工人运动的描写就差一些，而对农村革命势力的发展情况则没有涉及。这样一来，作者写此书的目的并未达到，所以作者称自己的这部作品为“半肢瘫痪”。当然《子夜》一书对中国社会的描写已是十分深刻的，它在中国现代文学史上占有重要地位。但是，毋庸讳言，如果作家对当时社会生活的各个方面(包括对城市工人和农村农民的斗争生活)有更全面的了解的话，那么《子夜》一书所揭示的当时中国社会的矛盾就会更深刻，对中国前途的展望就会更有力。由此可以说明，作家越是开阔自己的生活视野，就越能深刻地展示自己作品所选择的一角的生活。

但是，如果作家只重视认识生活的“广”和“博”，而不注重认识生活的“深”和“专”，也是不够的。作家应该在开阔自己的生活视野的同时，选择生活的一角做深入的了解。因为“真能深入一角者，必然也了解全面”。无论是工厂、农村、商场，还是学校，如果它具有典型性的话，那么作家在这个点长期“蹲”下去，也可以通过它摸到时代的脉搏，社会的潮流，生活的底蕴。因为典型的工厂、农村、商场、学校，往往浓缩了时代的社会的各种矛盾、各种问题。深入了解生活的一角，还由于文学创作所要描写的是具有个性的生活，没有专注的精神、开掘的态度，我们就很难发现生活所固有的个性。因为个性化的东西不会浮在生活的表层，必须潜入生活的深层才能有所发现。法国著名作家福楼拜在指导他的学生莫泊桑时，就强调观察生活要“专”，他说：“对你所要表现的东西，要长时间很注意去观察它，以便能发现别人没有发现过和没有写过的特点。任何事物里，都有未曾被发现过的东西，因为人们用眼观看事物的时候，只习惯于回忆起前人对这事物的想法。最细微的事物里，都有一点点未被认识过的东西。让我们去发掘它。为了要描写一堆篝火和平原上的一株树木，我们要面对这堆火和这株树，一直到我们发现了它们和其他的火其他的村不相同的特点的时候。”①

福楼拜的看法是经验谈，是值得重视的。有不少作家都认识到在生活中挖一口“深井”的重要意义。一个作家不但应该站得高，鸟瞰生活的全局，而且还应该钻得深，对某个生活领域有透彻的认识。只有把认识生活的深度和广度很好地结合起来，作家才能具备宽广和深厚的生活基础。

二、积累生活需要主体的努力

积累生活是重要的，但如何去积累生活才能取得最佳效果呢?下面我们将从三个方面来探讨这个问题。

(一)以真诚的童心看取生活

对生活有一个怎么看的问题，是真实地看，还是虚假地看？虚假地、作伪地看生活，只能写出“瞒”和“骗”的作品来，真实地看才能发出至诚之声。早在1925年鲁迅在《论睁了眼看》一文中，就提出敢于“正视”人生、正视生活的问题。他说：“世界日日改变，我们的作家取下假面，真诚地，深入地，大胆地看取人生并且写出他的血和肉来的时候早到了。”②“真诚”“深入”“大胆”地看取生活，我们才能获得生活的本真状态，才能写出生活的原生面貌。对一个真正的作家来说，他积累的生活应该是他以他的真诚的眼睛看到的生活，这种生活只有他才拥有，他不能借用别人的眼睛去看，看到的是大家所拥有的生活，因为大家所拥有的生活大家都可以写，又何劳你

① 莫泊桑：《“小说”》，《文学理论译丛》第3期，人民文学出版社1958年版，第175页。

② 鲁迅：《论睁了眼看》，《鲁迅论文学》，人民文学出版社1959年版，第21页。

来写？你必须写出属于你的那一种生活，才能为读者提供一片新的艺术天空，而要做到这一点，你必须真诚地而非作伪地看取生活。晋代文学家左思说："美物者，贵依其本，赞事者，宜本其实。匪本匪实，览者奚信？"①问题是如何才能做到"依本""本实"呢？这就要有真诚之心。如果你有一颗真诚之心，你就可以排除别人对生活的理解，以自己的理解为理解。要拥有自己一片独到的生活是不容易的。记得有位画家说，对画家来说，再没有比画一朵玫瑰花更困难的了。原因是已有许多人画过玫瑰，你必须忘记别人的玫瑰，似乎是第一次看见玫瑰，这才能画出你的玫瑰来。对作家来说也是如此，你必须忘记别人是如何写"吃饭"，似乎是第一次看见人们是如何"吃饭"，然后才能写出一次你的主人公是如何"吃饭"的，而关于这顿饭的生活才属于你。

明代李贽提出"童心"说，他认为："夫童心者，绝假纯真，最初一念之本心也。若失却童心，便失却真心；失却真心，便失却真人。人而非真，全不复有初矣。"②他的理论是有道理的。假定，作家都以孔孟之道去对待周围的现实生活，那么你所看到的生活就都罩上孔孟之道的色彩，你就看不到真实的生活本身，连你自己都迷失在孔孟之道中，你还怎样追寻到本真的生活呢？一定要以不被世俗的尘垢所污染的"童心"，即"最初一念之本心"去看取世界，你才能按生活本身所固有的样子去看取生活。当然，作家已是成人，他已扮演了社会角色，或者说他已社会化，这样他就要自觉地做出努力，冲破世俗功利的束缚，在更高的层次上恢复"童心"，以真诚之心去对待世界，使生活展现出它的原色、本色，这样他所积累的生活才是真的生活。真的生活才能成为文学创作的基础。

① 左思：《三都赋序》。

② 李贽：《童心说》。

（二）以持久的耐心熟悉生活

对生活必须有持久的耐心，才能熟悉它，进而对它有所发现。浮光掠影，走马观花，虽然也能获得一些生活印象，但很难形成对生活完整的深入的把握，很难成为写作的题材。老舍深知此点，他说："我生在北平，那里的人、事、风景、味道，和卖酸梅汤、杏儿茶的吆喝的声音，我全熟悉。一闭眼我的北平就完整的，像一张彩色鲜明的图画浮立在我心中。我敢放胆的描画它。它是条清溪，我每一探手，就摸上条活泼泼的鱼儿来。济南和青岛也都与我有三四年的友谊，可是我始终不敢替它们说话，因为怕对不起它们。流亡了，我到武昌、汉口、宜昌、重庆、成都，各处'打游击'。我敢动手描写汉口码头上的挑夫，或重庆山城里的抬轿的吗？决不敢！小孩子乍到了生地方还知道暂缓淘气，何况我这四十多岁的老孩子呢！"老舍还说："哪一部像样的作品不是期待多时呢，积了十几年对洋车夫的生活的观察，我才写出《骆驼祥子》啊……"[1]老舍的话说明了文学创作"厚积薄发"的规律，也说明积累生活需有持久的耐心。赵树理有一篇题为《谈"久"》的创作谈，他认为深入生活一定要坚持"久"的原则，他认为"久则亲""久则全""久则通""久则约"，总的意思是只有长期地深入生活，持久地熟悉生活，才能达到对生活的真正的了解。

（三）以体验的方式品味生活

有的人对生活很真诚，很认真，很有耐心，可是仍然不了解生活，这又是怎么回事呢？这是因为他虽然终日在生活里，甚至在生活的旋涡中，但他缺乏对生活的体验和感受，没有品尝到生活的真味。只有经过体验的生活，才是打上艺术印记的生活，也才能进入到文学创作中。从审美的角度看，体验与经历是不同的，经历是一

① 老舍：《三年写作自述》，《老舍论创作》，上海文艺出版社1980年版，第109～110页。

个人所遭遇的事情，偏重于客观，体验是一个人对他所遭遇的事情的回味，是事情过后的感悟，偏重于主观。例如，一个青年作家正在经历失恋，当然这是生活，他为此而痛苦得失去控制，要他在这个时候把他的失恋写出来是不可能的，一定要等待此事过去若干年后，失恋已变成一种深沉的回忆，他已能细细地品尝出那次失恋的真正的意味，这时候，他才能以此题材创作出作品来。

为什么经过体验的生活，才带有艺术的印记，才能成为创作的题材呢？这是因为，未经体验的生活属于功利活动，在没有经过审美转换前是不能变成艺术材料的。经过体验的生活，已不是生活本身，它已被作家用艺术的弓箭，射到一定的距离之外，可以对它进行审美的观照。就是一件痛苦的事情，也已失去其苦味，可以自由地感受，并发现其诗意。体验由于超越了功利的因素，而进入了审美活动的领域。例如，苏轼的词《江城子·乙卯正月二十日夜记梦》：

> 十年生死两茫茫，不思量，自难忘。千里孤坟，无处话凄凉。纵使相逢应不识，尘满面，鬓如霜。　　夜来幽梦忽还乡，小轩窗，正梳妆。相顾无言，惟有泪千行。料得年年肠断处，明月夜，短松冈。

这是苏轼悼念亡妻的一首词，苏轼是在他的妻子死后十年才来写这首词的。试想一下，在他的妻子刚死之时，他悲痛欲绝，手忙脚乱地处理后事，思绪纷乱地考虑今后的生活，哪里写得出词来呢？鲁迅说过，感情正烈时是不宜作诗的，会将诗美杀掉。必须等十年之后，经过时间的筛选，功利得失的考虑，苏轼对其亡妻的感情已蒸发了，他的体验深化了，诗情才会涌上心头，也才能写出这样美好的诗词来。

第二节　作家的思想准备

一、思想与人格对创作的影响

(一)文学创作表现着作家的精神世界

文学创作是社会生活在作家头脑中反映的产物。只要是作家，他的头脑都有非同寻常的能动性，他不会刻板地把生活搬到稿纸上面来，他总是对生活进行一般的人意想不到的改造和加工。几个作家写同一个对象，然而他们的描写可能是完全不一样的。这就说明文学创作不但反映着客观的社会生活，而且也表现着作家主观的精神世界。作家主观的精神世界，包括他的思想、感情、人格、人生观、世界观、个性特征等，都必然会在他创作的作品中留下深刻的印记。

当然，有的作家是自觉地宣扬他的思想观念，以表达他对周围世界的看法，对时代所面临问题的看法。例如，在文学创作上取得突出成就的一批俄国民主主义作家，对俄国专制统治下的现实极为关注，并提出了各自的批判。俄国批评家别林斯基说过："艺术和文学，在我们今天，比从前更加变成了表现社会问题的东西，因为在我们今天，这些问题变得更普遍，更公开，更明显，对大家成为第一等有兴趣的事情，成了一切问题中最首要的问题。"①这样，作家们就会自觉地在自己的作品中，鲜明地表达对社会问题的看法。例如，俄国著名作家果戈理就说："相信我，不管出版什么样的艺术作品，如果里面没有今天社会转动的那些问题，如果里面不写出我们今天需要的人物来，它在今天就不会有任何影响。不做到这一点，

① 别林斯基：《别林斯基论文学》，新文艺出版社 1958 年版，第 37 页。

那么，从大仲马工厂里出来的任何一部小说都会把它打倒。”[1]由于俄国民主主义作家都抱着类似的看法，因此，从普希金到列夫·托尔斯泰、契诃夫，都总是自觉地在他们的创作中宣扬其思想观念，对社会进行批判。又如，我国“五四”时期的新作家，也是自觉地把文学作为启蒙的工具，在自己的作品中批判封建的伦理道德，解剖国民性的弱点，宣扬自由、民主、个性解放等，如鲁迅、郭沫若等作家都是自觉这样做的。鲁迅就说他在“五四”时期的创作是“遵命文学”，是遵奉“革命的前驱者的命令，也是我自己所愿意遵奉的命令”。[2] 在社会主义新时期开始的时候，如《班主任》《天云山传奇》《乔厂长上任记》等许多作品，自觉地配合政治上的拨乱反正，批判“以阶级斗争为纲”的错误路线，这种创作有自觉的、明确的思想。

有的作家在创作时也许自己并没有意识到要表现思想，但他在创作中仍然不自觉地、无意识地表现了自己的思想与人格。就是说，作家的思想和人格一旦形成，它作为一种潜在的、巨大的、不可抑制的力量，总要顽强地表现出来，在无意识中表现出来，甚至作家想控制想隐蔽也是不可能的。美国著名诗人华尔脱·惠特曼说：“在你写的东西中，没有一个特征不是你自己身上的。如果你凶恶而庸俗，那是逃不过任何人的眼睛的。如果你喜欢吃午饭的时候背后站着一个仆人，那这也会表现在你的作品里。如果你爱叨唠，好嫉妒，看女人的样子下贱，这些都会表现在你有意省略的地方，甚至将会表现在你尚未写出的东西里。”[3]这种情况在许多作家的创作中得到了证实。当然也有的作家想作假，所谓“巨奸为忧国语，热中人作冰雪文”，但他对生活的态度，他对人生的看法，他的思想总会在某个地方不自觉地流露出来，他主观世界的一切总躲不过稍微留意的读

① 果戈理：《文学的战斗传统》，新文艺出版社1953年版，第144页。
② 鲁迅：《〈自选集〉自序》，《鲁迅全集》第4卷，人民文学出版社2005年版，第469页。
③ 魏列萨耶夫：《果戈理是怎样写作的》，天津人民出版社1980年版，第98～99页。

者的眼睛。

总之，文学创作总是必然地、这样或那样地表现着作家的主观世界。

(二)进步的思想和高尚的人格作为创作的准备

既然文学创作必然要表现作家的主观世界，那么作家就必须要在思想和人格上做好准备，加强思想和人格的修养，使自己具有进步的思想和高尚的人格。

文学不仅仅是对生活的再现，而且也是对生活的积极的反映和评判。作家面对着五光十色的、纷繁复杂的生活，怎样才能做出真实的反映和正确的评价呢？关键在于思想是否进步、人格是否高尚。一个思想消极颓废、人格卑微低下的作家，他对生活的发展潮流总会怀着漠然的态度和恐惧的心理，他不敢面对现实，他必然戴着有色眼镜观看生活，因此他看不清生活本来的面貌和生活的本质，更看不清生活的发展趋势。这样他的创作必然不能对生活做出真实的反映和合乎实际的正确的评判，更不能指明生活的前景。一个具有进步的思想和高尚的人格的作家，他相信生活中的进步潮流终将战胜一切落后的、保守的势力，他必然会正视现实，他有可能透视生活的底蕴，预测生活的发展趋势。这样他的创作就可能对生活做出真实的反映和合乎实际的正确的评判，有可能指明生活的前景。因此，一个作家思想是否进步，心灵是否美好，人格是否高尚，对创作的基本倾向具有决定性的意义。

鲁迅对这个问题有非常精辟的论述。他说："美术家固然须有精熟的技工，但尤须有进步的思想与高尚的人格。他的制作，表面上是一张画或一个雕像，其实是他的思想与人格的表现。令我们看了，不但欢喜赏玩，尤能发生感动，造成精神上的影响。"①鲁迅的话适用于一切文学艺术家。的确，一切文艺作品都是作者的"思想与人格

① 鲁迅：《随感录·四十三》，《鲁迅全集》第1卷，人民文学出版社2005年版，第346页。

的表现”，因而一切文艺家“都须有进步的思想与高尚的人格”。应该看到，同样的生活材料，在思想与人格不同的作者手里，可以变成思想倾向很不相同的作品，因为作者的思想与人格必然会走进作品的深处，构成作品的品质。例如，唐代诗人元稹和白居易以同样的题材写了同题诗作《上阳白发人》。由于元稹的思想境界比较低，虽然在诗中也同情上阳白发人，但主要还是借上阳白发人来悲叹“肃宗血胤无官位”“王无妃媵主无婿”，所以他的最后结论是“何如决壅顺众流，女遣从夫男作吏”。这样一来，这首诗就缺少了思想力量。白居易的思想境界比较高，所以诗中不但对上阳白发人充满了深刻的同情(诗中写道：“上阳人，苦最多。少亦苦，老亦苦，少苦老苦两如何!”)，而且对“后宫三千”的制度进行了猛烈的抨击。

今天，我们的社会正处在政治、经济和文化的深刻的转型期，在部分人那里，旧的价值观念解体，而新的价值观念又没有完全建立起来，于是出现了价值观念的混乱，拜金主义流行，千年的沉渣泛起。此刻，我们的作家更要有清醒的头脑和正确的价值观念，并把自己的创作和新的价值观念的重建工作联系起来。因此，进步的思想和高尚的人格作为创作的准备就更显得重要了。

二、思想洞察力及其作用

(一)思想洞察力与创作的穿透力

一个真正的作家不仅仅要正确地反映生活，而且要深刻地揭示生活的本质与规律。正如列宁所说：“如果我们看到的是一位真正伟大的艺术家，那末他就一定会在自己的作品中至少反映出革命的某些本质的方面。”[①]要揭示生活的本质和规律，是很不容易的。因为

① 列宁：《列夫·托尔斯泰是俄国革命的镜子》，《列宁论文学与艺术》，人民文学出版社1983年版，第201页。

生活是一本大书，它是那样博大、丰富、纷繁、芜杂，有时现象掩盖着本质，假象掩盖着真相，美掩盖着丑，丑掩盖着美。一个作家要从生活现象中揭示出初级本质，又深入到二级本质、三级本质……没有艺术家的勇气和思想的洞察力，是万万不行的。思想正确是许多人都能达到的，而思想的洞察力，则只有少数人才有。思想正确而无洞察力，往往只能认识生活表层的东西；思想正确而又有洞察力，才能深入到生活的底蕴，从而把生活的本质揭示出来，其创作才有对生活的穿透力。文学创作最忌平庸，而思想肤浅或缺乏洞察力正是导致创作平庸的根本原因。

伟大的艺术家，不仅是一个艺术家，而且同时是一个思想家。他不会满足于用自己的作品去图解现成的思想结论，而总是对生活进行独特的深入的探求和思考。他的作品不但真实地反映现实、正确地评判现实，而且也贯穿着对他所属时代的社会问题、人生问题的执着的追问。他不但提出问题，而且总是要做出不同于别人的独特的回答。他洞幽烛微，在社会、人生问题上有所发现，有所宣告，有所启示，有所提醒，表达千万人民想表达却还没有找到恰当形式来表达的愿望，反映历史发展的要求。他的创作成为时代的风雨表，成为超前的预言，成为历史运动的先兆。也许有人会说，这个要求太高，并不是所有作家都能达到的。不错，这个要求是很高，不会轻易被达到。但是一个真正有志于创作的人，则不能不朝这个方向努力。“取法其上，仅得其中。”一个真正的作家不能不对自己提出这样的要求。那些丧失探索生活的勇气，不用自己的头脑思考问题，不准备献给世界任何新的东西的作者，如果不是缺乏才能，那就是庸人和懒汉。他们的经验是不足取的。

俄国批评家杜勃罗留波夫曾说：“通常并非是这样发生的：文学家向哲学家借用他的思想，然后把它们贯彻在自己的作品里。不，它们双方都是独立进行的，双方都从一个原则——现实生活的原则出发。”[①]的确，中外杰出的作家，并不是永远跟在哲学家的后面，去借用人家的思想。文学家和哲学家都同时面对生活，从不同的视角，以不同的方式，发现不同的生活真理，他们同时成为他们所处时代的人类认识的最高和最深刻的代表。“莎士比亚就是这样的。他的剧本中有许多东西，可以叫作人类心灵的新发现；他的文学活动把共同的认识推进了好几个阶段，在他之前没有一个人达到过这种阶段，而且只有几个哲学家能够从老远地方把它指出来。这就是莎士比亚所以拥有全世界意义的原因：他指出了人类发展的几个新的阶段。”[②]这些话并非虚夸之辞，马克思、恩格斯不仅高度评价莎士比亚的戏剧创作，而且在他们的著作中大量引用莎士比亚的剧本。据统计，他们引用过的莎士比亚剧本中的人物来说明历史与现实的本质多达 50 个左右。马克思和恩格斯运用莎士比亚剧本中的人物来批判资本主义的丑恶，运用鲜明的人物形象来揭露腐朽反动势力的丑恶嘴脸。马克思不无幽默地说：“莎士比亚塑造的典型在 19 世纪下半叶开出了灿烂的花朵。”莎士比亚剧本中人物的对话和独白，因马克思和恩格斯的引用而变得非常著名。马克思在《德意志意识形态》这部重要著作中，这样引用莎士比亚剧本《雅典的泰门》诅咒黄金的句子：

> 金钱是财产的最一般的形式，它与个人的独特性很少有共同点，它甚至还直接与个人的独特性相对立，关于这一点，莎士比亚要比我们那些满口理论的小资产者知道得更清楚：
>
> 金子，只要一点儿，
> 就可以使黑变成白，
> 丑变成美，

① 杜勃罗留波夫：《文学论文选》，上海译文出版社 1984 年版，第 346 页。
② 杜勃罗留波夫：《文学论文选》，上海译文出版社 1984 年版，第 345 页。

错变成对，
卑贱变成高贵，
懦夫变成勇士，
老朽的变成朝气勃勃！
啊！这个闪闪发光的骗子手……
它使人拜倒于多年不愈的脓疮之前；
它使年老色衰的孀妇得到丈夫；
那身染毒疮的人，连医院也感到讨厌而要把他逐出门，
但它能使他散发芬芳，像三春天气一样的娇艳！……
……你，我们看得见的神，
你可使性格全异的人接近，
使他们接吻！……①

泰门是雅典的贵族，当他富有而慷慨时，人们围着他，为他唱颂歌；可当他败落之后，那些所谓的朋友却把他视同路人，远远地躲开他。泰门由此看清世人的面目。他从此远离人世，躲进海滨的山洞里，拒绝和任何人来往。他诅咒黄金，认为它是人间罪恶的根源。由于泰门的话深刻地揭露了货币的本质，马克思多次引用它，并对它有过精彩的分析：通过货币媒介而为我存在的东西，我可以付钱买的东西，也就是货币可以买的东西，是我作为货币持有者的身份。我的力量跟货币的力量一般大，货币的各种属性是我这个持有货币的人各种属性和本质的力量。所以，我的身份，我能够干什么，决非由我个人的特征所能决定。我丑陋，但是我能给我自己买到人间最美丽的女人，所以我并不丑陋，因为丑陋的作用，它那使人厌恶的力量被货币抵销了。按我个人的特征，我是个跛子，但是货币使我

① 《马克思恩格斯全集》第3卷，人民出版社1960年版，第254～255页。

获得二十四条腿，所以我并不是跛子。我是一个邪恶、不老实、不讲信义、迟钝愚蠢的人，但是货币是受人尊敬的，所以它的持有者也受人尊敬。货币至高至善，所以它的持有者也至高至善。除此之外，货币还使我不会让人说我不诚实，因此大家设想我诚实可靠。我头脑迟钝，但是货币是万物的真正头脑和精神，所以怎么能说货币的持有者没有头脑呢？再者，他还可以为自己买到富有智慧的人，如果他对那些富有智慧的人具有控制大权，那么，他本人岂不比他们更富有智慧吗？我通过货币能办到人的心灵所希求的一切，我岂不掌握一切人的能力了吗？所以我的货币岂不是把我的一切无能转化为它的对立面了吗？[①] 通过马克思的分析，我们可以看到莎士比亚对金钱的描写是何等深刻有力。金钱、货币本是平常之物，但莎士比亚从这平常之物中看出了极不平常的东西，那种可以把人的一切特征都消解的力量。没有思想的洞察力，莎士比亚是不可能使他的作品具有如此强的穿透力的。又如，鲁迅能够成为中国现代文学史上的巨匠，也首先在于他的创作思想犀利和深刻，以及他的独特的洞察力。鲁迅通过他的作品所透露出来的关于思想革命应是政治革命的先导的观点，关于改变国民性弱点的思想，关于“打落水狗”的思想等，都入木三分，十分深刻，足以振聋发聩，发人深思。一切伟大的作家都是生活的钻探机，他们能深入到生活的最深层，从生活的石块中发掘出思想的美玉。他们是这样的人：能从平凡中发现伟大，又能从伟大中发现平凡；能从美丽中发现丑陋，又能从丑陋中发现美丽；能从简单中发现复杂，又能从复杂中发现简单；能从现在推知未来，又能从未来评判现在……

(二)获得思想洞察力的途径

作家的思想洞察力主要是在生活实践和长期学习中获得的。

---

① 转引自希·萨·柏拉威尔：《马克思和世界文学》，生活·读书·新知三联书店1980年版，第105～106页。

首先，作家要到生活实践中去磨砺自己的思想。生活实践不但可以使作家获得创作的源泉，而且也可以使作家磨砺自己的思想。因为生活是一位很严厉的教师，它会向作家提出这样或那样的难题，而且要求作家千方百计做出回答，这样生活实践就可以锻炼他的眼力，深化他的思想。关于这一点，高尔基有很好的论述，他说："作家必须知道一切——生活的整个潮流和一切细小的支流，现实生活的一切矛盾，它的悲剧和喜剧，它的英雄主义和庸俗习气，虚伪和真实。他应当知道，某一现象看起来不管有多么细小和不重要，然而它不是正在崩溃的旧世界的一个碎片，就是新世界的一个萌芽。"①的确，生活是复杂的，生活中你会遇到一切你想象不到的东西，你怎样来理解它，怎样来对待它，这对你来说就是一种锻炼，一种考验，你就会运用你的能力，见微知著，想法从萌芽状态中预见到未来可能发生的一切，并做出准确的判断。

其次，作家要长期坚持学习。要学习马克思主义，马克思主义是政治上和思想上的望远镜和显微镜，借助这望远镜和显微镜去观察生活、探究生活，就可以看得远、看得深。此外，古今中外一切伟大的思想家和文学家的著作都应该认真地研读，因为在他们的著作中，总结和概括了历代的生活实践的经验和教训，有许多思想精华值得吸收。一个作家只有站在前代思想巨人的肩上，才有可能攀上文学创作的高峰。作家的学者化之所以必要，在于通过持久的学习，不断地建构自己的心理图式，不断地开阔自己的视野，不断地提高自己的直觉能力，不断地提高自己的思想水平，最终将其潜移默化地作用于创作。

① 高尔基：《给初学写作者的信》，《论文学》，人民文学出版社 1978 年版，第 230 页。

第三节　作家的文学修养

一、继承中外的文学遗产是创作的必要准备

(一)文学创作的历史继承性

文学创作需要生活和思想，同时还需要有相当的文学修养。没有文学修养，创作很难起步，即使起步也很难有大的发展。为什么文学修养对文学创作具有一定的制约作用呢？这是因为文学创作具有历史继承性。任何一个作家都不可能凭空进行创作，他的创作都是在思想内容和艺术形式上，吸收了中外历史上文学创作的养分的前提条件下开始的。因此任何一个已经获得成功的作家，总是对曾经吸引过他并给他的创作以思想的或艺术的启发的前辈作家，怀着感激之情。没有一个作家能够例外。以现代著名诗人郭沫若为例，他开始写诗，并成为“五四”新文学运动中重要的诗人，是由于他受到了一系列中国和外国进步诗人的影响，从他们身上吸收了养分，受到了启发。郭沫若的母亲在他还很小的时候，就教他暗诵唐诗。他后来回顾自己的诗歌创作过程时说：

> 一、诗的修养时代
>
> 唐诗——王维、孟浩然、柳宗元、李白、杜甫、韩退之(不喜欢)、白居易。
>
> 《水浒传》《西游记》《石头记》《三国演义》都不曾读完，读完且至两遍的只一部《儒林外史》。喜欢《西厢》。喜欢林纾译的小说。
>
> 二、诗的觉醒期
>
> 太戈儿、海涅。

三、诗的爆发

惠迭曼、雪莱。

四、向戏剧的发展

歌德、瓦格纳。

五、向小说的发展

福楼伯尔、屠格涅甫、斐理普、柔尔·鲁纳尔。

六、思想的转换 ①

郭沫若作为一个诗人的文学修养是由上述这些作家、诗人的作品的思想和艺术内化而成的。没有这些作家、诗人的滋养，他就没有文学的根基，也就不能成为一位伟大的诗人。应该指出的是，有些诗人对郭沫若的影响是直接的巨大的。例如，美国诗人惠特曼对郭沫若"五四"时期的诗歌创作的影响就特别大。他自己说："我那时候不知从几时起又和美国的惠特曼的《草叶集》德国的华格纳的歌剧接近了，两人也都有点泛神论的色彩的，而尤其是惠特曼的那种把一切的旧套摆脱干净了的诗风和五四时代的暴飙突进的精神十分合拍，我是彻底地为他那雄浑的豪放的宏朗的调子所动荡了。在他的影响之下，应着白华的鞭策，我便做出了《立在地球边上怒号》《地球，我的母亲》《匪徒颂》《晨安》《凤凰涅槃》《天狗》《心灯》《炉中煤》《巨炮的教训》等那些男性的粗暴的诗来。"②从某种意义上说，没有惠特曼的影响就不会有郭沫若的这些诗作。前辈作家的创作精神和风格对一个新的作家的影响作用由此可见一斑。

还值得注意的是，在文学史上，有些作家不仅学习了前辈作家的思想、艺术和境界，而且他们的有些作品就是直接从前辈作家的

---

① 郭沫若：《离沪之前》，《沫若文集》第 8 卷，人民文学出版社 1958 年版，第 281～282 页。

② 郭沫若：《我的作诗的经过》，《沫若文集》第 11 卷，人民文学出版社 1958 年版，第 143 页。

作品脱化出来的。这种例子也很多。例如，明代学者谢榛在《四溟诗话》中说："《世说新语》：徐孺子九岁时，尝月下戏。或云：'若令月中无物，当极明邪？'子美诗：'斫却月中桂，清光应更多。'意祖于此，造句奇拔。观者不觉用事。所谓'读书破万卷，下笔如有神'，杜老不欺人也。"①这是说杜甫的诗句"斫却月中桂，清光应更多"，从《世说新语》中脱化而出，说明杜甫善于销熔古人的句子，另创新意。又如，唐代韩愈有一首题为《早春》的诗："天街小雨润如酥，草色遥看近却无。最是一年春好处，绝胜烟柳满皇都。"宋代苏东坡显然对此诗极为欣赏，他写下了一首题为《赠刘景文》的诗："荷尽已无擎雨盖，菊残犹有傲霜枝。一年好景君须记，最是橙黄橘绿时。"这两首诗意思相同而用语不同，但两诗对所写对象都能曲尽其妙。苏东坡是借韩诗的结构而自起楼阁。这类从古人的作品经过转化而创造出新作品，更直接说明文学创作的历史继承性。马克思说："人们自己创造自己的历史，但是他们并不是随心所欲地创造，并不是在他们自己选定的条件下创造，而是在直接碰到的、既定的、从过去承继下来的条件下创造。一切已死的先辈们的传统，像梦魔一样纠缠着活人的头脑。"②马克思的话告诉我们，在我们进行创造的时候（包括文学创造），不是我们要不要继承传统的问题，在这个问题上，我们没有选择的余地，因为先辈的传统总是死死缠住我们不放。今天的文学创作是过去时代文学创作的发展。人们只能在前人提供的条件下进行创造。历史的继承性是一种必然。所以对于作家来说，与其被动地接受文学遗产，还不如主动地学习文学遗产，主动地学习文学遗产意味着可以按照自己的个性和兴趣进行选择，更有利于自己的艺术追求和创作风格的形成。

---

① 谢榛：《四溟诗话》。

② 马克思：《路易・波拿巴的雾月十八日》，《马克思恩格斯全集》第 8 卷，人民出版社 1961 年版，第 121 页。

(二)文学修养对文学创作的制约作用

我们说继承中外优秀的文学遗产是创作的必要准备，不仅是因为文学创作有历史继承性，而且还因为作家通过学习文学遗产所形成的文学修养对创作具有制约作用。一个人凭着自己的灵性和体验到的感情，写出一篇或若干篇作品是可能的，但他不能仅仅凭着灵性和体验，成为一个具有持久的、旺盛的创作力的优秀作家。许多作家之所以一辈子，甚至到他的晚年，仍然能写出很好的作品来，其原因之一就是他具有深厚的文学修养。著名教授钟敬文在谈到诗人的修养时说："诵读，是这方面学习上一件决不能够缺少的事，因为在前人和同时代人的作品里，你可以领略到各种现实的和想象的世界，可以体味到各种性质的思想和情绪，可以领会怎样诗化客观事物的方法，可以了解怎样的情思是属于诗的，以及认识诗的各种表现方式。总之，在那些诗作上，你会接触到诗的境界，吸取着诗的气氛，了解艺术的方法和形式。你将由这些激发起诗的灵感和训练着诗的才能。"①诗人要学习，以增加自己的文学修养。一切作家都要学习，以增加自己的文学修养。实际上，对作家来说，对文学遗产学习得越多，学习得越好，学习得越持久，其学习的内容就越能内化为他的血肉，变成他的无意识，在创作中就会自然而然地发挥作用，在无意间促进你的创作。就像一个篮球运动员，由于他平时经过千万次的训练，那么他在正式比赛中，他在某一个瞬间就会有连他自己都难以置信的高超的表演。

文学修养不但关系到一个作家旺盛与持久的创造力，而且也关系到创作水平的发挥。毛泽东说："我们必须继承一切优秀的文学艺术遗产，批判地吸收其中一切有益的东西，作为我们从此时此地的人民生活中的文学艺术原料创造作品时候的借鉴。有这个借

① 钟敬文：《诗的修业》，《兰窗诗论集》，北京师范大学出版社1993年版，第78页。

鉴和没有这个借鉴是不同的，这里有文野之分，粗细之分，高低之分，快慢之分。”[①]毛泽东这里所说的“文野之分，粗细之分，高低之分，快慢之分”都是文学创作水平问题，他的意思显然是讲，一个作家对文学遗产的继承如何，吸收如何，对其创作水平具有制约作用。毛泽东所言，已被无数作家的创作实践所证实。许多作家同时又是饱学之士。著名作家王蒙提出“作家学者化”，也是强调文学遗产的学习与吸收。提高文学修养，对创作水平的提高是至关重要的。

此外，文学遗产的学习与吸收，提高文学修养，也是文学出新的基础。一个作家不能总模仿别人，也不能模仿自己，他要给世界贡献出新的东西来。法国著名作家雨果说：模仿“总是艺术的灾祸”，“哪怕你是拉辛的回响或者是莎士比亚的返照，你总不过是声回响、是个返照。即使你很成功地模仿了一个有天才的人，你也缺少他的独创精神。”[②]但如何才能不断出新并表现出独创精神呢？这就需要有深厚的文学修养。学习古人和同时代人作品和思想应是作家终生要为之努力的事。学古与创新是对立的统一。“不学古人，法无一可；竟似古人，何处着我？”“平居有古人，而学力方深；落笔无古人，而精神始出。”(袁枚)这些话是很有道理的，如果平时善于吸收古人的思想和技巧，养成深厚的学力，那么在落笔之际，就是目中似乎无古人，古人也在暗中帮助你，你在创作作品时就能超越前人而独步一时，独树一帜。

---

① 毛泽东：《在延安文艺座谈会上的讲话》，《毛泽东论文艺》，人民文学出版社1983年版，第58页。

② 雨果：《〈短曲与民谣集〉序》，《古典文艺理论译丛》第2册，人民文学出版社1961年版，第120页。

二、充实文学修养的基本方法

(一)综合式吸收

创作者都有自己特别喜欢的作家，对这些作家倾注更多的热情是可以理解的。但形成自己的文学修养要靠博取众长，综合吸收前人作品的各种养分。杜甫提出："不薄今人爱古人，清词丽句必为邻"，"别裁伪体亲风雅，转益多师是汝师"的主张，是十分有道理的。杜甫的意思是，不论是今人还是古人，只要是清词丽句，都应该学习。在去伪存真的条件下，应该"转益多师"，遍学前贤，博取众长，熔古铸今。只喜欢或学习一两个作家，就显得偏狭，不足以形成深厚的文学修养。古代许多有成就的诗人、作家都主张"多师为佳"，即综合吸收。例如，清代袁枚在给人的信中谈道："诗宗韩、杜、苏三家，自是取法乎上之意，然三家以前之源流不可不考，三家以后之支流不可不知。《书》曰：'德无常师，主善为师。'子贡曰：'夫子焉不学而亦何常师之有？'杜少陵曰：'转益多师是汝师'，皆极言师法之不可不宽也。三家虽是大家，然拘守之，则取径太狭……且诗中之题目甚多，而古人之擅长不一。如庙堂宜沈、宋，风月宜王、孟，登临宜李、杜，言情宜温、李，属辞比事宜元、白，岩栖谷饮宜陶、韦，咏古器物宜昌黎。在古人名成而去，原各不相谋，我辈宜兼收而并蓄之，到落笔时相题行事，方不囿于一偏，迨至真积力久、神明变通之后，其中又有我在焉，自成一家，令人莫测其所由来，则于斯道尽之矣。"[①]袁枚的论述对杜甫的思想做了很好的补充，道理也说得很透彻，把各家的特点都加以吸收之后，就会出现"神明变通"，即把各家各派在自己的储存里融为一体，这样就有

① 袁枚：《与梅衷源》。

可能驱驾众家，卓然自成一家，而雄视万代。像现代文学史上的大家都是在博取众长之后，卓然自成一家的。鲁迅对中国古代的典籍十分熟悉，他甚至亲自抄写古碑、古帖，为了写《中国小说史略》，他阅读了大量的古代小说，一一做了考订，他的这种综合吸收，为他后来的小说创作和杂文创作打下了坚实的基础。又如，前面我们所说的郭沫若，对中外的作品也是无所不懂，无所不通，所以才成为中国现代文学史上第一位伟大的诗人。

(二)对话式的理解

作家对前人和外国人的作品的研读，应是一种对话式的理解，通过这种对话式的理解，才能真正增强作家的文学修养。实际上，任何一个人对前人或外国人的作品的研究，不可能是还原式的，只是对话式的。这里有两个原因。

第一，读者在阅读作品时，他的心中不是一张白纸，他的心中已形成一个预成图式。所谓预成图式是指读者在先天和后天条件作用下，对外界事物刺激所做的准备状态，这种准备状态每个人都不同，因此每个人对外界的刺激的反应都不一样。对作家的阅读来说，情况也是如此。鲁迅说："作者用对话表现人物的时候，恐怕在他自己的心目中，是存在着这个人物的模样的，于是传给读者，使读者的心目中也形成了这人物的模样。但读者所推见的人物，却并不一定和作者所设想的相同，巴尔札克的小胡须的清瘦老人，到了高尔基的头里，也许变成了粗蛮壮大的络腮胡子。""文学虽然有普遍性，但因读者的体验的不同而有变化……譬如我们看《红楼梦》，从文字上推见了林黛玉这一个人，但须排除了梅博士的《黛玉葬花》照相的先入之见，另外想一个，那么，恐怕会想到剪头发，穿印度绸衫，清瘦，寂寞的摩登女郎；或者别的什么模样，我不能断定。但试去和三四十年前出版的《红楼梦图咏》之类里面的画象比一比罢，一定是截然两样的，那上面所画的，是那时的读者的心目中的林黛玉。”①因此，阅读前人的和外国人的作品是跟前人和外国人对话，他们通过作品发出了信息，我们在阅读时也将自己的理解投向作品，这样就形成了交流和对话。正是这种交流和对话有利于将前人和外国人的作品读活，有利于文学修养的增进。

第二，美国一位学者说：文本是历史的，历史又是文本的。这意思是说，一方面，我们要把文本放到历史中去考察；另一方面，文本作为历史是不确定的，它不是凝固的，它可能有多种意义，读者不必去死死地追求原意，读者有权力根据自己的预成图式去理解作品。《长恨歌》的历史文本是不确定的，可以有几种意义，或者把它理解为对唐明皇荒淫奢侈的暴露，或者把它理解为对唐明皇与杨贵妃爱情的忠贞执着的歌颂，或把它理解为暴露与歌颂的双重意义的交叉……文本的不确定性也为古今对话提供了可能的条件。

作家正是在古今对话、中外对话中，获得活的文学知识，增进文学修养。

生活积累、思想准备和文学修养是形成创作能力的三要素。对创作来说，生活是基础，思想是灵魂，文学修养是创作的必要条件。有志于创作的人必须从生活、思想和文学修养三个方面下功夫，三者缺一都不能形成真正的创作能力。

---

① 鲁迅：《看书琐记》，《鲁迅论文学》，人民文学出版社1959年版，第172～173页。

文学创作的客体

一个作者如果具备了基本的创作条件的话，那么他首先面临的是写什么的问题。就像一个学者，在他有了一定的准备之后，首先要考虑的是研究什么的问题。对作家而言，就是创作客体的问题，创作对象的问题。过去有一种说法，认为文学创作与社会科学的对象是同一的，文学创作和社会科学都以社会生活为客体，为对象，只是所用的方法不同。文学创作用形象反映生活，社会科学用逻辑反映生活，可它们反映的可能是同一客体、同一对象。这种看法，没有揭示文学创作在反映客体上的规律，影响创作质量的提高。在这一章，我们将着重讨论文学创作的客体问题，指出它与一般的人文学科在对象上的根本区别，并试图揭示文学创作客体的若干规律。

第一节　文学创作的对象——人的世界

一、人的鲜活世界是文学创作的对象

(一)活生生的人及其感情世界是文学创作的对象

的确，文学创作和人文学科都以人及其生活为对象，它们都关注人的生存和生存的意义，其目的也都是为了使人的生活变得更充实、更美好。这是它们的相同和相通之处。但是，如果我们更具体地分析一下，就会发现，它们的具体对象实际上是不同的，而且是很不相同的。哲学以及其他人文学科以人为对象时，实际上是蒸发掉人的活生生的感性生命和情感，而剩下某种抽象的普遍的社会属性，或者说舍弃了他的感情形态而注重他的理性意蕴。总之，人文学科把人的活生生现实蒸发为科学的抽象。人文学科不会去研究每个具体的人(如张三或李四的性格和命运)，它关心的只是一般的普遍的人。文学创作虽然也对人及其生活进行艺术的概括，但仍以具体的活生生的人和人的感情世界，特别是人的灵魂为对象。文学反映生活，不是离开具体的人去反映，相反正是通过人去反映生活。人和人的生活是无法加以割裂的，当然这里有主从之分。人是生活的主人，是社会现实的主人，抓住了人，也就抓住了生活，抓住了社会现实。

在这个问题上，马克思和许多作家都有过论述。马克思在致斐·拉萨尔的信中批评了拉萨尔作品中的人物塑造，认为他没有写出活生生的人。他说："这样，你就得更加莎士比亚化，而我认为，你的最大缺点就是席勒式地把个人变成时代精神的单纯的传声筒。"莎士比亚是英国文艺复兴时期伟大的剧作家，他的作品以写活生生的人的感情世界的丰富多彩著称，席勒则是德国 18 世纪时期的作家，他的作品常犯的毛病是把人物概念化。马克思提倡“莎士比亚化”，反对“席勒式”，其意义在于不仅指出怎么写，而是首先强调写什么，即对文学创作的客体做出了规定——要写活生生的人及其感情世界，就像莎士比亚所写的那样。值得指出的是，马克思曾给予较高评价的法国19世纪浪漫主义作家乔治·桑也认为文学创作的对象是活的人。她在给当时已负盛名的法国作家福楼拜的一封信中说：“人首先是人。我们希望在一切历史和一切事件里头找到人。这正是《情感教育》的缺点。很久以来，我就在为这部书思索，奇怪怎么会有那么多人反对一本这样完善、这样牢实的作品。这种缺点就是：人物的动作没有反射到自己身上来。他们承受事件，永不加以占有。……相反，你如今又在拿莎士比亚滋养自己，你做得对！就是他，放出人来，和事件斗争；你注意一下，他们好也罢，坏也罢，永远战胜事件。在他的笔底下他们击败事件。”[1]乔治·桑对《情感教育》一书的批评也许是不对的，但她在这里提出的文学创作要写活人，事件与人相比，人是主要的因素，事件要由人物来驾驭和占有，要以莎士比亚来滋养自己，这些观点深刻地总结了文学创作客体的规律。有些初学写作者，一拿起笔就急迫地想编故事，而把人忘记了，这种见物不见人的作品注定要失败。关于这一点，老舍曾说：“有些作品为什么见物不见人呢？这原因在于作者。不少作者常常有一肚子故事，他急于把这些动人的故事写出来，直到动笔的时候，才想到与事件有关的人物，于是，人物只好随着事件走，而人物形象往往模糊、不完整，不够鲜明。世界上的著名的作品大都是这样：反映了这个时代人物的面貌，不是写事件的过程，不是按事件的发展来写人，而是让事件为人物服务。还有一些名著，情节很多，读过后往

---

① 乔治·桑：《致福楼拜》，《文艺理论译丛》第3期，人民文学出版社1958年版，第180页。

往记不得，记不全，但是，人物却都被记住，所以成为名著。"①老舍在这里强调的是人物在作品中的重要地位，事件只有在与人物的个性与命运相关时，才是需要的。请试想一下，如果我们把《红楼梦》里的贾宝玉、林黛玉、薛宝钗、王熙凤、贾母、王夫人、袭人、晴雯、刘姥姥等活生生的人物及其感情世界抹去，只剩一些故事轮廓，《红楼梦》还能成为名著吗？这些都说明，真正的作家只对有血有肉的、有思想感情的人及其性格命运感兴趣。也正因此，作家只对人的一切活的东西进行观察。法国著名作家莫泊桑回忆他的老师福楼拜是如何教他观察活的人、活的物的："当你走过一位坐在他门口的杂货商的面前，一位吸着烟斗的守门人的面前，一个马车站的面前的时候，请你给我画出这杂货商和这守门人的姿态，用形象化的手法描绘出他们的包藏着道德本性的身体外貌，要使得我不会把他们和其他杂货商、其他守门人混同起来，还请你用一句话就让我知道马车站有一匹马和它前前后后五十匹马是不一样的。"②

所以，高尔基提出"文学是人学"的命题，是很有见解的，有待我们慢慢去体会。因为他以最简洁的语言指明了人的鲜活世界是文学创作的客体、对象。

(二)尊重人物的性格和命运的逻辑

那么，作者怎样才能反映鲜活的人及其感情世界呢？这牵涉到许多问题。但从根本上说，就是作家要尊重业已形成的人物的性格和命运的固有逻辑，不能把笔下的人物当作傀儡随意差遣，硬要他说他不可能说的话，做他不可能做的事。作品中的人就像自己一样，像自己的亲人、朋友一样，像自己的仇敌一样，有他们自己的个性，有自己的感情世界，有自己特有的喜怒哀乐的表达方式，有自己独特的命运，作者只有尊重他们，才能进一步真实地描写他们，他们

---

① 老舍：《人物、语言及其他》，《出口成章》，作家出版社 1964 年版，第 12 页。

② 莫泊桑：《"小说"》，《文艺理论译丛》第 3 期，人民文学出版社 1958 年版，第 175 页。

才能作为活的生命而存在。列夫·托尔斯泰说:“照我看来,每一部文学作品(艺术作品也包括在内)有三个要素:(一)甚么人和甚么样的人在说?(二)怎么说?——他说得好还是坏?(三)他是否说他所想的以及完全是他所想到所感到的东西。对我来说,这三个要素的不同的结合决定着人类思想的一切作品。”①他的话中,第三点最富启发性,这里的“他”是作家笔下的人物,作家可以虚构“他”,但决不能任意摆布他,“他是否说他所想的以及完全是他所想到所感到的东西”,决定这个“他”是不是活生生的,真实的。这就是说,作家的艺术创作过程,并不是手艺匠的编造过程,随着作品主题和情节的展开,当人物获得一个真实的运转的艺术逻辑,逐渐具有比较明确的个性,开始和它的生活环境形成一个有机的整体,并且人物和人物之间的关系也产生内在的逻辑的时候,人物在作家笔下形成的个性化生命就会开始产生出一种力量来。这种力量必然会要求作家在它已经获得的这种真实的性格和命运的逻辑性的基础上把它写下去,要求它不仅考虑自己的构思,也要考虑人物本身已经开始显现出来的这种力量,而不要任意地去破坏它。或者我们用文艺理论家钱谷融先生的话来说:“在文学领域内,一切都决定怎样描写人,怎样对待人,真正的艺术家决不把他的人物当作工具,当作傀儡,而是把它当成一个人,当成一个和他自己一样的有着一定的思想感情、有着独立个性的人来看待的。他一定是充分尊重这个人的个性的,他可以通过自己的是非爱憎之感来描写这个人物;他可以在他的描写中表示他对这个人物的赞扬或是贬责,肯定或是否定;正像在生活中,他可以通过自己对一个人的评价来介绍这个人一样。但他决不能把自己的意志强加到他的人物身上,强使他的人物屈从自己的

① 列夫·托尔斯泰:《致亚·尼·贝宾》,《文艺理论译丛》第1期,人民文学出版社1957年版,第234页。

意志。在生活中是如此，作品中也是如此。”①

许多作家的创作实践也证明，只有按照人物的性格和命运逻辑去描写，其笔下的人物才可能是活生生的，有血有肉的。例如，美国作家福克纳说过：“我写的书里总有那么一个节骨眼儿，写到那里书中的人物会自己起来，不由我作主，而把故事结束了——比方说，写到二百七十五页左右结束。”②总之，人是活的，活的人有自己的生活轨迹。所以如高尔基所说的：“当作家描写的时候，用自己的聪慧、知识、言词的准确，眼光的犀利去自己玩赏着——他几乎不可免的要弄糟了，歪曲了‘艺术的真实’。当他强奸了自己主人公的社会天性，强迫他说别人的话和完成那根本对他不可能的行为，他就是糟蹋了自己的材料。”人物塑造的“完成是仗着作者严格地按着自己主人公的本性去说完要说的话，做完应做的事”。③

作家在尊重人物的性格和命运的同时，还必须展现人物的多样性、丰富性和复杂性，因为真正鲜活的人，他的性格必然是多样的、丰富的、复杂的。人的多样性、丰富性和复杂性的原因，在于人既是动物之一种，同时又是社会关系的总和。他既有保留动物原始需求的一面，同时又有超越动物性特征的社会性的一面。这两面有时又出现各种各样的结合。法国作家巴尔扎克曾这样解剖自己：“就我所知，我的性格最最特别。我观察自己，如同观察别人一样；我这五尺二寸的身躯，包含一切可能有的分歧和矛盾。有些人认为我高傲、浪漫、顽固、轻浮、思考散漫、狂妄、疏忽、懒惰、懈怠、冒失、毫无恒心、爱说话、不周到、欠礼教、无礼貌、乖戾、好使性子，另一些人却说我节俭、谦虚、勇敢、顽强、刚毅、不修边幅、

---

① 钱谷融：《论文学是“人学”》，《文艺月报》1957年5月号。

② 福克纳：《福克纳谈创作》，《福克纳评论集》，中国社会科学出版社1980年版，第261页。

③ 高尔基：《我的创作经验》，《苏联作家谈创作经验》，中国青年出版社1956年版，第3～5页。

用功、有恒、不爱说话、心细、有礼貌、经常快活，其实都有道理。说我胆小如鼠的人，不见得就比说我勇敢过人的人更没有道理，再如说我博学或者无知，能干或者愚蠢，也是如此，没有什么使我大惊小怪的。”①像巴尔扎克这样复杂多样的人，才是活的人。鲁迅就批评过传统小说中某些作品“叙好人完全是好，叙坏人完全是坏”的单调写法，因为这种写法，把活人写死了。真正的鲜活的人不可能是单一色的。高尔基曾说：“人们是形形色色的，没有整个是黑的，也没有整个是白的。好的和坏的在他们身上搅在一起——这是必须知道和记住的。”②

根据对人的这种认识，高尔基认为，“小说需要人物，需要具有其心理底一切错综的人”，而不应该把人描写成“一些恶行或者仅仅是一些善行的容器”。这是因为“善和恶的因素，或者更正确些说，个人和社会的因素，是交织在我们心理之中的”。③高尔基的话是真理，对于创作有重要的指导意义。老舍也说过意义相近的话：“我们不要太着急，想一口气把人物作成顶合自己理想的；为我们的理想而牺牲了人情，是太不上算的事。比如说革命吧，青年们只要有点知识，有点血气，哪个甘于落后？可是，把一个革命青年写成一举一动全为革命，没有丝毫弱点，为革命而来，为革命而去，像一座雕像那样完美；好是好了，怎奈天下没有这样完美的人！艺术的描写容许夸大，但把一个人写成天使一般，一点都看不出他是由猴子变来的，便过于骗人了。”“小说则首应注意把他们写活了，每个人都有他自己的思想与感情，不是一些完全听人家调动的傀儡。”④老

① 巴尔扎克：《谈自己的性格特点》，《西方古典作家谈文艺创作》，春风文艺出版社1980年版，第340页。

② 高尔基：《给马·加·西瓦乔夫的信》，《文学书简》，人民文学出版社1962年版，第219页。

③ 高尔基：《〈俄国文学史〉序言》，上海译文出版社1979年版，第2～3页。

④ 老舍：《人物的描写》，《老舍论创作》，上海文艺出版社1982年版，第83页。

舍的话也是真理，也对创作有指导意义。

二、文学创作中对物的描写

（一）写物的意义在表现人的情感

文学创作中是以鲜活的人的世界为对象，“物”必须对表现人有意义时，“物”才能成为描写的对象。在文学作品中，作家可以海阔天空地描写一切，从天上的神仙，到地狱的魔鬼，山水，景物，所有现实中存在或不存在的一切，都可以加以描写，但这一切必须与人发生诗意的联系时，才可能进入文学作品中。或者说，作品中的神、怪、狐、妖都是人的化身。作品中的山水、景物或是寄托人的情怀，或是作为人的生活环境而出现。与人及其人的感情世界游离的“物”及其他东西的描写是艺术的赘瘤，是不懂创作客体要求的败笔。

古人深知写景是为了写人的艺术规律。例如，古代文论中“情景”这个范畴，许多诗人都知道“情”是主，“景”是客的道理。又如，清代李渔说过：“词虽不出情景二字，然二字亦分主客。情为主，景是客。说景即是说情，非借物遣怀，即将人喻物。有全篇不露秋毫情意而实句句是情，字字关情者。”①在这里，李渔明确提出了写景是为了写情的观点，人之情为主，景物是客，客必须是主的从属，不能孤立存在。清代学者王国维总结说：在真正的诗词里，“一切景语皆情语”②。

从上述的意义上看，作者写物不过是为了把自己的感情交给读者，他表面上写的是物，实际上抒发的是情，有些情感是难于言传的，或者是可以言传却不够含蓄，这时候他就会从外在的景物中找

① 李渔：《窥词管见》。

② 王国维：《人间词话》。

到一种同构体，艺术地传达他的情感。例如，刘邦的《大风歌》：“大风起兮云飞扬，威加海内兮归故乡，安得猛士兮守四方。”“大风起兮云飞扬”是景物的描写，它的结构呈上升态势，与后两句“衣锦还乡”感受的向上心理结构，是一种同构关系，所以写景句暗示出一种事业获得大成功后的那种得意扬扬的感情。法国美学家米盖尔·杜夫海纳说：“凡·高画的椅子并不是向我叙述椅子的故事，而是把凡·高的世界交付予我：在这个世界中，激情即是色彩，色彩即是激情……审美对象意味着——只有在有意味的条件下才是美的——世界对主体性的关系、世界的一个维度；它不是向我们提出有关世界的一种真理，而是对我打开作为源泉的世界。因为这个世界对我来说首先不完全是一个知识的对象，而是一个令人赞叹和感激的对象。审美对象是有意义的，它就是一种意义，是第六种或第 n 种意义，因为这种意义，假如我专心于那个对象，我便立刻能获得它，它的特点完完全全是精神性的，因为这是感觉的能力，感觉到的不是可见物、可触物或可听物，而是情感物。”①他的话是深知艺术规律的话，作品中的外在的物的描写，实际上都是“令人赞叹和感激的对象”，有感情意味的，“完完全全是精神性的”。

(二)景物描写作为作品的有机组成部分

在叙事作品中，并非每一个景物的描写都有感情意味，但它仍然必须是作品的有机组成部分，才是合理的、必要的。游离于作品的整体结构之外的景物描写，是多余的，没有必要的。契诃夫说：“一般的说，多余的东西是一点也不需要的。是啊，凡是跟小说没有直接关系的东西，一概得毫不留情地删掉。要是你在头一章里提到墙上挂着枪，那么在第二章或者第三章里就一定得开枪。如果不开枪，那管枪就不必挂在那儿。”②契诃夫的意思是，如若我们要写枪

---

① 米盖尔·杜夫海纳：《美学与哲学》，中国社会科学出版社 1985 年版，第 26 页。

② 契诃夫：《契诃夫论文学》，人民文学出版社 1958 年版，第 410 页。

的话，那么它就不是一个可有可无之物，它在整个故事中，占着重要的位置，是作品中有机的组成部分之一，可能它是推动情节发展的因素，也可能是构成人物的环境的因素。例如，《红楼梦》中，作者对大观园，对大观园中的“怡红院”“潇湘馆”等院子的景物描写，都很细致，但这些都不是闲笔，或是描写人物生活的环境，或是渲染氛围，或是暗示人物的性格。例如，作者在描写林黛玉住的潇湘馆时，特别写了“有千百竿翠竹遮映”，就是为了暗示林黛玉那种清高、孤傲的性格。茅盾说：“一小段的风景描写甚至少到只有几句的风景描写，其目的不是为风景而写风景，即不是为了装饰，而是为渲染或衬托故事发生时的气氛，或者为了加强故事发生时人物的情绪。社会环境(街道，市场情况，室内装饰，布置等等)的描写，也应当这样，有时对室内的器物作了详尽细致的描写，其目的在于暗示或衬托这间屋子的主人的性格(例如，《红楼梦》写到宝玉走进秦可卿的卧室时，详尽地而且形象地描写房中的对联、供设等等便是这样的)。作者如果坚决地这样做，就会控制着自己作品中的环境描写，不使其成为可有可无的长物。”①

第二节　文学客体的特征

上一节，我们指出人的鲜活的生活是文学创作的客体。这一节我们将讨论文学客体具有什么特征。

一、文学创作反映整体的生活

(一)“具体的一般”

从一定意义上来说，文学创作与社会科学(特别是其中的人文学

① 茅盾：《试谈短篇小说》，《鼓吹集》，作家出版社 1959 年版，第 259～260 页。

科)都反映人的生活，但显然他们对生活的反映是有区别的。社会科学对生活的反映是“一般性”的，而非具体的、整体的。文学创作所反映的则是具体的、整体的。大家知道，人的生活可以分为生活的现象与生活的本质。匈牙利著名文艺理论家卢卡契说：“现象与本质的真正辩证关系是基于这两者都是客观现实的因素，两者都是现实的产物，而不是人的意识的产物。”不过，他又进一步指出，“现实有各种不同的阶段：有表面的和瞬息即逝的不再重现的暂时的现实，也有更为深刻的现实因素和倾向，它们虽然随着变化着的情况而变化，但总是规律性的一再重现”。这样他认为“像现实的其他反映一样，艺术反映现实的出发点，也同样是现象与本质等的对立。它的特殊性在于，为了消除这些对立，它得寻找一条有别于科学的道路”①。卢卡契的意思是说，客观的生活分为现象与本质两方面，那些表面的瞬息即逝的是现象的方面，而那些一再重现的深刻的是本质方面，这二者是经常对立的，文学创作就是要消除这种对立，使生活的现象与本质融合为一个整体，文学创作既不是生活现象的复制，也不是孤立的抽象本质因素的概括，而应该是这两者的和谐的统一。以小说《人到中年》中陆文婷这个人物来说，她既是“这一个”，是个别的，具体的，你不可能找到与陆文婷的个性、经历完全相同的人，但她又是在我们的生活中一再出现的，你几乎可以在所有的单位找到陆文婷式的人物。他们人到中年，在单位是骨干，忙得要死，在家里，他们是父母，累得要命，超负荷的运转把他们的身体快拖垮了。这个人物形象就是现象与本质的统一。所以，文学反映的生活是整体性的、综合性的，拿黑格尔的话来说，是“具体的一般”。一方面是具体的，活生生的人，可另一方面又是到处可见的“一般”的人，总之，是整体的人。

---

① 范大灿：《卢卡契对马克思恩格斯文艺思想的论述》，《马克思主义文艺理论研究》第1卷，文化艺术出版社1982年版，第278～279页。

卢卡契正确地指出："每一种伟大艺术，它的目标都是要提供一幅现实的画像，在那里现象与本质、个别与规律、直接性与概念等的对立消除了，以致两者在艺术作品的直接印象中融合成一个自发的统一体，对接受者来说是一个不可分割的整体。"①正因为作品中出现了现象与本质、个别与一般、直接性与规律性的和谐统一，所以每部作品的生活都是一个活生生的完整的"自我世界"。这个"自我世界"既不同于普通生活的世界，也不同于别的作品的世界，它是一个有机的有生命的完整体。由此可见，文学创作反映生活的整体性是文学的客体的特征之一。把握生活的整体性是一个作家的才能的表现。缺乏创作才能的作家，往往把握不住生活的整体性，他或者是抓住了一些生活表面的、枝节的现象，进行琐碎的描写，表面似乎很真实，实际上则根本不能触及生活的本质，从而流于自然主义；或者是抽象地抓住一些生活的概念，而不能把它溶解于具体的生动的生活画面之中，表面似乎很深刻，实际上缺少文学应有的审美特性，而流于概念化。

(二)"内涵的整体性"

有人可能会问，生活无限广阔、无限丰富，文学创作，即使是鸿篇巨制，也只能反映生活的一角，怎么能把握住生活的整体呢？这里就关系到"整体性"的理解的问题。在这个问题上，卢卡契也做了很好的回答，他说："艺术作品必须在正确的联系中和比例正确的联系中，反映客观限定了它所描写的那一部分生活的一切本质的客观规定性。它必须这样来反映这些规定性，使得人们在这部分生活之中和由它出发就可以理解它体验它，使得这部分生活是作为生活的一个整体而出现。这并不是说，每一部艺术作品必须把反映生活的客观外延整体性作为自己的目标。相反，现实的外延整体性必然

① 卢卡契：《艺术与客观真实》，《马克思主义文艺理论研究》第2卷，文化艺术出版社1984年版，第429页。

会超出任何一种艺术描写所可能占有的范围，外延整体性只能由全部科学的无穷过程从思想上越来越近似地再现出来。艺术作品的整体性，毋宁说是一种内涵的整体性，是那样一些规定性的完整独立的联系，这些规定性客观上对描写的那部分生活具有决定的意义，它们限定了那部分生活的存在、运动、特殊本质以及在整个生活过程中的地位。在这个意义上，最短的歌也同规模最大的叙事作品一样具有内涵的整体性。”①在这里，卢卡契提出了两个整体性，一个是“外延整体性”，即包罗万象的生活，他认为这只有通过各门科学的共同作战，才能逐渐接近它，这根本不是文学的目标；另一个整体性是“内涵的整体性”，文学的目标是要把握内涵的整体性，什么是内涵的整体性呢？用比较通俗的话来说，是说每部作品虽然只是描写具体的个别的有限的生活，即生活的一角，如一个工厂，一个村庄，一个家庭，一所学校，一种人物关系，甚至一个人，但就这一角而言，是与整体联系在一起的，是被生活固有的逻辑所规定的，既不缺少生活逻辑所规定的东西，也不掺杂生活逻辑所没有的随意加上去的东西，一切都建立在具体的、个别的、独特的生活固有的逻辑的基础之上。一首短诗可能只抒发诗人一瞬间的一点感受，一篇小说可能只写两三个人之间一点纠葛，但都是一个活生生的完整世界，在那里闪烁着人生的全部色彩。

例如，当代著名诗人牛汉有一首题为《圆弧》的诗：

空茫茫的戈壁
有一条朦胧的弧线
带着神秘的闪光
远远地显现在前方

① 卢卡契：《艺术与客观真实》，《马克思主义文艺理论研究》第2卷，文化艺术出版社1984年版，第433页。

不论朝哪个方向
朝前朝后朝左朝右
奔走了几百里
弧线总忽闪忽闪地在那里

它似动非动
离开你不远不近
听说猎人和野兽奔跑了一生
没有一次能靠近它

它不是天和地固定的边沿
不是梦境中可怖的围墙
也不是常见的地平线
因为他永远是一条弯弯的弧线

总觉得四面八方的弧线要连结起来
成为一个完完整整的圆圈
你永远陷落在中间
而且那圆圈像绞绳越来越小

哦，弧线究竟是什么
是希望是命运的召引
还是一种魔力在作弄你
谁也无法把它说清

但是谁都又相信没有这条弧线

不论旅人野兽还是戈壁和沙漠
会更感到空茫、寂寞和孤独
而生命的意义或许就是朝弧线不停地冲击

在这首诗中，作者只写了戈壁上的一条若隐若现的弧线，写了作者在看到弧线时的一点感受，所写的是有限的，但是却写出了人生的各种际遇，人生苦苦追求却无法实现自己的目标，它是生命运转时的陷阱？是命运的召引？是魔力的捉弄？是不可靠近的目的？但它却昭示了生命的意义。它所写的生活现象是有限的，但它所概括的生活内涵却是无限的。又如，鲁迅的《狂人日记》，所写的是一个狂人的心理，如怀疑他的亲人甚至他的兄弟都要吃人，却概括了中国几千年封建社会的儒家礼教的吃人的本质。这篇小说所写的生活现象也很有限，可内涵却很丰富。优秀的文学作品都追求这种内涵的整体性。这一切都说明，一篇文学作品虽然不能反映生活的全部，它只能描绘具体个别的、有限的生活，即生活的一角，但就生活的这一角而言，是与整体有机地联系在一起的，是符合生活的固有的逻辑的，也就在这个意义上说，最短的歌，也同最大规模的叙事作品一样，具有内涵的整体性。

二、文学创作反映情绪化的生活

（一）社会生活的双层结构

人类的社会生活是由“物理境”和“心理场”所构成的，是一个物理心理的双层结构。按现代心理学的观点，所谓“物理境”是指事物的完全的、纯粹的存在，所谓“心理场”是指人们感觉中和情绪中的存在，这两种存在常常是不一致的。科学家所面对的是物理境，他们要追问物理境存在的内部规律，揭示这种规律，他们为了达到这个目的，就要排斥人的情绪的干扰，因为情绪常常妨碍他们对事物的固有的规律的揭示。作家面对的是心理场，即他感觉到的、情绪化的生活，是他眼中心中的生活，这种生活中带有作家许多的主观的成见。因此，面对同一生活场景，作家与科学家的所见，常常是不同的，这就是因为生活是物理心理的双层结构。

让我们举一些例子来说明吧。就时间来说，同样是一小时，如果你是同你心爱的女友在风景如画的树荫下谈情说爱，你会觉得才过了十分钟，你觉得时间太短了；可如果是在烈日炎炎下劳动一小时，你会觉得好像过了整整一天，你觉得时间太长了。这里你感觉的时间，都是心理时间(心理场)，实际上，就物理时间(物理境)来说，一小时就是一小时，它既不会变长，也不会变短，它是恒定的。再以空间来说，同样是十二平方米的房间，就物理境来说，它是恒定的，它不会变大，也不会变小；然而，这十二平方米的房间，在不同人的眼中，它是大还是小，就不一定了。在一对正在急于找房子结婚的普通青年男女来说，如果他们的朋友把这十二平方米的房间借给他们，那么在他们的眼中一定会觉得比宫殿还宽阔，可是对一位过惯了阔绰的日子，由于偶然的原因，而从“明星”的地位跌落下来的人来说，现在他不得不搬到这间房子来住，那么他一定会感叹这十二平方太窄憋了。这就是心理场效应。

由此可见，事物的物理境和心理场虽然可以指向同一事物，但它们是不同的。物理境是不以人的意志为转移的事物的客观存在，心理场则是指人面对物时的感知效应，前者与人及其情绪无关，后者则与人以及人的情绪密切相关。物理境是事物的本来面貌，心理场则是人对物的特殊的心境表现。物理境体现了物之真，心理场体现了人之诚。然而，物理境与心理场正是同一生活的两个层面，完整的社会生活就是由这两个层面构成的。正是基于这种理解，马克思在他的著名的《费尔巴哈的提纲》中提出，“对事物、现实、感性”(即生活)，不但要“从客体的或直观的形式去理解”，而且还要从

“主观方面去理解”。在生活的面前，既见物也见人，这才把握住了完整的世界。

(二)由物理境转入心理场

如前所述，面对着生活的物理境和心理场这两个层面，对科学家来说，他们面对的是物理境及其内在规律，因此他们要着重运用知性的分析，尽可能排除心理场的干扰，以逼近物理境及其规律。这样，科学家往往不相信自己的眼睛，他们怕被错觉所误，于是不能不借助科学仪器和科学实验，以求得对事物的精确的了解。可是对作家来说，物理境虽然也是必须知道的，但最有意义的是心理场，因此他们要运用自己的全部的感受和体验，尽可能由物理境转入心理场，所以作家最相信自己的眼睛和心灵，最相信自己的感受和体验，哪怕是错觉、幻觉，对他们也是有意义的。

我们甚至可以说，生活在未经过作家的情绪的折射之前，是不能进入作品的，生活越是经过作家的富于个性的情绪的折射就越好。这是因为在作家的心理时间和心理空间所建立起来的艺术世界，可以使作家获得空前的想象的自由，从而可以构建起绚丽多彩的独特艺术世界。像李白的《将进酒》中的诗句：“君不见黄河之水天上来，奔流到海不复回。君不见高堂明镜悲白发，朝如青丝暮成雪。”就物理境来说，黄河之水是从巴颜喀拉山流出来的，人的头发是慢慢变白的，如果真有人这样去写，谁会承认这种描写是诗呢？李白写“黄河之水天上来”，这是写他面对气势浩大的奔流直泄的黄河之水时的切身感受，写“朝如青丝暮成雪”，则是写他对时间快速流逝的切身感受，写的都是心理场效应。换句话来说，李白在写这些诗句时，已从物理境转入心理场，已经过情绪的折射，而他这样写不但没有使这些诗句显出不真实，相反，倒使这些诗句成为千古不朽的名句。又如，当代中国作家张承志的中篇小说《北方的河》，写了北方的四条河，但这四条河已经过作者的情绪的折射，河已经情感化了，甚至音乐化了。它是河的四重变奏的组诗，一套组曲，或者是一部交响乐的有机的几个乐章。黄河，“像北方大地燃烧的烈火”，是“自己的父亲”。黄河的一条支流湟水，是“古老的彩陶流成河”，是“自己的血脉”，是自己文化的一个源。而哈萨克草原养育的自由自在的额尔多斯河，波浪“涂着青春的光”，流过青春和爱情的梦。也不能没有无定河或者永定河，那几百年来不断改变着河道的狂野的流水，似乎快要在自己制造的“一片戈壁，一片荒漠”中干枯，消失了，但河心仍然“饱含着深沉的坚韧和力量”。最后是黑龙江，“一年一度轰隆隆开江，炸开首尾的万里猖冰”，“送向那辽阔的入海口……人生的新旅程”。在这里，人与河合二为一，河人化了，人也河化了。这说明，文学创作的对象永远是情绪化了的心灵化了的生活，而不是纯客观的生活。一个作家能不能使自己的情感突进具体的对象中去，是一个作家才能的表现。

三、文学创作反映具有审美属性的生活

上面我们已经说明，文学创作所反映的是整体的、情绪化的生活，但整体的、情绪化的生活能不能进入文学作品，成为文学创作的客体，还要看它本身是否具有审美价值，或经过描写以后是否具有审美价值。

(一)文学创作选择具有审美价值的生活作为对象

生活是无限丰富、无限多样、无限复杂的。生活中不但有美，还有丑，不但有崇高，还有卑下，不但有悲，还有喜，还有许多难以言喻的东西。大致说来，生活可以分为两大类。一类是具有审美价值的或经过描写以后可能会具有审美价值的，如自然美、社会美，本身就具有审美价值，它们进入文学作品是不成问题的，悲、喜、卑下、丑本身是不美的，但经过作家的描写以后也可能会具有审美

价值。另一类生活是不具有审美价值的，如原子结构，光合作用，函数关系等，或者是经过描写以后仍然不具有审美价值的事物，如火葬场烧尸过程，人与动物交配等。一般而言，文学创作只能反映本身具有审美价值或经过描写以后具有审美价值的事物，而不能去描写本身不具有审美价值或经过描写以后仍然不具有审美价值的事物。假如某个作者硬要去描写本身不具有审美价值或经过描写以后仍然不具有审美价值的事物，如去写人与动物交配、当众性交一类的事情，那么除了毁坏艺术，使艺术堕落之外，不会有任何结果。鲁迅说："作为缺点较多的人物的模特儿，被写入一部小说里，这人总以为是晦气的。殊不知这并非大晦气，因为世间实在还有写不进小说里去的人，倘写进去，而又逼真，这小说便被毁坏。譬如画家，他画蛇，画鳄鱼，画龟，画果子壳，画字纸篓，画垃圾堆，但没有谁画毛毛虫，画癞头疮，画鼻涕，画大便，就是一样的道理。"[①]也许鲁迅所举的例子不尽妥当，如他自己就在《阿Q正传》里写了阿Q头上的癞头疮，经过他的描写使癞头疮与阿Q的性格联系起来，成为作品中的审美因素。但鲁迅在这段话中所提供的思路，却道出了文学创作客体的一个重要特征，给了我们很大的启发。在这里，鲁迅把事物分成两大类，即可以写进小说的一类和不能写进小说的一类，这实际上就是把事物分成具有审美价值和不具有审美价值的两大类，并且告诉我们，具有审美价值的这类事物，才能成为文学艺术的描写对象。当然应当补充的是，有些事物本身并不美，或者说本身不具有审美价值，但经过艺术的加工之后，是可以转化为美的。

这里还有一层意思要加以说明，即同一事物本身也可能具有多种属性和价值，作家在面对这类事物时又应该怎样对待呢？的确，任何事物都不是孤立存在的，而是跟其他事物相互联系而存在的。

---

① 鲁迅：《半夏小集》，《鲁迅全集》第6卷，人民文学出版社2005年版，第620页。

这样，跟其他事物相互联系而存在的某一种事物，就往往具有多种属性和价值，比如说自然属性，实用价值，认识价值，道德价值，政治价值，宗教价值，审美价值等。就以月亮来说，它是地球的卫星，它绕地球一周大约要用二十七天又三分之一天的时间，它本身无风，无云，无雨，无雪，无水，也不发光……1969 年 7 月 20 日，美国的宇航员尼尔·阿姆斯特朗的左脚踩上了月球，后来又同他的伙伴巴兹·奥尔德林一起，像袋鼠般在月球表面跃动，并采集月球石和土壤，这些东西被带回地球的实验室，经过分析，得知月球石有七种元素的氧化物：硅、铝、锰、钠、钙、铁和钛……这是月球的自然属性。人类今天利用月球进行科研工作，而总有一天人类将利用月球的宝藏来为自己服务，这是月亮的认识价值和实用价值。而在人类的童年——原始时代，我们的祖先把月亮当作神来祭祀，祈求它赐给人类以恩惠，这是月亮的宗教价值。也许有一天，人类为瓜分月球而争吵起来，甚至为此打起仗来，这是月亮的政治价值。月亮又与人有一种诗意的联系，在夜深人静之时，你踩着淡淡的月色，望着当头那一轮皎洁的明月，你会联想到什么，对月伤情或邀月对饮，你的感情失去了平静，这是月亮的审美价值。作家面对事物的多种属性和价值，只能选取事物的审美价值或溶解了政治、认识、宗教等因素的审美价值加以反映。一个作家如果没有从事物中发现审美的方面，那么他就没有找到文学创作的独到的对象和内容。列夫·托尔斯泰说："写作的主弦之一便是感受到诗意跟感受不到诗意之间的对照。"①当你从生活中发现了美的方面，感受到了诗意，创作的主弦被拨动了，你才找到文学创作应有的独特的对象和内容。

我们还是以月亮为例，诗人一般不会去关心月球绕地球一周要用多少时间，大概也不会过问月球石的化学成分，把月亮当神来祭

① 列夫·托尔斯泰：《列夫·托尔斯泰论创作》，漓江出版社 1982 年版，第 161 页。

祀他们可能无多大兴趣，人类将来如何利用月球的资源，他们一般也无心去研究，至于为瓜分月球而发动战争，也不是他们关心的事情，他们最感兴趣的只能是月亮与人的诗意联系，即月亮的审美价值。例如，在古希腊、古罗马的传说中，月神狄安娜是宙斯和勒托的女儿，她司人间的狩猎和生育，保护野兽，并被看作奴隶和平民的庇护者。这是多么美好、可爱的形象啊！在中国的古典诗歌中，咏月的诗词不胜枚举，毫无例外，都以月亮与人的诗意联系作为歌咏的对象。这里，我们试以李白的几首咏月诗为例。李白的《静夜思》："床前明月光，疑是地上霜。举头望明月，低头思故乡。"写的是月夜思乡之情。《把酒问月》："今人不见古时月，今月曾经照古人。古人今人若流水，共看明月皆如此。"写的是自然永恒、人生易逝的感慨。《月下独酌四首》，其中一首写道："花间一壶酒，独酌无相亲。举杯邀明月，对影成三人。月既不解饮，影徒随我身。暂伴月将影，行乐须及春。我歌月徘徊，我舞影凌乱。醒时同交欢，醉后各分散。永结无情游，相期邈云汉。"诗人把月亮当作自己的朋友，似乎月亮可以与自己一起饮酒作乐，写出了诗人的孤独、愁闷和及时行乐的感情。显然，诗中的月亮，不是物理学家、天文学家眼中的月亮，也不是哲学家、政治学家眼中的月亮，是真正的诗人眼中的具有审美意义的月亮。这些例子再次说明，文学创作的客体是事物的诗意方面、审美方面。

(二)文学创作中对丑的描写问题

我们在上面强调文学创作的对象是事物的审美价值，那么文学创作能不能写生活中丑的人和丑的物呢？如果能写的话又应该如何来写呢？文学创作的实践表明，文学创作是可以写丑的。到了现代，丑越来越多地进入了文学作品中。例如，卡夫卡笔下的由人变的甲壳虫，难道还不丑吗？可人们却津津乐道这种描写，这是怎么回事呢？"嘴甜心苦，两面三刀，上头一脸笑，脚下使绊子，明是一盆火，暗是一把刀”的王熙凤，其灵魂还不丑恶吗？为什么读者在手捧《红楼梦》之际，又会产生“骂凤姐，恨凤姐，不见凤姐想凤姐”的心理呢？

文学创作中丑的描写问题，我们可以从以下几点做些分析。

第一，无论在生活中还是在艺术中，美都不是孤立存在的。

美的东西总是同丑的东西相比较而存在、相斗争而发展的。如果美在丑的旁边，美就会被衬托得更美。早在我国汉代，刘安就在《淮南子·说山训》中讲过：“求美则不得美，不求美则美矣。求丑则不得丑，求不丑则有丑矣。”意思是说，美与丑是在对立的联系中，两者是相反相成的。离开丑孤立地去求美，最终得不到美；相反，若能把丑置身美之旁，那么美就在对比中显露出来了。在西方，把这个问题阐述得最清楚的是法国作家雨果，他说：“根据我们的意见，滑稽丑怪作为崇高优美的配角和对照，要算是大自然给予艺术的最丰富的源泉。”“古代庄严地散布在一切之上的普遍的美，不无单调之感；同样的印象老是重复，时间一久也会使人生厌。崇高与崇高很难产生对照，人们需要任何东西都要有所变化，以便能够休息一下，甚至对美也是如此。相反，滑稽丑怪却似乎是一段稍息的时间，一种比较的对象，一个出发点，从这里我们带着一种更新鲜更敏锐的感受朝着美而上升。鲵鱼衬托出水仙；地底的小神使天仙显得更美。”①雨果在这里把“丑怪”当作艺术的要素，并不是没有道理的。因为美诚然光彩夺目，但如果把美之外的一切都摒弃的话，那么时间一长，就像已经秩序化了的事物所常有的情形那样，到后来就变得单调、浅薄、陈腐了，所以雨果提出了一个美丑对照的诗学原则，认为“丑就在美的旁边，畸形靠近着优美，丑怪藏在崇高的背后，美与恶并存，光明与黑暗相共”②。

---

① 雨果：《〈克伦威尔〉序》，《雨果论文学》，上海译文出版社 1980 年版，第 35 页。
② 雨果：《〈克伦威尔〉序》，《雨果论文学》，上海译文出版社 1980 年版，第 30 页。

雨果自己的创作就遵循这一美丑对照的诗学原则，而获得了成功。他的著名长篇小说《巴黎圣母院》《悲惨世界》和《笑面人》等就是运用这种原则的典范作品。以《巴黎圣母院》为例，小说处处充满了对比。美丽的吉卜赛女郎爱斯梅哈尔达与道貌岸然的骨子里却无比丑恶的副主教克罗德的对比，在敲钟人加西莫多身上则是外形丑与内心美的对比。美丽善良的吉卜赛女郎爱斯梅哈尔达却遭到专制制度的残害，演出了一场被迫害致死的悲剧，这是人物命运的鲜明对比。巴黎圣母院何等辉煌，可正是在这里，人民流血牺牲，这是环境与事件的对比。作品从总体上安排了两个王朝、两个国王、两种法律、两个法庭的对比。美丑对照的原则使这部作品显示出浪漫主义特有的艺术力量。

第二，艺术中对丑的揭露、谴责和批判，是令人愉快的。

文学是对客观的反映，同时又是主体的创造。在这种创造中，作家的审美理想是一道美的光亮，它可以刺穿丑，使其丑态毕露而被征服，对丑的征服会使人产生胜利感而激起愉快之情。俄国革命民主主义思想家车尔尼雪夫斯基说："在滑稽中丑态是使人不快的；但是我们是这样的明察，以至能够了解丑之为丑，那是一件愉快的事情。我们既然嘲笑丑态，就比它高明。"①这种以美裁判丑从而激起快感的说法，是解释审丑快感的一种最流行最重要的说法。这是因为，丑本身的确不会令人感到愉快，就像我们跟一个卑鄙的坏家伙交往很少有愉快可言。但是把他痛斥一顿，难道不使我们感到愉快吗？可见，从美的理想的高度来裁判丑，使丑暴露在光天化日之下，就可以产生美感。

《红楼梦》中的王熙凤作为一个反面人物，她的所作所为，她的贪欲，她的阴谋诡计，她的媚上压下，她的两面三刀，只能引起我

---

① 车尔尼雪夫斯基：《论崇高与滑稽》，《美学论文选》，人民文学出版社 1957 年版，第 118 页。

们的厌恶；但作家以审美的理想对她的丑恶行为进行揭露、谴责和批判，却使人感到无比痛快。在这种情况下，读者欣赏的不是恶人本身，而是欣赏对恶人的揭露、谴责和批判。

第三，艺术中的丑更能揭示内在的真实，蕴含更深厚的人生哲理。

在文学创作中，特别是在现代的文学创作中，丑也从自身获得审美价值并以独立的地位进入文学作品。一般地说，美，特别是浅层的美，如鲜艳的色彩、动听的声音以及其他和谐的样式，都过多地炫耀其外部，没有能力表现其内部。这样，当人们面对这些“美”时，大家的心理器官就会在感觉不到其内部的本质的情况下，而过分顺利地移动。尽管我们也感到愉快，但却缺少那种窥视到事物底蕴的深刻的愉快。相反，从一定的意义上说，丑的对象，其外在的形态往往对审美感官具有阻拒性，它不会顺利地给人们带来快感，但它却具有一种吸引力，而且促使人们从对象的外在表象中解脱出来，而去关注与追寻对象内部的真实和蕴含的意味，这样丑的对象就可能给人带来一种更深刻的、更震撼人心的美感。作家就利用“丑”的这种特性，用以表现人们内心世界最深邃的东西。

从历史的角度看，原始时代，人的主体独立意识没有获得充分的发展，在他们的意识中，充满了神秘感和恐惧感，整个世界到处潜藏着制约人的精灵与鬼神，这样，以丑为特征的神秘性和恐惧性成为原始艺术的基本形态。接着是长长的崇尚美的古典时期。到了现代主义流行的时期，丑重新成为艺术的对象，这与现代人的生存状况密切相关。在西方世界，现代人变得孤独、寂寞、畸形、滑稽、怪诞、丑陋等，人的异化发展到极端，人变成非人。在这些可以统称为丑的事物的背后，则可以有许多引人深思的东西。在蕴含深厚这一点上，往往是一般的美所无法企及的。这正是现代作家大有作为之处。

西方一些现代著名作家通过写丑，揭示了资本主义的病根，获得了创作的成功。例如，美国黑色幽默派作家约瑟夫·海勒的《第二十二条军规》，其中描写各种规定的荒唐。本来规定，主人公尤索林在战争中只要飞行 40 次，就可以不飞了；但军规第二十二条又规定，飞行员一定要服从上级，否则就要受到惩罚，这样一来，只要上级不松口，他就要无限期地飞下去。与此同时，军规还规定，只有精神错乱的疯子，才可以申请停飞，可又规定，如果在危险时刻，若以发病为借口申请停飞，则说明你不是疯子，得继续飞下去。主人公就处在这样一个走不出的怪圈中，一个“异化”的世界中。是的，作品中很少有美的对象，写的都是荒诞和滑稽，但却深刻揭示了社会的弊端，而且还可以从作品所写的怪圈中领悟到一种人生的哲理。

第四，形式美对内容丑的征服与消解。

在文学创作中，形式不是消极的因素，对内容而言，它是一种征服的力量。如果一篇文学作品所写的是病态的、畸形的、贫弱的、不和谐的、丑陋的、卑劣的对象，那么单就内容而言，所引起的是不和谐感、厌恶感、愤怒感。然而，这些内容若得到了艺术形式的生动的、优美的、富于魅力的表现，那么就又会产生和谐的、愉快的审美反应。德国著名评论家莱辛说：诗歌的描写，把题材由空间转向时间，所以“常由形体丑陋所引起的那种反感被冲淡了，就效果说，丑仿佛已失其为丑了”①。另一位德国学者鲍姆嘉通说：“丑的事物，单就它本身来说，可以用一种美的方式去想；较美的事物也可以用一种丑的方式去想。”②的确，在文学创作中，我们会经常发现，一个美的对象，由于艺术表现的拙劣，结果只能使读者兴味索然，根本谈不上什么美感；反之，一个丑的对象，由于作家用美的方式去想，去表现，而使读者感到兴味盎然，情不自禁地叫道：“丑

① 莱辛：《拉奥孔》，人民文学出版社 1982 年版，第 135 页。
② 转引自朱光潜：《西方美学史》上，人民文学出版社 1979 年版，第 298 页。

得如此精美!”从而感到愉悦。例如，韩少功的小说《爸爸爸》，其中的主人公是一生只会说“爸爸”和“×妈妈”两个词的呆傻的丙崽，就丙崽这个生活中的人物而言，他只能引起我们的厌恶感，但由于作家在塑造这个人物时，艺术表现生动有力，生活的丑变成艺术的美，形式美把丑的内容消解了。正是在这个意义上，法国著名诗人波德莱尔说：“丑恶经过艺术的表现化而为美，带有韵律和节奏的痛苦使精神充满了一种平静的快乐，这是艺术的奇妙的特权之一。”[1]

① 波德莱尔:《论泰奥菲尔·戈蒂耶》,《波德莱尔美学论文选》，人民文学出版社1987年版，第85页。

文学创作的主体

文学是作家的创造，创造者必须具备创造主体的条件，才可能从事创造，这是明显的道理。作家作为一个人，他首先是一个自然的人，其次是一个社会的人，再次是一个审美的人，这三种人的条件统一于作家一身，最后决定他能成为一个什么样的作家，从事怎样的文学创造。所以本文着重讨论三个问题：一是作家的潜在资质及其对创作的影响；二是作家的人格倾向及其对创作的作用；三是作家的审美能力及其对创作的制约。

第一节　作家的潜在资质及其对创作的影响

作家同任何人一样，是自然的产品。不同的作家具有先天的潜在资质的差异，是客观的存在。问题在于我们应该如何来理解这种存在，以及这种存在对文学创作产生怎样的影响。

一、作家的潜在资质

(一)作家的先天才能

一个作家要不要具备一定的先天条件，不同的作家的先天条件是否有差异，对这个问题，中国古代文论早就有过讨论。汉代司马相如说："赋家之心，包括宇宙，总览人物，斯乃得之于内，不可得而传。"[①]意思是说，写赋的作家，他的心能容纳宇宙，理解世界上一切的人与物，这是得之于先天，是不能传授给别人的。魏晋时代的曹丕说："文以气为主，气之清浊有体，不可力强而致。譬诸音乐，曲度虽均，节奏同检，至于引气不齐，巧拙有素，虽在父兄，不能以移子弟。"[②]意思是说，文章以人的禀气为主，人的禀气或清或浊，这是人的本性，不是靠后天的力量可以达到的。南北朝时期的刘勰也说："是以属意立文，心与笔谋，才为盟主，学为辅佐，主佐合德，文采必霸，才学褊狭，虽美少功。"[③]意思是说，写文章的人，是运用他的心灵来驱使他的笔墨，才能是主导，学识是辅佐，两者结合，写出来的文章自然很好；才能浅陋、学识粗疏，即使写出来的作品也可能有些文采，但很少有出色的。应该看到，刘勰与司马相如、曹丕的观点有所不同，司马相如和曹丕把创作的才能完全归之于先天的生理的因素，刘勰则虽认为先天的才能是主要的，但也必须辅之以后天的学识，把先天的才能与后天的学识结合起来。然而，他们三人又有共同点，即认为先天的资质对创作来说是重要的。至于西方，同样的意见也自古有之。例如，古希腊的柏拉图在谈到灵感时，就认为诗人创作"都是凭神力而不是凭技艺"。德国哲

---

① 引自《西京杂记》卷二。

② 曹丕：《典论·论文》。

③ 刘勰：《文心雕龙·事类》。

学家康德认为："天才就是那天赋的才能，它给艺术制定法规。"①法国艺术理论家丹纳也说："艺术家需要一种必不可少的天赋，便是天大的苦功天大的耐性也补偿不了的一种天赋，否则只能成为临摹家与工匠。"②这三个学者把文学天才完全看成是先天的。但西方也有与刘勰相似的看法，古罗马理论家贺拉斯说："有人问，写一首好诗，是靠天才呢，还是靠艺术？我的看法是：苦学而没有丰富的天才，有天才而没有训练，都归无用；两者应该相互为用，相互结合。"③

对上述这些关于创作需要天才的意见，我们应该如何来对待呢？我们的看法是：才能或者把那种远远超过常人的才能叫作天才，这也是一种客观存在的现象，也是应该给以科学的解释，随意否定是违反事实的。现代脑科学证实，人的左脑与右脑的功能是不同的，一般而言，左脑的言语逻辑的功能强，抽象思维往往是左脑的事；右脑表象的、非言语的功能强。人的右脑与人的直觉、视觉图像、形象思维、情绪波动、无意识心理密切相关。一位美国学者根据试验的结果，得出如下结论：

由左脑意识和由右脑意识形成的记忆和印象，可能是完全不同的。

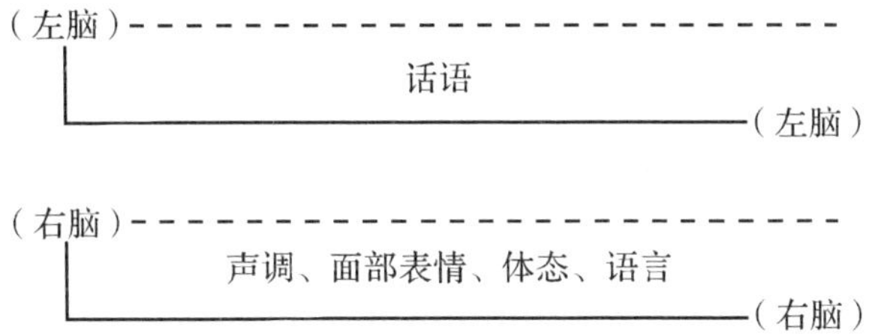

右脑印象就是我们所谓的"无意识的"印象。④

① 康德：《判断力批判》上，商务印书馆 1964 年版，第 152 页。
② 丹纳：《艺术哲学》，人民文学出版社 1963 年版，第 27 页。
③ 贺拉斯：《诗艺》，《〈诗学〉〈诗艺〉》，人民文学出版社 1962 年版，第 158 页。
④ 托马斯·R·布莱克斯利：《右脑与创造》，北京大学出版社 1992 年版，第 24 页。

所以，文学才能或文学天才，并不是什么神秘的东西。作为先天的文学才能就是指右脑的功能发展得特别完善的状况，导致文学创作的本领在运用中所表现出超常的活力。这是客观的存在。有些杰出的文学家艺术家的一生仅仅活到了三十几岁，然而他们的贡献却那样大那样多，看来，我们不承认他们有天才是不可能圆满地解释这种现象的。而且像屈原、陶渊明、李白、杜甫、苏轼、曹雪芹、鲁迅这样的大家，若是不承认文学天才，也是无法解释的。马克思也从未反对文学天才的提法，他在谈到英国著名作家密尔顿时指出："密尔顿出于同春蚕吐丝一样的必要而创作《失乐园》。那是他的天性的能动表现。"[①]我们承认有文学天才，并非阻止人民群众创作。恰恰相反，我们认为，群众中蕴藏着许多文学天才，他们由于这样或那样的社会原因而被淹没了。因此我们每一个人，都要善于认识自己，也许自己身上就存在着文学的资质，等着我们去发现它、开掘它、利用它。

(二)潜在的才能有待后天的实践

我们要特别指出，文学才能最初只是一种潜在的资质，一种可能性，一种倾向，一种萌芽，它的成长、发展和实现取决于社会环境和后天的实践，取决于人们的持久不懈的努力。在这方面，上述刘勰和贺拉斯的意见是比较中肯的。德国哲学家黑格尔的看法也值得我们注意，他一方面认为"艺术创作，正如一般艺术一样，包括直接的和天生自然的因素在内，这种因素不是艺术家凭自己所能产生的，而是本来在他身上就已直接存在的"；另一方面，他又认为"艺术家对于他的这种天生本领当然还要经过充分的练习，才能达到高度的熟练"。[②] 这就是说，真正的文学天才是"天生自然因素"和后天的训练共同造就的，先天的因素只是一种潜在的资质，这潜在的资

① 《马克思恩格斯全集》第 26 卷第 1 册，人民出版社 1972 年版，第 432 页。

② 黑格尔：《美学》第 1 卷，商务印书馆 1979 年版，第 361～363 页。

质能不能变成现实的才能，有待后天的训练和实践。离开后天的训练和实践，再伟大的天才也只能是一些幼芽，没有水的浇灌，是要枯萎的。古人早已懂得这个道理，所以有人说："严羽沧浪有云：'诗有别才，非关学也；诗有别趣，非关理也。'此得于先天者，才性也；'读书破万卷，下笔如有神。''贯穿百万众，出入由咫尺。'此得于后天者，学力也。非才无以广学，非学无以运才，两者均不可废。有才而无学，是绝代佳人唱《莲花落》也；有学而无才，是长安乞儿著宫锦袍也。"①这不但说得很有趣，而且说得很深刻，真正的文学天才就要在先天的资质与后天的学习、实践的结合中才能产生。文学天才是同他们呕心沥血的劳作、奋斗分不开的。

二、文学资质的特点及其对创作的影响

那么，作为文学资质的特点是什么呢？它又是如何影响文学创作的呢？我们认为，文学资质主要有以下几个特点。

（一）特别敏锐的感受力

人人都有感受力，都能面对世界，看到感受到常人应该看到和感受到的声音、色彩、形态、状貌等。作家的感受力特别敏锐，他与常人不同，他能从平凡中看到伟大，从伟大中看到平凡，从美中见丑，从丑中见美，从善中见恶，从恶中见善，从假中见真，从真中见假，从不和谐中发现和谐，从和谐中发现不和谐，从眼泪中发现欣喜，从欢笑中发现苦难，从红中见到黑，从黑中见到红……总之，他能感受到常人不易感受到的东西。就是说常人感受到的往往是事物共性与类相，作家则能感受到事物个性与殊相。所以法国画家罗丹说："所谓大师，就是这样的人：他们用自己的眼睛去看别人见过的东西，在别人

① 王夫之等撰：《清诗话》。

司空见惯的东西上能够发现出美来。”①或者如意大利的美学家克罗齐在《美学原理》中所说：“画家之所以是画家，是由于他见得到旁人只能隐约感觉或依稀瞥望而不能见到的东西。”

作家的特别敏锐的感受力是作家创作独创性的基础，正是他的感受力特别敏锐，所以他才能瞥视到常人无法见到的只属于他的独到的东西。文学作品所描写的都是生活中普通的甚至是细小的事情，大家习焉不察，一旦作家以他独特的眼光写出来，却能给人心灵以巨大的震动。例如，唐代诗人刘禹锡的《乌衣巷》：“朱雀桥边野草花，乌衣巷口夕阳斜。旧时王谢堂前燕，飞入寻常百姓家。”所写的细微的习见景物，可却反映出沧海桑田的时代巨变。“文化大革命”结束后，作家刘心武独具慧眼，从一个好学生谢慧敏与一个坏学生宋宝琦都不约而同地把优秀小说《牛虻》看成是“黄书”这样一件小事，看到了“文化大革命”把一代人的灵魂都给扭曲了的大问题，从而发出了“救救孩子”的呼喊声。

值得注意的是，作家这种敏锐的感受力并非完全来自天生，它与后天的训练也有关。前面我们曾引过法国著名作家福楼拜教导他的学生莫泊桑的话：“对你所要表现的东西，要长时间很注意去观察它，以便能发现别人没有发现过和没有写过的特点。”他还说：“任何事物里，都有未曾被发现过的东西，因为人们用眼观看事物的时候，只习惯于回忆起前人对这事物的想法。最细微的事物里都有一点点未被认识过的东西。让我们去发掘它。为了要描写一堆篝火和平原上的一株树木，我们要面对着这堆火和这株树，一直到我们发现了它们和其他的火其他的树不相同的特点的时候。”这也就是说，一个作家不能满足于天生的固有的资质，而是要在创作实践中学会观察，不断地磨炼自己的眼力，提高自己的敏锐的感受力。

---

① 罗丹口述，葛赛尔记：《罗丹艺术论》，人民美术出版社1978年版，第5页。

(二)突出的艺术直觉力

人人都有直觉力，但在文学资质特别丰厚的人的身上，其艺术直觉力显得特别突出。那么，什么是艺术直觉力呢？巴尔扎克曾说过这样一段话："在真正是思想家的诗人或作家身上出现一种不可解释的、非常的、连科学也难以明辨的精神现象。这是一种透视力，它帮助他们在任何可能出现的情况中测知真相；或者说得更确切点，是一种难以明言的、将他们送到他们应去或想去的地方的力量。"①巴尔扎克在这里描述的就是艺术直觉。艺术直觉是一种不经过逻辑分析与推理而直接感觉到对象的内在意义的能力。一方面，它保持了感性认识的特点，永远把握着具体的、鲜活的事物，一时一刻也不离开感性的特征；另一方面，它又有超越感性的功能，在一瞬间直接达到对事物本质规律的认识。中国古代理论家对艺术直觉有自己的理解。例如，王昌龄的《诗格》中说："目击其物，便以心击之，深穿其境。""目击"是看，"心击"是悟，艺术直觉是把"目击"与"心击"(看与悟)这认识的两步，并为一步了。在具有艺术直觉力的作家那里，他在看的同时，就透视到了对象的内在意义。又如，金圣叹所说的"别眼"和"妙眼"就不同于普通的眼，它一方面看到了对象的感性特征，可另一方面又同时看到了普通的眼看不到的对象背后的深邃的内涵。王夫之在《姜斋诗话》中所说的："会景而生心，体物而得神"可以看作是古人对艺术直觉的最好说明。"景""物"是外在的感性的，"心""神"是内在的本质的，这样，艺术直觉特别突出的作家，往往能透过外表的现象，立即抓住对象内在的本质。有这样一个故事，有一次高尔基、安德烈耶夫和布宁，在意大利那不勒斯的一家宾馆里做一个游戏：他们约定，看见一个人走进来，限定在三分钟里进行观察和分析，然后说出自己的看法，看谁说得准。布宁观察

---

① 巴尔扎克：《〈驴皮记〉初版序言》，《巴尔扎克论文学》，中国社会科学出版社 1986 年版，第 95 页。

得很细致，并立即做出结论说，这是一个国际骗子。后来经过调查，布宁的结论是正确的。他这种一眼就把人看透的本领，就是一种直觉的能力。又如，鲁迅在《孔乙己》中，写出孔乙己穿长衫而站着喝酒的样子，就是对没落的封建知识分子的精神状态的直接揭示，这也是艺术直觉作用的结果。

艺术直觉在文学创作中具有重要的作用。艺术直觉既然在一刹那的观察中，就能在保留对象的感性特征的情况下，直接窥视到对象的深隐的秘密，那么作家在创作中凭着直觉就可以捕捉到生活真理，同时又保留生活固有的具体性和生动性。这是一般的感觉、知觉所做不到的，一般的感觉、知觉只能把握生活的现象；同时这也是一般的思维所达不到的，因为思维在揭示事物的本质时，把事物的全部的具体性和生动性抛弃了。唯有直觉，既保留了感觉、知觉的特性，又保留了思维的特性。因此作家对艺术直觉力的运用，关系到作品形象的生动性与解释生活的深刻性的问题，特别是关系到这两者的统一问题。例如，明代于谦《石灰吟》："千锤万凿出深山，烈火焚烧若等闲。粉身碎骨浑不怕，要留清白在人间。"这首诗同时把石灰及其生成的形态与所寓含的深刻的人生真理结合在一起，这就是艺术直觉的力量在创作中的运用。

艺术直觉的特点是"目击"与"心击"结合起来，由目视立刻转为心悟，这样，作家的视觉、听觉、嗅觉、触觉等可以通过心来兑换，似乎颜色可以听到，声音可以看到……形成"通感"。例如，"红杏枝头春意闹"这句诗，诗人写了自己直观到的春天红杏开花时的生动情景，可又情不自禁地著一"闹"字，通过艺术直觉把视觉的景色转化为听觉的声音，结果就把春天的那种生机勃勃的特征生动地揭示出来了，油然而生出浓郁的诗意。

通过艺术直觉得到的东西与那种先是感性认识后是理性认识所得到的东西，是完全不一样的。艺术直觉得到的印象保留了最高的艺术性，而分成两个认识阶段得到的结论则可能完全丧失艺术性。俄国著名作家冈察洛夫在谈到他所创造的奥勃洛摩夫这个典型形象时说："譬如说，首先是奥勃洛摩夫的懒洋洋的形象——在我自身和他人身上的——投入我的眼帘，而且越来越鲜明地出现在我面前。当然，我本能地感觉到，俄罗斯人的基本特征正一点一滴地吸收在这个人物身上；……假如那时有人把杜勃罗留波夫等人以及最后我自己在这个人物身上所看到的一切告诉了我，那么我一定会确信无疑，而且一旦相信以后，我就会故意突出这个或那个特点，当然就会把它弄糟了的。"①作家所谓"本能地感到"就是指直觉。幸亏作家是"本能地感到"，而不是按认识的阶段清楚地认识到，这样他才创造出了那样生动的奥勃洛摩夫这个典型，否则就可能成为概念的图解。

同样值得注意的是，作家艺术直觉力虽然有先天的因素在起作用。但艺术直觉力的培养与后天的实践也极为密切。作家必须经常地接受外界的刺激，并为此而投身于生活的漩涡中，这样才能建立起"动力定型"，在此条件上艺术知觉才能发生。

(三)活跃的灵感

灵感不是作家的专利，灵感也是人人皆有的。只是作家的灵感特别地活跃，出现率比一般人更为恒常，这是他们的一种潜在的资质。那么，什么是作家的艺术灵感呢？艺术灵感是指作家把注意力完全集中到创作对象时，创作能力特别活跃，创造力发挥到极致的精神状况。也就是说在灵感来临的这一刻，强烈的创作冲动伴随发生，并且灵光闪动，情绪高涨，文思泉涌，下笔如神，许多平时不易解决的创作难题都在顷刻间创造性地解决了。

---

① 冈察洛夫：《迟做总比不做好》，《古典文艺理论译丛》第1册，人民文学出版社1961年版，第147页。

灵感有三个特点。

第一，突发性。它是在作者毫无准备的情况下突如其来的。就是说，作家似乎毫无用心，可生动的形象涌上心头，催着他信笔疾书，他在不知不觉中就完成了一部作品。或者是在他心中突然出现了他平时未构思过的情节、场面和细节，而这一切又恰到好处地补充了他原来构思的不足。德国的著名作家歌德创作《少年维特的烦恼》的过程就是一个典型的例子。有一天，歌德突然听到他的同学耶路撒冷因失恋而自杀的消息，“刚传来这消息的概略之后，便有人详细地精确地报告这事的经过，就在这当儿，我找到《维特》的情节了。它的全体是从各方面凝聚来的，却构成了一个结实的晶体，正如壶中快将结冰的水，因极轻松的摇动而即化为坚硬的冰那样”。“在这种情况下，经过那么多的暗中准备，在四周间握管疾书，没有把全部的计划或一部分的处理方法预先打下草稿，《维特》这部作品就一气呵成地写出来了。”“我像一个梦游病者那样，差不多无意识地写成这本小东西，所以，当我自己把它校阅，想要加以润色删改时，我自己也觉得十分奇怪。”①如果没有歌德的同学自杀这一突发事件，没有歌德听到这个事件时突发的灵感，歌德不可能“像梦游者那样”顺利地完成《少年维特的烦恼》的创作。

值得注意的是，灵感不但突如其来，而且也突如其去。若是在灵感来临的这一刻，作家抓不住，或因别的事情的插入，或因外来的干扰，都会破坏灵感，失去机会。因此灵感可以说是稍纵即逝的。中国有“败兴”的说法，实际上就是灵感的消失。宋代有这样一个故事，谢无逸问潘大临近来作诗没有，潘大临回答说：“秋来日日是诗思。昨日捉笔得‘满城风雨近重阳’之句，忽催租人至，令人意败。辄以此一句奉寄。”这是灵感因外来的干扰而丧失的例子。

---

① 歌德：《歌德自传》下，人民文学出版社1983年版，第623～624页。

第二，偶然性。灵感的出现往往是不由自主的，苦心搜索不可得，因偶然的机遇的触发倒自然而然地得到了。或者说，灵感是不受人的明意识的控制，必须等待偶然的机会才能得到。当代作家王汶石说：“作家在生活阅历中，积累了大大小小数也数不清的人和事，经验和积累了各种感情，产生和积累了丰富的生活思想(这最最重要的一点常被初学者忽视)，它们像燃料似的保存在作家的记忆和感情里，就像石油贮存在仓库里一样，直到某一天，往往由于某一个偶然的机遇(比如听了一个报告，碰到某一个人或某人的几句闲谈，甚至于只是到了一个新地方或旧地重游，等等)，忽然得到了启发(人们通常把这叫作灵感)，它就像一支擦亮了的火柴投到油库里，一切需用的生活记忆都燃烧了起来，一切细节都忽然发亮，互不相关的事物，在一条红线上联系了起来，分散在各处的生活细节，向一个焦点上集中凝结；在联系和凝聚的过程中，有的上前来，有的退后去，有的又消失，有的又出现，而且互相调换位置，有的从开头跑到末尾，有的从末尾跑来中腰……”①这里把灵感爆发的偶然性和作用已谈得很详尽。

第三，创造性。作家之所以祈求灵感经常来光顾它，其原因是灵感具有巨大的创造性。许多看似不可能出现的艺术冲动，不可能完成的艺术构思，不可能完成的艺术表现，都可能在灵感来临的那一顷刻，出人意料地发生或顺利地完成。总之，在这个时刻，人的精神力量得到了最大限度的发挥，实现了鬼斧神工般的创造。“凭空何处造情文，还仗灵光助几分。奇句忽来魂魄动，真如天上落将军。”②这首诗生动地描绘了在灵感来的那一刻创造力充分发挥的情景。许多作家都谈到自己的创作遇到了难题，只是在灵感来临时，

① 王汶石：《答〈文学知识〉编辑部问》，《中国现代作家谈创作经验》下，山东人民出版社 1980 年版，第 917～918 页。

② 张问陶：《船山诗选·论诗十二绝句》。

难题才得以化解。例如，俄国著名作家冈察洛夫在回忆他写作《奥勃洛摩夫》的心境时说："起初写得没精打采、笨头笨脑、枯燥无味(像开始描写奥勃洛摩夫和莱斯基的情形那样)，我自己都常常没兴趣写了，直到突然光芒四射，照亮了我应该走的道路。我心中总是经常有一个形象，同时还有一个基本的主题，就是它在引导我前进，一路上我还无意中抓到些手边碰到的东西，就是说与它关系比较密切的东西。那时，我工作得生气蓬勃，精神抖擞，手都几乎来不及写下去，这样一直到再次碰壁。"①许多作家的富于创造性的作品，都产生于灵感出现之际。

为什么灵感会给作家带来创造性的收获呢？这与人的意识结构有着密切的关系。人有意识，即清醒的意识，但人的清醒的意识只是占人意识的很小的一部分，就像那露出水面的山尖，而在人的意识世界中大部分是潜意识，就像那潜藏在水下的山脚和山腰，人的意识(清醒的意识)当然能够解决许多问题，也会有创造性的发现，这是事实证明了的；但是在文学创作这种更富于感性的工作中，意识常常显得迟钝，它需要潜意识的协助，而潜意识的一个特征就是它有一种神奇的顿悟的能力，一般而言，所谓灵感，就是把意识层面的工作交给潜意识去加工，充分调动潜意识的创造功能。从这个意义上说，灵感是潜意识中的工作在意识中的收获，所以灵感状态给作家带来创造性，是不难理解的。

值得特别提出的是，灵感并不完全是属于天才范畴的问题。灵感的出现，有赖于人的勤奋刻苦的工作，如果离开生活实践和创作实践，灵感是不会光临的。因此，我们可以说灵感是辛勤的劳动请来的客人。灵感不过是长期积累，偶然得之。也正是在这个意义上，

---

① 冈察洛夫：《迟做总比不做好》，《古典文艺理论译丛》第1册，人民文学出版社1961年版，第147页。

鲁迅说："哪里有天才，我是把别人喝咖啡的工夫都用在工作上的。"[1]又说："至于所谓文章也者，不挤，便不做。挤了才有，则和什么高超的'烟士披离纯'（灵感——引者注）呀，'创作感兴'呀之类不大有关系，也就可想而知。"[2]鲁迅强调辛勤的工作精神是完全正确的。

此外，作家的先天资质还包括特别富于热情和激情，奇异和独特的想象力等，我们将在第三节中再讲。

第二节　作家的人格力量及其对创作的作用

马克思曾说过，在其现实性上，人是一切社会关系的总和。因此作家同普通人一样，生活在社会关系中，他是一个社会的人。由于每个人的出身和生活经历不同，所受的教育不同，所建立的社会关系也不同，这样在他成长过程中必然会形成不同的个性。个性是心理学的术语，它是指个人带有倾向性的本质的比较稳定的心理特征（兴趣、爱好、能力、气质、性格）的总和。个性又可以叫人格，这两个概念的区别，是使用上的区别。人们在使用个性这个词时，主要强调人与人之间个性的差异，不含褒贬意义；但在使用人格这个词时，主要从伦理的角度来考察，这就含有褒贬意义，或者说更强调人格的倾向性。我们这里使用人格这个词，也是出于这种考虑的。

作家的人格倾向，对创作影响极大。作家的人格倾向与创作密切相关的主要有三点，即真诚还是虚伪，善良还是凶恶，富于美感还是不富于美感。作家人格的这三种品质较直接地影响创作的真、

---

① 许广平：《鲁迅全集编校后记》，《鲁迅全集》第20卷，人民文学出版社1938年版，第663页。

② 鲁迅：《并非闲话（三）》，《鲁迅全集》第3卷，人民文学出版社1956年版，第112页。

善、美及其统一。本节谈论作家的伦理人格(真诚与善良)及其对创作的影响，作家的审美人格问题我们将在第三节加以讨论。

一、人品与文品的二重性

(一)人品与文品的对应

作家的人格与他的创作倾向和品质，是否有对应关系呢？对这个问题，无论中外都是肯定的。我国古代一直有“文如其人”的说法，认为作品的思想、结构、风格等总是这样或那样地反映出作家的人格特征。也就是说，文学作品是其人格倾向的表现，有什么样的人格，就会有什么样的作品，作家的人格倾向必然要自觉不自觉地渗透进作品中去，而作品则在这里或那里透露出作家的人格倾向来。最早提出这一论点的是汉代的扬雄，他在《法言·问神》中说：“言，心声也，书，心画也。声、画形，君子小人见矣。”意思是说，人们说的话，是心的声音，人们书写文字，是心的画，我们从外在的声音和文字就可以窥视到君子或小人的心啊。从扬雄提出这一思想之后，赞成他的观点的人很多。例如，刘勰在《文心雕龙·体性》篇中说：“夫情动而言形，理发而文见，盖沿隐以至显，因内而符外者也。”“故辞理庸俊，莫能翻其才；风趣刚柔，宁或改其气；事义浅深，未闻乖其学；体式雅郑，鲜有反其习；各师成心，其异如面。”意思是说，作家内在的情志萌动才转化为外在的作品的面貌，内在的道理弄清楚了才转化为外在的作品的体式，这就说明文学创造是一个由隐(内心)到显(作品)的过程，作家的人格表现为作品风格的过程。因此，作品辞调的平庸或超拔，不会违反作家的才能；作品风力的刚健或柔婉，不会脱离作家的气质；作品内容的浅陋或深刻，必然反映作家的学力；作品辞藻的典雅或鄙俗，也必然反映作家的习惯；各人按个人的人格进行创作，不同人格的作家，他们作品的不同就像他们的面貌不同一样。这类说法在古文论中很多，不必一一罗列。总之，认为文品与人格对应，“文如其人”这一论点是无可怀疑的。

在西方，也流行类似的说法，最有代表性的是由18世纪法国博物学家布封在法兰西学士院为他举行的典礼上的演说中提出的“风格就是人格”的言论。他的话被黑格尔、马克思等人引用过。黑格尔说：“独创性是和真正的客观性统一的，它把艺术表现里的主体和对象两方面融合在一起，使得这两方面不再互相外在和对立。从一方面看，这种独创性揭示出艺术家的最亲切的内心生活；从另一方面看，它所给的却又只是对象的性质，因而独创性的特征显得只是对象本身的特征，我们可以说独创性是从对象的特征来的，而对象的特征又是从创造者的主观性来的。”[1]对于形成作品的主体和客体特征，黑格尔都讲到了，但他更强调主体的人格的作用，所以他在谈到文学风格的形式时说：“法国人有一句名言‘风格就是人本身’。风格在这里一般指的是个别艺术家在表现方式和笔调曲折等方面完全见出他的人格的一些特点。”[2]黑格尔的意思显然是说，对象不会自动成为作品的构成因素，对象只有在主体人格的熔化与浇注的条件下，才会进入作品，成为作品的有机构成因素。沿着这条思路思考，强调作家的人格与作品的面貌对应的学者与作家还有歌德、左拉、别林斯基等。歌德认为作品的思想与形式“是他内心生活的准确标志”，“如果想要写出雄伟的风格，他也首先就要有雄伟的人格”。[3]左拉也认为作品不能不是作家主体人格或个性的表现，“句子都是生命的跳跃，墨水被热情灼干，整个作品是一种人性的呼声”。[4] 别林

---

① 黑格尔：《美学》第1卷，商务印书馆1979年版，第373～374页。

② 黑格尔：《美学》第1卷，商务印书馆1979年版，第372页。

③ 《歌德谈话录》，人民文学出版社1978年版，第39页。

④ 左拉：《论小说》，《古典文艺理论译丛》第8册，人民文学出版社1964年版，第128页。

斯基认为，作品的面貌是“思想的浮雕”，他说：“从笔迹上可以窥知其人……从文体上则可以窥见伟大的作家，正像从笔锋上可以认出伟大画家的绘画一样。文体的秘诀在于能把思想表现得如此鲜明而突出，好像那思想是在大理石上描绘和雕刻出来似的。”①他们的共同思想是：文学创作当然要有客观的可描写的对象，但这客观的对象必须经过作家的主体人格的过滤、渗透、熔化、塑造，才能变成作品的血和肉，这就说明作家的人格与创作出的作品具有对应关系。

那么作家的人格倾向与作品的对应关系是怎样实现的呢？作家面对自己的描写对象，譬如，面对某个人物，作家的人格倾向是怎样去把握的呢？作家是一个主体，人物也是一个主体，这两个主体各有各的人格倾向，有时是完全相反的人格倾向。作家如何能将自己的人格倾向熔铸进人物的言行心理中去呢？左拉在谈到这个问题时，举了法国另一名作家都德的例子来解答。他说：“都德先生能忆起他曾经见过的一切，他看见了某些人物，看见了他们各自的姿势，看见了某些境界，看见了它们不同的轮廓。他要表现这一切。从这时开始，他自己变成这些人物，他生活到作品的环境中去，把他自己的个性与他要描绘的人物和事物的个性熔铸在一起，因而热情激动。最后，他和他的作品合而为一，也就是说，他把自己融化在作品里，而又在作品里获得了再生。在这样一种亲密的结合中，书中场景的现实性与小说家的个性合而为一。”②这里说的是，人物的人格与作家的人格相符合，这种“熔铸”当然是较容易做到的。问题在于，当作家的人格与人物的人格格格不入时，人物有自己的为人处世的原则，他回避、躲藏、对抗作家对他的把握，作家又如何以自己的人格去“熔铸”他笔下的人物呢？这就需要作家的人格力量特别

① 别林斯基：《别林斯基论文学》，新文艺出版社 1958 年版，第 235 页。

② 左拉：《论小说》，《古典文艺理论译丛》第 8 册，人民文学出版社 1964 年版，第 126 页。

强大，使作家能以锐利的眼光和深刻的透视力，看破人物的一切方面，进而把握他，按其本来的性格逻辑和命运轨迹去描写他。由此可见，作家的人格与作品的结构相对应，必须是作家有巨大的、足以征服一切的人格力量。作家的人格力量如果不够强大，其人格也就难于熔铸进作品的内在结构中去，人格与作品的对应也就不可能实现。

(二)人品与文品不相类

前面讲了作家的人格与其创作的对应性，但这只是问题的一方面，问题还有另一方面，那就是作家的人格与作品的思想、结构等，在一些作家那里，并没有必然的联系，或者说作家的人格与其作品并不具有对应关系。文品与人品不相类的情况在文学史上是存在的。元代的作家元好问在《论诗绝句三十首》中说："心画心声总失真，文章宁复见为人。高情千古《闲居赋》，争信安仁拜路尘。"元好问在这里实际上批评了扬雄的"心画心声"说，认为文品与人品不一致、不对应的情况是很多的，作品的思想、结构等并不能真实地反映出作者的人格倾向，有的人完全可以在他的作品中作假，他自己的人格可能很低下，可在他的作品中却表现得很崇高，他热衷于功名利禄，可他的笔调却显得很清高，他举的例子是晋代的潘岳与其作品《闲居赋》。如果我们真的相信《闲居赋》所写，我们还以为潘岳在宦海沉浮中已感疲倦，已淡于功名利禄，而决心闲居归隐，我们甚至会相信他为官清廉正直，实际情况完全不是这样。《晋书·潘岳传》就说他"性轻躁，趋势利。与石崇等谄事贾谧，每候其出，与崇辄望尘而拜"，完全是一副阿谀奉承、趋炎附势的小人的模样。元好问写的"拜路尘"就是指上述这件事。钱锺书也曾谈到"巨奸为忧国语，热中人作冰雪文"的现象。其实这种为文与为人不相类的现象无论在历史上还是在现实中都是不少的。

对上述文品与人品不一致的现象我们应该怎样看呢？黄侃在《文

心雕龙札记》中在谈到“因文见人”问题时认为“文如其人”，不是看作品的“义理”与作家的人格是否吻合，而是“综其意言气韵而察之”。钱锺书也认为作家“其言之格调，则往往流露本相；狷急人之作风，不能尽变为澄淡，豪迈人之笔性，不能尽不为谨严。文如其人，在此不在彼也。”①他这里所说的“此”是指格调，“彼”是指义理、思想。也就是说，“文如其人”必然要在作品的格调上表现出来，但在作品的思想内容上有时就可能表现不出来。这样我们就要追问，为什么在作品的思想内容上作家的人格倾向有时会表现不出来呢？这主要从以下两点上加以说明。

第一，作家的人格倾向，是属于社会伦理道德领域的，它在人的功利活动中必然要充分地表现出来，因为人的功利活动关系到人的现实的利害得失，其伦理道德的崇高或低下会直接地明显地流露出来，不流露是不可能的，特别是在环境比较宽松的情况下，每个人的人格都必须会显示出本相。但文学创作是非功利性的，是审美活动。在审美活动中，作家的人格在外化为作品的思想内容时，要经过审美的选择与转换，在这选择与转换中，作家的主体人格倾向有的保持了本色，如屈原、陶渊明、李白、杜甫、陆游、关汉卿、曹雪芹等作家，他们的伦理人格与审美人格是一致的、对应的；但有的人格倾向就在这选择和转换中产生了遮蔽动能，即原有的人格倾向被遮蔽了，审美的人格与伦理人格发生了错位，审美创造所产生的作品(思想内容)与原有的人格倾向就不一致了。上述潘岳为人与为文不一致，就是一个典型的例子。

第二，作家的人格同任何一个普通人一样，是极为多样复杂的。人格是多重因素的复杂组合。这里有同质的因素，也有异质的因素。仅从人的性格上看，同一个作家身上，既有积极的方面，也有消极

① 钱锺书：《谈艺录》，中华书局1984年版，第163页。

的方面。西方有“半是魔鬼，半是天使”的说法，这可能过分夸张了人的性格的两极，但绝不是没有一点道理的。实际生活中，作家作为一个人，其人格可能是极为复杂的，恩格斯就说过：“歌德有时非常伟大，有时极为渺小；有时是叛逆的、爱嘲笑的、鄙视世界的天才，有时则是谨小慎微、事事知足、胸襟狭隘的庸人。”[1] 连大文豪歌德尚且如此，其他作家也就可想而知了。在文学创作中，作家有时更多流露出性格的积极方面，有时更多流露出性格的消极方面，有时“魔鬼”战胜“天使”，有时则“天使”战胜“魔鬼”，这样，从表面看来，作品的思想内容与其人格的某一方面不一致、不对应，也就不难理解了。

总而言之，作家的人格与其作品的对应是基本的，是特别应加以重视的。正如鲁迅所说的那样，“从喷泉里出来的都是水，从血管里出来的都是血”，有什么样的人格，就会有什么样的作品。人格与其作品思想内容不一致是在审美创造中出现的。一个想成为作家的人，应该加强自己的人格修养，力求使自己能达到“文如其人”的境界。

二、作家的真诚与文学创作

(一)真诚是作家的基本人格力量

一个进步的作家，在人格修养上，首要的品质是真诚。庄子在《庄子·渔父》中写道：“孔子愀然曰：‘请问何谓真?’客曰：真者，精诚之至也。不精不诚，不能动人。故强哭者虽悲不哀；强怒者虽严不威；强亲者虽笑不和。真悲无声而哀；真怒未发而威；真亲未笑而和。真在内者，神动于外，是所以贵真也。……礼者，世俗之所为

---

① 恩格斯：《诗歌和散文中的德国社会主义(摘录)》，《马克思恩格斯列宁斯大林论文艺》，人民文学出版社 1980 年版，第 39 页。

也；真者，所以受于天也，自然不可易也。故圣人法天贵真，不拘于俗。”庄子在这里强调了两点：一是真诚才能动人；二是真诚是人的内在品质。这两点对作家来说都很重要。

1. 真诚才能动人

作家与读者的关系是亲切交谈的关系，作家必须把读者当作自己的亲密的朋友，能够诚恳地、推心置腹地与读者交流情感，这就要求作为主体的作家要十分地真诚，而不是把读者看作可以欺骗的对象。元好问认为“诚”为诗之本，他说：“唐诗所以绝出于《三百篇》之后者，知本焉尔矣。何谓本诚是也。……故由心而诚，由诚而言，由言而诗也。三者相为一。……故曰不诚无物。夫惟不诚，故言无所主，心口别为二物；物我邈其千里，漠然而往，悠然而来，人之听之，若春风之过马耳，其欲动天地、感鬼神，难矣。”[1]这就是说，心诚才能言诚，言诚才能诗诚，诗诚才能以真情动人，才能动天地、感鬼神。作家写作不应该仅仅用笔去写，而应该用自己真诚的心去写。只要作家有一颗真诚的心，连看起来是不真实的描写，都可以让人觉得是真实的。例如，关汉卿的《窦娥冤》，写窦娥受冤屈将被杀，在刑场上窦娥发了三个愿：若被冤枉，将血溅白练，六月飞雪，楚州大旱三年。事实上这三个愿都是不可能实现的，但由于作家真诚地同情受冤屈的窦娥，这三个愿都实现了，而读者被作者真诚的态度所感动，也乐于接受这种艺术安排。

2. 真诚是作家的内在品质

真诚是发自内心的，是作家的天性。也可以说，真诚是作家的童心在更高层次上的复现。童心是未被世俗污染之心，因此，一个保持童心的人，就有一双明亮的眼睛，他看到什么，就毫无顾忌地说出来，而不会受外界压力的干扰。安徒生的《皇帝的新衣》是一个

① 元好问：《遗山先生文集·杨叔能小亨集引》卷三十六。

很好的例子。成年人明知皇帝没有穿衣服，但有种种顾虑，谁也不敢说出来，反倒说皇帝的新衣很好看，唯有小孩儿没顾虑，以明亮的眼睛揭穿了事情的真相。小孩儿不过是用他的内在的本心观察世界，因此他是最真诚的。前面我们提到过明代学者李贽的“童心”说，“夫童心者，绝假纯真，最初一念之本心也。若失却童心，便失却真心；失却真心，便失却真人。人而非真，全不复有初矣”。这里所说的“童心”，用现在的话来说，也就是人类的未被社会的功名利禄所污染的自然情感。在李贽看来，这种自然感情作为人的内在品质，是一种真诚之心，因而是最为可贵的。但是人在社会化过程中，由于受“闻见”和“道理”的污染，“童心”被蒙蔽而丧失，于是人就变成“假人”，“其人既假，则无所不假”，这样“以假人言假言、事假事、文假文”的事情也就很自然地发生了。李贽所说的“闻见”和“道理”是什么呢？为什么会把“童心”蒙蔽呢？这就是人在社会化过程中所接触的封建名教等“仕途经济”之类。人在社会的这种“闻见”和“道理”中生活很容易将“童心”丧失掉。李贽最后的结论是：“天下之至文，未有不出于童心焉者也。”[①]李贽的话是很有道理的。问题是，人总是要变为成人的，人总是要社会化的，成人不能变成小孩儿，否则他就变得稚气了，那么在人成长为成人的过程中，在社会化过程中，如何保持“童心”、保持真诚这种内在的本质呢？或者说人们如何在更高的层次上来复现真诚的“童心”呢？作家要达到这个境界，关键在于对生活能够保持独立的观察和思考，不为流行的时髦的“闻见”和“道理”所迷惑，敢于看人所未看，想人所未想，写人所未写，敢于面对真实的现实，而不被流行的、时髦的东西所左右，这样你就在更高的层次上保持“童心”，以真诚的人格面对生活。

(二)真诚人格对文学创作的影响

作家的真诚直接影响创作的真实性。那么，什么是文学的真实

---

① 李贽：《童心说》，《焚书》卷三。

性呢？作家的真诚人格又如何影响作品的真实性呢？

1. 真实性是作品的“合情合理”的性质

所谓真实性，简言之就是作品在假定的条件下所达到的“合情合理”的性质，艺术真实是假中求真，但却可以被人理解和接受。

“合理”就是作家所描写的生活要合乎生活的逻辑，如果是写人物的话就要合乎人物固有的性格逻辑和命运轨迹，人物也是一个有生命的主体，他有自己在生活实践中形成的性格，他只能做他能够做的事，说他能够说的话。作家要尊重人物，不能把人物当作傀儡，让他做他做不了的事，说他说不了的话。人物的命运也是有其自身的运转轨迹的，他要活，作家无权将他“处死”，他要死，作家也不能将他救活。高尔基说：人物的性格一旦形成，“他们每一个都有自己的生物学上的意志”，因此作家无权“暗地里告诉主人公叫他该如何做”，当作家“强奸了自己主人公的社会的天性，强迫他说别人的话和完成那根本对他不可能的行为，他就是糟蹋了自己的材料”①，而陷入不真实。高尔基所说，都是强调作家要尊重人物的性格逻辑和命运轨迹，合乎对象发展之理，只有这样，才能达到真实性的要求。

“合理”是艺术形象真实性的客观的方面。艺术真实性还有它的主观的方面，因此真实性除了要求“合理”之外，还要“合情”。在某种意义上“合情”是更重要的，因为艺术形象中的“理”不是直接说出的，说理必须以“情感”为中介。“合理”与“合情”相结合，才能达到真实性的要求。

“合情”是指作品的艺术形象反映了人们的真切的感受，真挚的感情。人的感受和感情都是主观的东西，因人而异，即使是对同一件事，不同的人的感受和投入的感情也是不一样的。对作家来说，

---

① 高尔基：《我的创作经验》，《苏联作家谈创作经验》，中国青年出版社 1956 年版，第3～5 页。

重要的是你的感受必须真切，你的感情必须真挚。真切和真挚往往可以把看似不真实的描写升华为真实。前面我们提到李白的诗句“黄河之水天上来，奔流到海不复回”，后一句，完全是实写，是真实的。可认真一想前一句，就会觉得不真实。因为黄河之水是从巴颜喀拉山流出来的，而不是从天下落下来的，天上只下雨，不下“河”。然而这样一个明明是不真实的描写却从未有人指出过，相反，古今读者都觉得这种描写是可信的，这是怎么回事呢？原来李白在这里是在写自己的真切的感受：你看，黄河之水从高原奔流而下，水流湍急，巨浪滔天，一泻千里，使人觉得这河水是从天而降。黄河的雄伟气魄被这诗句淋漓尽致地写出来了。真切的感受把看起来不符合事实的描写真实化了。在这两句诗后，李白又写道：“高堂明镜悲白发，朝如青丝暮成雪。”从表面看起来这种描写也是不真实的。因为头发变白是一个渐进的过程，哪有一夜之间就由“青丝”变成“白发”的呢？但如果我们仔细思索一下就不难发现，原来李白是在写人生短促的真切感受。特别是一个人被愁苦所压倒的时候，往往觉得在一夜之间就变老了。这种感受是很真切的，因此由这真切感受所引发的描写也是很真实的。在创作中，真挚的感情的作用就更大，因为真挚的感情最易打动人的心，在人心被打动之际，往往可以把虚幻的东西升华为真实。汤显祖的《牡丹亭》描写杜丽娘痴情，竟然死而复生。在实际生活中，死而复生的事是不会有的，可在《牡丹亭》写来却那样真实，在这里起作用的是一个“情”字，真挚的感情在艺术中把不可能的事变成可能，并达到艺术的真实。

2. 真诚是真实性的灵魂

真实性是文学创作的生命，虚假是文学创作的大敌。但创作如何才能达到高度的艺术真实性呢？从创作主体的角度看，那就是要求作家具有真诚的人格。

大家知道，真诚的反面是造作。造作的态度，必然使作品违反自然之理，扭曲自然之情，从而使创作失去真实性。这里可以举个《红楼梦》的例子。“稻香村”是大观园中的一景，孤立起来看，那黄泥墙，那茅屋，那青篱，那土井，那菜园，都与真农舍十分相像，也可以说是逼真极了。贾政见此称赞不已，说：“倒是此处有些道理。”但贾宝玉则不以为然。他说：“此处置一田庄，分明见得人力穿凿扭捏而成。远无邻村，近不负郭，背山山无脉，临水水无源，高无隐寺之塔，下无通市之桥，峭然孤出，似非大观。争似先处有自然之理，得自然之气，虽种竹引泉，亦不伤于穿凿。古人云‘天然图画’四字，正畏非其地而强为地，非其山而强为山，虽百般精而终不相宜。”贾宝玉这段话是很有见地的。在他看来，造作、扭捏的态度和做法，失去自然，也失去真实。对作家来说，造作、扭捏的态度，是通往虚假之路，是失败之路。

作家只有具备真诚之心，才能以本真的态度对待对象，这样对象才能以真实的面貌在自己的笔下显露出来。凡学习文学创作的人，没有不知道真实性的重要的，却往往不知道真实性的灵魂是平日养成的真诚的人格，以为临到写作时只要巧妙地安排或照实去写，就可达到真实性。实际上，真实性不是作家有意安排得出来的，作家必须在长期的生活实践和创作实践中锻炼，从日用起居及外间应务，平平实实，自家体贴得真诚的人格；而且时时培护，字字持守，不为外物摇夺，久而久之，则真诚固结到自己身心上，在创作中，即一言语一文字，这个真诚之心都会流露出来，这就是真实。所以真诚是真实的外显。当然，我们强调真诚要在生活中锤炼才能得到，并不是说真诚人格的获得就有多么困难。从一定意义上说，真诚之心也就是平常之心。鲁迅说：“我们能够大叫，是黄莺便黄莺般叫，是鸱鸮便鸱鸮般叫；我们不必学那才从私窝子里跨出脚，便说‘中国道德第一'的人的声音。”[①]他还说：“文人作文，农人掘锄，本是平平常常，若照相之际，文人偏要装作粗人，玩什么‘荷锄带笠图’，农夫则在柳下捧一本书，装作‘深柳读书图’之类，就是令人肉麻。”[②]这就是说，作家的真诚之心与平常之心是一致的。有这种平常之心也就有了真诚之心，在创作时对人生也就可以做到毫无讳饰的真实。1919年1月，鲁迅接到一位不相识的少年写的一首题为《爱情》的诗。这首诗有这样的句子：“我是一个可怜的中国人。爱情！我不知道你是什么……我年十九，父母给我讨老婆。……可是这婚姻，是全凭别人主张，别人撮合……仿佛两个牲口听着主人的命令：‘咄，你们好好的住在一块儿罢！’”鲁迅对这首情感真挚的诗做了这样的评价：“诗的好歹，意思的深浅，姑且勿论；但我说，这是血的蒸气，醒过来的人的真声音。”鲁迅举这个例子，意在说明只要对生活抱着一种平常的诚恳的态度，真实性就会从作者的笔下流露出来。

三、作家的善良与文学创作

文学不但要真，而且要善，只有善的文学才能影响人的灵魂，使人的感情得到升华。文学创作中“善”的问题，过去往往被归结为倾向性的问题，进一步又被简单地归结为阶级性、党性的问题，这是不够准确的。当然，善的问题包含阶级性问题，但又不止于此。“善”是人性的积极方面，也可以说就是人道主义。作家首先是人，是人就得有人性(的积极的方面)，是人就得有人道主义，人性和人道主义的问题马克思从未回避过。他的关于“完整的人”的理想，就是从“人性的复归”“人的自然主义”的实现的思想所做出的结论。在

---

① 鲁迅：《热风·随感录》四十，《鲁迅全集》第1卷，人民文学出版社1981年版，第322页。

② 鲁迅：《郑振铎》，《鲁迅全集》第10卷，人民文学出版社1956年版，第120页。

这个问题上，我认为已故朱光潜教授如下的话是正确的："……人道主义在西方是历史的产物，在不同的时代具有不同的具体内容，却有一个总的核心思想，就是尊重人的尊严，把人放在高于一切的地位，因为人虽是一种动物，却有一般动物所没有的自觉性和精神生活。人道主义可以说是人的'本位主义'，这就是古希腊人所说的'人是衡量一切事物的标准'，我们中国人所常说的'人为万物之灵'。人的这种本位主义显然有它的积极的社会功用，人自觉到自己的尊严地位，就要在言行上争取配得上这种尊严地位。一切真正伟大的文艺作品无不体现出人的伟大和尊严的。……马克思不但没有否定过人道主义，而且把人道主义与自然主义的统一看作真正共产主义的体现。"①世界上伟大的作家就其个性而言，可以说是千差万别的，但他们在精神上有一种相同的东西，那就是人道主义。他们的作品对人性中一切积极的、美好的方面充满赞颂的激情，对一切违反人性的行为充满愤恨之情，目的是为了帮助人，影响人，把人性提得更高、更美好、更善良。作为初学写作的人，一定要向这些伟大的作家学习，在自己心中根植人性的积极方面，健全自己的善良人格，并把这善良人格渗入到创作中，使自己的作品也充满善良的、健康的、崇高的思想感情。

当然，"善"作为人性的积极美好方面，也可以分成不同的层次，如对亲人、朋友的爱，对民族、国家的忧患意识，对人民的同情与热爱，对人的尊严与人类命运的普遍关切等，从这个意义上看，"善"是一个充满人文精神的概念。中国文学值得骄傲的一个原因，就是中国的作家，特别是那些伟大的作家，无论古今，总是有一种人文情结，这种人文情结有时简直变成了一种无意识，情不自禁地渗透到作品中去。例如，屈原的忧君忧国，唱出"恐皇舆之败绩""哀

① 朱光潜：《关于人性、人道主义、人情味和共同美问题》，《朱光潜全集》第5卷，安徽教育出版社1989年版，第390～391页。

民生之多艰”的时候，楚国“地方五千里，持戟百万”，还是一个数一数二的强国；杜甫也是忧国忧民，唱出了“穷年忧黎元，叹息肠内热”“安得广厦千万间，大庇天下寒士俱欢颜”，表现了对人民的一片深情；李白唱出了“抽刀断水水更流，举杯消愁愁更愁”，可能是表现对社会的不平等、对有识之士得不到重视的不满；李商隐唱出了“春蚕到死丝方尽，蜡炬成灰泪始干”，表现了他对服务社会的巨大热情；范仲淹“先天下之忧而忧，后天下之乐而乐”更是直抒胸臆，表现他那种以天下为己任的精神；就是柳永的“执手相看泪眼”“多情自古伤离别”，也表达了对友人、情人的动人的感情……这些都是“善”的人格的外化，是人文精神的体现。

从艺术的角度看，文学作品总要有人情味，才能吸引人，感动人。没有人情味的单纯说教的作品是没有艺术力量的。“文化大革命”结束以后的十多年文学的发展，就是在很大程度上摆脱了那种图解“概念”的模式，使文学向多样化方向发展，而且洋溢着动人肺腑的人情味。那么作品的人情味如何获得呢？首先是要求作为创作主体的作家养成善良的人格，富于同情心，乐于助人，关心社会的进步和人的精神的解放等，然后在创作中将这种人格的力量熔化于作品中，作品的人情味就会自然地流露出来。别林斯基在谈到果戈理时说：“我们认为，作者最大的成功和跃进的一步是在于，在《死魂灵》里，可以说到处可以感到他的主观性渗透了出来。我们这里所说的主观性，不是那由于自己的局限性或片面性而把诗人所描写的对象的客观现实加以歪曲的主观性，而是深刻的、包罗万象的、富于人情的主观性，它使艺术家成为一个有热情的心灵、有同情的灵魂、在精神和人格上都能独立的人——也就是这样一种主观性，它不允许艺术家对所描写的外在世界抱着冷漠的态度，而要他在自己活跃的心灵上感受外在世界的现象，从而使那些现象也呼吸着他的心灵的气息。”[1]这里所说的主观性，就是我们所说的善良的人格。作家必须要在生活实践和艺术实践中，使这样善良人格成为一种随时能对对象做出反应的无意识，并渗透到作品中，只有这样，他所创造出来的作品才能有动人的艺术力量。

第三节　作家的审美能力及其对创作的制约

文学创作是审美活动的高级形态，文学创作能否获得成功，不但有赖于作为创作主体的作家要有真诚、善良的人格，而且还有赖于作家的审美能力的强大。

审美能力是指人的审美注意、审美态度、审美理想、审美动机、审美知觉、审美情感、审美想象和审美理解等的总和。一个没有审美能力的人，即使他再真诚、再善良，也不能成为作家。有无审美能力，审美能力强大与否，在很大程度上决定一个作家的创作能不能获得成功，以及成功到何种程度。由于审美能力问题比较复杂，我们无法全面地详尽地进行讨论，这里仅就审美知觉、审美情感和审美想象三个问题加以扼要地阐述，其他问题只能穿插其间做些说明。

一、作家的审美知觉及其对创作的影响

(一)审美知觉的特征

什么是审美知觉？审美知觉有何特征？这是我们首先要搞清楚的问题。

审美知觉与普通知觉不同，普通知觉是对事物的物理属性的知

---

① 别林斯基：《别林斯基论文学》，新文艺出版社1958年版，第46～47页。

觉，审美知觉是对事物的表现性(审美属性)的知觉。那么，什么是事物的表现性呢？这里我们先举个例子，然后再从理论上来说明它。

宋代沈括在《梦溪笔谈》里记录了这样一个故事。“小窑村陈用之善画，迪见其画山水，谓用之曰：‘汝画信工，但少天趣。’用之深伏其言，曰：‘常患其不及古人者正在于此。’迪曰：‘此不难耳。汝当先求一败墙，张绢素讫，倚之败墙之上，朝夕视之。观之既久，隔素见败墙之上，高平曲折，皆成山水之象。心存目想：高者为山，下者为水，坎者为谷，缺者为涧，显者为近，晦者为远，神领意造，恍然见其有人禽草木飞动往来之象，了然在目。则随意命笔，默以神会，自然境皆天就，不类人为，是谓活笔。’用之自此画格进。”令人感到意外的是宋迪对陈用之的忠告，与意大利文艺复兴时期著名画家达·芬奇在《论绘画》中的某些说法，竟惊人地相似。达·芬奇这样启发大家：“请观察一堵污渍斑斑的墙面或五光十色的石子。倘若你正想构思一幅风景画，你会发现其中似乎真有不少风景；纵横分布着的山岳、河流，岩石、树木、大平原、山谷、丘陵。你还能见到各种战争，见到人物疾速的动作，面部古怪的表情，各种服装，以及无数的都能组成完整形象的事物。”①特别值得一提的是，宋迪和达·芬奇的相似的话，被当代英国著名艺术心理学家冈布里奇的《艺术与幻觉》一书所引用，这绝不是偶然的，因为这两个例子，同样说明一个问题，即审美知觉问题。

原来同一事物可分为非表现性的一面和表现性的一面，非表现性就是事物的物理属性，表现性就是事物的审美属性。人们普通的知觉只能看见或听见事物的非表现性(物理属性)，如人们面对败墙时，只看到败墙的陈旧的颜色，嗅到潮湿发霉的气味，听见叩击时发出的声音。但人们运用审美知觉去面对败墙时，情况就不同了，

① 列奥纳多·达·芬奇：《芬奇论绘画》，人民美术出版社 1979 年版，第 44 页。

这时候，我们已不是单纯的看与听，而是在“神领意造”，这种“神领意造”，也可以说是一种印象主义的看与听。这说明审美知觉是对于事物的表现性或审美属性的知觉，它获得的不是事物的物理属性，而是诗意的东西，这种东西已可以进入到作品中去了。例如，当代一个诗人的诗句“太阳甜甜的”，已不是对太阳的本来的物理面貌的描绘，而是对事物的诗意的知觉了。审美知觉是文学创作的基础。

那么审美知觉有什么特征呢？这是一个复杂的问题，人们的看法也有分歧。我们认为，审美知觉的特征主要表现在以下两个方面。

1. 审美知觉中非关功利与有关功利的矛盾二重性

一方面，在审美知觉中，必须形成审美注意，排除功利和实用的考虑，必须是无私的观照，“画家不带着思渴的眼光来看一池清水，也不带着荒淫好色的眼光来看一个美人”。一旦带着渴而思饮的眼光(实用需要)来看一池清水，带着荒淫好色(生理欲望)的眼光来看美人，那么清水和美人的美也就隐而不见了，主体的知觉也就变成非审美的知觉了。审美知觉的确带有不经个人理智活动的特点，因此审美知觉的确跟实用的、功利的、道德的目的无关。例如，一个人在欣赏梅花之际，他的确不会想到什么社会意义和功利价值。可是，另一方面，在任何一个人的超功利的审美知觉中，即已包含了一个阶级或一个民族或一个时代的客观的理智的功利判断，只是这种判断不为知觉者本人所觉察，而潜移默化地积淀到主体的知觉中去了。拿马克思的话来说，“五官感觉的形成是以往全部世界历史的产物”。在审美知觉中，早已渗入人的功利、欲望，隐匿着人的利害考虑的更为古老的“沉淀物”。在不少民族那里，布谷鸟的声音是最美的，这是因为布谷鸟的叫声，向劳动者宣布春天的开始，艰难的冬日的结束。这说明审美知觉总是历史地受功利目的的制约。审美知觉既是超功利的，又是受功利制约的，这就是审美知觉的二重性矛盾。作家的审美知觉也总是在这二重性矛盾中发展。

实际上，作家的审美知觉用巴尔扎克的话来说，是“第二只眼睛”战胜“第一只眼睛”的结果。第一只眼睛是每个人都有的普通眼睛，第二只眼睛是艺术家或具有审美能力的人才有的眼睛。人类的两只眼睛如此不同，第一只眼睛顽固地倾向于欲望、功利等，以强大的定势建构充满实在经验的第一视界，而第二只眼睛则执着地追求美，以独特的功能建构充满诗情画意的第二视界。在一般人那里，由于总是承受着巨大的社会压力，并形成了世俗化的心理定式，所以人们总是先运用第一只眼睛，把握到对象的可以满足我们的欲望或功利的方面；只有当第二只眼睛战胜了第一只眼睛，对象的美的方面，即事物的表现性，才会呈现在人们的面前。

2. 审美知觉的超越性

我们所理解的审美知觉不限于知觉，它还包括审美错觉、审美幻觉、审美通觉等。这些知觉与普通知觉的又一不同之处，在于审美知觉在知觉过程中主体对客体的超越。所谓超越，是说审美知觉的对象不被限制在对象本身，而发生变异。在普通知觉中，物质性事物的表征，是被限定的，你看到云团就是云团，你看到蒸汽就是蒸汽，它们不会变成别的东西。但在审美幻觉等类型的审美知觉中，最初阶段对实在对象的纯粹感觉转变为离开对象的另一种感觉，对象已被赋予活力，云团、蒸汽不再是云团、蒸汽，而可能变成山峦、龙、熊、狮等别的东西。这就是审美主体对知觉对象的超越。波兰文论家英加登举过这样一个例子：

到过巴黎，见过名叫“维纳斯”的那块大理石的人都知道，这块大理石的许多属性不仅不能有助于审美经验，反而会妨碍这种经验的实现。为此我们总是忽略它们。例如，“维纳斯”鼻梁上的一块污痕，或它的胸脯上可能是由于水的侵蚀而产生的许多粗斑、空穴、水孔等等，就会有碍于对它的审美感觉。在审美经验中，我们会忽略这块大理石的这些特殊性质，好像根本就没有看到它们。相反，我们似乎看到它的鼻梁毫无瑕疵，胸脯平滑，所有的洞穴都被填上还有完好的乳头(实际上这乳头已经给毁掉了)等。我们在“思想中”，甚至在一种特殊的知觉反映中补充了对象的这些细节，使其在给定条件下有助于造成审美“印象”的最佳条件；更确切地说，我们给我们的审美对象的形状补充的细节使它通过在特定条件下出现的审美价值完全展示出来。这种过程对一块真实的石头的认识或调查研究是根本不适合的。可是在“审美认识”中，它却“非常适合”。①

这个例子很好地说明了，在审美知觉中，知觉主体不会原样去知觉对象，而被对象限制住，恰恰相反，审美知觉主体总是运用自己的心理定式，去补充，去虚构，去想象，总之是超越对象，使对象获得活力，从而变异出各种出人意料的图像来。

(二)作家的审美知觉对文学创作的影响

1. 作家的审美知觉是创作的起点和初步加工

文学创作不能完全凭空虚构，必须依靠知觉去搜集材料，确定对象。没有审美知觉也就没有文学创作。进一步说，在文学创作中不能完全重复自然，照抄生活。“艺术之所以是艺术，正因为它不是自然。”(歌德)审美知觉的超越性也正好是与艺术加工密切相关的。作家的审美知觉具有活力，在作家已有的定势下，他总是拒绝简单重复客体，特别是作为审美知觉的审美幻觉、审美错觉、审美通觉等更是千变万化，千奇百怪。当生活本身过分分散、过分平淡、过分普通时，审美知觉就会将它们集中化、强烈化、理想化；可当生活过分集中、过分强烈、过分理想时，审美知觉就会将它们分散化、

① R·英加登：《审美经验与审美对象》，《当代美学》，光明日报出版社1986年版，第286页。

平淡化、普通化等。

2. 作家的审美知觉是文学创作的诗意的来源

文学创作是审美活动，它必须要有诗意。别林斯基说："诗应该首先是诗。如果有一篇作品能够被称为'智慧的，真实的，深刻的，但却是缺乏诗意的'，艺术就不会从这里取得任何胜利……非诗的作品从各方面看来都是贫瘠的；其实半诗半散文化的作品，也常常有益于社会和个人，但这益处也只是一半而已。"①其实，不但诗要有诗意，就是小说、散文、剧本等一切文体也要有诗意，才称得上是真正的文学作品。那么诗意从何而来？关键是要以诗意的方式获得现实的印象。这"诗意的方式"就是审美知觉，因为审美知觉是对于事物的表现性的知觉，"表现性"即表现人的诗意的情感。如果我们不把眼前的对象当作物理的对象，而把它感受为带有内在情感的对象，那么诗意也油然而生。譬如，如果我们一个冬天都关在屋子里工作，从窗户望出去，所看到的都是灰蒙蒙的东西，假如在一个乍暖犹寒的早晨，你上街，你在这满街灰色的路上，突然有一群穿得花枝招展的女中学生，笑着向你迎面走来，你就会感到春天终于到来了。你感到一种由衷的喜悦之情。在这个时刻，你实际上运用了你的审美知觉，你看到的是女中学生，可你感到的是春天到来的喜悦之情。如果你把你的感受加以艺术的加工，写成诗或别的样式的作品，那一定是富于诗意的作品。

要获得诗意的印象，必须运用审美知觉，这就要或多或少获得某些社会化阻滞，也就是不要过分的社会化。诚然，社会化是一个人成熟的表现，也是社会要求于每个人的。但社会化就意味着用大家通用的观点去看待周围的事物，一提到某事物，立刻就想到大家是怎样看的，这样他也不能独立地对生活有自己的诗意的发现。英

① 别林斯基：《别林斯基论文学》，新文艺出版社1958年版，第13页。

国前首相丘吉尔的经历是一个很好的例子。丘吉尔在1915年以前，一直在英国海军部工作，那一年五月，他离开了海军部，但他仍是内阁和军事委员会成员。由于某种原因，他在这个职位上“什么都知道，却什么都不能干”。于是他被迫“赋闲”，他开始学习油画。在其学画之初，他的体会是这样的：“人们会惊讶地发现在自然景色中还有许多以前从未注意到的东西。每当走路乘车时，附加了一个新目的，那可真是新鲜有趣之极。山丘的侧面有那么丰富的色彩，在阴影处和阳光下迥然不同，水塘里闪烁着如此耀眼夺目的反光，光波在一层一层淡下去；表面和边沿那种镀金镶银般的光亮真是美不胜收。我一边散步，一边留心着叶子色泽和特征，山峦那迷梦一般的紫色，冬天的枝干的绝妙的边线，以及地平线的暗色的剪影，那时候，我便本能地意识到了自己。我活了四十多岁，除了用普通人的眼光，从未留意过这一切。”丘吉尔在四十多岁开始学画之时，之所以能够从“普通人的眼光”转移到一种能够发现大自然的美的眼光来知觉周围世界，是因为他“被迫赋闲”，无事可做，从而远离功利，从某种意义上退出了失落自己生命个体的社会化过程。这样，他的知觉才转到审美知觉上来，他才发现大自然诗意的美。

二、作家的审美情感及其对创作的影响

（一）审美情感的特征

我们在第一章谈论过作家的情感表现问题，然而并不是表现了情感就是艺术品，这是因为作家必须在他的作品中表现审美情感。自然情感虽然也可能很刺激人，却不宜进诗。那么，什么是审美情感呢？审美情感具有什么特征呢？

审美情感是一种经过再度体验过的可供享受的情感。就如同艺术真实来源于生活真实一样，审美情感来源于生活中的自然情感，

但又不等同于生活中的自然情感，实际生活的快乐、愤怒、恐惧和悲哀，都还不是文学创作所必需的审美情感。那种认为把自己心中涌动的某种情感真实自然地流泄、释放出来就是文学的想法是不对的。苏珊·朗格强调说："一个艺术家表现的是情感，但并不是像一个大发牢骚的政治家或是像一个正在大哭或大笑的儿童所表现出来的情感。"[①]同样的道理，"洞房花烛夜"的快乐的笑声，向敌人开火时心中涌动的愤怒，在荒山野岭遇到狼群时的恐惧，急诊室里儿女趴到已死母亲身上的哀哭……它作为一种自然的感情，也能感染人打动人，但它还不是审美感情。

为什么自然感情不能自动成为审美感情呢？这主要是因为自然形态的情感往往只带有折磨人、刺激人的性质，而不带有可供享受的特性。政治家大发牢骚，可以刺激人，激起人们的同感或反感，但不能给人带来享受的愉快。孩子在音乐厅号啕大哭，则只能干扰人、折磨人。就是某英雄跳水救落水儿童的举动，在你看见的那一瞬间也只能使你感动，你还来不及、顾不上去"欣赏"它，你的心灵还无法进入享受的状态，所以还不是审美情感。那么自然情感要经过怎样的移置，才能转换为审美情感呢？在这里关键是回忆、沉思，或者说再度体验。关于这一点，英国19世纪著名诗人渥兹渥斯在谈到"诗是强烈情感的自然流露"之后，紧接着说：诗"起源于在平静中回忆起来的情感。诗人沉思这种情感直到一种反应使平静逐渐消逝，就有一种与诗人所沉思的情感相似的情感逐渐发生，确实存在于诗人的心中"[②]。一篇成功的文学作品是从这里开始的。在渥兹渥斯看来，诗的情感(审美情感的一种)诚然以过去的生活感受为基础，但其起点是诗人的平静中的回忆，由回忆进入沉思，诗人的心弦被强

① 苏珊·朗格：《艺术问题》，中国社会科学出版社1983年版，第25页。
② 渥兹渥斯：《〈抒情歌谣集〉序言》，《19世纪英国诗人论诗》，人民文学出版社1984年版，第22页。

烈地拨动，内心失去平静，出现了一种与沉思的感情相似，实则得到了艺术升华的情感。尽管你沉思的是失去母亲的悲痛和饥寒交迫时的难堪，但由于这种情感已进入到了艺术的境界，因此心灵处在一种享受的状态中，情感到此已审美化。从这个意义上说，审美情感是“第二度情感”，是再度体验过的情感。概而言之，审美情感有两个特征：第一，它是再度体验的情感；第二，它具有可供享受的特性。

(二)作家的审美情感对创作的影响

作家的审美情感对文学创作有着巨大的作用，归纳起来可分为五点。

第一，审美情感对文学创作的题材选择的作用。

作家总是写他愿意写的东西，这与他的审美情感的倾向有关。作家有什么样的审美感情，就可能选择什么样的题材。例如，中国古代的山水诗特别地兴旺，这与古代许多诗人的审美情感特别关注山水有关。他们对山水有特殊的感情，而且有独特的感受，所以，尽管山水诗写了那么多，却没有给人重复之感。另外，这与一个民族的审美情感的共同性也有着密切的关系。又如，每个作家都有自己擅长的题材，这与他们的不同的审美情感也是密切相关的。清代学者沈德潜说：“古人意中有不得不言之隐，借有韵语以传之，如屈原‘江潭’(指屈原怀国而沉江)，伯牙‘海上’(指伯牙学琴于成连先生，三年不成，后随成连至东海蓬莱山，闻海水澎湃，群鸟悲鸣之声，心有所感，乃援琴而歌)，李陵‘河梁’(李陵是汉武帝时的骑都尉，率兵出击匈奴贵族，战败投降。他在送别汉使苏武的诗中，有‘携手上河梁，游子暮何之’的句子，后人称为《河梁诗》)，明妃‘远嫁’(指王昭君出塞)，或忼慨吐臆，或沉结含凄，长言短歌，俱成绝调；若胸无感触，漫尔抒词，纵办风华，枵然无有。”[1]这就是说，各人体会到的审美情感不同，结果写出了感情格调不同的诗。

第二，审美情感的动力作用。

审美情感是作家回味过的、沉思过的、再度体验过的，因此在自己的心中占有特殊的地位，它不但不会消失，而且作为一种内在力量，活跃于心中，激发他的创作欲望，不断催促着作家，将情感以艺术的形式表现出来。当作家有一种审美情感在他心中涌动之际，他的记忆、联想、想象等都特别活跃，就像有话在喉，不吐不快，使作家不得不写。许多作家都有一种“欠债”心理，实际上就是某种感情在驱使着他，而他也力图摆脱这种心理状态，以求得心理的平衡。假如某一个作家曾经失恋过，这件事又给他以很大的刺激，那么这个作家是不会忘却这件事的，这就像他心中一棵感情的种子，它将生根、发芽，在经过长期的沉思之后，总有一天它将开花、结果，成就一部作品。例如，曹禺这样谈他写的《日出》：“这些年在这光怪陆离的社会里流荡着，我看见多少梦魇一般的可怖的人事，这些印象我至死不会忘却，它们化成多少严重的问题，死命地突击着我。这些问题灼热我的情绪，增强我的不平之感，有如一个热病患者。我整日觉得身旁有一个催命的鬼低低地在耳边催促我，折磨我，使我得不到片刻的宁贴。……情感的激动，终于按捺不住了。怀着一腔愤懑，我还是把它写出来。”[2]这个例子说明，审美情感作为一种动力，是创作起动的原因。

第三，审美情感的理解作用。

审美情感与逻辑推理是完全不同的。审美情感也是对事物的一种理解，但它是一种不经逻辑推理的直觉的理解，也就是说在审美

---

① 沈德潜：《说诗晬语》卷上。

② 曹禺：《〈日出〉跋》，《中国现代作家谈创作经验》上，山东人民出版社 1980 年版，第 367～368 页。

情感的活跃中，作家能在一瞬间抓住并理解事物的本质，出现一种“心领神会”的状态。而这正是文学创作所要求的，文学当然要有“理”，但这种“理”与哲学、社会科学的“理”是不同的。清代学者叶燮在《原诗》中说：“可言之理，人人能言之，又安在诗人之言之。”他认为：“诗之至处，妙在含蓄无垠，思致微渺，其寄托在可言不可言之间，其指归在可解不可解之会，言在此而意在彼，泯端倪而离形象。”那么这种不是“人人能言之”理，这种“可言不可言”的“寄托”，这种“可解不可解”的“指归”，是靠什么心理机制来把握呢？主要就靠审美情感，这是因为审美情感有一种功能，可以提炼、梳理这种区别于一般道理的艺术之理。

第四，审美情感的结构作用。

文学创作中的基本单位是形象，如何将这些作为基本单位的形象，通过想象的作用串联起来，形成一个完整的有统一格调的形象体系呢？这要凭借审美情感的推动作用。审美情感像一根红线，可以把零碎的形象单位结构成艺术的整体。例如，温庭筠的《商山早行》：“晨起动征铎，客行悲故乡。鸡声茅店月，人迹板桥霜。槲叶落山路，枳花明驿墙。因思杜陵梦，凫雁满回塘。”在这首诗中，有许多形象单位，如征铎、鸡声、茅店、月、人迹、板桥、霜、槲叶、山路、枳花、驿墙等，如若孤立起来看，是没有意思的，关键是作者以一种远离故乡的游子那种“道路艰辛，羁旅愁思”的情感，把这些事物有序地编织在一起，结果构成了一首洋溢着动人心绪的完整的形象体系。

第五，审美情感的移入作用。

作家在创作过程中，经常要把自己的审美情感移置到自己描写的对象上面，使对象生命化、情趣化，这样可以增强艺术的感染力。例如，巴金说：“我写《家》的时候，我仿佛在跟一些人一同受苦，一同在魔爪下面挣扎。我陪着那些可爱的年轻生命欢笑，也陪着他们哀哭。”[1]在作家的笔下，周围的一切之所以显得那样生机勃勃，就是因为作家将自己的审美情感移入对象的结果，如“相看两不厌，只有敬亭山”(李白)、“感时花溅泪，恨别鸟惊心”(杜甫)、“人老簪花不自羞，花应羞上老人头”(苏轼)、“万壑有声含晚籁，数峰无语立斜阳”(王禹偁)等，都是移情诗句。

总之，在文学创作的整个过程中，审美情感都起着重要的作用。

三、作家的审美想象及其对创作的影响

(一)审美想象的特征

前面我们强调了审美情感对文学创作的重要作用，但作家要通过何种途径才能把审美情感以一定的时间和空间的方式呈现出来呢?这就要通过审美想象(或者说艺术想象)。审美想象在文学创作中的重要性为一切文学大师和理论大师所承认。为了弄清审美想象，我们先要知道什么是想象。广义地说，想象是表象的自由组合运动。我们每天几乎都要接触一些事物，当事物不在眼前时，我们在自己的头脑中可以浮现出它的面貌，这就是表象。所谓想象，就是运用我们头脑中的这许多表象，按一定的思路进行重新的自由的组合。一个远离故乡的游子，在他的记忆中保留着对故乡的种种印象，那双亲的音容笑貌，那兄弟姐妹的身影姿态，那做过许多美梦的陈旧而亲切的小屋，那绿色的草坪，那潺潺的小溪，那长满松树的山坡，那窄窄的田埂，那弯曲的山路，还有黄昏时分给人以温馨与平和的袅袅炊烟……虽然此刻他远离故乡，但闭上眼睛，那一切都历历在目。故乡的这些形象是建立在他童年知觉记忆基础上的。由于他心中常常萌动故乡的种种表象，故乡的表象就成为他的一种心理现实，

---

① 巴金:《谈〈家〉》,《中国现代作家谈创作经验》上，山东人民出版社 1980 年版，第 206 页。

心理学把这种表象的组合运动叫作再现性想象。再现性想象是想象的一种，真正的想象是创造性想象。创造性想象是以再现性想象为基础的形象的自由组合，它往往把实际上并不在一起的事物从观念上合在一起，从而实现了新的形象和形象体系的创造。例如，古代神话、绘画和雕塑就典型地体现出了人的创造性想象的能力。例如，斯芬克斯是古代埃及的半人半狮形象；森特是希腊神话中半人半马形象；法恩是罗马神话中半人半羊形象；安琪儿，即带翅膀的小天使，是半人半鸟的形象。在中国古代，龙作为中华民族的象征是马、蛇、鱼等形象的结合；飞天则是人、鸟与天空的结合……这些形象都是现实生活中不存在的完全新的形象。这些作为创造性想象的成果的新形象，体现了创造性想象应具备的条件：第一，这些形象并不是凭空产生的，它是以艺术家在现实生活中见过的事物作为基础的；第二，它超越了现实的形象，进行了自由的组合；第三，这种自由的组合是受一定的观念所规范的，不是人的毫无目的的创造。

想象能力是人类共同的能力，它不是作家的“专利”。任何人做任何事都要有想象力，否则人的劳动就失去了目标。在科学创造中同样需要创造性的想象，缺少想象力，科学研究就不可能获得任何成果。那么，科学研究中的想象与文学创作中的审美想象有什么不同呢？或者说作家的审美想象有何特征呢？

首先，文学创作中审美想象是灌注了作家的审美情感的，而科学研究中的想象则是冷静的、理智的。古人已注意到这一点。陆机在《文赋》中认为，在“精骛八极，心游万仞”之际，就会出现“情曈昽而弥鲜，物昭晰而互进”的情况。刘勰则在《文心雕龙·神思》中认为，在“神思方运”之时，会出现“登山则情满于山，观海则意溢于海”的极致。实际上，在审美想象中，总是包含了移情。作家通过创造性想象虚拟出来的人物、景物，总是充满感情，甚至与人物、景物融为一体。法国作家乔治·桑在《印象与回忆》一书中谈到自己的创作体会时说：“我有时逃开自我，俨然变成一棵植物，我觉得自己是草，是飞鸟，是树顶，是云，是流水，是天地相接的那一条地平线，觉得自己是这种颜色或是那种形体，瞬息万变，去来无碍。我时而走，时而飞，时而潜，时而吸露。我向着太阳开花，或栖在叶背安眠。天鹅飞举时我也飞举，蜥蜴跳跃时我也跳跃，萤火和星光闪耀时我也闪耀。总而言之，我所栖息的天地仿佛全是我自由伸张出来的。”乔治·桑的心理状态，充分说明审美想象达到极致之际，头脑中出现的形象与“我”的情感完全交融在一起。也可以这样说，在文学创作的审美想象中，形象是纬线，情感是经线，它们共同编织出具有美感意义的新颖的图画。情感灌注想象，是审美想象的特点。而科学家在进行科学研究时的想象，虽然提供的目标也具有诱人的力量，但总的来说，是清醒的、冷静的、理智的。它拒绝情感对它的帮助，排斥情感对它的干预、不愿情感同它联姻。

其次，作家的审美想象具有个性特征。这可分为两个方面来理解。一方面是指每个作家的想象都具有自己的个性特点，鲁迅与郭沫若的个性不同，其想象也具有不同的个性特点。另一方面是指文学创作中的想象着意加强对象的个性特征，文学创作的真正生命在于对个别特殊的有个性的事物的掌握和描述，而审美想象正是达到此种境界的必经途径。例如，鲁迅创造性想象成果的典型人物阿 Q，其个性越是个性化，就越具有生命的活力，越真实，越动人。而科学家的想象则要揭示事物的普遍规律，因此，科学家的想象往往是普泛化，它不加强事物的个性特征，反而要千方百计地消解事物的个性特征。

最后，作家的审美想象是不需经过实际生活的检验的，它可以描神画鬼，可以上天入地，因为作家想象所创造的是艺术幻象，是虚构的，这种想象只要在它设定的艺术世界说得通就可以了，所以审美想象的逻辑另是一样，与科学论证中的逻辑完全不同。例如，

《西游记》中孙悟空的七十二变，鲁迅的《药》中凭空在夏瑜的坟上加上花圈，都是实际生活中不可能发生的，但却有它自己的情理。正如刘勰在《文心雕龙·神思》中所说："文之思也，其神远矣。故寂然凝虑，思接千载；悄焉动容，视通万理；吟咏之间，吐纳珠玉之声；眉睫之前，卷舒风云之色；其思理之致乎？故思理为妙，神与物游。"意思是说，作品的构思，它的想象飞翔得太遥远了。所以默默地聚精会神去思考，那念头就可以接触到千年以上；悄悄地改变脸上的表情，那视线就好像看到万里以外；在吟诵之间，像发出了珠圆玉润的声音；在凝想之间，眼前就呈现出风云变幻的景象；这些不都是构思造成的吗？所以构思的奇妙使得精神能与外物相交接。刘勰这里所说的构思的奇妙实际上就是想象的奇妙。可以说作家的这种不经实际生活的想象是作家的权力。而科学研究中的任何想象，最终都必须经过事实的验证，才能够成立，因为科学的特性就是它的客观性。

(二)作家的审美想象对文学创作的作用

黑格尔说："真正的创造就是艺术想象的活动。"[①]在文学创作中没有任何一点是与审美想象无关的。但创作中的审美想象的功能主要表现在以下几个方面。

首先，作家的审美想象决定作品的整体构思。作品的旨趣是什么，如何根据这旨趣展开形象的运动，怎样开头，怎样进入故事的演进，故事演进中如何起伏，何处掀起高潮，何处收尾等，都由想象来完成。另外，人物的确立，人物关系的组合，他们的纠葛、矛盾、冲突、和解……人物性格及其变化发展的描绘等，也由想象来完成。作品的结构是怎样的，是单线，还是复线，或是多线，几条线如何交织，何处叙述，何处描写，何处议论，何处抒情，何处用

---

① 黑格尔：《美学》第1卷，商务印书馆1979年版，第50页。

心理描写，何处用行动描写，时间与空间的安排等，都由想象去完成。总之，从题材的选择，主题的确定，人物的设置，情节的安排，言语的运用等一切，都有赖于想象能力的充分发挥。

其次，作家的审美想象保证作品的艺术特质。例如，作品是否生气灌注，形象生动，韵味充足，格调独特，都取决于作家想象的质量。作家的伟大的想象力应该是无拘无束的，自由奔放的，充满激情的，不拘俗套的，戛戛独造的，出人意料的。正是这种想象力保证了独特的艺术魅力的实现。我们所看到的古今中外作品的千姿百态，实际上是由古今中外作家的想象的千姿百态所决定的。

最后，作家的想象最终能够保证文学创作的审美意义的实现。我们在第一章着重讲到了文学的审美意义，谈到文学能使人的感性与理性得到完整的充分的发挥，其实这一切都有赖于作家在其作品中能给人们提供什么样的想象。想象，从一定意义上说就是深入，既深入对象，也深入主体，在真正的审美想象中，人作为主体的辽阔的宇宙，被充分地揭示出来，这对作家自身是如此，对读者也是如此。作家以自己的想象与读者交流，使读者在作家所想象的世界中观照自身，同时作家也从读者目光中观照自身，在这相互观照中，人的本性升华了，文学的审美意义也就得以实现了。

文学创作的至境追求

任何一个作家都希望自己成为一个优秀的作家。怎样才能成为优秀的作家呢？当然不是说只要多产就能成为优秀的作家，优秀的作家是那种有自己的审美理想追求的作家，这种审美理想的追求一般都表现在作家塑造艺术形象时，有自己的至境追求。“至境”是清代著名文论家叶燮在《原诗》提出的概念，它是指作家在创造艺术形象时所追求的最高的理想境界，换言之，也就是作家在创作中追求的极致。在这个问题上，过去的理论仅认为创造典型，就是创作的至境，这是一种不能完全反映文学实际的理论。我们认为，文学作品大致上可以分为表情类、再现类和表意类三大类，那么，与此相对应，文学创作的至境也应该分为意境、典型和意象三种。我们认为“三足鼎立”的至境观，才能反映文学创作的实际。

第一节 意 境

在文学创作中，表情的作品是大量存在的。例如，中国古代的诗词绝大多数是表情作品，西方 19 世纪初出现的浪漫主义作品，有相当一部分也是表情作品。对创作表情作品的作家来说，他的至境追求，一般来说，就是要营造意境。

一、意境的含义

意境这一概念最早是由唐代诗人王昌龄在《诗格》一书中提出来的。宋元以来对意境多有阐述，特别是谢榛和王夫之的情景论，对意境的阐释相当深入。晚清王国维集其大成，他在《人间词话》一书中提出“词以境界为最上。有境界则自成高格，自有名句”。他还说：“言气质，言神韵，不如言境界。有境界，本也；气质、神韵，末也。有境界而二者随之矣。”这样，王国维就把意境(或境界)看成是抒情类作品的高格、极致，也就是至境，这是极有见地的。

那么，什么是意境呢？意境是指文学创作(一般指表情作品的创作)中所描绘的一定的生活景象(包括自然景象和社会景象)与作家所抒发的真实的生命感情有机融合而形成的一种耐人寻味的诗意空间，它是表情作品最成功的艺术形象，是艺术至境之一。意境的美学内涵可分三点来说明。

(一)意境形成的要素

意境的形成要有两个要素：一是情，诗人的诗意的感情；二是景，自然的或社会的景。这两个要素要达到高度的有机的统一。谢榛在《四溟诗话》中说：“作诗本乎情景，孤不自成，两不相背。……夫情景有异同，模写有难易，诗有二要，莫切于斯者。观则同于外，感则异于内，当自用其力，使内外如一，出入此心而无间也。景乃诗之媒，情乃诗之胚，合而为诗。”在这里，谢榛强调，在抒情性的诗中，情与景是不能孤立存在的，它们之间必须取得有机的契合，完全的融合，而要达到这一点，诗人心中必须先把情与景融合为一体。王夫之在《姜斋诗话》中也说：“情、景名为二，而实不可离。神于诗者，妙合无垠。巧者则有情中景，景中情。景中情者，如‘长安一片月’，自然是孤栖忆远之情；‘影静千官里’，自然是喜达行在之情。情中景尤难曲写，如‘诗成珠玉在挥毫’，写出才人翰墨淋漓、自心欣赏之景。”在这里，王夫之不但强调情与景的“妙合无垠”，而且说明情景有机结合有景中寄情和情中含景两种方式，而无论哪种方式都要达到情景交融。关于情景高度的有机结合，是很微妙的。谢榛曾举过例子：“韦苏州曰：‘窗里人将老，门前树已秋。’白乐天曰：‘树初黄叶日，人欲白头时。’司空曙曰：‘雨中黄叶树，灯下白头人。’三诗同一机杼，司空为优：善状目前之景，无限凄感，见乎言表。”①韦应物的诗句，用“老”字，用“秋”字，都比较抽象，不具体，景色不鲜明，所以没有达到情景的有机结合；白居易的诗句好一些，但用了“初”“欲”等可有可无的字，其加工的痕迹暴露无遗，也未完全达到情景交融的境界；司空曙的诗句就不同了，两句都是写景，自然、现成，似乎是随意写出，但句中却寓含了浓浓的感情，真正达到了情景交融的境界。

(二)意境的本质特征

意境中表现的情景必须是真实的、有生命的，因为真实的生命感情才能动人。

“境”原为“竟”，《说文解字》：“乐曲尽为竟。”段玉裁注：“曲之所止也。引申之凡事之所止，土地之所止皆曰竟。”这就是说，境，

① 谢榛：《四溟诗话》卷一。

原义是指时间终止之处，后引申为空间终止之处，如今天我们仍然说“边境”。后来人们又进一步把物理上的“境”，引申为心理上的“境”，如心境、情境、意境。心境就是心之境，情境就是情之境，意境就是意之境。意境不是“意”与“境”的简单相加，是指人的生命活动所展示的具体的有意趣的具有张力的诗意空间。王国维的《人间词话》中，最值得注意的是以下几段话：

古今词人格调之高无如白石。惜不于意境上用力，故觉无言外之味，弦外之响，终不能与于第一流之作者也。

境非独谓景物也，喜怒哀乐，亦人心中之一境界。故能写真景物、真感情者，谓之有境界。否则谓之无境界。

“红杏枝头春意闹”，著一“闹”字而境界全出。“云破月来花弄影”，著一“弄”字而境界全出矣。

尼采谓：“一切文学，余爱以血书者。后主之词，真所谓以血书者也。”

以上四段话，充分揭示了意境的审美含义。第一，境界所止之处，不仅仅是言内之所写，它所达到的范围是“言外之味，弦外之响”，它的诗意空间是非常辽阔的且具有很强的张力。第二，这辽阔的诗意空间被人的生命活动所产生的独有的“喜怒哀乐”的“真感情”所填满了。以“红杏枝头春意闹”为例，为什么著一“闹”字而境界全出呢？这不仅因为这个“闹”字把“红杏枝头”与“春意”联为一个活的整体，还因为“闹”字传达出诗人心灵的情绪、意趣在春天蓬勃生机之中特有的惬意与舒展，就像那枝头的红杏那样活泼热烈和无拘无束。第三，所有的情绪、意趣，都是以人的真实生命的鲜血抒写出来的，是人的生命力的颤动，人的生命力开辟了一个无限宽阔的诗意空间——境界。

(三)意境的艺术效应

意境对读者来说必须是耐人寻味的。通过情景交融所营造的诗意空间是景外之景，象外之象，弦外之音，言外之意，味外之味。所谓“言在此而意在彼”，所谓“含不尽之意见于言外”。因此它能诱发读者的想象力，使读者有回味的余地。已故教授宗白华先生说：“艺术境界不是一个单层的平面的自然的再现，而是一个境界层深的创构。从直观感相的模写，活跃生命的传达，到最高灵境的启示，可以有三层次。”①宗白华教授还引蔡小石的《拜石山房词序》一文的说法来加强他的观点：“夫意以曲而善托，调以杳而弥深。始读之则万萼春深，百色妖露，积雪缟地，余霞绮天，一境也。再读之则烟涛澒洞，霜飙飞摇，骏马下坡，泳鳞出水，又一境也。卒读之而皎皎明月，仙仙白云，鸿雁高翔，坠叶如雨，不知其何以冲然而淡，翛然而远也。”这里分为“始读”“再读”和“卒读”三个境界。始读只觉得春花满眼，余霞灿烂，是“直观感相”层；再读感觉到“骏马下坡”“泳鳞出水”，这是“活跃的生命”层；卒读时，人的悟性被调动了，读者发现了“冲然而淡，翛然而远”的世界，这是“最高的灵境启示”层。我们举李白的《玉阶怨》为例：

玉阶生白露，夜久浸罗袜。
却下水晶帘，玲珑望秋月。

这首诗首先让你感到的是一个深夜望月的女子的形象，夜深了，露

① 宗白华：《美学与意境》，人民出版社1987年版，第214页。

水把罗袜都浸湿了，但她还久久地站在那里，这是“直观感相”层。如果我们再读一遍，我们似乎觉得这个女子的这种行为表现说明她心中有一种哀怨的、孤凄的、惆怅的情绪，她可能是在等待，或已经被人遗弃，或是遭遇什么不幸……我们感受到一种“活跃的生命”。如果我们进一步想，那么就会进入深沉的思考，也许人的痛苦、孤立、向往，就是人的一种生存方式，也许任何人在一个或长或短的时间里，都得像这个女子这样生存……这已是对人生的一种充满“灵境”的启示。由此可见，意境是耐人寻味的，是含蓄之美的一种形态。

二、意境的创造

意境的创造是抒情诗人的至境追求，诗人必须调动自己的全部生活体验和艺术功力才能靠近它。这个问题的关键在于处理好情与境、虚与实等关系。由于这个问题比较复杂，这里只能简要地讨论一下意境化的艺术方式问题。

(一)融情入景

在意境中，如何写景是一个大问题。因为诗人把自己的感情大声地喊出来叫出来是没有意义的，或者说是失败的。必须融情入景，借景抒情，使情景达到有机的统一。王夫之说：“不能作景语，又何能作情语耶？古人绝唱句多景语，如‘高台多悲风’‘蝴蝶飞南园’‘池塘生春草’‘亭皋木叶下’‘芙蓉露下落’，皆是也，而情寓其中矣。以写景之心理言情，则身心中独喻之微，轻安拈出。”[①]王夫之在这里提出“景语”这个概念是很重要的，它的意义在于说明了写景不是单纯地写客观的景物，实际上诗人是“以写景之心言情”，这样在“景”

① 王夫之：《姜斋诗话》卷二。

中已渗入了微妙的“情”，所以“景语”也就是“情语”了。所以古人告诫初学写诗者，“勿写无意之景”，“景物所在，性情则于是焉存”。王国维在《人间词话》中也说：“昔人论诗词，有景语、情语之别，不知一切景语皆情语也。”我们可以说“一切景语皆情语”是营造意境的一种重要方式。例如，杜甫有首《绝句》云：

> 迟日江山丽，春风花草香。
> 泥融飞燕子，沙暖睡鸳鸯。

这首诗完全是写景，太阳、春风、花草、泥土、燕子、沙子、鸳鸯，景物写得很满，但在这景物中我们感到了春光融融的气息，感到诗人的那种喜悦之情，真正做到了“一切景语皆情语”。刘禹锡也有一首写春光的诗，巧的是也写到了花草、太阳、燕子，但意境与杜甫诗的意境完全不同。

> 朱雀桥边野草花，乌衣巷口夕阳斜。
> 旧时王谢堂前燕，飞入寻常百姓家。

这首诗题为《乌衣巷》。诗中乌衣巷、朱雀桥都是六朝时代金陵的景物，在当时是高门贵族之家，兴盛一时，可现在已是寻常百姓之家，已是一派荒凉破败的情景了。我们读这首诗所产生的是时代变迁的兴废之感。两首诗，都写春天的景物，可传达的感情完全不同，所营造的意境完全不同，这两位诗人都很好地掌握了“融情入景”的创作方式。

值得注意的是以“融情入景”的方式所创造出来的意境，一般是王国维所说的“无我之境”，“无我之境，不知何者为我，何者为物”，是“客观诗”，也就是上面所说的景中情，看似全写景，实则情已含在景中了。

(二)缘情放言

“缘情放言”是唐代诗人权德舆提出的一个概念，意思是诗人在创作中可以不必写景状物，而直抒胸臆，放言无忌，只要诗人抒发的情感是真挚的、诗意的，也可收到情中见景的艺术效果，这是意境化的又一方式。正如我们前面所引的王夫之和王国维的论点那样，“情中景尤难曲写”，“境非独谓景物也，喜怒哀乐，亦人心中之一境界”。“缘情放言”以营造意境，的确难度更大，如果诗人的情感不够真挚、不够热烈、不够深刻，也可能变成空喊。但以“缘情放言”的意境化的方式进行创作而获得成功的也还是不少的。例如，陈子昂的《登幽州台歌》、李白的《将进酒》、陆游的《示儿》等，都属于“缘情放言”之列。我们这里就陈子昂的《登幽州台歌》做一点分析：

> 前不见古人，后不见来者。
> 念天地之悠悠，独怆然而涕下。

前两句写时间之长久，第三句写空间之辽阔，第四句写孤独、悲哀、苦闷的情绪。基本上没有对具体景物进行描写，但整篇联系起来看，却传达出一种氛围，从这氛围中我们似乎看见了北方苍茫辽阔的原野，在高高的幽州台上，一位怀才不遇、屡遭挫折的诗人，流着热泪，发出了撕人肺腑的声音。全诗写的是情，但情中见景，一种耐人寻味的意境呈现在读者的眼前。

值得注意的是，这种“缘情放言”式的方式，所创造的意境是王国维所说的“有我之境”。“有我之境，物皆著我的色彩”，是“主观诗”。“我”作为抒情的主人公显然处在明显的、公开的地位。

(三)缘情叙议

这是指一种熔抒情、叙述、议论为一炉的意境化方式。与上述的重写景和重写情的方式不同，它把各种艺术手法都调动起来，尽量拓展艺术空间，使意境所容纳的情景更丰富多彩，更浑厚动人。许多名篇佳作都以这种方式写成。例如，苏轼的《念奴娇·赤壁怀古》：

> 大江东去，浪淘尽，千古风流人物。故垒西边，人道是，三国周郎赤壁(以上是先议论后叙述)。乱石穿空，惊涛拍岸，卷起千堆雪(以上描写)。江山如画，一时多少豪杰(以上议论)。
>
> 遥想公瑾当年，小乔初嫁了，雄姿英发。羽扇纶巾，谈笑间，樯橹灰飞烟灭(以上叙述、描写)。故国神游，多情应笑我，早生华发。人生如梦，一樽还酹江月(以上叙述、抒情、议论融为一体)。

这首词意境博大、雄浑、豪放，给人以深沉的历史感。但作者不仅仅是“融情入景”，也不仅仅是“缘情放言”，而是调动了一切艺术手段，把抒情、叙述、描写、议论交错运用，力求使创造的意境既别具一格，又丰厚豪放。其中作者有一种气韵，灌注通篇。

(四)缘情比兴

“比”与“兴”在古代是不同的，“比”就是比喻，“兴”是托物起兴，有点象征的意味。但后来把“比兴”连用，就只剩比喻的意义了。朱自清先生说：“后世多连称‘比兴’，‘兴’往往就是譬喻或比体的‘比’。”①唐代权德舆在《监察御史清河张府君墓志铭》中说：“时以缘情比兴，疏导心术，志之所之，辄诣绝境。”他认为“缘情比兴”也是意境化的一种方式。就是说，诗人为了创造意境，有时也可全用比喻，在比喻中令读者感到一种情景交融的意境。例如，李商隐有首写牡丹花的诗，全诗都用比喻构成。

---

① 朱自清：《诗言志辨》，《朱自清古典文学论文集》，上海古籍出版社1981年版，第270页。

锦帷初卷卫夫人，绣被犹堆越鄂君。

垂手乱翻雕玉佩，折腰争舞郁金裙。

诗中把牡丹花比喻成美女卫夫人，描写美女的穿着、佩饰、舞姿，写尽了这个美女的风情，以此来比喻牡丹花的神韵，把牡丹花写得美丽动人，所呈现的意境生动而富于魅力。由于作者只限于写牡丹，并没有象征的意味，所以诗的创作方式还是一种意境化。

第二节　典　型

在文学创作中，再现类的作品也是大量存在的。例如，史诗、小说、剧本、叙事诗等都是再现类的作品。再现类的作品再现客观的社会生活，以创造各种各样的人物为主要任务。对再现类的作品来说，创造影响巨大的典型人物是其最高理想。换句话说，再现类的作品，就其多数而言，创造典型是其至境追求。

一、典型的含义

典型理论来源于西方，这是因为西方的文学创作是以史诗开始的，其后小说得到了迅速的发展。为了解释这种以再现、模仿为特征的文学现象，西方的理论家和作家提出典型理论就是必然的了。最早提出文学典型问题的是亚里士多德，不过他的用语是“理想”，他在《诗学》中提出，作家应“按照人应该有的样子来描写”，这可以说是最早的典型理论。其后，经法国启蒙主义作家、德国古典哲学作家，特别是19世纪俄国的理论家、作家的阐发，典型理论终于成熟。别林斯基用“熟识的陌生人”这一简明的生动的短语来解说典型，是很精辟的。他解释说：“典型既是一个人，又是很多人。”“必须使人物一方面成为一个特殊世界的人们的代表，同时还是一个完整的、个别的人。只有在这种条件下，只有通过这种矛盾的调和，他才能够成为一个典型人物。”①他还说：“典型的本质在于：例如，即使在描写挑水人的时候，也不要只描写某一个挑水人，而是要借一个人写出一切挑水的人。”②别林斯基的典型论，重点在强调典型是个性与共性的统一，从哲学的观点来看，这是正确的。但他未能充分揭示典型的审美特征，因为世界上万事万物都是个性与共性的统一，究竟文学典型人物的个性与共性的统一与其他事物的个性与共性的统一有何不同呢？这是我们必须回答的问题。

我们认为，从审美的角度看，典型是显示出特征的、能够唤起美感的性格，是再现类作品中最成功的人物形象，是文学创作的艺术至境之一。下面我们就对这个界说做些说明。

(一)文学典型的特征性

典型人物不是一般的代表人物，他是显示出特征的人物。什么是特征？许多理论家都谈到“特征”这个概念。德国19世纪学者希尔特可能是最初提出这个概念的理论家，黑格尔称希尔特为“现代一位最大的艺术鉴赏家”。希尔特认为“特征”是“组成本质的那些个别标志”，“是艺术形象中个别细节把所要表现的内容突出地表现出来的那种妥帖性”。③这就是说，特征作为事物的属性，它一方面是“个别标志”，可另一方面同时又体现“本质”，而且这两方面合而为一，因此具有“妥帖性”。法国19世纪文艺理论家丹纳也说：“艺术品的目的是表现基本的或显著的特征，比实物所表现的更完全更清楚。艺术家对基本特征先构成一个观念，然后按照观念改变实物。经过这

---

① 别林斯基：《别林斯基论文学》，新文艺出版社1958年版，第120～121页。
② 别林斯基：《别林斯基论文学》，新文艺出版社1958年版，第129页。
③ 转引自黑格尔：《美学》第1卷，商务印书馆1979年版，第22页。

样改变的物就‘与艺术家的观念相符’，就是说成为‘理想的’了。可见艺术家根据他的观念把事物加以改变而再现出来，事物就从现实的变为理想的；他体会到并区别出事物的主要特征，有系统的更动各个部分原有的关系，使特征更显著更居于主导地位；这就是艺术家按照自己的观念改变事物。”①在这里，丹纳更清楚地指明事物的主要或基本特征是创造典型人物(在西方古代，理想与典型是通用的)的必经之途。抓住了特征，也就差不多抓住了典型。按我们的理解，就外延而言，“特征”可以是一句话、一个细节、一个场景、一个事件、一个人物、一种人物关系等；就内涵而言，“特征”具有两种属性，其一，它的外在形象是极为具体的、生动的、独特的；其二，它的外在形象所表现的内在本质是极其深刻和丰富的。“特征”是生活的一个凝聚点，现象和本质在这里相连，个别与一般在这里重合，形与神在这里联结，意与象在这里聚首，情与理在这里交融。举例来说，《班主任》中，一个小流氓宋宝琦和“好学生”谢惠敏竟不约而同地把一部进步的优秀的小说《牛虻》说成是“黄书”，就具有时代的特征，作家主要抓住并描写了这个细节，才使他笔下的人物获得了典型性。又如，蒋子龙的短篇小说《拜年》，抓住年初五头一天上班互相拜年这一细节，展开了对胡万通和冷占国两个人物性格的描绘。一个要“拜年”，要搞好“人缘儿”，靠甜嘴蜜舌、靠磕头搞工作；一个却反对“拜年”，要靠周密的计划、严格的规章制度来搞工作。生活是如此不公正，“拜年式”的人物胡万通，虽没有多少本事，倒跟周围的人保持着良好的关系，且官运亨通，被提拔为副厂长；而那个铁面无私的冷占国虽有一身本事，一心扑在工作上，倒显得那样孤立无援。当然，一旦胡万通被提到副厂长的位置上时，群众又怀疑起来，他们又把目光转向冷占国。在作家笔下，普通的一个

① 丹纳：《艺术哲学》，人民文学出版社1963年版，第337页。

"拜年"的细节，由于具有特征性，意蕴是那样丰富而深刻，社会的陋习、现实的严峻、"国民性"弱点、生活的浊流、"四化"的艰难步履……都与"拜年"这个细节联系在一起了。在实际的生活中，这种富于特征的事物是很多的，问题在于作家能不能发现它，进一步提炼它。典型人物之所以成为典型人物，就是因为在它的身上显现了具有"特征"的印记，它既具有具体性、生动性、独特性，同时又具有深刻性和丰富性，而且这两者结合得十分的妥帖。

典型人物必须是显现特征的人物，无特征的人物是不典型的。这里要进一步说明的是，典型人物既要有"总特征"，又要有"局部特征"。

首先，文学典型必须有贯穿其全部活动、统摄其整个生命的"总特征"。"总特征"是决定典型人物的"质"的东西，是十分重要的。黑格尔说："性格的特殊性中应该有一个主要的方面作为统治的方面"①，这也就是一个人物性格最基本的方面，它可以渗透到人物的所有的言行中，它是一个源泉，这个人物的每一句话，每一个动作，每一种思想，最终都可能是来源于他的这个个性的"总特征"。为什么有的学者把典型界说为"共名"呢？就是因为真正的文学典型都必有一种"总特征"。这个"总特征"在许多人身上都可以见到。例如，鲁迅笔下的典型人物阿 Q，他身上的"精神胜利法"就是"总特征"。他自己无钱，他就想："我的儿子会阔得多啦"，觉得自己胜利了；他头上长有癞疮疤，人家拿它开玩笑，开始他"怒目而视"，后来就对人说："你还不配"；他被人打了，他心里想："我总算被儿子打了，现在的世界真不像样……"于是他又心满意足地走了；直到人家要枪毙他，最后让他画圆圈，他还为圆圈画得不圆而感到羞愧，但后来他想："孙子才画得很圆很圆的圆圈呢"，于是他睡着了。"精

① 黑格尔：《美学》第1卷，商务印书馆1979年版，第304页。

神胜利法”是他的性格的“总特征”，他的许多言行举动都与他的“精神胜利法”息息相关。此外，像林黛玉的多愁善感，像薛宝钗的世故圆滑，像王熙凤的手狠心辣，像唐·吉诃德的“真诚的愚蠢，蠢笨的癫狂”等，也是这些人物的“总特征”。这种“总特征”是区别于他人的基本特点，他或她就是“这一个”，是人物性格的标志，在作品中，读者绝不会把“这一个”与别的人物弄混，因为这个占统治地位的性格特征，往往贯穿他(她)的全部的行动，溶化到他(她)的血液，渗透到他(她)的每一个毛孔，成为他(她)灵魂里固有的东西。生活中的人是这样，作品中的典型也是这样。典型人物有了这个支配他(她)的行为的“总特征”，人物就变得鲜活而深刻，他(她)就是一个有生命的个体。

其次，文学典型还必须有在“总特征”制约下的“局部特征”。如果一个人物只有“总特征”，而没有“局部特征”，那么这个人物就会显得单调、贫瘠，或成为某种观念的图解，而显得不可信。“局部特征”是不是丰富，对一个人物能不能成为典型也是至关重要的。正因为如此，黑格尔在讲完“性格的特殊性中应该有一个主要的方面作为统治的方面”之后，又说：“性格同时仍须保持住生动性和完满性，使个别人物有余地可以向多方面流露他的性格，适应各种各样的情境，把一种本身发展完满的内心世界的丰富多彩性显现于丰富多彩的表现。”①黑格尔的意思是人物如果要鲜活，一定要保持人物性格的多重结合，而要做到这一点，就必须注意刻画人物的“局部特征”，这“局部特征”虽然受“总特征”的制约，但有时也可溢出，以展现人物典型性格的丰富性与复杂性，使其更具有生命力。例如，阿Q的性格，除了“精神胜利法”之外，也还有其他的“局部特征”。他给人做短工，“割麦便割麦，舂米便舂米，撑船便撑船”，干起活来也勤

① 黑格尔：《美学》第1卷，商务印书馆1979年版，第304页。

劳认真；他也是个男人，他也有他的爱，虽然他的爱有自己的特征；他对革命也很向往，但那是阿Q式的革命，是带有阿Q特征的革命。正是这些在“总特征”制约的“局部特征”构成了阿Q性格的系统，使阿Q以一个活生生的人那样呈现在读者面前。马克思提倡“莎士比亚化”，其要旨也是要求作家要把典型人物的“局部特征”写充分，使人物的性格丰富多彩，就像活人那样。我们之所以如此强调描写典型人物的“局部特征”，是因为实际生活中的人的“局部特征”就是极为丰富的，再现性的作品既然要逼近生活，那么就要像生活本身那样去写生活。高尔基就说过：“人们是形形色色的，没有整个是黑的，也没有整个是白的。好的和坏的在他们身上搅在一起了——这是必须知道和记住的。”①所以他认为作为生活的反映的小说“需要具有心理的一切错综的人”，而这正是典型的一个美学特征。

还有一点需要指出，典型并不是把“总特征”和“局部特征”机械地排列在一起，关键是作家是否真正理解并描绘出你的人物，你的人物是不是活的、有生命力的。黑格尔说：“把许多不同的特征和活动串在一起，尽管也形成一种排列成的整体，却不能显出一个有生气的人物性格。”②黑格尔的提醒是完全正确的。

(二)典型的审美性

人物的特征性只有和人物的审美性相结合，人物才能成为典型人物。典型是具有魅力的、能够唤起美感的人物，不论是正面人物还是反面人物都是如此。典型人物的艺术魅力和唤起美感的功能，与上述的特征性密切相关。

首先，特征是具体的、生动的、独特的，这就能紧紧地抓住读者的心。别林斯基认为：“艺术性在于：以一个特征、一句话就能生

① 高尔基：《文学书简》上卷，人民文学出版社1962年版，第219页。

② 黑格尔：《美学》第3卷下册，商务印书馆1979年版，第265页。

动而完整地表现出；若不如此，也许用十本书都说不完的东西。由于这原故，凡没有艺术性印记的作品，就特别冗繁而累赘。艺术家与此相反，他不用费很多话：他只要一个特征、一句话去表示思想就够了，而光是说明那个意思，有时就非得写一整本书不成。”①别林斯基这些话给我们以深刻的启示，典型人物之所以吸引人，给人以美感，并不在于写得多，而在于把具体的、生动的、独有的特征突现出来了。在不多的几笔描写中，让你终生难忘。这里我们试以“吃饭”这件最普通的事情来做些分析。我们的一些小说、电影、电视剧等经常描写人物吃饭，但这些作品写吃饭，似乎是为了交代事件的发展过程，或是为了给人物找个谈话的场所，即使餐桌上摆满了美酒佳肴，也不能引起读者或观众的注意，相反观众觉得大倒胃口。这是怎么回事？这些缺少艺术性的描写，是由于作者没有赋予“吃饭”以特征性，所以不能给人以美感。其实，“作家无须在他的小说中描写主人公每次如何吃饭，但是他可以描写一次他吃饭的情形，假如这一餐对他的一生发生了影响，或者在这餐桌上可以看到某一时代某一民族吃饭的特点的话。”②或者是“人们吃饭，仅仅吃饭，可是在这时候他们的幸福形成了，或者他们的生活毁灭了。”③也就是通过艺术的处理，使“吃饭”带有特征性，那么“吃饭”的细节作为人物的行为，也会具有艺术性，从而给人以美感。《史记》写的“鸿门宴”，就具有特征性，就在吃这顿饭的时候，项羽的悲剧形成了，刘邦的胜利也奠定了。《水浒传》写武松在景阳冈的小酒店里，不管“三碗不过冈”的规定，一连喝了十八碗，并在景阳冈上打死了伤人的老虎，为民除害。这一餐也是具有特征性的，表现了一个英雄的压倒一切的勇气，使读者永远难忘。《红楼梦》中的那顿“螃蟹

① 别林斯基：《别林斯基论文学》，新文艺出版社1958年版，第121～122页。

② 转引自朱光潜：《西方美学史》下卷，人民文学出版社1981年版，第419页。

③ 转引自朱光潜：《西方美学史》下卷，人民文学出版社1981年版，第419页。

宴”，以及刘姥姥算的一笔对比账，也是具有特征性的一笔，使多少读者感叹唏嘘。许多观众看到电影《人到中年》中主人公陆文婷在书桌旁流着泪啃她的儿子为她准备的那几个干火烧时，都流下了眼泪，原因是这一餐也是具有特征性的，似乎一代中年人的困苦与艰辛都凝缩到这个细节上了，它让观众想到很多东西。这些例子都说明典型中的特征是唤起美感的力量，也可以说是典型的艺术性不在一般的代表性上，而在特征性上。因为典型的特征性“用最小的面积惊人地集中了最大量的思想”(巴尔扎克)。

其次，特征作为典型的本质，是真实与真理的来源，而真实与真理又是激发人的深刻的美感的源泉。那么，特征是否与真实和真理密切相关呢？歌德说：“显出特征的艺术才是唯一真实的艺术。”车尔尼雪夫斯基也说：“任何摹拟，要求其真实，就必须传达原物的主要特征，一幅画像要是没有传达出面部的主要的、最富于表现力的特征，就是不真实。”[①]典型的艺术魅力和能够唤起美感的性质，是特征的真实与真理带来的。只有真实的东西才能动人，只有真理才能震撼人心、引人思考。艺术典型中富于特征的人物的言行心理，不是凭空编造出来的，而是从生活的海洋里提取出来的，它往往带着浓浓的生活气息，让你不能不相信。同时，它还有一种透视生活的能力，把生活现象背后的东西呈现给你，带着说不尽的人生真谛，它既感动你，又引你思考，这样你就在感动与思考中获得美的享受。巴尔扎克曾这样谈到法国著名悲剧演员塔尔玛的富于特征和感染力的表演，他说：“当塔尔玛口中才说出一个字，就能把全场两千观众的心灵都吸引到同一种感情的激情中去，这个字就像是一种巨大的象征，这是一切艺术的综合。他只用一种表情就传达出一个史诗场面的全部诗意。对每个观众的想象力来说，这里既有画面或情节，

① 车尔尼雪夫斯基：《生活与美学》，人民文学出版社 1957 年版，第 94 页。

又有被唤醒了的形象和深刻的美感。这就是艺术作品的力量。”文学典型中的特征描写，就像塔尔玛所说的那个字，所做的那个表情，由于它的无比真实和富于内涵，使其具有一种立体感、纵深感和艺术生命力，尽管只是一个人物的动作或心理，也能像最美的浮雕那样，既能给人以生动、新鲜、突出的具体印象，又能给人以刻骨铭心的深刻思考。它使人如入幽谷，越往前探，就越进入胜境，不能不引人惊奇、叫绝。对于读者来说，小说的故事情节可以忘记，但对典型人物的总体印象不会忘记，特别是对典型塑造中那些富于特征的描写(尽管这可能是典型的一个动作、一句话、一种心理、一个场面等)不会忘记，而且永生不忘，多少年过去了，可这一切仍历历在目，令人回味不已。例如，我们读《三国演义》，曹操在杀其父的结义兄弟吕伯奢后说的话：“宁教我负天下人，休叫天下人负我。”这一句富于特征的话，使读者看清了曹操的“奸雄”面目，你可能把《三国演义》的故事忘了不少，但你不可能忘记曹操所说的这句话，你知道世界上确有此恶人，你可能用这句话去观察你周围的某些人。《狂人日记》中狂人患“迫害狂”的心理，“我翻开历史一查，这历史没有年代，歪歪斜斜的每一页上都写着仁义道德几个字，我横竖睡不着，仔细看了半夜，才从字缝里看出字来，满本都写着两个字是‘吃人’!”你永远不会忘记，因为封建道德的“吃人”的性质，被这一富于特征的描写揭露无遗了。契诃夫的《小公务员之死》在剧场所打的那个喷嚏，你觉得真实极了，又深刻极了，你一辈子也不会忘记，因为它让你想起专制的等级制度如何杀人。《陈奂生上城》中陈奂生因花了五元钱住县招待所，又曾坐过县长的小车，结果“因祸得福”的可笑细节，你永远不会忘，因为这里有太多的内涵。以上所举的例子充分说明，典型必须是能够唤起美感的，使人品味不已的，而这又有赖于典型塑造中的特征描写。

二、典型的创造

典型的创造需要典型化。典型化问题可分两个方面来谈。

(一)特征化原则

创造典型问题是一个复杂问题，过去讲得比较多的是“合成”论，“拼凑”论，既然要“合成”和“拼凑”，那就要收集同类人中的许多材料，然后把他们相同的特点结合到一个人物的身上，这样就产生了具有代表性的典型。高尔基就说过：“如果你们要描写一个懒鬼，贪图私利的人，醉鬼伊凡诺夫，那么就要概括地说：瞧，他，伊凡诺夫，不只是个贪图私利的人，懒鬼和醉鬼，而且还是什么什么。你们就这样写一个人的鼻子，写另一个人的耳朵，写第三个人的什么什么。”①这种“合成”论，实际上只能创造出类型人物，而不能创造出典型人物。

我们认为，既然典型是能显示特征的、并具有艺术魅力的、能够唤起美感的人物形象，那么，创造典型的原则就应该运用“特征化原则”。“特征原则”是黑格尔根据希尔特的“特征”概念发展而来的。如前面所述，“特征”是生活的一个凝聚点，形象与本质在这里相连，个别与一般在这里重合，形与神在这里统一，意与象在这里聚首，情与理在这里交融。那么作家在创作时，不必追求材料的数量，关键是要寻求材料的质量。如果某个材料富于特征性，而作家又能准确地掌握住它，那么就可以将这个“凝聚点”加以强化、扩大和生发，进而创造出成功的典型来。正是在这个意义上，我们把作家抓住生活中最富于特征性的东西，通过艺术处理并加以强化和生发的过程，叫作特征化。

---

① 高尔基：《同进入文学界的青年突击队员谈话》，《文学论文选》，人民文学出版社1958年版，第130页。

特征化是创造典型的基本途径。作家要是在生活中抓住了富于特征的东西，就可能有重大的艺术发现，创造出文学典型来。创作实践证明，创造一个典型人物，并不需要许多支撑点。在一个或几个真正富于特征的人物言行心理的基础上，展开作家的创造性想象力，加以生发、强化、完善、改造、变化等，就可能创造出所谓的“熟识的陌生人”，它既是独特的、陌生的、生动的，又是普遍的、熟识的、有力反映生活某些规律的。对特征化原则，阿·托尔斯泰曾这样说过：“艺术跟科学一样，都是在认识生活。科学是用经验(受科学家的观念指导的经验)来认识真理的。经验愈多，事实愈丰富，科学的结论就愈精确。”“艺术在进行概括的时候，不必去追求经验在数量上的多少。艺术力图寻求具有特征的事实……你遇见一个人，并且同他攀谈起来，于是你感觉到，根据这个人你可以塑造出一个时代的典型来。这种情况是否可能呢？是可能的。我再说一遍，艺术依据的是少量的(跟科学比较而言)经验，但是，它却根据的是艺术家的信念，即艺术家的‘强词夺理’借以揭示时代概括的那种经验。”①他的典型创造论与过去流行的理论不同，他强调“寻求具有特征”的事实，并不认为经验越多越好，同时他还强调作家的“信念”，即主观的能动作用，他的这种典型创造理论是更符合创作实际的，也是更合理的。

问题在于，作家如何从生活中去捕捉富于特征的事物呢？这里并不是要求作家去猎奇，去搜集一些鲜为人知的奇闻逸事，重要的是作家的眼光。在生活中，具有特征的事物并不是孤立存在着的，而是潜藏在事物的内在的和外在的复杂的联系中。一个特别引人注目的生活现象，不一定就具有特征性，因为它可能没有处在生活的矛盾、冲突的结节点上。一个司空见惯的极普通的生活现象，可能

① 阿·托尔斯泰：《论文学》，人民文学出版社1980年版，第265页。

与其他事物有着特殊关系，而显示出鲜明的特征。例如，吃饭是很普通的事，但我们上面所举的那几篇作品，把“吃饭”与时代的矛盾或其他事物的关系相联系，结果创造出了典型或具有典型性的人物。又如，打喷嚏和发困，都是不足挂齿的小事，但在契诃夫的小说《小公务员之死》和《困》中，由于作家把它安置在特定的情境和关系中，让打喷嚏和悲惨的死、发困与杀人合情合理地联系在一起，就使不足挂齿的小事带有震撼人心的力量，显示出典型性，创造了典型。由此可见，创造典型中，为了寻求富于特征的事物，需要作家用自己的眼睛去看别人看过的东西，发现出不同寻常的新意来。

（二）典型环境的营构

典型人物不能孤立存在，它必然是存在于一个有着复杂关系的环境里。创造典型，一定要给典型人物提供一个典型环境。那么我们应该怎样来理解典型环境呢？一定的环境是对一定的人物来说的。环境是指围绕着人物的、形成其性格的、驱使其行动的一切外部条件的总和。环境既包括人物所处的社会环境，也指人物所处的具体生活环境，是这二者的统一。一般情况是这样的，人物所处的具体的生活环境体现了人物所处的社会环境。而所谓典型环境，是相对于某个典型人物来说的，典型环境也是环境，所不同的是典型环境是富于特征的环境。也就是说，典型环境就其外部看更生动、更独特、更具体，就其本质看则更深刻、更丰富、更具有内涵。例如，围绕着阿Q的环境就是典型环境。阿Q的具体的生活环境，主要是阿Q生活的辛亥革命前后的江南水乡未庄。在这里，有封建统治势力的代表赵大爷、钱大爷，有极力维护旧礼教后又戴起革命党的“银桃子”的赵秀才，有不许阿Q革命的假洋鬼子，有帮助地主敲诈勒索的地保，有那些严重受封建统治思想控制的赵司晨、赵白眼、邹七嫂等，有受封建礼教毒害的吴妈，有静修庵的老尼姑和小尼姑，有跟阿Q地位、命运相近的王胡和小D，此外有赵、钱两家在城里的支柱白举人和把总等。这些不同阶级、不同阶层、不同地位、不同性格的人物围绕着阿 Q 这个典型人物，构成了复杂的关系。这种关系的主要之点是：在未庄，从辛亥革命前到辛亥革命后，不论在政治、经济、思想等各个方面，都继续由封建地主赵太爷、钱太爷统治着、控制着，贫苦农民（如阿 Q、小 D）则始终处于被剥削、被压迫、被欺凌的地位，革命在未庄只革去了静修庵的一块“皇帝万岁万万岁”的龙牌。辛亥革命没有给未庄带来丝毫本质的变化。当然革命毕竟向前发展了，所以尽管赵太爷们继续作威作福，他们也隐隐感到他们的好日子不会太长了，连阿 Q 在街上喊几声造反，也使他们胆战心惊。这样一个未庄就是阿 Q 的具体的生活环境。作者笔下的具体生活环境写得极富特征性，它一方面是具体的、独特的、生动的，同时又是普遍的、深刻的。我们看到，未庄是一个独特的未庄，但同时又是许多个未庄。因为这样一个未庄几乎是辛亥革命前后中国的缩影。我们从这里已经看到，环绕着阿 Q 的具体生活环境——未庄社会，充分深刻地表现了辛亥革命前后中国阶级斗争的形势和趋势——虽然辛亥革命把皇帝打跑了，但封建势力还顽强地统治着中国，中国革命的反封建的任务还没有完成，但时代的发展也使封建统治阶级的日子很不好过，离他们灭亡的时刻不会太长了。以上分析可以说明：围绕着阿 Q 的具体生活环境是独特的、生动的、鲜明的，通过这一具体生活环境所表现出来的辛亥革命前后中国的社会斗争也是深刻的、内涵丰富的。因此，围绕着阿 Q 的环境是典型环境。

那么在创造典型时，如何把人物与环境结合好呢？在这里，关键是要处理好典型人物与典型环境之间的辩证关系。人物与环境是相互依存相互作用的。环境是人物的环境，没有人物，环境就失去了主体，也就无所谓环境；没有环境，人物就失去了生活的条件，也就不能生存。所以人物与环境各以对方为存在的条件。马克思和恩格斯在《德意志意识形态》中说："人创造环境，同样环境也创造人。"这应该成为作家营构典型环境的指导思想。

首先，我们要充分写出环境创造人物。人物的思想性格是由环境造成的。环境主要指各种社会关系，如人与人之间的经济关系、生产关系、阶级关系、政治关系、民族关系、地域关系、文化关系、教育关系、职业关系、家庭关系等，人就生活在这各种各样的社会关系中。各种社会关系的各种因素通过层层中介直接或间接地作用到每一个人物身上。这样环境的因素就逐渐内化为人物的思想性格。就像今天的商品市场经济的发展不能不影响到每一个人的思想一样。关于人物和环境的这种关系，黑格尔打过一个比方，他说："世界与个体仿佛是两间内容重复的画廊，其中的一间是另外一间的映象；一间里陈设的纯粹是外在现实情况自身的规定性及其轮廓，另一间里则是这同一些东西在有意识的个体里的翻译；前者是球面，后者是焦点，焦点自身映现着球面。"①总之，社会环境的诸多内容都要在人物身上留下烙印。这样，在创造典型的时候，作家就要自觉设计好人物的环境，写好环境对人物的影响，揭示驱使人物行动的原因，提供人物性格的形成根据。恩格斯深知此点，所以他在给哈克奈斯的信中，向作家们提出了"真实地再现典型环境中的典型人物"的要求。

其次，人物也不是被动的，人物也创造环境。人是有意识的积极能动的主体，所以他绝不是消极被动地接受外在环境的影响。他作为历史的创造者和环境的主人，在接受社会环境影响的同时，又总是通过自身的各种社会实践，对社会环境进行能动的影响和改造。人物的行动必然要推动环境的改造，而改造了的环境又促使人物采取新的行动……人物与环境的关系就是这种不断变化发展的相互作

① 黑格尔：《精神现象学》上卷，商务印书馆 1979 年版，第 203 页。

用的关系。因此作家在再现典型环境中的典型人物时，就不能只写环境对人物的影响，也要写出不断变化了的人物与环境的相互作用。总之，艺术地处理好人物与环境的相互作用是创造典型的重要方面。

第三节　意　象

在文学作品中，除了上面我们所讲的表情类和再现类之外，还有一种表意类的作品。对作家而言，表意类作品的极致就是创造意象，或者说创造至境意象。意象与意境、典型三足鼎立，构成了文学形象的三种不同的形态，我们可以称意象、意境和典型为文学的三美神。

一、意象的内涵

意象是一个古老的词语，早在《周易》一书就提出来了，但在长期使用过程中，它古老的原意被逐渐泛化，出现了多种不同的理解。最常见的理解是把意象与形象混同，把二者等同起来。还有一种理解是把它理解为“内心意象”，即作家已经构思好的、想象中的形象。这些理解都有其存在的道理，我们无意否定对意象的不同理解。但作为与意境、典型并列的至境意象，则是指“表意之象”的高级形态，是表意作品中最成功的艺术形象。

(一)意象作为表意文学作品的艺术形象

为了解至境意象的含义，我们先要对一般的意象的含义有清楚的了解。意象就是表达某种意念、意义、理念、仪式、义理的形象。比如，某个英雄戴红花，这个形象是表示光荣的意思；某个新娘子头上戴花，身上穿白色的婚纱，这个形象是表示喜庆和她正式出嫁；此外像奠基仪式，首长剪彩，贵宾种树，立十字架等，都是为了表达一定意义的形象。简而言之，意象就是“表意之象”或“立意之象”。上面所举的例子是表现简单意义或一般意义的意象，这在生活中是随处可见的。作家、艺术家运用“立象以尽意”的原理，创造出一种意象，暗示那种深刻的、不可言传的人生哲理，这种意象就是一种至境意象，即表意类作品中最成功的艺术形象。一般来说，创造表意类作品的作家，他在长期的生活中，悟到了某种人生哲理，但他不是通过议论讲出来，而是通过创造性的想象，虚构出一个或几个形象(往往是荒诞的形象)来与他悟到的人生哲理相匹配，以暗示自己要表达的思想。例如，奥地利著名作家卡夫卡的短篇小说《变形记》，写小职员格利·萨姆沙有一天早晨醒来，发现自己变成了大甲壳虫，他已不能上班，工作丢了，养家糊口的饭碗砸了，他还成为家庭的负担和耻辱，父母、姐妹都厌弃他，最后他在孤独、寂寞中死去。这个小说的意象不但写了资本主义社会中人与人之间的冷漠，更重要的是揭示了资本主义社会普遍存在的人的“异化”现象，反映了作者对“异化”的批判。在那个社会里，人变成非人，有的当牛做马，有的变成虎豹豺狼，作家自己亲身体验到这种人的“异化”，这是很深刻的体验，也是很深刻的思想。作家不是将这种现实再现出来，而是营构了人变成甲壳虫的形象与他体验到的思想相匹配，从而使读者深刻地领会了资本主义“异化”的本质。在这里，作家创造的不是典型，而是意象，是至境意象。

意象理论在我国最初是由《周易·系辞》提出：“子曰：书不尽言，言不尽意。然则圣人之意，其不可见乎？子曰：圣人立象以尽意。”这就是说，先有了意，可言不尽意，怎么办？那就“立象以尽意”。“尽意”是目的，而“立象”是手段，这个象也就是“表意之象”。正如钱锺书解释的那样，“《易》之有象，取譬明理也”，“指示意义之符也”，“义理寄宿之遽庐也”。[1]意思是说，《易》象是一种比喻，是一种符号，它的目的是为了“明理”，“指示意义”，它是义理寄居的寓所。这就是说，中国最古老的意象是在“表意之象”的意义上来理解的。汉代王充在他的《论衡·乱龙》篇中写道：“夫画布为熊麋之象，名布为侯，礼贵意象，示义取名也。”这里讲的是“设土龙求雨”的仪式，不是讲文学创作，但这里的“意象”是指以画布上的“熊麋之象”来象征某侯爵的威严，其功能是“示义取名”。可见这里所说的意象也是“表意之象”。三国时代的王弼在《周易略例·明象》中也说：“夫象者，出(于)意者也”，“象生于意，故可寻象以观意”。他的解释揭示了意象的本质：这象来自主观，由“意”而生成，它与那种模仿客观事物的形象有明显的不同。中国古代的寓言就是按照“象生于意”的艺术原则创造成功的，其意象都是“表意之象”。中国有一些古诗也是象征诗，其创作的原则也是先有意，然后寻求形象与其匹配。例如，郑板桥的诗《竹石》：

咬定青山不放松，立根原在破岩中。
千磨万击还坚劲，任尔东西南北风。

作者先有一个意思：真正的人要有坚定的人生意向。然后通过构思把这个意思与竹石形象对接起来，或者说以竹石的这一独特生动的形象来象征人生的坚定的意义。所以作者所构思的竹石形象，是“象生于意”，是“表意之象”。又如，中国现代诗人卞之琳的《断章》：

你站在桥上看风景，

---

① 钱锺书：《管锥编》第1册，中华书局1979年版，第12～15页。

看风景的人在楼上看你。

明月装饰了你的窗子，
你装饰了别人的梦。

诗人肯定有很深的体验，他感到世界无所谓孤独，即使在彼此漠不关心中，人们也相互依存。作者写的这幅小景(意象)就生成于这个意念。在“文化大革命”结束以后的一些朦胧诗和实验小说也是按一定的人生社会哲理来营构形象，由于从意念到形象的过渡不是很显豁，所以有时读者就感到不好懂。

在西方，“表意之象”的意象概念是康德首先提出的。康德是一个天才论者，他认为天才的诗人通过他的想象力可以创造一种“审美意象”，其目的是为了表达“一种理性的观念”，他强调天才“能够把某一概念转变成审美的意象”。“审美意象”的实质，用康德自己的话来说，就是“一种暗示超感性境界的示意图”。朱光潜教授说：“我们综合康德的意思，可以把审美意象界定为一种理性观念的最完满的感性形象的显现。”①不难看出，康德的“审美意象”论与中国古代的“表意之象”论十分相似。首先，创造“审美意象”的目的是为了表达抽象的观念、概念，这相当于中国的“立象以尽意”；其次，“审美意象”的生成方式是由某一概念“转变成”的，这相当于中国的“象生于意”；最后，康德认为“审美意象”是艺术的“理想”，是“最高范本”，也与中国所讲的“至境”论如出一辙。康德的“审美意象”论对西方现代主义文学影响深远。现代主义文学虽然千差万别，但精心经营象征意象是他们的一个共同特征。例如，美国著名作家海明威的《老人与海》，如果我们不把它作为至境意象来看，我们读起来就会觉得太

① 康德的论点和朱光潜的概括均见朱光潜：《西方美学史》下卷，人民文学出版社1981年版，第399～401页。

沉闷，但如果我们把它当作象征作品来读，情况就不同了。《老人与海》写老渔夫桑提亚哥连续八十四天捕不到鱼，在第八十五天，终于捕到一条约一千磅重的比他的小船还要重的马林鱼。在捕获过程中，他克服了难以想象的困难，表现了他非凡的毅力和坚韧的决心，经过了几天几夜的奋战，终于捕获了这条鱼，并把它绑在自己的小船边。在返航的时候，他又不得不与来抢吃他的马林鱼的大小鲨鱼进行战斗，用尽了他的最后一件武器。然而，当他回到岸边时，他捕获的鱼只剩一个骨架子了，鱼肉都被鲨鱼吃光了。这篇小说的意象来源于海明威的一种信念：人是倔强的，但人又往往处在屈辱中。人活着就要奋斗，顽强地奋斗，即使受到屈辱也还要奋斗，这才是真正的人生。这个信念转化出《老人与海》的意象系统。或者说，《老人与海》的意象系统象征了作者从生活中体验到的充满哲学意味的理念。

西方的至境意象理论在英国作家 T. S. 艾略特那里发展为“客观对应物”论。艾略特说：“用艺术形式表现情感的唯一方法是寻找一个‘客观对应物’；换句话说，是用一系列实物、场景，一连串事件来表现某种特定的情感；要做到最终形式必然是感觉经验的外部事实一旦出现，便能立刻唤起那种情感。”①这里所说的“特定的情感”实际上是作家的体验或体验所形成的意念，作家的进一步工作是为这体验所形成的意念寻找一个“客观对应物”——实物、场景、事件等(实际上就是形象)，要使情感意念与形象相对应，这实际上也就是要情感意念转变为形象。不难看出，按“客观对应物”原则创作出来的作品，其最高理想仍然是象征意象。最好的例子就是艾略特自己创作的长诗《荒原》。《荒原》是第一次世界大战后，作者对资本主义现实的深刻思考。诗人思考的结果是资本主义的现实是一片“荒

① 艾略特：《哈姆雷特》，《艾略特诗学文集》，国际文化出版公司 1989 年版，第 13 页。

原”，于是形成了诗人的“荒原意识”。这是诗人从生活中获得的意念，他要为他自己的这个意念寻求“客观对应物”，于是《荒原》同那些浪漫主义的诗篇不同，这里既无牧歌式的田园风光，也无传奇式的英雄美人。诗中充满的是贫瘠的荒原，灰色的城市，冷冰的岩石，塌陷的桥梁，恐怖的监狱，凄凉的钟声，人情的冷漠，理想的破灭，所有的意象都是“荒原式”的。请看，诗人喜欢用什么样的意象：

> 我想我们是在老鼠窝里，
> 在那里死人连自己的尸骨都丢得精光。
> “这是什么声音?”
> 风在门下面。
> ……
>
> 一头老鼠轻轻穿过草地，
> 在岸上拖着它那粘湿的肚皮。
> 而我却在某个冬夜，在一家煤气厂背后，
> 在死水里垂钓。
> ……
>
> 白骨被抛在一个矮小而干燥的阁楼上，
> 只有老鼠脚在那里踢来踢去，年复一年。
> ……

作者并不是对老鼠、尸骨等这些意象有特殊的嗜好，也并非是对现实的真实再现，而是因为这些意象能够充分地表现出“荒原”的意念，或者说它们恰好是“荒原意识”的“客观对应物”。应该说，“客观对应

物”说把康德的“审美意象”说具体化了。

（二）意象的美学特征

1. 超越语言

大家知道，我们所使用的语言只具有一般性的品格，对我们遇到的个别的、特殊的、微妙的事物和道理，常常是说不清道不明的。比如，“美人”这个词，是对世界上古今中外一切美人的概括，假如你遇到一个特殊的、别有风情的美人，你想用“美人”这个词将她描写出来，这是办不到的。同样的道理，我们从生活中体会到的“意”与“理”，常常是很深刻、微妙的，不是语言所能传达出来的。刘勰在《文心雕龙·神思》中说过：“意翻空而易奇，言征实而难巧。”意思是说，人们想象中要表达的意蕴凌空翻飞，难于捕捉，而言语是着迹之物，是难以把意蕴巧妙传达出来的。实际上，平常的道理，人人都能讲，又何劳作家来讲呢？一定有不可言的微妙的道理，不可用一般语言传达的意蕴，才要作家来传达。作家遇到的这个困难怎样来解决呢？这主要靠营造意象来解决。叶燮说：“必有不可言之理，不可述之事，遇之于默会意象之表，而理与事无不灿然于前者也。”①这意思是说，这种不可言之理，不可述之事，要是能默默体会，又用意象的具体感性的画面来表现，那么什么“理”与“事”都灿然显豁了。康德也认为“审美意象”能“联系到许多不能完全用语言来表达的深广思致”。也就是说，叶燮和康德都认为至境意象可以超越语言，以它的具体感性的特点表现难于言传的深刻广博的意念、义理等。这是至境意象的一个突出的美学特征。例如，李商隐的《乐游原》：

向晚意不适，驱车登古原。
夕阳无限好，只是近黄昏。

---

① 叶燮：《原诗·内篇》。

“夕阳无限好，只是近黄昏”是诗人写的一个意象，诗人并不仅仅是要再现黄昏的景色，主要是为了传达心中的一个意念。诗人的意念是什么？是叹息人生晚景的美好与短暂吗？或者我们也可以认为这个意象提出了一个美学命题：为什么在理论和实际上已经认识到必然灭亡或已经灭亡的事物，而反映到审美意识上仍然觉得它美呢？这是不是我们一直纠缠不清的悲剧美呢？我们要注意一点，当我们这样想的时候，不是在“夕阳无限好，只是近黄昏”这两句诗内所指的意思去研究，我们已在“得象而忘言”的情况下，在话外去思考，所以我们认为意象有超越语言的美学特征。

2. 超越形象

至境意象不但超越语言，有时还超越形象。所谓意象超越形象的意思是说，意象可以使人达到如庄子所说“得鱼而忘筌”那样，达到一种“得意而忘象”的境界。也就是说，人们在意象的诱导下，急切想求索出“象中之意”，结果在“超以象外”的无边无际的领域中冥思苦想，忘记了形象本身，从而达到了叶燮所说的“泯端倪而离形象”的境界。这种情况是怎样出现的呢？这是由于意象的构成有两个极端：一个是极端具体的感性的形象，另一个是极端抽象的意念，而读者在欣赏过程中，必然要在这两极中跳跃。当读者在形象的牵引下，逐渐走向抽象的意念一端时，由于专注于要解“象中之意”，这样作为进入欣赏的发端的具体形象的一极，自然要退居次要地位而变得模糊不清，这就叫“泯端倪”；当读者的思考专注于解索抽象的意义时，由于在这个领域久久停留，甚至把形象也暂时忘记，这就叫“离形象”。这种境界可以说是欣赏至境意象的极致。例如，艾青有一首题为《盼望》的诗：

一个海员说
他最喜欢的是起锚所激起的

那一片洁白的浪花……

一个海员说
最使他高兴的是抛锚所发出的
那一种铁链的喧哗……

一个盼望出发
一个盼望到达

开始，我们还被起锚时洁白的浪花和抛锚时铁链的喧哗所吸引，这是欣赏的“端倪”。进一步，我们就会问：这两个海员的心情为什么这样不同？他为什么喜欢起锚所激起的浪花？起锚意味着远航，难道他不怕远航的艰苦吗？那可是整年整月见不到自己的祖国和亲人！而另一位海员为什么高兴到达时抛锚的铁链的喧哗？是不是有恋人在等候他？或者他急切地想知道他母亲的健康状况？或者他盼望家庭的温馨？我们可能还会想到他们的不同的盼望中是否包含了某种相同的东西。再进一步，我们可能想，出发与回归，是人的生活必须有的两种存在方式。人就是这样，他需要出发，去工作，去奋斗，去吃苦，工作、奋斗、吃苦也是人生的一种享受；但人又要回归，回归到自己的家庭，回归到自己的内心。科学引人出发，而文学则更多引人回归……我们还可以这样没完没了地思索下去，而这时候已超越了诗的具体形象，已是“离形象”了。由此看来，至境意象的确具有超越形象的美学特征。

3. 神秘感

一般而言，至境意象是象征意象。作家用一个或几个具体的形象去象征某种意念，有时作家用大家经常运用的符号，以建立某个概念与某个形象之间的联系，如人们常常把孔雀与骄傲相联系，鹰与英勇相联系，初升的太阳与青春相联系，落日与死亡相联系，桃花与春情相联系，秋风与别离相联系等，但真正的作家、诗人更喜欢运用自我的、个人的象征，这样一来情况就复杂起来。对读者来说，他看到的只是意象，他并不知道诗人赋予他的意象以什么意念，这就只能凭自己的经验、知识和欣赏的能力去“猜”，而不同的读者经验不同，知识的结构不同，欣赏能力也不同，所“猜”出的意念也就不同，甚至相去甚远，这样诗人营构的意象所包含的意念就变得扑朔迷离、难于识别，神秘感也就油然而生。这种情况与再现类的以创造典型为极致的作品，与表情类的以创造意境为极致的作品，是很不一样的。典型与意境都不神秘，大家所做的分析也大体相同。只有至境意象中的精品，常给人以神秘之感。例如，英国诗人布莱克的《病玫瑰》：

哦！玫瑰，你病倒了。
无影的昆虫，
飞翔在夜幕里，在狂吼的风雨中。

昆虫飞到你的温床边，
你的床富有欢乐之情，
但它那邪恶而神秘的爱，
尚能摧毁你的整个生命。

显然，诗人在这里所用的不是约定俗成的通用的象征，而是他个人的独特的象征。由于诗里隐藏着个人秘密，而诗人又未公开自己的秘密，对读者而言，诗所表达的意念就变得十分神秘了。诗中有个别的字眼含蓄地启示我们，如“床”和“爱”有情欲的含义，“昆虫”与“愉快”的联系很特别，再加上对诗歌欣赏的经验，似乎诗人想暗示的是诗人对被昆虫摧毁致死的玫瑰的哀痛，象征着毁灭。本来是真诚的、欢快的情欲关系，却遭到了狡猾的、欺诈的和虚伪的无情摧残。但我们的这种理解肯定是一孔之见，其他读者也可以提出更多更新鲜的理解，而人们无须反驳，因为人人都是面对一个神秘的客体在“猜”。犹如李商隐的《无题》诗中“相见时难别亦难”，其中也隐含自己内心的秘密，并不一定就是写暮春时节与所爱的女子别离的伤感和别后的执着思念，可能整首诗就是一个象征意象，象征他政治上的失意与苦闷，或者我们还可以做出其他的解释。总之，至境意象所含的意念不是直接说出，而是暗示，这就造成了它的神秘的美学特征。

二、意象化的原则

我们把表意类文学创作营构意象的规律称为意象化，意象化是创造意象的必经之途。它的原则可以归纳为以下三点。

(一)以荒诞的幻想以求意念的真实

意象的创造以表意为目的，“意”在意象的结构中是“主”，“象”则是结构中的“客”，俗话说“客随主便”，只要“意”是真实的、深刻的、富于诗意的，那么在形象上可以变形、夸张、创造等，甚至可以放弃具象的真实。艾略特说：“哲学理论一旦进入诗里便可成立，因为在某种意义上真与伪已经无关紧要，而在另一种意义上其真实性已经被证明了。”[①]在这里，艾略特提出了两种真实，即具象意义上的真实和哲学意义上的真实(“另一种意义上的真实”)，在意象创造中，为了哲学意义上的真实甚至可以牺牲具象意义上的真实，也就是说可以为一般而设计特殊，一般的哲理必须能真实动人，所设

① 艾略特：《玄学派诗人》，《艾略特诗学文集》，国际文化出版公司1989年版，第32页。

计的形象则“无关紧要”。当然，这里说的“无关紧要”不是指随意性，而是指只要与意念相契合，就是描神画鬼也是可以的。例如，卡夫卡为了表现资本主义现实中人的“异化”的理念，使人变成甲壳虫，而甲壳虫又有思想感情，和人一样。“异化”的理念是真实的，可人变成甲壳虫可以不真实。

(二)在抽象思维的指导下实现最佳的具象组合

在意象的创造中，具象的描写也是重要的一环，如何使具象的描写既具有具体鲜活的特征，又使其与要表现的“意”艺术地契合，这就要在抽象思维的指导下实现最佳的具象组合。意象的创造是“为了一般而寻找特殊”(歌德)，这样就得承认抽象思维的指导。德国著名思想家、文学家席勒说：“待表现的对象先须经过抽象概念的领域走一大段迂回的路，然后才被输送到想象力的面前，转化为一种观照的对象。”①朱光潜教授就此评论说：“足见诗必须假道于抽象思维……这在诗论中是一个值得注意的创见。”②在抽象思维的指导下，还要经过艺术的加工和改造，甚至创造出一些幻象，使形象的组合与诗人要表现的意念达成独特的艺术的契合。例如，杜甫寓居成都之后，写下了《病柏》一诗：

有柏生崇冈，童童状车盖。偃蹇龙虎姿，主当风云会。
神明依正直，故老多再拜。岂知千年根，中路颜色坏。
出非不得地，蟠据亦高大。岁寒忽无凭，日夜柯叶改。
丹凤领九雏，哀鸣翔其外。鸱鸮志意满，养子穿穴内。
客从何乡来，伫立久吁怪。静求元精理，浩荡难倚赖。

杜甫所写的“病柏”肯定不是要再现一棵柏树，他是想借对柏树的描

---

① 朱光潜：《西方美学史》下卷，人民文学出版社1979年版，第443页。
② 朱光潜：《西方美学史》下卷，人民文学出版社1979年版，第443页。

写，寄托他对当时政治的评价，他感觉到唐王朝已病入膏肓，灭亡的命运不可避免，这是诗人从生活中观察到的东西，也是他形成的一个理念。他就在此理念的指导下，选择了“病柏”这个对象，并通过艺术加工，寻找到符合这个理念的最佳的具象组合。例如，写“病柏”是从根坏起了，无可救药了，岁寒本来是柏树所不怕的，可现在却是叶色改了。作者又无中生有地设计了“丹凤”“鸱鸮”“客”的形象，从不同的侧面，来写对“病柏”的感情。这样作者就形成了一个与他的理念相契合的形象，从而创造出一个至境意象来了。

(三)“意象应合”的原则

上面所述，一点是强调“意”的真，一点是强调“象”的合，“意象应合”则强调的是“意”与“象”两者的联系与对应。明代学者何景明说：“夫意象应曰合，意象乖曰离，是故乾坤之卦，体天地之撰，意象尽矣。”①黑格尔也认为：“在艺术里我们所理解的符号就不应这样与意义漠不相关，因为艺术的要义一般就在于意义与形象的联系和密切吻合。”②为什么要“意象应合”呢？这是因为如果只有“象”而无“意”，就像一个没有灵魂的傀儡，没有丝毫的生命力；如果有“意”而无“象”，则像一个没有血肉的人，没有鲜活的感情，读者也就无法动其心魄了。所以“意”与“象”必须结合，而且要结合得特别密切，甚至要达到“不期合而合”的境界。“意”与“象”要完美地结合起来，做到像中国古代文论所说的“意不自逞”“象不自浮”的境界，或者做到像西方文论所提出的“像你闻玫瑰花香味那样地感知思想”。这些要求是很高的，但一个初学写作的人如果不为自己树立高标准，却想要在文学的园地里走出一条路来，并获得成功，那是不可能的。③

---

① 何景明：《与李空同论诗书》。

② 黑格尔：《美学》第2卷，商务印书馆1979年版，第10页。

③ 本文关于典型·意境·意象三足鼎立的艺术至境观的提法，参考了顾祖钊的《艺术至境论》一书。

文学创作的样式和技巧

文学创作的问题很多，但归结起来是两个问题：一是写什么的问题；二是怎样写的问题。这两个问题我们在前面几篇文章都涉及了。本文要讨论的是“怎样写”中一个更具体、更具有操作性的问题，即文学创作样式的选择问题和技巧的运用问题。

第一节 文学创作的样式

文学创作的样式，也就是文学作品的体裁问题。文学作品的体裁是随着时代的变化而变化的。有的体裁因不适应新的时代的需要而消亡，有的体裁则因新的时代的呼唤而诞生。我们这里介绍的是几种比较稳定的、基本的体裁，即诗歌、小说、戏剧、散文。

一、诗歌的创作

要了解诗歌的创作，关键是要掌握诗歌的特点。我们可以把诗歌的特点概括为如下几点。

1. 着重于抒情

抒情是诗歌最根本的特性，也是诗歌区别于小说、散文、戏剧等文学样式的本质特征。当然，一切文学作品都离不开情感，作者都要在作品中表现自己的思想感情，但小说、戏剧是叙事性的文学样式，以叙事为主，其中心任务是塑造人物、再现生活，作者的感情应当从场面和情节中自然而然地流露出来，而不是直抒胸臆。散文虽可以直抒胸臆，但仍需借助一定的人物、事件、景物来托物言志、借景抒情。在小说、散文和戏剧等文学样式中，艺术的形象和画面由人物活动、情节发展、矛盾冲突的内在逻辑把它们联结起来，而在诗歌中，贯穿作品的主线是情感，联结艺术形象和画面的是情感，诗人可以根据感情的发展与变化，不受时空乃至句法的约束，把表面相距千年、遥隔万里、毫无联系的事物，用情感的彩练编织成美丽的花环。关于诗歌的抒情性这一点，许多诗人、理论家都有过精辟的论述。

例如，郭沫若在给宗白华的信中说："诗的本职专在抒情。……情绪的律吕，情绪的色彩便是诗。诗的文字便是情绪自身的表现。"①又如，诗人艾青说："人类无论如何也不至于临到了一个可以离弃情感而生活的日子；既然如此，'抒情'在诗里存在，将有如'情感'之在人类中存在——是永久的。"②郭小川也是十分重视诗的抒情性的，他说："诗是音乐性（或叫韵律性）最强的语言艺术，而音乐性

① 郭沫若：《论诗三札》，《沫若文集》第10卷，人民文学出版社1959年版，第211页。
② 艾青：《诗论》，人民文学出版社1980年版，第180页。

是便于抒情的。因此，诗的特征是抒情性。”①

2. 高度凝炼、精美

诗的凝炼性体现在用高度概括的艺术形象，极其精炼的文学语言，最集中地反映社会生活和表达思想感情。

一切文学样式都是社会生活的集中反映，但诗歌的概括性表现得更突出。它反映生活不是以广泛性、丰富性见长，而是以集中性和深刻性见长。它是用最准确、最凝炼、最精美和最富于表现力的语言，最经济、最简洁、最富于独创性的艺术手法，表现尽可能丰富而深刻的思想内容，以一当十，以少胜多。司马迁就看到了屈原《离骚》的这一特点，赞美说：“其文约，其辞微，其志洁，其行廉，其称文小而其指极大，举类迩而见义远。”清代的吴乔在《围炉诗话》中曾做过这样的比喻：“意喻之米，饭与酒之所同出，文喻之炊而为饭，诗喻之酿而为酒。”把文章比作米蒸成的饭，把诗比作米酿成的酒，形象而深刻地说明了诗歌凝炼、精美的特点。“朱门酒肉臭，路有冻死骨”，仅十个字，就深刻地揭露了贫富悬殊、阶级对立的社会矛盾和本质，抨击了统治阶级的荒淫腐朽，对劳动人民的悲惨境遇表现出了深刻的同情。诗歌的篇幅都比较短小，因此就需要诗人呕心沥血地观察，提炼，精心构思，反复锤炼，以少胜多，以有限蕴含无限，做到“片言可以明百意，坐驰可以役万景”，言有尽而意无穷，“状难写之景，如在目前；含不尽之意，见于言外”。相反，繁杂冗长，摹写太实太尽，都不符合诗歌的特点和要求。因此，诗歌更讲求炼字、炼句、炼意。

3. 结构富于跳跃性

诗的结构具有突出的跳跃性特征，诗人激越奔涌的强烈情感是难以按部就班、缓慢地循序渐进的。许多正常的秩序都会成为诗人

---

① 郭小川：《谈诗书简·谈诗》，上海文艺出版社1984年版，第38页。

抒情言志的一种障碍，为了淋漓尽致地抒发其不可遏制的情感，只能按照其想象和情感逻辑，超越时空的界限进行跳跃。诗歌常常省略过渡性的连续、转折等词语，甚至还要突破某些语法规则的约束，而且一次难以抒发尽的感情还要采取反复咏叹、回环重叠的表现手法。诗歌以诗行、诗节为单位安排结构，感情波动的幅度可以迅速变化，时空的跨越可以自由奔驰。诗歌的跳跃性主要由感情的跳跃、想象的跳跃、视野的跳跃、心理空间的跳跃所决定，这与其他样式的文学作品不同。

比如，柯岩的《周总理，你在哪里》，全诗共九节四十九行。随着感情的波动，想象的飞跃，诗人艺术构思的心理空间非常开阔，从高山跳到平原，从平原跳到森林，从森林跳到大海，从大海跳到世界各地，又从世界各地跳回到祖国的心脏。它的跳跃幅度很大，没有关联词和过渡句，而是通过感情的纽带、想象的翅膀营构起全诗，唯其如此，才淋漓尽致地抒发了诗人对周总理真挚浓厚的感情与深深的怀念，才恰如其分地表现了周总理日理万机、一心为人民、为国家永远不知疲倦的崇高精神。

4. 更富于大胆的想象

想象不是诗歌的专利，而是一切艺术的共同特征。但比较而言，诗歌的想象更自由、更大胆。

有些文学作品的想象也十分丰富、大胆、奇特，乃至是惊人的，如《西游记》等。然而这样的想象还必须围绕着人物和事件展开，小说不可避免地总要受到人物、事件、环境的限制，当作家想象孙悟空大闹天宫时，他的想象必须紧紧围绕着大闹天宫这一事件，局限于天宫这个特定的范围，必须在大闹天宫结束后才能进入另一奇境、奇事中。而诗歌的想象则不受时空的限制，没有人物、事物的羁绊，它的想象更自由大胆，领域更广阔，变化也更神速。屈原为了倾吐忠贞不渝的品德和不懈的追求，真可谓“精骛八极，心游万仞”，展开了丰富的想象，一会儿驾起玉龙和凤凰在空中遨游，一会儿吩咐太阳神羲和慢慢地归去，一会儿让月亮神望舒给自己当向导，一会儿来到天国叫守门的差役打开天门，一会儿又从天上降到人间。通过这些大胆的想象和描写，充分展现了诗人那种“路漫漫其修远兮，吾将上下而求索”的胸襟和抱负。诗可以打破生活真实的樊篱，不受物质规律的束缚，可以随意把自然界分开的东西联合，把联合的东西分开。诗人可以让自然物“变形”，可以“在事物间造成不合法的配偶和离异”，比如，绿原的《小时候》：

小时候，
我不认识字，
妈妈就是图书馆。
我读着妈妈——

诗人用想象的丝线把完全不相关的人（“妈妈”）和物（“图书馆”）串联在一起，产生出一种新颖的、深刻的美感，创造了诗的意境。这样的想象在诗歌中俯拾皆是。请看毛泽东《念奴娇·昆仑》词的下阕：

而今我谓昆仑：
不要这高，
不要这多雪，
安得倚天抽宝剑，
把汝裁为三截？
一截遗欧，
一截赠美，
一截还东国。
太平世界，

环球同此凉热。

诗人面对横空出世的莽莽昆仑发号施令已够奇特惊人了，接着诗人又令人咋舌地想象到倚天抽剑，把偌大的昆仑斩为三截，并要环球同此凉热，这奇特瑰丽的想象，大胆的夸张，正是其震撼人心的艺术魅力所在。

5. 更富有音乐美

诗歌是最富韵律美的语言艺术。诗歌以其和谐的音韵、抑扬错落的声调、鲜明的节奏、回环的旋律，传达深挚浓烈的感情，使读者吟诵起来朗朗上口，一唱三叹，具有无穷韵味。节奏对于诗来说，是诗的外形，也是诗的生命，可以说没有节奏的便不是诗。而诗的押韵，不仅具有增强音乐性的作用，还是传达诗人的感情节奏、发挥诗歌艺术威力的手段。马雅可夫斯基说："韵律（节奏、拍子）是诗的基本力量，基本动力。"陆时雍更强调说："有韵则生，无韵则死；有韵则雅，无韵则俗；有韵则响，无韵则沉；有韵则远，无韵则局。物色在于点染，意态在于转折，情事在于犹夷，风致在于绰约，语气在于吞吐，体势在于游行，此则韵之所由生矣。"我国的古典诗歌特别讲求韵律美，通过平仄对仗、双声、叠韵等一系列表现手段，创造出了无数辉煌的诗篇。

在诗歌创作中，要充分考虑到诗歌的上述特点，才能写出有韵致的作品来。

二、小说的创作

小说是一种以人物形象的创造为中心的散文体的叙事性文学样式。人物、情节、环境是小说不可缺少的三个要素。与其他文学样式相比，小说的容量更大，它可以细致地、多方面地刻画人物性格，展示人物命运，又可以完整地、错综复杂地表现矛盾冲突，还可以具体深入地描绘人物生活的环境，它在整体地、广阔地反映复杂的社会生活方面有其独到的长处，是其他文学样式所不及的。

(一)小说的基本特点

1. 广泛、多面、完整、细致地反映广阔而复杂的社会生活

没有一种文学样式能像小说那样，广泛、多面、完整、细致地表现人与人生，展示社会生活的图画。例如，巴尔扎克的《人间喜剧》为我们提供了一部法国“社会”，特别是巴黎“上流社会”的卓越的现实主义历史，他用编年史的方式几乎逐年地把上升的资产阶级对贵族社会日甚一日的冲击描写出来了。他描写了这个在他看来是模范社会的最后残余是怎样在庸俗的、满身铜臭的暴发户的逼攻下逐渐灭亡，或者被这一暴发户所腐化；他描写了贵妇人怎样让位给专为金钱或者专为衣着而不忠于丈夫的资产阶级妇女。在这幅中心图画的四周，他汇集了法国社会的全部历史。福楼拜可以用小说无情的解剖包法利夫人极其复杂、细腻的内心活动，罗曼·罗兰可以展示一个作曲家由生到死的漫长曲折的生活道路……世界上，生活中，一切有形的和无形的，具体的和抽象的客观存在，只要作家感受得到、想象得出，小说都可以加以描绘，予以表现。正如亨利·詹姆斯所说：“对于任何人生的印象，对于任何观看和感觉人生的方式，小说家的设计都可以提供一个地位。”

2. 深入细致的人物刻画

小说家的主要任务就是要创造出性格复杂的人物。“人物塑造很可能是大多数伟大作家最卓越的成就了。很少有人能够详细叙述一部刚看完的小说的情节；可是多数读者却都记得所看过的小说中的许多人物。”[①]诗和散文可以写人物也可以不写人物，而小说则不能

① 玛乔莉·博尔顿：《英美小说剖析》，重庆出版社 1988 年版，第 103 页。

不写人物，而且写人物是小说的中心任务。

与其他文学样式相比，小说更擅长对人物丰富复杂的生活的各个方面做深入细致的刻画。小说容量最大，而且“小说家有的是时间和空间”(狄德罗)，它既不像戏剧文学那样受舞台时空的限制，必须主要用人物对话来刻画展示人物，也不像报告文学那样受真人真事的限制，它可以调动一切艺术手段来虚构、想象。小说既可以具体地描写人物的音容笑貌，也可以展示人物的心理状态；既可以通过人物的语言行动来刻画人物，也可以通过环境的渲染、烘托来表现人物，甚至可以用梦境、独白、意识流、潜意识来剖析人物的内心世界；既可以直接抒发情感，也可以议论、对话，能够综合运用各种文学表现手法等。小说能够多层次、多侧面深入细腻地刻画人物，这是其他样式的文学形式所不具备的。

3. 完整复杂的情节叙述

小说是典型的叙事文学，情节是小说的基本要素之一。按照高尔基的话说，情节是“人物之间的联系、矛盾、同情、反感和一般的相互关系——某种性格、典型的成长和构成的历史”①。情节对小说的创作并不是无足轻重的，可有可无的，而是有着重要作用的。如果没有普希金提供的买卖死人户口的妙绝情节，《死魂灵》这部不朽之作也许根本不会诞生；没有检察官柯尼讲的那个故事，就不会有《复活》的出世。现代小说虽然出现了情节淡化，或所谓的无情节小说，那只不过是相对而言，淡化是有限的。正如王蒙所说：“所谓散文化的无故事的小说，多半是用一系列小故事代替通篇的大故事，用没啥戏剧性的故事小说代替戏剧性强的故事罢了。”

情节是人物性格构成和发展的历史，情节越完整、复杂，矛盾冲突越尖锐、纷繁，人物的性格就越能得到充分深入的展示。而小

① 高尔基：《和青年作家谈话》，《论文学》，人民文学出版社1978年版，第335页。

说在这方面也是明显地优于其他文学样式的。戏剧当然也有完整的情节，有紧张的戏剧冲突，但由于它受舞台时间空间的严格限制，它的矛盾冲突要求高度集中，必须删除枝枝蔓蔓，突出情节的主干，所以它不可能像小说的情节那样，多条线索交错，诸种冲突在主干和枝蔓上共存，甚至可以环环相套。所以，很多小说在改编为戏剧时就不得不将原小说中的许多枝蔓剪去，使人、事、场面高度集中。叙事诗虽然也有情节，但叙事诗偏重的还是诗的抒情，诗所要求的诗情诗意、高度凝炼以及具有韵律的语言，大大限制了它的摹写功能。《红楼梦》中错综复杂的事件是很难用诗将其来龙去脉明白晓畅、切切实实地描绘出来的，即使用长于十倍、百倍的诗也难以做到小说的细腻、完整。无论多么精炼的小说，用诗的尺度去要求，都会显得啰嗦而不精炼；无论多么精细的诗，用小说的尺度衡量也是概略的。影视剧虽然也有表现情节完整性、复杂性的功能，但无影无声的思想、情绪、性格等抽象的不具形的东西是难以形诸银屏的。比如，“他从来不说假话”，“许灵均没有想到还会见到父亲”，工人们“像受惊的蟑螂一样，从灰色的小房子里跑了出去”，“他一病就是三个月，家里面已经乱成一锅粥了”等，都难于变成画面而搬上银幕。

4. 具体、生动的环境描写

环境是衬托人物性格、展示情节的重要手段。小说中的人物活动、事件的发生发展都不能离开一定时代的、社会的、自然的环境，人物性格的形成也受环境的制约。只有充分地、多层次地具体描写环境，才能更好地揭示矛盾冲突、表现人物性格。小说既可以以细腻的笔触描写沁人心脾的月夜，也可以描写荡人心魄的波涛汹涌的大海；既可以描写冒着黑烟的龌龊不堪的厂棚，也可以描写豪华富丽的别墅、宅第；既可以描写都市的繁华开放，也可以描写山村的贫困封闭，等等。只要是与人物有关系的，与事件的发展相关联的，小说尽可以去充分具体地描绘。它不但可以写让人们可触可见的真实的环境，也可以描写出一个抽象的人文环境、文化风俗氛围来；自然的、社会的、时代的、历史的、文化的、经济的、政治的，小说都可以得心应手地加以充分具体地、生动地描绘。它可以上下几千年，纵横几万里，可以随时变换场景，为人物活动、情节展开提供自由灵活的时间、空间。

小说创作必须充分考虑到小说的上述特点。

(二)小说中人物形象的塑造

小说创作的关键是塑造人物形象。一部小说成功与否，首先要看人物写得怎么样，而人物形象的成功与否，就要看人物是否是活生生的、富有生命的。巴尔扎克说："艺术家的使命就是把生命灌注到他所塑造的这个人体里去，把描绘变成真实。"①要想使人物活起来，就必须写出性格来，因此要特别处理好个性与共性、偶然性与必然性的关系。

首先，人物必须有独特的个性，就像世界上难以有两片完全相同的叶子一样，是不可重复的。比如，阿Q，他的外貌、语言、行动、心理、经历都是独有的，甚至连他的衣着鞋帽都有个性特征，不可随便更易。1934年，当时的《戏》周刊，画了几个阿Q像，鲁迅看了之后说："在这周刊上，看了几个阿Q像，我觉得都太特别，有点古里古怪。我的意见，以为阿Q应该是30多岁左右，样子平平常常，有农民式的质朴、愚蠢，但也很沾了些游手之徒的狡猾。在上海，从洋车夫和小车夫里面，恐怕可以找出他的影子来的，不过没有流氓样，也不象瘪三样。只要在头上戴一顶瓜皮小帽，就失去了阿Q，我记得我给他戴的是毡帽，这是一种黑色的，半圆形的东西，

---

① 巴尔扎克：《〈古物陈列室〉〈钢巴拉〉初版序言》，《古典文艺理论译丛》第10册，人民文学出版社1965年版，第120页。

将那帽边翻起一寸多，戴在头上的……”[1]阿Q是独特的“这一个”。但人物的个性又不能是单调的，而是丰满的、复杂的。一个柔情万种的慈父在战场上完全可能勇猛如虎；而一个在战场上置生死于度外的猛士，在一个姑娘面前却可能羞怯得手足无措。一个虚伪的人，有时也可能说几句诚实的话；而一个坦诚的人，有时也可能不得不说一点儿违心的话。王熙凤虽然阴险毒辣，但她同时也有着狡诈、圆滑、贪婪、虚伪、造作、锋利、干练、逞强好胜、足智多谋，以及其他许许多多不可名状的性格特点。性格是人物生命灵魂的表现，是非常内在的，必须渗透到最复杂的人类心理去，而不仅仅是一些外在的浮表特征，不是人物怪癖、嗜好的相加或是夸大，而是发自于人物的灵魂深处，与其身份、处境经历、教养、内心生活、性格的整体和谐浑成的。每一个人物，都是一个独特的、完整的生命“世界”。

然而，优秀的具有永久魅力的人物形象，对于读者来说“都是一个熟识的陌生人”(别林斯基)。其所以“陌生”，是因为其性格的独特、罕见、稀有；其所以“熟识”，是因为在其独特的不可重复的个性后面，我们可以看到某种普遍、深刻的共性。阿Q的精神胜利法，上至当朝统治者下至平民百姓，许许多多的人身上都存在着，许多人都觉得阿Q像自己。具有永久魅力的人物都在表面上看来的偶然性后面深藏着必然性，能够深刻地反映出某些社会的历史的本质。如果人物不能够蕴含和揭示普遍性和必然性，那么这个人物一定只能是“恶劣的个性化”，也只能是缺乏深度的、没有生命的傀儡。

其次，想要让人物活起来，具有百读不厌的魅力，细节的描写是十分重要的。精彩的细节描写可以使人物熠熠生辉。比如，《儒林外史》中对临终前的严监生的描写：

---

① 鲁迅：《寄〈戏〉周刊编者信》，《鲁迅全集》第6卷，人民文学出版社1973年版，第150页。

严监生喉咙里痰响得一进一出，一声不倒一声的，总不得断气，还把手从被单里拿出来，伸着两个指头。大侄子走上前来问道："二叔，你莫不是还有两个亲人不曾见面?"他就把头摇了两三摇。二侄子走上前来问道："二叔，莫不是还有两笔银子在那里，不曾吩咐明白?"他把两眼睁得溜圆，把头又狠狠摇了几摇……赵氏慌忙揩揩眼泪，走近向前道："……你是为那灯盏里点的两茎灯草，你不放心，恐费了油。我如今挑掉一茎就是了。"说罢，忙走去挑掉一茎，众人看严监生时，点一点头，把手垂下，登时就没了气。

这个细节生动、典型地表现出了严监生的悭吝个性，十分传神。张抗抗《北极光》的两个细节也突出了人物性格特征，使人物显得活脱生动。妈妈给岑岑介绍了一个对象，是个技术员。有一次他俩去吃馄饨，吃着吃着，技术员突然叫了一声："少了一个!"岑岑吓了一跳，问："你怎么知道少了一个?"对方答道："我数着吃的。"就为这一件事，思想向上的岑岑离开了他。她现在的朋友傅云祥呢？有一次，她问他："你说我哪点好?""你心好。""何以见得呢?"傅云祥郑重其事、十分诚恳地说："第一次看电影吃饭时我就发现了。交朋友哪有女的掏钱买饭的？以前我交过一个女朋友，吃一顿，就花了我十块钱!"所谓"你心好"，原来竟是如此这般！这两个细节有力地表现了这两个人物庸俗自私、猥琐卑微的精神状态和典型的市侩主义。

由此可见，没有好的细节，人物就是无血肉、无生命的抽象物。

三、戏剧文学的创作

戏剧文学是指供戏剧舞台演出用的文学剧本。文学剧本是舞台演出的蓝本，是戏剧艺术的一个重要组成部分。戏剧艺术是包括了文学绘画、音乐、舞蹈、建筑等多种艺术形式的综合艺术，是在一定的舞台空间、一定的演出时间内，由演员根据剧本的内容配合灯光、布景、音乐等来进行表演的艺术。因此，文学剧本的写作，要充分考虑到舞台演出的特点和要求，并且形成了戏剧文学不同于其他文学样式的一些特点。

(一)戏剧文学的基本特征

1. 主要用人物语言来塑造艺术形象

小说允许作者以叙述者的身份介绍情况、刻画人物、描绘风景来衬托人物，甚至作者可以直接出来发表议论，给读者解释人物隐秘的思想活动和行为动机，暗示读者怎样理解人物，画龙点睛地表现人物性格。戏剧文学就不同，它不能用叙述者的语言而只能通过剧中人物的语言来塑造形象，揭示人物性格，表现矛盾冲突，展现思想和主题。“剧中人物之所以被创造出来，仅仅依靠他们的台词，即纯粹的口语，而不是叙述的语言。”①剧作家的态度只能通过剧中人物的台词和动作间接表现出来。剧本中虽然也有一些简要的说明，诸如时间、场所、人物动作、表情、声调、心理、背景、道具等，但这只是给导演、演员提示，不与台下观众见面，它要通过舞台设计和演员表演才能体现出来，这部分文字统称为舞台说明，是一种辅助性的文字，与剧情、人物性格、戏剧冲突等没有直接的关系，与小说中的叙述是完全不同的。

剧本中的人物语言即台词，包括对话、独白、旁白、唱词。对话是台词的主要部分，也是刻画人物的重要手段，也有交代人物身世、经历及人物关系的作用。独白是人物的自言自语，它常常用来表现人物的心理、内心活动、愿望、行为动机、抒发感受、评论事物等。戏剧中允许大段独白，这是戏剧情境在舞台上创造出来的假

---

① 高尔基：《论剧本》，《文学论文选》，人民文学出版社 1958 年版，第 243～244 页。

定性，观众想了解人物在激烈冲突时的内心活动，独白就被当成人物内心动作被观众接受。独白的运用要自然，要符合剧情发展的需要、人物性格的逻辑以及舞台氛围。否则，不适当地用独白来做说明性的或连接性的手段会使戏剧中断，造成不真实的感觉。旁白是指两个以上的人物同时活动在舞台上，一个人物背着他们向观众表白自己或评论他人言行。旁白可以用来表现人物的激情状态，而且常常也创造一种别致、有趣的舞台效果，在某个人物的眼皮底下说，要赶紧走了，不然他要发现了，等等。唱词有对唱、旁唱和独唱，它与对话、独白、旁白是一样的。唱词一般是歌剧、戏曲中的台词表现形式。

无论台词采用哪一种形式，它都需要具有以下特点和要求。

第一，人物语言要充分个性化。通过充分个性化的语言刻画人物性格、揭示矛盾冲突。也就是说人物语言必须符合人物的思想、情感、年龄、职业、经历、教养、兴趣等，做到这个人物口中的话不能放到别的人物口中，这个特定场合氛围下讲的话不能放到另外一个场合氛围中。

第二，人物语言要富有动作性。人物的动作既有外在的声容笑貌、神态举止，又有内心活动、情感意向。这要靠人物语言来表现，不能用叙述的语言，所以人物语言必须做到话中有戏，也就是让人物在对话中以各人的见解、情感相互影响，断定他们的相互关系。对话不仅应该体现出人物潜在的意愿，而且应该对谈话的另一方具有一定的冲击力或影响力。真正具有戏剧性的对话，应该是两颗心灵交往及相互影响，对话的结果，必须使双方的关系有所变化，有所发展，因而成为剧情发展的一个组成部分。剧作家应善于把人物复杂的内心动作在台词中充分体现出来，善于把人物之间的冲突和一般关系体现在对话中，善于把动作化为台词。

第三，人物语言要富有潜台词。所谓潜台词是指那些在讲出来的台词下隐含着人物没有说出来的语言。有时人物只说出一部分，而隐藏着大部分；有时说着正面的话，而心中却掩盖着相反的意思；有时用镇静的语调讲出的话，却掩藏着狂风暴雨般的激情……这都是潜台词的表现方式。为什么不直接把本意说出来呢？有时是不能说明，有时是不必说明，有时是不肯或不愿说明。潜台词虽然是潜在的，但必须让观众感受到，否则就模糊不清、交代不明。潜台词要有立体感，要有丰富的内涵，深远的外延，使观众产生丰富的联想。

第四，人物语言要口语化并富有文学性。戏剧与小说不同。小说是供人们阅读的，一次看不明白的可以反复看，戏剧人物语言主要是通过演员的念诵，直接说给观众听的，是不可重复的，因此它应当是易懂的、上口的、清楚明白的短句，而不能是晦涩难懂的、佶屈聱牙的长句子。所以人物语言需要口语化，但又不能是日常语言的照搬，应当是经过提炼的、富有文学性的、给人以美感的语言，应做到像老舍先生所说的那样："我们应当有点石成金的愿望，叫语言一经过我们的手就变了样儿，谁都能懂，谁又都感到惊异，拍案叫绝。"①语言既要浅显易懂、精炼深刻，又要响亮、动听，富于节奏感、音乐美和诗意，切忌平淡冗长、生涩聱牙。

2. 人物、事件、时间、场景高度集中

舞台表演要受演出时间和舞台空间的限制。众多人物的出场，过于复杂和冗长的情节，频繁地更换场景，舞台上、时间上都难以做到。戏剧不同于小说，所以它的人物、事件、场景、时间都必须高度集中。例如，曹禺的《雷雨》巧妙地把所有的人物关系和矛盾冲突压缩在一天一夜之间，场景也只有两个，人物也并不多，人物、时间、地点、场景高度集中，有利于人物的性格刻画以及

① 老舍：《戏剧语言——在话剧、歌剧创作座谈会上的发言》，《老舍论剧》，中国戏剧出版社 1981 年版，第 12 页。

紧张的戏剧冲突的形成和发展。

3. 具有尖锐的戏剧冲突

戏剧如同一个构筑在舞台上的世界，由于人物、事件、时间、场景的高度集中，所以戏剧中的种种矛盾和冲突都被强化而突出了。冲突是戏剧内容具有活力并得以发展完成的根据和动力，可以说，没有冲突便没有戏剧，戏剧冲突是戏剧艺术的生命，戏剧正是通过它来掀起观众的感情波澜，产生动人的艺术力量的。

戏剧冲突包括外在冲突和内在冲突两个层次，外在冲突一般是指人与人或人与某种力量之间的矛盾。比如，《雷雨》中周朴园与繁漪、侍萍等人的矛盾冲突，周萍、周冲与四凤之间的爱情纠葛冲突，周萍与繁漪之间暧昧的关系的冲突等；易卜生的《人民公敌》表现的不是人与人之间，而是个人与某种社会力量之间的冲突。这些冲突都是外在冲突，但在外在冲突的深层往往还蕴含着个人心灵深处的冲突。这种冲突虽然只属于个人却有普遍意义，这就是内在冲突。外在冲突往往内化于人物心灵而形成人物内心的冲突，从而使得戏剧获得了更高层次的深度。

(二)冲突的把握与处理

戏剧冲突是戏剧最主要最本质的特点。因此，戏剧剧本创作的关键是对戏剧冲突的把握和描写，因此要特别处理好戏剧冲突的提出、展开、突变和解决。

事物总是有发生、发展和结束，这是一个客观规律。并且事物的发展总有一个从渐变到突变的过程，经过突变，旧质结束，新质出现，新事物代替了旧事物，新矛盾取代了旧矛盾。一出戏也有它的组成部分：开端、发展、高潮、结局。这四个部分中的每一个部分都有着自己艰巨繁重的“任务”，然而我们要特别处理好的是与冲突密切相关的“任务”。

冲突的提出应在开端部分。开端要组成矛盾纠葛，形成悬念，提出矛盾冲突，使观众明确剧情的发展方向，它预示将要出现矛盾的尖锐、激烈。开端不宜过长，进戏要快，要尽快通过人物展开矛盾冲突，很快地吸引观众的兴趣。

在发展部分中，戏剧冲突上升、展开、深入、激化。在这个过程中，冲突不能是直线条的行进，这会导致单调枯燥，缺乏生趣；冲突不能保持在同一水平线上，必须不断推进，不断出现新情况，使情节逐渐紧张起来，人物处在复杂的重重矛盾之中，客观环境也在不断变化着，冲突要得以充分的、全面的展开。在开端时矛盾已初见端倪，那么它需进一步深化，挖掘其更深刻的意义，冲突双方的性格也需随着冲突的展开深入而不断得到展示、发展、变化，让冲突的上升和展开有利于冲突的内在含义的进一步揭示和深化。

比如，在《玩偶之家》第一幕里，交代了娜拉曾冒用父亲名义向银行职员柯洛克斯泰借了一笔钱，救下了丈夫海尔茂的命，可海尔茂当了银行经理，解雇了柯洛克斯泰。柯洛克斯泰威胁说，如果娜拉不能帮他挽回他在银行的职务，他就要去法院告。娜拉向海尔茂求情被拒绝。柯洛克斯泰将隐情写信告诉了海尔茂，海尔茂一反常态，凶相毕露，指责娜拉毁了他的名誉和前途……开始时，戏并没有明确矛盾是在娜拉与柯洛克斯泰之间，还是与海尔茂之间，它的深意是什么？在经过发展阶段的许多情节后，才把矛盾明确在娜拉和海尔茂之间，提出：在海尔茂眼里，娜拉并不是一个独立的有理性的人，她只是一个玩偶，而娜拉对这个社会的宗教、道德、法律也都产生了怀疑，她要出走。这时妇女地位这个深刻的社会问题才有可能提出来。

在整个发展阶段，冲突是一步步走向尖锐、紧张和激化，向高潮推进。高潮是一出戏中最重要的一部分，直接关系着全剧的成败，好像登山，无论沿途多少美景，不登上山顶，不算完成登山壮举。戏剧高潮可以说是全剧一系列不断发展的冲突的最终趋向，是全剧动作的顶点，表达了全剧最强烈的感情，是戏剧矛盾发展的必然结果。观众在戏剧高度紧张中感到最大震动，在矛盾的尖锐激烈中看到人物深刻而惊人的变化以及主人公的遭遇和下场。戏剧高潮中，冲突常常具有突然性，冲突的突然的转变能加强高潮的力度，但不能牵强造作，一定要合乎必然规律，是一系列情节所造成的必然出现的场面，要一气呵成，不露断续之痕，要非常自然。高潮是全剧总冲突的解决，因此它不能再有诸多头绪，而要集中在一点上，它是关键所在，直接影响事件的转化，影响人物的命运。解决全剧总冲突的时刻，有时并非最紧张的场面，可能具有思想深刻的、哲理性较强的特点，而外部动作和情节上则不那么咄咄逼人。

四、散文的创作

我国的散文历史悠久，卷帙浩繁，但是人们对于散文概念的认识不仅古今有别，而且目前也没有统一的界定，对它所包括范围的理解也很不一致。

“五四”新文学运动以来，新的散文观念逐步确立起来，散文成为与诗歌、小说、戏剧相并列的一种独立的文学体裁，也就是说，散文不属于小说、戏剧、诗歌、童话等范围，以描写真实事物为基础，抒发作者感情的那部分作品，才叫散文。

散文包括抒情散文、叙事散文、杂文、游记等。总的来说，散文有如下特点。

1. 题材广阔多样

散文比起戏剧、小说来，取材上有广阔的天地，它的根须可以伸向生活的各个领域，它可以写人、叙事、写景、咏物、怀友、访旧，也可以描写风土人情，刻画政治风云，细摹花鸟虫鱼。散文既可以撷取重大的历史事件，也可以选取生活琐事、街头景色、市井风习、往事回忆、人生哲理、个人际遇、轶闻掌故等，感怀评述，天上人间，古今中外，无所不能，无往而不可。

2. 结构灵活、自由

散文的结构没有严格的限制和固定的模式，散文的写法自由而宽松，随意而灵活。李广田指出："诗必须圆，小说必须严，而散文则比较散。若用比喻来说，那就是：诗必须像一颗珍珠那么圆满，那么完整……小说就像一座建筑，无论大小，它必须结构严密，配合紧凑……至于散文，我以为它很像一条河流，它顺了壑谷，避了丘陵，凡可以流处它都流到，而流来流去还是归入大海，就像一个人随意散步一样，散步完了，于是回到家里去。这就是散文和诗与小说在体制上的不同之点，也就足以见出散文之为'散'的特色来了。"①比较流行的一种观点认为散文之"散"，是形散神不散，散而有序，散而有凝。"形散"指散文运笔自如，不拘成法。作者在日常的生活中有所感触，于是信手拈来，生发开去，时而勾勒描绘，时而回忆联想，时而抒情言志，时而侃侃议论，时古时今，忽人忽景，纵横开阖，婉转自然。这种"放得开"的笔法正是"散文笔法"。一篇散文如若刻板而不疏宕，就失去了散文应有的生动的神韵和意境，所以说"散文贵散"。同时散文又"忌散"，即形散而"神"不散，看似落笔随意自由，散散漫漫，信笔所至，但思想情感的红线却贯穿全篇，紧扣主题。

3. 抒写真情实感

散文与诗歌一样，是一种侧重主观情感思想抒发的文学样式，也是最接近生活真实的文学样式。它不像小说、戏剧那样可以完全虚构，散文一般以真人、真事、真景、真物为基础。"实录"是中国散文的传统。班固在分析《史记》的成就时说："其文直，其事核，不

① 李广田：《李广田全集》第5卷，云南人民出版社2010年版，第140页。

虚美，不隐恶，故谓之实录。”不仅史传散文如此，那些有口皆碑的典范文章都是讲真话、露真情、写实事的，如陶渊明的《五柳先生传》、诸葛亮的《出师表》、柳宗元的《段太尉逸事状》、袁枚的《祭妹文》等，所抒写的都是真情实感。林觉民的《与妻书》情辞恳切，读之痛彻肺腑；方志敏的《可爱的中国》使人心弦震撼，燃烧起为祖国的独立强大即使马革裹尸也在所不惜的热情；鲁迅的《风筝》荡漾着一缕愧疚的情思，使人也会被那小小的风筝而长久地牵动思绪，感到苦楚、沉重。正是散文真情实感的特质，才使得它们具有如此长久的魅力。

4. 语言精致、优美

一篇好的散文，会使人如啜香茗，余香满口，回味无穷，除了意趣的美，文字的美也是其重要的方面。如果一篇散文，“文字别别扭扭，结结巴巴，或者装腔作势，‘佶屈聱牙’，人家读来，就像米饭里面夹着许多沙子似的，吃的时候得不断地拣，还有什么心思来领略饭菜的美味！”①散文相对短小的篇幅，要表达丰富多彩的内容，它的语言就不能不是简洁的、凝炼的、精致的、优美的。秦牧曾形象地说：“一座大山上有小堆的乱石，时常无损于大山的壮观。但如果一个小园中有一堆乱石，就很容易破坏园林之美。同样的道理，短小的文章特别需要写得简洁和优美。任何的败笔冗笔在篇幅短小的文章中，时常显得格外刺眼和难于掩饰。”②这的确道出了散文语言的特点。

散文的创作也必须充分考虑到散文的上述特点。

---

① 秦牧：《散文创作谈》，《中国现代作家谈创作经验》上，山东人民出版社 1980 年版，第 977 页。

② 秦牧：《散文领域——海阔天空》，《笔谈散文》，百花文艺出版社 1962 年版，第 12～13 页。

第二节　文学创作的技巧

文学创作必须有熟练精湛的写作技巧。关于技巧的重要性，冰心有一个生动的比喻：“很好的思想内容，像一盏画得很美的纱灯，表达思想的文字就像是灯里的烛光，若是烛光昏暗，无论是多美的纱灯，也会减色。同样地，很好的一支曲调，也要有很好的歌喉把它唱出来，‘工欲善其事，必先利其器’，没有很好的表达工具，无论多么美好的思想感情，也是表达得不好或表达得不完全的。”[①]因此，技巧对于创作的重要性是显而易见的了。

一、技巧界说

那么，技巧是什么呢？有人把技巧同技术、技法或方法、法规、法则等同起来，以为技巧就像工人开车床一样，只要方法得当、技术熟练，就可以创作出高明的作品来，这种观点是错误的。茅盾先生讲过一段很精辟的话：

> 技巧不同于技术。技巧中包含技术，但掌握了技术不一定就有技巧。比方说，甲乙二人演同一个戏。观众认为甲的表演“够味”，而乙演的“不是那么一回事”。乙在演出中，并没唱错一句，也没走错一步；也就是说，乙的唱白和做工，都合规格。但尽管都合规格，可惜整个表演却缺乏神韵。合乎规格的唱白和做工，是技术；没有这技术，根本就不能上台；然而还须演得神韵盎然（也就是说，能把戏中人物的随时在变化的思想情

① 冰心：《漫谈语文的教与学》，《冰心论创作》，上海文艺出版社1982年版，第147页。

绪，恰到好处地表现出来)，这才算是有技巧。这一点技巧，是演员的丰富的生活经验，以及长期的艺术实践所积累的深湛的艺术素养等等的高度集中的表现。①

这说明，一方面，技术是技巧的基础；另一方面，技巧又已经不是单纯的技术，而是技术在艺术表现上的运用，它存在于技术与生活、技术与思想的关系之中，是艺术家智慧与创造力的体现。所以孟子说："离娄之明，公输子之巧，不以规矩，不能成方圆，师旷之聪，不以六律不能正五音。"②创作不能离开"规矩""法则"，但"梓匠轮舆能与人规矩，不能使人巧"。所以我们说：技巧就是指创造性地运用写作规则和技法去艺术地表现生活、创造形象，将要表达的内容完美地传达出来的能力。技巧具有以下特性。

1. 技巧是技法的独特的巧妙运用

文学技法指的是文学写作中常用的比喻、起兴、象征、夸张、对比、反衬、烘托、白描等方法。技法具有可模仿性，可以重复，可以借鉴，可以袭用，但运用技法表现出来的技巧则是不可重复的。技法是比较固定的，而技巧则永远是新颖、独特的，它永远与创造相随。运用技法越独特巧妙，那么技巧就越高超。

2. 技巧是对艺术规律的独特把握

文学有自己独特的艺术规律，通过对艺术规律的独特把握所做出的艺术处理，是技巧的更深的内涵。从这个意义上说，技巧实际上是创作中的辩证审美原则，文学创作对言与意、情与景、形与神、虚与实、动与静、奇与正、隐与显、真与幻、疏与密等的艺术处理，都是技巧的内容，处理这些关系越独特、越有魅力，其技巧就越高。

① 茅盾：《关于艺术技巧》，《茅盾评论文集》上，人民文学出版社 1978 年版，第 69 页。
② 《孟子·离娄》。

3. 技巧是形式对内容的独特表现

在文学作品的内容与形式关系上，内容决定着形式，但形式也不是消极的、被动的。实际上，作品形式的优劣高下，直接影响着内容的表达。与内容相适应的较完美的形式，可以增强作品的艺术力量，否则损伤内容的充分体现。内容呼请形式，形式征服内容。形式越能独特地完美地对内容进行加工，作为形式因素的技巧就越高。

二、技巧操作

(一)一般常用技巧

1. 比喻

比喻是文学创作常用的一种艺术手法，它是利用不同事物之间的某些类似的地方，借一事物来说明另一事物。比喻可以用来刻画人物，描绘风景，也可以用来写事叙物，阐明道理。比喻能够描绘事物的外在特征，突出事物的某一部分形态；可以揭示事物的内涵，表现事物的属性和本质；可以化远知为近知，化繁复为简易，将抽象、深奥的事理具体化、浅显化。运用贴切、逼真、传神的比喻，可以把事物描绘得更形象、更鲜明、更生动、更准确、更能激起读者的想象。比如，郭沫若的《地球，我的母亲!》，以母亲设喻，把地球亲切地比作母亲，用对母亲真挚的感情，抒写对地球的无限依恋，以一个赤诚的地球之“子”的身份纵情讴歌地球母亲的慈爱、博大和宽厚，讴歌地球对人类的无私赐予。

比喻是文学创作中使用得最广泛的一种艺术手法之一。“精彩的譬喻，仿佛是童话里的魔棍似的，它碰到哪里，哪里就忽然清晰明亮起来。一个精彩的譬喻，你看上一次有时甚至可以终身记住。”(秦牧)钱锺书先生也说：“比喻是文学语言的根本，是文学词藻的特色。”学会掌握恰当精彩的比喻，是我们进行文学创作的必修课。

2. 象征

象征指的是借某一具体事物的外在特征，寄以某种深邃的思想，或表达某种富有特殊意义的事理的技法。象征的本体意义和象征意义之间本没有必然的联系，但是通过作者对本体事物特征的突出描绘，使人们产生由此及彼的联想，从而领悟出作者要表达的含义。运用象征可以使复杂深刻的事理浅显化、单一化，使抽象的意念具体化、形象化。同时，象征还可以延伸描写内蕴，创造一种艺术意境，以引起人们的联想，增强作品的艺术效果。请看艾青的《礁石》：

一个浪，一个浪
无休止地扑过来
每一个浪都在它脚下
被打成碎沫、散开……

它的脸上和身上
象刀砍过的一样
但它依然站在那里
含着微笑，看着海洋……

这首诗表面上是写礁石，但谁都能明白作者是以礁石为象征物，象征那种在大风大浪中久经考验、坚强不屈的像礁石一般的人。

3. 白描

白描原为中国画的一种传统技法，是一种用墨线勾勒物象轮廓、不着颜色或略施渲染的画法。在文学写作上是指用简练的文字，不加渲染烘托，勾勒事物主要特征的描写方法。鲁迅先生概括白描的特点时说：“有真意，去粉饰，少做作，勿卖弄而已。”又说：“力避行文的唠叨，只要觉得够将意思传给别人了，就宁可什么陪衬拖带也没有。”[1]例如，鲁迅《孔乙己》中对主人公的白描：

> 他身材很高大；青白脸色，皱纹间时常夹些伤痕；一部乱蓬蓬的花白的胡子。穿得虽然是长衫，可是又脏又破，似乎十多年没有补，也没有洗。

粗略几笔，一个穷困潦倒的没落知识分子的形象就生动地呈现在读者面前。

4．烘托

烘托也是中国绘画的一种技法，是指用水墨或淡彩在物象的外廓渲染衬托，使其明显突出。清人邹一桂说：“白花白地，则色不显，法在以微青烘其外，而以水笔晕之，自有以至于无，其用笔甚微，著迹不得，即画家所谓渲也。或欲画白花，先烘其外，亦得。总欲观者但赏玉质而不知其烘，则妙矣。”用烘托的方法可以画出物象的质感、立体感，表现画面的层次。

作为文艺创作的一种表现手法，烘托是指从侧面着意描写，以使所要表现的事物鲜明突出。比如，通过环境烘托人物，可以使人物性格更加鲜明。《红楼梦》中对潇湘馆的描写，就很好地烘托了林黛玉孤高耿介的性格和多愁善感、悲秋伤春的心境。

5．夸张

作者为了强调和突出事物的某些特点，借助艺术想象从其性质、状态、数量或程度等方面进行夸大或缩小，以更鲜明地揭示事物的本质特征，给人以更深刻鲜明的印象。夸张往往是“精言不能追其极”的情况下所采用的“壮言可以喻其真”的艺术手段。比如，李白的

---

① 鲁迅：《我怎么做起小说来》，《鲁迅论文学》，人民文学出版社 1959 年版，第 144 页。

诗，“白发三千丈，缘愁似个长”“连峰去天不盈尺，枯松倒挂倚绝壁”都是典型的例子。

但夸张不是无条件的，它必须植根于现实生活和历史真实的基础上。正如鲁迅所说：“漫画要使人一目了然，所以那最普通的方法是‘夸张’，但又不是胡闹。无缘无故的将所攻击或暴露的对象画作一头驴，恰如拍马家将所拍的对象做成一个神一样，是毫没有效果的，假如那对象并无驴气息或神气息。然而如果真有些驴气息，那就糟了，从此以后，越看越像，比读一本做得很厚的传记还明白。……所以漫画虽然有夸张，却还是要诚实。‘燕山雪花大如席’，是夸张，但燕山究竟有雪花，就含着一点诚实在里面，使我们立刻知道燕山原来有这么冷。如果说‘广州雪花大如席’，那可就变成笑话了。”

6. 对比

对比，即将两种互相矛盾、互相对立的事物或同一事物的两个不同方面对照比较，收到鲜明的表达效果。对比可以揭示人物之间个性的差异，展示事物本质的区别；可以截取事物发展变化中迥然不同的环节做对比，产生强烈的表达效果，突出事物的本质；可以将人和事物变得更加鲜明、突出、丰满。一对比，事物间的差异和特点就出来了。高山与平地，大江与小溪，严冬与酷暑，正义与邪恶，善良与残暴，一经对比，便泾渭分明。比如，杜甫的诗“朱门酒肉臭，路有冻死骨”便是对比技巧一绝。清代袁枚的《马嵬》，通篇运用了对比的手法：

莫唱当年《长恨歌》，人间亦自有银河。
石壕村里夫妻别，泪比长生殿上多。

这首绝句把白居易表现唐明皇与杨贵妃爱情的《长恨歌》与杜甫表现安史之乱百姓家破人亡的《石壕吏》对比，长生殿与石壕村对比，帝王妃子的悲欢离合与平民百姓的生死诀别对比，鲜明地表现了平民百姓的痛苦与帝王妃子怨恨的差别，表达了作者对人民的同情。

7. 衬托

世界上的各种事物都是相比较而存在的，所以反映生活事物就不能孤立地来进行表现，要利用生活事物的形象互相衬托，加强表现效果。唐人诗句“江碧鸟逾白，山青花欲燃”，这里的绿、白、青、红景物就产生了一种互为映衬的效果。衬托分为正衬和反衬。

正衬法是用同类范畴的事物互为衬托的写法。白居易《长恨歌》写杨贵妃的姿色是“回眸一笑百媚生，六宫粉黛无颜色”就是正衬。用“六宫粉黛”的相形失色来衬托杨贵妃美貌出众，压倒了后宫三千佳丽，以美衬更美。

反衬法是用对立两极的事物互为衬托的写法，即以丑衬美，以恶衬善，以假衬真，以及悲喜互衬，庄谐互衬等。这样衬托的结果，使对立范畴的事物形象更鲜明、强烈、突出。这是一种以反差效果来表现事物的手法。王夫之在《姜斋诗话》中说：“以乐景写哀，以哀景写乐，一倍增其哀乐。”比如，《红楼梦》里，用薛宝钗出嫁宝玉的宫灯花轿，新妆丽面，热闹非凡，反衬林黛玉的憔悴绝望，抱恨终天，以及潇湘馆的凄凉冷落，用封建礼教顺从者的“出闺成大礼”，反衬了叛逆者的“魂归离恨天”。热闹的婚礼正是惨痛悲剧的反衬。封建礼教的吃人本质、封建卫道士们伪善凶残的丑恶面目被淋漓尽致地予以暴露。王维的《鹿柴》：“空山不见人，但闻人语响。返景入深林，复照青苔上。”这首诗就是以声音来反衬山林的寂静，用阳光来反衬深林的幽暗。

8. 借代

借代，即借用与本体事物有着实际联系的事物名称来代替本体事物，也称“换名”“替代”。这种表现方法，只出现借体，不出现本体。但借体必须同本体有直接或间接关系，对本体具有明确的指代性。借体可以是人或事物的特征、标记，富有个性的习惯语言、诨号、服饰或某一局部，乃至工具、材料等相关事物。借代不同于借喻，恰当地运用借代，可以突出本体的特征，使本体的形象更鲜明，可以打破语气表达的平板单调，使语言简练含蓄而富有诙谐幽默的情趣。例如，借事物标志代所标志事物，如沈从文《春游颐和园》中的一段：

> 春天来，颐和园花木都逐渐开放了，每天除了成千上万来看花的游人，还有许多来自城郊学校的少先队员，到园中过队日郊游，进行各种有益身心的活动。满园子里各处都可见到红领巾，各处都可听到建设祖国接班人的健康快乐的笑语和歌声。配合充满生机一片新绿丛中的鸟语花香，颐和园本身，因此也显得更加美丽和年青。

作者以少年先锋队队员带的红领巾来代替充满活力的少先队员，突出了和春天同步的天真烂漫的少年，与春天一样富有生机的接班人。

此外，还可借事物的名称、制作的材料，人物的外貌特征、具体的形态等来代替事物本身。

9. 用典

典故是我国悠久文化发展中逐渐陶冶出的文学和语言学中的一种灿烂的艺术结晶。适当地运用典故，不仅能使作品的思想内涵博雅深厚，意趣幽远，而且手法含蓄，更觉耐人寻味，能大大增强艺术表现力。唐朝诗人李商隐的《莫愁》结合现实生活和诗人自己的情兴，把典故加以改造，令人耳目一新，引起丰富联想。

> 雪中梅下与谁期，梅雪相兼一万枝。
> 若是石城无艇子，莫愁还自有愁时。

莫愁典故的本意，原是石城歌女莫愁划着小艇子愉快地去同爱人相会，本没有什么愁的，而诗人所要表达的则是爱情失意时的愁怀，于是诗人笔锋一转反问道：若是石城没有小船，莫愁不是去不成了吗？那时她岂不也有了如同我此刻一样的愁绪了吗？这个典故运用得十分巧妙。

(二)基本叙事技巧

1. 叙述视角

视角，原出于绘画透视学中的一个术语，指画家观察生活、描绘人物、揭示人物的精神特征，掌握人物与景物的对比度，调整明暗关系的一个角度。小说的叙述视角指的是叙述者与故事的关系，即在小说中由谁来讲故事。事实告诉我们，一个相同的故事常常会因为讲故事的方式不同而变得面目全非。

小说的叙述视角一般有下面三种类型。

第一种类型，叙述者＞人物，即全聚焦视点。

叙述者所知道的情况不仅多于故事中的任何一个人物，还知道他们的过去未来，而且活动范围也异常之大。叙述者既在人物之内又在人物之外，知道他们身上所发生的一切但又从不与其中的任何一个人物认同。① 叙述者像超越时空、无所不知、无所不在的上帝。比如，《红与黑》第二部第十三章“阴谋”里的一段：

> ……她(玛蒂尔德)可是用一种奇特的眼光望着于连。于连心里想：这眼光说不定也是在演戏。但是为什么她的呼吸这么急促，为什么又这么心神不定！算了吧！他自言自语地说，我是谁，要我来判断？……
>
> 最后只剩下他们两人在那里了。显然是无话找话。玛蒂尔

① 参见罗兰·巴特：《叙事作品结构分析导论》，《叙述学研究》，中国社会科学出版社1989年版，第29页。

德这时确实是不幸的，她想到：这不对头！于连对我根本无动于衷。

在这里，作者同时可以进入当事人于连和玛蒂尔德的内心深处，对他俩的心态活动了如指掌。

这种全聚焦视点我们又可按其活动范围的大小，分为三种类型。

①主观型。叙述者不仅仅全知全能，君临一切，而且常常以第一人称直接登场亮相，凌驾于故事之上，通过发表感想与议论来干预叙述的进程，又称为"议论式"和"编者式"，常见于19世纪。比如，英国小说家菲尔丁《汤姆·琼斯》的开头就让他的叙述者以"我"的姿态亲自出场，对他的叙述接受者说：

我对这样人的看法，却比有些人的看法要好些。我们为他们也只是服从天道，而且上天要叫他们完成的目的，要比许多别的人应当完成的目的还要广大一些。

②客观型。这种类型是采用第三人称的方式，让叙述者以一种相对来说较为隐蔽的态度进行叙述，叙述者同他的叙述接受者不直接接触。比如，海明威的《太阳照样升起》，写的是西方"迷失的一代"的生活，作品中的人物喝酒、钓鱼、看斗牛、谈情说爱等，实际上是无所依归。在这部小说中，叙述者十分克制自己的主观态度，尽管这种态度我们从他对事件的取舍处理等方面仍可觉出，但就叙述者本人面目而言，是可感而不可见的。

③混合型。叙述者一方面掌握着全局，对故事中的人与事不断做着全景式的描写；另一方面一旦描写的聚焦镜对准某个人物并且这个人物出现内心活动时，叙述者就悄无踪影地消失了。此时，对

故事的全景透视让位给了人物自己的意识活动。比如，《安娜·卡列尼娜》的结尾：

> ……她（安娜）划了个十字。这种熟悉的划十字的姿势在她心中唤起了一系列的少女时代和童年时代的回忆，笼罩着一切的黑暗突然破裂了，转瞬间生命以它的过去的全部辉煌的欢乐呈现在她面前。但是她目不转睛地盯着开过来的第二节车厢的车轮，……扑通跪了下来了，同一瞬间，一想到她在做什么，她吓得毛骨悚然。“我在哪里？我在做什么？为什么？为什么呀？”她想站起身来，把身子仰到后面去，但是什么巨大的无情东西从她的头上，从她的背上辗过去了。“上帝，饶恕我的一切？”她说，感觉到无法挣扎……

一旦安娜自己的意识开始出现，叙述者的分析就立即停止并保持沉默，第三人称的叙述悄悄让位给了第一人称。这种混合型的特点在于：当叙述者进入人物内心进行叙述时，这是主观的，但它的叙述方式由于是人物心理的自我流动，又具有一定的客观性。

这种全聚焦式视点的作品曾十分辉煌，出现了像巴尔扎克、托尔斯泰、雨果、狄更斯、司汤达、屠格涅夫等一大批文学巨匠。它的优点在于，它对于那些具有宏大的布局，众多的人物和复杂的线索的题材具有特别的表现力，能够构筑起庞大的建筑，使复杂的枝蔓有序化。而且，小说本质上是作家对世界所做的一种把握。叙述者博大的胸襟，丰富的见识，思想的深邃，可以使读者洞烛人生、历史之微，聆听才华横溢、巧智、精辟的议论，领略到亲切、欢畅和高雅的艺术享受。这也是作品《战争与和平》《悲惨世界》历经了种种挑战之后魅力犹存的原因所在。

但它的缺陷也是明显的。①虚幻性。既然叙述者成为无所不知、无所不在的上帝，那就有一种不真实的虚幻性，读者会怀疑叙述者怎么能既掌握着他的内心意识变化，又掌握着他的行为表情，同时还能进入几个人物的内心。②封闭性。叙述者既然是上帝，他就不仅掌握着人物的全部情况，而且洞悉故事的结尾，文本呈现一种封闭状态。③读者接受的被动性。因为既然一切都安排预定，一切都掌握在叙述者手里，对读者来说，就是等着作者通过叙述者之口将故事的下一步告诉你。

第二种类型，叙述者＝人物，即内聚焦视点或人物视点。

叙述者好像是寄居于某个人物之中，借着他的意识与感官在视、听、感、想，叙述者所知道的和人物一样多。他可以就是某个人物本身，既可以是主角，也可以是一般见证人。他也可以并不直接在作品里露面，但却始终黏附于某个人物的内心深处，成为他灵魂的窥探者。但不管叙述者显现为人物，还是隐身于角色之内，其活动范围只限于人物的内心世界，只是转述这个人物的内心活动，通过这面屏幕来反射外在的人与事。这种内聚焦视点又可分为三种形式。

①固定式内焦点。比如，小说《男人的一半是女人》全是以第一人称“我”——章永磷的视角叙述的：他如何结识了黄香久，如何结婚，如何被黄香久创造成为功能完备的人，又如何离异了等，视角始终没有离开章永磷。

②移动式内聚焦。叙述视角带有不定性。比如，陈村的《死》，开始是以“我”的视角进行叙述，叙述他对傅雷先生的仰慕以及在冥冥中见到傅雷先生的幻觉，中间又曾以傅雷先生的视角（尽管是假设的）叙述了对灾难降临的感受，以他的感觉来叙述“我”的想象，后来又转换为“我”的叙述。

③多焦点叙述。这种视角如不同的人在讲述同一个故事，或者不同的人在讲述不同的故事。比如，张抗抗的《塔》：

薛宁：唉，过去的就过去了。

凌建中：一个莫大的讽刺。

但是，我们曾经有这样的过去。有过去才有未来。

黎荔：过去是一个时间概念。但对于我们，却绝不仅仅如此。

顾亦非：否定之否定。螺旋下降，还是上升？

宋为良：下去吧，发什么呆，我不过是心血来潮，寻寻开心。已经下雨了，不走的话，要耽搁在这里更加走不了，家里还等吃晚饭……

这是几个老知青在六和塔下对已逝的过去发出的不同的感叹。每个人有每个人的心态活动，但又是从不同的视角出发的。在这里，内视角是多样的。这种视角的小说，作者绝不比人物或主人公知道得多，而是以对等的权力参加对话。它强化了作品的真实性，扩展了作品的表现力，使作品亲切自然，缩短了读者与作品间的距离，有助于强化我们的生活体验，从一个新的角度来把握世界。但它又存在着明显的缺陷：由于视角总是通过人物做出，而这个人物在作品世界中的“现实性”又使他的行动有很大的客观限制，不仅不能像上帝那样全知全能，而且还要受到这个人物的身份、年龄、性别、社会地位、职业、文化教养等影响，不能有任何越界的行动，所以读者不得不附丽于这个人物，不仅通过他的眼睛来观察世界，而且还可能因人物目光短浅、孤陋寡闻带来局限。

第三种类型，叙述者＜人物，即外聚焦视点。

叙述者所了解的情况少于剧中人物，如同局外人与旁观者。扮演这种角色的叙述者既可以是一位隐身人，通过第三人称进行叙述，也可以以第一人称在故事中出场亮相。比如，海明威的《桥边的老人》。故事的讲述者“我”是一个参加西班牙内战的士兵，他在一座桥上遇见一个来自圣卡洛斯的老人。据士兵估计，法西斯很快就会占领这座桥，但当他听着老人诉说那些被他留在老家的那些动物时，他明白老人再也不会跨过桥去了。这个故事的主人公是老人，对于他的情况，作为叙述者的“我”虽然了解到一些，但并不太多。这类叙述在本质上是叙述者的自我限制，外聚焦视点的限制既不同于全聚焦视点的暂时限制(在全聚焦视点里，叙述者有时为了使故事具有一种被期待性，也会暂时对自己的叙述做出一些限制)，也不同于内聚焦视点的局部限制。它的限制是贯穿始终的，而且也是“外部的”。即使在第一人称中，“我”对故事的叙述也只能停留在观察阶段，能有所“看”，但不能有所“见”。在内聚焦视点中，常有类似的描述：“他看着窗外的那棵树”，常有叙述者个人主观的分析与判断；而在外聚焦视点中，只能是“他看着窗外”这一行动的交代，至于主人公从窗外看到了一棵树还是一座房子还是别的什么，不得而知，倘若叙述者是故事的参与者，那最多也只能做一点小小的推测，表示一下自己的态度。像《桥边的老人》中，“我”在对老人劝告一番无效后说：“对他毫无办法。”尽管这句话暗示这位老人不会再动了，但并没做任何肯定，因为这是“我”的推测，而不是老人自己的承诺。

外聚焦视点较其他视点有更大的客观性，它最大限度地保留了现实生活的原生性，但其叙事主体的主体性被最大限度地限制，作者提供的只是一个半成品，作品的最终实现在很大程度上取决于读者的生命体验是否充实、想象是否丰富、艺术填空能力是强还是弱，而且这种视点严格控制叙述主体的主观介入，绝对排斥介入到故事中人物的内心世界。由于纯客观化的叙述方式，其文体也带有一种冷漠的客观性和非人格化，从而使艺术的接受魅力也可能受影响。它本身存在着鲜明的反审美倾向。

2. 叙事语调

所谓叙事语调，就是指通过作品体现出的情感色调。一部叙事作品的一开头就奠定了它的叙事语调，开头的语调制约和限定着全篇的情感色调，就像乐曲的头一节一样，它要给整个作品定下调子。比如，张弦的《被爱情遗忘的角落》：

> 尽管已经跨入了20世纪70年代的最后一年，在天堂公社的青年心目中，爱情，还是个陌生的、神秘的、羞于出口的字眼，所以，在公社礼堂召开的“反对买卖婚姻”大会上，当报告人——新来的团委书记大声地说出了这个名词的时候，听众都不约而同地一愣。接着，小伙子们调皮地相互挤挤眼，“呵呵呵”；放声大笑起来；姑娘们急忙垂下头，绯红了脸，吃吃地笑着，并偷偷地交换个羞涩的眼光。

作品的开头，叙事语调滞重、沉痛，节奏缓慢。“尽管”已经是20世纪70年代末了，但那里的青年们对“爱情”这个字眼还是如此陌生，这就预告了悲剧不可避免地要发生。开头的叙事语调带有一种预言的味道。

叙事的语调与故事的色调有密切关系。有什么样的故事，就有什么样的叙事语调。一个作家要写小说，并不是他“需要讲一个故事”，而是他“有一个故事要讲”，“某一连串事件，或某个人物的发展呈现在他的想象之中——他对这事感觉那么强烈，以致他认为他能用强烈而适合的语言向别人描绘出他的图画。于是他坐下来讲他的故事，因为他有一个故事非讲出来不可……”有一个故事非讲出来不可，就自然寻找到了自身的色彩、情调，这就决定了这个故事的语调。一个悲剧的故事，不可能用欢快的语调、明朗的色彩去叙述；相反，昂扬、轻快的喜剧不能用阴郁、压抑的悲凉语调。

然而故事的关键是人物，不仅人物自己的叙述带有一种特有的调子，叙述者在人物的缠绕下，也不能不深深地陷入人物的情感之中，从而与人物有了一种粘连关系，语调随人物情感的升降起伏而发生着变化。

3. 叙事节奏

任何艺术都有其内在的节奏规律。音乐、舞蹈等，其节奏的体现是显而易见的。在动态艺术中，节奏几乎成了艺术生命的形式，在语言艺术中，它的抑扬顿挫的节拍、韵律都是其节奏的鲜明体现。节奏，是生命的运动形式在所有艺术中的一种体现，艺术形式与生命形式有着相类似的逻辑形式，或者说，艺术形式与生命形式有同构关系。

叙事作品情感变化的落差，是其节奏感的一个重要方面。作品中无论是叙述者还是当事人，都在连续事件的不断发展过程中，完成着他们的情感变化。这种变化，就是叙事作品的一种节奏形式。语言艺术的节奏同动态艺术的节奏是同样的道理，它并不是一个时间概念，并不是说有了均匀的时间距离便有了节奏感，而是随着事件完成后的转折和感情的转换，给人带来的新的体验和感受。叙述者或当事人的情感细微的变化也都表现了节奏性。

情节发展的速度也体现出了节奏性。情节发展缓慢或情节发展快速都能给我们带来节奏体验。节奏的快慢应该同作品的具体内容相联系。古朴、恬淡的内容如果用急促的节奏写反而不和谐；同样，现代都市的生活如果慢悠悠地叙述、唠叨啰嗦个没完，与内容也不协调。何士光的《乡场上》整体节奏是相当缓慢的，没有大起大落、跌宕起伏的情节变化，没有惊天动地、叱咤风云的英雄壮举，甚至刘三老汉对待死亡都毫不恐慌，静静地等待什么来临似的，平凡的山乡，平凡的农家生活，不就如此嘛！而这样一种生活内容，用慢节奏的叙述来表现是适宜的，因为它并不是以情节的多变和跌宕取胜的，而是在平凡和淡泊中表现出深沉的力量。刘三老汉非常平静地走了，他不欠这个世界什么，再也没有什么心事，欣慰地走了。这样的慢节奏，与全篇的气氛、情调、人物及故事是十分和谐的。

当然，在节奏形式上，表现得更鲜明的，还是情节多变的作品。这类作品，一波未平，一波又起，情节进展迅速，给人一种强烈而明快的节奏感。这类作品，不大注意人物与环境的细致描绘，而是粗线条的大致轮廓的勾勒，它更注意文本的气势，更注重紧张感的渲染，使人一读就有一种“放不下”的“诱惑力”。快节奏的作品，笔触的行止很有节制，线索的断续非常明朗。叙述者绝不停留在一处缠绕，很少有主观情感的抒发，即便是场面的描写也很少旁顾左右，很少有修饰成分，而是将笔墨集中于主要对象，叙述者很少直接进入作品干扰阅读体验。这样，情节就会连贯地发展，从而体现出鲜明的节奏感来。比如，张一弓《犯人李铜钟的故事》、梁晓声《今夜有暴风雪》就是这类作品。

4. 叙述空间

从表面上看，文学的基本存在方式是时间的而非空间的。文学是以阅读行为为基础的，而阅读是由一系列瞬间组成的。但事实上，小说的特点是，叙述艺术的时间性不像音乐那样直接采取时间的形式，往往通过空间来表达时间。

叙述的空间性首先表现在故事层面的空间投影上，故事中的人物必须有一个存在，即生活的空间，它由大空间和小空间组成。作为大空间的时代社会背景主要是指社会的基本结构，它主要是由政治、经济、文化等因素构成。比如，梁晓声的《这是一片神奇的土地》。女主人公李晓燕虽然正直、善良、美丽，但终于未能活着走出那个沼泽地，走出那个让人沉沦的岁月。悲剧的直接导演者似乎是大自然，但在大自然背后的是当时社会对极“左”政治路线的臣服，正是这种时代精神范式驱使着许多像李晓燕这样的青年盲目地去做无谓的冒险。它告诉我们，在悲剧性的社会空间里，悲剧注定要发生。

当然这种大空间总是通过小空间而发生作用的，在叙述活动中，小空间还可以被划分为两个部分：地域与地点。与大空间相比，小空间偏重于自然因素，但同样反映出一种文化性，这是它能够对人类活动发生作用的原因所在。比较起来，这种空间对文学艺术的影响要更大。古希腊悲剧艺术家欧里庇得斯认为，他的同胞的艺术之所以充满人情味和人世性，是因为“我们的天气温和宜人，冬天并不严寒，非巴斯的火箭不能伤害我们”，四周“既没有臣妖式的喜马拉雅、错综复杂与密密层层的草木和巨大的河流，也没有无穷的森林、无垠的草原、狰狞可怕的无边的大海”。这也是为什么杰出的小说大都具有各自鲜明的地域性的原因。在小说里，地域首先是一种地理位置上的自然因素，这种因素对人物性格的铸造具有很大的影响力。但地域空间最主要的特点，还在于它是一种精神文化空间，是社会关系的具体表现。同一个李向南，在《新星》《夜与昼》和《衰与荣》里的表现就大不相同。《新星》的故事发生在远离大都市的山区小县城，在这种空间下，不仅历史的文化传统远较现实的经济变更对人们的精神面貌更有影响力，而且作为父母官的县委书记完全有权处断百姓的要求。这些因素无疑是促使李向南扮演起现代清官角色的一个重要驱动力。但在偌大的北京城里，一个小小的县委书记自然无足轻重，地域的变化与扩大不仅导致了权力的重新分配，而且也重新调整了人们的社会关系。这一切决定了进京后的李向南在形象上的改变。世俗生活的热风浊浪荡除了英雄身上的道德脂粉，政治舞台上的生死较量也粉碎了超人形象的古老神话。显然，地域空间不仅仅是地理空间的同义词，而且是一个集政治、经济、宗教传统与风俗习惯为一体的文化空间，意味着人与人之间关系的某种格局化。然而应当注意的是，在同一个地域空间内，不同的地点空间也会对故事情节和人物命运产生不同的影响，使作品呈现出不同的色调。比如，刘震云的《单位》和刘毅然的《摇滚青年》，作品所涉及的地域空间同为京城首都，主要人物也都是刚走出校门的大学生，但所做出的选择截然不同，这除了主人公主观气质性格的差异外，地点空间的区别也是一个重要的因素。

5. 叙述时间

叙述时间指的是作品文本中体现出来的情节演进的时间秩序。有的作品时序井然，按照事件的发生、发展、转折、结尾的自然时序来写；有的作品则把情节线索割断，变换时序位置，重新组合，过去、现在、未来并不按自然时序叙述。

比如，《陈奂生上城》就是按自然的时序来叙述的，从“漏斗户主”陈奂生今日悠悠上城来写起，下午6点左右进了县城，10点半卖光了油绳，晚上住在车站，生病后被送进招待所，第二天算账出城。然而，当代小说更多的是割断情节线，变幻时序位置，重新组合。比如，王蒙的《风筝飘带》，小说写的其实只是几小时之内的事，就是佳原和素素这一对恋人的一次约会。但在这短短的几小时里，叙述者却向我们展示了这一对年轻人坎坷的十年。开始，叙述是“现在时”，素素和佳原会面。然后写了素素“意识”里的时间，那时她只有16岁，“城市轰她走”，她到了一个“绿的世界”，“她想家”，“她得了维生素甲缺乏症”，“爸爸妈妈用尽了一切办法”使她回到这个城市。“意识”里的时间还在继续倒流，“1959年的国庆，她7岁，她飞上了天安门城楼，把一束花献给了毛主席”，那是梦境。然后时间又大幅度前移，她又想起了佳原吃炒疙瘩的情形，她晚上回家又做了“她许多年前最常做的梦之一——放风筝”，等等。叙述者就是这样将现实与梦境、将正在发生的事与已经发生的事相互糅合在一起，一会儿此时，一会儿彼时，这种时间的交错歪曲，使《风筝飘带》有了一种奇异的格调，带有了梦一般的诗意，使并不十分美好的现实生活仍然给人一种亲切感、趣味感，所以，这里时序的“错乱”并不具有随意性，它是造成作品诗的意境、迷离色彩的重要手段。

一般说来，叙述时间是线状的，它更多的是一件事、一个情节的时间挪移；而情节时间则表现为立体的，它是同一时间发生的不同的故事，但叙述话语必须一一叙述。叙述的先后只是安排的需要，而并不是事件发生时间的变化。主要情节的发展可能由于次要故事的插入而临时中断，而插入结束后，中断的情节又继续发展。情节时间存在三种形式：连贯、插入和交替。连贯只是并列各个不同的故事，第一个故事刚结束，就开始第二个故事。就叙事来说，是一个一个叙述，是连贯的，但就情节来说，它们的发生却可能是同时的。插入是把一个故事插入到另一个故事里去。正在叙述的情节突然中断，插入另一个故事，当这个故事讲完之后，接上前面的情节。“插入”往往是一个独立的相对完整的故事。插入常常造成悬念，一波未平，一波又起，使故事整体波澜起伏，跌宕错落。交替是同时叙述两个故事，断断续续不断复出，又不断中断，使情节在发展之中一会儿走一会儿停，这架时钟停下来，另外一架又接着走。交替叙述的两个故事并非不相联系，而是有着内在的密切联系，对情节时间的准确把握可以大大地扩展小说的叙事容量，并且可以从不同的视角叙述同一个故事或几个不同的故事，使小说的真实性更强。

(三)基本抒情技巧

1. 节奏

语言中声音的高低、轻重、长短、快慢、间歇和音色的规律性运动就形成了节奏。语言的节奏在表达中具有重要的作用。它可以构成语言的音乐美，可以更好地表达情感。语言的音乐美主要体现在语言的节奏与旋律之中，节奏则是语言音乐美的基本因素。节奏感蕴含着整齐、抑扬、回环等多种形式的美感，而整齐美尤为突出，语言富于节奏感，可朗朗上口，铿锵悦耳，给人以美的享受。节奏具有某种表情达意的作用。缓慢、低沉的节奏会使人感到痛苦、忧愁；快速、响亮的节奏能让人感到轻松愉快；中速、匀称的节奏给人平静、庄重的感受，等等。节奏与语意浑然一体，可增强语言的表现力。诗是最富于节奏感的文学样式，正如郭沫若所说："节奏之于诗是它的外形，也是它的生命。我们可以说没有诗是没有节奏的，没有节奏的便不是诗。"①散文也有节奏，但不像韵文那样整齐，那样严格。

老舍的《五月的青岛》就是散文节奏的一例：

看一眼路旁的绿叶，再看一眼海，真的，这才明白了/什么叫做/"春深似海"。绿，/鲜绿，浅绿，/黄绿，/灰绿，/各种的颜色，联接着，/交错着，/波动着；/一直绿到天边，绿到山脚，绿到渔帆的外边去。风不凉，/浪不多，/船缓缓走，/燕子低低的飞，/街上的花香/与海上的咸味/混到一处，荡漾在空中。水在面前，而绿意无限，可不是，春深似海！

整个文段的节奏是快的，句子短，一句是一个意群，只有一处重音。重音集中、突出，又显得节奏响亮、鲜明。句子长短不一，语速快中有慢，又使节奏富于跳跃性。并且，"绿"字有规律地再现，也加强了文段的节奏感。这种快速、鲜明、响亮、跳跃的节奏反映出作者不平静的心情：他深深地感受到了绿，多姿多彩的绿，延伸变化的绿，广阔无垠的绿。文段的节奏与作者的感情一致，使得文章声情并茂，美妙动人。

诗的节奏包括顿和平仄等，比较容易理解，这里就不讲了。

2. 押韵

押韵就是使相关诗句末尾的一个音节韵母相同或相似，诗如果不押韵，那就会如同分行排列的散文，既显得松散，又不易记，读

① 郭沫若：《论节奏》，《沫若文集》第10卷，人民文学出版社1959年版，第225页。

起来也不顺口。押了韵，就能因声音的回环而产生意义的联想，既便于记忆，读起来也朗朗上口。押韵是加强诗歌节奏感和韵律美的一种有效手段，一首诗是否押韵，押韵是否恰当，对诗歌的艺术效果影响极大，好的韵律，可以使诗歌产生一种回环往复的韵律美，造成一种行云流水的气势。比如，被称为杜甫平生第一首快诗的《闻官军收河南河北》即是如此：

剑外忽传收蓟北，初闻涕泪满衣裳。
却看妻子愁何在，漫卷诗书喜欲狂。
白日放歌须纵酒，青春作伴好还乡。
即从巴峡穿巫峡，便下襄阳向洛阳。

诗中昂扬欢快的情绪，随着洪亮悦耳的韵律流泻出来，但是，如果在不改变诗的原意的情况下，换去诗中的韵脚，把“衣裳”改成“衣服”，把“狂”改成“疯”，把“还乡”改为“还家”，诗就会变得索然无味，也失却了那种轻松欢快的情感和气氛。按照表现思想情感的需要选择合适的韵部是比较重要的。一般说来，表现昂扬、亢奋的感情适于选用江阳、发花等响度高的韵部，表现苦闷、沉重的感情适于选用灰堆、一七等响度低的韵部，表达缠绵、柔情的，适于选用侯求、豪条韵，但不可过于拘泥。请看舒婷的《四月的黄昏》：

四月的黄昏里
流曳着一组组绿色的旋律
在峡谷低回
在天空游移
要是灵魂里溢满了回响
又何必苦苦寻觅

要歌唱你就歌唱吧，但请
轻轻，轻轻，温柔地

四月的黄昏
好像一段复得的记忆
也许有一个约会
至今尚未如期
也许有一次初恋
永不能相许
要哭泣你就哭泣吧，让泪水
流呵，流呵，默默地

诗中用“里”“律”“移”“觅”“地”“忆”“期”“许”“地”这些短促而微细的韵脚，细腻地表达了苦恼的寻觅、热恋的期盼的柔情，流泄着低回的但是充满希冀的绿色的旋律。

3. 兴

兴是我国诗歌最古老的一种表现手法。“兴者，先言他物以引起所咏之词也。”“兴”就是先说别的事物以制造气氛或规定韵脚，然后引所要说的事物。它往往是在一首诗或一段诗的开头，先用各种与诗的思想感情有一定联系的景物进行渲染、烘托，然后再顺理成章地写出本来要咏之词。比如，《诗经·关雎》：

关关雎鸠，在河之洲。
窈窕淑女，君子好逑。

相传雎鸠这种鸟，有一定的配偶而不乱。这里用它来烘托后面要表达的思想——淑女应具有贞洁的品德。可作者偏偏不直接表达，先用“雎鸠”这个事物起兴，然后才托出全诗，这样语言自然就形象化了，有感染力了。再如，《孔雀东南飞》一诗：

孔雀东南飞，五里一徘徊。
十三能织素，十四学裁衣。

开头用孔雀的徘徊起兴，构成一种缠绵悱恻的气氛，引出一对夫妇生离死别的悲剧故事，能够引人联想，具有动人的艺术力量。

4. 隐喻

隐喻是诗歌常用的一种手段。诗歌如何才能避免直白，更富有艺术魅力，令读者回味无穷呢？运用隐喻，就是一条重要的途径。隐喻不同于一般的比喻。闻一多说：“喻训晓，是借另一事物来把本来说不明白的说得明白点；隐训藏，是借另一事物来把本来可以说得明白的说得不明白点。喻与隐是对立的，只因为二者的手段都是拐着弯儿，借另一事物来说明一事物，所以常被人们混起来。”我们来看下面两个例子。

邹荻帆《北海桥上》：

站在北海桥上，
一片乳白的月光，
橙色的灯光在树荫掩映，
好像流金闪在沙上。

郭沫若《郊原的青草》：

郊原的青草啊，你理想的典型！
你是生命，你是和平，你是坚韧。

任人们怎样烧毁你，剪伐你，
你总是生生不息，青了又青。

其一是“喻”，即明喻。月光下的橙色灯光掩映在树荫之中，是个什么情形呢？为了把这个“说不明白的说得明白点”，诗人运用了明喻：“好像流金闪在沙上”。其二是隐喻。郊原上的青草，原是“可以说得明白的”，但是，诗人将它说成是“理想的典型”，是“生命”“和平”“坚韧”，这样一来，反而“说得不明白”了。在这里，诗人运用了隐喻，用“郊原上的青草”来象征坚韧不拔、不屈不挠、具有旺盛生命力的精神。流沙河《理想》一诗也是隐喻：

理想是石，敲出星星之火；
理想是火，点燃熄灭的灯；
理想是灯，照亮夜行的路；
理想是路，引你走到黎明。

诗人把理想比作“石”“火”“灯”“路”，用一连串的比喻，顶真的辞格，生动、形象地歌颂了革命理想对人生的重要意义。

隐喻，要求本体与喻体之间存在相合的关系：“甲就是乙”。诗歌中的隐喻，更多的不用“是”一类的词明显说出，而是有更多的暗示性。苏珊·朗格说：“隐喻的原理，也就是指说的是一件事物而暗指的又是另一件事物，并希望别人也从这种表达中领悟到是指另一件事物的原理。”隐喻能加强诗歌的表现力，使诗更含蓄，更耐人寻味。雪莱甚至说：“诗人的语言是隐喻的。”因此，隐喻是诗歌创作不可缺少的重要技巧。

5. 对偶

对偶，即用字数相等、句法相同或相似的语句表现相反或相关的意思。因为只有汉语在语音、词汇、语法等方面具有可以构成对偶所必需的语言条件，因而对偶为汉语所独有。对偶的修辞艺术效果表现为：形式整齐，结构匀称，给人以视觉匀称的美感；凝炼概括，把同一事物或事理的某一发展过程表现得集中而又比较鲜明，事物对立统一的辩证关系得到鲜明的揭示；节奏鲜明，音韵和谐，读来上口，更有利于情感的抒发，更易于传诵记忆。王勃著名的《滕王阁序》是对偶佳作，可以说文句工整，句句对偶，极成功地描绘了滕王阁及其四周的壮美的景色。

……层峦耸翠，上出重霄；飞阁流丹，下临无地。鹤汀凫渚，穷岛屿之萦回；桂殿兰宫，列冈峦之体势。披绣闼，俯雕甍，山原旷其盈视，川泽盱其骇瞩。闾阎扑地，钟鸣鼎食之家；舸舰弥津，青雀黄龙之舳。虹销雨霁，彩彻云衢。落霞与孤鹜齐飞，秋水共长天一色。渔舟唱晚，响穷彭蠡之滨；雁阵惊寒，声断衡阳之浦。

对偶在文学创作中运用得十分广泛，尤其是在诗歌中。例如，杜甫《蜀相》一诗：

丞相祠堂何处寻，锦官城外柏森森。
映阶碧草自春色，隔叶黄鹂空好音。
三顾频烦天下计，两朝开济老臣心。
出师未捷身先死，长使英雄泪满巾。

诗中“映阶碧草自春色，隔叶黄鹂空好音”与“三顾频烦天下计，两朝开济老臣心”，对仗工整，用字精当，表现了武侯祠的寂寥、冷落。映阶的碧草、隔叶的黄鹂空有美好的春色、动听的声音，然而却无人欣赏，表现了诗人感叹当世缺少像刘备那样求贤若渴的明主，也缺少像诸葛亮那样的济世英才。

6. 排比

排比，即将三个或三个以上结构相似、语气一致、意思相关的词组、句子、段落排列起来，用以增强语势，加深感情。排比用于抒情可使节奏和谐，感情表达充沛，达到淋漓尽致的地步。诗人艾青的著名诗作《大堰河——我的保姆》就成功地运用了排比的手法。

> 你用你厚大的手掌把我抱在怀里，抚摸我；
> 在你搭好了灶火之后，
> 在你拍去了围裙上的炭灰之后，
> 在你尝过饭已煮熟了之后，
> 在你把乌黑的酱碗放到乌黑的桌子上之后，
> 在你补好了儿子们为山腰的荆棘扯破的衣服之后，
> 在你把小儿子被柴刀砍伤了的手包好之后，
> 在你把夫儿们的衬衣上的虱子一颗颗的掐死之后，
> 在你拿起了今天的第一颗鸡蛋之后，
> 你用你厚大的手掌把我抱在怀里，抚摸我。

诗人一口气用了八个“在……之后”，列举了生活和劳动的八个典型细节，将乳母大堰河的勤劳、善良表现得十分充分，也把诗人对乳母的深切感情抒发得淋漓尽致。

7. 炼字

俄国画家勃留洛夫说：“艺术起于至微。”诗的至微处在一个字、一个词。我国古人对诗的用字是十分讲究的，有“炼字”之说，有“一字见境界”的评价。卢延让在《苦吟》中有：“吟安一个字，捻断数茎须。”杜甫在《江上值水如海势聊短述》中说：“为人性僻耽佳句，语不惊人死不休。”可见古人对炼字的执着与艰苦。在我国浩如烟海的古代诗歌中，炼字的佳话比比皆是。贾岛写“鸟宿池边树，僧敲月下门”诗句的“推敲”故事就是炼字的典型例子。我们都熟知的王安石的《泊船瓜洲》一诗：“京口瓜洲一水间，钟山只隔数重山。春风又绿江南岸，明月何时照我还?”诗人此作在炼字上煞费苦心。南宋洪迈在《容斋续笔》中载：“吴中士人家藏其草，初云‘又到江南岸’圈去‘到’字，注曰‘不好’，改为‘过’，复圈去改为‘入’。旋改为‘满’。凡如是十许字，始定为‘绿’字。”而这一“绿”字，可以说用在这里用得恰到好处，写出了江南之春活的形象、动的姿态，生动而形象。

8. 度句

诗歌语言的精炼，不仅需要炼字，同样需要度句。引人入胜，动人心弦的警句妙语能使人爱不释手，玩味不已，难以忘怀，并且使诗篇大为增色。我们都能随口背出杜甫的“朱门酒肉臭，路有冻死骨”，李商隐的“春蚕到死丝方尽，蜡炬成灰泪始干”，白居易的“同是天涯沦落人，相逢何必曾相识”，这是因为这些警句是诗人精心度句所创造出的艺术奇迹。

9. 移情

浓烈的感情，是作为一个诗人的必要条件。诗人创作时内心的情感运动有一种特殊的形式，就是所谓的“移情作用”。“移情”实际是一种情感的外射作用。最早提出移情说的劳伯特·费肖尔解释移情说：“我们把自己完全沉没到事物里去，并且也把事物沉没到自我里去：我们同高榆一起昂然挺立，同大风一起狂吼，和波浪一起拍打岩石。”德国美学家立普斯认为移情作用就是把我的感情移入到了没有生命没有感情的物质上面。例如，“道芮式”的大理石石柱，下粗上细，上有纵直的凹凸的槽纹，它本是一堆无生命的物质。但是我们在观照这石柱时，我们却感到它仿佛从地面耸立而起，昂然挺立，显得有生气，有力量，这是由于我们把自己的类似情感移入到了石柱上的结果，是我们向石柱灌注了生命。

在现实生活中，在审美活动领域，移情现象是大量存在的。人们在面对天地万物时，把自己的情感移置到外在的天地万物的身上去，似乎觉得天地万物也有同样的情感。当自己心花怒放时，似乎天地万物都在欢笑，当自己苦闷悲哀时，似乎春花秋月也在悲愁。当然，天地万物不会欢笑，春花秋月也不会悲愁，是人把自己的悲欢移置到它们身上的。比如，崔涂的《孤雁》：

几行归塞尽，念尔独何之？
暮雨相呼失，寒塘欲下迟。
渚云低暗度，关月冷相随。
未必逢矰缴，孤飞自可疑。

游子在旅途中犹如孤雁一样，另有冷光暗淡的关城落月与之相随，而且“孤飞自可疑”，随时会发生不测。因此，诗人更有孤单无依的寂寞、恐惧的感觉，这样，月亮也和人一样，怀着一种冰冷的感情。这种感情，“关月”本是没有的，而是人的感情的移入，于是，“月”才像人一样，显得冷漠。

类似的例子还很多，如“白云抱幽石，绿筱媚清涟”(谢灵运)、“相看两不厌，唯有敬亭山”(李白)、“野桃含笑竹篱短，溪柳自摇沙水清”(苏轼)、“泪眼问花花不语，乱红飞过秋千去”(欧阳修)、“怨春不语，算只有殷勤，画檐蛛网，尽日若飞絮”(辛弃疾)都是典型的移情现象。在诗人的世界里，白云、石头、绿竹、山峰、花朵等，它们都像人一样有喜怒哀乐和悲欢离合。诗人以博大的同情心及其联想，赋予自然万物以生命、意志和情感。艺术的奥妙也即在此。

10. 通感

人们对于客观世界的感知，是通过人体各种感觉器官来实现的。

每一种感觉器官都有自己的“职责”：眼——视觉，耳——听觉，鼻——嗅觉，舌——味觉，肤——触觉等。但这些器官彼此间不是完全孤立的，割裂的，而是相互联系和沟通的。心理学家研究发现，人的几种感觉能互相转化、互相移借、互相沟通，这就是通感。钱锺书先生曾撰文探讨通感，他说：“花红得发‘热’，山绿得发‘冷’，兴度和音量忽然有了体积——‘瘦’，颜色和香气忽然都有了声息——‘闹’；鸟声熏了‘香’，风声竟染了‘绿’；白云‘学’流水声，绿荫‘生’寂寞感；日色与风共‘香’，月光有籁可‘听’；燕语和‘剪’一样‘明利’，鸟语如‘丸’可以抛落；五官的感觉简直是有无相通，彼此相生。”通感给了诗人极大的启示。在文学创作中适当地运用通感的艺术手法，可以大大地扩展诗歌的表现力，收到其他艺术表现手法所无法产生的艺术效果。比如，臧克家的《春鸟》：

歌声，
像煞黑天上的星星，
越听越灿烂，
像若干只女神的手，
一齐按着生命的键。
美妙的音流，
从绿树的云间，
从蓝天的海上，
汇成了活泼自由的一潭。

“歌声”是没有形象的音流，属听觉艺术，“星星”是视觉的范畴。诗人把“歌声”比作“天上的星星”已很大胆，而“星星”还能被听出“灿烂”来，更是奇特。这里诗人在“通感”的审美经验中将听觉转化为视觉，最后处又把听觉转化为视觉，把起伏的歌声比作淙淙流水，并且

“汇成了活泼自由的一潭”，而这“一潭”音流，又是从“绿树的云间”“蓝天的海上”流出，从而创造了一个迷蒙美妙的境界。这境界，正是弹着生命之键的女神们居住的仙境，形象地表达了诗人在“煞黑”的现实中，对“灿烂”未来的渴望和憧憬。

11. 反讽

反讽一词来自希腊文，原为希腊戏剧中一种角色典型，即佯装无知者，在自以为高明的对手面前说傻话，但最后这些傻话证明是真理，从而使“高明”的对手大出洋相。柏拉图《对话录》中的苏格拉底就在扮演这种角色。所以，反讽的基本性质是假相与真实之间的矛盾以及对这矛盾的无所知：反讽者是装作无知，而口是心非，说的是假相，意思暗指真相；吃反讽之苦的人一直以为真相就是其所言，不明白其所言并非真相。

我国古代《晏子春秋·外篇》有一个反讽的例子。烛邹负责管鸟可却让鸟飞了，齐景公下令处死烛邹。晏子说，烛邹有三条罪，请让我公布这三条罪状后再杀。景公允许了，晏子就当着景公的面说：“烛邹！汝为晋君主鸟而亡之，是罪一也；使吾君以鸟之故杀人，是罪二也；使诸侯闻之，以吾君重鸟以轻士，是罪三也。”晏子说完，请景公下令杀烛邹。景公说：不杀了，我已懂得这个道理了。晏子的话就是高明的“傻话”，正话的反说，收到了从反面揭示了事情的实质和巧妙讽谏的目的。

从古希腊一直到16世纪，反讽只是传统修辞学中一种次要的修辞格，以德国浪漫主义文论开始，反讽概念不断膨胀，一直到“新批评”，反讽不仅成为诗歌语言的基本原则，而且成了诗歌的基本思想方式和哲学态度。这里我们着重要谈的是作为一种写作技巧的反讽。

反讽的表述功能是很突出的，具有其他技巧无法代替的作用，就其主要点来说有以下几种。

第一，从语言的构造来说，有一种陌生化的效果。阅读反讽结构的语句，能鲜明地感觉到一种与“习惯”对立的反传统意识，感觉到创作者与众不同的感觉生活的方式，感觉到一种反映生活的新鲜而有趣的语体，并从中获得对世界的新的感觉。比如，鲁迅《论睁了眼看》有这样一段：

> 在事实上，亡国一次，即添加几个殉难的忠臣，后来每不想光复旧物，而只去赞美那几个忠臣；遭劫一次，即造成一群不辱的烈女，事过之后，也每每不思惩凶，自卫，却只顾歌咏那一群烈女。仿佛亡国遭劫的事，反而给中国人发挥“两间正气”的机会，增高价值，即在此一举，应该一任其至，不足忧悲似的。

这里的反讽语句，突破了人们习惯化的认识，揭示出了惊人的真实以及悖谬性，用独特的语句拨开了习惯性认识所掩饰的真理，比正面阐述更能给读者新颖的感觉，更具警醒力量。

第二，“新批评派”的重要理论家布鲁克斯说：“反讽是表示诗歌内不协调品质的最一般化术语”，“诗人把他的词在语境中赋以确切的含义时，不得不持续地些微地修改其含义。它记录下诗中不相容成分的张力关系，这些张力关系被合成一个整体”。①这就是说，由于语境的压力，作品中的语言“所指”和“能指”发生了某些错位，而这种不协调和错位则产生很大的张力。比如，夏衍的《包身工》中有这样几句：

> 有几个“慈祥”的老板到菜场去收集一些菜叶，用盐一浸，这就是他们(指包身工)难得的佳肴。

---

① 转引自赵毅衡：《新批评——一种独特的形式主义文论》，中国社会科学出版社1986年版，第182页。

这里的“慈祥”和“佳肴”都“修改”了它们的原义，语言的“所指”和它要表达的意义(“慈祥”应为刻毒，“佳肴”应为猪狗之食)明显不协调，这既适应了特定的语境，又增强了语言的揭穿性和讽刺力，也就增强了整体的张力。

第三，反讽因为有言外之意、旁敲侧击、冷嘲热讽等特点，对读者来说，就增加了思考、品味的兴趣，调动了阅读的参与欲与再创造的积极性。尤其是当它超出修辞的范围而变成一种谋篇布局的技法时，其功能和价值就更大。比如，日本的微型小说《大而小的故事》，写一个妻子曾犯过罪，她丈夫不喜欢她，并掌握了她的犯罪事实。有一天，这位丈夫写好了揭发材料，委托别人将材料寄给律师，女人得知后，一气之下，杀死了自己的丈夫。按说，这个女人应受到起诉、追查、治罪，但文章笔锋一转，由于物价的上涨，她丈夫委托的人由于没贴足邮票，揭发信退回到这个犯罪女人的手中。这个女杀人犯老账新账一笔勾销，她转危为安，逍遥法外了。这样的反讽结构给读者提供了巨大的思索和审美空间。

所以瑞恰慈说：反讽就是“通常互相干扰、冲突、排斥、互相抵消的方面，在诗人手中结合成一个稳定的平衡状态”。

12. 悖论

悖论，原是古典修辞学的一格，指的是“表面上荒谬而实际上真实的陈述”。悖论与反讽既有区别又有相同之处。悖论是“似是而非”，反讽是“口非心是”，它们的共同之处是都表现了一种矛盾的语义关联，都是一种旁敲侧击的表现手法。在“新批评派”主要人物布鲁克斯看来，两者没有根本区别。自古以来，大多数文论家就认为悖论是反讽的一种特殊形式。实际上，狭义的悖论只是反讽的一种，而广义的悖论与反讽是一回事。

将不相容的事物并置，我们就能从中看出悖论。比如，杜甫《江亭》中的两句：“寂寂春将晚，欣欣物自私。”晚春应是最火热的景色，却用“寂寂”来修饰，“物自私”却用“欣欣”来修饰，相反的东西并置在一起，表达了诗人感时愤世而又伤老的复杂感情。李商隐“永忆江湖归白发，欲回天地入扁舟”，与上相仿，雄心勃勃，回天旋地，却落入一叶扁舟，这种痛苦的心情只有用悖论才能表现得恰到好处。曹植《洛神赋》：“凌波微步，罗袜生尘”，前句说对方如神仙，后句又说是血肉之躯，相反的不相容的事物并置，造成悖论。

13. 含混

含混即意义的复杂，“新批评派”的代表人物之一燕卜荪在《含混七型》一书中，给含混下的定义为：“任何语义的差别，不论如何细微，只要它使一句话有可能引起不同反应。”

含混往往引起多义并存，如上下文引起的数义并存，包括词本身的名义和语法结构不严密引起的多义。比如，艾略特的《不朽的低语》：

魏伯特老是想着死，
　　看到皮肤下面的骷髅；
地下没有呼吸的生物，
　　带着无唇的笑，仰身向后。

燕卜荪认为，第二行尾的分号作用不明，若当句号读，“生物”就是第二句主语，不然，“生物”就是与“骷髅”并列的宾语。

14. 倒装

倒装是为了使句式新颖、语意突出、语气顺畅、声音和谐，而故意颠倒一般的词语或句子的顺序，造成特殊句式的手法，因为汉语没有严格意义的形态变化，它以语序为重要的语法手段，而通常语序是固定的。倒装正是凭借汉语语序的这种不变性来构成自己的变异性，显得新奇、突出，从而引起人们的特别注意。倒装可以有主谓倒装，定语与中心词倒装，状语与中心词倒装，宾语提前等。

比如，鲁迅《论雷峰塔的倒掉》：“听说，杭州西湖上的雷峰塔倒掉了，听说而已，我没有亲见。但我却见过未倒的雷峰塔，破破烂烂的掩映于湖光山色之间。落山的太阳照着这些四近的地方，就是‘雷峰夕照’西湖十景之一。‘雷峰夕照’的真景我也见过，并不见佳，我以为。”郭沫若《屈原》：“鼓动吧，风！咆哮吧，雷！闪耀吧，电！把一切沉睡在黑暗怀里的东西，毁灭，毁灭，毁灭呀！”这都是主谓倒装。“如果我能够，我要写下我的悔恨和悲哀，为子君，为自己。”(鲁迅《伤逝》)这是状语后置。

倒装的手法在诗歌中的运用是最广泛的。比如，杜甫《秋兴》：“红豆啄余鹦鹉粒，碧梧栖老凤凰枝。”顺言应是：“鹦鹉啄余红豆粒，凤凰栖老碧梧枝。”现代诗中的倒装同样也很普遍，如流沙河的《电车上的小姑娘》：

早晨，
一个小姑娘，
默默地读着一本书，
在拥挤而又喧嚣的电车上。

倒装能使句式新颖，富有变化美，给人耳目一新之感。

第二辑

鉴赏论

文艺与人的建设

哲学社会科学与自然科学，本来如车之两轮，鸟之两翼，它们是相互依存相互为用的，它们对于社会的发展和人的建设都是同样重要的。但是一段时间以来，重理轻文的现象随处可见。这不能不引起严重后果，其中最为明显的是社会发展的片面化，人的发展的片面化。现在中共中央确立了科学的发展观，提出社会的协调发展和可持续发展，同时又提出各项工作都要“以人为本”，特别是发布了《关于进一步繁荣发展哲学社会科学的意见》的文件，这不但是从社会发展的实际出发的，也是具有远见卓识的。历史将证明这一点。

科学的社会发展观告诉我们，一个社会的发展应该是全面的、协调的和可持续的。所谓全面的协调的，就是社会的物质文明、精神文明和政治文明等全面的发展，不可为了强调这个方面而忽略那个方面。之所以要全面的协调的发展，归根到底是社会的人的需要是全面的和均衡的。倘若我们发展了其中的一个方面，而忽视发展另一个方面，人的全面需要就不能得到满足。当人的需要在某一个方面缺失的时候，那么人们就会躁动不安，就会苦闷忧愁，就会精神失衡……而随之各种社会矛盾也会激化，那么这就是一个社会不稳定的开始和不能持续发展的开始。正是基于我们对社会发展的这种认识，我们需要自然科学，也需要哲学社会科学。自然科学认识世界，回答世界是什么样的。自然科学的发展，促进了科技的发展，为物质财富生产的突飞猛进创造了条件。人们首先必须吃喝住穿，然后才能从事其他活动，其中也包括精神活动。这一点，我们通过许多曲折和教训，已经获得了深刻的认识。但是一个社会的发展是否就靠自然科学及其实践呢？这在我们的认识中常常是一个盲点。如果自然科学告诉我们世界是什么样的，帮助人们发展物质文明的话，那么哲学社会科学就会告诉我们世界应该是怎样的，帮助我们建立精神文明和政治文明，并使几种文明协调发展起来。可以说，哲学、人文社会科学包含了人的几乎全部精神世界的问题。例如，人们为什么活着？如何活着才有意义？我们如何来规划我们的社会？怎样的社会最适合我们的生存？社会生活中哪些是具有价值的和需要提倡的？哪些是没有价值的和需要加以防止的？我们对国家民族的复兴是否负有责任？如果负有责任的话，我们应如何奉献我们的力量？我们如何来发扬具有悠久历史的民族精神？我们如何避免战争？一旦战争不可避免我们又如何应对？我们对于人的幸福应如何理解？难道吃得好住得好就是幸福吗？我们应如何对待别人？人与人之间应如何相处？……这些问题还可以这样不断地提下去。毫无疑义，这些问题的深刻解决是社会进步的不可或缺的保证。自然科学作为一种不具有价值判断的科学在回答这些问题上面显得无能为力和无所作为，而作为具有价值判断的哲学、人文社会科学来说，深刻回答和解决这些问题恰好是它们大显身手的领域。

我这里想重点来谈一谈文学艺术在社会发展和人的建设中的作用问题。在重视哲学社会科学的今天，哲学、社会学、经济学、新闻学、教育学、考古学、历史学、国际关系学、管理学、旅游学等受到更多的关注，而文学艺术则常常被看成可有可无的东西，多一点不算多，少一点不算少。但是，文学艺术对社会的发展和人的建设真的无关紧要吗？

文学艺术具有满足人的审美需要的作用。我们知道，人之所以为人是因为人是具有人性情感和自觉意识的，人不但有物质的需要，还有精神的需要，其中就包括了审美的需要。精神的需要、审美的需要是属人的需要。因此，人不仅会感到生理性的饥渴，人也会有审美性的饥渴。这种审美性的饥渴，在改革开放的今天，在各种媒体如此发达的今天，不容易彰显出来。但一旦人们处在特殊的状况下，在缺乏审美信息的状况下，这种审美的饥渴也是很可怕的。例如，在“文化大革命”中，当时“八亿中国人只有八个样板戏”，没有小说，没有诗歌，没有散文，没有新的艺术作品，人的情感就陷入了危机状态，人们感到生活干枯，没有色彩，没有滋味，人的精神陷入缺失性的紧张中。这时候，人就要想尽一切办法去解除这种审美的饥渴。于是出现了手抄本的小说，这些小说如《第二次握手》《梅花党》《一只绣花鞋》等，这些作品就思想和艺术来说都是很差的，但还是辗转流传，不胫而走，获得大量的读者，也许是“有胜于无”的效应吧。就是说，人们为了解除审美的饥渴，宁可忍受次等品的低劣和丑陋，这是令人悲哀的。在“文化大革命”后期，引进朝鲜的影片《卖花姑娘》，这部普通的电影引来观众如潮水一般的欣赏热情，每一个地方放映都有数万人去观看。湖南某地，因为看这部片子的观众太多，秩序混乱，发生了踩踏事故。这是有案可查的事实。这说明了人们欣赏文学艺术作品，是一种不可或缺的满足人的精神需要的活动，因此文学艺术可以说是人的精神家园的一部分。回归到这个精神家园里，让人获得快乐、振奋和慰藉，让人获得精神的舒展和自由，让人获得审美的满足，绝不是什么奢侈的要求，它是满足人的精神需要的必需品。从更积极的角度说，优秀的文学艺术作品所表现的时代精神、英雄气概、磅礴气势、阳刚阴柔之情、悲剧正剧之美等，通过潜移默化，更能振奋人的精神，更调动人们建设社会主义的热情和积极性。我们不能不指出，这样的优秀作品今天不是多了，而是太少太少。

不但如此，文学艺术还通过培养具有艺术素养的人，推动科学技术的发展，共同推动社会的进一步发展。人们常有一种错觉，认为搞自然科学的人与文学艺术无关。文学艺术对于他们最多不过是消遣品，可有可无。事情是这样的吗？我这里举一个例子，20 世纪 50 年代，美国与苏联正在进行空间技术的竞赛。两国都想率先把人造卫星送上太空。美国人更是雄心勃勃，觉得他们的科技发展是世界第一的，因此他们认为率先把卫星送上太空的理应是美国。但是事情的发展却出乎人们的预料。1957 年苏联率先把人造地球卫星送上了太空。这一下震惊了整个美国，美国人觉得他们在空间技术领域落后于苏联，是奇耻大辱，是无法接受的。于是开始寻找原因。经过十年的调查研究，美国人得出的结论是：美国的科技和科技教育的确是世界第一的，但艺术和艺术教育则落后于苏联，正是美苏两国科技人员不同的艺术素养导致了美国空间技术的落后。艺术教育帮助苏联科技人员提高了艺术素养，使他们能够在尖端科技的发展中取得了领先的地位。1967 年美国哈佛大学教育研究生院创立“零点项目”研究，之所以用“零”命名，是为了表示对艺术教育认识的空白。这个项目的设立，可谓知耻而后勇。为什么科技方面的竞赛转到了艺术教育的竞赛？为什么艺术教育的发展能够促进科技的发展呢？这是因为艺术教育对人的整体素养的培养是至关重要的，文学艺术对于高科技人才的情感熏染，使他们在最高水平的竞赛中能够脱颖而出。诺贝尔物理学奖得主李政道对此发出这样的感叹：“我想，现在大家可以相信科学和艺术是不能分割的。她们的关系是与智慧和情感的二元性密切关联的。伟大艺术的美学鉴赏和伟大科学观念的理解都需要智慧。但是，随后的感受升华和情感又是分不开的。没有情感的因素，我们的智慧能够开创新的道路吗？没有智慧，情感能够达到完美的成果吗？它们很可能是确实不可分的，如果是这样，艺术和科学事实上是一个硬币的两面。它们源于人类活动最高尚的部分，都追求着深刻性、普遍性、永恒和富有意义。”文学艺术作为“情感的因素”，就这样发挥着对于科技对于社会发展的作用。由此我们不难得到启发，自然科学与文学艺术是孪生姐妹，彼此依靠着，互相渗透着，共同发展着。

哲学、人文社会科学的意义在于它关注的问题深入到人的内心世界，深入到社会发展的内在机制，在于它要建设全面发展的人，在于它要规范社会的均衡协调发展。因此，建设具有深厚功力和蓬勃活力的哲学、人文社会科学，是一项刻不容缓的伟大事业。

（《文艺报》2004 年 05 月 20 日）

人的复归与艺术欣赏

在好几个共产主义的定义中，我最喜欢马克思在《1844 年经济学—哲学手稿》中给共产主义下的定义：

> 共产主义是私有财产即人的自我异化的积极的扬弃，因而也是通过人并且为了人而对人的本质的真正的占有；因此，它是人向作为社会的人即合乎人的本性的人的自身的复归，这种复归是彻底的、自觉的、保存了以往发展的全部丰富成果的。

在这个定义中，马克思提出了“人的复归”这个重要问题。在我看来，艺术欣赏不是摆脱生活扰攘的憩息，不是酒足饭饱之后坐在柔软沙发上的甜蜜的困顿，而是实现“人的复归”过程的一种力量，是人性建构的一个重要方面，是人的精神生活之鼎的必不可少的一足。

那么，什么是“人的复归”？

人在长期的劳动中创造了自己，从一般动物中分离出来，成为一种有知、情、意的心理功能的社会动物。在人类的童年，人开始了对自身的本质力量的占有，从蒙昧状态中苏醒过来。德国伟大的作家席勒曾这样赞美古希腊人：“希腊人的本性把艺术的一切魅力和智慧的全部尊严结合在一起。”“他们既有丰满的形式，又有丰富的内容；既能从事哲学思考，又能创作艺术；既温柔又充满力量。在他们的身上，我们看到了想象的青年性和理性的成年性结合成的一种完美的人性。”① 的确，希腊人是发育得最好的人类孩童，他们创造了无比辉煌的古代文化，在他们身上有一种混沌状态下的“完美”。但是，无论如何不能说他们已获得高层次的“完美的人性”，充分发挥了人的一切潜能。这是因为人的全面的本质，不是自然的产物，而是漫长历史的产物。在人类历史刚刚开篇的时候，在生产力的发展还极其低下的情况下，人的感性和理性的潜能是不可能充分发挥出来的，人也就不可能占有自己的全部本质。因此，无论是过去还是今天，讴歌那种原始的丰富，鼓吹原始的美，引导人们把眼光转向遥远的过去，都是可笑的。而马克思所说的“人的复归”绝不是要把人“复归”到原始人那里去。

“人的复归”是马克思针对人类的严重的“自我异化”提出来的。私有制虽然对原始的公有制来说是伟大的历史进步，但是带来了三大差别，人不但不能全面地展开自己的本质力量，让知、情、意和谐发展，而且人的本性严重地“自我异化”。“由于劳动被分成几部分，人自己也随着被分成几部分。为了训练某种单一的活动，其他一切肉体的和精神的能力都成了牺牲品。人的这种畸形发展和分工齐头并进”②，工人成了机器的单纯的附属品，农民则被捆绑在土地

① 席勒：《美育书简》，中国文联出版公司 1984 年版，第 48～49 页。

② 恩格斯：《反杜林论》，《马克思恩格斯选集》第 3 卷，人民出版社 1972 年版，第 330～331 页。

上，成为土地的一部分，而资产者则为他们自己的利欲所奴役。所有的人都向非人转化，人寻找不到自己。人的知、情、意都受到严抑或完全丧失。对于劳动者来说，由于他不占有生产资料，他们的“自我异化”就更为严重。他们生产的东西越美好，他们自己就变得越丑陋；他们的对象越文明，他们自己就变得越野蛮；劳动越精巧，劳动者就变得越呆笨。“结果，人(劳动者)只是在执行自己的动物机能时，亦即在饮食男女时，至多还在居家打扮等等时，才觉得自己是自由地活动的；而在执行自己的人类机能时，却觉得自己不过是动物。动物的东西成为人的东西，而人的东西成为动物的东西。”① 在大地直立起来的人，经过层层“异化”，丧失了人的本质，终于沦陷到了一般动物的地位。人类在劳动中创造了自己，人类又在劳动中摧残了自己。这是人类的悲剧。

就个体而言，人的“自我异化”表现为个人的知、情、意心理结构的残缺和片面化。私有制总是把人捆绑在单一的对象上，并使人的感觉也单一化。当一个人只为一种感觉所控制的时候，那么他的这种感觉就畸形发展，而其他一切感觉、情感、欲望和理智就被扼杀。一个一贫如洗的穷人，时时刻刻被贫困感所控制，他作为人的其他心理潜能全部消失了，所以马克思说：“忧心忡忡的穷人甚至对最美丽的景色都无动于中。”一个一心想赚大钱的商人，他的全身心都被利欲所占有，他作为人的全部潜能也全部丧失了，所以马克思说：“贩卖矿物的商人只看到矿物的商业价值，而看不到矿物的美和特性；他没有矿物学的感觉。”我认为人性的这种残缺和片面化，就是人的精神危机的表现。而危机的根源在私有制，实现共产主义，才能彻底消除人的“自我异化”，弥补人生的残缺，才能在最高层次上实现人的复归，使人的肉体的精神、感性和理性的一切潜能都以

① 马克思：《1844年经济学—哲学手稿》，人民出版社1979年版，第48页。

应有的丰富性发挥出来。

然而，共产主义还是遥远的未来。在人类向这个目标前进的途中，难道人类就无所作为，任凭人的“自我异化”继续“异化”下去？不，人类进行了不屈不挠的斗争，其中包括为消灭私有制所进行的阶级斗争。与此同时，人类又互相合作，在危机中求生存，在困难中求发展，根据自己的需要，生产出人类精神的三种伟大产品——科学、哲学和艺术。这三种产品是人的本质力量延伸的结果，又反过来丰富人的感性与理性。在人类发展的漫漫长夜中，科学、哲学和艺术犹如三盏不灭的灯，照亮了人类“自我复归”的路。

人类孜孜以求，造出科学、哲学和艺术三大产品绝非偶然。人有三种潜能：知、情、意，科学、哲学、艺术就是人的知、情、意潜能的发挥。人要面向三个世界：自然世界、人际世界、内心世界，科学、哲学和艺术就是伸向这三个世界的桥梁。人性的建构有三个领域：认识的领域、伦理的领域、情感的领域，科学、哲学和艺术就是打开这三个领域的钥匙。人要达到三种境界：真、善、美，科学、哲学和艺术就是达到这三种境界的有力手段。

鼎是中国古代煮东西用的器物。鼎有三足，它才能平平地站稳。人的精神生活之鼎也要有三足，才能平衡、稳定。三足缺一，一个真实的人的精神生活就要失去平衡，那么他(她)就要感到痛苦。物质生活的匮乏是一种痛苦，精神生活的失衡则是一种更深刻的痛苦。

科学是人类精神生活的重要的一足。如果连最广义的科学都没有，人就无法与自己周围的自然对话，那么世界对他来说就是一个陌生的、神秘的、不可知的存在，一个敌对的存在。我们周围的事物，往往是表里不一的，这就是所谓现象与本质的矛盾。所以在人类还没有揭示出事物的本质之前，往往会在现象面前感到彷徨、茫然和不安，感到处处不自由，似乎每走一步都可能掉进陷阱，于是有人就去向上帝和神明求救。实际上真正能解救人自己的是人所创造的科学。因为，科学“用现象的自然原因来解释现象，在于完全撇开超自然力的任何影响”(普列汉诺夫)。科学使世界变得明朗。科学赋予人类一种独特的语言，使人能跟自然亲切对话。科学提高了人类，使人类远远地超出了一般动物。科学使人的认识功能得到发挥，是人的精神生活的重要一足，因而是“人的复归”的一种重要手段。

哲学是人类精神生活之鼎的又一足。一个人的生活如果没有丝毫的哲学色彩，那么在这个充满矛盾和不安宁的世界中，他精神就要崩溃，他可能连一天也生活不下去。譬如，怎样活着？这里就有多种多样的哲学。有了怎样活着的哲学作为精神支撑，人才能活着或有意义地活着。即使是一个最卑微的人，也有他奉守的“关于活着”的哲学。就如阿Q吧，如果他没有“精神胜利法”这种处世哲学的话，那么他在那困苦的折磨和失败的屈辱中，可能早就自杀了。就最宽泛的意义上说，我们每一个人都自觉不自觉地倾向于阿Q的哲学。人生一世，哪个人没有坎坷，哪个人没有忧患，哪个人没有变幻无常之感，可人们又总是用“祸兮福之所倚，福兮祸之所伏”来开导安慰自己。这与阿Q的自欺自慰的“精神胜利法”不是也有某种相似之处吗？当然，这种处世哲学是消极的、病态的，于是人们就去寻找更积极、更有为的生活哲理。“老骥伏枥，志在千里；烈士暮年，壮心不已。”这是曹操的哲学。且不说少年、青年、中年时期要奋斗，就是暮年已至，也还要奋斗。这是多么有气魄的哲学。“个人的生命只有当它用来使一切有生命的东西都生活得更高尚、更优美时才有意义。”这是爱因斯坦的哲学。生命的意义不在自身，而在为他人服务的过程中。这是多么高尚的哲学。又譬如，怎样对待死？一个对死不能做哲学思考的人，在他行将就木之际，必然会惊恐不安，惶惶然不可终日。反之，如果有某种哲学在支撑着他，那么他面对死亡也不会有丝毫的恐惧。著名影星赵丹得知自己不久于人世，就要求他的亲人在他弥留之际千万不要哭泣，他希望在人生的最后一刻听到一段他平日最喜爱的乐曲。赵丹喜欢不喜欢庄子不得而知，但他对死的态度与庄子对死的态度毫无二致。《庄子·列御寇》篇中说："庄子将死，弟子欲厚葬之。庄子曰：'吾以天地为棺椁，日月为连璧，星辰为珠玑，万物为斋送，吾葬具岂不备耶？何以如此？'"多么达观的哲理。而更令人感叹不已的是他的"生是劳作、死是休息"的论点："夫大块载我以形，劳我以生，佚我以老，息我以死。""古之真人，不知说生，不知恶死；其出不诉，其入不距；倏然而往，倏然而来而已矣。"一个人有了这种哲学作为精神支柱，那么他对死就不会有什么畏惧了，他甚至可以用宁静的、超脱的态度来迎接死亡。最近我翻阅《爱因斯坦文集》，竟发现了爱因斯坦在死前不久也有相似的见解，他说："个人的生命，连同他的种种忧患和要解决的问题，有一个了结，到底是一件好事。本能使人不愿接受这种解脱，但理智却使人赞成它。"我十分欣赏这种顺乎自然规律的哲学，因为这种哲学是人类理智的伟大胜利。我这里所谈的哲学可能狭隘了一些。哲学不但包括人生哲学，而且也包括科学哲学。哲学好像伸出的两只手，一手拽住科学，一手拽住艺术。然而不管怎么说，哲学不同于普通常识，它超越了普通常识，对天、地、人生从一个更广阔的角度、更深邃的层次做规律性的思考和批判。哲学使人的感性与理性的潜能得到高度发挥。哲学使人变得更像真正意义上的人，因而哲学也是"人的复归"的有力手段。

人类精神生活之鼎，有了科学和哲学这两足是不是就站稳了呢？不！还得有第三足，这就是艺术。

艺术对于人类来说是一种什么东西呢？

如果说科学和哲学主要是帮助人类跟外在的自然、社会对话的话，那么艺术则主要是帮助人类跟自己的内心对话。自然和社会是两重广阔的宇宙，人若不跟它们搞好关系，无穷无尽的麻烦就会找上门来，那么你就会不得安宁，所以帮助人与自然、社会实现和解的科学和哲学是重要的。但人的心灵从某种意义上说是一重更加广阔和深邃的宇宙，如果人只顾跟自然、社会这重宇宙打交道，忘记了抚慰自己心灵的这重宇宙，那么人的精神就会失衡，人性就会分裂，人就会丧失归宿感，就像一个游子失去家园。而艺术创作和欣赏实际上就是一个游子寻找家园的活动。

远离故乡的游子，不论他在事业上搞得如何轰轰烈烈，都会经常有一种乡愁冲动。每当夜深人静之际，白天恼人的事还未从脑际退出，一股乡愁就会悄悄地爬上心头，故乡的小河从眼前潺潺地流淌而过，土路上缓缓而行的牛车似乎在对他咿呀咿呀地唱着美妙的歌，暮色中袅袅的炊烟似乎在频频向他招着手，而老母亲慈祥的脸上像渔网一般的皱纹则催下了他的泪水……可他的心平静下来了，他呼吸均匀了，他在故乡的抚慰下入睡了。不知哪一个夜晚，这一幕又重演。我这里说的是狭义的故乡，人还有一个广义的故乡，这就是艺术。

从一定的意义上说，人的生命活动是由外出与归隐两部分组成的。为了生存和发展，人必须外出奋斗，与天奋斗，与地奋斗，与人奋斗，在工作和奋斗中寻找自己所属的世界，寻找奉献自己力量的场所。如果人人都不外出，人人都龟缩在家里，那么社会就要解体，人的生命也难以为继，更谈不上人类的进步，文明的飞跃。而且人也只有在外出的活动中，将自己的本质力量对象化，人才会发现真、善、美，才会发现生命的意义。但人又不能只是外出，在所有的时间都外出，人的生命活动又需要归隐，归隐到自己的精神家园，回归到自己的心灵故土。有的西方学者说：“我们的情感大部分都包括在莎士比亚的诗句里。”我们也同样有理由说：我们的情感大部分都在屈原、陶渊明、李白、杜甫、曹雪芹、鲁迅所写的字里行间里。我们的每一种微妙难言的情感都可以从艺术世界里得到回响。因此，对我们来说，每一个伟大的作家、艺术家都是一片精神故土，都能使我们回归到自己的心灵家园。

我们把艺术看成是精神家园是否有道理呢?

就狭义的故乡来说，它为什么会那样牵动游子的心，为什么永远会引起游子的乡愁冲动?这主要是因为故乡有游子所熟悉和爱恋的人、事、景、物、情绪、情感、情调、氛围和难忘的童年。在时间与空间的距离都已拉开的情况下，功利考虑变淡，连童年在故乡饿肚子、挨打骂的经历，仿佛也化成了一首甜美而深沉的诗。艺术作品也具有故乡这两大特性：第一，它提供了读者似曾相识的、并能引起情感共鸣的人、事、景、物、情绪、情感、情调、氛围和刻骨铭心的体验；第二，它不是读者身边发生的事，它与读者无直接的功利关系，读者可以拉开审美心理距离去品味。尽管某个悲惨的故事，令读者阅读、观赏时情不自禁流下了眼泪，但这不会伤害读者，读者流过泪后，反而会获得一种满足。艺术与故乡给人们提供的东西如此相似，所以我们把艺术看成是广义的故乡，精神的故乡，把艺术欣赏看成归隐精神家园的活动，就是很自然的了。其实这种想法爱因斯坦早已略约提到，他在《论科学》一文中说："至于艺术上和科学上的创造，那末，在这里我完全同意叔本华的意见，认为摆脱日常生活的单调乏味，和在这个充满着由我们创造的形象的世界中去寻找避难所的愿望，才是它们的最强有力的动机。这个世界可以由音乐的音符组成，也可以由数学的公式组成。我们试图创造合理的世界图象，使我们在那里就像感到在家里一样，并且可以获得我们在日常生活中不能达到的安定。"①这里所说的"就像感到在家里一样"，实际上就是指精神家园。尽管爱因斯坦的话是对艺术创作而言的，可对艺术欣赏来说，其道理不是一样的吗?

人为什么需要艺术这个精神家园?人要是丧失了这个精神家园

---

① 爱因斯坦：《爱因斯坦文集》第1卷，商务印书馆1976年版，第285页。

会怎么样呢？这只需回忆一下“文化大革命”时的情形，就可以找到答案。那时，古今中外的名作差不多都被说成是“封资修黑货”，书店不许卖，图书馆不许借，十亿人只有八个“样板戏”，想过合理的精神生活的人无不失魂落魄，精神家园的丧失使人们的精神失衡，生活变得暗淡与乏味。人们无法忍受这种生活，于是有的为一张内部电影票而四处奔波，有的为看一场《卖花姑娘》而甘愿冒着被挤伤的危险，各式各样的手抄本小说不胫而走……这就清楚地说明了，艺术欣赏绝不是一种可有可无的活动。从心理学观点来看，人类有两种动机，即缺乏性动机和丰富性动机，人类也有两种需要，不但需要生存与安全，而且也还需要各种各样的满足与快乐，其中也包括需要审美的满足与快乐。费尔巴哈曾在他的名著《基督教的本质》中说过：“动物只为生命所必需的光线所激动，人却更加为最遥远的星辰的无关紧要的光线所激动。只有人，才有纯粹的、理智的、大公无私的快乐和热情——只有人，才过理论上的节日。”显然，这里所说的“理论”是包括艺术在内的广义的“理论”。所以，人一旦生活在缺少艺术美的正常刺激的、只有少量感觉输入的单调的环境中，就会引起厌烦，甚至产生强烈的痛苦与失调，于是就会不顾一切地以高昂的代价去追求艺术，来维持自己精神的平衡。

在现代科学技术高度发展的情况下，在生活节奏越来越快的情况下，人与各式各样的机器、仪器、计算机、电器等捆绑得更紧了，尽管人们的物质生活提高了，但精神家园的丧失感也更加严重，于是人们就拼命地想在艺术欣赏等活动中寻找到精神家园，寻找到失落的自己。人们渴望在艺术的节日里，寻找到更高一级的精神平衡。而在获得了更高一级的精神平衡的条件下，人的精神境界就会大大提高，人的感知和想象能力也会大大提高。这样，人们在社会主义现代化的劳动中，不但会干劲倍增，而且知、情、意等各种心理功能都会充分发挥出来。因此，我们可以肯定地说：艺术欣赏的发展与现代化的进展是同步的。

科学、哲学、艺术作为人类精神生活之鼎的三足，作为人性建构的三个方面，作为“人的复归”的三种力量，是缺一不可的。科学、哲学启人思，使人获得理性的成年性；艺术增人感，使人获得情感的青年性。既有理性的成年性，又有情感的青年性的人，才是真正的人。一个人要是连最广义的艺术欣赏都没有，就是一个精神残缺和失衡的人，一个畸形的人，他就不可能达到“对人的本质的真正占有”。据此，我们有充分的理由说：艺术在发展人的精神生活，完善人性的建构，促使“人的复归”的过程中，起了一种其他任何东西都无法代替的作用。人类永存，艺术和艺术欣赏也永存。

（《名作欣赏》1986 年第 4 期）

“心理距离”与艺术欣赏

一

那还是在20世纪50年代我是一名大学生的时候，有一次系里请歌剧《白毛女》中演恶霸地主黄世仁一角的著名演员陈强来做报告，介绍他的艺术表演经验。当时他讲了些什么，现在大多淡忘了，但有一个细节，至今还记忆犹新。他说，为演黄世仁这个角色，他好几次死里逃生。他所在的剧团曾多次深入部队去演《白毛女》，他总是扮演罪恶滔天的黄世仁。有好几次，当他演到黄世仁如何压迫杨白劳一家时，拿着枪坐在台下看戏的战士，有的因气愤到极点，忘记了台上是演戏，就突然站起来用枪向他瞄准，有的还真的开了枪。陈强当时是在说明他扮演的角色因演的真而激起战士的义愤，他并没有去评论这位向他开枪的观众。作为听众的我，当时只是佩服陈强演得好，也没有去思考那位开枪的观众是好观众呢，还是“坏观众”，他们如此用“行动”来鉴赏艺术是否合乎艺术鉴赏的规律。现在看来，这些战士仇恨恶霸地主的阶级情感是很可贵的，他们无疑是好战士，但对艺术欣赏来说，他们并不是好观众。这是因为他们这种“开枪式的鉴赏”违背了艺术欣赏的一条基本规律——艺术欣赏者与欣赏对象之间应保持适当的审美心理距离。

“心理距离说”是英国著名的美学家、剑桥大学教授爱德华·布洛于1912年在《作为艺术因素与审美原则的“心理距离说”》一文中首先提出来的。本来“距离”一词是对空间或时间相隔而言的，如从此地到彼地之间隔着一个长度，从此时到彼时之间隔着一个长度，人们把它叫作“距离”。然而，布洛的“心理距离”不是指通常的空间或时间的相隔，而是有其特殊含义的。他举了雾海航行这个著名的例子来说明他的学说的旨义。

> 设想海上起了大雾，这对于大多数人都是一种极为伤脑筋的事情。除了身体上感到烦闷以及诸如因担心延误日程而对未来感到忧虑之外，它还常常引起一种奇特的焦急之情，对难以预料的危险的恐惧，以及由于看不见远方，听不到声音，判别不出某些信号的方位而感到情绪紧张。船只的胡乱飘动及其发出的警报很快就会打乱旅客的心神；而且当人们处于这种情境之中时往往会伴随而来的那种特殊的，充满希冀而又缄默无言的焦急之情与紧张状态，一切都使得这场大雾变成了海上的一场大恐怖（由于它那极端的沉寂与轻飘迷茫而显得更为可怕），不论是对不谙航海的陆上居民，抑或是对于那些惯于海上生活的海员们都是这样。①

---

① 爱德华·布洛：《作为艺术因素与审美原则的“心理距离说”》，《美学译文》(2)，中国社会科学出版社1982年版，第93页。

在这种情况下，人们自然不会发现雾海航行中周围景色的美。可是雾海航行中周围景色的美是客观存在着的，你有什么办法发现它呢？对此，布洛提出了他的建议：你“可以暂时摆脱海雾的上述情境，忘掉那危险性与实际的忧闷，把注意力转向‘客观地’形成周围景色的种种风物——围绕着你的是那仿佛由半透明的乳汁做成的看不透的帷幕，它使周围的一切轮廓模糊而变了形，形成一些奇形怪状的形象；你可以观察大气的负荷力量，它给你形成一种印象，仿佛你只要把手伸出去，让它飞到那堵白墙的后面，你就可以摸到远处的什么能歌善舞的女怪；你瞧那平滑而柔润的水面，仿佛是在伪善地否认它会预示着什么危险；最后还有那出奇的孤寂以及与世隔绝的情境，宛如只有在高山绝顶才能感受到的情况。这种经历把宁静与恐怖离奇地糅合在一起，人们可以从中尝到一种浓烈的痛楚与欢快混同起来的滋味。”①这是怎么一回事？刚刚还为海雾带来的危险感到焦躁、恐怖，可顷刻之间海雾却变成了浓郁的趣味与无比欢乐的源泉，这种情绪的转变是怎样造成的呢？布洛向我们解释说：这是“由于距离从中作梗而造成的”。而这里所说的“距离”，既非空间距离，也非时间距离，而是观赏者对自己的心理强行自我调节所造成的“心理距离”。在布洛看来，客观的事物有两面，一面是“正常视象”，如海雾所造成的航行的危险，这是“具有最强实际吸引力的一面”，在一般情况下，人们总是倾向于只感受到与自己的利害关系最为密切的这一面。但客观事物又还有它的“异常视象”的另一面，如海雾造成的周围的景色美。通常由于我们的注意力总是被“正常视象”所吸引，因此对于事物那些不能迅速打动我们的“异常视象”这一面，总是不予理会。但是，我们要是能够“超脱了我们个人需要和目的的牵

① 爱德华·布洛：《作为艺术因素与审美原则的“心理距离说”》，《美学译文》(2)，中国社会科学出版社1982年版，第93～94页。

涉”，调整自己的审视角度，即形成一种“心理距离”，那么我们就会转向事物的“异常视象”，从而看到的事物非实用的方面，即审美的方面。根据上述理由，布洛提出了这样的结论：“心理距离”是“艺术的共同因素”，是一种“审美原则”。

由于朱光潜教授在他的专著《文艺心理学》中对布洛的“心理距离说”做过详细的介绍，“心理距离说”便在中国产生了很大的影响。当然，美学界对“心理距离说”的科学价值一直是有争议的。

我认为，如果用布洛的“心理距离说”来解释美的本质，那么必然要提出这样的结论：美不是客观的，而是由主观的“心理距离”造成的。这无异于说美是纯主观的。这当然是不科学的，错误的。但是我们用“心理距离说”来描述并解释审美经验，即说明客观的美在主体具有何种态度时才会显现出来，则是可取的。在我看来，布洛的“心理距离说”所要解决的中心问题，是人们如何获得审美态度的问题。当然，布洛举的雾海航行的例子未必妥当。正如黄药眠教授所讲：“你想想看：当水手们手忙脚乱，当乘客们喧嚣扰嚷，当邻船不时敲警钟的时候”，有人“却能够一点也无动于衷，在那里欣赏雾景。这样的情况难道是可能的吗？”①但布洛所说的“心理距离”的确是审美经验中常见的现象。此种现象无论在对自然美、社会美的鉴赏中，还是在对艺术的鉴赏中，都是存在的。对同一个景观，你前后的心境、态度不同，你的感受就完全不同。譬如，小时候饿肚子的经历，在当时，由于被肚子饿这一最实际的情况所困扰，你无论如何不会在饿肚子这事中感受到美。可等你成人后，早已解决了吃饭问题，你成了一个诗人，那么连儿时饿肚子的事情也成为你创作的源泉，你从中竟感受到了别人没有感受到的诗情画意。这就是由于你的心境、态度变了，你的心理与实际的饥饿已有了“距离”，你

---

① 黄药眠：《黄药眠文艺论文选集》，北京师范大学出版社1985年版，第437页。

可以比较超脱地去感受饿肚子生活的“异常视象”方面、审美方面。对陈强扮演的《白毛女》中的黄世仁，为什么对大多数看戏的战士来说，他们虽然愤怒，但他们没有向“黄世仁”开枪，这就是因为这些战士意识到戏台上是在演戏，而戏是一种“假定”，是一种“虚构”。他们的这种意识正是一种“心理距离”，而那少数向“黄世仁”开枪的战士，他们错就错在把演戏当成真实的生活，当成与自己的利害密切相关的事实，混淆了艺术与真实生活之间的界限，看戏时必要的“心理距离”在他们那里消失了，他们采用的是实用态度而非审美的态度。就这一点说，他们不是懂得艺术欣赏规律的好观众。试想一想，哪位战士真要把陈强打死打伤，他就犯了法，恐怕还得吃官司呢！实际上，对于这种在艺术欣赏中不能拉开“心理距离”的做法，鲁迅早有批评，他说：“……中国人看小说，不能用赏鉴的态度去欣赏它，却自己钻入书中，硬去充一个其中的脚色。所以青年看《红楼梦》，便以宝玉、黛玉自居，而年老人看去，又多占据了贾政管束宝玉的身分，满心是利害的打算，别的什么也看不见了。”①那么怎样才能纠正这种“满心是利害的打算”的做法，获得“赏鉴的态度”呢？这就要使自己的心理跟对象“正常视象”之间保持一定的“距离”。由此可见，布洛的“心理距离说”的确揭示了审美经验的某种规律，对艺术欣赏具有重大的意义。

以现代心理学的观点来看，布洛的“心理距离说”实际上讲的是人的一种特殊的注意——审美注意。所谓注意，是指人的大脑皮质形成了优势兴奋中心，使人的意识集中于一定的客体或客体的特定方面，并排除其他的刺激，表现出人对一定客体或客体的特定方面的指向性和选择性。客观的事物往往具有非审美的属性（如实用属性）与审美的属性这两个方面。在非审美注意的情况下，是事物的非

---

① 鲁迅：《中国小说历史的变迁》，《鲁迅全集》第 8 卷，人民文学出版社 1956 年版，第 350 页。

审美属性引起人的大脑皮质的优势兴奋中心，因此，事物的审美属性被排除在注意之外，或仅仅成为一种“背景”，人的注意集中指向事物的实用属性等非审美方面。例如，雾海航行中，人们的注意完全被眼前的危险所吸引，对周围景色的美熟视无睹。饿肚子的人完全被饥饿的感觉所控制，饿肚子在日后可能会有的诗意方面被忽视。看戏开枪的战士完全被黄世仁的罪恶行为而激起的愤怒情感所控制，对黄世仁作为艺术形象及其审美意义不予理会。在这种非审美注意的情况下，也存在“心理距离”，但这种“心理距离”是指主体心理与客体的审美方面隔着距离。正因此，主体只能感受到事物的非审美方面，而感受不到事物的审美方面。在审美注意的情况下，是事物的审美属性引起人的大脑皮质的优势兴奋中心，因此，事物的非审美属性被排除在注意之外，或仅仅成为一种“背景”，处在人的注意“前景”(即指向中心)的是事物的审美方面。例如，雾海航行中把危险方面暂时排除在意识之外，把注意集中于周围景色的美。曾经饿肚子的人排除了儿时饥饿所产生的痛苦，而把注意集中于儿时饿肚子生活所产生的诗意的方面。多数战士专注于作为艺术形象的黄世仁，其他实际的考虑却远离变成了“背景”。在这种审美注意下所产生的“心理距离”，是指主体心理与客体的非审美方面的距离，我们称它为“审美心理距离”。在主体心理与客体的非审美方面拉开了距离的情况下，主体产生了明显的负诱导，对客体的实用方面视而不见、听而不闻，主体完全沉湎于客体的审美方面。由此不难看出，布洛的所谓“心理距离”，正确的说法应叫作“审美心理距离”，它所揭示的是审美注意对于审美活动的重要意义。审美注意作为审美活动的前提条件并不是什么深奥的道理。因此作为审美活动的艺术欣赏，保持审美注意，造成审美心理距离，无疑是十分重要的。

二

然而，问题并不这么简单。因为既然讲的是“距离”，那么就有一个距离远近的问题。在艺术欣赏中，“心理距离”是近一些好呢，还是远一些好呢？究竟造成什么样的“心理距离”为好？这些问题都必须加以回答，否则“心理距离说”的意义就不大。让我们还是拿战士看戏的例子来说吧，“心理距离”太近，就会把艺术与生活混淆起来，干出开枪打演员的事。但是“心理距离”拉得远远的，如看戏时完全是在“静观”，连对黄世仁的种种罪恶行为也无动于衷，燃不起仇恨的火焰，情感不卷进去，不入迷，不忘我，只是一味鉴赏演员的演技，这样行不行呢？欣赏艺术的经验告诉我们，这样也不行。看来，艺术欣赏中的“心理距离”，既不能太近，也不能太远，无论是太近还是太远，都要丧失“心理距离”。对此，布洛注意到了。于是，他又提出了一个“距离的内在矛盾”的看法。他的看法仍然通过一个例子来说明：“假如有这么一个人，他认为自己有理由嫉妒他的妻子，他正在观看《奥赛罗》一剧的演出。当奥赛罗的感情与经历和他自己的感情与经历愈加吻合一致时，他对奥赛罗的处境、行为和性格的领会就愈加深刻而完美——至少，按照上述的协调原则，他应当如此。就事实来说，也许他根本就不欣赏这出戏。实际情况是，这种协调只会促使他更加痛切地意识到自己的嫉妒心；只要他的看法突然来个颠倒，他就不会再认为奥赛罗显然是被戴丝迪蒙娜出卖，而会感到是他自己与自己的妻子处于类似的境地了。这种看法的颠倒就是距离丧失的后果。”①这就是说，这里存在着“二律背反”：一方面，艺术作品是否能感动我们，引起我们的“共鸣”，这与艺术作

① 爱德华·布洛：《作为艺术因素与审美原则的“心理距离说”》，《美学译文》(2)，中国社会科学出版社1982年版，第99页。

品所描绘的生活真实跟我们自身的特殊的生活经验、独特的生活体会相吻合的程度成正比例，艺术作品中所描绘的生活与我们的个人经历越是吻合，我们对艺术作品的领会以及身临其境之情就越是深切入微，艺术作品就越是能感动我们；另一方面，艺术作品所描绘的生活真实与我们的生活经历越是贴切，我们就越容易混淆艺术与真实的界限，从艺术世界退回到自身经历的现实世界，愉快的艺术欣赏就可能变成一种痛苦的“自伤身世”了。上述两条规律似乎是不相容的，所以布洛称为“距离的内在矛盾”。

在艺术欣赏理论中，人们比较重视第一条规律，强调“共鸣”，强调欣赏者的生活经验应与艺术作品所描绘的生活的吻合，强调进入“角色”。例如，鲁迅就说过：“看别人的作品，也很有难处，就是经验不同，即不能心心相印。所以常有极要紧，极精采处，而读者不能感到，后来自己经验了类似的事，这才了然起来。例如描写饥饿罢，富人是无论如何都不会懂的，如果饿他几天，他就明白那好处。”[1]郭沫若也有相同的看法，他在《〈女神〉序诗》中说：

你去，去寻那与我的振动数相同的人；
你去，去寻那与我的燃烧点相等的人。

这些论述无疑是正确的，说明欣赏者与欣赏客体之间的“心理距离”越近越好，这是艺术欣赏的一条重要规律。然而，如果把这一规律强调到绝对的程度，要求欣赏者与欣赏客体的“振动数”和“燃烧点”完全相同，那不但会破坏艺术欣赏本身，甚至会发生意想不到的危险。清人陈其元在《庸闲斋笔记》中记载这样一个故事：“余弱冠时，读书杭州。闻有某贾人女，明艳工诗，以酷嗜《红楼梦》，致成

① 鲁迅：《致董永舒》，《鲁迅全集》第10卷，人民文学出版社1956年版，第165页。

疗疾(肺病)。当绵惙(病危将绝)时，父母以是书贻祸，取投之火，女在床，乃大哭曰：‘奈何烧煞我宝玉!’遂死。杭州人传以为笑。”这个女子的“振动数”和“燃烧点”跟林黛玉过于相同。“心理距离”完全丧失。当她病危之际已不是在读小说，而是在过悲痛欲绝的真实生活。她面对的已不是艺术世界，而是真实世界。“欣赏”二字在她那里已完全消失。她的死就是“心理距离”丧失的结果。由此看来，欣赏者与欣赏客体之间的“心理距离”并非是越近越好。不重视第二条规律是不行的。

那么怎么来解决“距离的内在矛盾”呢？布洛的回答是：“无论是在艺术欣赏的领域，还是在艺术生产之中，最受欢迎的境界乃是把距离最大限度地缩小，而又不至于使其消失的境界。”①朱光潜教授对布洛提出的“距离极限”做了这样的解释：“创造和欣赏的成功与否，就看能否把‘距离的矛盾’安排妥当，‘距离’太远了，结果是不可了解；‘距离’太近了，结果又不免让实用的动机压倒美感，‘不即不离’是艺术的一个最好的理想。”②

那么，在艺术欣赏中怎样才能达到这种理想的“不即不离”的境界呢？我认为既要求艺术家在创作艺术品——欣赏客体——上面下功夫，又要求作为欣赏主体的读者在文化、道德、艺术等修养上面下功夫。

三

对于艺术作品的创造者来说，为了使读者、观众在欣赏中获得“不即不离”的最佳审美心理距离，要特别注意以下两点：一是避免

---

① 爱德华·布洛：《作为艺术因素与审美原则的“心理距离说”》，《美学译文》(2)，中国社会科学出版社1982年版，第100页。

② 朱光潜：《文艺心理学》，《朱光潜美学文集》第1卷，上海文艺出版社1982年版，第25页。

粗鄙的自然主义；二是要防止难解的荒诞不经。因为粗鄙的自然主义必然造成“心理距离”太近，而难解的荒诞不经则必然造成“心理距离”太远，而无论是“距离”太近还是太远，都必然是“距离”丧失。

中外的艺术家通过各种各样艺术处理避免自然主义，并为欣赏者创造“不即不离”的“心理距离”。例如，诗意化原则、变形原则、程式化、“陌生化”等，都是艺术家制造适当的“距离”所采用的常见的艺术处理。

诗意化原则在艺术创造中的运用，是制造“心理距离”的有效的艺术处理。大家知道，在写实的作品中，如果对淫秽的、恐怖的一类生活做过于直露翔实的描写，那么“距离”必然太近，而使欣赏者不能进入美感世界而直接进入实用世界，从而引起人的实用欲望或现实情感。而诗意化的艺术处理即使在写淫秽的、恐怖的一类生活时，也可使欣赏者保持适当的“距离”，而不会从美感世界退回到实用世界。《西厢记》中张生初和莺莺定情的词是这样的：“软玉温香抱满怀，春至人间花弄色，露滴牡丹开。”这里其实写的是男女交媾，照理说是“距离”再近不过的生活了，最易引起人的淫欲。但王实甫却把这男女交媾的事用优美的形象、抒情的语句以及和谐的韵律来表现，于是读者完全沉醉在这美好的形象的意境中，而不想词句以外的事。再如，张洁的长篇小说《沉重的翅膀》这样描写医院太平间的尸体：“一块块长形的白布。每一块神秘的白布下，都是一个结束了的故事，惊涛骇浪后的憩息。28532。她已经变成一个号码。这便是她的最后的收入。不算少。”这里写的是方文煊眼中的太平间和他心中的爱人万群的遗体。太平间和尸体对于读者来说，也是“距离”太近，它太容易引起人紧张和恐怖的感觉。但张洁通过诗意化的艺术处理，在读者心中引起的不是毛骨悚然，而是对静谧氛围的感受、对人生哲理的思考。不难看出，诗意化的原则不但在诗歌体的创作中而且在散文体的创作中得到广泛运用，其重要功能之一就在于它能制造适当的“距离”。

变形原则在艺术创作中越来越受到重视，也在于它能制造“距离”。所谓变形就是不按生活本来的面貌去描写生活，而是通过改变所描写事物的常规的形体结构、比例、颜色，改变事物的时间和空间的常规位置，甚至进行反常的重新组合，以达到突出事物的特征，抒发作者的独特感受的目的。对于欣赏者来说，则可引导他们获得必要的“审美心理距离”。著名画家毕加索的绘画，经常采用变形原则，收到了出人意料的艺术效果。例如，他的著名的肖像画《杜拉码尔》，画的是与他共同生活多年的女子。画家并没有把杜拉码尔如实描绘下来，而是采用变形的处理，把人脸的一个侧面上画了两只眼睛和两个鼻孔，他把杜拉码尔脸上的美的零件重新“组装”，完全改变了常规的脸形。这种变形所收到的艺术效果就是制造了“距离”，观众看了这幅画后，明明知道作者画的是他所爱的女人，但却不会联想到画以外的关于毕加索和杜拉码尔的种种轶事，而是完全被画面所描绘的女人的脸所透露出来的热情与温柔所吸引。观众始终驻留在艺术的审美世界中，而不会退到充满欲望的实用世界。再如，我国农村妇女创作的窗花，其中有许多是猪的变形。本来，猪给人的印象是懒和脏，如果如实地把猪描写出来，“距离”就太近，太容易让人想起那臭气熏天的猪圈等。但是通过她们剪刀下的美的变形，猪变成了红色的、圆圆胖胖的、干干净净的美的形象，观众的意识完全被这可爱的形象本身所吸引住，并沉浸在审美世界之中，而不再想到这美好形象以外的实际的猪和猪圈。由此可见变形原则的运用可以把“距离”太近的事物推到便于审美的适当的位置上。

程式化在中国民族戏曲艺术中得到广泛的运用，是有其艺术心理学的根据的。大家知道，在各种艺术中，由于所用的媒介不同，“距离”也就有远近之分。戏剧因靠活人的表演把剧情展示在观众的眼前，其“距离”最近，所以最易于使观众从审美世界退回到实用世界中去。为此，戏剧家就得想办法把“距离”推远。而作为中国民族戏剧的戏曲所创造的程式化的艺术处理，就是把“距离”推远的一种理想办法。譬如，角色在剧情中骑马这件事，无论中外戏剧都是经常会有的。据说，在西方，在表演骑马时，曾有过把真马牵上舞台的事。这种做法必然使观众的审美“心理距离”丧失，把注意力集中在真实的马上面，而无法进入真正的审美世界。中国戏曲则形成了自己的骑马程式，无论是牵马、上马还是下马等动作，靠一条马鞭和演员的带有舞蹈性的动作就能表现出来。这种程式完全是虚拟的、假定的，观众自己不会把它和真实的生活混同起来，他们可以一方面随角色的表演进入剧情，一方面又意识到自己是在看戏，保持审美心理距离，并获得真正的审美享受。

“陌生化”也是把“距离”推远的一种艺术处理。作为戏剧艺术处理的“陌生化”是德国著名的戏剧家布莱希特首先提出来的。布莱希特说：“陌生化的反映是这样一种反映：对象是众所周知的，但同时又把它表现为陌生的。”①这就是说，在舞台演出中，要把人们熟悉的事物表现成反常的、意外的，让观众感到不熟悉，从而制造“距离”。布莱希特的剧作《四川好人》里，女主人公竟一分为二，沈黛既是她自己，又是她的堂兄沈堂。沈黛是“好人”的典型，沈堂则是“坏人”的典型。在生活中，“好人”和“坏人”，是人们常见的、熟悉的，但“好人”和“坏人”集于一身，则是反常的、令人惊异的。作者通过这种“陌生化”处理，旨在说明在现代资本主义世界里善良是无助于人的，它有时甚至是和罪恶相连的，不可分的。对于观众来说，这种“陌生化”把“距离”推远了，使他们能够与审美对象保持适当的距离以便于进行审美的静观，便于驻留在审美的世界中。其实这种“陌生化”的艺术处理在布莱希特提出之前，在各种艺术创作中都已自觉

---

① 布莱希特：《戏剧小工具篇》，《现代西方艺术美学文选·戏剧美学卷》，春风文艺出版社、辽宁教育出版社1989年版，第22页。

不自觉地得到运用。例如，曹雪芹的《红楼梦》是一部现实性极强的小说，其中离合悲欢，兴衰际遇，一件件，一桩桩，就像生活本来的面貌一样。从艺术上说，也许曹雪芹正是考虑到他的故事太普遍、太平常、太现实(即“距离”太近)，说不定有的读者会把它与真实生活混同起来，所以小说一开篇，作者先编造了一个“大荒山无稽崖青梗峰”的一块大石头和在此经过的“空空道人”的虚幻故事，对于书中主人公贾宝玉，也让他一生下来口里便衔下一块五彩晶莹的有字迹的玉。实际上，作者是以这样的“陌生化”的手法，令读者惊奇，使读者在读小说时，既能随宝、黛的足迹进入“大观园”的艺术境界，又能清醒意识到自己是在读小说，从而获得一种审美所必需的“不即不离”的最佳的“心理距离”。

上面我们提到的诗意化原则、变形原则、程式化、“陌生化”都是把“距离”推远的艺术处理。实际上这类艺术处理远不止这四种，因篇幅关系就不再罗列下去。

为了使读者获得“不即不离”的“心理距离”的理想境界，不但要通过种种艺术处理把“距离”太近的推远一些，同时还要注意把“距离”太远的拉近一些。艺术作品中难解的荒诞不经，往往因“距离”太远而使读者觉得艰晦而无法感受。“凡是感受不到的东西，对美感来说，就不存在。”(车尔尼雪夫斯基)这种因过分荒诞而使“距离”太远的毛病最易在幻想作品中产生，而克服这种毛病最常见的艺术处理是“幻中求真”的办法。例如，《西游记》故事虽荒诞却不难理解，就在于它在荒诞的故事中写出了真性情。睡乡居士在《二刻拍案惊奇序》中说：“《西游》一记，怪诞不经，读者皆知其谬。然据其所载，师弟四人，各一性情，各一动止，试摘取其一言一事，遂使暗中摹索，亦知其出自何人，则正以幻中有真，乃为传神阿堵，而已有不如《水浒》之讥，岂非真不真之关，固奇不奇之大较也。”《西游记》作为一部浪漫主义小说，其中所写人、事、景、物，大都“怪诞不经”，应该说这“距离”是够远的了。然而读者都能接受它、欣赏它，这就在于作品写出了师徒四人的真性情，写出了事件发展的合情合理性。这种“幻中有真”的艺术处理把“距离”拉近了，读者面对着荒诞不经的人与事，却感受得到，理解得了，能够进入审美的世界。又如，《聊斋志异》写鬼、狐，同样也采取了“幻中求真”的艺术处理，从而把“距离”由远拉近。清人冯镇峦在《读聊斋杂说》中讲：“试观《聊斋》说鬼狐，即以人事之伦次，百物之性情说之。说得极圆，不出情理之外；说得极巧，恰在人人意愿之中。”这样，荒诞中有真实，幻想中有情理，对于读者来说，其“距离”也就恰在“不即不离”的位置上。

由上所述，我们可以清楚地看到，艺术欣赏中“不即不离”的理想的“心理距离”的获得，有赖于艺术家在创造艺术形象时恰当的艺术处理。然而，艺术欣赏活动是主体与客体相互选择的过程。艺术品创造了“不即不离”的理想的“心理距离”，并不等于任何一个欣赏者就保证能够获得“不即不离”的理想的“心理距离”。在这里，欣赏主体具备什么样的条件起着重大的作用。一个缺少起码的文化修养的人，即使让他看“距离”再近的作品，他也会觉得“距离”太远。因为“距离”的形成必须以文化知识作为基础。我曾遇到过这样一件事：一位农村来的老太太，在北京的一个照相馆里拍了一张半身相。照相师给她拍的是一个面孔稍侧的头像。取出照片后，老太太一看就生气了，说照片上只有一个耳朵，那不是她。她说，怎么会少一只耳朵呢？你看，相片上明明是她自己，可她却不承认那是她自己。因为她没有文化，不懂透视法。“距离”很近的东西在她那里却变得很远。这就说明文化水平的高低对艺术欣赏中的“心理距离”是有重大影响的。道德水准的高低对艺术欣赏中“心理距离”的影响就更明显。因为道德作为人的行为的一种规范对人的心理状态起着重大作用。而一个人具有什么样的心理状态与艺术欣赏可能形成什么样的“心理距离”密切相关。一个道德水准很高的人和一个道德水准很低的人同看小说《金瓶梅》，他们在读小说时所形成的“心理距离”肯定不会一样。前者可能形成“不即不离”的“心理距离”，他专注于小说内的人物关系和情境的变化，体会旧社会的龌龊，对西门庆等人面禽兽抱着鄙弃之情，对于这个读者来说，美感压倒淫欲。后者则可能因形成的“距离”太近，而不断地从小说的虚构世界中退出来，所感受到的仅是性的刺激对于他来说，甚至在读诸如《钢铁是怎样炼成的》这部小说时，也会受其中某些段落的刺激而想入非非。由此可见，“审美心理距离”的获得，与道德修养有密切的关系。另外，一个欣赏者艺术修养水平的高低也对理想的“心理距离”的形成起着重大作用。这是因为欣赏者的艺术修养已积淀为一种心理定式，转化为他的审美感受的能力。而这种心理定式和审美感受能力在很大程度上决定他在欣赏过程中能否获得理想的“审美心理距离”。譬如，一个有戏曲艺术修养的人和一个没有戏曲艺术修养的人在观看同一出戏时所形成的“心理距离”是不一样的。对于前者来说，他可能对正在演出的剧目的内容早已烂熟于心，他在看戏过程中，不仅为戏曲情节所吸引，而且他能保持着较为客观的态度(即一定的“心理距离”)来欣赏某个演员的扮相、唱功、做功、念白、武打等。对于后者来说，他或者根本看不懂舞台上演的是什么(“距离”太远)，或者是看懂了，可仅仅是被剧情所吸引，甚至为剧中人而乱哭乱叫(“距离”太近)，品尝不到演员表演的特殊韵味。

通过以上分析，我们不难看出，对于艺术欣赏来说，“审美心理距离”是形成审美态度的关键。它不仅作为一种艺术因素而存在着，而且也作为一条审美规律而存在着。

(《名作欣赏》1987 年第 3 期)

审美投射与艺术欣赏

艺术欣赏有赖于欣赏客体的精妙，也有赖于欣赏主体的主动的再创造，这已是世人皆知的艺术欣赏常识。但艺术欣赏主体在再创造时的微妙的心理运转机制，则远未揭示出来。本文就艺术欣赏过程中欣赏主体的审美投射心理机制做些探讨，或许有助于我们对艺术欣赏规律的深入揭示。

一、投射理论作为心理学的一个分支

什么是投射？投射是人的一种心理外射的能力。让我先举一个心理学家的试验和我自身的一段经历为例。

美国一位心理学家在大学生中进行过这样一次试验。在上课之前，教授向学生们介绍了一位名叫冈斯·施米特的客人，说这位博士是德国人，“是世界闻名的化学家，这次是被邀请到美国来研究某些物理化学特性的”。然后这个博士就以带着德语腔的英语向学生们宣布：他发现了几种物质的特性，而特别引起他兴趣的是一种散发得极快的、带有气味儿的物质。他从皮包中拿出了一个装着液体的玻璃瓶，然后举起来对学生们说：“现在我就要拔出瓶塞，这种物质马上就会从瓶子里挥发出来，这种物质是完全无害的，不过有那么一点气味，就跟我们在厨房里闻到的那种气味差不多。这种瓶子里装的是样品，气味很强烈，大家很容易闻到，不过，我有一个要求，你们闻到这种气味就请立刻把手举起来。”说完施米特博士拿出一个秒表，上了弦。稍停之后，博士拔出了瓶塞。过不久，就看到学生们从第一排到最后一排都举起了手，并纷纷说他们的确闻到了一种气味。施米特向大家表示谢意，就笑着走了。最后心理学教授向学生们宣布：这位“施米特博士”是德语教研室的一位普通老师，根本不是什么化学博士，而瓶子里装的液体不过是蒸馏水，也不是什么特殊的物质，不信你们大家再闻一闻。学生们再闻一下，才发现他们都受骗了，可又都说刚才确实是闻到了一种气味，这究竟是怎么一回事呢？这是一个关于“投射”的极好的试验。由于试验中对“施米特博士”做了介绍，而“施米特博士”又对他的关于物质特性的“试验”做了介绍，学生们信以为真，于是学生们产生了一种强烈的期待，期待闻到物质的那种气味，这就造成了迫不及待地将自己的主观的嗅觉投射到客体上去，从而产生了幻觉——“闻到了气味”。这样，学生们闻到气味就不是客体的特性的作用，而完全是主体主动投射的结果。

我自己有段经历，也极好地说明了投射的心理机制的作用。1955 年，我读大学一年级。我从福建的一个边远的山村操着一口不标准的普通话来到北京，我遇到的第一个困难就是听不懂老师和同学的带着浓重方言腔调的话。那一年给我们上古典文学课的老师是全国著名的老教授刘盼遂先生。刘先生的河南口音很重，我刚开始听他的课时基本上听不懂，我苦恼极了。后来我采取了一个补救措施，那就是提前预习刘先生将要讲的课文，而且预习到几乎能背诵的地步。奇迹出现了，当我再次去听刘先生的课时，竟然能差不多听懂了。那么这种从“基本上听不懂”到“差不多听懂”的奇迹是怎样出现的呢？这是由于我对课文做了充分的预习，我在听课时就有可能选择自己熟悉的语词将其投射到刘先生的话语中去，于是刘先生的浓重的河南话转换成了我期待听到的话。正是这种指导性的投射帮助我听懂了刘先生的课。这就说明了指导性投射在我们对符号性材料理解中是十分重要的。

概而言之，所谓投射，是指主体将自己的记忆、知识、期待所形成的心理定向，化为一种主观图式，外射到特定的客体上，使客体符合主观图式，从而产生幻觉的心理机能。对于人的这种投射机能，早在20世纪初，美国的机能心理学家创始人威廉·詹姆斯在他的《与教师的谈话》中就曾描述过：“当我们听一个人说话或自己读一页书时，我们想看到的东西大部分是由记忆所提供的，虽然我们看到印刷上的错误，但却会忽略它，想象出正确的字母；如果我们实际上听懂的台词很少时，会意识到来到了外国的剧场，在那里使我们感到麻烦的甚至并非我们不懂他们的话因而不能理解演员的台词。事实上，在国内同样的条件下，我们能听懂很多，只是因为我们充满英语词句联想的大脑为理解微弱的听觉暗示提供了必要的材料。”虽然，詹姆斯在这段话中，没有提到“投射”这个词，但它恰恰阐明了“投射”的基本原理，即我们在知觉对象时，不是消极的、被动的接受，而是将记忆中所提供的材料外射到对象上去，从而使对象在一定程度上符合主体的图式。近几十年心理学的发展使我们“称之为‘投射’的这种能力已经成为了心理学的一个完整分支的注意中心”[①]。投射理论的建立，使我们能够解释人们的种种变态的知觉现象：即在我们带情感的知觉中，墙上挂着的帽子和风衣可以是一个人，发亮的汽车的一对车灯是一双明亮的眼睛，天上的团团翻滚的云是草原上奔驰的一匹匹马，地上的闪闪发光的万家灯火是夜空中的点点繁星，并肩耸立的两座山峰是一对姐妹……这就说明，在主体投射中，幻觉的纲比事物本身的纲要大，因此它的心理归档系统也要宽得多。

投射又可分为非审美投射和审美投射两种。非审美投射往往在认识领域发生，一般不触及情感，如前面我所举的两个试验和那段经历都是非审美投射。审美投射往往在情感和想象的领域发生，它往往与美的形象相联系。在审美投射中，人们可以把不美的甚至丑的事物变成美的幻象，从而得到审美的愉悦。这种审美投射不但在艺术欣赏和创作中起作用，在日常的生活中特别是在欣赏自然美的过程中也发生作用。各地都有姐妹峰、望夫石、寿星岩、罗汉岭之类，人们望着这些对象，心往神驰，欢愉异常。其实这些山峰、岩石、山岭和别的普通的山峰、岩石、山岭并没有什么不同，人们不过是根据熟悉的传说，把自己有关“姐妹”“望夫女”“长寿老人”“罗汉”的主观图式投射上去而已。人们所欣赏的实际上是自己的幻象。人的审美投射作为一种心理力量，可以化无为有、化静为动、化无情为有情、化丑为美。清人沈复在《浮生六记·闲情记趣》中记载了童年时一件趣事：“余忆童稚时，……见藐小微物。必细察其纹理，故时有物外之趣，夏蚊成雷，私拟作群鹤舞空，心之所向，则或千或百果然鹤也。昂首观之，项为之强，又留蚊于素帐中，徐喷以烟，使其冲烟飞鸣，作青云白鹤观，果如鹤唳云端，怡然称快。”夏蚊成雷，可厌又可怕，这无疑是生活之丑。但沈复运用审美投射机制

---

① 本文所引冈布里奇的话，全部见冈布里奇：《艺术与幻觉》，湖南人民出版社 1987 年版。

(“私拟作群鹤舞空”)，把蚊子与白鹤在心理上归为一档，终于化蚊为鹤，化丑为美。在这个例子中，沈复不是欣赏蚊子，而是欣赏自己投射出去的主观图式——鹤舞的幻象。

二、投射一预成图式一修正一匹配

为了深入理解艺术欣赏中的审美投射，必须先来探讨艺术创作中的审美投射。因为创作和欣赏都是人类审美活动，两者在许多方面是相通的。在艺术创作中，艺术家们自觉不自觉地运用了审美投射机制，以打通构思之路，并创造出奇妙的艺术世界。

我认为人类最初的艺术创作就起源于投射，而不是起源于模仿。模仿是较晚才发生的事。假如我们按投射的原理大胆地想象一下，那么原始人的第一幅岩壁画可能是这样产生的：某一天，他们怀着某种恐惧或希望在一个岩洞里举行某种仪式，有人从自然形成的岩壁的槽纹上发现了大体上像马或牛之类的形象(即预成图式)，他把发现告诉大家，于是大家就动起手来修正(增加、减少、改动槽纹)这个形象，直到它与狩猎生活中见到的马或牛相匹配为止。于是人类的第一幅绘画就这样产生了。而原始人在这个岩洞里的“发现”，其实就是根据平日狩猎生活中形成的关于马和牛的主观图式投射到岩壁上的槽纹的结果。他们的创作途径不是面对实物的模仿(如同今天画家们写生)，而是投射—发现预成图式—修正图式—与实物相匹配。面对实物的写生已是稍晚些的事情。正如英国当代著名艺术家冈布里奇所说：“在一种紧张状态中，原始人也一定像我们一样倾向于把他的恐惧和希望投射到任何间接地允许这种识别的形状上去。不仅是夜空，任何别的不能分类的东西都可提供这种形状。”这种与亚里士多德的模仿说很不相同的艺术起源理论，在西方，早在五百年前就由意大利文艺复兴时期的学者和艺术家阿尔伯蒂提出来了。

他在《塑像》一文中这样说，“我认为以模仿自然的造物为目的的艺术是源于这样一种方式：在某一天看到一根树干、一团泥土或一些别的被偶然发现的东西，它们的特定轮廓只需稍作改变，看上去就会惊人地像一些自然的对象，注意到这一点，人们就试图看看，通过加法或减法去完成对一个完整写真来说仍缺乏的部分是否可能，因此，按对象本身的样子来调整和移动轮廓与平面，人们就可达到他要求的目的，而且伴随着愉悦。从此，人们创造形象的能力便飞速发展，直到他能创造任何写真的作品，甚至材料中没有模糊的轮廓可帮助他时也一样。”尽管我们拿不出具体的材料来确证人类的第一幅画产生的心理依据，但至少我们可以从儿童的游戏中核实阿尔伯蒂关于艺术起源中投射作用的理论。在儿童那里，把椅子调转一个方向，就可以当马来骑，把脸盆翻过来就可以当钢盔来戴。他们的发明，是一种不自觉的投射能力的运用，他们从椅子的结构上面发现了马的预成图式，于是动手来修正它(把它调转过来)，使它与他们心目中的马相匹配，然后骑上去，那“马”也就奔跑起来了。今天儿童的这种艺术创造难道跟人类童年期最早的艺术创造没有共同点吗?!

重要的还在于今天人们的艺术创造的许多领域仍然在运用审美投射的原理，即遵循着投射—发现预成图式—修正图式—与心目中的景物相匹配的创作路线。宋代山水画家宋迪的一段话和意大利画坛巨匠达·芬奇一段相似的话，能够证明在画家那里审美投射的作用受到了重视和运用。沈括的《梦溪笔谈》里记录了宋迪的投射理论：“度支员外郎宋迪工画，尤善为平远山水，其得意者有平沙雁落、远浦帆归、山市晴岚、江天暮雪、洞庭秋月、潇湘夜雨、烟寺晚钟、渔村落照，谓之‘八景’，好事者多传之。往岁小窑村陈用之善画，迪见其画山水，谓用之曰：‘汝画信工，但少天趣。’用之深伏其言，曰：‘常患其不及古人者，正在于此。’迪曰：‘此不难耳。汝当先求一败墙，张绢素讫，倚之败墙之上，朝夕观之。观之既久，隔素见败墙之上，高平曲折，皆成山水之象。心存目想，高者为山，下者为水，坎者为谷，缺者为涧，显者为近，晦者为远，神领意造，恍然见其有人禽草木飞动往来之象，了然在目。则随意命笔，默以神会，自然境皆天就，不类人为，是谓活笔。'用之自此画格得进。"约五百年后，肯定没有读过《梦溪笔谈》的意大利画家达·芬奇写下了如下一段笔记："请观察一堵污渍斑斑的墙面或五光十色的石子。倘若你正想构思一幅风景画，你会发现其中似乎真有不少风景：纵横分布着的山岳、河流、岩石、树木、大平原、山谷、丘陵。你还能见到各种战争，见到人物疾速的动作，面部古怪的表情，各种服装，以及无数的都能组成完整形象的事物。墙面与多色石子的此种情景正如在缭绕的钟声里，你能听到可能想出来的一切姓名与字眼。切莫轻视我的意见，我得提醒你们，时时驻足凝视污墙、火焰余烬、云彩、污泥以及诸如此类的事物，于你并不困难，只要思索得当，你确能收获奇妙的思想。思想一被刺激，能有种种新发明：比如人兽战争的场面，各种风景构图，以及妖魔鬼怪之类的骇人事物。这都因为思想受到朦胧事物的刺激，而能有所发明。"①东西方两位画家的说法令人吃惊地接近，并非偶然。这是因为他们都是艺术家，他们深谙艺术创作的规律，他们的相似的话共同揭示了创作中审美投射的要领。他们都一致认为，画家可以求助于对败墙上模糊槽纹污渍的凝视，因为这种败墙作为一个空白屏幕，比之真实的山水更有利于唤起画家对于自己以往全部经历、体验的记忆，从而也更有利于调动自己的审美投射机制。很明显，你看到的一座山、一条流水，那仅是一座山、一条流水；但如果你看到的是败墙的槽纹污渍，在情感的凝视中，由于心理归档起作用，一个就能再现另一个，你

① 列奥纳多·达·芬奇：《芬奇论绘画》，人民美术出版社1979年版，第44～45页。

看到的就不仅仅是一座山、一条流水，败墙给你提供的信息更多更丰富，因为画家面对败墙这个屏幕，可以产生多种多样的审美投射，发现多种多样的“预成图式”，进而他可以“神领意造”，创作出富于“天趣”的艺术品来。

毋庸置疑，中外许多杰出的艺术品，就是遵守上述审美投射的方法创造出来的。宋代刘道醇的《圣朝名画评》中记载了这样一个故事：“翟院深，营丘人，名隶乐工，善击鼓，师乡人李成画山水，喜为峰峦之景。一日郡中醼客作乐，会云气耸起，如峰相迭，院深引望翘企，不觉登鼓，奏节遂失。太守诘之，其以实对。翌日，命院深为画，果有竦突之势，甚异之。”冈布里奇在《艺术与幻觉》中谈到毕加索创作青铜雕塑《狒狒与幼子》时说：“一辆汽车的前灯在我们看上去可以像一对发亮的眼睛，我们有时甚至就这样称呼它们。艺术家可以用这种相似性来玩转换的魔术。毕加索在创作精彩的青铜塑像《狒狒与幼子》的时候，正是这样做的。他把一个也许是从他孩子的房间里拿来的玩具汽车变成一张狒狒的脸，他能将这个汽车的车篷和挡风玻璃看作一张脸，这个新鲜的分类活动启示他做了这个试验。在此像通常的情形一样，艺术家出人意料地利用汽车的发现对我们有两重的效果，我们不仅是跟随他将一个特别的汽车看作一个狒狒的头，而且在这个过程中学会了一种表现这个世界的新方法，一种新隐喻，当我们处于这种心境时，可能会突然发现阻挡道路的汽车正像狒狒一样，咧嘴笑着注视着我们，这要归因予毕加索的分类。”尽管翟院深和毕加索创作的作品是不同的，但他们却用相同的创作方法进行创作。翟院深从云团的翻滚中发现了峰峦相迭的生动景观，毕加索从玩具汽车中发现狒狒的脸的独特形象，都是因为他们把自己所熟悉的图式，投射到对象上去，从中发现符合自己主观图式的东西，进而修正它，直到图式与他们想表现的相一致为止。中国新兴起的根雕艺术，与审美投射机制的运用尤为密切。艺术家面对一个树根，并不是随意想创作什么就创作什么，他先要凝视这个根的形状，不断地把自己记忆中的动物的、植物的或其他事物的形象投射上去，直到发现了“预成图式”，这才确定该创作什么。所以根雕艺术几乎就是审美投射机制的产物。此外，离开了审美投射，中国的写意画，西方的现代派艺术的出现也是不可想象的事。这个问题与艺术欣赏密切相关，我将在下面再加以阐述。

三、心理定向—空白屏幕—领悟

艺术欣赏作为读者、观众面对艺术品的再创造活动，是读者、观众通过知觉、情感、想象对艺术品所传达的信息进行译解的过程。在这一译解过程中，读者、观众的审美投射机制的发挥同艺术创作一样也显得极为重要。在我看来，艺术欣赏的基本规律不是读者、观众被动的再现对象(文本)，而是以自己的精神创造对象(读者、观众心目中实现了的作品)。这里所说的“以自己的精神创造对象”，即是将自己的精神化为主观图式，投射到文本上去，使文本在某种程度上符合主观图式，从而创造出属于自己的作品来。同样是“野火烧不尽，春风吹又生”这句诗，为什么有人见到的是小人的难缠，有人见到的是人的生命力的顽强，就是因为两者的精神不同，生成的主观图式不同，投射到诗句上的意向不同，这样他们各自在诗句上见到的也就不一样。真正的鉴赏家总是津津乐道那些“花非花”“雾非雾”的带有模糊性、多义性、空白性的作品，总是喜欢那些有“言外之意”“文外之旨”“象外之象”“弦外之音”的作品，而不喜欢那些写得过真、过实、过满的作品，就是因为前者便于读者、观者投射，可以获得投射的快乐。尽管这种作品要求读者、观众分担译解的困难，然而他们可以在克服译解困难中获得艰辛的愉快，这种艰辛的愉快比之于那种不必克服译解困难的现成的直接的愉快更高一层，更令人心醉。

艺术欣赏中的审美投射有两种方式，我把它们称为填充式投射与情势预测式投射。

填充式投射是针对留有较大艺术空白的艺术品的投射。真正的艺术家总是对读者、观众怀有一种信赖感，他们相信读者、观众的知识、理解力和想象，是能够很好地译解他们的作品的。因此，他们在创作时，不必把要表现的人物和景物写得太实、太满，正如冈布里奇所说他们乐于运用“等等原则”(etc. principle)。“所谓‘等等原则’也就是我们愿意采用的一种假设：看到一系列中的几个成员就看到了全体成员。”即中国所谓的“举一反三”“半多于全”“不写之写”“言有尽而意无穷”“虚实相生，无画处皆成妙境”。中国古代艺术，无论是诗词，还是绘画，都十分重视“等等原则”，《王氏画苑》《佩文斋书画谱》中载有据传是王维《山水篇》中的一段话：“凡画山水，意在笔先。丈山尺树，寸马分人。远人无目，远树无枝。远山无石，隐隐如眉；远水无波，高与云齐。”所谓“远人无目，远树无枝”“远山无石，远水无波”，并非讲远处的人没有眼睛，远处的树没有枝条，远处的山没有石头，远处的水没有波浪，而是因为在人的视觉经验中，远处的东西处于模糊不清的甚至是空白的状态，画家不必把某些细节画出来，观众自己可以把根据自己的经验所形成的图式投射上去。所以“远人无目，远树无枝”作为“等等原则”的运用，是建立在相信观者的投射能力的基础上的。从观者的欣赏角度说，当面对着空白的、模糊的画面时，则要充分调动自己的投射能力，把自己的主观图式积极地投射上去，以填充画面的空白，从而使画面得到译解，即使画面的“无”变为“有”，“虚”变为“实”。真正的鉴赏家深知对艺术空白的填充是艺术欣赏的关键所在。例如，清代汤贻汾在《画筌析览》中说：“人但知有画处是画，不知无画处皆画，画之空处全局所关，即虚实相生法，人多不著眼空处；妙在通幅皆灵，故云妙境也。”按“画之空处全局所关”的道理去欣赏作品，就会把画看成是一个有机的整体，看成是一个“虚实相生”的整体，从实处可以联想到虚处，这样虚处不但显得充实、丰满，而且还会使画“通幅皆灵”“妙境”逼现。对艺术欣赏而言，艺术品提供的信息量大并不总是好的。相反，有时艺术家有意地削减艺术品的信息量，倒能刺激观者的投射机制，从而获得艺术品之外的大量的富于韵味的信息量。方董在《山静居画论》中这样欣赏王山谷的画：“石翁《风雨归舟图》，笔法草率，迎风堤柳数条，远沙一抹，孤舟蓑笠，宛在中流。或指曰：‘雨在何处?’仆曰：‘雨在画处，又在无画处。’”假如有人进一步问：“无画处何以有雨?”我们可以回答说：“无画处有雨，乃是我们运用投射机制的缘故。”由此看来，观赏者的填充式投射机制的发挥，是艺术品的含蓄美的心理学依据。

情势预测式投射是针对具有曲折美的艺术品的投射。艺术品忌平板，贵曲折，跌宕起伏、引人入胜是许多艺术家所追求的。因此，古人就有“文似观山不喜平”的说法。譬如，在小说创作中，作者设置带有悬念的情节，并通过各种艺术手段造成某种情势，让读者以为人物的命运、情节的波澜必将循着怎样的方向发展。于是读者就据此做出了自己的预测，并不等小说的结束，就迫不及待地将自己的预测投射上去，但此时作者笔锋一转，人物的命运、情节的波澜却向另一个方向发展，读者投射上去的是“必死无疑”，可小说中出现的则是“绝处逢生”；读者投射上去的是“山穷水尽”，可小说中出现的则是“柳暗花明”……小说的发展总是在人意料之外，却又不见一丝牵强。这样读者的预测式投射看似“受挫”，实则在投射“受挫”中激发了读者的由悲转喜或是由喜转悲的大起大落的情感波涛，并从中感受到了曲折多姿之美。

艺术欣赏中审美投射的发生是有条件的，心理学定向、空白屏幕和独特的审美知觉方式，就是三个基本条件。

首先是心理定向。所谓心理定向是指开始投射并向美的幻觉伸出触角的准备和待发的状态。这种准备和待发状态一般是由过去的记忆、知识和正在产生的期待相结合而形成的。我们之所以能通过投射译解出艺术品中不确定点和模糊点，是以储存在我们头脑中的熟悉的事物或形象为基础的。所见出于所知，所听也出于所知。我们在观看绘画时，之所以会把远处的一个黑点，译解为一个人或一匹马，乃是因为我们头脑中对人或马的形象有着深刻的记忆。这种情形在欣赏写意画和现代派画时表现得尤为明显。在观看写意画时，我们之所以会把一片模糊的墨迹解释为一座山峰或一片荷叶，把墨迹之间留下的某种空白解释为一道瀑布或一条小溪，乃是因为在我们的记忆中山峰、荷叶、瀑布、小溪等是我们所熟知的。我们之所以能欣赏毕加索的主体主义名画《基尼卡》，乃是由于我们有关于战争破坏力的知识。心理学家的实验反复证明了：我们永远倾向于看见和听见我们熟悉的东西，或者说我们看见的和听见的永远是由记忆提供的。严格地说，凡是陌生的东西，我们既看不见也听不见。但是如果仅有记忆和知识，还不足以形成具有引导性的心理定向，还必须有因各种刺激所产生的期待。记忆、知识与期待的结合才形成了心理定向。期待具有诱导性，它能够诱导到你想到的地方去，它甚至能够创造幻觉。有位心理学家做过这样一个试验：受试者坐在暗室中，他们面对着屏幕，他们被告知要试验他们对光的敏感。按事先的设计，屏幕上将先投射出很微弱的光，然后亮度再慢慢增大，要求试者在刚能觉察出光时就记录下来。实验的结果表明，在屏幕上并未投射光之时，有的受试者就发现了光。实际上是他们对事件连续性的执着期待导致了一种幻觉（参见冈布里奇《艺术与幻觉》）。在艺术欣赏中，投射机制的发生也有赖于期待的支配。艺术中那些模糊的、不确定的、多义的地方，我们如何去译解，往往取决于我们的期待。实际上，我们每次扫视这些地方的时候，我们总是以某种方式将我们的期待与获得的信息进行比较，如果我们的期待特别的执着，那么最细微的刺激也可能改变我们观看事物的方式，或者是产生一种符合我们的期待的幻觉。最能说明这一点的是艺术欣赏中的“色彩期待”(冈布里奇)。在中国民族绘画中，有一种奇怪的现象，那就是观者可以接受生活中根本不存在的“墨梅”“墨荷”“朱竹”等。画中景物的颜色与现实生活中的景物的颜色完全不同，现实生活中根本不会有黑色的梅花、荷叶，不会有红色的竹子，可人们依然承认它是一种艺术的真实，这究竟是什么道理呢？过去的解释是“意足不求颜色似”，即认为达到了神似人们就会忽略它表面颜色的真实与否。但我以为用“色彩期待”理论来解释这种现象，也许更有说服力。所谓“色彩期待”，是指景物不论怎样改变颜色，但其原本的颜色在观者心目中作为记忆中潜在的颜色是不会改变的，而且这种原本的颜色作为观者的期待，将指引观者以应有的方式去看。梅花是红色的，荷叶、竹子是绿色的，这是原本的颜色，它作为一种记忆已牢牢地印在我们的脑海中，或者说它已变成了一种期待，所以当我们观看墨梅、墨荷、朱竹时，我们的期待会把梅花还原为红色，荷叶、竹子还原为绿色。对一个训练有素的欣赏者，只要在墨梅、墨荷、朱竹前凝视片刻，那红色的梅花、墨绿的荷叶、青翠的竹子就会在他眼前生动地晃动起来，黑色已转化为景物的原色。同样的道理，农村妇女的剪纸作品——红色的猪，由于猪的潜在的黑色已是我们的期待，所以我们看到的红色的猪似乎还是黑色的。甚至，我们用粉笔画一个黑人，只要我们把黑人的高颧骨、大眼睛和硬硬的卷发等特征画出来，那么观者一旦认出是黑人，那么看起来还是黑色的。这就说明了，由于我们的记忆、知识和期待所形成的心理定向，在艺术欣赏中构成了审美投射的一个重要条件，在一定意义上支配着艺术欣赏。

其次是空白屏幕。这是艺术欣赏中审美投射的另一个不可缺少的条件。所谓空白屏幕，是指作为艺术品的欣赏客体必须留有艺术空白或不确定区域，它作为投射的屏幕，能使欣赏主体在上面投射所期待的图式。空白屏幕的特征是因其简洁性、模糊性、不确定性而所含信息量少却能刺激投射机制。中国古代艺术理论特别重视空白屏幕，主张艺术不要太全、太满，主张“意到笔不到”，主张“虚实相生”，主张“借一斑而窥全豹”，主张“不着一字，尽得风流”。仇兆鳌在《杜少陵集详注》中说：“善述事者，举一端而众端可以包括，使人有得于言外，若纤细备记，文愈繁而味愈短矣。”这里所说的“举一端而众端可以包括”，即是指此“一端”作为空白屏幕，虽信息量少，却能激发审美投射机制而获得更为充盈的信息量。清人布颜图在《画学心法问答》中说：“大凡天下之物，莫不各有隐显。显者阳也，隐者阴也。显者外案也，隐者内象也。一阴一阳之谓道也。比诸潜蛟之腾空，若只了了一蛟，全形毕露，仰之者咸见斯蛟之首也，斯蛟之尾也，斯蛟之爪牙与鳞鬣也，形尽而思穷，于蛟何趣焉。是必蛟藏于云，腾骧失矫，卷雨舒风，或露片鳞，或垂半尾，仰观者虽极目力，而莫能窥其全体，斯蛟之隐显叵测，则蛟之意趣无穷矣。”在这里，布颜图是在论隐显之势，但其所重视的则是隐的部分。而艺术中的“隐”作为空白屏幕也是以削减信息量达到刺激投射机制，而获得丰盈的内象为目的。这里特别要提到郑板桥“减枝减叶之法”，他在一幅画的题词中写道：“始余画竹，能少而不能多；既而能多矣，又不能少；此层功力，最为难也。近六十外，始知减枝减叶之法。苏季子曰：简练以为揣摩。文章绘事，岂有二道！此幅似得简字诀。”郑板桥的经验，极其深刻地道出了“空白屏幕”的真正含义。郑板桥开始学画竹之时，“能少而不能多”，此时的“少”是真“少”，即不是简练的“少”，而是幼稚的“少”，因此这种“少”不能构成“空白屏幕”，不能刺激观者的投射机制，当然其信息量也不会增值。但郑板桥六十岁以后，“始知减枝减叶之法”，这时候的“少”，不是真

“少”，即不是幼稚的缺乏功力的“少”，而是简练的“少”。“少”中寓“多”，因此它作为“空白屏幕”能激活观者的投射机制。

最后是审美知觉方式。在艺术欣赏中，如果仅有主体的心理定向和客体的空白屏幕，那么这两者还无法沟通，审美投射机制也还不能建立，这里还需要沟通心理定向和空白屏幕的中介，这就是审美知觉方式。所谓审美知觉方式，是一种特殊的觉察事物的能力。同一物质性事物，在人们的知觉中，既可实现为物理客体，也可实现为审美客体，就是关系到两种完全不同的知觉方式，即普通的知觉和审美的知觉。普通的知觉，只是一种如实的观察，它认识物理空间中的物质性事物。例如，在普通的知觉中，画面上的一个墨点，它只有大小、浓淡之别，它不是空白屏幕，它既不会是渐渐远去的人的背影，或远方地平线上奔驰着的马。审美知觉不是一般的观察，它是一种领悟，在领悟中，人们领觉到事物的非物理属性，甚至产生幻觉。画面上一个黑点，在领悟中，它作为一个空白屏幕，既可以是渐渐远去的人的背影，又可以是远方地平线上一匹奔驰的马。由此可见，审美知觉的方式(即领悟方式)是一种远离认识的印象主义的感知方式，或者是情感主义的感知方式。正是这种特殊的感知方式，作为一种中介把欣赏主体和欣赏客体沟通起来了，完成了审美投射。如果没有这个中介，即不从印象、情感的角度去感知艺术品，那么最好的艺术品，也不能成为空白屏幕，不能形成审美投射。我在一本杂志中看到一篇考证林黛玉的病的文章，作者可能是一个医务工作者，他令人信服地证明了林黛玉患的是肺结核病，而在18世纪，这是不治之症，因此他从医学的角度做出结论：贾宝玉不娶林黛玉而娶薛宝钗是合理的。作为一种普通知觉，作为一种非审美投射，这位作者并没有说错。但《红楼梦》作为一件艺术品，它提供的空白屏幕，所要求的是审美投射，这样观者就不能不运用印象主义的、情感主义的审美知觉，我们不能不得出结论说，强迫贾宝玉娶钗弃黛，是反人性的，是一场悲剧。由此不难看出，只有以审美知觉方式作为中介，欣赏主体的心理定向和欣赏客体的空白屏幕才能产生联系，艺术欣赏中那种令人心醉神迷的审美投射才会光临我们。

（《名作欣赏》1990 年第 1 期）

“意境”说六种及其申说

抒情型的文学在人类文学中占有重要地位。尤其是在中国古代，抒情诗成为文学园地里最芬芳的花朵。抒情型文学的审美理想是什么呢？中国古人提出了“意境”这个范畴。鉴于目前论述意境的文章和著作很多，各种意见都有一定的道理，但又都似乎缺少点什么。所以这里我们将主要讨论三个问题：第一，意境的概念提出于何时？从词义学的角度看，意境是意与境的结合，还是意之境？第二，到目前为止意境的解释有几说，各说有何长处又有何不足？第三，意境作为抒情型文学的理想，其基本美学内涵是什么？

一、“意境”是“意之境”

意境的始基在先秦道家的“体道”的境界。道家的创始人老子和庄子生活于周朝衰落的“礼崩乐坏”时期，社会混乱。为治理社会，不同学派提出不同的治理方略，出现了百家争鸣的局面。道家认为，“道”是“物之初”，是宇宙的本体，社会要得到治理，人生要获得自由，就必须“体道”。“体道”是一种很高的境界，要进入“虚静”“无己”“心斋”“坐忘”等心理状态。可见最早的意境基本上是一种人生哲学。到了魏晋南北朝时期，刘勰把哲学的命题转为文学理论命题。他的《文心雕龙·隐秀》篇是文学意境说的雏形，所谓“义主文外”“文外之重旨”，直接启示了司空图的“韵外之致”说、“象外之意”说。但明确提出“意境”概念的则是唐代的王昌龄，他在《诗格》的著作中提出“三境”说。他认为：诗有三境，即“物境”“情境”和“意境”。在不少关于意境的研究中，认为物境是“物”与“境”的结合，情境是“情”与“境”的结合，意境是“意”与“境”的结合，“意”就是主观的情思，“境”就是客观的景物，意境就是主客观的结合，“意”与“境”这两者是一种平列的结构，“意境的美学特征在于意与境二者的浑然融彻，具体地说，它表现为主观和客观的契合无间、艺术形象的情景交融”。这种说法，长时间流行，被看作是意境的不刊之论。实际上这种主、客二分的说法只是概括了一般的艺术形象的特征，完全没有切入到意境的特殊内涵，这可能与宋代普闻在《诗论》中的说法有关。他说：“天下之诗，莫出于两句：一曰意句，二曰境句。境句易琢，意句难制。境句人皆得之，独意句不得其妙者，盖不知其旨也。”这种说法把“意”与“境”分得过分清楚，太机械。似乎“境”就是纯粹的景物摹写，“境”可以无情意的渗入，这显然是不妥的。影响所及，人们把意境看成是“意”与“境”平列相加，就更不妥了。

在唐宋时期，人们谈“境”，在“境”的前面加上一些修饰语，是极为普通的事。例如，唐代殷璠说王维的诗“一字一句，皆出常境。”[①]唐代高仲武说：“如‘远水浮仙棹，寒星伴使车’，盖五言之佳

① 殷璠：《河岳英灵集》。

境也。”[1]韩愈也说：“文工画妙各臻极，异境恍惚移于斯。”[2]这说明如同“常境”是平常的境，“佳境”是佳妙的境，“异境”是不同寻常的境一样，“意境”就是意之境，它们都是偏正结构，不是对等的并列结构，意境不是“意”与“境”相加，不是一般的主观与客观的统一。按《说文》的解释，“境”是指时间中止之处，后来引申为空间中止之处，如至今我们还用“边境”这个概念，再往后引申为精神达到的高度，这就是精神境界，再往后引申为艺术境界，这就是意境。意境从词义上说，就是意之境，意思是诗意情感疆界的无限的绵延、扩张的艺术效应。我们之所以首先要从词的结构和词义上厘清“意境”的含义，目的是不把意境当作一般的艺术形象来讨论，一般的艺术形象可以说是主观与客观的统一、心与物的统一、情思与景物的统一，但意境不仅仅是这些统一，它作为抒情型的审美理想，是有独特的审美内涵的。

二、对六种意境说的简略述评

意境思想的提出已经有一千多年，也讨论了一千多年。近20年来讨论的文章不可胜数，但人们在讨论意境问题时，往往从一个或两个角度出发进行解说，没有把意境理解为一个复合的结构，这样尽管文章很多，却没有完全把握住意境的主要的美学内涵。这是令人遗憾的。那么，究竟对意境有哪些解说呢？根据已有的研究大体可以概括为以下六种。

（一）“情景交融”说

这主要是吸收明清两代的理论资源所形成的看法。“情景交融”论从宋代提出，到明清时期在诗论、词论、画论、戏曲论中触目可

---

① 高仲武：《中兴间气集》卷下。

② 韩愈：《桃源图》。

见。特别是到了明代的谢榛、清初的王夫之和其后的李渔那里，几乎把话说尽。可以说“情景交融”论到他们那里已完全成熟。“情景交融”论主要是解说诗歌形象的构成要素。例如，谢榛说：“景乃诗之媒，情乃诗之胚，合而成诗。”①又如，王国维说：“文学中有二原质焉：曰景，曰情。”②这里谈的仅是诗的构成要素，文学的构成要素，但后来有不少文论家把它移来解说“意境”，把“情景交融”看成意境的主要规定。例如，明人江进之在《雪涛小书》中说：“白香山诗，不求工，只是好做。然香山自有香山之工，前不照古人样，后不照来者议。意到笔随，景到意随，世间一切都着并包囊括入我诗内。诗之境界，到白公不知开扩多少。”这里认为境界主要是“意”与“景”的相随相伴。

清初画家布颜图在《画学心法问答》中，更明确提出意境即情景交融，他在回答“笔墨情景何者为先”的问题时说：“情景者境界也。”晚清王国维在《宋元戏曲考》中，明确提出“意境”概念，并认为“写情则沁人心脾，写景则豁人耳目，述事则如其口出”，那就是“意境”。在现当代，把意境解说为“情景交融”成为一种流行的学术观点，例如，著名画家李可染说：“画山水，最重要的问题就是‘意境’，意境是山水画的灵魂。”“什么是意境？我认为，意境就是景与情的结合；写景即是写情。山水画不是地理、自然环境的说明和图解，不用说，它当然要求包括自然地理的准确性，但更重要的还是表现人对自然的思想感情，见景生情，景与情要结合。”③这种用“情景交融”说注释意境的做法一直延续到20世纪八九十年代，如曾祖荫教授出版于80年代的《中国古代美学范畴》一书中说：“意境的美学特征在于意与境二者的浑然融彻，具体地说，它表现为主观和客观的契合无间、

① 谢榛：《四溟诗话》。
② 王国维：《文学小言》。
③ 李可染：《漫谈山水画》，《美术》1959年5月号。

艺术形象的情景交融。”①

我们应该如何来看待这种观点呢？毋庸置疑，抒情作品的意境当然是要以作品中的景与情的描写作为基础的，尤其是“情景交融”使意境的生成有了“实在”的基础，离开这个基础来谈意境当然是奢谈，是悬空之论。但是，我们要问的是，既然意境就是情景交融，或者等于情景交融，那么我们在有了“情景”论之后为什么还要“意境”论呢？同是一个东西，故意给予两个命名是必要的吗？如果不是“意境”论有比“情景”论更丰富深厚的审美内容，我们为何还要强调“意境”论呢？特别在谢榛、王夫之、李渔等已经把“情景”论推到成熟的地步之后，似乎“意境”论就更没有必要了。看来，我们只能说，“情景交融”只是揭示了艺术形象的一般特征，“情景交融”说只是在艺术形象层面来谈意境生成的初步基础，企图以“情景交融”来规定意境应有的美学内涵，不能不说还有很长的距离。

(二)“诗画一体”说

宋元时期是山水画大发展的时期。画论与诗论结合也时常可见。这时候出现的一个观点就是“诗画一体”论。苏轼明确提出：“诗画本一律，天工与清新。”②苏轼还特别提到王维的诗与画，说：“味摩诘之诗，诗中有画；观摩诘之画，画中有诗。诗曰：‘蓝溪白石出，玉川红叶稀。山路元无雨，空翠湿人衣。’”③此后这种“诗是无形画，画是有形诗”的观点层出不穷。山水画的特点就是要讲究空间上的虚实、远近等。后来的人就借用诗画关系的理论来解说意境。例如，清人笪重光说：“空本难图，实景清而空景现；神无可绘，真境逼而神境生。位置相戾，有画处多属赘疣；虚实相生，无画处皆成妙境。”④这意思是在空间上虚实相生，就会使画的“有限”延伸出“无

① 曾祖荫：《中国古代美学范畴》，华中工学院出版社1986年版，第287页。

② 苏轼：《书鄢陵王主簿所画折枝》二首之一。

③ 苏轼：《书摩诘蓝田烟雨图》。

④ 笪重光：《画筌》。

限”来，这就是有意境。现当代学者取这一视角去解释意境的人也不少。例如，宗白华教授就是非常重视意境的空间意识的学者。他说：

> 中国人于有限中见到无限，又于无限中回归有限。他的意趣不是一往不返，而是回旋往复的。唐代诗人王维的名句云：“行到水穷处，坐看云起时。”韦庄诗云：“去雁数行天际没，孤云一点静中生。”储光羲的诗句云：“落日登高屿，悠然望远山，溪流碧水去，云带清阴还。”以及杜甫的诗句：“水流心不竞，云在意俱迟。”都是写出这“目既往还，心亦吐纳，情往似赠，兴来如答”的精神意趣。”①

宗白华教授在此所说的“意趣”实际上就是他理解中的意境。因为下文分析杜甫那句诗时，他就用了“境界”一词。他从中国画出发所理解的意境就是在有限空间中看到无限，又从无限空间中看到有限。

蒲震元教授《萧萧数叶　满堂风雨——试论虚实相生与意境的构成》一文，也是从绘画空间转换的角度来解说意境的。他说：“意境的形成是基于诸种艺术因素虚实相生的辩证法则之上。所谓意境，应该是指特定的艺术形象（实）和它所表现的艺术情趣、艺术气氛以及可能触发的丰富联想形象（虚）的总和。”②虚实相生在绘画中明显是一个空间意识问题，在诗的意境里，的确写的是“萧萧数叶”，但其效果却是“满堂风雨”，有限中达到无限。另一位作者谭德晶在《意境新论》中把意境中的空间问题提得更明确，他从宋元以来的画论出发，认为：“意境当然是由个别的意象形成的，但是又并不是所有的意象都能形成意境。在意象中，只有那些能形成完整连续空间的意

① 宗白华：《中国诗画中所表现的空间意识》，《美学散步》，上海人民出版社 1981 年版，第 95 页。

② 蒲震元：《萧萧数叶　满堂风雨——试论虚实相生与意境的构成》，《文艺研究》1983 年第 1 期。

象才形成意境。”[1]在艺术空间中，他强调只有整体的连续的空间，才会有意境。应该说，从艺术空间的角度，以虚实相生的理论，来解释意境，是有效的。这个角度的解释当然还可进一步发挥。但是这一理论如果过于单一，也是有问题的。就是说，虚实相生的问题，也是各门艺术普遍的问题，是各门艺术共同的特性，如果我们不能紧紧地抓住抒情文学主要是通过语言来抒情这一特点，仅从虚实相生的角度来解说意境，也还是比较勉强的。诚如谭德晶所说："完整连续的空间只是意境的基础，不能说有了完整连续的空间就有了意境。除了这个空间性之外，还必须有空间中有情绪的弥漫充溢。"[2]他的话是说得不错的。

(三)境生"象外"说

唐代的诗歌特别是律诗发展到一个高峰，无论诗人之多，诗歌成就之高都是空前绝后的。唐代诗论最重要的成果之一，就是提出意境说，发展了"象外"说，并把意境说与"象外"说联系起来思考，即认为意境的主要规定是"象外之象""景外之景""韵外之致""言外之意"，反过来又用有没有意境来规定"象外"，两者互释。刘禹锡说："境生于象外"[3]，这可以说是以"象外"说解说意境最早最简洁的尝试。在刘禹锡看来，意境有两个层面，一层是作者要表现的诗情画意，他认为这就是"境"；另一层就是语象，即文字描写的形象，他认为这是"象"。这两个层次的关系是"境生于象外"，"境"在深层，人们不能见到，要通过语象的描写，在语象的浅层之外才能追寻到。司空图也是从实境与虚境的联系中来把握意境，实境是他的《诗品》中的一品："清涧之曲，碧松之阴，一客荷樵，一客听琴。"真是"语语如在目前"；那么虚境是什么呢？就是他认为"岂容易可谭哉"的

① 谭德晶：《意境新论》，《文艺研究》1993年第6期。
② 谭德晶：《意境新论》，《文艺研究》1993年第6期。
③ 刘禹锡：《董氏武陵集记》。

“诗家之景”，即“如蓝田日暖，良玉生烟，可望而不可置于眉睫之前”的“象外之象、景外之景”①。他认为意境就在实境与虚境的联系中，特别要于“象外”去寻找。

现当代学人利用唐代的“象外”说来解释艺术意境，成为一种学术时尚，到处可见。例如，较有代表性的是叶朗教授的解说：“到了唐代，在禅宗思想的推动下，‘意境’的理论就诞生了。什么是‘意境’呢？刘禹锡有句话：‘境生于象外。’这可以看作是对于‘意境’这个范畴最简明的规定。‘境’是对于在时间和空间上有限的‘象’的突破。‘境’当然也是‘象’，但它是在时间和空间上都趋向于无限的‘象’，也就是中国古代艺术家常说的‘象外之象’‘景外之景’。‘境’是‘象’和‘象’外虚空的统一。中国古典美学认为，只有这种‘象外之象’——‘境’，才能体现那个作为宇宙的本体和生命的‘道’（‘气’）。”②意境诞生于唐代，运用唐代的主要诗学观点“象外”说来解说意境，可能是诸说中理由最充分的。但是用“象外”说来解释“意境”也不是没有问题。关键之点是，“象外之象”，这并非抒情诗本身的某个成分，而是一种艺术效应。既然是一种艺术效应，那么离开读者的阅读和接受，所谓的“象外之象”就无从谈起。我们只能说“象外之象”是读者与作者对话的产物，所以如果要以“象外”说解说意境，就还需要读者接受的角度的配合。

（四）“生气远出”说

“气”的概念是先秦以来一个原始范畴。后人看到意境必须是生气灌注的，于是移“气”论来解释“意境”。司空图在《诗品·精神》中说：“生气远出，不着死灰，妙造自然，伊谁与裁？”今人郭绍虞教授在《诗品集解》中说：“生气，活气也，活泼泼地、生气充沛，则精神迸露纸上……有生气而无死气，则自然精神。”意境最重要的特征，

---

① 司空图：《与极浦书》。

② 叶朗：《说意境》，《胸中之竹》，安徽教育出版社1998年版，第54～55页。

就是要“生气远出”或“气韵生动”，只有这样才能感染人。所以宗白华教授在引了蔡小石在《拜石山房词序》所引别人的话“始境，情胜也，又境，气胜也。终境，格胜也”之后说：“‘气’是‘生气远出’的生命”，他的意思是意境的一个重要条件是“生命力的活跃”。① 从“气”和“生命力”的角度来解释意境，也还有一些论文，发表了很好的意见，但总的看这是解释意境的一个薄弱的环节，有待加深。当然，仅从这一角度解释意境又可能以偏概全，所以又必须与别的角度的解释互相配合。

(五)哲学意蕴说

中国先秦的“道”论，有深刻的学术影响。“道”家的“道”与后来佛教、禅宗结合影响尤其大。文学领域提出“原道”主张，也根深蒂固。这样后人就又引“道”论来解释意境，力图说明意境中所谓“象外”“意外”，其实就是一种形而上的意味。宋代严羽在《沧浪诗话》以禅论诗，提出“诗者，吟咏情性也。盛唐诸人唯在兴趣，羚羊挂角，无迹可求。故其妙处透彻玲珑，不可凑泊，如空中之音，相中之色，水中之月，镜中之象，言有尽而意无穷。”其意思也含有用他的“兴趣”说解释“意境”说的意思。现当代从这一角度着眼的论文还不是很多。其中叶朗教授的说法值得注意：“‘意境’的‘意’不是一般的‘意’，而是‘道’的体现。所谓‘意境’，就是在感性的(形而下的)日常生活和生命现象中，直接呈现某种形而上的意味。这是‘意境’不同于一般艺术的特点。”他认为“象外之象所蕴含的人生感、历史感、宇宙感的意蕴，就是意境的特殊规定性。”②从这一角度解释意境，是基于意境必定是“言有尽而意无穷”的，那么这无穷的“意”是什么呢？在许多有意境的诗中，那“意”往往是形而上的哲学意蕴，所以从这一角度解释意境是合理的。但很明显这种解释不能孤立进行，

① 宗白华：《中国艺术意境之诞生》，《美学散步》，上海人民出版社 1981 年版，第 63～64 页。

② 叶朗：《说意境》，《胸中之竹》，安徽教育出版社 1998 年版，第 55～57 页。

如果不与别的角度的解释相结合，是不可能揭示意境的奥秘的。

(六)对话交流说

先秦的孟子开始提出“以意逆志”说，汉代的董仲舒提出“诗无达诂”说，明代的钟惺提出“诗为活物”说，王夫之提出“作者以一致之思，读者各以其情而自得”的理论，中国古代的文学接受思想趋于成熟。这些思想与西方现代的接受美学相结合，形成了解说意境的又一重要视角。如前所述，在一般人的眼中，意境的最本质的规定在于“象外之象，景外之景”“言有尽而意无穷”，是“弦外之音”“味外之旨”“韵外之致”，那么这“象外”“景外”“弦外”“味外”“韵外”的东西，是独立于接受主体之外的文学作品本身所具有的，还是在与接受者的对话交流中产生的？这的确是一个问题。

这样，有的学者就转而从文学接受的角度来探讨意境的特征。例如，陶东风教授提出：“意境作为文艺作品的美感效应(而非作品的存在形态)是作品与接受者共同创建的，在接受过程也只能在接受过程中才能产生的，意境是一个变量，而不是定量，同一部作品见之于不同的接受主体其意境的形态或产生的方式、实现的程度都千差万别。”[1]“文艺作品就其本身的存在方式而言无非是一些符号——‘人类情感的表现性形式’或‘有意味的形式’，它自身无法产生言有尽而意无穷的、无画处皆成妙境的效果，这就需要有主体的介入。没有接受主体的介入，‘言’不可能自动地产生‘言外之意’，‘象’也不可能固有‘象外之象’。”[2]应该说，从文学接受的角度来考察意境的特征，的确开辟了一个新生面，见解也很独到。但是，第一，接受问题，不仅仅是涉及意境的生成，整个作品的审美效应都有待于文学的接受；第二，接受角度如不与别的角度相配合，也难以揭示意境的特征。

上面我们梳理了六种主要的关于意境的解说，应该说这六说都

---

① 陶东风：《中国古代心理美学六论》，百花文艺出版社 1990 年版，第 118 页。

② 陶东风：《中国古代心理美学六论》，百花文艺出版社 1990 年版，第 20 页。

言之有据、论之有理，但又都不能在多视角的交错中完整地全面地把握住意境的审美内涵。我们要反复强调的是，意境作为抒情型作品的审美理想，是一个多维度的结构。我们必须以全面的流动的视点，才可能接近“意境”的丰富美学内涵。

这里需要说明的是，在意境问题上，也有一些研究者看到了意境的复杂结构，其研究也不完全是单视角的。例如，宗白华教授说：“意境不是一个单层的平面的自然的再现，而是一个境界层深的创构。从直观感相的模写，活跃生命的传达，到最高灵境的启示，可以有三层次。”①这里是三个角度。在目前的意境研究中，这一观点仍然是最全面的。叶朗的研究主要涉及“象外之象”和“哲学意蕴”两个角度。蒲震元的研究主要涉及“情景交融”“象外之象”和“气韵生动”三个角度。陶东风的研究涉及“象外之象”和“接受创建”两个角度。他们的探讨已经把研究推到一定的深度。但是，在我看来，这些研究涉及意境的丰富美学内涵还有相当的距离，意境理论仍然有广阔的研究空间。

三、意境的核心美学内涵

那么，我们究竟应怎样来把握意境的丰富的美学内涵呢？这里我们根据古人的论述和今人的研究，加以吸收融合，认为**意境是人的生命力活跃所开辟的、寓含人生哲学意味的、情景交融的、具有张力的诗意空间。这种诗意空间是在有读者参与下创造出来的。它是抒情型文学作品的审美理想**。在对意境的这一界说中，“情景交融”“哲学意味”“诗意空间”“读者参与”这几点已经在述评中有了说明，不再赘述。

---

① 宗白华：《中国艺术境界之诞生》，《美学散步》，上海人民出版社1981年版，第63页。

我认为“生命力的活跃”是意境的最核心的美学内涵，这一点目前的研究论述得十分不够，这里应加以申说。

现在学界都承认中国古代意境说的最后总结者是王国维。王国维本人也很自信，他在《人间词话》中说：“言气质，言神韵，不如言境界。有境界，本也，气质、神韵，末也。有境界而二者随之矣。”又说：“沧浪所谓‘兴趣’，阮亭所谓‘神韵’，犹不过道其面目，不若鄙人拈出‘境界’二字为探其本也。”王国维认为他是境界说的提出者，是否有根据呢？无论“意境”还是“境界”前人早就提出，王国维有何理由说意境说是他提出的呢？当然我不认为意境说是王国维最早提出来的。但是我们不能不承认王国维意义上的境界说，承认其做出了突出的贡献。因为王国维的确在前人的基础上，加入了新见。根据我的考察，王国维《人间词话》中以下七条最为重要：

词以境界为最上。有境界则自成高格，自有名句。五代、北宋之词所以独绝者在此。

境非独谓景物也，喜怒哀乐，亦人心中之一境界。故能写真景物、真感情者，谓之有境界；否则谓之无境界。

“红杏枝头春意闹”，著一“闹”字，而境界全出。“云破月来花弄影”，著一“弄”字，而境界全出矣。

尼采谓：一切文学，余爱以血书者。后主之词，真所谓以血书者也。

诗人对宇宙人生，须入乎其内，又须出乎其外。入乎其内，故能写之；出乎其外，故能观之。入乎其内，故有生气；出乎其外，故有高致。

诗人必有轻视外物之意，故能以奴仆命风月；又必有重视外物之意，故能与花鸟共忧乐。

“昔为倡家女，今为荡子妇。荡子行不归，空床难独守。”“何不策高足，先据要路津，无为久贫贱，轗轲长苦辛。”可为淫鄙之尤。然无视为淫词、鄙词者，以其真也。五代、北宋之大词人亦然。非无淫词，读之者但觉其亲切动人；非无鄙词，但觉其精力弥满。可知淫词与鄙词之病，非淫与鄙之病，而游词之病也。①

以上七条，我们认为是王国维正面论“意境—境界”说最重要的言论。这些论述表达的意义有：①诗词以“意境—境界”为上，可以理解为意境是抒情诗的理想；②无论是写景的还是写情的，只要是“真”的，都是有境界的；③所谓“真”，不仅仅是真实的“真”，而是指生命力的高扬，因为他相信尼采的话“一切文学，余爱以血书者”，这可以看作是德国生命哲学在文学上的体现；④对诗人来说，只有有生命力的人，才能在写诗之时既能入乎其内又能出乎其外，才能与花鸟共忧乐，才能有生气；⑤就是“淫”“鄙”之词，只要不“游”，仍觉其亲切动人、精力弥满，因为这“淫”与“鄙”，正是人的生命力的表现。如果我们理解不错的话，那么王国维作为意境说的最后总结者，是把生命力的“弥满”，看作是“意境—境界”说的核心。他所讲的生命力观念不但来自古代的“气韵生动”“生气远出”的理想，更重要的是吸收了德国生命哲学的精神。王国维十分熟悉德国的生命哲学，还曾写过《叔本华与尼采》等论文，对于叔本华、尼采的意志理

① 彭玉平：《人间词话》，中华书局2010年版，第3、9、10、27、97、99、100页。

论、欲望理论等十分推崇。不难看出，他正是把中外关于“生命力”的思想汇于一炉，并熔铸于意境理论中。王国维强调的是，只有鲜活的、充溢着生命活力的情景世界，才可能具有意境，否则就没有意境。

也正是基于对“生命力”的赞美，王国维在《人间词话》中认为李煜的词是有意境的，李煜的后期的词是“血书”者也，就是以自己的生命来书写的，不是无病呻吟，也不是玩儿，是生命的节律的颤动。李煜是南唐后主，他在亡国后，过了三年“此中日夕只以泪洗面”的俘虏生活，尝尽人间苦难，生活的转变，激发了他的生命力，写出了一些颤动着生命律动的词，如他的一首《浪淘沙》：

> 帘外雨潺潺，春意阑珊。罗衾不耐五更寒。梦里不知身是客，一晌贪欢。　独自莫凭栏，无限江山，别时容易见时难。流水落花春去也，天上人间。

上片倒述，说只有梦里忘记是“客”(俘虏)，还能贪恋片刻的欢愉。当梦醒后听到雨声，知道春光即将消尽，五更的寒冷，心头的凄凉，分外使人无法忍受。下片说千万不要去凭栏眺望，隔着无限的江山已不能再看到自己的故园，回想亡国以前的生活与现在的俘虏生活相比，真是有天上人间的区别啊！这首词之所以有意境，最重要的是李煜对自己的前后完全不同的生活有着刻骨铭心的体验，这是他用生命的代价换来的。王国维在《人间词话》中举过这样的例子：

> “红杏枝头春意闹”，著一“闹”字而境界全出。“云破月来花弄影”，著一“弄”字而境界全出矣。

为什么著一“闹”字而境界全出呢？这不仅因为这个闹字使“红杏枝头”与“春意”联为一个整体，而且传达出诗人心灵的情绪、意趣在春天蓬勃生机之中特有的惬意与舒展，就像那春光中的红杏那样活泼热烈和无拘无束，这是生命力活跃的结果。

还有王国维的“隔与不隔”的问题，也应从“生命力的活跃”的角度来理解。王国维《人间词话》中说：

> 问隔与不隔之别，曰：陶、谢之诗不隔，延年则稍隔矣；东坡之诗不隔，山谷则稍隔矣。“池塘生春草”“空梁落燕泥”等二句，妙处唯在不隔。词亦如是。即以一人一词论，如欧阳公《少年游》咏春草上半阕云：“栏杆十二独凭春，晴碧远连云。二月三月，千里万里，(此两句倒置)行色苦愁人。”语语都在目前，便是不隔。至云：“谢家池上，江淹浦畔”则隔矣。

过去许多研究者总是以用典不用典来加以说明，不用典，所描写的事物鲜活生动，这便是不隔；用典则似乎隔了一层而不够鲜活，这就是隔。这种流行的解释不能说错，但显得肤浅。更深入的解释应该是，所谓“隔”是因为用典过多或过于晦涩，不能生动鲜活地表现事物，不能使所描写的事物灌注诗人的生命的体验，从而不能引起读者的想象和共鸣；所谓“不隔”，不但是因为“语语如在目前”，更重要的是因为灌注了诗人的鲜活的生命情感，而使读者的生命情感也被激发起来了。隔是死的，无生命的；不隔是活的，有生命的，隔与不隔的区别正在这里。意境的灵魂是所描写的对象的生命活跃与高扬，使读者不能不为之动情而进入那特定的诗意时空中去。

如果说王国维对意境说有贡献的话，那么我们认为他主要是给“意境—境界”说注入了“生命力”这个重要的观念。这一点正是前人未能达到的地方。

(《东疆学刊》2002 年第 3 期)

文学作品层次及其艺术分析[①]

今天我的讲话分为三个方面：第一个方面，讲一讲文本与作品的区别与联系，这个问题关系到阅读、分析和欣赏的发生的问题，所以要简单地介绍一下；第二个方面，介绍中外的关于作品层次的看法，使大家对文学文本的理论有一种新的理解，只有了解了作品的层次结构，分析和鉴赏才能找到切入点和归宿点；第三个方面，讲关于文学作品的接受、鉴赏与分析的诸多问题。

一、文本与作品的区别与联系

文本与作品的区别是现代文学理论中的一大问题。总的来说，文学是一种由各个维度形成的活动。文学活动最起码有四个要素，即世界—作者—作品—读者。可以画成一个图。“文学活动”图示：

① 该文是笔者于2012年9月在沧州师范学院河北省教师培训班的讲演。

世界

/　　　　\

读者　　　作者

\　　　　/

作品

文学的分析和鉴赏属于读者对作品，但在分析和鉴赏中，不能不联系作者与世界，否则我们对作品无法做出最合理的解释。换句话说，分析和鉴赏不是孤立的，它是文学活动的一部分，永远不能与整个文学活动分割开来。例如，大家都熟悉李白的《早发白帝城》："朝辞白帝彩云间，千里江陵一日还。两岸猿声啼不住，轻舟已过万重山。"首先我们得知道这首诗的作者是唐代诗人李白，李白因何从白帝城乘船返回江陵呢？这跟李白的一段经历有关。那就是在安史之乱中，李白接受永璘王的邀请，成为永璘王的幕府。永璘王的活动，后来受到唐肃宗的指责，被称为"叛乱"，李白也就随之成为罪人，被流放夜郎。他不得不去服刑。半路遇到唐肃宗大赦，李白恰好到达白帝城。李白心情高兴，从白帝城出发返回江陵，这才有这首诗的诞生。在这里，如果我们真要对这首诗做出自己的分析和鉴赏，那么首先要了解作者李白及其经历，这就是"作者"，还要了解安史之乱，这就是"世界"了。这样我们分析和鉴赏一首诗的活动涉及的就是整个的文学活动。而所谓文本与作品的区别与联系，也就建立在我们对文学活动的理解上面。

又如，杜甫的《石壕吏》：

暮投石壕村，有吏夜捉人。
老翁逾墙走，老妇出门看。
吏呼一何怒！妇啼一何苦！
听妇前致词，三男邺城戍。

一男附书至，二男新战死。
存者且偷生，死者长已矣！
室中更无人，惟有乳下孙。
有孙母未去，出入无完裙。
老妪力虽衰，请从吏夜归。
急应河阳役，犹得备晨炊。
夜久语声绝，如闻泣幽咽。
天明登前途，独与老翁别。

有的学者分析说，唐肃宗乾元二年(759)春，郭子仪等九节度使六十万大军包围安庆于邺城，由于指挥不统一，被史思明援兵打得全军溃败。唐王朝为补充兵力，便在洛阳以西至潼关一带，强行抓人当兵，人民苦不堪言。这时，杜甫正由洛阳经过潼关，赶回华州任所。途中就其所见所闻，写成了“三吏”“三别”。《石壕吏》是“三吏”中的一篇。全诗的主题是通过对“有吏夜捉人”的形象描绘，揭露官吏的横暴，反映人民的苦难。这种分析不到位。因为赏析者未能完全理解此时杜甫的思想感情。这里存在一个“历史—人文张力”，存在一个既要求百姓理解战争，积极支持战争，又对战争中官吏的作为不满的思想感情。

文学文本作为文学接受的对象，是文学接受活动赖以进行的必要条件，但按接受美学的看法，文学文本和具体化了的作品还是有区别的。因为文本还仅仅是一些印刷品，一些文字符号，它虽然具有潜在的意义，具有召唤结构，但毕竟还没有变成鲜活的、现实的实体，还没有得到读者心灵的感应，因此，它还是第一文本，还不能构成实在的美学对象。第一文本经过作为接受主体的读者欣赏性的阅读，经过阅读过程中想象的作用，其潜在的意义变成了鲜活的、现实的实体，其召唤得到了读者的响应之后，才变成第二文本，即作品，才成为实在的美学对象。

> 文学作品并不是对于每一个时代的每一个观察者都以同一种面貌出现的客体，并不是一座自言自语地宣告其超时代性质的纪念碑，而像一部乐谱，时刻等待着阅读活动中产生的、不断变化的反映。只有阅读活动才能将作品从死的语言材料中拯救出来并赋予它现实生命。[①]

接受美学把读者通过阅读活动所具体化的美学对象视为主要研究对象，其目标是要用接受美学取代以创作为研究中心的美学。接受美学的基本特征之一就是把注意力转向读者，强调读者在阅读过程的创造作用，认为读者才是作品的“真正完成者”。姚斯说：

> 在作家、作品和读者的三角关系中，后者不是被动的因素，不是单纯做出反应的环节，它本身就是一种创造历史的力量。文学作品的历史生命没有接受者能动的参与是不可想象的。[②]

姚斯的这个理论当然也不新鲜，在这之前，早就有人谈到过。法国象征主义诗人保尔·瓦莱里说过：“我诗歌中的意义是读者赋予的。”波兰哲学家英伽登也认为文学文本本身只提供了一个多层次的框架或图式结构，其中留下了许多未定点，只有在读者通过阅读，把这些未定点确定之后，文本才变成作品。文本是作家笔下的语言文字编织的符号，它因为有空白，有未定点，所以可以被读者所阅读、接受和鉴赏，它是文学接受的基础；文本如果不被阅读和接受，

---

① H. R. 姚斯、R. C. 霍拉勃：《文学史作为向文学理论的挑战》，《接受美学与接受理论》，辽宁人民出版社 1987 年版，第 20 页。

② H. R. 姚斯、R. C. 霍拉勃：《文学史作为向文学理论的挑战》，《接受美学与接受理论》，辽宁人民出版社 1987 年版，第 24 页。

束之高阁，那么它永远不会变为鲜活的作品，阅读与接收是变文本为作品的关键环节，接受与鉴赏的地位是特别重要的。文本是作品的前提，作品是文本的实现。文本与作品之间的中介是接受(阅读、理解、分析、欣赏)。

二、中外文学作品层次论

中国先秦时期，庄子就提出言与意的关系问题。在庄子的理论体系中，最高的观念就是“道”。“道”是“物之初”，是万物的起源，但它只可“神遇”，不可“目视”，是不容易追寻到的东西。所以他说：

> 世之所贵道者，书也。书不过语，语有贵也。语之所贵者，意也，意有所随。意之所随者，不可以言传也。而世因贵言传书。世虽贵之，我犹不足贵也，为其贵非其贵也。故视而可见者，形与色也；听而可闻者，名与声也。悲夫，世人以形色名声足以得彼之情！夫形色名声，果不足以得彼之情，则知者不言，言者不知，而世岂识之哉！①

这意思是说，世人所珍贵的道载于书，书不过是言辞，言辞有它的珍贵处。言辞珍贵的是意义，意义有所指向。但意义所指向的，是不可用言辞来表达的，世人因珍贵言辞而传之于书。世人虽贵重书，我却以为不足贵重，因为所贵重的并不是值得贵重的。可以看得见的是形与色，可以听得见的是名与声。可悲啊，世人以为从形色名声就可以得到事物的实情。假定形色名声不足以确知事物的实

① 《庄子·天道》。

情，那么知道的不说，说的又不知道，这样，世人如何能理解呢？庄子这段话的旨趣在于提出“言不尽意”的命题，但从另一个方面看，他提出了作品中言与意的两个层次及其关系的可贵思想。言辞不是言辞本身，它的价值是指向意义。但言辞不可能说尽“道”的意义。其后王弼在继承庄子的“言意”说的基础上，又提出了一个“象”的观念。他说：

> 夫象者，出意者也。言者，明象者也。尽意莫若象，尽象莫若言。言生于象，故可寻言以观象；象生于意，故可寻象以观意。……故言者所以明象，得象而忘言，象者所以存意，得意而忘象。犹蹄者所以在兔，得兔而忘蹄，筌者所以在鱼，得鱼而忘筌也。

需要说明的是，王弼这段论述是在《周易略例》一书中提出的。他在这里所谈的“象”是易卦中的象，与生活中的事象是不同的。它并非作品中具体的形象，而是抽象的象征。但如果我们把王弼的言论加以“误读”或借用，则可以把“言”—“象”—“意”作为文学作品中的层面。王弼在原有的言与意之间又加入了象，这样就可以借用来理解作品的由表及里的言、象、意三个层次。这一思想看似普通，实则揭示出了作品的层次结构以及层次结构之间的内在联系。如果我们的借用可取的话，从作品构成论上看，是一个很大的发展。其后陆机的《文赋》、刘勰的《文心雕龙》、萧子显的《南齐书·文学传论》等，都只在“言不尽意”上面下功夫，从构成论角度看都未超过王弼。但真正自觉地分析作品的层次的是清代桐城派的文论家。刘大櫆在《论文偶记》第十三条中把作品分为“粗”与“精”两个层次，他说：

神气者，文之最精处也；音节者，文之稍粗处也；字句者，文之最粗处也。然论文而至于字句，则文之能事尽矣。盖音节者，神气之迹也；字句者，音节之矩也。神气不可见，于音节见之；音节无可准，以字句准之。

这里所说的“粗”与“精”并无褒贬之义，“粗”是指作品可见的形式上的外在因素；“精”是指不可见的超形式的内在因素。文学作品即是由字句—音节—神气三层构成。后来，刘大櫆的弟子姚鼐继承了他的思想，提出了分析作品的结构要由“粗”而“精”的见解。他在《古文辞类纂》中说：“凡文体类十三，而所以为文者八，曰神、理、气、味、格、律、声、色。神、理、气、味者，文之精也；格、律、声、色者，文之粗也。然苟舍其粗，则精者亦胡以寓焉。学者之于古人，必始而遇其粗，中而遇其精，终而御其精者而遗其粗者。”不论姚鼐所说的“精”与“粗”所包含的因素是否妥当，他所提出的分析作品的构成要由“粗”而“精”、由形式到内容、由可见的因素到不可见的因素的方法，是极富启发意义的。这种作品构成论，比之上述两种作品构成论似乎都要合理一些。

在西方，与王弼、刘大櫆、姚鼐相似的作品构成论也早已提出来了。这种理论的思想萌芽在古希腊时期就有。而真正把它当作一种理论自觉提出来的是黑格尔的“意蕴”说。黑格尔说：

遇到一件艺术作品，我们首先见到的是它直接呈现给我们的东西，然后再追究它的意蕴和内容。前一个因素——即外在因素——对于我们之所以有价值，并非由于它所直接呈现的；我们假定它里面还有一种内在的东西，即一种意蕴，一种灌注生气于外在形状的意蕴。那外在形状的用处就在指引到这意蕴，因为一种可以指引到某一意蕴的现象并不只是代表它自己，不

> 只是代表那外在形状，而是代表另一种东西，就像符号那样，或者说得更清楚一点，就像寓言那样，其中所含的教训就是意蕴。文学也是如此，每个字都指引到一种意蕴，并不因它自身而有价值……艺术作品应该具有意蕴，也是如此。它不只是用了某种线条，曲线，面，齿纹，石头浮雕，颜色，音调，文字乃至于其他媒介，就算尽了它的能事，而是要显现出一种内在的生气、情感、灵魂、风骨和精神，这就是我们所说的艺术作品的意蕴。[①]

值得注意的是，黑格尔在这里没有从内容与形式的角度来谈论作品的层次结构，而是从外在的因素与内在的意蕴来说作品的层次结构的，而且他认为外在因素的作用就在于“指引到”内在的意蕴。由此不难看出，黑格尔的见解与姚鼐的作品的“粗”与“精”及其关系有着异曲同工之妙。他们用的词语不一样，可思想却完全一致。然而在西方关于作品的层次结构的理论，最值得注意的是波兰现象学派的艺术理论家英伽登的理论，英伽登把文学作品分成由表及里的五个层面。第一个层面是声音的层面。基于这一声音层面产生了第二个层面，即意义单元的组合层面，即每一句法结构都有它的意义单元。在这种句法的结构上产生了第三个层面，即要表现的事物，也就是小说家的“世界”、人物、背景这样一个层面。第四个层面是所谓“观点”的层面，即文学作品中“世界”的局面是从一个特定的观点看出来的。有的作品还有第五个层面是“形而上性质的层面，如其中所表现的崇高的、悲剧性的、喜剧性的、神圣性的，通过这一层面使作品可以引人深思”[②]。韦勒克认为，这最

① 黑格尔：《美学》第1卷，商务印书馆1979年版，第24～25页。

② 雷·韦勒克、奥·沃伦：《文学理论》，生活·读书·新知三联书店1984年版，第152～153页。

后一个层面对某些作品来说，并不是非有不可的。韦勒克给英伽登的作品层次论以很高的评价，认为“他对这些层面的总的区分是稳妥的，有用的”，因为“对一件艺术品做较仔细的分析表明，最好不要把它看成一个包含标准的体系；而要把它看成是由几个层面构成的体系，每一个层面隐含了它自己所属的组合”①。在我看来，英伽登的层次论的优点不仅在于他把作品的内容与形式融通在一起分成五个层面，而且还在于他把五个层面的关系沟通了，他设想这些层面是互为条件的，缺少第一个层面，第二个层面就不能存在，缺少第二个层面，第三个层面也就不能存在……而且其中任何一个层面没有其他四个层面也不能存在。可以这样说，英伽登的作品层次论既避免了内容与形式二分法的机械分割的缺点，又弥补了形式主义的作品构成论完全把生活、情感内容撇开的弊病。因此，英伽登的作品层次论理应引起我们高度的重视。还值得一提的是，英伽登的理论似乎是对王弼的“言、象、意”理论的补充与完善，虽然他们既非同时代，又非同国度，英伽登也根本不会知道中国有一个王弼在一千多年前就曾提出过与他相似的层次结构理论坯型。当然，英伽登的作品层次结构论在我们看来也并不是毫无缺点的。首先，他把声音列为一个层面是不是有必要，是可以怀疑的；其次，在他排列的层次中对文学作品所反映的社会的、历史的生活内容重视不够。但无论怎么说，英伽登还是为我们建立比较符合实际的作品构成论开辟了一条新路，我们沿着这条新路，可能提出一些新的东西来。

我对文学作品层次论的理解。

我认为以王弼的“言、象、意”说和英伽登的“层次”说为基础，来建立文学作品的层次论是比较可取的。若把他们的理论稍加改造，

---

① 雷·韦勒克、奥·沃伦：《文学理论》，生活·读书·新知三联书店1984年版，第158～159页。

我们可以把文学作品由表及里地分为浅层结构与深层结构。浅层结构总的说是人的感知觉可以直接或间接地把握的层面。首先是语言—结构层。我们面对一部文学作品，第一眼看到的是它的言语体系，但这个言语体系之所以能为读者所理解，见出其一个个的意义的单位，是因为它是按一定的结构整合起来的。言语与结构之间的联系是紧密联系的，靠了它们的联系，文学作品才得以成为一个有机的整体。其次是艺术形象层。语言—结构层的有机整体唤起具体可感的艺术形象，而作品中的艺术形象这个层面不是直接可以感知的层面。语言—结构层所组成的整体必须经过读者的想象机制的作用，才能在读者头脑中出现具体可感的艺术形象。文学作品的深层结构总的说是人的感知觉无法把握的层面，它是要靠思考才能把握到的层面。首先是历史人文内容层。作品中的艺术形象一般总是要表现、指向或暗示一定的经过作家评价过的历史人文内容，这里既包括生活内容，又包括倾注于作品中的情感内容。其次是哲学意味层，即上述三个层面最终又引向某种人生哲学意味的传达。这个层次相当于英伽登所说的作品“形而上性质”层面，它是作品中透露出来的对人生真切的高层次的体验和思考，包括悲剧性、喜剧性、神圣性、象征性等各种各样的对人生的理解。当然，在一些作品中这个层面是不存在的，或者说还没有被人发现。浅层与深层各有两个层面，每一个较浅的层面都指向较深的层面，上述层面互为条件，没有语言—结构层，就没有艺术形象层。没有艺术形象层，就没有历史人文内容层，以此类推。而没有后头的层面，前头的层面往往就失去了价值与意义。浅层与深层的结合构成了文学作品和谐的整体，如下图：

内容

……………… 语言—结构层 ……………… 实在层

形式

↕

浅层　　　　　　　　　　形式美

内容

……………… 艺术形象层 ……………… 经验层

形式

↕

内容

……………… 历史人文内容层

形式

↕

深层　　　　　　　　　　内容美

内容

……………… 哲学意味层 ……………… 超验层

形式

这里还须说明两点。

第一，上述四个层次，每一个层次都作为艺术美而存在。语言—结构层和艺术形象层所整合而成的浅层结构，相对而言是作为形式美而存在的，如韵律美、节奏美、结构美、人物美、意境美等，都以其具体的感性特征给人的感官以审美的愉悦，如孟浩然的《过故人庄》：

故人具鸡黍，邀我至田家。
绿树村边合，青山郭外斜。
开轩面场圃，把酒话桑麻。
待到重阳日，还来就菊花。

这就是实在层面的语言文字和结构，也是具有韵律美，节奏美，经验层面的生活形象美的。一层一层展开，从“邀”到“话”，从“绿树”到“菊花”，都很美。深一层的农家生活之美，农业文明之美。

历史人文内容层和哲学意味层所构成的深层结构，相对而言是作为内容美而存在的，如生活美、人情美、情操美、悲剧美、喜剧美、理性美等，都能令人心驰神往。历史人文内容主要是生活美的折光。它为文学所固有，它不是什么文学“外界”，它是“内界”。哲学意味作为超越作品一切形式的最深层次的意蕴，是一种具体的人生精义、深刻的生活真谛，它具有超越时空的普遍性，它最耐人寻味，最富启迪力，最能使人联想到生活，但它又往往说不尽道不明，它可以说是文学作品的无言之美。《过故人庄》暗示出了农家之间的人情美，这是深层次的意蕴之美。

第二，作为一种艺术的文学，也可以理解为实在层—经验层—超验层。文学是语言的艺术。语言是由物质性的语音文字构成的，人说话，引起声音震动，这才显现出言语，也才显示出意义。记录语言的文字文本，那物质性的笔画，即所谓的“白纸黑字”，也是物质实在的。通过这语言文字的实在层，所显示出来的历史人文内容，是作家人生经验的结晶，读者要理解它，也需要人生经验的积累。经验层是作品的中间层面。作品所暗示出来的哲学意味，则是超越了具体的经验，它给人生以启迪，属于作品的最深的层次。例如，苏轼的《题西林壁》：“横看成岭侧成峰，远近高低各不同。不识庐山真面目，只缘身在此山中。”全诗所写的都是人的直接感觉经验，但却透露出要看清楚一个巨大的事物，必须与事物保持距离的道理，即所谓“旁观者清”，则是超越了我们经验的抽象的哲理了。

三、文学文本的分析途径

第一，通过对语言文字的阅读，唤起一种整体的感知和想象。不是只言片语的阅读和孤立一句一句的了解，要转变为整体的感受。摘句就是一种毛病。对个别句子的理解，不能代替对整首诗的理解。要感受全篇，形成整体感受。只有在整体感受中，才能获得对整个作品的理解。例如，陆游的《游山西村》：

莫笑农家腊酒浑，丰年留客足鸡豚。
山重水复疑无路，柳暗花明又一村。
箫鼓追随春社近，衣冠简朴古风存。
从今若许闲乘月，拄杖无时夜叩门。

常见人们摘句，就懂“山重水复疑无路，柳暗花明又一村”，与王维的句子“行到水尽处，坐看云起时”一脉相承。句子要放到整体中去品味，这才有意义。这首诗是一种展开的结构，与《过故人庄》相似。诗人游了自己家附近的一个未到过的村子，写游这个村子所见。首联是农家丰收，热情接待；次联是写山水之景，村子相连又相遮。你必须走到尽头，才会有新的村景显现出来；第三联转到民俗的描写，写“春社”的热闹；第四联是说以后我还会来，就是在月夜下，也会来敲你们的门，你们这里太美了。四句联成一个感知的整体，而不是孤立地欣赏某一句，作品的欣赏就是从整体的感知开始的。总体大于部分之和。“山重”句一定要放到整体中才有意义。以杜甫《羌村三首》中“群鸡正乱叫”为例：

峥嵘赤云西，日脚下平地。柴门鸟雀噪，归客千里至。
妻孥怪我在，惊定还拭泪。世乱遭飘荡，生还偶然遂。
邻人满墙头，感叹亦歔欷。夜阑更秉烛，相对如梦寐。

晚岁迫偷生，还家少欢趣。娇儿不离膝，畏我复却去。
忆昔好追凉，故绕池边树。萧萧北风劲，抚事煎百虑。
赖知禾黍收，已觉糟床注。如今足斟酌，且用慰迟暮。

群鸡正乱叫，客至鸡斗争。驱鸡上树木，始闻叩柴荆。
父老四五人，问我久远行。手中各有携，倾榼浊复清。

苦辞酒味薄，黍地无人耕。兵革既未息，儿童尽东征。

请为父老歌，艰难愧深情。歌罢仰天叹，四座泪纵横。

第二，要抓住文本的“症兆性”特点，然后把这“症兆”放置于历史语境中去分析，那么这种分析就必然会显示出深度来，甚至会分析出作家和作家的思想及艺术追求来。人们可能进一步会问，你说的作家或作品的“症兆”又是什么？“症兆”是什么意思呢？法国学者阿尔都塞提出的“症候阅读”，最初属于哲学词语，后转为文学批评话语。此问题很艰涩，不是三言两语能说清楚的。我们这里只就文本话语的特征表现了作者思想变动或艺术追求的一种“症候”来理解。这种“症候”，有时在全篇，如鲁迅的《狂人日记》；有时在一些情节上，如《故乡》中“我”与闰土的变化；有时在话语上，如《祝福》中祥林嫂反复对人讲的那句话：我真傻，真的，我单知道下雪的时候野兽在山坳里没有食吃，会到村里来；我不知道春天也会有。

第三，是把文本放回到原有的历史语境中去把握。历史语境是比历史背景更具体的东西。所有的文本都产生于特定的历史语境中，如果我们不找到历史语境，或者把历史语境弄错了，那么对文本的分析也就不可能。所谓“历史背景”，指的是一段历史的一般历史发展趋势和特点，最多是写某个历史时期的主要事件和人物，展示某段历史与某段文学发展的趋势和特点大体对应，是“一般”。“历史语境”则不同，它除了要把握某个历史时期的一般的历史发展趋势和特点之外，还必须揭示作家或作品所产生的具体的文化语境和情景语境，是“特殊”。换言之，历史背景着力点在一般性，历史语境着力点是在具体特殊性。我之所以强调历史语境，是因为只有揭示作家和作品所产生的具体的历史契机、文化变化、情境转换、遭遇突显、心理状态等，才能具体地深入地了解这个作家为何成为具有这种特色的作家，这部作品为何成为具有如此思想和艺术风貌的作品。这样的作家和作品分析才可以说是历史具体性和深刻性的。例如，韩愈的《左迁至蓝关示侄孙湘》：

一封朝奏九重天，夕贬潮州路八千。欲为圣明除弊事，肯将衰朽惜残年！

云横秦岭家何在？雪拥蓝关马不前。知汝远来应有意，好收吾骨瘴江边。

《左迁至蓝关示侄孙湘》，据日本藏《又玄集》所说，此诗题作《贬官潮州出关作》。左迁：贬官。古人以右贵左贱，故称贬官为左迁。韩愈时为刑部侍郎，上表极言其弊，被贬潮州刺史。蓝关：距长安不远，在长安附近蓝田县境。《地理志》："京兆府蓝田县有蓝田关。"湘：韩愈的侄孙韩湘，此时 27 岁，尚未登科第，远道赶来从韩愈南迁。后四年，即长庆三年(823)，韩湘进士及第，后为大理丞。唐宪宗时期，朝廷信佛过度。元和十四年(819)，唐宪宗遣使者迎佛骨入禁中，三日后乃送佛寺，耗费甚大。朝臣无谏阻者，韩愈一生致力于兴儒辟佛，时任刑部侍郎，独上《论佛骨表》谏阻，言辞激切。宪宗大怒，欲置韩愈死地，幸得宰相裴度等力保，方得免死，贬为潮州刺史。此诗即在赴潮州途经蓝关时所作。这就是这首诗的历史语境。有时间，地点，事件，人物，事件发展经过等。一定要把这历史语境讲清楚，诗歌的主旨才能得到理解，进一步我们才能体会出诗里所表达的感情。又如，对李白的《独坐敬亭山》的理解，同样要进入历史语境。

第四，是对文本深层意蕴和哲理的领悟。文学作品，无论是什么体裁的作品，只要是真正的好作品，都不能只停留在美好的词句、动人的文笔、抒情的色彩、曲折的情节的描写上面，还必须有深刻的寓意、深厚的思想和哲学的意味。如果我们读了一篇作品，只是觉得文字好、文笔好、情节好，却没有我们所说的深层的意蕴，那么我们就会觉得是去了一次没有目的的旅行，就会令人感到失望。鲁迅的作品好，好在哪儿，常常是他能通过平常的描写，揭示出深刻的思想。而我们阅读他的作品，欣赏他的作品，也一定要深入地领悟到他作品中深刻的思想的层面。他的小说《药》，不仅仅是一个令人感到凄惨的故事，更重要的是它的深刻思想。革命者夏喻被反动派杀害了，可他的鲜血成了贫苦人华老栓给他儿子治病的“药”，它的深刻意蕴在于揭示了革命者的悲哀，在于揭示了国民性的麻木和不觉悟。这里有一种因果关系，群众的麻木和不觉悟是“因”，而革命者的无谓牺牲是“果”，真正解析了中国的国民性问题，至今这个问题仍然有现实意义。他的较短的作品，如《故乡》《社戏》等，也不是纯写景，这里也有深刻的思想。《故乡》写了三个现实，过去的故乡，现在的故乡，未来的故乡，重点落在现在的故乡上。“我”与闰土的关系，当过去儿时的朋友，喊“我”为“少爷”时，关系被现实所颠倒。人们关系的悲哀完全展现出来，这是很深刻的。

如何才能揭示出作品中深刻的内涵，关键在哪里？关键在读者“领悟”。领悟不是认识，一加一等于二是认识，但对文学作品的深层次的寓意的揭示，要依靠领悟。领悟是一种印象主义的直感。这里似乎不通过逻辑思维，是直接的跳过逻辑的直感。陶渊明《饮酒》其五：

结庐在人境，而无车马喧。
问君何能尔？心远地自偏。
采菊东篱下，悠然见南山。
山气日夕佳，飞鸟相与还。
此中有真意，欲辨已忘言。

全诗的深刻内涵要依靠领悟。不是一般地喜欢山水，喜欢田园，这是陶渊明给自己开辟的一种新的生活方式。

第三辑

大众文化论

大众文化需要人文引导

当代中国的大众文化是指那些通过科技产品生产出来的、可以无限复制的、适合大众口味的、通俗的、流行的文化艺术产品。由于这种产品被纳入市场经济的运行机制，从而具有了区别于以前的产品的特征。我们可以把这些特征概括为商品性、娱乐性以及意义消解三个特征。商品性与娱乐性具有积极意义，不用多说，大家很容易理解。但意义消解作为当代大众文化的一种特性，则是消极的，不能不让人感到担忧。我所说的意义，就是指人文意义，即人的生活的目的与价值问题。意义消解就是指这种大众文化产品，只给人提供感官的刺激与快乐，不给人提供人生意义的引导。作品平面化，丧失了底蕴。例如，每年一次的挂历，上面的各种裸露的搔首弄姿的美女像，就是这类产品中最具有典型性的文本，这些美女让读者看了感到刺激，引起某种快感，但在这些美女像上面绝对读不出人的生活的意义。假如把这些美女像一张一张贴在农村家庭的饭堂的墙上，那么原本阴暗的饭堂会鲜亮起来，看着这些美女像吃饭也许会刺激食欲，某个小伙子也许会盯着其中的一位“美女”，欣赏她，觉得他的意中人就是这一位，可当他回过头来瞥见他的不那么美的媳妇的时候，他可能会觉得她不是他的意中人，她顿时变得不真实，他的意中人在墙上。结果假的变成“真”的，而真的却变成“假”的。真实感的丧失，就是这类大众文化产品的一种效应。在电视广告中，当贝多芬的乐曲与作为商品的皮鞋一起出现时，贝多芬作品的意义被消解了。当摇滚歌星用他的沙哑的吼叫一般的嗓音唱起歌颂红太阳的歌曲时，原有歌曲的意义被消解……对现实感的消解，对人生意义的消解，就是当代大众文化产品的重要特征之一。这是令人担心的。

加强对当代大众文化的人文精神的引导是十分必要的。

我们总是强调意识形态的引导(当然这也必要)，很少讲人文精神的引导。意识形态与人文精神是有联系的，但这两者又是有区别的。意识形态主要从政治上来规范，它涉及的问题是有限的。人文精神则主要规定：(1)人是什么？(2)人活着是为了什么？(3)人与他人的关系、与社会的关系应该是怎样的？人文精神的核心是尊重人，爱护人，发挥人的潜能，珍视人的经验，规范人生的意义。这样，人文精神就辐射到人的生活的各个领域，文化领域则是人文精神的集中体现。大众文化中有无人文精神，是关系到大众文化中有无灵魂的问题，关系到把大众往什么地方引导的问题。越是在商品经济大潮中，人们往往会见利忘义，这就越要通过大众文化加强人文精神的引导。

(《东方论坛》1994 年第 1 期)

媒体变化与审美文化创新①

在高科技的迅速发展中，传播媒体的变化是惊人的。从印刷媒体到电影、广播，从单频电视到多频电视，从网络传播到各种多媒体的传播，这种变化是高科技给人类送来的果实。但是媒体变化给人类送来的果实是越来越甜美呢？还是越来越苦涩？对于这个问题当然不能一概而论。这要看我们衡量的标准是什么？如果仅从视觉的色彩角度看，那么当然是电视和网络给我们更多的享受。但如果从历史的、人文的和诗意的标准看，从总体的发展趋势看，从大多数的情况看，越是现代的高科技的媒体，所给予我们的东西就越少。

在审美文化的范围内，印刷媒体是传统的、历史最长的、比较古老的，它给人类留下的审美文化遗产也最为丰厚(当然不是说这里没有差的

① 该文是作者在2003年“媒介变化与审美文化创新”学术研讨会上的发言，曾以笔谈形式发表于《北京社会科学》2003年第2期，原题为《媒体变化与审美文化的品位追求》。

和比较差的)。单从文学领域的情况看，无论中外，都给我们留下了无数的优秀作品，它的历史的、人文的和诗意的价值，是人类最为光辉的一页。从中国的活字印刷开始，无论是古代的诗赋词曲，还是四大传奇，都给予我们太多的享受。外国的情况也是如此，无论是19世纪法国和俄国的批判现实主义长篇小说，还是20世纪现代派的作品，从卡夫卡现代小说到荒诞派戏剧，都给我们留下了太深的印象，更不用说还有那么多的音乐和绘画作品。这里有无数的经过时间洗刷过的经典，我们可以一一列举出这些作品的名称。过多的举例是没有必要的。

在电影时代，如中国20世纪30年代到60年代，以及80年代初中期，我们在读小说的同时也看电影，许多电影作品有很高的思想和艺术品位，反映历史的真实，表现人对人的冲突、同情、理解和关怀，展现诗情画意。我们不会忘记这些电影给予我们的强烈的感受。但是与印刷作品相比，它们给我们的感受主要是视觉的，持久力不那么强。一些原是印刷作品的名著，被改编为电影或电视连续剧，它们使名著得到形象化的塑形，获得更广泛的传播，但也因为这些视觉的固定印象束缚住了我们的想象力和理解力，破坏了印刷作品本来应有的不确定性的辽阔空间。这在某种意义上破坏了印刷原著与读者之间的各种对话的可能。还有，原著的文化蕴含、艺术韵味也在改编中丧失了一些。从这个意义上看，从艺术的品位上说，电影和电视连续剧是对印刷品艺术的一次退步。

中国到了电视连续剧泛滥的90年代，电视台数量激增，电视连续剧、各种其他电视和网络审美文化作品多如牛毛。审美文化的后现代性明显加强，复制、逼真、平面、无深度、拼凑和戏仿等特征成为一种时尚。这不能不表现为：一方面是审美娱乐性的进一步加强；另一方面是艺术品位的急剧下滑。明明是历史剧却很少历史，大量的是戏说。明明是爱情剧，却很少言情，大量的身体的展览和利益的交换。明明是反贪剧，却不知贪污受贿的原因何在。历史的、人文的、诗意的因素的缺失，成为许多审美文化作品的共同特征。当然，也有好的和比较好的作品，如《长征》《激情燃烧的岁月》等既叫座也叫好，好评如潮。

问题在于为什么随着高科技的媒体的发展，在总体上那种激动人心的审美文化作品反而减少，品位反而更低呢？我认为问题的关键是商业资本不规范地介入审美文化的运作。商业是好东西，没有商业，货物就不能流动，人们就无法正常地消费。我们家里的哪一样东西不是从商店里买来的？但商业资本如果不规范地运作，那就是一个坏东西。这种商业资本运作的基本原则就是利润至上主义，利润就是一切。为了利润可以坑蒙拐骗，可以不顾道德良心，可以鲜廉寡耻。为了收视率，不惜迎合观众的低级趣味。审美文化在今天可以是一种正常的文化产业，像好莱坞那样运作。但如果被商业资本不规范地运作，那么它的品位的下滑就是必然的。因此，商业资本运作的规范性成为一个十分令人关注的重要问题。

实际上，商人，包括从事大众审美运作的商人，如果他们是真正的商人的话，都应该有两种特性：一种就是做生意，赚钱；另一种就是把做生意当作一种事业来做，这就不仅仅以赚钱为唯一目的。世界上最好的商人，他们都有“道”，或者说是对“道”的追求。商人的“道”的核心是诚信，但还有一种把商业做到极致的要求。例如，千方百计地把他的产品做成名牌，做成全国的名牌，做成世界的名牌，又为了这个目的，不惜临时亏本，一拼再拼，不达目的决不罢休，最终把他的事业推到高峰。这才是真正的商人。所以最好的商人不以赚钱为唯一目的。商人是有“道”的。只有当那些文化商人也认识到自己要追求“道”的时候，他们的产品“叫座”，那么我们的大众审美文化才能健康地发展，我们才有可能在历史的、人文的和诗意的追求下实现创新。

现实·历史·品位[①]

——当前文艺的娱乐消闲功能之我见

一、现实的需要

文艺具有娱乐消闲的功能是文艺理论的一个定律，古罗马的理论家贺拉斯在《诗艺》中说："如果是一出毫无益处的戏剧，长老的'百人连'(百人连为古罗马武装部队的单位——引者)就会把它驱下舞台；如果这出戏毫无趣味，高傲的青年骑士便会掉头不顾。寓教于乐，既劝谕读者，又使他喜爱，才能符合众望。"尽管贺拉斯是古罗马帝国的正统理论家，但他在指出文艺的"劝谕"作用的同时，仍强调"乐"的重要。毛泽东强调文艺是"团结人民、教育人民、打击敌人、消灭敌人的有力的武器"，但他也讲文艺的"消愁破闷"的作用。毛

① 该文曾发表于《文艺争鸣》1996年第2期，原题为《现实·历史·品味——当前文艺的娱乐消闲功能之我见》。

泽东的长子毛岸英在朝鲜牺牲后，他自己强忍着内心的痛苦，十分关心他的失去了丈夫的儿媳刘松林。1959年，刘松林大病，毛泽东写信用李白的诗鼓励她："你身体是不是好了些？……登高壮观天地间，大江茫茫去不还。黄云万里动风色，白波九道连雪天。这是李白的几句诗。你愁闷时可以看点古典文学，可起消愁破闷的作用。"[①]我长期持这样一个看法，文艺的本质是审美的、娱乐的，战争时期把文艺说成"武器"，是文艺的功能性借用，并不表明文艺的本质特征，就像我们的牙齿，它的基本功能是咀嚼，但在与敌人进行肉搏时，也可以用它做武器，把敌人的耳朵什么的咬下来，这是功能性借用，完全是可以的。但是，在和平时期，文艺可以在很大程度上恢复它的本性：审美、娱乐、休息、消闲……

上面是说娱乐消闲作为文艺的功能之一是大家的共识，那么为什么现在又要来讨论这个问题呢？这是因为现实生活重新向我们提出这个问题。与过去相比，属于我们自己的时间越来越多，特别是五天工作制的实行，人们除睡觉、吃饭时间之外，除那些特殊的工作族群外，据有的社会调查机构的说法，普通的大众在1个星期里起码也有50个小时的闲暇时间。如何来打发这么多时间，对大家来说成了一个问题。当然，人们可以有各种各样的安排，但通过文艺的欣赏以娱乐消闲是许多人的选择。既然是娱乐消闲，大家就愿意看一些通俗的、轻松的、幽默的、微微有点刺激性的东西，而不愿看那些板着面孔教训人的东西，不愿看那些太沉重的东西，也就是很自然的了。我们的文艺是为人民群众服务的，群众有这种需要，难道我们能让人民群众失望吗？这样文艺的娱乐消闲功能就更突出了。这个道理周恩来早在1961年就说过："群众看戏、看电影是要从中得到娱乐和休息。""朱德同志说，我打了一辈子仗，想看点不打

① 《毛泽东评点、圈阅的中国古典诗词》，中国工人出版社1992年版，第83页。

仗的片子。”①这个道理，在改革开放后的今天，在群众有了闲暇时间的今天，就更明显不过了。所以，文艺娱乐消闲功能的突出，是现实的需要，群众的需要。

我们说现实的需要，还由于在改革开放之后，许多剧团、电影院、期刊、报纸、杂志、出版社等都要自负盈亏，国家不给钱，要自己养活自己，如果还是像以前那样一切都要为政治服务，那么只能演出、放映、刊登、发表、播放教训人的东西，那么群众就不买你的账，你还能像“文化大革命”时期那样，让群众走进剧场和电影院，去看那看了无数遍的“样板戏”？这你已经做不到了。现在可供群众选择消闲的方式和空间大大扩大了。逛那像画廊一样的商店，看那像商店一样的画廊，出门旅游，看甲 A 足球联赛，进“迪”厅、“氧”厅，种花养草……干哪样不行，非要看你舞台上的、银幕上的、副刊上的、杂志上的专门想教训人的东西吗？当然，演员们、导演们、编辑们、主编们，所有主持文艺单位又要自负盈亏的领导们，都不傻，为了单位能生存下去，不能不想办法，去迎合群众的口味，尽量通俗一些、轻松一些、幽默一些，搞点有趣味的、有滋味的、有可读性的、有可看性的、甚至微微有点刺激性的东西给大家看，这是可以理解的。有人把这种情况说成是“逼良为娼”，这太过分了。既然你把这些文艺生产单位推向市场，就必须要给予它生存的空间。如果要它们走老路，这也不准，那也不准，却又不给经济上的支持，那是又要马儿跑，又要马儿不吃草，是不可能的事。就是那位贺拉斯在提出“寓教于乐”之后，还说了“这样的作品才能让索修斯兄弟赚钱”这样一句话。索修斯两兄弟是罗马著名书商，贺拉斯的“寓教于乐”就是给他们一条生路。

还有一点，一个社会的文艺的娱乐消闲功能被突出，是这个社会较为平稳的一种表征，这无损治理社会者的光辉。

---

① 周恩来：《在文艺工作座谈会和故事片创作会议上的讲话》，《周恩来选集》下卷，人民出版社 1984 年版，第 336～337 页。

二、历史的启示

从文学历史发展的角度看，通俗的具有较强娱乐消闲功能的文艺作品，在当时与雅文学并不是对立的，而且经过时间的沉淀之后，俗文艺作品也可能变成在文艺史上有着重要地位的雅文学作品。宋词就是一个典型的例子。

在宋代，词是配乐歌唱的一种艺术形式，词人写出歌词，歌女配以曲调在酒楼茶馆中歌唱，不论是词人、歌女还是听众，都把词当作娱乐消闲的艺术形式，所以历来都有“诗庄词媚”“诗硬词婉”的说法，也有人说，“词之为体如美人，而诗则壮士也”。所谓“媚”“婉”“美人”等定性语，都说明词在当时的地位与诗相比是很低的，诗是雅文学，是正宗，是“主旋律”，词则是小道，是“薄技”，是俗品，只是娱乐消闲的玩意，只配写些喝酒唱歌、儿女风情、风花雪月、离愁别绪，最高的评价是“诗余”，作者以“资欢”为目的，听众也以“资欢”为目的。总之，诗是“言志”之作，“发乎情，止乎礼义”，以讽喻美刺为传统，词是“艳科”，浸淫着享乐意识，词比诗要矮了一大截。苏轼以诗为词，用词体写出“大江东去，浪淘尽，千古风流人物……”，就为人所不理解，甚至遭到批评，如《后山诗话》云：“退之以文为诗，子瞻以诗为词，如教坊雷大使之舞，虽极天下之工，要非本色。”连苏轼自己的弟子也觉得丢脸。这就像现在某些严肃作家写起通俗小说不被人理解一样。

然而，历史的发展证明了宋词是反映宋代世俗生活的重要作品，从一定意义上看，它比宋诗的地位要高，它已经堂堂正正进入中国古典文学史，是中国古典文学的骄傲，当年的通俗文学转化为今天的文学珍品。还有明清传奇小说，在当时也是娱乐消闲作品，甚至曹雪芹在《红楼梦》中也说，他写此书是让读者“可破一时之闷”，可经过时间的筛选，这些作品中的精品，已成为古典作品中的精华。

这就是历史给我们的启示。

所以，我们千万不可看轻今天作家创作的娱乐消闲的作品，我相信今天的通俗作品中的精品，在经过历史的沉淀之后，终有一天为后人所重新发现，成为文学史上的不朽之作。我认为今天的通俗作品的创作，要提到历史的高度来看。它是现实的需要，同时它将得到历史的回响。我们必须有这样一种眼光。

三、品位的追求

当前通俗文艺作品的创作中，的确存在一个品位问题。现在的小说创作似乎不写性就不成小说，有的作品甚至超越了必要的界线，写的很“黄”，又没有多少文化内涵，一味迎合读者的低级趣味。有的作品大肆宣扬拜金主义、极端个人主义，确有思想毒素。有的作品宣扬小市民的理想，低级庸俗，看了令人作呕。对此现象如果我们不加以正视和批评，我们就是失责。现在有一种理论，叫“趣味无争辩”，我就喜欢这些趣味的作品，你管得着吗？振振有词。在趣味问题上，我的观点是，趣味是一个悖论。一方面，趣味是无需争辩的。俗话说，“萝卜青菜，各有所爱”，趣味是可以而且应该多样化的。你喜欢爱情片，我喜欢战争片，他喜欢武打片；你喜欢散文小品，我喜欢长篇小说，他喜欢诗歌；你喜欢婉约的，我喜欢豪放的，他喜欢隽永的，这都随便，不必争辩。但另一方面，趣味又是可以争辩的。低级的、黄色的、堕落的、庸俗的趣味，把读者引导到非人的异化的方向去，那么这就要加以批评，甚至禁止，不这样做，社会风气就会败坏，人文的、积极的和美好的精神就会丧失，对此我们非争个水落石出不可。我们一定要提倡健康的、美好的趣味，对此我们也非要把道理讲透不可。

恩格斯在谈到德国民间故事书的作用时说：“民间故事书的使命是使一个农民作完艰苦的日间劳动，在晚上拖着疲乏的身子回来的时候，得到快乐、振奋和慰藉，使他忘却自己的劳累，把他的硗瘠的田地变成馥郁的花园。民间故事书的使命是使一个手工业者的作坊和一个疲惫不堪的学徒的寒伧的楼顶小屋变成一个诗的世界和黄金的宫殿，而把他的矫健的情人形容成美丽的公主。但是民间故事书还有这样的使命：同圣经一样培养他的道德感，使他认清自己的力量、自己的权利、自己的自由，激起他的勇气，唤起他对祖国的爱。”①恩格斯说得多么好！他认为民间故事书是为了使读者“得到快乐、振奋和慰藉”，他把“快乐”两个字放在前面绝非偶然，他强调故事书必须是有趣味的，能使人得到休息，并在幻想中美化自己的生活，白天的劳动够沉重的了，故事书得让他们乐一乐；但这还不够，故事书还得使人“振奋”，也就是说故事书必须有较高的品位，是鼓舞人的、激励人的、催人向上的；而只有这样有高品位的故事书，才能使人得到“慰藉”，使人获得一个精神家园，这样才能在使人得到快乐的同时，又能培养自己的道德感、力量感，激起争取自由、权利的勇气，以及热爱祖国的感情。我认为恩格斯对德国民间故事书的功能的全面、深刻的论述，完全适用于我们今天对通俗文艺创作和以娱乐为主的文艺活动的要求。

高品位的追求应该成为一切通俗文艺创作、一切以娱乐消闲为目的的文艺活动的内在品质。应该认识到，是追求高品位还是迎合低级趣味，关系到对现实和历史是否负责的问题。所谓高品位，按我的理解就是要使作品具有人文主义的、民主精神的和审美关怀的文化内涵。一艘美丽的游船，如果里面没有足够的压舱物，那么它航行起来就要东摇西晃，就有可能翻船。同样，一篇或一部具有娱乐消闲功能的作品，要是没有人文主义、民主精神、爱国主义、集体主义等“压舱物”，也是危险的。

---

① 恩格斯：《德国的民间故事书》，《马克思恩格斯论艺术》第 4 卷，人民文学出版社 1966 年版，第 401 页。

休闲功能文学作品的二重性

魏饴先生的《挑战传统：悄然勃兴的休闲文学》[①]一文，对“休闲文学”的积极价值和形态特征进行了有益的阐发，是有现实意义的，目前来讨论这样一个问题也是适时的。

一、命名是必要的吗?

的确，现在与过去相比，属于我们自己的时间越来越多，特别是五天工作制的实行，人们除睡觉、吃饭时间之外，除那些特殊的工作族群外，据有的社会调查机构的说法，普通的大众在1个星期里起码也有50个小时的闲暇时间。如何来打发这么多时间，对大家来说成了一个问题。当然，人们可以有各种各样的安排，但通过文艺的欣赏以娱乐休闲是许多人的选择。既然是娱乐休闲，大家就愿意看一些通俗的、轻松的、

① 见《文艺报》2000年04月25日。

幽默的、微微有点刺激性的东西，而不愿看那些板着面孔教训人的东西，不愿看那些太沉重的东西，也就是很自然的了。但是魏饴先生所说的“休闲文学”这个概念能不能成立，还可以讨论。魏饴先生说：“所谓的休闲文学就是指以写休闲并以供读者休闲旨趣的一类文学作品。”问题在于：第一，写“休闲”生活，如以吃喝玩乐等休闲生活为题材的作品，其功能未必止于休闲。因为文学的特点之一是以小见大、以少总多，一花一世界，一叶一如来，写“吃”不限于“吃”本身，如果抓住了特征，它同样可以反映出时代的面影，甚至可以成为严肃作品的一个细节、一个契机、一个角度、一个典型。陆文夫的小说《美食家》主要写“吃”，作品中所描写的各种各样的佳肴令人目不暇接，但在这些“吃”的背后有人物命运，有历史回声，有哲学意味，能说是什么“休闲文学”吗？第二，具有休闲功能的作品，又往往不限于以休闲为题材为指归的作品，非休闲题材的作品，未必就不能在阅读中达到休闲的目的。毛泽东强调文艺是“团结人民、教育人民、打击敌人、消灭敌人的有力武器”，但他也讲文艺的“消愁破闷”的作用。毛泽东的长子毛岸英在朝鲜牺牲后，他自己强忍着内心的痛苦，十分关心他的失去了丈夫的儿媳刘松林。1959 年，刘松林大病，毛泽东写信用李白的诗鼓励她：“你身体是不是好了些？……登高壮观天地间，大江茫茫去不还。黄云万里动风色，白波九道连雪天。这是李白的几句诗。你愁闷时可以看点古典文学，可起消愁破闷的作用。”①毛泽东所讲的李白的诗和“古典文学”当然不是为“消愁破闷”写的，但它的“功能”可以“借用”，借用来“休闲”“娱乐”也不是很好吗？甚至写战争的题材的作品，只要有艺术魅力，在闲暇的时间阅读它，也能起休闲的作用；反之，一些写吃喝玩乐的作品，如果写得不好，没有魅力（这样的作品还少吗？），读了让人倒胃

① 《毛泽东评点、圈阅的中国古典诗词》，中国工人出版社 1992 年版，第 83 页。

口，恶心，觉得无聊，没意思，倒起不到什么“休闲”的作用。所以，我们现在给“休闲文学”命名，是不是有必要呢？

二、也可能会有消极作用

写吃喝玩乐，写琴棋书画，写花鸟鱼虫，写奇闻逸事，写靓丽美女等，就一般而言，对于读者是有益无害的。增长见识，满足欲望，陶冶性情，休闲娱乐等都有可能是阅读这些作品的收获。这一点魏先生已经说得很充分，这里不再重复。我这里想强调的是休闲功能作品的二重性问题：一重是，它可能具有丰富我们生活情趣的积极价值；另一重是，它也可能麻醉我们的感觉，或使我们丧失对社会的关心和对工作的热情。目前所谓的“休闲”作品差不多都是商品化的，与那些被称为“大众文化”产品是很难决然分开的。它的制作者(包括作者和出版者)为了制造“卖点”，自觉或不自觉地去迎合读者的某种欲望的需要，其中又以“物”和性的欲望特别受到它的制作者的重视，他们不能不通过各种美丽的诱人的词句，深深地渗透到所谓“休闲”作品的字里行间。商业资本的逻辑就是竞争，谁渗透得好，谁的产品就占领市场，谁就是赢家。人们的休闲日子，被商业资本紧紧盯住，被认为是推销他们产品的大好机会。因此，所谓“休闲”文学作品也逃不开这个商业资本的逻辑。在写吃喝玩乐、琴棋书画、花鸟鱼虫、奇闻逸事、靓丽美女、言情性爱之类无害的作品中，也不能不渗透进“生意经”和“物质欲”等，因为这里没有“商机”的驱动是不可能的。当然，对于读者来说，有点“生意经”“物质欲”也没有什么了不起。问题是这种“生意经”“物质欲”由于成百上千次重复，那么就会沉潜为你的无意识，你的感觉就可能会被这种无意识紧紧地捆绑住。也许，你已经过了休闲日，需要开始工作和劳动，但你的感觉仍然沉湎于那种无法自拔的满足物质欲望、娱乐欲望的无意识中。你甚至觉得国家社会的大事不值得关心，你觉得工作没有意义，“休闲”文学和大众文化改变了你对社会人生的态度，消闲变成“消沉”，其结果可能就是“玩物丧志”。不仅如此，你的感觉还可能以真为假、以假为真。所谓的“休闲”文学所着力描写的“物”越是精致、艳丽、清高、引人，那么你就越会觉得那里的一切才是可心的、真实的、不容置疑的，你这时回过头来看你周围的现实的“粗卑”“缺陷”“凡庸”等，你反过来觉得这不可心、不真实、令人怀疑，结果是真的变成假的，假的反倒成为真的。这种以假为真和以真为假的事情在我们周围还少吗！

三、关键是品位的追求

这样说来，我们是不是就要拒绝休闲功能的作品呢？这当然不是。重要的是要有对休闲功能作品的思想品位的追求。有人可能会以“趣味无争辩”来为休闲性作品的庸俗趣味、拜金主义、物质主义做辩护。有人喜欢，那么我就供应。我就是搞点“黄色”的，激发“买主”的已经萎缩的欲望，关你什么事？在趣味问题上，我的观点是，趣味是一个悖论。一方面，趣味是无需争辩的。俗话说，“萝卜青菜，各有所爱”，趣味是可以而且应该多样化的。你喜欢爱情片，我喜欢战争片，他喜欢武打片；你喜欢散文小品，我喜欢长篇小说，他喜欢诗歌；你喜欢婉约的，我喜欢豪放的，他喜欢隽永的，这都随便，不必争辩。但另一方面，趣味又是可以争辩的。低级的、黄色的、堕落的、庸俗的趣味，把读者引导到非人的异化的方向去，那么这就要加以批评，不这样做，社会风气就会败坏，人文的、积极的和美好的精神就会丧失，对此我们非争个水落石出不可。

恩格斯在谈到德国民间故事书的作用时说：“民间故事书的使命是使一个农民作完艰苦的日间劳动，在晚上拖着疲乏的身子回来的时候，得到快乐、振奋和慰藉，使他忘却自己的劳累，把他的硗瘠的田地变成馥郁的花园。民间故事书的使命是使一个手工业者的作坊和一个疲惫不堪的学徒的寒伧的楼顶小屋变成一个诗的世界和黄金的宫殿，而把他的矫健的情人形容成美丽的公主。但是民间故事书还有这样的使命：同圣经一样培养他的道德感，使他认清自己的力量、自己的权利、自己的自由，激起他的勇气，唤起他对祖国的爱。”[①]恩格斯说得多么好！他认为民间故事书是为了使读者“得到快乐、振奋和慰藉”，他把“快乐”两个字放在前面绝非偶然，他强调故事书必须是有趣味的，能使人得到休息，并在幻想中美化自己的生活，白天的劳动够沉重的了，故事书得让他们乐一乐；但这还不够，故事书还得使人“振奋”，也就是说故事书必须有较高的品位，是鼓舞人的、激励人的、催人向上的；而只有这样有高品位的故事书，才能使人得到“慰藉”，使人获得一个精神家园，这样才能在使人得到快乐的同时，又能培养自己的道德感、力量感，激起争取自由、权利的勇气，以及热爱祖国的感情。我认为恩格斯对德国民间故事书的功能的全面、深刻的论述，完全适用于我们今天对以娱乐为主的消闲文学活动的要求。

高品位的追求应该成为一切以娱乐消闲为目的的文学作品的内在品质。应该认识到，是追求高品位还是迎合低级趣味，关系到对人的精神建设是否负责的问题。所谓高品位，按我的理解就是要使作品具有人文主义的、民主精神的和历史精神的文化内涵。一艘美丽的游船，如果里面没有足够的压舱物，那么它航行起来就要东摇西晃，就有可能翻船。同样，众多的具有消闲功能的作品，要是都没有人文主义、民主精神、历史精神、爱国主义、集体主义、生命激情、环保意识等“压舱物”，也是危险的。消闲作品的制作者的本领在于，他们的产品既有这些思想文化的“压舱物”，又能够多赚钱。我不反对他们赚钱。

（《文艺报》2000年05月23日）

---

① 恩格斯：《德国民间故事书》，《马克思恩格斯论艺术》第4卷，人民文学出版社1966年版，第401页。

谈谈大众文化的二重性

当前大众消费文化的流行，是一个值得我们关注和认真对待的现象。网络博客文化的兴起，电子游戏的流行，使成千上万的青少年，迷恋网络；“超级女声”如火如荼的演出，成为一种时尚，吸引了国内外许多人的目光；“韩流”滚滚，《大长今》夜夜播送，抓住了许多观众的心，流泪和欢笑都是为了那个美丽的宫女；《红楼梦》演员选秀也吸引了不少观众的目光；各种各样的选美比赛更是人潮如涌。用手机发短信成为最新潮的娱乐方式，各种“黄色”“黑色”的段子，似乎成为很多人的生活的必需品。还有所谓的“日常生活审美化”现象，如城市规划、购物中心、街心花园、超级市场、流行歌曲、广告、时装、环境设计、居室装修、小车热、健身房、咖啡厅、茶楼、啤酒馆、旅游热等，更成为人们的生活现实。种种文化现象的出现，是一个社会步入正常态的表现，也是社会安定的表征。但是大众消费文化能不能健康地向前发展，关系到人民群众精神生活的大问题，关系到社会精神文明建设的大问题，关系到党所提倡的“文化产业”能否健康发展的问题。因此我们发展和建设社会主义先进文化，不能不面对上述这些现实问题，既要做出负责任的正确分析，又要有社会主义先进文化的积极引导。

大众消费文化是一种很复杂的事物，概而言之，可以说大众消费文化具有二重性。一重是大众消费文化供群众娱乐、消闲，所谓“悦耳悦目”，并且对社会的经济发展起牵动和支撑的作用；另一重是目前的大众消费文化经过商家的运作，渗入了赚钱的逻辑，于是不能不迎合读者的口味，甚至低级的口味，多数大众消费产品潜藏着消极的、不健康的、甚至有毒的因素，所谓“伤志伤神”，对我们培养高素质的公民产生不利的影响。

我们先来看第一重。

大众消费文化具有娱乐消闲的功能是文艺理论的一个定律，古罗马的理论家贺拉斯说：“如果是一出毫无益处的戏剧，长老的‘百人连’（百人连为古罗马武装部队的单位——引者）就会把它驱下舞台；如果这出戏毫无趣味，高傲的青年骑士便会掉头不顾。寓教于乐，既劝谕读者，又使他喜爱，才能符合众望。”①尽管贺拉斯是古罗马帝国的正统理论家，但他在指出文艺的“劝谕”作用的同时，仍强调“乐”的重要。这个观点也为马克思主义者所接受。恩格斯谈到德国民间故事书的时候说：“民间故事书的使命是使一个农民作完艰苦的日间劳动，在晚上拖着疲乏的身子回来的时候，得到快乐、振奋和慰藉，使他忘却自己的劳累，把他的硗瘠的田地变成馥郁的花园。民间故事书的使命是使一个手工业者的作坊和一个疲惫不堪的学徒的寒伧的楼顶小屋变成一个诗的世界和黄金的宫殿，而把他的

① 贺拉斯：《诗艺》，《〈诗学〉〈诗艺〉》，人民文学出版社 1962 年版，第 155 页。

矫健的情人形容成美丽的公主。”[1]毛泽东强调文艺是“团结人民、教育人民、打击敌人、消灭敌人的有力武器”，但他也讲文艺的“消愁破闷’的作用。毛泽东的长子毛岸英在朝鲜牺牲后，他强忍着内心的痛苦，十分关心他的失去了丈夫的儿媳刘松林。1959年，刘松林大病，毛泽东写信用李白的诗鼓励她：“你身体是不是好了些？……登高壮观天地间，大江茫茫去不还。黄云万里动风色，白波九道连雪天。这是李白的几句诗。你愁闷时可以看点古典文学，可起消愁破闷的作用。”[2]我长期持这样一个看法，文艺的本质是社会的，但又是审美的；是文化的，但又是娱乐的。战争时期强调文艺是“武器”，是文艺的功能性借用，是可以理解的。这就像我们的牙齿，它的基本功能是咀嚼，但在与敌人进行肉搏时，也可以用它做武器，把敌人的耳朵什么的咬下来，这是功能性借用，完全是可以的。但是，在和平时期，文学艺术，其中也包括现在流行的大众消费文化，则应在注重它的教育功能的同时，十分看重它的审美、娱乐、消闲的功能。

上面是说娱乐消闲作为文艺的和大众消费文化的功能之一是大家的共识，那么为什么现在又要来讨论这个问题呢？这是因为现实生活重新向我们提出这个问题。与过去相比，属于我们自己的时间越来越多，特别是五天工作制的实行，人们除睡觉、吃饭时间之外，除那些特殊的工作族群外，据有的社会调查机构的说法，普通的大众在1个星期里起码也有50个小时的闲暇时间。如何来打发这么多时间，对大家来说成了一个问题。当然，人们可以有各种各样的安排，但通过对文艺的欣赏，特别是对大众消费文化的欣赏，达到娱乐消闲的效果，是许多人的选择。既然是娱乐消闲，大家就愿意看

---

① 恩格斯：《德国民间故事书》，《马克思恩格斯论艺术》第4卷，人民文学出版社1966年版，第401页。

② 《毛泽东评点、圈阅的中国古典诗词》，中国工人出版社1992年版，第83页。

一些通俗的、轻松的、幽默的、有趣味的、甚至微微有点刺激性的东西，而不愿看那些板着面孔教训人的东西，不愿看那些太沉重的东西，也就是很自然的了。我们的文艺是为人民群众服务的，我们的文化产业也是为人民群众服务的，群众有这种需要，难道我们能让人民群众失望吗？这样大众文艺，包括现今流行的大众消费文化的娱乐消闲功能就更突出了。这个道理周恩来早在1961年就说过："群众看戏、看电影是要从中得到娱乐和休息。"他还转述朱德的话："我打了一辈子仗，想看点不打仗的片子。"[①]这个道理，在改革开放后的今天，在群众有了闲暇时间的今天，就更明显不过了。所以，大众消费文化的娱乐和消闲功能的突现，是现实生活的需要，是人民群众的需要。我们没有理由不满足这种需要。

我们说现实生活的需要，还由于在改革开放之后，特别是90年代以后，许多剧团、电影院、期刊、报纸、杂志、出版社等都要自负盈亏，国家不给钱，要自己养活自己，如果还是像以前那样一切都要从属于政治，那么只能演出、放映、刊登、发表、播放教训人的东西，那么群众就不买你的账，你还能像"文化大革命"时期那样，让群众走进剧场和电影院，去看那看了无数遍的"样板戏"？这已经做不到了。现在可供群众选择消闲的方式和空间大大扩大了。逛那像画廊一样的商店，看那像商店一样的画廊，出门旅游，看甲A足球联赛，进"迪"厅、"氧"厅，种花养草……干哪样不行，非要看你舞台上的、银幕上的、副刊上的、杂志上的专门想教训人的东西吗？当然，演员们、导演们、编辑们、主编们，所有主持文艺单位又要自负盈亏的领导们，都不傻，为了单位能生存下去，不能不想办法，去迎合群众的口味，尽量通俗一些、轻松一些、幽默一些，搞点有趣味的、有滋味的、有可读性的、有可看性的、甚至微微有点刺激

① 周恩来：《在文艺工作座谈会和故事片创作会议上的讲话》，《周恩来选集》下卷，人民出版社1984年版，第336～337页。

性的东西给大家看，这是可以理解的。有人把这种情况说成是“逼良为娼”，这太过分了，我是不同意的。既然你把这些文艺生产单位推向市场，把文化看成一种产业，就必须要给予它生存的空间。如果要它们走老路，这也不准，那也不准，却又不给经济上的支持，那是又要马儿跑，又要马儿不吃草，是不可能的事。就是那位古罗马的思想家贺拉斯在提出“寓教于乐”之后，还说了“这样的作品才能让索修斯兄弟赚钱”这样一句话。索修斯两兄弟是古罗马当时著名书商，贺拉斯的“寓教于乐”论就是给他们一条生路。

现在我们的问题已经进了一步，“文化产业”已经在实践过程中。文化的生产和消费成为我们社会主义市场经济的一个组成部分，它可以大大推动社会经济的发展，不但创造精神财富，还可以创造物质财富。2004 年张艺谋导演的商业片电影《英雄》，票房、海外音像版权费、国内音像版权费，加上与这部电影有关的广告、小说发行、邮票发行、漫画等，合在一起的收入达到 3.5 亿元以上。这个收入不是比多少个工厂、企业的收入多得多吗？而且文化产业的发展具有其他部门的经济所没有的优点，那就是它不会造成生态失衡、环境污染，也不用消耗大量的资源和能源，又能容纳大量的从业人员，这样的“清洁”产业，我们为何不给它以大力的支持呢？更重要的是，文化产业所生产的大众消费文化产品，如果做得好的话，是可以低投入高产出的。一部优秀的受到观众青睐的故事片或电视连续剧，可以抵得上若干个工厂和企业的经济效益。还有一点，一个社会的大众消费文化产品的娱乐消闲功能被突出，所看的东西不是整天让人绷着脸，是这个社会较为平稳的一种表征，是国家领导者有信心的表现，这绝对无损社会领导者和治理者的光辉。

另外，大众消费产品能不能出传世之作呢？我们可以从文学历史发展的角度来考察。从中国文学发展的角度看，通俗的具有较强娱乐消闲功能的文艺作品，在当时与雅文学并不是对立的，而且经过时间的沉淀之后，俗文艺作品也可能变成在文艺史上有着重要地位的雅文学作品。宋词就是一个典型的例子。

在宋代，词是配乐歌唱的一种艺术形式，词人写出歌词，歌女配以曲调在酒楼茶馆中歌唱，不论是词人、歌女还是听众，都把词当作娱乐消闲的艺术形式，所以历来都有“诗庄词媚”“诗硬词婉”的说法，也有人说，“词之为体如美人，而诗则壮士也”。所谓“媚”“婉”“美人”等定性语，都说明词在当时的地位与诗相比是很低的，诗是雅文学，是正宗，是“主旋律”，词则是小道，是“薄技”，是俗品，只是娱乐消闲的玩意，只配写些喝酒唱歌、儿女风情、风花雪月、离愁别绪，最高的评价是“诗余”，作者以“资欢”为目的，听众也以“资欢”为目的。总之，诗是“言志”之作，“发乎情，止乎礼义”，以讽喻美刺为传统，词是“艳科”，浸淫着享乐意识，词比诗要矮了一大截。苏轼以诗为词，用词体写出“大江东去，浪淘尽，千古风流人物……”，就为人所不理解，甚至遭到批评，如《后山诗话》云：“退之以文为诗，子瞻以诗为词，如教坊雷大使之舞，虽极天下之工，要非本色。”连苏轼自己的弟子也觉得丢脸。这就像现在某些严肃作家写起通俗小说不被人理解一样。

然而，历史的发展证明了宋词是反映宋代世俗生活的重要作品，从一定意义上看，它比宋诗的地位要高，它已经堂堂正正进入中国古典文学史，是中国古典文学的骄傲，当年的通俗文学转化为今天的文学珍品。还有明清传奇小说，在当时也是娱乐消闲作品，甚至曹雪芹在《红楼梦》中也说，他写此书是让读者“可破一时之闷”，可经过时间的筛选，这些作品中的精品，已成为古典作品中的精华。这就是历史给我们的启示。

所以，我们千万不可看轻今天创作的大众文化中的娱乐消闲作品，我相信今天的大众通俗作品中的精品，在经过历史的沉淀之后，终有一天为后人所重新发现，成为文学史上不朽之作。我认为今天的通俗作品的创作，要提到历史的高度来看。它是当前人民群众的需要，同时它将得到历史的回响。我们必须有这样一种眼光。

现在再讲大众文化的第二重。

我们也不要以为大众消费文化一切都好。大众消费文化不可否认地也有消极的另一重，这就是前面说的，大众消费文化经过商家的运作，渗入赚钱的逻辑，不能不迎合读者的口味，甚至低级的口味，多数大众消费产品潜藏着消极的、不健康的、甚至有毒的因素，对人产生了“伤志伤神”的作用，对我们培养高素质的公民发生不利的影响。

当前通俗文艺作品的创作中，的确存在一个品位高低的问题，是否有文化内涵的问题。目前流行的大众消费文化产品，有的只从赚钱的角度出发，一味迎合读者的低级趣味，色情的、暴力的、歌颂帝王将相的东西到处可见。有的作品大肆宣扬拜物主义、拜金主义、极端个人主义，确有思想毒素，有的甚至是糖衣包裹着的毒药。对此现象如果我们不加以正视和批评，我们就是失责。现在有一种理论，叫“趣味无争辩”，我就喜欢这些趣味的作品，你管得着吗?振振有词。在趣味问题上，我的观点是，趣味是一个悖论。一方面，趣味是无需争辩的。俗话说，“萝卜青菜，各有所爱”，趣味是可以而且应该多样化的。你喜欢爱情片，我喜欢战争片，他喜欢武打片；你喜欢散文小品，我喜欢长篇小说，他喜欢诗歌；你喜欢婉约的，我喜欢豪放的，他喜欢隽永的，这都随便，不必争辩。但另一方面，趣味又是可以争辩的。低级的、黄色的、堕落的、庸俗的趣味，把读者引导到非人的异化的方向去，那么这就要加以批评，不这样做，社会风气就会败坏，人文的、积极的和美好的精神就会丧失，对此我们非争个水落石出不可。我们一定要提倡健康的、美好的趣味，对此我们也非要把道理讲透不可。

恩格斯在谈到德国民间故事书的作用时，不但肯定它的娱乐消闲作用，而且也指出民间故事书还有这样的使命：“同圣经一样培养他的道德感，使他认清自己的力量、自己的权利、自己的自由，激起他的勇气，唤起他对祖国的爱。”恩格斯说得多么好！他认为民间故事书是为了使读者“得到快乐、振奋和慰藉”，他把“快乐”两个字放在前面绝非偶然；但这还不够，故事书还得使人“振奋”，也就是说故事书必须有较高的品位，是鼓舞人的、激励人的、催人向上的；而只有这样有高品位的故事书，才能使人得到“慰藉”，使人获得一个精神家园，这样才能在使人得到快乐的同时，又能培养自己的道德感、力量感，激起争取自由、权利的勇气，以及热爱祖国的感情。我认为恩格斯对德国民间故事书的功能的全面、深刻的论述，完全适用于我们今天对大众消费文化活动的要求。

高品位的追求应该成为一切大众消费文化和一切以娱乐消闲为目的的文艺活动的内在品质。应该认识到，是追求高品位还是迎合低级趣味，关系到对现实和历史是否负责的问题。所谓高品位，按我的理解就是要使作品具有人文主义的、科学精神的、民主精神的和审美关怀的文化内涵。一艘美丽的游船，如果里面没有足够的压舱物，那么它航行起来就要东摇西晃，就有可能翻船。同样，一篇或一部具有娱乐消闲功能的作品，要是没有人文主义、科学精神、民主精神、爱国主义、集体主义等“压舱物”，也是危险的。

“超级女声”的确能提起人们的精神。看，这些女孩子多可爱多美丽多活泼！但“超级女声”如不加以引导，其潜在的那种“一宿成名，一夜致富”的思想，那种不靠艰苦的劳动就获得成功的思想，那种靠偶然的即兴的瞬间表演的投机主义的思想就会在青少年中间发酵，“超级女声”文化就可能变成无文化或负文化，因此“超级女声”活动应该注入积极的健康的文化内涵。“宫廷戏”(如韩剧《大长今》，中国剧《还珠格格》《雍正王朝》等)不能太多。这些戏总是宣扬封建帝王将相的功德和权威，宣扬以帝王的是非为是非，宣扬帝王在上臣民在下的思想，连吃的菜也要以帝王的喜好为标准……这样的大众消费文化要是看多了，在潜移默化中，那种奴才思想，非民主、反民主的思想就可能影响我们的下一代，现代公民素质的培养也就变得很困难了。我们不能不看到，几乎所有的大众消费文化都隐含意识形态，不是这种意识形态，就是那种意识形态。

文化产业在牵动和促进经济的发展过程中，出现一些问题，属于正常现象，不必大惊小怪。我个人认为禁止不是办法，引导才是办法。我们一定要大力发扬社会主义的先进文化，用社会主义的核心价值观去引导，在娱乐中渗入爱国主义、集体主义和社会主义，不是不可能做到，问题首先是要去做，然后再想怎样去做，想尽一切办法把社会主义的核心价值观渗透进大众消费文化中去，成为其中的精神灵魂。这样大众消费文化就会既“悦耳悦目”，又“悦志悦神”，既有益于我们的社会主义和谐社会的精神建设，又能牵动社会经济中文化产业的大发展。

（《和谐社会：社会建设与改革创新——2007学术前沿论丛》下卷）

大众文化的二重性[①]

各位同学，现在我们讲大众文化的二重性。在大众文化的二重性这个问题下面，我准备分四个题目来讲：第一个是大众文化流行符合群众的需要；第二个是历史启示我们大众文化作品也可以成为经典；第三个是大众文化产品的确有二重性；第四个是大众文化的品位追求。这四个题目中的第三个将作为我们今天演讲的一个重点。

一、大众文化的流行符合群众的和现实的需要

大众文化流行，这是一种群众的需要。我们首先要对当下的大众文化有一个界说。我这里所说的当下的大众文化和 20 世纪 30 年代所说的大

① 该文是笔者于 2006 年给新加坡新跃大学研究生班做演讲的讲稿，载于童庆炳：《美学与当代文化讲演录》，广西师范大学出版社 2007 年版。

众文化与20世纪50年代所说的大众文艺都是不同的东西。这里所说的大众文化是当前流行的大众文化，是指以电子媒介等工具为承载的大众文化。这种大众文化在当前已经形成了一种汹涌的潮流。从电视连续剧到电视广告，从网络、手机短信到迪厅，还有电视屏幕上各种层出不穷的节目。比如，中央电视台的娱乐节目，现在被湖南电视台的“超级女声”超过了，于是他们也要弄相似的节目。这些娱乐节目每天晚上都有，比如说，在北京，中央台十几个频道，北京台十几个频道，再加上各省市都有一个到两个频道，合在一起就有上百个频道。你想看什么电视连续剧，看什么娱乐节目，什么都有！比如说，在我家，我跟我老伴还有一个小保姆小郭，分别包着两个电视机，我看一个，她们看一个。她们看的是什么呢？她们看的都是侦破片，就是有个案件，有悬念，就有警察介入侦破，要把这个案件弄个水落石出，情节非常曲折生动，里面有凶杀、有恋爱。她们要看得很晚，而且有时一边看一边还要流眼泪，流完眼泪之后她们还要讨论一番。我家的那个小保姆小郭，本来她的文化程度不高，可是她来我家6年以后，通过看电视，她什么都懂了，清朝有几个皇帝，哪个是好皇帝，哪个是坏皇帝，慈禧太后是怎么回事，孙中山怎么闹革命，什么是国共合作，抗日战争是怎么回事，她都弄清楚了。而我抱着电视机看什么呢？我就喜欢看球赛，比如说现在，北京台每天晚上正在播世界乒乓球比赛，今天我从《联合早报》看到了消息，新加坡队打得不错，也进入十六强，中国队肯定要拿冠军，这是没问题的。不管什么球，篮球、排球、足球、棒球、羽毛球、乒乓球，我都喜欢。一有球类比赛的直播，我就看，我就锁定那个体育台来看。总而言之，现在有各种新时尚、新的文化娱乐节目，作为一种文化现象，此起彼伏。电影院与过去相比，也更电子化了。宽银幕，看得十分清楚。这样，现在以电子媒介为载体的这种大众文化，就成为大家评论的对象，成为了学术界争论的一个热点。现在正在放映张艺谋导演的电影《英雄》，有叫好的，也有骂街的，不同意见在网络上交锋，在报纸上交锋。这些文化现象不必多说，大家都是知道的。

那么，对于当下流行的以电子媒介为载体的文化，应该怎样看呢？我认为当下流行的大众文化是群众的需要。为什么这么说？首先，大众文化的流行并不是无缘无故的，是由于群众需要这种流行文化，需要这种大众文化。中国社会生活自20世纪80年代以来，发生了很大的变化。在80年代以前，或者在80年代刚开始的时候，大家都在劳动中，而且负担很重，剩余时间很少。每个星期工作六天，有时候星期天还要到单位去加班，剩余时间是很有限的。如果你是一位老师，晚上还要备课；你是一个工人，也许还要上夜班；你是一个干部，还要去办公室坐班，表示你很勤劳，你很敬业。但是，从80年代末90年代初以来，这个情况发生了变化，属于大家的自己的时间越来越多。中国社会科学院的一个研究机构曾经做过一个调查，调查的结果是：实行五天工作制以后，人们除去吃饭睡觉的时间以外，除了那些很特殊的工作族群以外(比如说警察，他们晚上也要去上班)，普通人在一个星期内起码有50个小时的闲暇时间。这是怎么算出来的呢？因为在中国不像在你们新加坡这么辛苦。老实说，北京与新加坡相比，工作的节奏是很缓慢的。在北京，如果你早上8点上班的话，那么下午三四点就可以下班回家了；如果你9点上班的话，那么下午四五点就可以回家了；如果你是10点上班的话，前面已经空了2个小时，那么下午五六点就可以下班了。所以在中国办事情，你去得太早是找不到人的，去得太晚也是找不到人的。总的来说，工作是比较悠闲的。还有一部分工作人员，他们工作在家里，随心所欲，想多干就多干，想少干就少干，比如说像我们这些老师，还有一些中学老师，都是如此。中学老师也不像你们这里这样上那么多课。比如，那天我与戈艳老师聊天，我问他一周上多少课，他说一周有40多节的课，这吓了我一跳，因为这个在中国是完全不可能的事情。如果一个小学教师一天上三节课，五三一十五，15节课，怎么会有40多节课呢？所以说你们新加坡人还是很敬业啊，也很辛苦啊。在中国，人们的闲暇时间这么多，那么如何来打发这些时间呢，对大家来说就成了一个问题。当然每个人可以有自己的各种安排，但是通过大众文化来娱乐消闲这是很多人的选择。既然是娱乐消闲，人们就喜欢看那些通俗的、轻松的、幽默地、微微有点刺激性的，而不愿意看那些板着面孔教训人的东西，不愿意看那些太沉重的东西。这是很自然的了。文艺具有娱乐消闲的功能是文艺理论的一个定律，古罗马的理论家贺拉斯在《诗艺》中说："如果是一出毫无益处的戏剧，长老的'百人连'（百人连为古罗马武装部队的单位——引者）就会把它驱下舞台；如果这出戏毫无趣味，高傲的青年骑士便会掉头不顾。寓教于乐，既劝谕读者，又使他喜爱，才能符合众望。"[①]尽管贺拉斯是古罗马帝国的正统理论家，但他在指出文艺的"劝谕"作用的同时，仍强调"乐"的重要。毛泽东强调文艺是"团结人民、教育人民、打击敌人、消灭敌人的有力武器"，但他也讲文艺的"消愁破闷"的作用。毛泽东的长子毛岸英在朝鲜牺牲后，他强忍着内心的痛苦，十分关心他的失去了丈夫的儿媳刘松林。1959年，刘松林大病，毛泽东写信用李白的诗鼓励她："你身体是不是好了些？……登高壮观天地间，大江茫茫去不还。黄云万里动风色，白波九道连雪天。这是李白的几句诗。你愁闷时可以看点古典文学，可起消愁破闷的作用。"[②]我长期持这样一个看法，文艺的本质是娱乐的，战争时期把文艺说成"武器"，是文艺的功能性借用，并不表明文艺的本质特征，就像我们的牙齿，它的基本功能是咀嚼，但在与敌人进行肉搏时，也可以用它做武器，把敌人的

---

① 贺拉斯：《诗艺》，《〈诗学〉〈诗艺〉》，人民文学出版社1962年版，第155页。

② 毛泽东：《致刘松林》，《毛泽东文艺论集》，中央文献出版社2002年版，第321页。

耳朵什么的咬下来，这是功能性借用，完全是可以的。但是，在和平时期，文艺可以在很大程度上恢复它的本性：审美、娱乐、休息、消闲……文艺要为人民群众服务，大众文化也要为人民群众服务。人民群众既然有这种需要，那么我们就满足人民群众这种需要。大众文化的流行与当下人民群众的需要密切相关。如果人民群众根本就没有这种需要，电视台的娱乐节目没有观众，那么大众文化如何能够流行起来呢？大众文化成为一种潮流，汹涌澎湃，其原因就在这里。

其实，这个问题早在“文化大革命”之前就提出来了。1961 年是中国的一个调整年。那一年提出了“调整、巩固、充实、提高”的“八字方针”，工作放慢点，不能冒进。各行各业都在调整政策，文艺界就提出了“文艺八条”。这“文艺八条”是很宽松的，比如说你写作，不仅可以不写英雄，写什么都可以，写小人物也可以，写中间人物也可以。在 1961 年，周恩来就说过：“艺术是要人民批准的。只要人民爱好，就有价值。”“艺术作品的好坏，要由群众回答。”“群众看戏、看电影是要从中得到娱乐和休息。”“朱德同志说，我打了一辈子仗，想看点不打仗的片子。”①周恩来这些话虽然很简短，却包含了深刻的道理。就是说，一个人在劳动和战斗的时候很辛苦、很紧张，辛苦到受不了，现在劳动和战斗结束了，在劳动之余，战斗之余，就要求精神上放松，这是很自然的事情。如果你的文艺娱乐作品，仍然是直接写紧张的劳动与战斗，搞得很紧张很枯燥，那么他们就达不到放松的目的。这个道理，在改革开放后的今天，在群众有了闲暇的今天，就更明显不过了。所以，文艺消闲娱乐功能的突出，是现实的需要，群众的需要。

大众文化流行不但符合群众需要，而且也符合文化生产者的需

---

① 周恩来：《在文艺工作座谈会和故事片创作会议上的讲话》，《周恩来选集》下卷，人民出版社 1984 年版，第 336～337 页。

要。现在提倡文化产业，流行文化往往由文化生产商来制作，因此要给文化商家以发展的空间。大众文化不能完全按模子来搞。中国已经市场化了，或者说，搞市场经济。市场经济不仅指制造各种各样的物质的产品，也指制造精神文化产品。精神文化产品也被称为文化产业，也是经济，也是产业。现在搞文化产品，比如说像剧团、电影院、期刊编辑部、报纸编辑部、广播电视台、制片厂、电视台等，统统都推向了市场。过去都是政府包起来的，现在，把你推向市场了，让你自负盈亏，国家不给钱了，你们自己养活自己。文化商家的重要目的，也是赚钱。关于艺术生产问题，马克思当年就在《剩余价值理论》这部著作中说过："作家所以是生产劳动者，并不是因为他生产出观念，而是因为他使出版他的著作的书商发财，也就是说，只有在他作为某一资本家的雇佣劳动者的时候，他才是生产的。""同一种劳动可以是生产劳动，也可以是非生产劳动。例如，密尔顿创作《失乐园》得到 5 镑，他是非生产劳动者。相反，为书商提供工厂式劳动的作家，则是生产劳动者。密尔顿出于同春蚕吐丝一样的必要而创作《失乐园》。那是他的天性的能动表现。后来，他把作品卖了 5 镑。但是，在书商指示下编写书籍(例如政治经济学大纲)的莱比锡的一位无产者作家却是生产劳动者，因为他的产品从一开始就从属于资本，只是为了增加资本的价值才完成的。"①马克思所讲的道理很深刻。同样是文学作品，可以是非生产劳动，即人的天性的能动的表现，就像春蚕吐丝那样；也可以是生产劳动，即为资本创造价值，为商家赚钱，也为自己赚钱。虽然马克思所讲的是 19 世纪西方资本主义的情况，但我们现在也是搞市场经济，因此我们用马克思关于文学生产的道理来反观当下的大众文化，也是有其合理性的。

---

① 《马克思恩格斯全集》第 26 卷第 1 册，人民出版社 1972 年版，第 149、432 页。

当下的中国文化产业的制作者已经是文化商家，他们不能不为自身的利益考虑，这就面临一种选择：如果我一味地搞“主旋律”的作品，或者是教训人的作品，缺乏情趣，群众不喜欢看，收视率很低，那我制作产品的成本都拿不回来，我这样搞下去不就赔光、赔净了吗？那当然是不行的了。于是他们选择具有自己的制作空间，自己的发挥空间，小心翼翼地揣摩观众的口味，投合观众的喜好，搞一些非主旋律的有趣味性的产品，力图打开销路，以便能收回成本，并希望能大赚其钱。这些策划啦，导演啦，演员啦，编辑啦，所有自负盈亏的这些文化产业单位的领导啦，他们也不傻，为了单位能生存下去，为了能“增加资本的价值”，尽量搞通俗一些、轻松一些、幽默一些的东西，尽量搞出些兴趣来，搞出些滋味来，有可读性，有可看性，甚至微微有点刺激性的东西，反正是搞“生产”，而不是春蚕吐丝，就是挨骂也要创造票房价值，要能赚钱。有人认为这是政府“逼良为娼”，我觉得这种说法是不对的。既然是搞文化产业，既然把生产大众文化的生产单位都推向市场了，你当然要给人家生存空间，要人家自己走自己的路，你不能下很多政策条文，这也不许做，那也不许做。所以就像贺拉斯所说的，在“寓教于乐”之后，还要让索修斯兄弟赚钱。所以一方面要“寓教于乐”，另一方面还要让出版商赚钱，要给这些人一些生路，这样大众文化才能发展起来。

所以，我认为当下大众文化流行一方面是群众休闲娱乐的需要，另一方面又是文化产业要创造价值的这一现实的需要。这两个需要结合在一起，各类大众文化产业才能繁荣起来，成为一种不可阻挡的潮流。

二、历史的启示——俗的可以变成雅的

历史启示我们，大众文化作品，虽然是通俗文化作品，但在一

定的条件下，在经过时间的沉淀以后，也可以变为文学经典。一般来讲，纯文学、纯艺术是雅的，而大众文化、通俗文化是俗的，但是我们认为，俗和雅是相对的，并不是绝对的。有一种看法，俗文学现在俗，将来俗，永远都会俗到底。这种看法不对！俗和雅是一个相对的东西，如果俗文学具备了美的素质，经过时间的沉淀之后，俗的也会变成雅的，这是非常自然的事情。最简单的例子，我们中华文明的一个特点就是崇尚诗，认为诗才是文学的正宗。所以，中国古代文论的最重要的三个字叫作“诗言志”。“诗言志”是从什么时候开始的呢？是从《诗经》那时候开始的，《诗经》产生于中国的西周时期，《尚书·尧典》提出“诗言志”，自此以后，“诗言志”成为一种传统。在汉代儒学那里，《诗经》和“诗言志”的观点被当成文学正统并对此做出解释。汉代《毛诗序》中说：“诗者，志之所之也，在心为志，发言为诗。”又说：“正得失，动天地，感鬼神，莫近于诗。先王是以经夫妇，成孝敬，厚人伦，美教化，移风俗。”这就把诗抬到很高的地位。六朝时期，继承了“诗言志”的传统的同时，有的作者也有新的提法，如陆机在《文赋》中提出了“诗缘情而绮靡”，刘勰在《文心雕龙》中提出“为情而造文”。在有的人那里，这些就被看成是脱离了“诗言志”的传统。到了唐代，诗更受到推崇。当时实行以诗取士。考进士、考状元，有时候就要写诗。以诗取士，你的诗写得好，你就可以当官，所以说诗是中国文学的正统，历来诗被看成雅正的东西。

到了宋代，实际上是到了晚唐时期，就出现了另外一种文学形式，这就是词。宋词是怎么回事呢，宋词在当时是没有地位的，就像现在的电视连续剧一样，是没有地位的。现在大家看重的是什么，长篇小说看重谁得了“茅盾文学奖”，短篇小说看重谁得了“鲁迅文学奖”，认为这些才是正宗的，是正统的。宋代的诗被看成是正统，那些词就不是正统。词是配乐歌唱的一种艺术形式，词人写出了词，歌女就配以曲调，在酒楼茶苑歌唱，不论词人、歌女还是听众，都认为词是一种通俗的艺术形式，所以历史上有所谓“诗庄词媚”这种说法，诗是庄严的，词是媚俗的。也有人说“诗硬词婉”，诗是刚健的，词是婉弱的。还有人说，“词之为体如美人，而诗则壮士也”，美人不管多美，都是女人，在中国古代都是没有地位的，唯有男人、唯有壮士这才是有地位的。说词是“媚”“婉”“美人”这些定性的词汇，说明当时词的地位跟诗比较还是很低的。这个诗是雅文学、是正宗，是那个时代的“主旋律”；而词是小道，是薄技，是俗品，是消闲的玩意，只配写些喝酒唱歌、风花雪月、儿女情长、离愁别绪，最高的评价不过是个“诗余”，所以那个时候的词人，虽然词写得很好，但没有地位。比如，当时有一个词人叫柳永，是宋朝一个非常有名的词人，他是福建人，他从福建到京城，写了很多词，流传天下，凡是有歌女的地方都在唱柳永的词，这是非常了不起的。但是他还是觉得自己整天跟歌女混在一起，没有地位，他也想弄个官来当当，于是就去考进士。考进士就要通过皇帝这一关，皇帝一看是柳永，就下了一道旨意，说他是一个写词的人，那就让他写词去啊，为什么他还来考进士，还想来当官呢。后来柳永就自嘲：“奉旨填词柳三变”，最后只好离开京城开封到江南各处，在有酒楼茶馆的地方继续填词，继续跟那些歌女们混在一起，没有地位。诗是言志之作，是“发乎情，止乎礼义”，是以讽喻美刺为传统；而词被称为是“艳科”，浸润着享乐的意识，所以词要比诗的地位矮一截。苏轼以诗为词，用词体写出“大江东去，浪淘尽，千古风流人物……”，就为人所不理解，甚至遭到批评，如《后山诗话》云：“退之以文为诗，子瞻以诗为词，如教坊雷大使之舞，虽极天下之工，要非本色。”连苏轼自己的弟子也觉得丢脸。这就像现在某些严肃作家写起通俗小说不被人理解一样。然而，历史的发展证明了宋词是反映宋代世俗生活的重要作品，从一定意义上看，它比宋诗的地位要高，它已经堂堂正正进入中国古典文学史，是中国古典文学的骄傲，当年的通俗文学转化为今天的文学珍品。

我们再看看元曲，元曲也是没有地位的。元曲有两种，一种是整套的曲，一种是散曲。元明清三代，都有戏曲，像《西厢记》《牡丹亭》，一直到后来清朝的《桃花扇》，但是在当时都是没有地位的，都认为是邪门歪道，都是旁支，不能够跟诗相比，唯有作诗，这才是正业。但是，元明清的戏曲，包括套曲和散曲，其中的优秀作品，如前面提到的《西厢记》《牡丹亭》《桃花扇》，还有很多很好的曲子，在经过了时间的沉淀、历史的筛选之后，都成为了中国文学的经典，俗的变成了雅的。

唐代有传奇，宋元有话本，到明代出现了小说，各种各样的小说，如《西游记》《水浒传》《三国演义》《金瓶梅》等，明清还有各种各样的章回小说，都是没有地位的。比如，《聊斋志异》的作者蒲松龄，他就是因为考举人考不上，死也考不上，怎么办呢？最后就在他家乡的路口，摆了一张桌子，每天坐在一把椅子上，凡是过往的行人，到他这里坐坐，喝点茶水，他就不让人家走，让你讲个故事给他听听，然后他就把这些故事收集起来，重新加以改编，这就成了文言短篇小说《聊斋志异》。蒲松龄的老家在山东，现在他的家乡也成了一个旅游景点，有蒲松龄纪念馆，纪念馆里面把他的著作放在中间，几十种版本，评论他著作的也有很多，可以说浩如烟海。现在蒲松龄成了一个名人，他的故乡以他为荣，但是在当时是以他为耻的，是没有地位的。

《红楼梦》不用说了，曹雪芹在当时是非常没有地位的，他生活的时期离我们现在不过200多年，但连他的身世都没有弄得很清楚，所以“红学”研究里面，很多研究者都在考证曹雪芹的身世。现在我们知道的很有限，知道他属于汉军八旗，他祖父在南京做江宁织造，是管江宁纺织业的一个高官，他不知怎样得罪了皇上，皇上派人抄了他的家，这样曹家又回到了北京。据考证，曹家回到北京后，就住在北京的一个叫“十间房”的地方。后来可能在城里也待不住了，就到香山附近安家，香山有八旗，有一个地方叫正白旗，据说他就在正白旗住了下来，开始写小说，写《红楼梦》。他一边写一边跟他的亲戚，也许是他的一位长辈，可能他写一回就给他的长辈看一回，那个长辈就给他的小说写了一些批语，他的长辈也没有留下真姓名，批语时写上“脂砚斋”，所以现在有《脂砚斋重评石头记》，大概是经过他的长辈评点过的《红楼梦》。但是曹雪芹一生潦倒，在当时，他没有地位也没有钱，他的家被抄了，他回到正白旗过着“举家食粥酒常赊”的生活。全家饿肚子的时候怎么办呢，喝粥；想喝酒怎么办呢，“酒常赊”，去赊账。后来他妻子死了，他儿子也死了，他伤心过度，泪尽而亡。《红楼梦》没有写完，他只写到了八十回，就去世了。当时有谁知道他以后会成为伟大的作家呢！敦诚、敦敏是他当时的朋友，据说还有一个私塾先生也认识他，知道他在写《红楼梦》。现在香山一带有个传说，完全是传说，说曹雪芹已经写完一百二十回《红楼梦》，但临死前不知道把《红楼梦》交给谁好，后来就交给了他的邻居，一个老太太。老太太说，好，我一定会帮你保存好，有机会送给一些人看。据说，那年冬天曹雪芹去世了，天气特别的冷。《红楼梦》手稿放在他的隔壁家的老太太那里，那老太太因为天冷，要找东西生火取暖，可一时又找不到生火取暖的东西，于是就顺手把《红楼梦》的书稿一张一张地拿来引火。幸亏引火的时候，他的书稿不是正面朝上放在那里的，而是反面朝上放在那里的，老太太引火的时候，从上面一张张地拿过来烧，就是从第一百二十回开始，烧到八十回的时候，正白旗的那位私塾先生正好来到老太太的家里，一看，了不得，这是曹雪芹的《红楼梦》啊，你怎么能烧起《红楼梦》呢，赶快把这个《红楼梦》抢救下来，这才留下八十回的《红楼梦》。这是香山一带流传的故事，未必可信。不管怎么说，曹雪芹穷困潦倒一生，当时他不会想到将来他会成为世界级的伟大作家。他不会想到，自己写的《红楼梦》将来会有很多人来研究，很多人来吃这碗饭，研究他的书成了一门学问，叫“红学”。你们知道中国现在研究“红学”的有多少人吗？我猜最起码得有 5000 人。这 5000 人吃的是谁的饭呢？吃的是曹雪芹的饭，如果没有曹雪芹，他们就没有这碗饭吃。连我的第一篇论文，写的也是关于曹雪芹《红楼梦》的，要是没有曹雪芹的《红楼梦》，我的论文就写不出来，别人就说我的业务不好。后来我的论文写出来了，在《学报》发表出来，人家才说我的业务很好。现在得益于曹雪芹的人很多，但是曹雪芹怎么会想得到他将来会成为伟大的作家呢？胡适作为一个学术家，某种意义上说就是靠研究《红楼梦》起家的。胡适手里藏有一本甲戌版的《红楼梦》，一共十六回，据说是最早的抄本，他把它带到台湾去，大陆的红学家耿耿于怀啊，幸亏后来胡适把它影印出来了，所以现在两岸共享，这都是很珍贵的东西啊。现在要是有《红楼梦》的原稿，一页稿纸不知道值多少钱，可是在当时《红楼梦》是没有地位的。但是过了 250 年左右的时间，他成了伟大的作家。可我们现在连他的生平事迹都弄不清楚。经过 250 年的积淀，曹雪芹的小说变成了雅文学，变成了伟大的作品，变成了世界性的作品。

我讲了这些文学史现象是想说明，俗的文化作品只要是优美的，表现人的美好感情的，有艺术品位的，在经过历史的沉淀之后，在一定条件下，也可以转化为雅的文化作品。像宋词、元曲、明清小说，经过历史的沉淀、时间的筛选，在今天都变成雅文学了，被写进了中国文学史，并具有崇高的地位。那么根据这个道理类推，今天流行的大众文化，经过在一二百年的历史沉淀，其中的优秀作品会不会成为雅文学呢？也会到文学史、文化史里面去呢？那我觉得这是肯定的。因为历史就是这样走过来的，我们不能忘记历史。历史是一个伟大的雕塑家，它可以把“俗”的东西雕塑成“雅”的东西，这就是它的本领。我们没有理由轻视、忽视今天流行的大众文化。

三、大众文化二重性及实例分析

上面我们已经讲了大众文化流行的原因，也指出了今天的大众文化，只要是优秀的，经过时间的雕塑，终有一天会得到历史的承认，可以由“俗”转到“雅”。那么怎样的文化作品才能经得起时间的检验呢？这就关系到大众文化的二重性问题了。大众文化产品确实有二重性。

第一重，大众文化产品通过电子媒介的传播，通过图像的直观性、生动性和现场感，可以给大众提供娱乐、消闲，满足人的视觉享受。这不好吗？非常好！这就是当下流行的一种说法，叫作“养眼”。意思是大众文化的图像琳琅满目、五光十色，让人的眼睛为之一亮，使人真的得到娱乐和休息，解除了视觉的欲望的饥渴。例如，现在充满电视台的电视连续剧，每年推出的几部投入很大的、制作精美的电影大片。你们看过张艺谋导演的电影《十面埋伏》吗？那里面一望无际的层层叠叠的秋天红叶的画面，漫山遍野的青翠如滴的竹林，似乎就在你的眼前，冲击你的眼球，多么美丽，多么好看，难道不是让我们的眼睛为之一亮吗？我们从这里获得了愉悦、快乐，特别是视觉上的享受，满足了所谓“视觉上的食欲”，这就是“养眼”。

第二重，大众文化产品是文化商家制作出来的，常常要迎合观众的口味，甚至是迎合观众的低级口味，它往往是糖果包着的毒药，接触过多必然会消磨我们积极的、健康的思想和感情。就是说，它在“养眼”的同时并不“养心”，甚至还要毒害我们的心。这是大众文化的第二重。

一种大众文化产品，如果只是具有娱乐性和“养眼”的功能，只是满足人的“视觉的食欲”，是有很大局限的。就是说，中国多数的大众文化产品，经过商家的运作之后，为了赚钱，都不能不、不得不迎合读者的口味，甚至迎合读者的低级口味，在愉悦和“养眼”中，潜藏着消极的不健康的因素，甚至隐藏着毒素，这一点是我们必须充分认识到的。大众文化的确给普通的群众提供娱乐，提供消闲，具有“养眼”的功能。比如，我老伴，还有我家的保姆小郭，她们看完电视连续剧，要笑，要流泪，还要在饭桌上谈论半天，的确给她们带来快乐。这个有什么不好的啊？这个很好。这个有什么问题啊？没有问题。但我们又不能不看到大多数的大众文化都是经过商业运作的，这些制造大众文化的商家，他们为了赚钱，就会出现很多问题。就是说，这些大众文化你接触的多了，或者你天天接触这些大众文化产品，看着那些豪宅、高级的轿车、奢华的穿戴、令人垂涎的餐饮，那么你就容易产生商业社会中的“拜物主义”。“拜物主义”是什么呢？就是那种对物的享受、对物的一种崇拜。例如，电影或电视剧中，那别墅，那花园，富丽堂皇，你看了后自然会产生瞬间的快感，你不断地去玩味这种住宅文化，时间长了，你就会不顾自己的实际，也去追求这种富丽堂皇的住宅，如带游泳池的别墅，带花园的别墅，装饰得很高雅的客厅，久而久之，就会成为你日思夜想的一种生活方式。同样的道理，这些大众文化产品最热衷的主题，就是性爱。曲折的爱情故事，离奇的做爱方式，大胆的色情描写，都吸引着观众的眼球。你看一部两部是无关紧要的，但是看多了，迷恋上了，你的情感就被它改造了。问题还不在于你的关于生活方式的想法被改变、你的情感被改造，问题在于你所神往的生活方式由于你自身的条件不能实现，你的被改造的情感也没有落脚点，于是你感到痛苦，感到活不下去。西方马克思主义者霍克海默和阿多尔诺在他们写的《启蒙辩证法》一书中说：“文化工业通过不断地向消费者许愿来欺骗消费者。它不断地改变享乐的活动和装潢，但这种许诺并没有得到实际的兑现，仅仅是让顾客画饼充饥而已。需求者虽然受到琳琅满目、五光十色的招贴的诱惑，但实际上仍不得不过着日常惨淡的生活。”①他们所讲的道理是深刻的。当代的大众文化片面追求娱乐、“养眼”，就印证了他们的理论。

为什么这么说？当下的大众文化产品，对于读者、观众来说，就像吸鸦片一样，鸦片作为一种临时的药物是非常管用的，但是你一旦吸上了瘾，这就麻烦了，就成了一种病。当下的大众文化实际情况就是这样的。如果你天天接触这种大众文化，天天看这种肥皂剧，天天看这种美人图，天天看这一类东西，那么问题就来了。这种情况就像有的人所说的，就会形成这样一种观念：“生命是短促的，我们所追求的无非就是流向快乐之途上的汹涌奔腾之潮和活现现的呼吸着的现代，今日，和瞬间。”②就会形成这样对人生的一种看法和理解，说生命是短促的，那么我们追求着的无非是一瞬间的事情。这是一种“刹那主义”。就是说人一生，尽管活几十年，实际上就是一瞬间，那么在这一瞬间，我们就来享受、来快乐，我们为什么要那样辛苦啊，我们为什么要那样劳动啊，这些都是没必要的啊。我们只要抓住人生的一瞬间的快乐来满足我们的人生，这就够了。实际上，这种情况，早在中国的20世纪30年代就有了。大家知道，在中国的文学史上，有所谓“海派”和“京派”的区别。“海派”就是以上海为中心的一些文人所提倡的一些东西，“京派”就是以北京为中心的一些文人所提倡的一些东西。北京的文人出思想明星，而上海的文人出文学先锋；北京的文人主张“文以载道”，上海的文人讲艺术创新；北京的文人提倡为人生而艺术，而上海的文人无非是为艺术而艺术，什么唯美派、现代派、颓废派、新感觉派，全都出自上海，所以有的文学评论家说“海派近商”。30年代上海的大众

---

① 马克斯·霍克海默、特奥多·阿多尔诺：《启蒙辩证法（哲学片断）》，重庆出版社1990年版，第130～131页。

② 《新文艺》1930年第1卷第6号。

文化比较流行，娱乐的东西很多。人要是天天“泡”在大众文化里，那是很危险的。如果我们天天泡在只是“养眼”和娱乐的大众文化里，那么那种“悦志悦神”的美学理想就会被那些“悦耳悦目”的平庸的大众文化所顶替，文化产品的快感就会发展成一种颓废的、色情的、恶俗的官能刺激。通俗的商业性的一味强调“养眼”的大众文化是有它的弊端的，这一点不但中国人看到了，西方的许多学者也看到了。西方的一些美学家、学者批评家，如德国的法兰克福学派里面的一些学者，他们就认为资本主义的大众文化，表面上看起来是娱乐是消闲，但在表面的娱乐、消闲背后，是社会控制。从某种意义上来说，资产阶级要比先前的任何社会更加彻底地整合艺术，审美不过是一种现实的化妆品。美国西方马克思主义学者马尔库塞在《单向度的人》一书中分析了资本主义统治阶级如何控制人们思想的时候说：“在这里，所谓的阶级差别平等化显示了它的意识形态功能。如果工人和他的老板享受同样的电视节目并游览同样的娱乐场所，如果打字员打扮得像她的雇主的女儿一样花枝招展，如果黑人挣到了一辆卡德拉牌汽车，如果他们都读同样的报纸，那么这种同化并不表明阶级的消失，而是表明那些用来维护现存制度的需要和满足在何种程度上被下层人民所分享。”①实际上，那些一般的大众文化产品不过是统治阶级用以麻醉人民，以便他们安于统治的控制物。马尔库塞说的是美国的情况，但是对于我们今天所处的商业社会仍然有启示意义。总的说，大众文化一重是“养眼”，使人获得视觉的满足和娱乐；另一重是“不养心”，在外表的娱乐和休闲的包装下，消磨人的积极健康的思想感情。

大众文化的二重性，实际上就是商业操作的结果，这些文化商人都会明白无误地告诉你们，美丽当然是可以定做的。本来“美丽”

---

① 马尔库塞：《单向度的人》，重庆出版社 1988 年版，第 9 页。

这种东西，如艺术是经过作家、艺术家千辛万苦创作出来的东西，就像春蚕吐丝那样辛苦；但是，现在只要你有钱，就可以“定做”。这已经不是这种古往今来的艺术家辛勤劳动的果实了，而是可以批量生产的，是跟市场化联系在一起的生产活动。这样，再好的东西都要贬值，因为一旦好东西泛滥开来，流传开来，就要贬值了。看起来非常好的东西，只要我们把它稍稍地向前推一步，那么从崇高到可笑可能只有一步之遥。

下面，就大众文化的二重性，具体分析几个例子。

第一个例子，韩国的电视连续剧《大长今》。大家看这张图片，这就是我从你们的《联合早报》上拍下来的。大家看清楚了吗？这是谁，这就是《大长今》，这就是《大长今》里面的两个主角。我是很少看电视剧的，但是很巧，《大长今》我看完了。因为湖南电视台已经播了三遍，播第三遍的时间恰好在晚上10点开始。每天晚上播2集，从10点到12点，正好我12点以前也睡不了觉。大家都在议论《大长今》，拍得如何如何的好，我就一集一集地看，因为10点以后没有人来找我，所以我把《大长今》全部看完了。你们这里好像还是第一次播映，播到20集左右，那后面的故事还长得很。那大长今几起几落、起起伏伏，还有很长的故事。《大长今》吸引人的地方在哪里？当然它是娱乐性的，但它的娱乐性在什么地方？我现在给你们分析一下。

第一点，《大长今》是一个吸引人的“灰姑娘”的故事。大长今本来是一个不起眼的小姑娘，但是她在宫中经过自己的奋斗，经过师傅的指点，最后从一个“灰姑娘”成为一个“大长今”。“大长今”这个称号是皇帝赏赐给她的，这是一个没有限度的官，皇帝用这个称号表明一个小女子成就了一番大事业。“灰姑娘”的故事本来就是一个可以吸引人的故事。她本来一无所有，受人歧视，遭人白眼，被人打击，但经过她的努力，她一次次地克服了意想不到的困难而获得了成功。可她一次次地成功又一次次地失败，起起伏伏，最终才得到了皇帝的肯定。皇帝甚至要给她封个很高的官，遭到别的官员的反对，最后给她封了个很高级别的“大长今”，而且最后她的恋爱也成功了。《大长今》之所以成功是因为它有一个离奇的、大开大合的、大起大落的这样一个故事。观众自然喜欢这样的故事。这是第一点。

第二点，这里面有一个非常美好的爱情故事，郎才女貌，女子非常执着于爱情，而男子恰好也非常执着于爱情。男子为了长今可以抛弃一切，一切都以自己的恋人长今为中心，在长今最危险的时候，最困难的时候，最关键的时候，最千钧一发的时候，出现在她的身旁来解救她。经过男子的帮助长今脱离了危险，命运又向她倾斜。在《大长今》故事里面，女人是最好的女人，男人是最好的男人，这个最好的女人和最好的男人经过许多曲折，最后过上了幸福的生活。这就满足了观众的愿望。电视连续剧有一个要素，那就是故事情节的大起大落、大开大合、曲折动人，寄托了观众的一种理想。就像我们吃巧克力一样，一下子吃到了令人品味不完的香味。我生活里就想找这么一个男人，好，就给你提供了这么一个男人；我生活里就想找这么一个女人，好，就给你提供了这么一个女人。哪个男人看了不动心？哪个女人看了不动心？这是第二点。

第三点，《大长今》的故事是宫廷中的故事，明的、暗的阴谋和冲突，非常曲折，非常离奇，又非常隐蔽。宫廷里面的那种阴谋、那种算计，在意料之中，又出乎意料。要害你、杀你，还先要吹你、捧你、宠你，在吹你、捧你、宠你的背后，是要把你和你的同伙斩尽杀绝，把你们“一锅端”，弄得你和你的同伙死无葬身之地。这里面有阴谋，有爱情，阴谋和爱情搞到一起了，这不是观众最乐于见到的吗？这是第三点。

第四点，《大长今》里面有非常丰富的知识，这正好满足了我们现代人的需要。现代人最苦恼的就是读书，我们都不想在一板一眼的辛苦阅读中得到知识，我们只想在无意中、在娱乐中、在消闲中获得知识，而《大长今》在这一点上也满足了我们。比如，关于朝鲜古代的官职的各种称呼，有多少个太监，皇帝下面有多少个大臣，这些大臣都是管什么的，怎么称呼，在看《大长今》的时候都可以得到这些知识。最重要的是朝鲜菜的知识。1996 年我在朝鲜的高丽大学待了整整一年，在那里教书。当时我觉得朝鲜菜非常的贫乏。他们的老师每个月都请我到饭馆吃一顿饭，在他们的饭馆里只有烤牛肉，再就是泡菜。首先端上来各种各样的泡菜，泡菜开始觉得还可以，我们中国人还觉得他们的泡菜跟四川的泡菜差不多，可以吃得下去。但是天天吃泡菜就反胃了，就受不了了，是不是？可每次到饭馆里，就是吃泡菜，然后是吃烤牛肉。当时觉得朝鲜菜，哪里有我们中国菜如此丰富啊，川菜系列，鲁菜系列，粤菜系列，淮扬系列。但是在《大长今》里面，韩国人给你展示了琳琅满目的极为丰富的材料和菜的做法，让你看到他们的那个御膳房的操作禁不住要流下口水，一下子把他们朝鲜菜的知名度，提高了 100 倍，放大了 100 倍。还有中药和药疗，他们不叫中药而叫“韩药”，其实韩药与中药相似，各种各样的药，也是琳琅满目。因为长今开始时做厨房里面的侍女，后来又去做医女，于是各种各样的药和医疗方法，如按脉、针灸，各种各样的方法都展现在你的面前，你可以通过娱乐休闲无意中获得各种各样的韩国的医药知识。不但如此，你还可以通过这个片子了解朝鲜的景点、民情、民俗，这也很丰富。所有这些，都让你在娱乐中增长知识，这也是读者喜欢的。这是第四点。

第五点，我觉得《大长今》似乎是韩国人专为华人制作的，甚至是专为中国大陆制作的，因为里面有“亲中”的情结，有“亲华”的情节，里面只要谈到中国的，就是最好的。因为写的是中国明朝的那段时间，而中国明朝是中国和朝鲜最为友好的时期。那时候朝鲜是一个进贡国，朝鲜要向中国进贡一些东西，而且朝鲜朝廷任免太子什么的，还要经过中国皇帝特使的批准。电视剧里面谈到东西是从明国来的，明国来的就是从中国来的，比如说，这种野鸡跟朝鲜鸡不一样，这是从中国来的，叫作“金鸡”！哇！中国人看了以后，民族自尊心就得到了满足啦。又比如说，这种菜是从中国来的菜，这种药是从中国来的药，都是十分有效的。中国明朝一个特使到他们那里大摇大摆，先把他们教训了一顿，然后那个特使有糖尿病，朝鲜人通过菜疗的方法，还把他的糖尿病给治好了，中国的特使把这个长今表扬了一番，把整个宫廷里面的人都高兴坏了。我们在北京聊天的时候就议论说，韩国的《大长今》是不是专为中国大陆制作的啊？它满足了中国人的民族主义情绪，让中国观众多高兴啊。这是第五点。

第六点，慢镜头。《大长今》每一集里面的故事情节是很少的，但是演员演得非常投入，演得非常逼真，让我们的小孩都看得懂，让我们的老人都看得懂，这个青年人、中年人能看懂就更不用说了。这种慢镜头完全适合东方人的口味。它不像美国的电视连续剧，跳跃得太快，不等我们看懂它的来龙去脉，就换了场景。《大长今》没有一点不让你看得清清楚楚，而且不但让你看得清清楚楚，还让你设身处地地去体味一番。你看的时候，你会觉得此刻你正站在大长今的旁边，大长今哭了，你不免为大长今伤心；大长今笑了，你也为大长今高兴，希望以后大长今不会再遇到什么困难和麻烦。当然，这困难是不断的，麻烦是不断的。这种慢镜头就有这种好处，就像我那天说的，流眼泪就流到脸蛋这个地方，不会再流下了，也不会流得不够，每一点都让你看得清清楚楚，连那个大长今的头发，她那个发式，都让你看清楚看明白。长今完全是古典的打扮啊，你看她那个古装，有的是红的，有的是绿的，比现代的衣服还好看。这个演女主角的演员叫李英爱吧，李英爱穿这种古典的衣服很漂亮，她一旦改穿现代的衣服我们反而感觉不舒服，觉得还不如穿那个古典的衣服漂亮，因为她演的长今角色的穿着、发式、表情，乃至笑的样子、哭的样子、走路的样子，都通过慢镜头让你一点一点地去体味，给你留下很深的印象。这是第六点。

第七点，色泽。对于电视连续剧来说，色泽很重要。《大长今》里面的场景、穿着、菜肴等，都有鲜亮的色泽。它的色泽是拍下来以后，又经过加工的，因此，红的是红的，绿的是绿的，黄的是黄的，蓝的是蓝的。房屋非常漂亮，宫殿非常漂亮，穿着非常漂亮，草木非常漂亮，山水非常漂亮。我在韩国和朝鲜根本就没有看到过这么漂亮的房子，这么漂亮的宫殿。首尔的宫殿非常小，但是从电视屏幕上看，这个地方拐个弯，那个地方拐个弯，拐过去又是一个大殿，拐过来又是一个大殿，那宫殿里面真是气势宏伟、金碧辉煌，了不得了，它给你一种幻觉。人物穿的衣服经过现代的改造，它才会这样的美，你看大长今那个头发，盘在头上的头发，那都是经过精心设计的，那个色泽、颜色调配得非常好，导演对这一切把握得非常成功。有色泽，才会有生活气息，有艺术氛围，有真实感，才能让你获得真正的视觉的享受。

《大长今》的娱乐性一共有七大因素。正是这七大因素的结合供我们娱乐、休息、欣赏，所以让我们一边看一边就像嘴里嚼着香香的巧克力，觉得很有滋味，很甜美。这是我对《大长今》娱乐因素一点粗浅的分析。

《大长今》作为一种大众文化产品，如果我们天天看，又会怎么样呢？是不是仅仅是娱乐呢？仅仅是视觉的享受呢？会不会产生问题呢？

《大长今》是一个宫廷戏。宫廷戏的一个重点，就是皇帝的威严与力量。皇帝站在哪一边，哪一边就胜利，皇帝不站在哪一边，哪一边就要失败。皇帝的喜怒哀乐，决定宫廷里的所有人的喜怒哀乐。比如，《大长今》所描绘的宫廷，女子都想争做厨房里面的御膳娘娘。

谁能做御膳娘娘呢？要经过膳食比赛。膳食比赛的“裁判员”是谁呢，就是皇帝一人而已。皇帝一边吃着一边说这个好吃，那么做这个菜肴的人就第一了，皇帝吃着说差一点点，那么她就被比下去了。所以没有皇帝的帮忙是不行的。几乎长今每一次遭遇的矛盾的化解，都是因为皇帝做出了一种改变，做出了一种决定，然后这个事情就好了，长今就逢凶化吉了，步步高升了。我们看《大长今》，因为长今是被欺负的，我们的同情始终在长今这一边。这样随着故事的发展，我们在无形当中，就觉得最好的人就是皇帝，包括长今她的成功，她的封号，她的所有的一切，都是皇帝给的。我们在无意识当中就会接受长今和皇帝，觉得跟他们是一派的。而那些折磨长今，在暗地里搞阴谋、迫害长今的人，都是跟皇帝作对的。在无形当中我们也用这样的观点来看周围的世界：皇帝是好人，皇帝是了不起的，皇帝是最重要的，我们的情绪都受皇帝和他做出的决定的影响。那么，你觉得这是一种什么思想呢？有意识无意识地都认为皇帝是好人，要以皇帝的是非为是非，以皇帝的喜好为喜好，以皇帝的感觉为感觉，皇帝是救星，皇帝万岁，最终你会无意识地把希望寄托在皇帝身上，寄托在皇帝身边的那些清官身上。这么一种思想是什么性质的呢？完全是反民主的，是一种顺民的意识，是一种奴才的意识。像《大长今》这种宫廷戏，如果我们天天看，最后我们也要成为皇帝的一个“顺民”，一个奴才，连民主、自由、平等这些东西都可以不要了。

大众文化的二重性就在这里。它给你娱乐，但又给你有毒的思想。娱乐包裹着毒素，蜜糖包裹着毒药。当我看《大长今》的时候，我就觉得这个戏很吸引人，1集都没有落过，70集全部看完。但看完以后我就想，《大长今》作为一个宫廷戏，最终的结果是，你赞成的一切几乎都是皇帝给的，都是皇帝赏赐的。《大长今》里面的“英雄人物”，这个女主角，这个男主角，都是皇帝的奴才，都是皇帝的顺民，他们唯一听从的就是皇帝。封建帝王是封建地主阶级的最高的代表，他们虽然生活在不同的历史时期，所遭遇的社会问题各有不同，所具有的个性也各异，但是他们都自称“天子”，所谓“君权神授”，皇帝拥有至高无上的权力，并以此实现严酷的统治，甚至有生死予夺之权。用今天的观点看，所有的皇帝没有一个不是反民主的，没有一个不是反法制的，他们代表着旧社会，代表着旧的制度和文化，这是他们的共性。尽管皇帝里面有所谓实行“王道”和“霸道”的这种区分，似乎实行“王道”的皇帝更加顺应民情，实行所谓的善政；而实行“霸道”的皇帝，则不顾人情和道德。实际上历代君王中，完全实行“王道”的很少，完全实行“霸道”的也很少，多数是实行“中道”，结果都是一样。应该说皇帝在本质上就是专制制度的一种象征。你今天看韩剧《大长今》，然后再看看中国的《雍正王朝》，再来看看《汉武大帝》，再来看看《康熙微服私访记》，再来看看《铁齿铜牙纪晓岚》，这么一路看下去，只要看上 1 年，那好，你的思想就变了，你就变成了一个低眉顺眼的“顺民”，变成了一个奴颜媚骨的奴才，你就觉得天下就应该有一个皇帝，什么民主啊，自由啊，统统都是没有用的。上面我们分析的例子，充分说明大众文化的二重性。你看的时候觉得很有意思，津津有味，带来很多快乐；但是它里面有毒素，这毒素在你心中慢慢地释放出来，你就像吸鸦片一样，时间长了，这毒素侵染你的全身，到时候你猛然醒了，你想改变却改变不过来了，因为大众文化的这种影响是潜移默化的。潜移默化是怎么回事？就是在无意识中把你的感觉改造了，无意识中把你的情感改造了，无意识中把你的思想改造了，你说问题严重不严重?!

第二个例子，还是宫廷戏，中国的宫廷戏。中国的历史很长，对于不同历史时期的皇帝仍然要有区分。因为生活在不同的历史时期的皇帝，他所起的作用是不一样的。现在中国大陆流行什么宫廷戏？有一个河南的作家叫二月河，他写了有关于清代三个皇帝的小说，就是康熙皇帝、雍正皇帝和乾隆皇帝，被称为清代“康雍乾盛世”的三个皇帝。这三部小说都很畅销，成了适合大众口味的文化大众产品，后来又先后被拍成电视连续剧，吸引了成千上万的读者和观众，大家都看得津津有味。《雍正王朝》这部电视连续剧，艺术上很成功。这部电视连续剧在台湾放映之后反响也很好，他们的报纸评论，没想到大陆也可以拍出这么有艺术性的历史题材的作品，把电视连续剧搞得这么精致，这么成功。演雍正皇帝的演员叫唐国强，他本来是专门演毛泽东的演员，后来演雍正皇帝，结果也演得十分的出彩，非常的传神，受到了大家的赞扬。

我们知道，二月河写的清代帝王系列的小说，改编成帝王系列的电视连续剧，其中重要的一点，就是认为“康雍乾”是个盛世。可“康雍乾”是否是盛世呢？这三个皇帝统治的时间一共是134年。嘉庆即位那一年(乾隆还没有死)，离1840年鸦片战争的爆发只有44年了，离辛亥革命的爆发也只有115年。对一个有着五千年文明历史的古代中国来说，到了“康雍乾”时期，中国封建社会已经到了衰落的后期，甚至是封建社会的末期了。“康雍乾”时期不过是这个衰老的躯体的最后的回光返照。所以二月河写的长篇小说以及后来改编的电视连续剧，其中所写的所谓“盛世”，不过是末世的繁荣，或者说是即将开败的花，即将枯萎的树，或者说是黄昏时刻的末日，是远去的帆影。但是作者(包括原著者、改编者)，导演和演员等，还是不能做到按照历史发展的大趋势去再现它、把握它，而是用众多的艺术手段去歌颂所谓的“康雍乾盛世”，里面有许多溢美之词。比如，电视剧的主题曲里就有这样的歌词：“面对冰刀血剑风雨，踏遍万里山河，站在风口浪尖，紧握住日月旋转，愿烟火人间，安得太平美满。”在写康熙那个剧里的片头曲说“还想再活五百年”。康熙再活500年，就活到现在了，这还了得。《雍正王朝》的主题曲里则吹嘘雍正是什么“千秋功罪任评说，海雨天风独往来，一心要江山图治垂青史”，真把“康雍乾”三朝描写成为一个“盛世”。我觉得作者在某种程度上在推销帝王文化。其实，中国的历史发展到明代，中国社会自身已经开始萌生资本主义的幼芽，特别是到了万历时期，资本的流通，盛极一时，蕴含了资本主义的因素。在思想领域，出现了泰州学派，出现了李贽这样的思想家。李贽等思想家，不以孔子的是非为是非。而且当时的农民起义风起云涌，中国已经到了历史转折的关头。如果当时不是满人入关来统治中国，而是按照中国社会自身发展的规律，那么资本主义在明代末年就有可能破土而出。后来清朝统治中国，“康雍乾”三代一共经历了 134 年的时间，而正是这 134 年间，中国的社会虽然是基本安定了，生产也得到了恢复，但是清朝的这三个皇帝也把中国的封建主义的专制制度发展到了极端，朝廷的一切政务，包括行政、立法、审判、刑罚，事无巨细都由皇帝钦定，特别是用儒家的思想来控制人们的思想，更是达到了登峰造极的地步。大家知道，“康雍乾”三朝盛行文字狱，比如说康熙、雍正、乾隆，他们的名字他们的姓，人们说话时都要有所避讳，你不能够把康熙的名字说出来，或者把雍正的名字说出来，或者你给你儿子起了个名字，结果跟“乾隆”重了，这都是不行的。你写诗都不能写“河水不清”，你要写“河水不清”，就要怀疑你是不是反清，那是要杀头的，这就是文字狱。“康雍乾”三朝的文字狱，一朝比一朝厉害，光是乾隆朝的文字狱，就多达 130 余起，因为文字狱而被斩首、凌迟、诛灭(诛灭九族)的人很多。整个知识文化思想界都被束缚住了，大家噤若寒蝉，他们扼杀了思想自由。我认为中国百姓的奴隶性，正是在“康雍乾”这三个朝代形成的，他们这种情况必然导致朝廷眼光狭隘，闭关锁国，蔑视科学，重农轻商。可以说，“康雍乾”社会已经埋下了晚清时期国力孱弱、内忧外患、亡国灭种的危机。但是与此同时，也就是在“康雍乾”三个朝代，就是在十七八世纪，中国感觉自己繁荣得不得了的时候，欧洲的主要国家，在文艺复兴以后，已经开始或者完成了资产阶级革命，科学发明不断，轰轰烈烈的工业革命已经创造了空前的财富，开始了现代化的进程，而把东方各国远远地甩在了后面。而且这个时候以英国为首的列强已经把眼光投向了中国，中国遭人宰割的日子已经不远了，这就是历史大趋势中的所谓的“康雍乾盛世”。所以他们的统治并不是顺应历史发展的潮流的，是逆历史发展的潮流的。这三部帝王系列小说和电视连续剧并没有用宏观的眼光来看待历史，而是歌颂皇帝们如何一心一意地为百姓谋利益，不畏艰苦地为中国谋富强，不知道正是这个时候，西方列强已经开始了现代工业化的进程。所谓的“康雍乾盛世”，我觉得这是二月河的小说以及后来的电视连续剧给我们的一个幻影。我们如果去欣赏这类小说或电视剧的话，那么我们就可能忘了一个最重要的东西，就是历史发展观。每一个人都要有正确的历史发展观。正确的历史发展观就是我们看一个帝王有没有在历史上做出贡献，要看他处于历史发展的哪个阶段，他是逆历史发展的潮流，还是顺应历史发展的潮流，这是我们评价一个帝王的极为重要的一个标准。

比如，汉武帝我们可以适当歌颂。为什么？因为汉武帝是很有作为的一个皇帝。那个时候中国封建社会刚刚确立，中国处于一个分裂的状态，内忧外患，内部有人要搞分裂，外部周边少数民族不断入侵。汉武帝用卫青、霍去病平定了北方的叛乱，同时也平定了内部的混乱，真正地实现了中国的统一。在那个时候，中国是处于世界的历史的领先地位的。我们应该看到，汉武帝是顺应历史发展的潮流的，而“康雍乾”三个皇帝恰好是逆历史的潮流的。如果我们不明辨是非，在看电视剧的时候，把“康雍乾”和“汉武大帝”同样的接受下来，那么，我们的历史观就会被误导，我们就分不清什么是历史发展的真正的进步势力，什么是拖历史发展后腿的势力。这个例子也同样说明了大众文化是有二重性的。它在给你娱乐、休闲的同时，也给你一种误导，一种历史观念的误导。中国人奇怪就是在这个地方，就是明知道“康雍乾”不是“盛世”，大家也知道真正的“盛世”是在西方的英国出现。西方开始工业革命了，而中国落后了。如果中国不是耽误了100多年，也许中国早就赶到西方的前面去了。科学技术这个东西都是人发明的，是靠人去研究和创造的，一旦社会给创造了条件，时代给创造了条件，思想解放达到那个程度，也许这个蒸汽机就有可能不是瓦特发明的，而是中国的一个什么人发明的，这就是问题的所在。我们就要很好的反思一下清朝的统治。中国的帝王戏，主要就是辫子戏，一段儿是“康雍乾”，一段儿是晚清从慈禧太后到戊戌政变这一块儿。戊戌政变大家都应该很清楚，中国已经处于亡国灭种的边缘了。大家为什么不把整个清朝联系起来考察呢？后来搞成那个局面，完全由慈禧太后一个人负责吗？是她的祖宗那里就走错了路，“康雍乾”就走错了路。如果顺着晚明的市民社会不断地发展下去，也许中国的资本主义早就破土而出，也许我们早在300年前就开始了工业革命，那么我们就比英国的工业革命早得多。当然这是历史，不能假设历史。历史就是这样走过来的，这就是事实。这个例子意在说明电视连续剧一类大众文化，虽然一方面提供了娱乐，可另一方面又误导了我们的历史观，大众文化的局限性很明显。

第三个例子，就是我反复讲过的作为大众文化的新兴旅游业。我已经给大家放映过了一些湘西凤凰城的图片。那个凤凰城在旅游业兴起之后，已经不是黄永玉60年前看到的凤凰城，黄永玉说，找不回来的故乡。今天，你们的《联合早报》登了新华社的一个消息。《联合早报》在这个头版的上边，登了这个消息。这个是个什么地方呢？这是有1700多年历史的新疆克孜尔千佛洞。看，这边就是那个千佛洞。你看，很多人正在往上走，那里每个洞里面都有很多佛像。按照这里面的解释，这是中国开发最早、地理位置处于最西部的大型的石窟群。不过长年累月的游客题字，使这些国宝伤痕累累。看这边的那个题字，那边的那个题字，都是游客的题字啊。在这些游客题字和触摸下，甚至形成了大手印。看下面那个大手印，大家看得清楚吗？啊，就是这个大手印，你们看见了没有？这些文物将要在这样的旅游行为中被毁掉。

所以旅游文化作为一种新兴的大众文化，是不是要像中国现在这样一味地去推广呢？我觉得这是一个问题。旅游业诚然能给我们带来许许多多的经济效益，给游人带来享受，但是旅游业不利于我们文物的保存，这都是大家看到的。我们应该认识到，像这些有着1700多年历史的千佛洞，不是我们这一代人所独享的东西。这些千佛洞既属于我们的祖先，也属于我们，也属于我们的子孙后代。我们应该为我们的子孙后代留一些可供参观、可供游览的地方，而不能任意的随便的开发。我给你们再举个例子，山西有个平遥古城，非常完好的古城，甚至比西安城还完好。后来被评为世界文化遗产，这是山西省最早被列入世界文化遗产的一个景点。平遥古城城墙要走约6000米，才能够绕一圈。平遥县当局开始让汽车在城墙上跑。因为这个6000米走起来太远了，很多老人走不下来，于是就用汽车在城墙上跑。你想想，用汽车在城墙上跑，这城墙就受到了压迫，很容易被破坏。后来有人提了意见，终于取消了汽车在城墙上跑，然后改用三轮车，带着游客绕着那个城墙转。我去的时候，那汽车绕城墙跑已经停止了，开始了蹬三轮的时代。蹬三轮绕城墙跑照样压迫那个城墙，结果就最近几个月，平遥的古城墙先后两次塌陷。城墙塌陷的不是一点点，塌陷的甚至有两三千米长。你看，这个古城墙给我们带来了游览的快乐，但也就这样被我们“消费”掉了。

四、大众文化的品位追求

大众文化是群众与现实的需要。大众文化中“俗”的东西，经过时间的筛选也可能会变为“雅”的东西。但大众文化有二重性，既提供娱乐，视觉享受，也可能会有毒素，毒害我们的心灵。那么，如何才能避开大众文化中的毒素，使大众文化既“养眼”，又“养心”呢？关键是要提高大众文化的品位。

当前通俗文艺作品的创作中，的确存在一个品位问题。现在的小说创作似乎不写“性”就不成小说，有的作品甚至超越了必要的界线，写得很“黄”，又没有多少文化内涵，一味迎合读者的低级趣味。有的作品大肆宣扬拜金主义、极端个人主义，确有思想毒素。有的作品宣扬小市民的理想，低级庸俗，看了令人作呕。对此现象如果我们不加以正视和批评，我们就是失责。现在有一种理论，叫“趣味无争辩”，我就喜欢这些趣味的作品，你管得着吗？振振有词。在趣味问题上，我的观点是，趣味是一个悖论。一方面，趣味是无需争辩的。俗话说，“萝卜青菜，各有所爱”，趣味是可以而且应该多样化的。你喜欢爱情片，我喜欢战争片，他喜欢武打片；你喜欢散文小品，我喜欢长篇小说，他喜欢诗歌；你喜欢婉约的，我喜欢豪放的，他喜欢隽永的，这都随便，不必争辩。但另一方面，趣味又是可以争辩的。低级的、黄色的、堕落的、庸俗的趣味，把读者引导到非人的异化的方向去，那么这就要加以批评，甚至禁止。不这样做，社会风气就会败坏，人文的、积极的和美好的精神就会丧失，对此我们非争个水落石出不可。我们一定要提倡健康的、美好的趣味，对此我们也非要把道理讲透不可。

恩格斯在谈到德国民间故事书的作用时说：“民间故事书的使命是使一个农民作完艰苦的日间劳动，在晚上拖着疲乏的身子回来的时候，得到快乐、振奋和慰藉，使他忘却自己的劳累。把他的硗瘠的田地变成馥郁的花园。民间故事书的使命是使一个手工业者的作坊和一个疲惫不堪的学徒的寒伧的楼顶小屋变成一个诗的世界和黄金的宫殿，而把他的矫健的情人形容成美丽的公主。

但是民间故事书还有这样的使命：同圣经一样培养他的道德感，使他认清自己的力量、自己的权利、自己的自由，激起他的勇气，唤起他对祖国的爱。”①恩格斯说得多么好！他认为民间故事书是为了使读者“得到快乐、振奋和慰藉”，他把“快乐”两个字放在前面绝非偶然，他强调故事书必须是有趣味的，能使人得到休息，并在幻想中美化自己的生活，白天的劳动够沉重的了，故事书得让他们乐一乐，这就是“养眼”；但这还不够，故事书还得使人“振奋”，也就是说故事书必须有较高的品位，是鼓舞人的、激励人的、催人向上的；而只有这样有高品位的故事书，才能使人得到“慰藉”，使人获得一个精神家园，这样才能在使人得到快乐的同时，又能培养自己的道德感、力量感，激起争取自由、权利的勇气，以及热爱祖国的感情，这就是“养心”。我认为恩格斯对德国民间故事书的功能的全面、深刻的论述，完全适用于我们今天对通俗文艺创作和以娱乐为主的大众文化的要求。

高品位的追求应该成为一切通俗文艺创作、一切以娱乐消闲为目的的大众文化产品的内在品质。应该认识到，是追求高品位还是迎合低级趣味，关系到对现实和历史是否负责的问题。所谓高品位，按我的理解就是要使作品具有人文主义的、民主精神的和审美关怀的文化内涵。一艘美丽的游船，如果里面没有足够的压舱物，那么它航行起来就要东摇西晃，就有可能翻船。同样，一篇或一部具有娱乐消闲功能的大众文化作品，要是没有人文主义、民主精神、爱国主义、集体主义等“压舱物”，也是危险的。

---

① 恩格斯：《德国民间故事书》，《马克思恩格斯论艺术》第4卷，人民文学出版社1966年版，第401页。

改写名著的三条原则[①]

——小说《沙家浜》引出来的理论思考

小说《沙家浜》(《江南》2003 年第 1 期)面世之后，在社会上引起了广泛争议，甚至成了近年来不太多见的文学/文化事件。在这种争议中，我们倒是看到了作者的自我辩护之词(他说小说是以阿庆这个人物为主线，想虚构阿庆嫂与郭建光、胡传魁之间人性化的关系)，然而，在众多的批判面前，这种辩护似乎又显得软弱无力。

本文并不打算为小说《沙家浜》进行辩护，从艺术的角度看，小说《沙家浜》并非上乘之作，它把当今一些流行却又恶俗的小说做法挪用过来，并篡改了国人耳熟能详的故事，试图对历史重新编码。但是，它既缺乏古典意义上的审美因素，也缺少现代主义的审丑意识；而作为后现代主义语境中的解构策略，它又没有必不可少的戏仿与

① 该文与赵勇合作，曾于 2003 年 5 月 27 日发表于《文艺报》。

反讽。对这样一篇低俗的作品进行文学层面的剖析显得多余，如果不是对《沙家浜》进行改写，这篇小说的结局很可能是湮没无闻。这是我们对小说《沙家浜》的基本判断。

我们发现小说《沙家浜》的出现其实是为现行的文学理论提出了一个问题：文学名著中的人物与故事究竟可不可以被改写？如果可以的话，它究竟可以被改写到多大程度？改写者在再度创作的过程中，需要遵循怎样的原则？

关于文学名著中人物与故事的改写问题，实际上已是一个解决了的问题。自从新感觉派作家施蛰存在20世纪30年代写出了《石秀》之后，已经对能否改写的问题做出了肯定性的回答。从此以后，作家对文学名著的改写便形成了一种新的写作传统。80年代魏明伦为潘金莲的翻案（剧本《潘金莲》），90年代刘心武对《红楼梦》人物命运故事的重新叙述（小说《妙玉之死》），李冯对《卖油郎独占花魁》的解构性写作（小说《16世纪的卖油郎》），一直到近年来网上流行的网络小说（《悟空传》《沙僧日记》），都是这一写作传统的延续。由此看来，作家把以往文学名著中的故事与人物作为自己写作的题材来源是没有什么问题的。小说《沙家浜》无疑也是这一写作传统催生出来的产物，其中并不存在一些批评者所说的“缺乏创造力”和“弱智低能”。

一、名著改写必须尊重原作的基本创作精神，不能置原来的故事情节于不顾

既然小说《沙家浜》的写作题材没有可以质疑的地方，为什么它的出现又会引起轩然大波呢？为了能够更好地说明这一问题，我们先来看看《石秀》对《水浒传》中故事的改写。在《水浒传》中，拼命三郎石秀是一个侠肝义胆与心细狠毒兼而有之的草莽英雄，“杨雄醉骂潘巧云，石秀智杀裴如海”前后三回对石秀的这一性格特征进行了粗

线条的勾勒。但是，石秀的心理活动(尤其是性心理的活动)却是缺席的，这就给施蛰存对这一故事的重新叙述提供了一种契机。由于当时的施蛰存正热衷于把弗洛伊德的精神分析方法用于小说创作，而《水浒传》中的这个故事本身已隐含了一种从性心理的角度重新被叙述的可能性(用今天的眼光审视，石秀剥光潘巧云的衣服，看着杨雄杀掉淫妇，实际上就是施虐狂加性变态。但是原小说伸张“正义”的道德快感却掩盖了人物潜意识中的性快感)，所以《石秀》的改写对于原来的故事来说是一种合理的延伸，对于原来的人物的性格是一种丰富。如此这般之后，施蛰存的石秀固然已不是施耐庵的石秀，但这种创造却又与原作存在着一种内在的逻辑联系。

由此看来，后来者对文学名著的改写可以遵循这样一条原则，即它必须尊重原作的基本创作精神，不能置原来的故事情节于不顾。也就是说，改写者可以从原作叙述的简陋处、忽略处、遮蔽处伸发出故事情节，让叙述与描写更加精细化，但是不能破坏原来故事的总体框架。我们把这条原则叫作改写名著的古典主义原则。从这条原则出发加以观照，我们就会发现施蛰存的石秀虽然已在很大程度上弗洛伊德主义化了，但这个石秀既没有违反原来人物的性格发展逻辑，也没有游离原来故事的规定情境。于是，石秀看着杨雄手刃潘巧云，并且享受着“每剜一刀，只觉得一阵爽快”的叙述便具有了一种人物性格逻辑和故事发展逻辑的自洽与合理。如果作者让石秀既杀掉了淫乱的裴如海又干掉了猜疑的杨雄，然后把潘巧云占为己有，那就乱套了，《石秀》还能否获得人们的赞誉，肯定得打一个大大的问号。

二、名著改写的现代主义原则虽然张扬改写者的主体意识，却依然以原作的故事框架为前提

那么《潘金莲》呢？魏明伦的《潘金莲》是在为《水浒传》中的潘金

莲翻案，它完全打破了受众既有的道德期待，但是为什么它同样受到了人们的称道呢？这正是我们要谈到的改写名著的第二个原则：现代主义原则。首先，我们可以注意一下作者对剧本《潘金莲》的定位：这是一出“荒诞川剧”。而一旦引入了“荒诞”的概念，实际上也就引进了一种再度创作的现代意识，同时它还提醒我们注意这出戏剧与西方“荒诞派戏剧”的联系。其次，我们还可以看一看这个戏剧的写法和形成舞台表演的戏剧结构。这出戏剧作品没有使用中国传统的戏剧叙事结构，而是借鉴电影的画外音、评弹中的说表、川剧的帮腔等艺术手法，采用人物评点情节的方式，从而让戏剧产生了布莱希特的“间离效果”。这样《潘金莲》中就有了两条戏剧行动线：主线是潘金莲的沉沦史（基本沿用了《水浒传》提供的故事情节框架，潘金莲的主要经历没有太大变化）；副线是吕莎莎（小说《花园街五号》中的女主人公）、施耐庵、贾宝玉、安娜·卡列尼娜、红娘、武则天、上官婉儿、七品芝麻官、人民法庭庭长、现代阿飞等古今中外各类人物的言论评价。主副两线交叉运行，情节与议论又前呼后应。在这种荒诞意味和间离效果的逼迫下，观众走向对人物命运的重新反思之中。而由于作者赞同曹雪芹的“女人观”，反对施耐庵的“女人观”，这部川剧又可以看作是作者对原作者那种陈腐的道德理念、写作观念的挑战，其中的革命意义是不言而喻的。

基于魏明伦的创作实践，我们可以把名著改写的现代主义原则概括如下。如果说古典主义的改写原则追求的是人物性格的复杂性、故事情节的丰富性，更多体现了尊重原作的客观精神，那么现代主义的改写原则所张扬的则是改写者的主体意识。它依然以原作的故事框架为前提，但是却更注重“怎么写”而不是“写什么”，更注重作品形成一种“召唤结构”和“震惊效果”，以摧毁接受者的固有期待并邀请他们加入进来一起沉思，从而也更注重作品现代意义的生成。而现代意义的生成又是以原有意义的死亡为前提的。从这个意义上说，魏明伦之潘金莲实际上是对施耐庵之潘金莲的合情合理的谋杀，其改写的成功标志着现代主义的改写原则具有了一种合法性。

三、名著改写的后现代主义原则以求得“互文性”的快感为最高境界

然而，现代主义的改写原则很快就被“超越”了。1995 年，随着无厘头电影《大话西游》的面世，新的改写原则开始出台，“大话”式的创作成为一些网络写手的基本风格。而在周星驰的示范下，古典文学名著《西游记》变成了一块风水宝地，成了网络写手反复征用的话语资源。朱大可曾把大话修辞学的叙事策略概括成戏仿、颠倒、篡改、反讽、粉碎、拼贴、移置、镶嵌(《“0 年代”：大话革命与小资复兴》)，经过这种叙事策略的翻新再造，孙悟空不再遵循“金猴奋起千钧棒，玉宇澄清万里埃”的故事演变逻辑与人物性格发展逻辑，而是变成了贾宝玉式的情种；唐三藏也不再是求道的高僧，而是变成了令人生厌的傻瓜蛋；师徒之间的关系也不再遵循传统的人伦原则，而是被新的精神所填充。“‘悟空，我饿了，给我找些吃的来。’唐僧往石头上大模大样一坐，命令道。‘我正忙着，你不会自己去找？……又不是没有腿。’孙悟空拄着棒子说。”这是《悟空传》的开头，它一开始就定下了游戏、搞笑的基调，拉开了“大话”的序幕。然而，无数的网友却又为这样的句子感动不已：“那天上，有一轮那么蓝的月亮。满天的银河，把光辉静静照在一只哭泣的猪身上。”

探讨《悟空传》等作品背后蕴藏的文化症候不是本文的主旨，我们所感兴趣的是这种颠覆式的写作正好说明了名著的改写还可以具有第三种原则：后现代主义原则。这种原则指导下的改写既不需要尊重原作，又不需要多少主体意识，好玩儿构成了作者写作的主要动因。因为好玩儿所以需要大话，由于大话所以更加好玩儿。这种

游戏精神对于原作来说是一种不折不扣的解构，但是它本身并不生成或很少生成多少隆重的意义。如果说现代主义的改写原则强调了现作与原作的对立紧张关系，那么后现代主义的改写原则已经取消了现作与原作的分界线，求得“互文性”的快感才是它追求的最高境界。

如果以上三条改写原则可以成立的话，我们就可以回过头来思考一下小说《沙家浜》所存在的问题了。与以往的改写者面临的题材资源不同，小说《沙家浜》所依据的改写蓝本是戏剧作品。由于戏剧作品是以人物的台词与唱段为手段，浓缩地表现生活、集中地反映矛盾冲突的文体形式，这就意味着给小说的再度创作留下了更大的想象空间和填补的空白。而由于革命现代京剧《沙家浜》是特殊年代的产物，其人物又不可避免地存在着政治符号化、概念化和类型化的弊端，这又给小说的再创作提供了一个使其生活化、形象化和典型化的机会。因此，客观地说，小说《沙家浜》完全可以改写京剧《沙家浜》，从而上演一出还原生活的好戏。

但是小说《沙家浜》把生活还原到哪里去了呢？还原到了阿庆嫂的床上去了。这样，它就完全消灭了在原来的故事框架上、在原来的人物关系上丰富故事、还原生活的可能性，而是另起炉灶，套用了那些通俗小报上流行的准黄色故事模板，把《沙家浜》叙述成了一个女人和三个男人的故事，从而在床上和柴禾堆上大做文章。表面上看，这是一种解构主义的策略，但实际上却是庸俗乃至恶俗的解构主义的中国版本。在西方的解构主义文学中，用性来解构政治的作品也并不少见，但小说《沙家浜》既没有把这种解构做得像戴维·洛奇那样令人捧腹，也没有把这种解构做得像米兰·昆德拉那样深刻凝重，于是，小说《沙家浜》的解构就成了一种不折不扣的文化怪胎。

退一步讲，即使我们承认这种等而下之的解构也具有一定程度的合理性，那么作者在操刀解构之前也该弄清楚自己解构的对象是什么，什么可以解构什么不可以解构。“样板戏”《沙家浜》固然是三突出的产物，阿庆嫂在三突出的创作原则中固然已被附魅（enchant），但经过历史风雨的冲刷之后，阿庆嫂头上的政治灵光早已消散（我们把这一过程理解为一种自动祛魅[disen-chant]的过程）。而这一形象现在依然留存的魅力来自于她的民间智慧，来自于民间“道魔斗法”的隐形结构①；而“斗智”一场戏也逐渐褪去了它的意识形态色彩，变成了可以在观众心目中咀嚼回味的有意味的形式。小说《沙家浜》本来应该把解构的对象对准那些僵硬的政治符号，但是它却用解构之刀杀死了那个光彩照人的老板娘，消除了本来就已经所剩无几的民间智慧，也消灭了那些有意味的形式，而让一个面目模糊、性格混乱、感情暧昧、性欲旺盛的无名女人出现在抗日战争的风月场上，并给她安上了一个阿庆嫂的名字。一千个读者固然有一千个阿庆嫂，但这一千个阿庆嫂中的性格主线无疑都应该是机智勇敢，而不可能是风流成性。那个在丈夫、情夫、姘头之间闪展腾挪游刃有余的阿庆嫂属于第一千零一个，她只是一个“私生子”，既不属于充满了道德正义感的普通百姓，也不属于冲浪灌水大话娓语的众多网民，更不属于想在作品中提炼出某种意义的高级读者，她只属于作者自己。

这样，我们就可以对小说《沙家浜》进行如下追问：它遵循着古典主义的改写原则吗？没有，因为它完全破坏了原来的故事框架；借用了现代主义的改写原则吗？也没有，因为它写法笨拙，意义匮乏，没有提供出新的审美或审丑经验；光大了后现代主义的改写原则吗？更没有，因为它无趣，一点都不好玩儿，会让今何在们笑掉大牙。那么，它究竟是一个什么东西呢？不得而知。在无法对它正式命名之前，姑且就把它看作是文化怪胎吧，仅此而已。

---

① 参见陈思和：《鸡鸣风雨》，学林出版社 1994 年版，第 47 页。

“大片”中审美的异化

前不久看了张艺谋导演的所谓商业大片《满城尽带黄金甲》和冯小刚导演的《夜宴》。看之前，期望很高；看之后，失望之情、厌恶之感如鱼刺卡在喉间，欲吐不能，那种难受的感觉，很难用语言表达出来。

《满城尽带黄金甲》和《夜宴》这两部影片写了中国古代文化中的宫廷政变，明争暗斗，手足相残，篡权夺位，贪欲无厌，丰乳无数，乱伦偷情，奢华排场，特别是万兵对峙，杀声震天，无情杀戮，人头落地，血流成河。这些现象无疑是中国传统文化中最丑恶、最腐朽的部分。当然，不是说这些丑恶的、腐朽的东西不能写，完全可以写，问题是怎样写。审丑也是审美的范畴之一。但审丑的重要条件是揭露丑，批判丑。如同我们把一个坏人痛斥一顿，是会让人感到畅快的，把一件坏事揭露一通，是会让人感到快意的。像鲁迅那样痛斥吃人的封建礼教，可以转化为一种美感。当然，我们不能冤枉影片的导演张艺谋和冯小刚，说他们在歌颂、鼓吹这些反文化的东西，但也看不到他们对这些反文化的东西的揭露和批判，实际上他们是在展览这些东西，在金碧辉煌的色彩、气势恢宏的场景、夸饰无度的表演的掩盖下展览这些东西。展览者，不可能是完全客观的展示，通过这些展示或多或少仍然有欣赏的意味，而且通过展览仍然指向某个思想主题。我一直认为，中国传统文化有两面，有人文、道德、儒雅、亲情、友情、人情、智慧、淳朴、勤劳、节俭、自然、超脱的一面，同时又有贪婪、残忍、丑恶、无情、愚昧、虚伪、庸俗、封闭、麻木、停滞、腐朽、糜烂的一面。为什么张艺谋、冯小刚把自己的镜头转向中国古代的时候，对人文、道德、儒雅、亲情、人情、智慧、淳朴、勤劳、节俭、自然、超脱这一面不感兴趣，却将中国传统文化中最腐朽的反文化反人性的部分选择出来集中起来咀嚼和玩味呢？我无法理解。

电影作为审美文化，不但需要有文化的品格，而且理所当然要有审美的品格。《满城尽带黄金甲》和《夜宴》两部影片不但无审美可言，甚至是反审美的。审美是人对于对象的情感的评价。在审美的情感评价中，首先要有可以供我们情感评价的客体和对象。如果说，张艺谋以前导演的商业大片《英雄》和《十面埋伏》，还多少通过一些场景，如与故事若即若离的漫山遍野的红叶，青翠欲滴的竹林，制造一些视觉的奇观，吸引观者的眼球的话，那么新一轮大片《满城尽带黄金甲》和冯小刚的《夜宴》连这个也没有了。审美可以分成高级和低级两种形态。所谓审美的低级形态，就是对象作用于人们的感觉（主要包括视觉和听觉），引起感觉的快感，用流行的话来说就是好看，动听，也就是“养眼”。虽然《英雄》《十面埋伏》那些华美、宏丽的场景，没有完全发挥它的叙事功能，与故事有脱离之嫌，但观者仍然可以把这些场景或多或少孤立出来，感受它的场景及其色彩。但在《满城尽带黄金甲》和《夜宴》中连低级形态的审美也荡然无存了。

审美的高级形态，就是对象诉诸人们的心灵，让人有一种刻骨铭心的感动，有一种精神超越的美感，用流行的话来说，就是震撼、惊心，也叫作“养心”。审美境界的全面实现，应该是感觉的快适和心灵的美感的结合，“养眼”和“养心”的结合。如果说张艺谋的《秋菊打官司》《一个都不能少》《千里走单骑》和冯小刚的《不见不散》的确还能“养心”的话，那么在《满城尽带黄金甲》和《夜宴》中，不但没有这种精神超越的审美境界，而且可以说是反审美，或者说是审美的异化，就是说，《满城尽带黄金甲》和《夜宴》给予人的不是“养心”，也许可以叫“败坏人心”，审美在这里已经走向它的反面，走到它的“异己”方面。在《满城尽带黄金甲》中，王为了发迹陷害第一任夫人，而娶了梁国的公主（即后来的王后），是什么审美吗？王后与王子私通乱伦，是什么审美吗？王知道王后勾引王子之后，密令蒋太医在治疗王后的虚寒症的药中加入了毒药“西域草乌头”，企图令王后昏聩而死，是什么审美吗？王子元祥与继母乱伦之后又与宫女蒋婵偷情，是什么审美吗？三王子年龄那么小，却可以毫不犹豫地拿起刀刺杀自己的哥哥，是什么审美吗？最后兵变与反兵变的队伍残酷厮杀，鲜血染红了铺天盖地的菊花，是什么审美吗？在刚刚杀过人的地方突然把无数的尸体和残菊迅速清除掉，重新摆上新鲜的金黄的菊花以制造节日气氛，是什么审美吗？张艺谋似乎以借用了《雷雨》故事情节为自己辩解，似乎这里还真含有亲情、人情。完全不对。曹禺的《雷雨》有其特定的时代环境，作者对其情节灌注进亲情、人情，具有正确的审美判断，但《满城尽带黄金甲》则借了《雷雨》故事躯壳和人物关系的概念，在后唐这样一个时代中，在宫廷的环境里，在相互残杀的背景下，在人物关系转换了的情境中，抽尽了其中的亲情与人情，这怎能与《雷雨》同日而语？《夜宴》中的情况大体相同，此不赘述。

特别要指出的一点是，无论是《满城尽带黄金甲》还是《夜宴》，宫殿的金碧辉煌，无尽乳房的耀眼与诱惑，遍地菊花的绚丽与灿烂，黄金甲胄的严整与威风，盾牌城墙的坚固与气势，所有的场景都被偏执地铺排到了无以复加的地步，但并不能形成导演所希冀的所谓视觉奇观。我不同意所谓的“形式大于内容”的观点，因为，所有这些铺排的场景都不是孤立的存在，它已具有叙事功能，无法从故事中剥离出来。在奢华场景的背后，处处隐藏着阴谋、算计、凶险、欺骗、背叛和杀戮，金色的菊花镶嵌在杀气中，美丽的场景镶嵌在无耻的污秽中，犹如王后手中待饮的有毒的汤药，在这种情况下，观众如何能放心地把这些金光闪闪的恢宏场景剥离出来欣赏呢？美丽场景与凶杀阴谋已经融合在一起，这还能刺激起人们单纯的视觉欲望吗？“养心”根本没有，“养眼”也悄然消失。这不是什么审美，完全是审美的异化。

电影作品作为审美文化，应该有自己的审美理想。这审美理想应该就是前面所说的感觉快适与心灵感动的结合，休闲、娱乐与精神提升的结合，即俗话所说的“养眼”与“养心”的结合。恩格斯在谈到德国民间故事书的作用时说：“民间故事书的使命是使一个农民作完艰苦的日间劳动，在晚上拖着疲乏的身子回来的时候，得到快乐、振奋和慰藉，使他忘却自己的劳累，把他的硗瘠的田地变成馥郁的花园。民间故事书的使命是使一个手工业者的作坊和一个疲惫不堪的学徒的寒伧的楼顶小屋变成一个诗的世界和黄金的宫殿，而把他的矫健的情人形容成美丽的公主。但是民间故事书还有这样的使命：同圣经一样培养他的道德感，使他认清自己的力量、自己的权利、自己的自由，激起他的勇气，唤起他对祖国的爱。”①恩格斯说得多么好！他认为民间故事书是为了使读者“得到快乐、振奋和慰藉”。他把“快乐”两个字放在前面绝非偶然，他强调故事书必须是有趣味

① 恩格斯：《德国民间故事书》，《马克思恩格斯论艺术》第4卷，人民文学出版社1966年版，第401页。

的，能使人得到休息，并在幻想中美化自己的生活，白天的劳动够沉重的了，故事书得让他们乐一乐；但这还不够，故事书还得使人“振奋”，也就是说故事书必须有较高的品位，是鼓舞人的、激励人的、催人向上的；而只有这样有高品位的故事书，才能使人得到“慰藉”，使人获得一个精神家园，这样才能在使人得到快乐的同时，又能培养自己的道德感、力量感，激起争取自由、权利的勇气，以及热爱祖国的感情。我认为恩格斯对德国民间故事书的功能的全面、深刻的论述，就是大众文化的审美理想，完全适用中国今天的包括电影创作在内的审美要求。我们如果把《满城尽带黄金甲》《夜宴》与恩格斯所提的审美要求相比，那么其距离就不是相差一里两里，而是相差十万八千里。但是我们的电影工作者难道不应为恩格斯所提的审美要求而努力吗？

（《文艺报》2007年04月19日）

张艺谋《三枪》二题

一、张艺谋的一个低级错误

前几天的一个晚上，我随便打开电视，发现北京台做的一个节目：张艺谋在“侃”他最近完成的一部电影，这就是《三枪拍案惊奇》。为了推销他的影片，他和他的团队免不了夸赞自己的电影如何如何好，希望大家一定要去看。这都无可厚非，反正是商业片，都想招揽顾客，赚点钱，可以理解。过一会儿，在某位女演员（还是不说她的名字）登台以后，张艺谋就一个劲儿说她演得好。好在哪儿？好在她会哭。张艺谋说，自他从影以来，所接触的演员中，一个女演员能哭二三次就是优秀演员了（是在一部电影中，还是在拍一个场次中，张艺谋未说清楚）。因为一边哭，还要一边看镜头，看自己的位置。能哭五六次的，就很不错了。有的演员不行，就要抹点什么的。可她说哭就哭(指这位他欣赏的演员),竟然哭了17次,哭的时候鼻涕眼泪一起来,哗哗的,就像拧开了水管一样。哭完了,又立刻能笑。言外之意是,能哭二三次的已经是优秀演员,现在遇到一位能哭17次的,那就是优秀中的优秀,顶顶优秀。张艺谋如此捧演员,完全是在误导演员和观众,似乎哪位演员会哭就是好演员。

错,错,完全地错,而且是低级错误。张艺谋作为中国名导演,电影大师,就这番话而言,连一点艺术理论素养都没有。一个演员能不能哭,根本不能衡量这个演员的天才和本领。应该知道,按照艺术理论的常识,一个演员在舞台上或在银幕上是过着双重生活的。一重是她必须进入角色,角色要笑,她就笑,要大笑,她就能真实地大笑起来;角色要哭,她就能哭,要小哭就小哭,要大哭,她就能真实地大哭起来。因为这时候,她忘却了自己,“完全”成为剧中人。这就是我有一篇博文里面所说的“我向体验”。如同法国的大作家福楼拜谈到自己写《包法利夫人》时说:“今天我就同时是丈夫和妻子,情人和姘头,……我觉得自己就是马,就是风,就是雨的情语,就是使他们的填满情波的眼睛眯着的那道阳光。”演员当然也应这样。但演员还有另一重,那就是她仍然是演员,她在剧中笑或哭的时候,她仍然能冷静地、清醒地观察和评价自己的笑或哭。这后一重是一个演员的天分所至,是非常难的。一个演员在剧情要求她小哭的时候却大哭起来,泪流满面,甚至不能控制自己的哭声,这是演出失败的标志。是的,有时候,剧情要求演员的只是小哭,要求哭的时候,泪珠只能在眼眶里转,或仅仅流到脸蛋上,不能流不出,也不能再往下掉,如果这个演员做到了,这才是恰到好处的。如果控制不住地哭,哭个没完没了,满脸是泪,那就是演出失败。绝非张艺谋所说的一个电影里(或一口气)能流17次眼泪的演员,就是什么好演员。这完全是不懂起码艺术理论的信口开河。

我这样说不但是合理的,而且是有根据的。据说,过去杭州有个女演员商小玲，以演杜丽娘能进入角色闻名。有一次，演到剧中的“寻梦”一折，当她唱到“待打拼香魂一片，阴雨梅天，守得个梅根相见”时，由于自己与角色完全融为一体，过于情真，忘记了自己是一个演员在演戏，竟随声倒在台上，待春香上场看时，“小姐”已经真的“归天”了。这就是一个演员忘记自己另一重生活的悲剧结果。可见在艺术创造中，不能清醒地意识到自己是演员，丧失理智，也是不行的，甚至是危险的。连强调情感体验的苏联伟大导演斯坦尼斯拉夫斯基也认为理智的因素在艺术创造中是不可缺少的。他认为，演员在舞台上生活，在舞台上哭和笑，可是他哭笑的同时，也观察自己的笑声和眼泪。构成他艺术的就是这种双重生活。我记得法国百科全书式的大学者狄德罗在《演员奇谈》一文中有相似的话。我的已故导师黄药眠教授也指出过：“表演艺术家，喜欢谈进入角色。但我认为：表演者既要进入角色，又要不进入角色；既要完全体验他所表演的人物，又要不忘记自己是一个表演者，更不要忘记自己是在为台下的观众而表演的艺术家。这是表演艺术的三足，三者缺一，就不能达到完满的境界。”①这才是关于表演艺术家的至理名言。

看来，张艺谋需要补充学习一些基本的艺术理论知识，免得信口开河，把演员和观众给误导了。

二、就影片《三枪》三问张艺谋

花 60 元钱买了票，看完了张艺谋导演的新片《三枪拍案惊奇》。看过之后，我觉得这 60 元钱花得太不值，甚至有种被骗的感觉。因为《三枪拍案惊奇》是一部胡编乱造的、无审美价值的、俗不可耐的制作，60 元钱花得冤。就此，三问导演张艺谋。

---

① 黄药眠：《面向着生活的海洋》，花城出版社 1981 年版，第 188 页。

第一，张艺谋不怕人家说自己是在偷人家的东西吗？张艺谋似乎江郎才尽，竟然编不出一个故事来。《三枪拍案惊奇》是对科恩兄弟的电影《血迷宫》故事的改编。大诗人艾略特曾经有过一句意味深长的话："大诗人借，小诗人偷。"张艺谋是大导演，莫非属于"大诗人"一类，他可以这样堂而皇之"借"别人的东西，而可以不必被别人议论：这么一个大导演连个故事也编不出来。幸亏他是一个大导演，勉强可以说"借"，如果是一个小导演这样去编人家的东西，会是什么结果呢？那肯定会被认为是"偷"，可能要遭到侵权之类的指责（当然，以张艺谋的聪明，当然是花了钱买了版权的）。张艺谋这样做，起码是很俗的，他是利用自己的地位与影响力把人家的东西拿过来赚取"审美"的"剩余价值"。如此赚钱如同资本家倒买倒卖货物，是十足的没有道行的投机商人行为。问题是，难道如此赚钱是很光明磊落的吗？你就不怕人家议论"借"或"偷"吗？

第二，张艺谋是否应该为导演低俗的美丑不分的喜剧负责任？《三枪拍案惊奇》是一部凶杀戏，不过几天之内，几个活活的人就被赶尽杀绝了。这是令人悲哀的。这个剧情没有内在的幽默或喜剧，不应该有笑声。现在在张艺谋的导演下，小沈阳的不男不女的、矫情的、做作的表演，"俗"得令人受不了。东北的二人转是很好的民间传统艺术，广受欢迎。影片中小沈阳的表演，借用了二人转的一些动作，加以低俗的扭曲，从而赢得观众的廉价的笑声。那跌跌撞撞的样子，低三下四的样子，所穿衣服不三不四的样子，捏着嗓子说话的样子，都在讨好某些观众的低俗的欣赏趣味。如果统计一下的话，影片中一半以上的笑声，都是由小沈阳的低俗表演制造的。假如小沈阳一类的所谓喜剧人，在我们的社会中，像癌细胞一样的无限扩散开来，使我们的孩子们完全丧失了区分美与丑的价值判断，争先恐后地为出名和赚钱而学习起来，请问张艺谋，你是否为提供了如此低俗的美丑不分的喜剧而负若干责任呢？

第三，张艺谋为何要用残酷的凶杀制造来骗取观众的笑声？影片《三枪拍案惊奇》胡编乱造，毫无真实性可言。原作在艺术真实性这一点上，下了很大功夫，就是在一些细节的处理上也别具匠心。但《三枪拍案惊奇》并没有把这一点学到手。在那荒僻的山区开一个麻子面馆是合理的吗？整个过程中，我们没有看到一个来这里吃面条的顾客，那么麻子面馆把面条卖给谁吃？如果没有顾客的话，那么麻子老板所赚的整个保险柜中的钱又从何处得来？要是麻子老板没有赚到钱，那么怎么会有人盯住他的钱柜，打他钱柜的主意？另外，小沈阳所演的那个角色整天坐着一个人蹬的装饰得十分花哨的车，每天又是去干什么？是去进货吗？还是去干别的什么事情？要是进货，那么得要有货源的商店，商店也得有老板，也会有人员往来。所有这一切都既不合情也不合理，毫无真实性可言。或者有人说，这是喜剧，无须真实。这种说法是不对的。喜剧就是要在笑声中给我们提供艺术的真实，引起我们的共鸣，从而情不自禁地笑起来。我们看电影《三枪拍案惊奇》时，为什么而笑呢？真的可笑吗？实际上这里并没有真正有价值的笑料。是否可以说，这是导演张艺谋“欺骗”了观众。那么问题就是，张艺谋为什么要“骗”人，特别是为什么要用这种凶杀生命来制造不伦不类的“喜剧”来骗取观众的笑声呢？

商业操作的影片到了这种劣质低俗的程度，我看娱乐电影是不是也正在闹着危机呢？

（《媒介批评》2010 年第 4 辑）

中国文化艺术应喊出自己的声音[①]

前几天看一则电视台的节目报道，说目前中国某电视中心正在制作的一部电视剧，要拍成“中国的《克莱默夫妇》”。这部本来叫《牵手》的电视剧为什么硬要被宣传为“中国的《克莱默夫妇》”呢？这种现象是绝无仅有的还是相当普遍的呢？如果是相当普遍的话，其背后的指导思想又是什么呢？

如果我的感觉没有错的话，目前不仅在经济领域、金融领域和商业领域，而且在文化艺术领域，这种现象都有相当的普遍性。只要看一看我们电视屏幕上的文化节目，就会感到我们的屏幕不仅成为“好莱坞”的最佳客户，而且我们自己制作的文化艺术节目中那些床上戏、暴力戏、凶杀戏、恐怖戏、汽车追逐戏等，虽然演员是黄皮肤的，但那艺术惯例和模式则几乎是按照美国“好

---

① 该文是笔者在1998年“中国文化艺术发展战略学术研讨会”上的发言，曾发表于《文艺研究》1998年第4期。

莱坞”的模式复制出来的。看来还未制成的电视剧《牵手》是要按美国电影的“社会问题剧”的模式来制作了。也许这种美国式的“社会问题剧”模式早在我们的艺术作品中反复出现，只是我孤陋寡闻，而在听到要出现“中国的《克莱默夫妇》”时大惊小怪。此外我们的舞蹈也似乎开始变得美国式的“艳舞”化和“踢踏”化；音乐开始“摇滚化”；此外还有各种各样的美国式的“明星”化。我们的“明星”或“名人”也如牛毛那样多。一个“马桥事件”经过新闻的炒作就出了一批“名人”。

在这种现象的背后，隐含了国内流行的两个新词语所传达出来的信息。这两个词语叫作“全球化”和“与国际接轨”。这两个词语向我们传达了什么信息呢？那就是呼唤我们各行各业的眼睛都必须向外看，按“国际”已经形成的模式来规范我们的工作。而所谓的“国际”实际上指的就是以美国为主的资本主义体系。这样，所谓“全球化”“与国际接轨”在很大程度上就是“美国化”“与美国接轨”。进一步说，就是事事都要以美国的标准来衡量，合乎美国标准的，就是“全球化”，就是“与国际接轨”，否则就还未“化”与未“接轨”。更进一步说，“全球化”“与国际接轨”就是进步、就是改革，否则就是落后、就是保守。在经济方面、金融方面、商业方面要不要实现“全球化”和“与国际接轨”，我是外行，我不敢乱说“要”或“不要”，但是我可以来谈一谈文化艺术领域“全球化”和“与国际接轨”的一些问题。

我自认为我不是一个排外主义者。我一直认为世界各国的优秀的文化艺术及其好的经验是必须研究并加以吸收的。外国人创造出来的优秀文化如同我们民族创造出来的优秀文化艺术一样，都是人类共同的精神财富，我们当然可以分享或者说“共享”。这不是什么丢人的事情，可耻的事情。这个理论前提是必须坚持的。因为连马克思主义最初也是外国人的创造，我们不是也把马克思主义作为我们的指导思想吗？所以学习外国一切优秀的思想文化是不应受到怀疑的。但是，在今天我们谈论发展我们的文化艺术的战略问题时，面对民族自身文化艺术的传统的资源和外国的文化艺术咄咄逼人的“入侵”气势，向我们提出了一个尖锐的问题，那就是以什么作为我们文化艺术的发展基础和滋养的问题。是以我们的祖先在几千年的历史行程中所创造的文化艺术为基础为滋养，还是以外国的文化艺术为基础为滋养？我们无法回避这个问题。

文化艺术领域的所谓“全球化”、所谓“与国际接轨”，其实质是要以美国为主的资本主义世界的文化艺术作为发展我们的文化艺术的基础和滋养。自觉不自觉地持这种观点的人在他们的思想中必然隐含这样的思维逻辑：我们今天要的不是古典的文化艺术，是现代的文化艺术，既然中国古典的文化艺术中已经不具有现代意义，那么除了吸纳具有现代性的外国文化艺术之外，也就没有别的路可走了。这样的思维逻辑无疑是很可疑的。实际上，中华民族数千年创造的灿烂的文化艺术，就其作品而言，至今仍然滋养着我们，而且还要世世代代滋养下去。这是一个不争的事实。我们可以稍微考察一下出版界这几年的情况，是什么书发行量最大，拥有最多的读者？是当代人写的那些小说、诗歌、散文吗？是从国外翻译过来的那些小说、诗歌、散文吗？恐怕不是。是各个出版社争先恐后推出的《唐诗鉴赏词典》《宋词鉴赏词典》等一类的完全是属于中国古典传统的诗词和散文等。我手边有一本上海辞书出版社出版的《唐诗鉴赏词典》，1983 年 12 月第一次印刷达 40 万部；过了 1 年多，1985 年 1 月印刷时已达 80 万部；时间又过去 10 多年，这部由唐诗研究专家注释、讲解的书籍的出版可能已经达到几百万部了。情况还不止于此。全国各家出版社得知这类书行情好，各自纷纷出版这类书。那热销的数量更不可计数。我的一个亲戚赴美多年，他们夫妻回国探亲，顺便买一些中国国内的图书带回美国去。他们要购买的书目中首选也是《唐诗鉴赏词典》和《宋词鉴赏词典》。他们面对多家出版社出版的这类书籍，不得不向我咨询，问哪家出版的最好。我则向他们调查，他们住在花花世界的美国，像《廊桥遗梦》之类的书应有尽有，为何还要从国内买唐诗、宋词之类的书？他们的回答是干脆而有意味的：我们是中国人，我们的趣味永远在中国。唐诗、宋词、元曲就是中国文化绽开的美丽的花朵。我们的书柜里和我们的心中有了唐诗宋词元曲，就有了永远的中国和永远的中国神韵。是的，不论你口头上是什么派，是国粹派，还是崇洋派，可在你的心中最重要而持久的积淀，永远是中国传统的文化趣味。民族传统就像大树的根，深深地扎在每一个中国人的心田里。中国古典作品中的典范之作，将被一代又一代人所解读，从而焕发出新的光辉。从这个意义上看，古典又总是现代的。古典作为传统不是你想抹掉就能抹掉的。即使你学习研究的完全是外国的东西，你还是会用中国传统所形成的中国人所固有的“预成图式”把外国的东西这样或那样给中国化了。就像一个美国人阅读中国的作品，永远是用他美国人的眼光在解读一样。“文化大革命”时期，不是要“革”“封资修”文化的命吗？可我的老师启功先生发现骈体、对偶作为中国语言文化的传统的一种表达方式，竟然在红卫兵的大字报和辩论中被广泛运用，如“东风吹，战鼓擂”“东风浩荡，红旗飞扬”之类。就是说，文化传统成为我们的“无意识”，可能你在意识的层面里要“革”掉它，但它在无意识的层面里又不自觉地“冒”出来。由此看来，传统不是死的无生命的腐烂物，它是活的有生命的生长物。它就像血液在我们所有人的身上流淌着。它是挥之不去不请自来的文化“无意识”。马克思说过：“人们自己创造自己的历史，但是他们并不是随心所欲地创造，并不是在他们自己选定的条件下创造……一切已死的先辈们的传统，像梦魔一样纠缠着活人的头脑。”①就是说，传统的文化艺术文本是历史的，产生于特定的历史语境；但传统的文本一旦产生，进入历史流传的

---

① 马克思：《路易·波拿巴的雾月十八日》，《马克思恩格斯全集》第8卷，人民出版社1961年版，第121页。

链条，它本身又是历史的，在不同的历史时代，它不断地被解读，释放出新的文化艺术能量来。我们今天要发展现代的新的文化艺术，必须以传统的文化艺术为基础为滋养。这样建设起来的文化艺术就有民族的根底，就一定会喊出我们民族自己的独特的声音。这种声音与以美国为主的世界资本主义体系所发出的声音是完全不同的。它不会模仿美国的惯例与模式，更不会迎合他们的口味，但它却会赢得全中国众多人们的欣赏。它不一定要拿什么国际奖，却会获得中国同胞的热烈的掌声。这种掌声比什么国际奖都重要得多，因为它是人民的民族的最高的奖赏。

当然我们在采取这种发展战略的时候，并不是一味地去重复古代文化艺术的范式。我们只是以传统为基础为滋养，并非用传统代替今天我们的创造。马克思说："使死人复生是为了赞美新的斗争，而不是为了勉强模仿旧的斗争。"我们在创造现代的新的文化艺术时，当然要从现实情境为出发点和基本点。现实生活提供的内容当然是我们极力要把握的。这种对现实的把握越丰富越深刻，我们的文化艺术就会越具有时代性和现代性。但是不论如何现代，不论如何符合时代的要求，我们决不要什么"全球化"，决不要"与国际接轨"，决不要完全跟着人家走。你模仿人家，就是模仿得再好也是人家的，不是自己的，最多你只是成为人家的"回音壁"。《克莱默夫妇》是美国的，你制作出一个中国的《克莱默夫妇》，岂不仅仅是多一个《克莱默夫妇》吗？你并没有给世界增添新的东西。我们为什么不可以创造出完全属于自己的东西来呢？我这样说，并没有否定美国《克莱默夫妇》的价值，也没有否定将要与我们见面的中国的《牵手》的价值。我的意思是，不要动不动就以美国文化艺术作为中心，作为衡量我们的文化艺术的价值标准，更不要以连美国人（当然是有识之士，如杰姆逊等）自己也说是"表面化""无深度""无历史感""空壳化"的所谓后现代主义的文化中的垃圾，作为我们文化艺术作品制作的样板。我们为什么要把自己的文化艺术阵地置于美国的文化艺术炮弹的“火力”下呢？我们可以根据我们自己的国情创造完全属于自己的有蕴含的、有深度的、有历史感的、有魅力的、有娱乐性的东西来。正是从这个意义上，我认为当代中国的文化艺术的建设基点是，一定要走自己民族的路，喊出自己民族的声音，体现出中国民族的神韵，这样我们才能以我们的文化艺术的创造去丰富世界文化艺术的宝库，并在世界文化艺术的园地里，做出我们的独特贡献，并理所当然地占有一席之地。

我对中国文化艺术的发展的意见可以归结为：第一，强调民族化和历史感；第二，体现时代精神；第三，高品位的提倡；第四，娱乐性要予以充分的关注。

读书与看图[1]

同学们，老师们，大家好！

我今天很高兴来到这里，跟大家一起度过读书节。我多么羡慕你们，你们还这样年轻，才十多岁，这是一个“花季”，是一个能够像海绵吸收水分一样吸收知识的时期，又是一个还没有变得“老于世故”而充满“童心”的时期。在这样一个人生的“季节”，要是能多读一些书籍，特别是优秀的文学作品，这对于他(她)一生的成长是非常有益的。文学是情感的，也是理智的，是人文理想的，也是充满社会知识的，是诗意的，也是文化的，文学作品所展现的版图无限辽阔。人的素质的提高，意味着人的全面发展，意味着人的情感和理智、人文理想和社会知识、审美能力和文化素养的全面提高。从这个意义上说，文学是培养人的素质的沃土。

---

① 该文是笔者于2010年4月22日在北师大朝阳中学的演讲，曾发表于《博览群书》2009年第10期，原题为《阅读与看图》。

文学与科学技术不是矛盾的。人类在千万年的社会实践中，产生了智慧。文学艺术和科学技术就是人类智慧之树所结出的两种果实，它们是相亲相爱的两姐妹，是不可分离的。科学技术满足人的物质文明的需要，同时以它的逻辑的深刻性促进文学艺术的发展。当文学艺术发展到顶峰的时候，就可以看见哲学之光，科学之光。文学艺术满足人的精神需要，同时以感性和想象力的生动性促进科学技术的发展。当科学技术发展到顶峰的时候，就可以看见艺术精神之光。

可以预言的是，科学技术越是发展，就越需要文学艺术。文学的世界既然是人文的、情感的、审美的世界，那么文学阅读就能成为开启孩子们人文的、情感的、审美的世界的钥匙。我们感到忧虑的是，我们现在的孩子们，不会正确运用自己的笑和哭。为了生活和感受，我们需要美丽的笑和充满魅力的泪。当文学阅读能让孩子们自然而然地发出朗朗的笑声，自然而然地流下真挚的眼泪的时候，那么文学阅读就达到了目的。因为在这自然的笑声和哭声的背后，是他们的感知力、情感力、想象力、理解力的全面的提高。

现在的中学生看电影、电视、图画太多，而阅读文学作品太少。要知道，“看图”和“读书”是有很大不同的。在单纯的“看”的情况下，看的人直接面对电影和电视屏幕提供的现成形象，被动地被那形象“牵着鼻子走”，几乎不需要自己主动想象。当然看图，也有好处，那就是用五颜六色的图画娱乐自己。但是，如果只是看图而不读书，长此以往，人的想象力就要萎缩，理解力也要受到影响。阅读则不同，阅读文学作品，读者面对的是文字，而非直接的形象。阅读文学作品需要经过三个阶段。

第一，阅读文字阶段。对读者来说，有的文字看得懂，有的不完全看得懂。在不完全看得懂的情况下，就要查字典或请教别人，只有这样才能弄懂作品的意思。这是一个主动的增长知识和理解力的过程。

第二，“呈现形象”阶段。就是读者在读懂作品的同时，通过自己的想象，主动地“想”出一个或一连串的“象”来，这样形象才会呈现在你的“面前”。这个“呈象”过程，需要调动自己的全部生活经验和体验，没有经验和体验的人，不能主动想象的人，“呈象”就不可能。

第三，理解、玩味阶段。当读者通过前两个阶段读懂了作品之后，读者还需要运用自己的思考力，追问若干个“为什么”，彻底理解“前因后果”，然后心里发出“噢，原来如此”的声音。这种追问是一种愉悦。于是，当读者想再一次体验这种愉悦，就会出现一个慢慢玩味的过程。玩味所获得的愉悦是文学阅读所获得的最高的愉悦，它使你的身心处于无比自由的状态中。

有人会说，文学阅读不是很麻烦吗？麻烦是麻烦，但文学阅读全然是一个主动的过程，它调动了你全部的经验、体验、知识，以及感知、感情、想象、理解、回忆、联想等全部的心理能力，而且是你个人的全部个性、人格的投入，甚至可以说你经受了一次精神的“锻炼”，但你“付出”的多，你“收获”也多。这个道理是不难理解的。

第四辑

文学『终结』论

全球化时代的文学和文学批评会消失吗?

——与美国加州大学希利斯·米勒先生对话[①]

“全球化”是一个很可疑的词，它的含义似乎言人人殊。资本向全世界流动是“全球化”，这是所谓的经济“全球化”。电信媒体的高科技化也被看成是“全球化”，因为电信和国际网的发展，使一个地方发生的事情，通过高科技媒体的传播，立刻就让世界的每一个角落都知道了，这是所谓的信息“全球化”。还有更泛的理解，一种东西只要向别的国家开始流通，就可以叫“全球化”。还有人预言，将来民族国家消亡，世界融为一体，如果是这样，在他们看来就更是“全球化”了。但是全球化会给人类带来什么，各人的看法就不同了。对于那些国际跨国资本集团来说，通过向发

---

① 该文曾于2001年9月25日发表于《文艺报》，原题为《全球化时代的文学和文学批评会消失吗？——与米勒先生对话》。

展中国家投资，追逐最大的利润，那么在这些集团看来，全球化将给他们带来巨大的财富，当然是再好不过的事情。对于发展中国家来说，跨国资本进来了，可能给国家提供了发展的机遇，但是那些跨国集团把旧的机器转移到发展中国家，造成了环境污染，造成了多数人类生存环境的全面恶化。全球化不能不造成各个国家人口的流动，发展中国家的大批人口流入发达国家，与发达国家的工人争夺饭碗，结果又造成发达国家工人的失业率上升。于是在推行经济全球化的同时，反全球化的游行示威也全球化了。前不久从西班牙传来消息，世界银行在巴塞罗那开会，结果引来近万群众的示威，并与警察发生冲突。几乎世界上哪个地方开类似的会议都会有人抗议，引发激烈的冲突。

那么，信息的全球化是不是好一些呢？也未必尽然。国际网当然给人们了解世界的方便，但是国际网上那种无序的状态，那些垃圾信息、黄色照片等，也污染了人类的生活，向人类的道德规范提出了严重的挑战。我最近在《文学评论》2001年第1期上，读了美国著名学者J·希利斯·米勒的《全球化时代文学研究还会继续存在吗?》一文，感到忧伤。米勒先生认为，在新的高科技的电信王国中，文学、哲学、精神分析和情书将会消失。米勒先生的担忧引起我们的思考。无疑，米勒先生的一些论点对我们是有启发的，如他强调高科技媒体的出现会改变人类的生活。他说："印刷技术使文学、情书、哲学、精神分析，以及民族独立国家的概念成为可能。新的电信时代正在产生新的形式来取代这一切。这些新的媒体——电影、电视、因特网不只是原封不动地传播意识形态或者真实内容的被动的母体。不管你乐意不乐意，它们都会以自己的方式打造被'发送'的对象，把其内容改变成该媒体特有的表达方式。"的确，旧的印刷技术和新的媒体都不完全是工具而已，它们在某种程度上具有影响和改变人类的生活面貌的力量，旧的印刷术促进了文学、哲学的发展，而新的媒体则可能改变文学、哲学的存在方式。但是，米勒先生进一步推论和预见——由于新媒体的发展，文学、哲学、精神分析和情书都将消亡。文学消亡了，文学批评也就随之消亡了，对于米勒先生的这种极端化的预言，我就难以苟同了。

文学和文学批评存在的理由究竟在什么地方呢？是存在于媒体的变化？还是人类情感表现的需要？如果我们仍然把文学界定为人类情感的表现的话，那么我认为，文学现在存在和将来存在的理由在后者，而不在前者。诚然，文学是永远在变化发展的，一个时代有一个时代的文学，没有固定不变的文学。但是，文学变化的根据主要还是在于人类的情感生活的变化，而不决定于媒体的改变。当然，现代媒体的这种变化，使更多人趋向于从图像中去寻求审美与娱乐，阅读印刷文学文本受到挑战；当一部作品被改编为电影或电视剧后，作品的存在媒体改变了，由于改编者的特意加工和媒体的特性，也有可能使原来的作品变得“面目全非”；由于新电信媒体的高度发展，文学不得不变尽方法来跟新媒体进行竞争。文学虽然有这样或那样的改变，但文学不会消失，因为文学的存在不决定于媒体的改变，而决定于人类的情感生活是否消失。如果我们相信人类和人类情感不会消失的话，那么文学作为人类情感的表现形式也是不会消失的。

米勒先生的另一些论点也很难使人信服。例如，他引了马歇尔·麦克卢汉那句广为人知的“媒介就是信息”的话，直接推论出“媒介就是意识形态”的结论，我认为这个结论大而无当。诚然许多具有意识形态的东西，常常是无意识的，在媒介无数次重复之后（如各种俗气的电视剧、流行音乐、图画、广告等），会渗透进人的无意识之中，从而使自己的感觉被五花大绑起来，在梦幻、痴迷中，中了某种“意识形态”的毒。但是把“意识形态”与“媒介”等同起来，似乎与我们的常识是相矛盾的，如果我们把“意识形态”按照常识理解为思想体系的话。例如，电视中经常放映的山水风景片、动物世界片，各种体育节目、医疗健康节目、科普节目等，就其题材本身而言，很难说有什么意识形态性，怎么会通过电视等的转播之后就具有意识形态性呢？难道电视制作人要通过这些节目来宣讲什么意识形态吗？或者是媒介具有改变原有题材的力量，让这些节目自然带上意识形态性？我们现在知道的是，印刷术（这也是媒介）并没有赋予山水诗、花鸟画以阶级性——意识形态性，难道电视、VCD等这种新媒介就能赋予它们以阶级性——意识形态性吗？信息是很宽的概念，意识形态性与非意识形态性的都可以是信息，所以，如果说麦克卢汉那句话还有些道理的话，那么米勒先生的推论——“媒介就是意识形态”，就似乎与常识相背离了。

米勒先生还有一个断言：“新的电信统治的力量是无限的、是无法控制的，除非是以一种‘不重要’的方式，受到这个或那个国家的政治控制。”我请教过一些精通新电信技术的人，他们认为除了“政治控制”之外，新的电信的力量是向两个方面同时展开的：一方面是发展电信技术的无限的开放性；另一方面是发展电信技术可控制性、可保护性。例如，正是加密技术的高度发展才使各国保存在国防部门的军事技术和信息不至于被其他国家发现。还有银行业务，其中的奥秘也在于有电信的可控技术的支持，所以各个国家才大胆放心地让电信技术介入其中。如果新的信息技术不发展可控制的这一面的话，那么岂不天下大乱。米勒先生所担心的“情书”也将消失，看来也未必如此。其实稍加加密，别人就不容易解开。在E-mail上面传递情书还是安全的。如果是伟大的情书，那么就加倍加密又有何妨？

对于新的电信技术我是一个门外汉，但像从国际网上下载小说之类的能力还是有的。米勒先生说：“你不能在国际互联网上创作或者发送情书和文学作品。当你试图这样做的时候，它们会变成另外的东西。我从网上下载的亨利·詹姆斯的小说《金碗》(*The Golden Bowl*)早已变得面目全非。”我曾经不止一次在网上下载过小说，我觉得同在网上看到的完全一样，可以说原汁原味，看不出什么地方变得“面目全非”。

媒体与文学、哲学等相互作用，现在和将来的媒体因为有文学、哲学等给它提供改造的内容，媒体才变得丰富多彩，文学对媒体的贡献是很大的。当然媒体也改造文学，使文学发生新的变化。总之，不是媒体对文学单方面产生作用，它们之间的作用是相互的。

我相信媒体的作用，相信将因新电信技术的发展，人们的思想更具有开放性；我也相信新电信技术的发展将更新我们对周围世界的感受。但是我同样相信，不是人类受制于电信和媒介，而是人类掌握着电信和媒介。人类的命运掌握在自己手中。如果人类需要文学来表现自己的情感的话，那么文学和伴随它的文学批评就不会消亡。黑格尔预言过文学被哲学取代，看来他的预言是失败了。那么米勒先生建立在“媒介决定”论基础上的预言就一定会实现吗？让我们拭目以待吧！

谈谈文学理论的“泛化”与“发展”①

由于不少原先的文学理论研究者，对现今的文学作品和文学批评不再感兴趣，他们不再阅读文学作品，转而关注日益引人注目的以电子为媒介的高扬消费主义为宗旨的各类社会文化现象，在文学理论一类的刊物上面发表了许多文章，开了许多会议，形成一种学术势力，于是有一些学者就把这种状况，称之为文学理论的“越界”或“泛化”。对于上述现象和“越界”“泛化”的说法，应该做何种认识呢？

马克思在《哲学的贫困》中认为，一切事物是发展的、变化的，没有什么东西是永存的，所有的观念和范畴也同它们所表现的关系一样，它们仅仅是“历史的暂时的产物”。文学理论也是这样，它永远随着文学的发展而发展，文学走到哪里，文学理论就跟随到哪里。世界上没有凝固不

① 该文曾发表于《湛江师范学院学报》2008年第5期，原题为《文学理论的“泛化”与“发展”》。

变的文学理论。文学理论也是历史的“暂时物”。无论在中国还是在西方，不同的时代有不同的文学理论，这是一个事实，谁也无法否定。文学在当代虽然受到以电子媒体为中心的新的文化的挤压，文学理论也相对沉寂，但只要文学还在发展，文学理论也就还在发展。所以我强调的是文学理论在当代随着文学活动的发展而发展。

本文开头所说文学理论的“泛化”并不是文学理论的发展，它属于社会学，确切地说，是属于文化社会学或政治社会学。中国自 20 世纪 90 年代以来，随着社会经济的迅猛发展，人们的生活水平的提高，对于文化的需求也发生了变化。他们中的很多人由于各种原因不再满足于阅读以语言文字为载体的文学作品，而把文化消费的目光转向电视、电影、互联网、时尚杂志、音乐、图像、光盘等。这些有声有色的图像化的产品，更能让消费者悦目悦耳，更能消除他们因工作劳累带来的疲劳，更能调动他们因事务忙碌而萎缩的感性欲望，更能满足他们娱乐化的要求，等等。因此以电子为媒介的各类文化消费产品，不胫而走，泛滥一时，加之商业利润的驱动，广告的宣传，报纸的评论，成为一种以前社会从未有过的新的社会现象。这些社会文化现象中，或多或少又具有“文学性”，于是吸引了一部分对文学失去兴趣的学者，转而去研究这些社会文化。这样一来，他们脱离了文学理论的研究对象，进入到社会学领域，实际上是进入到社会学的一个分支即文化社会学的领域。所以，我初步判断，目前某些学者所说的文学理论“越界”“泛化”，并不是什么“越界”“泛化”，而是“转行”。

有一个很特别的现象很引人注目，那就是这些学者所引的文字中，开口“波德里亚”，闭口“费瑟斯通”，奉他们的言论为圭臬。就我的阅读范围看，有相当多的学者甚至把这二位学者的观点作为理论基础，这难道是偶然的吗？法国学者让·波德里亚，英国学者麦克·费瑟斯通，何许人也？认真一查，他们都是真正的社会学家。

波德里亚生前曾任巴黎第十大学社会学系教授，后还获得社会学博士，其主要著作如《物体系》《象征交换与死亡》《消费社会》等都是不折不扣的社会学著作。费瑟斯通则是英国诺丁汉特伦特大学社会学和传媒学教授，其主要著作《消费文化与后现代主义》也是社会学论著。中国当代的一些学者奉他们的言论为圭臬，就从一个侧面说明了，他们所说的文学理论“泛化”，并非什么“泛化”，而是离开文学理论，转入波德里亚和费瑟斯通所在的社会学了。当然，离开文学理论，转入社会学，是个人的选择，同时也是与时俱进的行为，只要研究真有成绩，同样也是有价值的，甚至比某些不看时代的发展，死守一些文学理论的概念的学者更有价值。我甚至建议有关单位可以建立一个新的学科——文化社会学。但我以为似乎不要说这些研究成果，是什么文学理论“泛化”的成果。

“泛化”不是文学理论所需要的，需要的是“发展”。文学理论还是以文学活动为对象，它也要随时代的变化而变化。我在多篇文章中已经说过，文学理论目前存在的问题是在一些概念上面兜圈子，不是从文学的实际问题出发。在社会转型时期，文学本身也发生了很多变化，从内容到形式的变化都是我们以前未曾预料到的。文学理论的当代发展似乎应特别注意方法论的发展。局限于文本的所谓“内部研究”显然有缺陷，而强调文学环境研究的所谓“外部研究”也遇到了困难。我以为，文学理论研究一方面要进入文学文本，另一方面要走出文学文本。所谓“进入文学文本”就是要重视文学文本的文体研究，所谓“走出文学文本”就是不能仅仅就文学文本谈文学文本，必须把文学文本、文学问题放回到一定的历史文化语境中去把握。后一个方面在当前显得特别重要。

任何一种文学文本和文学问题都不是与社会历史文化无关的现象，它们是“暂时物”，只是因为作为某种运动才得以存在，离开历史文化语境就是抹杀了运动，抹杀了运动中的关系，这种脱离历史文化语境的抽象，是孤立的，这就很值得怀疑。无论是中国古代的“诗言志”论、“兴观群怨”论、“知人论世”论、“诗无达诂”论、“气”论、“声律”论、“神思”论、“传神”论、“原道”论、“滋味”论、“景外之景”论、“言外之旨”论、“味在咸酸之外”论、“随物赋形”论、“冲口而出”论、“童心”说、“情景交融”论、“神韵”论、“境界”论……还是西方的文学理论中的各种主义，如古典主义、浪漫主义、现实主义、现代主义、后现代主义……离开具体的历史文化语境的研究，一味地判断、推论、综合、界说，都是没有多大学术价值的。当今的文学理论似应该有一个回归，就是要讲文学文本、文学理论问题的“历史背景”。巴赫金说，一个语言文本“只是在与其他文本（语境）的交往中才有生命。只有在诸文本的这个交会点上，才会出现闪光，照亮来路与去路，引导文本走向对话”。巴赫金的论说很有意义，他认为文学文本只有放在与其他文本（历史的、现实的、文化的）交织的语境中去把握，文学的意义结构才会显露出来，文学才有生命。这种对话式样的研究方法是值得吸取的。我把这个方法称为“文化诗学”。

我觉得“语境化”这个观念，大体上可以分为三个层级：第一层级即最低层级是文内的语境；第二层级是“全人全文”语境；第三层级是时代文化语境。我这里不妨举一个例子简要地加以说明。王国维的“境界”说，大家不知写了多少文章。我曾在一篇文章里面，归纳了目前对“境界”说的6种理解：“情景交融”说、“诗画一体”说、境生“象外”说、“生气远出”说、哲学意蕴说、对话交流说。王国维写了《人间词话》这部书，提出了“境界”说，说“词以境界为最上。有境界则自成高格，自有名句。五代北宋之词所以独绝者在此”。对于王国维这类话，我们不能孤立起来理解。首先，要看《人间词话》的前后文的关系，看懂王国维所说的那些话，不能断章取义。其次，要把它放到《人间词话》全书的联系中去理解，我们就会发现王国维提出“境界”说，的确是有追求的。他赞美五代北宋之词，贬抑南宋姜白石等人的词，神往德国哲学家尼采所说的一切好的文学都是鲜血书写出来的理想，通篇强调“真景物，真感情”，其中还有“一切景语皆情语”“入乎其内、出乎其外”等说法。但是，如果我们就《人间词话》来谈《人间词话》，得出上述我所归纳的那 6 种说法，仍然是不够的。这样，我们还必须追问，王国维的“境界”说是否有现实的时代的针对性？难道他仅仅是要表达他的一种艺术理想吗？根据我的研究情况并非如此。王国维是清朝遗老，他对清代的文学发展十分关注。清代名为词的“中兴”，实际上他对此有不同看法。他特别不满意清初受到推崇的以朱彝尊为代表的浙西词派，因为浙西词派继承的是南宋的姜夔、杨万里等人的专讲词的用韵、用典而不顾内容的形式主义词风。王国维生活的那个时代，中国处于危亡之际，他虽然不是什么政治人物，没有卷入当时的改良运动，但对国事的关切仍然使他不能满意以朱彝尊为代表的浙西词派的形式主义。他的《人间词话》主张“境界”说，很大程度上就是针对清初的浙西词派而发的。因此，我们如果把王国维的“境界”说，放到北宋、南宋以来的词学背景中，放到清代词学的发展的背景中，放到王国维所处的时代背景中，去研究，去探索，那么，王国维的“境界”说的美学内涵就有可能被我们揭示出来。顺便说明一下，我现在仍然在指导博士研究生，我的关于王国维“境界”说的历史文化语境化的思路，已经由我的博士生凌晨写成了博士论文，并于今年获得通过，不久他的文章就会发表出来。我的“文化诗学”的思路也许就会被更多人所知。

文学理论还是可以独立发展的，重要的是我们要随着时代的变化而变化，寻找新的方法，不能死守那几个旧概念。

文学理论的边界

——从当前文学图书印数谈起

当前文艺学学科的发展的确遇到一些问题。在文艺学学科辛勤耕耘的部分学者，出于对自己所从事学科的关切，而进行了各种反思。我个人认为，对文艺学的反思，是文艺学学科充满活力和进取精神的表现，因此是有益的。但是，当前的反思中出现一种倾向，那就是某些学者想要大大扩大文艺学的边界，把从外国“进口”的所谓“日常生活审美化”列为文艺学的主要研究对象，甚至有用所谓的“日常生活审美化”的研究来取代文学问题的倾向。那么我们就要问，文艺学自身究竟发生了什么问题？为何要把文艺学原有的对象——文学事实、文学经验和文学问题——排除在外？自然，文艺学存在着脱离现实的问题。搞文艺学的人却很少阅读新出现的文学文本，缺乏对新的文学经验、文学问题的深刻分析，结果在课堂上，在论文、著作中，一味重复过时的文学事实，使得文艺学的教学与研究了无新意。一个学科如果脱离实际，那的确是很危险的，的确需要反思。

文艺学的发展出现了停滞局面。那么如何来摆脱当前的危机?有的学者给我们开出的药方是更深入地学习西方，把俄国形式主义、英美新批评真正学到手。但陶东风教授的意见不同，他在其论文中说："文艺学研究的当务之急是重建文艺学与现实生活之间有机的、积极的学术联系。"[①]陶东风的话毫无疑问是对的，我很赞成他的这个主张。但问题在于陶东风教授想重建的文艺学与生活的学术联系是指什么。在这个问题上，我就不敢苟同陶东风教授的看法了。我们看到，一段时间以来，陶东风和他的一些同道者对于文学本身并无兴趣，他们的兴趣只是对于"文艺学的方法"，他们认为"文艺学研究并不取决于对象是否属于纯正的文学(何况'纯正'的标准也是变化的、历史性的)，而更多地取决于研究方法与研究旨趣。"他们还认为这种不以文学为研究对象的所谓"文艺学研究"，"离文艺学的研究更近一些"。[②] 这种说法给人一种奇怪的感觉。文艺学之所以能够成立，难道不是它有自己的独特的对象吗?文艺学研究的对象难道可以脱离文学和各种文学问题?而且这种脱离文学和文学问题的一类研究，如什么城市广场、酒吧、广告、流行歌曲、时装、美容、时尚杂志、城市规划、购物中心、街心花园等研究，反而比研究文学和文学问题的研究更是文艺学研究的吗?这样的逻辑是可以成立的吗?问题出在哪里?我百思不得其解。后来我想起了另一位学者的一句话：现在已经不是文学时代。是否因为我们现在不是文学时代而不需要文艺学的研究呢?于是我觉得首先我们要弄清楚，今天是否还有文学?今天面对的文学问题是比过去简单还是更为复杂?文艺学是否已经失去了自己的文学家园而不得不选择文学以外的对象

---

① 陶东风：《日常生活的审美化与文艺社会学的重建》，《文艺研究》2004年第1期。

② 陶东风：《日常生活的审美化与文艺社会学的重建》，《文艺研究》2004年第1期。

来“苟延残喘”?

(顺便说句题外的话。我和曾经是我学生的陶东风争论问题,纯属学术讨论。从我们建立起师生关系以来,我们的学术观点常有不同,讨论甚至争论是常有的。我认为这是最为正常的最模范的师生关系。我为此感到自豪。因为这表明我们的关系是建立在一心一意追求真理基础上的。如果我后面还要写文章与某些青年朋友讨论问题,也要作如是观。无端的猜测是毫无根据的。)

为了回答上面这些问题,我找到了一个简单的办法,那就是到网上查一查近几年文学图书出版的情况,看看文学是否已经消亡或正在消亡,看看是否还有文学问题可供我们研究。

我首先发现的是,凡是与性爱有关的文学作品的印数特别大。例如,贾平凹自己说:“《废都》的各种盗版版本,包括海外的,加起来总印数至少有1200万。我自己就收了很多我的书的盗版。《废都》已经收了40多种,今年就收了3种,我都放在书架上。”另一则消息也引人注目:“正当卫慧的《上海宝贝》和棉棉的《糖》火爆图书市场的时候,另一位倍受读者关注的20世纪70年代女作家周洁茹在近期悄悄推出了一部长篇网络小说《小妖的网》,该书尽管在出版过程中没有向外界透露,但是首印2万本还没有来得及出厂就被订购一空,出版社只得临时不断刷新加印数字,在4月底到5月初上市短短几天,该书的印数已经直逼10万册,而加印的势头依旧强劲,调查全国各地图书市场,得知该书一上市就脱销,到底何时饱和至今难以预测。”[①]这里留给我们的思考是,今天这个时代为什么无“性”不成小说?性与文学的关系是怎样的?所谓的“身体写作”“下半身写作”“妓女写作”是怎么回事?这类小说畅销与消费主义的流行有何关系?等等。问题是我们的文学批评是否真正地进入到这些问题领域呢?

① 网上资料的引文没有注明出处,这里我向这些作者表示抱歉。下同。

文艺学是否要关心这些问题呢？

接着我又发现，历史题材的作品特别畅销。我想到了撰写“帝王系列”而闻名的二月河。网上有一段文字专门探讨二月河的稿费收入。“以二月河为例，1991 年长江文艺出版社拿到《雍正皇帝》第一部时还犹犹豫豫，给二月河的稿费只有千字 25 元，没想到当年售出 1 万多本。后来，出版社付给二月河的稿费也涨到千字 45 元。当时的版税比较低，二月河只能拿到 1%。到 1995 年，《雍正皇帝》行情看涨，每套定价 58 元，当年销售 8 万套，该社主动将二月河的版税从 1%调高到 6%。到 1999 年，中央电视台播出根据二月河小说改编的电视剧，该社又把每套图书的定价涨到 80 元，当年售出多达 25 万套。据周社长介绍，仅此一部小说，长江文艺出版社共销售出 50 万套书，总码洋约 2000 万元，一共付给二月河 150 多万元。国家规定的版税在 8%～10%之间，但对于那些炙手可热的作家来说，他们并不受这个规定的限制。一般来说，由作家和出版社共同商定，12%是个“大家”都能接受的比例。比如，二月河 2000 年与长江文艺出版社签订合同，于今年推出《二月河文集》，包括其已出版的三部作品，每套定价 310 元，目前已售出 3 万套。合同规定，出版社在五年内销售不少于 10 万套，并按 12%的标准付给二月河版税。仅此，出版社就要支付 330 万元。”现在畅销的历史小说何止二月河一家，像《张居正》《曾国藩》《张之洞》《杨度》等长篇小说也印数不少。这里留给我们许多思考。例如，在如此强烈追求现代性的社会里，为什么有这么多人喜欢走进历史？现代的历史题材的小说给我们提供了什么新鲜的文学经验？在历史题材的创作中，我们应如何去把握历史真实、艺术真实和时代真实的统一？历史题材的作品应该如何认识历史？如何体现当下的价值？历史与文学的联姻是必然的吗？对于历史的戏说、反说、歪说等我们应该怎么看？历史题材的创作与现实的消费主义在哪里实现沟通？历史也是可以消费的吗？等等。

我们再来看看贴近现实的文学创作是否也赢得了读者的青睐？我想到现实感极强的山西作家张平。网上写道：“《法撼汾西》之后，张平又接连写出了《天网》《孤儿泪》《抉择》等具有强烈震撼性的作品，并一一由《啄木鸟》杂志率先刊出。如果说在《法撼汾西》之前，张平的创作并没有一个明确的定位，那么由《法撼汾西》《天网》在社会上所引起的强烈反响则促使张平看到了老百姓对现实题材作品的渴望，从此义无反顾地坚定了自己的创作方向。我们不妨设想，如果当初《法撼汾西》不曾出版，张平可能就不会一鼓作气地写出后来的《天网》《抉择》《孤儿泪》《十面埋伏》等好作品。而目前，由群众出版社出版的《抉择》就已多次再版，印数高达20万册。据群众出版社总编谢先云介绍，张平的其他作品也都一开机就是2万册，且往往都是一版再版，市场非常看好。据易社长透露，张平的下一部作品正在创作之中，这是一部反映人事制度改革的小说。张平选择的仍是群众出版社，为此他已拒绝了其他一些出版社抛来的绣球。”又一条资料：“春风文艺出版社最近在出版畅销书《省委书记》时，充分挖掘《省委书记》的书稿被多家出版社争抢的特殊背景，将宣传的诉求点放在《省委书记》几经周折终于落户春风文艺出版社的关注点上，引起了社会各界尤其是新闻媒体的广泛关注。在宣传造势中，他们使出了一招其他出版社还不曾想到的‘杀手锏’——在北京举行了《省委书记》印数公证仪式，由北京市公证处的工作人员当场宣布《省委书记》的首印数为17万册，由于此举在出版界尚属首创，因此很快成了热点新闻，业内报纸刊登后，其他报纸纷纷转载，为该书的畅销铺平了道路，该书在半年内发行了近20万册。”看来写现实的题材，只要有一定的艺术水平，加上媒体的宣传造势，也会赢得众多的读者。这里留给我们的思考就更多：当前文学与现实的关系存在什么问题？写实的作家应如何去赢得读者的心？文学在反映现实的时候如何从浅层次进入深层次？现实生活中那么多英雄人物、先进人物为什么没有受到作家的青睐？反腐倡廉为何在文学虚构中得以轰轰烈烈地进行？文学的现实性与艺术性的关系是怎样的？文学的现实题材在获得现实的品格的同时如何去获得永恒的艺术品格？在写改革题材的作品中，为什么老是写人们如何弄钱而不用浓墨重彩去写人们为建立现代的企业制度所进行的努力？三农问题、环境污染问题应该如何写才能具有文学性的魅力？

我随后又想探问一下那些具有比较纯的文学性作品是否拥有读者。杨绛先生的《我们仨》(生活·读书·新知三联书店版)这本书2003年6月首次印刷，印数3万，到2003年12月，已经第12次印刷了，印数逾35万。最令人吃惊的消息是：近日上海译文出版社传出消息，目前国内人气最旺的外国作家作品集——日本作家村上春树作品总印数已达201万余册。从2001年2月推出《挪威的森林》到2004年2月《终究悲哀的外国语》面世，上海译文出版社对村上春树作品的引进、出版已历时3年整。3年里，共出版了包括村上春树全部小说在内的作品25种。25种作品中，印数最高的是《挪威的森林》，已发行90余万册，而且3年里一直保持着每2～3个月销售5万册的速度，已从畅销书转化为长销书。其次是去年轰动一时的《海边的卡夫卡》，半年里重印4次，印数24万余册。其他各种村上春树作品印数也都在2万册以上。谁也无法否认杨绛和村上春树的作品具有纯正的文学性。这里留给我们的思考是：不是说现在是视觉和图像时代吗，为什么还有这么多人迷恋文学文本，去阅读文学语言作品呢？难道这些人的家里没有电视和电脑吗？像杨绛的《我们仨》和村上春树的《挪威的森林》究竟有什么吸引人呢？这些作品究竟对于我们的现实有何补益？今天我们应该如何理解文学性？文学是否离开电视、电影就完全不行？文学和其他媒体的关系是怎样的？文学是否只有依赖电视、电影才能生存？电视与电影离开文学行不行？

我查了儿童文学方面出版的情况，令人吃惊地发现："从 1997 年到 2000 年，罗琳女士以每年一部的速度推出了《哈利·波特》系列的 4 部小说，按夸张的说法，这些作品甚至拯救了淹没在 9·11 泪水中的全球经济，据说它带来的相关产业价值已突破 2000 亿美元，而 2 亿多册的销量更是使罗琳一下成为全球最炙手可热的畅销书作家。"在中国，仅《哈利·波特》第 4 部，在 2001 年上半年已卖到 38 万册。这里留下的思考是，儿童作为语言作品的阅读者，我们的作家应该给他们提供什么样的作品？怎样的作品能赢得儿童的心？《哈利·波特》系列风行世界给我们什么启示？我们中国如何才能产生我们自己的罗琳？

我想，如果我坚持查下去的话，还会有更多更惊人的发现，并提出更多更深刻的文学问题？近几年文学图书的出版仍保持在图书总量的百分之十左右。百分之十是一个很大的数字。当下中国文坛一些学者跟着外国人在叫喊，说文学已经终结或即将终结，文学本身已经不存在。现在，文学为了苟延残喘，只好以"它的华丽词藻游走在电视的广告词中，它的浪漫激情出没在时尚杂志和报纸的专栏文章中，它的叙述技巧活跃在电影和电视剧的脚本中，甚而出现在电脑游戏的程序的设计中。"①但是，我在互联网上得到的数字，是一个事实。这个事实不是任何人想抹杀就能抹杀掉的。当下的中国文学生存着呼吸着活跃着，文学仍然是千千万万人的精神食粮。特别是在那些穷乡僻壤，每一个图书室，每一本文学书籍，都会给他们带来精神鼓舞和慰安。文学可能会随媒体的发展而有所改变，但文学没有死去，看来也不会死去。与此相联系，文学图书凸显出来的文学问题，与过去相比，不是更少更简单，而是更多更复杂，而认真去研究它的人太少。文学是文艺学的家园。文学正在呼唤文学

① 朱国华：《中国人也在诗意地栖居吗？——略论日常生活审美化的语境条件》，《文艺争鸣》2003 年第 6 期。

研究专家去研究它，呼唤文学批评家去评论它，呼唤文艺学去概括它。也许有的学者会说，你上面所列的这些文学问题，应该由现代文学研究者或外国文学的研究者去负责解答，与我们文艺学无关。然而真的无关吗？文艺学的理论概括难道可以脱离生动活泼的文学经验而孤立地学院式地进行吗？文艺学的理论概括难道不是根植于文学事实和文学经验的土壤中吗？

在文学仍然生存发展和文学问题更为复杂的现实中，文艺学的反思不是呼唤文艺学向现实的文学事实进军，向新的文学经验进军，而是呼唤文艺学研究脱离文学这个当然的对象而走向什么“日常生活的文化”——酒吧、广告、时装表演、眼睛美学、身体美学、时尚杂志、城市广场、城市规划等，从而把文艺学变成为一门无家可归的学科难道是合理的吗？我们似乎可以说，当那些呼唤文艺学抛弃文学对象而选择什么“日常生活审美化”为研究对象的学者正在高谈阔论什么“文艺学新范式”的时候，那么认同文学和文学问题为研究对象的文艺学可能首先要抛弃他们了，既然他们目无文学，那么与文学同根生同成长共命运共甘苦的文艺学为何要认同他们呢？他们研究的那些东西叫什么“学”都可以，但千万不要叫“文艺学”，因为那些研究与文艺学无关。

我的意思无非是文学理论的边界虽然是在移动的，不断地移动的，但是文学理论是随着文学事实、文学经验和文学问题的移动而移动的。文学总是文学。文学不可能是日常生活里的几乎所有一切具有一点文学性的东西。

（《江西社会科学》2004 年第 6 期）

文学和文学研究会终结吗?

一、问题是怎样产生的?

“文学终结”近几年成为一个热门话题，从《文学评论》2001 年第 1 期发表了美国知名学者 J·希利斯·米勒的文章《全球化时代文学研究还会继续存在吗?》以后，这种讨论就开始了。米勒先生在这篇不长的文章中说：

> 新的电信时代无可挽回地成了多媒体的综合应用。男人、女人和孩子个人的、排他的“一书在手，浑然忘忧”读书行为，让位于“环视”和“环绕音响”这些现代化视听设备。而后者用一大堆既不是现在也不是非现在、既不是具体化的也不是抽象化的、既不在这儿也不在那儿、不死不活的东西冲击着眼膜和耳鼓。这些幽灵一样的东西拥有巨大的力

> 量，可以侵扰那些手拿遥控器开启这些设备的人们的心理、感受和想象，并且还可以把他们的心理和情感打造成它们所喜欢的样子。因为许多这样的幽灵都是极端的暴力形象，它们出现在今天的电影和电视屏幕上，就如同旧日里潜伏在人们意识深处的恐惧现在被公开展示出来了，不管这样做是好是坏，我们可以跟它们面对面，看到、听到它们，而不仅仅是在书页上读到……我想，这可能就是德里达所谓的新的电信时代正在导致精神分析的终结。①

米勒先生相信：这是电信时代的电子传播媒介的“幽灵”，“将会导致感知经验变异的全新的人类感受”，并认为“正是这些变异将会造就全新的网络人类，他们远离甚至拒绝文学、精神分析、哲学的情书”，从而导致文学的终结。文学终结了，“那么，文学研究又会怎么样呢？它还会继续存在吗？文学研究时代已经过去了。再也不会出现这样一个时代——为了文学自身的目的，撇开理论的或者政治方面的思考而单纯去研究文学。那样做不合时宜”。②

中国的年轻或不太年轻的学者对于米勒先生的关于文学的终结论深信不疑，以至于产生一种恐慌，有人相信文学必然终结，而文学研究的合法性也受到根本的威胁，所谓皮之不存，毛将焉附？文艺学的边界如果不越界不扩容，文艺学岂不要自取灭亡吗？趁现在的“文学性”还在那里“蔓延”，在日常生活的审美化中蔓延，在城市规划、购物中心、街心花园、超级市场、流行歌曲、广告、时装、环境设计、居室装修、健身房、咖啡厅中蔓延，赶快抓住这些“文学性”的电信的海啸中的稻草，苟延残喘，实现所谓的“文化转向”，去

① J·希利斯·米勒：《全球化时代文学研究还会继续存在吗?》，《文学评论》2001年第1期。

② J·希利斯·米勒：《全球化时代文学研究还会继续存在吗?》，《文学评论》2001年第1期。

研究城市规划、购物中心、街心花园、超级市场、流行歌曲、广告、时装、环境设计、居室装修、健身房、咖啡厅吧！文学已经在电信王国的海啸中濒临灭亡了。

米勒先生笃信德里达的解构主义，他的文学和文学研究终结论，并不是他自己的独创，也是从德里达那里贩卖来的。雅克·德里达在《明信片》一书中说：在这个电信技术时代王国中，“整个的所谓文学的时代(即使不是全部)将不复存在”。“电信时代的变化不仅仅是改变，而且会确定无疑地导致文学、哲学、精神分析学，甚至情书的终结。”①

我读了米勒先生的文章，很不以为然。恰好2001年8月我们北京师范大学文艺学研究中心召开了题为“全球化语境中文化、文学与人”的国际会议。米勒先生也应邀来参加这次会议。在会上我做了题为《全球化时代的文学和文学批评会消失吗？——与米勒先生对话》的发言。米勒先生就坐在我的面前静静地听了我的发言，在他的答辩中并没有跟我辩论，他认为我的看法也许是有道理的。他自己在这次会上做了题为《全球区域化的文学研究》的发言，他的主要论点是文学研究既包含全球性因素，也包含地域性因素。他谈到，来自一个地域文化的文学多大程度上可以被处于另一个地域文化的人们所接受呢？这里有许多问题值得研究。他不但没有否定文学和文学研究的存在，而且在探讨处于不同地域文化之间的文化如何实现相互理解的问题。他似乎把他发表在中国那篇文章的主要论点忘记了。(顺便说一句，2004年米勒先生又一次来中国，他在接受《文艺报》周玉宁的采访时说：文学是安全的。他的意思是文学不会终结。米勒先生改口了，可是他的文学终结论的中国支持者拒绝改口。这就是我为什么还要来写这篇文章的原因。)

我在那次国际会议上的发言在刊物发表后，被好几个刊物一再

---

① J·希利斯·米勒：《全球化时代文学研究还会继续存在吗?》，《文学评论》2001年第1期。

转载。在那篇文章里，我一方面承认电信媒体的迅猛发展必然会引起文学的变化，我说："的确，旧的印刷技术和新的媒体都不完全是工具而已，它们在某种程度具有影响和改变人类生活面貌的力量，旧的印刷术促进了文学、哲学的发展，而新的媒体则可能改变文学、哲学的存在方式。"①另一方面，我认为无论媒体如何变化，文学是不会消亡的，我提出："文学和文学批评存在的理由究竟在什么地方呢？是存在于媒体的变化？还是人类情感表现的需要？如果我们仍然把文学界定为人类情感的表现形式的话，那么我认为，文学现在存在和将来存在的理由在后者，而不在前者。诚然，文学是永远在变化发展的，一个时代有一个时代的文学，没有固定不变的文学。但是，文学变化的根据主要还是在于——人类的情感生活是随着时代的变化而变化的，而主要不决定于媒体的改变。"②我认为米勒先生的"文学终结"论很难说服人。后来的发展是，我的文章遭到一些为米勒先生的"文学终结"论所倾倒的学者的嘲讽，说我提出的观点根本不在米勒先生的层次上，言外之意是我的层次低，米勒先生的层次高。米勒先生和他的支持者的意见长篇大论，不是三言两语可以说清的，但他们的观点可以归结为一点，那就是认为现在的社会已经处于电子高科技时代，在文化领域，图像的霸权已经势不可挡，视觉图像统治一切、覆盖一切、吸引一切，哪里还会有文学这种非图像的文字的立足之地呢？文学该到消亡的时候了。

二、文学边沿化与文学终结是一回事吗?

更有的论者把目前文学的边沿化与文学终结混为一谈，认为边

---

① 童庆炳：《全球化时代的文学和文学批评会消失吗？——与米勒先生对话》，《社会科学辑刊》2002 年第 1 期。

② 童庆炳：《全球化时代的文学和文学批评会消失吗？——与米勒先生对话》，《社会科学辑刊》2002 年第 1 期。

沿化就是文学的终结或者是文学终结的预兆。其实，关于文学边沿化问题，多年前我就反复说过，文学的确已经边沿化，并认为这种“边沿化”与中国 20 世纪的 50 年代至 80 年代相比，恰好是一种常态，那种把文学看成是“时代的风雨表”，看成是“专政的工具”的时代是一种“异态”。把文学政治化，把文学放在社会的中心，究竟给文学带来什么呢？经历过“文化大革命”的人们，应该都还记得，那时候，几部革命样板戏处于社会的中心，结果把其他的文学都说成是“封资修黑货”，8 亿人只能看 8 个样板戏，这就是文学“中心化”的结果。这种情况发展到后来，连毛泽东也受不了。1975 年毛泽东对邓小平说，现在大家“怕写文章，怕写戏。没有小说，没有诗歌”①。文学中心化的结果是没有文学，这难道是正常的吗？这难道不是文学“中心”化的悲剧吗？就是 20 世纪 80 年代初文学创作动不动就引起“轰动效应”的盛况，也是一种“异态”。那是因为由于思想解放运动，人们的思想感情空前活跃，文学更多作为一种思想解放的产物而存在，这也是反常的，是不能长久维持下去的。果然，到了 80 年代中后期，文学就失去了“轰动效应”，也即“边沿化”。为什么要把作为文学常态的文学“边沿化”理解为文学的终结呢？其实文学边沿化是文学发展的常态。一个社会的常态应该是以经济建设为中心，只有经济目标和经济的实践真正成为中心的时候，才能满足人的吃喝住穿这个第一位的物质需要，这个社会的运转才处于常态。可见，文学的边沿化与文学的终结是两个完全不同的问题，为什么要把它们混淆起来呢？

三、文学不会终结，给出两个层面的理由

随着电视、电影、互联网络和其他新媒体的流行，文学受到挑

① 《毛泽东传(1949—1976)》，中央文献出版社 2003 年版，第 1742 页。

战，文学也在改变自己，以适应新的境况，这些很多人说过了，也就无须再多说了。为了回答米勒先生的文学终结的问题，为了说明文学生存的理由，似乎要从两个层面来加以阐述。

第一个层面，如前所述，文学是人类情感的表现形式，那么只要人类的情感还需要表现、舒泄，那么文学这种艺术形式就仍然能够生存下去。但仅仅这样说还不够。不论德里达还是米勒还是国内的某些年轻或不太年轻的学者，其文学终结的理由在于，由于电子媒体的高度发展，电影、电视、互联网、多媒体的发展，图像(而不是文字)已经统治一切，占领一切，人们对电子图像的喜欢必然超过对文字语言的喜欢，文学作为一种文字语言的艺术必然要终结，而完全让位于电子媒介所宠爱的电影、电视和互联网的日子迟早要到来。人类的情感表现不需要通过文学这种语言文字形式来表现，完全可以通过人们更为喜欢的电子图像来表现。这样一来，我们必须给出第二个层面的理由，一个文学不会终结的过得硬的独一无二的理由。

第二个层面，文学始终不衰的这个过硬的独一无二的理由在哪里？我在《文学评论》2004 年第 6 期发表了一篇题为《文艺学边界三题》的文章，在这篇文章里，我认为文学不会终结的理由就在文学自身中，特别是在文学所独有的语言文字中。在审美文化中文学有属于自己的独特审美场域，这种审美场域是别的审美文化无法取代的。这种见解我想可以从生活于公元 5 世纪至 6 世纪的刘勰的《文心雕龙》中受到启发：文学作为语言的艺术有属于自己的"心象"，而不是面对面的直接的形象。刘勰在《文心雕龙・神思》篇中说："独照之匠，窥意象而运斤。"这里是说文学创作的时候，作家想象和情感凌空翻飞，并且窥视着由想象和情感凝聚在自己心中的"意象"来动笔。这里的"意象"不是外在的直接的形象，是隐含了思想情感的内心的仿佛可以窥见的形象，是内视形象。"内视"形象是文学创作的特点之一。就是说，作家创作出来的形象，在创作前、创作中和创作后，都是内心视象，而不是如现在的电影或电视剧创作那样，要根据演员这个直接形象去创作，或开始于内心视象，而最终要落实于直接的实体性的形象。值得注意的是，刘勰又在《文心雕龙·隐秀》篇中说："隐之为体，义生文外，秘响旁通，伏采潜发，譬爻象之变互体，川渎之韫珠玉也。""隐"作为文学的体制，意义生于文字语言之外，好像秘密的音响从旁边传过来，潜伏的文采在暗中闪烁，又好像爻卦的变化在互体里，珠玉埋藏在川流里，因此能"使玩之者无穷，味之者无极"。这里说的是读者阅读欣赏的时候，所领会到的不是文字内所表达的意义，而是文字之外所流露出来的无穷无尽的意味。进一步说，读者所面对的不是如电影、电视中的演员所表演的直接形象，而是文字语言之内之外的意义、气氛、情调、声律、色泽等。我觉得刘勰所论的正是文学那种由于文字的艺术魅力持久绵延于作者和读者内心想象的审美场域，唯有在文学所独具的这个审美场域中，文学的意义、意味的丰富性和再生性是其他的审美文化无法比拟和超越的。后来司空图说："近而不浮，远而不尽，然后可以言韵外之致耳。""近"是指语言所描写眼前的景物"不浮"而鲜明，"远"是说言外、韵外、象外的意味无穷无尽，这是对文学的这种独特审美场域的很好的解释。还有中国古人谈到文学的时候，总是强调"文约辞微""言近旨远""清空骚雅""一唱三叹""兴象玲珑""虚实相生""不言言之""不写写之""不著一字，尽得风流"等，中华古代文论优长之一，就是把文学审美场域的独特性，说得比较细微和透彻。

按照我的理解，对于文学独特审美场域的奥秘，还可以做进一步申说。在文学创作过程中，思想感情在未经语言文字处理之前，并不等于通过语言文字艺术处理以后的审美体验。不要以为语言文字只是把作家在生活中感触到的体验原原本本地再现于作品中。语言是工具媒介，但语言又超越工具媒介。当一个作家在运用语言文字处理自己思想感情的时候，语言文字实际上已悄悄地在生长、变化，这时候的语言文字已经变成了一种“气势”，一种“情调”，一种“气韵”，一种“声律”，一种“节奏”，一种“色泽”，属于作家的一切都不自觉地投入其中，经历、体验、思想、感觉、感情、联想、人格、技巧等都融化于语言中，语言已经化成一种整体的东西，而不再是单纯的只表达意义的语言媒介。因此，文学语言所构成的丰富的整体体验，不是其他的媒介可以轻易地翻译的。歌德谈到把文学故事改编为供演出的剧本的时候说：“每个人都认为一种有趣的情节搬上舞台也还一样有趣，可是没有这么回事！读起来很好乃至思考起来也很好的东西，一旦搬上舞台，效果就很不一样，写在书上使我们着迷的东西，搬上舞台可能就枯燥无味。”①同样，一部让我们着迷的文学作品，要是把它改编为电影或电视剧，也可能让人感到索然无味。我们不能想象有什么电影和电视剧可以翻译屈原的《离骚》给予我们中国人对于历史、君王和人生的沉思。我们不能想象有什么电影和电视剧可以翻译陶渊明的那种“羁鸟恋旧林，池鱼思故渊”的归隐的感情。同样的道理，对于有鉴赏力的读者来说，难道有什么图像可以翻译唐诗宋词的意味、意境、气韵吗？像王维的诗的那种清新、隽永，像李白的诗的那种雄奇、豪放，像苏轼诗词的那种旷达、潇洒，任是什么图像也无法翻译的。对于以古典小说为题材的电影和电视剧，如果我们已经精细地读过原著、玩味过原著，那么你能对哪一部影视作品感到满意呢？不但如此，就是现代文学中那些看似具有情节的作品，也是难以改编为电子图像作品的。你不觉得这些导演、演员、摄影师费尽九牛二虎之力，也无法接近文学经典吗？并不是他们无能，而是文学经典本身的那种“味外之旨”“韵外之致”，那种丰富性和多重意义，那种独特的审美场域，依靠

① 《歌德谈话录》，人民文学出版社 1982 年版，第 181 页。

图像是永远无法完全接近的。图像(电影、电视剧等)对于被改编的文学名著来说犹如一种过滤器，总把其中无法言传的无法图解的最宝贵的文学意味、氛围、情调、声律、色泽过滤掉，把最细微最值得我们流连忘返的东西过滤掉，在多数情况下所留下的只是一个粗疏的故事而已，而意味、氛围、情调、声律、色泽几乎等于文学的全部。我们已经拍了电影《红楼梦》，随后又拍了电视剧《红楼梦》，据传还要以人物为单元拍摄电视剧《红楼梦》，但对于真正领会到小说《红楼梦》意味的读者，看了这些“图像”《红楼梦》，不是都有上当之感吗？我们宁愿珍藏自己对于小说《红楼梦》那种永恒的鲜活的理解和领悟，宁愿珍视《红楼梦》的文学独特场域，也不愿把它定格在某个演员面孔、身段、言辞、动作和画面上面。也许有人会说，你所讲的都是古典作品，要是现代的情节性比较强的作品，改编成电子图像作品是完全可以的。可以是可以，问题在于改编者还能不能把被改编的现代作品原汁原味保存下来？我认为这基本是不可能的，你没有听到吗，多少作家指责电影或电视剧的编导把他的作品韵味改编掉了。图像就是图像，图像艺术的直观是语言文字不可及的；但语言文字就是语言文字，作为语言文字艺术的文学，它的思想、意味、意境、氛围、情调、声律、色泽等也是图像艺术不可及的。例如，现在有不少人说，鲁迅的《野草》才是鲁迅最优秀最具有哲学意味的作品，可至今还没有任何人敢把《野草》中的篇章改编为电影或电视剧。为什么？因为电子图像无法接近《野草》所描写、抒发、议论的一切。

四、文学指纹和文学人口

我始终认为文学和其他艺术，都各有自己的独特的“指纹”，就像我们每个人的指纹都是不同的一样。生活中有不少人更喜欢电影、电视剧指纹，但仍然有不少人更喜欢文学指纹，也因此“文学人口”总保持在一定的水平上。既然有人喜欢，就有了需要，既然有了需要，那么文学人口就永远不会消失，而且文学人口还由于语文教育因素而永远要保持在一定的水平上。中小学的语文课文、大学的语文课文，绝大多数都是经过时间筛选的文质兼美的文学作品，语文教师要教这些文学作品，学生要学习这些文学作品。还有，社会上总有那么一群热爱文学的读者，他们宁可不看那些或者吵吵嚷嚷或者千部一腔或者粗糙无味的电影、电视剧，而更喜欢手捧文学书籍，消磨自己的闲暇时光。就是在年轻人中，这类人也是不少的。前几年《中华读书报》曾有一篇文章专门统计当前文学作品的发行量，很多文学作品印到几十万到上百万册。恰好，今天我读到了《参考消息》转载德里达的故乡法国《费加罗报》网站2005年1月19日的一篇题为《法国十大畅销小说家》的文章，作者列了2004年文学作品的销售情况，评选出十大畅销小说家。法国是一个发达国家，他们的高科技电信力量肯定不比我们差，他们的电信王国可能比我们大，电影、电视业也很发达，图像的充斥和占有率也可能比我们高得多，但还是有这么多热爱文学的人们，他们购买这么多文学作品，保持如此多的文学人口。今天预示着明天。文学人口无论在世界哪个国家，都必然会保持在一定的水平上面，这样，文学人口就永远不会消失。文学人口不会消失，那么，文学和文学研究也就不会在电影、电视和网络等媒体面前终结。难道我们不可以这样预期吗？

德里达和米勒的文学终结论，与他们主张的解构主义相关。解构主义力图打破西方传统的“逻格斯中心主义”，力图冲击形形色色的教条主义。看来，他们现在也要以这种消解的态度来对待文学和文学研究。然而他们遇到的困难是，他们在冲击逻格斯中心主义和教条主义的时候，还是要用逻格斯中心主义甚至教条主义所濡染过的概念和范畴。同样，他们试图消解文学和文学研究，可他们这样做的时候，仍然举文学作品做例子，仍然要用文学研究的术语说明问题。这就像鲁迅讽刺过的那样，他们站在地球上，却要拔着自己的头发离开地球一样，他们苦恼着焦躁着，但是最终仍然离不开地球。

对于中国学界的那些谈论文学要终结的朋友，我最佩服的人就是他们在谈论文学和文学研究终结的时候，能够不用文学做例证，也完全不用文学研究的名词术语。然而，他们做得到吗？

（《励耘学刊（文学卷）》2005年第1期）

第五辑

文学经典建构论

文学经典建构诸因素及其关系

文学经典和文学经典化是一个重要的课题，因为这个课题关系到文学史的编撰和文学教育等一系列的重要问题的解决。在一部文学史的编撰中，在一门文学课程的教学设计中，首先遇到的就是编选者和教师选择哪些作家、作品作为编撰和教学对象的问题。人们一定会说，这个问题还用问，当然是要选择经典作家和经典作品作为编撰和教学的对象。问题是，哪些作家是经典作家？哪些作品是经典作品呢？这就不是简单问题。

一、文学经典建构六要素

经典是什么意思呢？刘勰《文心雕龙·宗经》篇说："三极彝训，其书言经。经也者，恒久之至道，不刊之鸿论。"意思是说，说明天、地、人的常理的这种书叫作"经"。所谓"经"，就是永恒不变的又至高无上的道理，不可磨灭的训导。所谓“经典”就是承载这种道理和训导的各种典籍。文学经典就是指承载文学之“至道”和“鸿论”的各类文学典籍，凡创作这类作品的作家自然称为经典作家。但是，刘勰所说的那种“恒久之至道”“不刊之鸿论”并非对所有的人来说的。不同时代拥有不同观点的人，常常对某种文学经典不以为然，认为不是经典；相反他们可能提出另外一些作家和作品为经典。“四书”“五经”，对于封建时代的士人来说是经典，他们从来不把小说、戏曲作品列为经典。但是到了“五四”新文化运动时期，由于科学、民主思想成为一种主流的思想，“四书”“五经”不再被看成是经典，倒把像《红楼梦》《西厢记》一类的带有典范性的小说和戏曲作品列为文学经典。由此可见，文学经典是时常变动的，它不是被某个时代的人们确定为经典就一劳永逸地永久地成为经典，文学经典是一个不断建构的过程。

也许我们可以回忆一下“文化大革命”时期的情况。那个时期，大学语言文学系的中国古代文学这门课，在“横扫一切牛鬼蛇神”的口号下，连陶渊明、白居易、苏轼、罗贯中等“文化大革命”前的响当当的经典作家，都被“横扫”一空。“文化大革命”后期，大学重新开始上课。那时候被告知中国古代文学这门课只能讲屈原、李白、杜甫、陆游、关汉卿、曹雪芹等少数作家和作品。就是说，在“文化大革命”时期，只有这少数作家作品被定为经典，许多此前被定为经典的作家和作品，都被看成是封建主义的“黑货”，不许列入讲授的篇目中。这说明文学经典是与政治意识形态密切关联着的。时间过去了近40年，当我们再次面对文学经典的建构问题的时候，我们仍然不能不感叹意识形态的变动对于文学经典建构的巨大影响。但是，我们能不能由此得出结论，文学经典建构的决定因素就是意识形态的变动、文化权力的变动，而与作家作品的状况无关？进一步的问题是，为什么有些作家作品，如西方的莎士比亚和他的剧作，中国的曹雪芹和他的《红楼梦》成为文学经典的“常青树”，在不同历史时期，在意识形态和文化权力有了很大的变动的情况下，仍然承认他们的作品是文学经典，难道意识形态和文化权力无法操控它们吗？如果我们承认上述问题的话，那么我们就不能不说，在文学经典建构的问题上，目前相当流行的，认为意识形态和文化权力可以决定一切、操控一切的观点是不尽妥当的。

必须看到，文学经典建构的因素是多种多样的，起码要有如下几个要素：(1)文学作品的艺术价值；(2)文学作品的可阐释的空间；(3)意识形态和文化权力变动；(4)文学理论和批评的价值取向；(5)特定时期读者的期待视野；(6)发现人(又可称为赞助人)。就这六个要素看，前两项属于文学作品内部因素，这里蕴含“自律”问题；第(3)、(4)项属于影响文学作品的外部因素，这里蕴含“他律”问题。最后两项“读者”和“发现人”，处于“自律”和“他律”之间，它们是内部和外部的中介因素和连接者，没有这两项，任何文学经典的建构都是不可能的。

二、文学经典建构的内部要素

让我们来考察一下作品内部要素的重要性。

首先，文学作品本身的艺术价值是建构文学经典的基础，决不像某些学者所说的那样可以忽略不计。如果一部完全没有艺术价值的艺术作品，它所描绘的世界，所表现的感情，真的不能引起读者的阅读的兴趣和心理共鸣，不能满足读者的期待，即使意识形态和文化权力如何“操控”，那么，最终也不可能成为文学经典。反之，能够建构为文学经典的作品，总是具有相当的艺术水准和价值，能够引起读者的阅读兴趣和心理共鸣，能够满足读者的期待。清代出现的言情、人情世态、才子佳人小说很多，如《林兰香》《金云翘传》

《女开科》《平山冷燕》《情梦拆》《风流配》《春柳莺》《玉娇梨》《好逑传》《吴江雪》《定情人》《玉之玑》《赛红丝》《锦香亭》等，不可胜数，可许多作品不但没有成为经典，而是逐渐湮没无闻，只有《红楼梦》一部被后世建构为文学经典。再以 20 世纪五六十年代的作品情况而言，当时出版的以革命运动和革命战争为题材的作品相当多，每年少说也要出几部到几十部长篇小说，可为什么只有《红旗谱》《保卫延安》《红岩》《红日》《林海雪原》《青春之歌》《百炼成钢》《上海的早晨》《创业史》等少数作品入选为经典作品，而其他作品则没有入选。就是被提到的长篇《开不败的花朵》《新儿女英雄传》《战斗在滹沱河上》《野火春风斗古城》《火车头》《金色的兴安岭》《欢乐的金沙江》《三千里江山》等，虽然也不错，但与“三红一创”等作品相比，其经典性就不能相提并论了，这难道是意识形态和文化权力的刻意操弄吗？应该看到，“三红一创”等作品在艺术特色和艺术价值上面，确实比后者以及未被提及的许多作品有更多的优点，更具可读性，更符合读者的期待。这是应该得到公正的评价的。

在作品艺术价值上面，还必须考虑到某些文学经典写出了人类共通的“人性心理结构”和“共同美”的问题。就是说，某些作品被建构为文学经典，主要在于作品本身以真切的体验写出了属人的情感，这些情感是人区别于动物之所在，容易引起人的共鸣。例如 20 世纪五六十年代，把南唐后主李煜的词（后期的词），也列入文学经典，这与意识形态与文化权力并无密切的联系，这是因为“作者从自身遭受迫害屈辱的不幸境地出发，对整个人生的无常、世事的多变、年华的易逝、命运的残酷……感到不可捉摸和无可奈何，作者怀着一种悔罪的心情企望着出世的‘彻悟’和‘解脱’，但同时又恋恋不舍，不能忘情于世间的欢乐和幸福，作者痛苦、烦恼、悔恨，而完全没有出路……这种相当错综复杂的感触和情绪就远远超出了狭小的个人‘身世之戚’的范围，而使许多读者能从其作品形象中联想和触及一些带有广泛性质而永远动人心弦的一般的人生问题，而在情感上引起深切的感受。……后主词长久传诵不绝，在古代黑暗社会中，许多不幸者在其中找到了自己情绪的表现和共鸣，并不是完全偶然的事情。”[①]1956年那场关于李煜词为何至今仍具有魅力和仍是经典的讨论中，有些人就企图从生硬的意识形态——所谓的“爱国主义”——来解释李煜词的经典性，结果很别扭，完全不具有说服力；倒是上面这段从人性心理结构着眼的文字，更能贴切地说明李煜词具有经典性的原因。实际上，许多描写山水、田园、乡土的诗词和其他作品历久而不衰，一直被当作文学经典来看待，其中主要涉及“共同美”的问题。这个问题在讨论文学经典问题时是不容回避的。如果回避了作品超越阶级性的人性问题和超越功利的审美问题，过分夸大文化权利的操控，那么关于文学经典建构中的微妙的复杂的现象就很难说清楚。

其次，文学作品的言说空间的大小，也是文学经典建构的必要条件。文学作品本身描写的世界是否宽阔，作品所蕴含的意味是否深厚而多义，对文学经典的建构是十分重要的。如果我们面对的作品的思想意义比较狭小，可供挖掘的东西很单一，那么就是一部长期被列为文学经典的作品，也可能经不起意识形态风暴的摧残，而被迫退到文学经典之外。反之，如果我们面对的作品思想意义比较开阔，可供挖掘的东西很多很深厚，就是人们通常所说的某部作品“说不尽”，那么虽有意识形态风暴和文化权力的横行，也可能出现作品的意义“东方不亮西方亮”的情形，从而在文学经典里立稳脚跟。最典型的就是我们前面谈到的西方的莎士比亚和中国的曹雪芹。由于曹雪芹的《红楼梦》所描写生活的广度和深度达到极致，艺术表现

---

① 李泽厚：《谈李煜词讨论中的几个问题》，《门外集》，长江文艺出版社1957年版，第191～192页。这篇文章是作者于1956年参与李煜词论争的论文，作者所做的解释，比起当时从李煜词的“爱国主义”来寻找李煜词的魅力的文章更有道理。

的客观性与主观性所产生巨大张力等，因而是一部具有辽阔阐释空间的作品。它经得起不同意识形态的冲刷和解释。在乾隆年间，曹雪芹家道中落后，他在北京住了下来，花了十年时间，默默无闻写出了《红楼梦》前八十回，正如他自己所言“字字看来都是血，十年辛苦不寻常”。乾隆五十六年(1791 年)，高鹗续成了一百二十回本，并两度印刷。在冲破了封建统治阶级以“淫书”为名最初的“焚书毁版”灾难之后，《红楼梦》开始盛行，遍及海内。当时有“开谈不说《红楼梦》，读尽诗书是枉然”的说法。此后，有所谓“索引派”的“旧红学”的解释，有胡适、俞平伯的所谓“自叙传”观点的“新红学”，有 1954 年的“革命红学”，还有更为激进的“‘文革’红学”，有“文化大革命”后的五花八门的“新新红学”……虽然对《红楼梦》的意义发生了争论，各种意识形态在这里角力，赋予《红楼梦》各不相同的意义，但它们都不能不说是这样或那样地抓住了《红楼梦》部分意义，而《红楼梦》作为文学经典的地位则不但始终没有受到冲击，反而在争论中更见灿烂和辉煌。诚如鲁迅所言，对于《红楼梦》，“经学家看见《易》，道学家看见淫，才子看见缠绵，革命家看见排满，流言家看见宫闱秘事……”①各种意识形态都承认《红楼梦》是文学经典，都从《红楼梦》里发现了自己所需要的东西，而且都有一定的理由和说服力。这难道是偶然的吗？这说明了作品本身的辽阔阐释空间，是作品建构为经典的一个必要条件。

不重视文学作品内部的因素，就寻找不到文学经典建构的基础和条件，也就寻找不到文学经典建构的“自律”。

三、文学经典建构的外部要素

政治意识形态的变动，文化权利的变动，对于文学经典的建构

① 鲁迅：《〈绛洞花主〉小引》，《鲁迅全集》第 8 卷，人民文学出版社 2005 年版，第 179 页。

的影响是很大的。但第一不能把这种“影响”归结为“决定作用”，第二不能认为只要是意识形态的影响都是“操控”，都是负面的。

政治意识形态状况在不同历史时期是不同的。当一个新的社会建立起来，但还未稳定的时候，主流的意识形态必然要加强思想舆论的控制。折射到文学经典上面，它必然要对文学经典来一次“重新洗牌”，破除一些旧经典，建构一些新经典。这些情况也肯定要反映到新编的“文学史”的撰写上面。我手边保留了由当时北京师范大学的年轻教授丁易编写的《中国现代文学史略》①。据说，这是新中国成立后第一部“中国现代文学史”，从目录上，我们即可看见，这部“文学史”主要是确立了鲁迅为“中华民族新文化的旗手共产主义者”的地位。在目录中安排“章”的有鲁迅(占二章)、郭沫若、茅盾三人，安排“节”的在上述三人基础上增加了瞿秋白，安排“目”的则有叶绍钧、郁达夫、蒋光慈、胡也频、老舍、巴金、闻一多、洪深、曹禺、丁玲、张天翼、叶紫、萧红、艾青、田间、柯仲平、东平、艾芜、夏衍、马凡陀、沙丁、陈白尘、赵树理、周立波、刘白羽、柳青、草明和李季，而胡适、周作人、冰心、庐隐、徐志摩、李金发、戴望舒、沈从文、张爱玲、穆时英、施执存、梁实秋、丰子恺、钱锺书等作家和作品，则完全没有列入。现代文学经典的如此排列状况，比较准确地折射出新中国成立以后数年的意识形态对于现代文学经典的挑选的影响。“鲁、郭、茅、巴、老、曹”的大师级别排列则是1961年进行调整时期的产物，折射出国家意识形态的相对“放宽”。到了“文化大革命”时期，政治意识形态以极“左”为主流，对所谓的“封、资、修”实行全面打击，除曹雪芹的《红楼梦》外，除鲁迅及其作品外，除毛泽东及其诗词外，其他的作家作品都被排除在文学经

① 叶丁易教授1955年于作家出版社出版的这部《中国现代文学史略》不是新中国第一部现代文学史，早在1951年王瑶教授就出版了《中国新文学史稿》上册，1953年又出版了下册。但叶丁易教授所编写的“文学史”则最能反映新中国成立后的意识形态的状况。

典之外。由此可见，意识形态的变动，文化权力的转移，在很大程度上影响了文学经典的秩序。

但是，我们要看到，最终起决定作用的并不是作为观念形态的意识形态，而是社会的经济关系。社会观念形态的解释不是最终的解释，只有社会经济关系的解释才是最终的解释。这种最终的解释往往要从经济发展的生产关系中才能获得。就较现实的层次而言，在每一次意识形态的转移的背后，都隐藏着实实在在的现世利益。作为意识形态转移的深层原因的所谓“现世利益”的驱动，也许才是最终解释文学经典秩序变动的理由。特别是在市场经济和商业潮流兴起的时期，对于文学经典的出人意料的种种操作（这真是操作），千奇百怪的出新，经典秩序的变动，极度的好评和恶评，吹捧这个而打压那个，这里并无许多道理可讲，其中物质和经济利益的驱动，更成为直接的或间接的原因。如果我们不从经济利益驱动这个角度看问题，我们就很难解释为何在一夜之间某个作家的作品受到吹捧而成为经典，而某个作家因作品遭遇恶评而声名扫地。这种情况与其说是什么“意识形态操控”，还不如说是“现世利益操控”。因此，在如今的市场经济主导的商业社会里，文学经典的建构所遭遇到的问题，远比非商业社会所遭遇的问题要多得多、复杂得多。难道事情不是这样吗？

另外，我们又不能不看到，在文学经典建构过程中，社会意识形态的影响不总是负面的。有时候意识形态对于文学经典建构的影响是一种可怕的偏见，有时候意识形态对于文学经典的建构，也可能是一种洞见。“偏见”堵塞了我们通往作家作品的路，而“洞见”则打开了通往作家作品的路。在后一种情况下，某种意识形态的作用，可能成为理解文学作品的一种新视野，从而揭示出作品所隐藏的未经发现的新的意味和新的景观。

这里还是以《红楼梦》研究为例，来说明各种研究虽然都带有意识形态的性质，但也都从一个角度揭示了《红楼梦》的意义。作为“旧红学”的“索引派”由于其方法缺乏科学性，所得出的结论很难令人苟同。但曾经遭到刻意批判的1954年“新红学”，即胡适、俞平伯的曹雪芹“自叙”说，就有相当的价值。尽管这种研究也是具有“五四”新文化运动时期的意识形态性的，即从“个性解放”出发，更多关怀个人的身世变化，而与“索引派”往往关心种族不同。① “新红学”从考证《红楼梦》作者的身世出发，得出结论：“《红楼梦》是一部隐去真事的自叙，里面的甄、贾两宝玉，即是曹雪芹自己的化身，甄贾两府即是当日曹家的影子。”②作者以“自然主义”之笔墨，展现了一个封建世家由盛及衰的过程。这应该是一种“洞见”，它揭开了《红楼梦》“写实”的精神③，揭开了作品所展现的艺术世界与作者亲历亲闻、切身体验的密切关系，认为可以从曹雪芹家事的考证中，获得了解《红楼梦》的钥匙，为《红楼梦》的研究开辟了新路。1954年批判胡适、俞平伯《红楼梦》研究中的“唯心主义”，并不是恰当的。

但是当我们说对“新红学”的批判并不恰当的时候，我们又不能否定以李希凡、蓝翎为代表的“革命红学”。李希凡、蓝翎的“红学”观点当然是充满政治意识形态含义的，那就是到了封建社会后期，封建贵族阶级已经不配有更好的命运，他们的没落是历史发展的必然趋势。但是从这种意识形态催化出来的“革命红学”，也自有合理之处，也贴近作品本身，也成为一种“洞见”。李希凡、蓝翎最早的

---

① 蔡元培在《石头记索引》中说：“《石头记》者，清康熙朝政治小说也。作者持民族主义甚挚。书中本事，在吊明之亡，揭清之失，而尤于汉族名士仕清者寓痛惜之意。”见《古典文学研究资料汇编·红楼梦卷》上，中华书局1963年版，第319页。

② 胡适：《红楼梦考证》(改定稿)，《胡适红楼梦研究论述全编》，上海古籍出版社1988年版，第108页。

③ 鲁迅在《中国小说史略》中说：《红楼梦》“盖叙述皆存本真，闻见悉所亲历，正因写实，转成新鲜。”见《鲁迅全集》第8卷，人民文学出版社1959年版，第196页。

“评红”论文《关于〈红楼梦简论〉及其他》①写道：“红楼梦出现在清帝国的乾隆盛世，并不是偶然的现象。乾隆时代正是清王朝行将衰落的前奏曲。在这一巨变中注定了封建官僚地主阶级不可避免的死亡命运。这恶兆首先是由腐朽的封建统治集团内部的崩溃开始。曹雪芹就生活在这样一个时代，他的封建官僚家庭在这时代的转变中崩溃了，使他不得不过着贫苦的生活。自然，作为在富贵荣华中生长起来的曹公子，在‘贫穷难耐凄凉’的生活中，对‘当年笏满床’的盛世是不无惋惜怀念的。作者通过书中许多人物的对白，时常流露出追怀往昔的哀感，这正是作者世界观中的矛盾所在。像其他伟大的现实主义大师一样，曹雪芹的同情虽然‘是在注定要灭亡的那个阶级方面’，但是他从自己的家庭遭遇和亲身生活体验中已预感到本阶级必然灭亡的历史命运。他将这种预感和封建统治集团内部崩溃的活生生的现实，以完整的艺术形象体现在红楼梦中。把封建官僚地主内部腐朽透顶的生活真实地暴露出来，表现出它必然崩溃的原因。作者用这幅生动的典型的现实生活的图画埋葬了封建统治阶级的历史命运。尽管这是一首挽歌，也丝毫未减低它的价值。”我之所以要不厌其烦地引用这段话，是因为从这段话中我们可以概括出“革命红学”的基本观点：①腐朽的封建统治阶级必然灭亡论；②阶级论；③作者亲身体验论；④挽歌论；⑤现实主义论。应该说，“革命红学”的这些观点几乎统治了半个世纪，至今仍有它的价值，这是为什么呢？显然，这些观念尽管是充满政治意识形态的，但也是符合作品的实际的。从《红楼梦》具体感性的描写中，我们的确可以看到“封建统治集团内部崩溃的活生生的现实”，的确可以感受到作者用一幅“生动的典型的现实生活的图画埋葬了封建统治阶级的历史命运”，的确可以感到作者的描绘是“从自己的家庭遭遇和亲身生活体验”得

① 李希凡、蓝翎的文章发表于《文史哲》1954年第9期，《文艺报》同年第18期加以转载。

来的，的确感到这是作者为自己所同情的阶级唱起的“一首挽歌”，的确可以感到作者整个描写是“现实主义”的。特别值得注意的一点是，关于作者亲身体验的观点，与胡适、俞平伯的“新红学”观点并无二致，实际上是把“新红学”的考证的结果原本地接受过来，这说明了“革命红学”与“新红学”之间的联系，而且是密切的联系。

从“新红学”到“革命红学”，它们的意识形态的支持是完全不同的，一个是“五四”时期所形成的启蒙思想，一个是在中国共产党领导下的马克思主义阶级论和唯物史观，但它们支持《红楼梦》作为文学经典，都形成了对于《红楼梦》经典的“洞见”，都揭示了《红楼梦》所蕴含的某种意义。由此可见，政治意识形态对于文学经典的建构，不完全都是负面的，不都是偏见，有时候倒构成一种研究的视野，从而生发出对经典作品的一种真知灼见，那种认为意识形态只是一味“操控”的看法并不是完全妥当的。

在文学经典建构的外部要素中，文学理论与批评的观念的变更，也起到了相当重要的作用。文学理论与批评的观念主要是一种学理，它与意识形态的变更有关，但又有一定的距离，两者不能混为一谈。文学理论和批评的观念的变化，主要体现为：是强调作品内部的语言文字意义，还是强调作品外部的社会意义；是强调作品形式的意义，还是强调作品内容的意义；是强调作品的结构意义，还是强调作品的心理意义，等等。文学理论和批评的这种观念的区别，在选择文学经典的时候，必然要产生影响。关于这一点，只要我们比较一下“文化大革命”以前17年和新时期以来差不多也是17年对文学经典的不同选择，就可以看得很清楚了。在新中国成立后的17年，由于我们的文学理论和批评以所谓的“社会主义现实主义”理论体系为正统，就外国文学而言，所肯定的作品主要是批判现实主义和革命现实主义的作品，而外国的文学经典也只能从这里选择，外国的正在流行的现代主义的作品一概被排斥在外。这是大家都知道的，无须举例。新时期后的17年，由于文学理论和批评观念的逐渐多元化，西方各种文学理论和批评观念都被理论批评界所吸收，这样我们对西方的现代派的作品才逐渐开放，从艾略特以来的各流派的现代主义作家作品才被我们所认识，并把其中一部分编入教材，承认它们为经典。这是大家都知道的，无须赘述。这就是说，文学理论与批评的观念的开放，外国的现实主义的、浪漫主义的、现代主义的才进入中国学者的视野，外国文学经典在我们编写的文学史中才逐渐丰富起来。可见，我们不能不说，文学理论和批评的观念的变更是文学经典建构的先导。

四、读者——文学经典建构的重要力量

在文学经典建构中，有两类读者，第一类是文学经典的发现人(赞助人)，第二类是文学经典的一般阅读者。可以这样说，读者(包括发现人和一般阅读者)是联系文学经典内部和外部的力量。外部的意识形态力量，文学理论和批评观念的力量，并不能以命令的方式，强令读者接受某个经典。它们必须与读者商兑，得到读者的认同，文学经典才可能流行起来。离开读者的阅读和再创造活动，或者说在读者不买账的情况下，无论意识形态和诗学观念如何强力推行，文学经典都无法成立和流行起来。可见意识形态和诗学必须与读者商兑成功之后，文学经典才有可能靠读者的充满热情的阅读和再创造活动而流行起来，这是一方面。另一方面，读者又是理解并再度创造作品的力量。无论文学作品所展现的世界怎样，它都不会自动变为审美对象，必须经过读者的阅读和理解。当文学作品所描绘和抒发的一切，真的符合读者的期待视野，真的被读者感受到，并成为他们的内心幻化为审美视象的情况下，文学经典才不会仅仅是读者头脑中一连串枯燥的题目，而成为活生生的美的现实。正如接受

美学的创立者姚斯所说："在作家、作品和读者的三角关系中，后者并不是被动的因素，不是单纯的做出反应的环节，它本身就是一种创造历史的力量。文学作品的历史生命没有接受者能动的参与是不可想象的。"[①]说到底，一部作品能不能成为经典，最终是由广大的读者批准的，不是由意识形态的霸权所钦定的。读者在文学经典建构中也绝不是被动因素，它无疑是连接文学经典外部要素和内部要素的纽带，它一方面承接着外部意识形态和诗学的影响，另一方面又成为文学所展现的世界的知音、欣赏者和赞助人。

在这里，区分文学经典建构过程中的两类读者是重要的。

第一类，发现人(赞助人)。发现人就是最早发现某个文学经典的人。发现人可以是一个人，也可以是不同时代的好几个人。发现人要具备的品质是：第一，具有发现能力，提出对于作品的新体会新理解；第二，具有较大的权威性，他的这种权威性使他的发现能推广开来。发现人及其品质的重要意义，我们可以从陶渊明及其作品如何成为文学经典的过程来加以说明。陶渊明(约 365—427)生活于由晋入宋时期，他的诗在后世影响很大，被确认为经典，但在当时并没有什么影响。晋末的诗人当时只举殷仲文、谢琨，由晋入宋的诗人，江左并称颜、谢(颜延之、谢灵运)，都没有注意到陶渊明。当时文坛领袖沈约所撰写的《宋书》，只把他列入《隐逸传》，并不提他的诗。另外沈约在《谢灵运传》后所做的长篇评论，力图概括一代文风，其中也没有说到陶渊明。《南齐书·文学传论》，以及晋宋各种史传，都没有对陶渊明诗的评价。刘勰的《文心雕龙》被称为"体大虑周"，所提到的作家看起来阵容豪华，但竟然没有提到陶渊明和他的诗。《文心雕龙·隐秀》有一处引了陶渊明的诗，但文论界认为是伪作。钟嵘的《诗品》提到陶渊明的诗，但只列为中品，说成是"隐逸

---

① A. R. 姚斯、R. C. 霍拉勃：《文学史作为向文学理论的挑战》，《接受美学与接受理论》，辽宁人民出版社 1987 年版，第 24 页。

诗人之宗”。陶渊明及其诗真正的发现人首先是南朝梁昭明太子萧统，他为陶渊明写了“传”，并在他所编选的《文选》中选了陶渊明的诗，陶渊明及其诗才算有了一个较高的地位。此时离陶渊明生活的东晋已经过了三个朝代。也许正是由于萧统《文选》的权威推荐，陶渊明在唐代才开始被人注意，对他做出了一些较好的评价。例如，杜甫的《可惜》：“宽心应是酒，遣兴莫过诗。此意陶潜解，吾生后汝期”；白居易的《题浔阳楼》：“常爱陶彭泽，文思何高玄”。李白的《山中与幽人对酌》：“我醉欲眠卿且去，明朝有意抱琴来”，这是把陶渊明饮酒的故事编入自己的诗中。总的看唐代对陶渊明的评价，与对谢灵运等人的评价相比，并不算很高。对陶渊明及其诗歌的第二发现人是宋代的苏轼。苏轼是宋代大文豪，他的诗、词、文都是一流的，在文坛上有很高威信，同时少年得志，在中央和地方历任高官，是一个有文化权力的人。他对陶渊明可以说是心悦诚服地尊敬，真心实意地加以推荐。他推崇陶渊明的特别理由是基于他对“枯淡”风格的喜爱，他在《与子由》书信中说：“吾于诗人，无所甚好，独好渊明之诗。渊明作诗不多，然其诗质而实绮，癯而实腴，自曹、刘、鲍、谢、李、杜诸人，皆莫及也。……然吾于渊明，岂独好其诗也，如其为人，实有感焉。”①质，质朴；绮，华美；癯，原是瘦的意思，引申为单一；腴，肥胖，引申为丰富。这意思是说，陶渊明的诗，表面上质朴，实际上华美，表面上单一，实际上丰富。这样一种审美理想是符合苏轼的艺术追求的。所以苏轼对于陶渊明的为人为诗的理解，乃是出于他的意愿和情感的，是由衷的佩服。这样的出于权威文人的推荐和赏识，对陶渊明成为中国文学经典作家，真正地起到了奠基的作用。从苏轼以后，各种诗话、诗评推崇陶渊明，也就是水到渠成的事情了。应该说，只有南朝梁的热爱文学的

① 苏轼：《与子由六首》其五，《苏轼文集》第六册，中华书局1986年版，第2515页。

太子萧统和宋代负有盛名的文学家苏轼才是陶渊明及其诗的真正的发现人。

第二类，一般读者和批评者。这也是文学经典建构所不可或缺的。一个作家及其作品得到了权威的赏识和推荐之后，能不能真正地成为文学经典，还有待广大读者和批评者的主动的阅读和欣赏。这就是说，发现人的推荐是否能转化为建构文学经典的力量，还必须得到一般读者的响应和认同，这个过程是一个作家作品、发现人与一般读者三方的对话过程。因为，作家作品再好，发现人再有权威，如果得不到一般读者的响应和认同，建构经典所必需的对话链仍未形成，作家作品的经典性仍然还需要在文学活动中得到真实的确认。只有在三方对话成功之后，作家作品才最终得到了读者大众的批准，那么文学经典的建构最终才得以实现。

(《北京大学学报(哲学社会科学版)》2005 年第 5 期)

《红楼梦》、“红学”与文学经典化问题

目前正在讨论的文学经典问题是很有意义的。讨论中有不少真知灼见，但我觉得也存在一些片面的看法，如认为文学经典的变动主要由于权力的作用和“意识形态的操控”，似乎与作品的艺术品质没有太多的联系；又如，认为只要是意识形态对经典化的介入，那么必定就是歪曲了作品本身，只有负面的作用，没有正面的影响。这些看法是否经得起文学经典化事实的检验呢？这里我想以《红楼梦》的经典化的个案分析，尝试着回答上面所提的问题。

《红楼梦》是中国历代以来唯一以一本书的研究，而建立起一门专门学问的作品，这就是大家所称的“红学”。进入“红学”圈子的人，上至高层官员、国学大家、著名作家，下至普通的研究者，人数之众，可与西方的“莎士比亚学”相媲美。特别令人困惑的是，不论政治权力如何变化，不论意识形态如何“操控”，《红楼梦》的文学

经典地位都没有动摇，不像其他作品那样在权力的更替和意识形态的变动中起起伏伏，可以说《红楼梦》是经典的“常青树”，这里究竟存在什么奥秘？

一、《红楼梦》的艺术品质与文学经典第一级

《红楼梦》作为中国18世纪的一部古典小说，其后成为文学经典的“常青树”，首先是它的艺术品质非同寻常。它所描写的是当时一个大家族的兴衰和一个爱情悲剧，题材并没有什么独特的地方，但他的描写、叙事和抒情，却带有高度的艺术印记。

《红楼梦》的艺术品质可以就以下四点来谈。

第一，《红楼梦》艺术描写的重大突破。它把客观性的描写和主观性的描写艺术地融合在一起。《红楼梦》对生活的描写，就像生活本身那样原始、丰富、多样和复杂，可以说达到了浑然天成的地步。虽然大体而言《红楼梦》只写了一个大家族的生活，但涉及的生活面是很宽的。我们甚至可以说，生活有多么辽阔，《红楼梦》描写的世界就有多么辽阔。问题还不完全在作者反映生活的辽阔上面，而更在对待生活的忠实把握上面，即作者尊重生活固有的逻辑去写，尊重笔下每一个人物自身的性格轨迹，不把他们当傀儡，不把自己的好恶强加到人物上面，随意进行褒贬。哪怕就是对贾政、王夫人、王熙凤，作者也能很客观地加以对待，让他们说他们所说，做他们所做，充分写出了他们的多样性和复杂性。不论作者同情谁，厌恶谁，决不把自己的感情倾向表露出来。作者喜爱林黛玉、贾宝玉、晴雯、鸳鸯等，但他尽力把这种喜爱隐藏起来；作者厌恶贾母、贾赦、贾珍、贾琏、王熙凤、薛宝钗等，他也尽力把这种厌恶隐藏起来。诚如曹雪芹自己所说的：“其间离合悲欢，兴衰际遇，俱是按迹循踪，不敢稍加穿凿，至失其真。”

《红楼梦》描写的客观性不是“冷”的，它是“热”的。或者说，它的描写是最主观的，因为作者把自己对生活的诗情画意的审美体验，充分地艺术地渗透进对生活的描写中，形成了“冷眼深情”的艺术特征；或者说，作者对描写素材进行了熔铸和提炼，加以审美化和诗化，似乎每一回都留下了曹雪芹诗人的体温，灌注了他的心血，让人感受到所描写的一切都是有生命的，生气勃勃的，趣味盎然的，读者不能不为他的描写所感染和感动。诚如作者自己所云：“字字看来都是血，十年辛苦不寻常。”这“字字是血”我们可以从《红楼梦》字里行间体会出来。

最客观又是最主观，在《红楼梦》中形成了一个具有张力的“冷眼深情”般的艺术悖论，正是这艺术悖论，使《红楼梦》的生活世界既超越了客观的世界，又超越了主观的世界，真正寻找到艺术的世界。

第二，“言情”小说模式的重大突破。中国古代描写爱情的小说很多，为什么这许多爱情小说都经不起历史和时间的筛选，唯独《红楼梦》能“脱颖而出”，200 多年来赢得无数读者的青睐，在文学史上获得崇高的地位，成为永远不被摧垮的文学经典呢？这里我觉得有三点是其他言情小说无法达到的。第一，《红楼梦》创造了言情小说的新范式。我们注意到，此前的小说、戏剧和诗歌也有不少描写爱情的优美篇章。但是，其范式是这样的：“才子”在一个偶然的机会下遇到了“佳人”，或倒过来，“佳人”在一个偶然的机会下遇到了“才子”，两人一见倾心，瞬间产生了感情，于是暗中传递消息，表达彼此爱慕之心。但他们的心思或行动终于被人发现，因为违反礼教而受到阻挠，“必旁添一小人拨乱其间”，彼此相思、痛苦，其状十分令人同情。最后必是“才子”科甲及第，一般是中了状元，皇上知道了事情原委，终于赐婚，有情人终成眷属。这种范式的写法构成了一个“文学社会”，如著名的《西厢记》《牡丹亭》等，都属于这个“文学社会”，连朝鲜的《春香传》也是如此。更不要说比这些作品更差的那些言情作品。清代出现的言情、人情世态、才子佳人小说很多，如《林兰香》《金云翘传》《女开科》《平山冷燕》《情梦拆》《风流配》《春柳莺》《玉娇梨》《好逑传》《吴江雪》《定情人》《玉之玑》《赛红丝》《锦香亭》等，这些作品都是这样或那样地重复这个范式，而落入窠臼，逐渐湮没无闻。在这个范式里面所演出的各种各样的小说的意义都是有限的。《红楼梦》则冲破了这个陈旧的“范式”，开创了言情小说的“新范式”：贾宝玉与林黛玉因经过长期的相互了解，并因都反对“仕途经济”而相互爱慕。可他们的爱情终因违背了封建礼教的规定而遭到封建卫道士的扼杀而失败，并酿成了悲剧。林黛玉死了，贾宝玉出家了。这个爱情“新范式”的要点是：男女主人公的相爱乃是由于共同的思想感情的基础，和相互之间长期的了解和爱慕，但由于反人性势力的压迫或由于无法避免的原因，最终造成了悲剧。这个新范式容纳了现代爱情悲剧的要素，因而具有现代意义。实际上，《红楼梦》的爱情新范式一经流行，那种“才子佳人”式的“文学社会”就被拆解，而一个以《红楼梦》言情新范式的故事框架的“文学社会”就被确立起来。不论哪位作家，只要他写的是现代的爱情悲剧，就自觉不自觉地、或多或少地加入《红楼梦》新范式的“文学社会”中。鲁迅的《伤逝》、张爱玲的《金锁记》、鲁彦周的《天云山传奇》，差不多都是《红楼梦》新范式的变异。可以肯定，我们今后还会有新的“爱情小说”，特别是爱情悲剧，但不论如何创造，都很难跳出《红楼梦》新范式的窠臼，真是写不完的《红楼梦》。

第三，典型、意境和意象同时并现。一般的作品或者创造典型，或者营构意境，或者塑造意象，唯有《红楼梦》三者兼而有之。《红楼梦》创造了贾宝玉、林黛玉、薛宝钗、王熙凤等许多典型，已经是十分可贵。但同样可贵的是，它还营造诗一般的意境。读者走进大观园，就会走进有情景交融所构成的或热烈或温馨或凄凉或悲哀的意境中，让人体验到一种既熟悉又陌生的情感，达到物我皆忘的境界。

在《红楼梦》中，还有那奇怪的写满字的石头，有绛珠草，有贾宝玉生下来就挂在脖子上的玉，有“太虚幻境”，有“正册”“副册”……这些象征意象，给人以扑朔迷离之感，其中的文化和哲学意味都耐人寻味，至今仍是未能解开之谜。典型属于“知”的领域，意境属于“情”的领域，意象属于“意”的领域，《红楼梦》是人的全部心理功能的全部展开，是人的智慧的结晶。

第四，汉语白话的成熟形态。《红楼梦》所使用的语言是白话。它的白话是最纯净的，最典范的，最丰富的，最生动的，最具有表现力的。《红楼梦》之前，没有产生这样的白话；《红楼梦》之后，白话则因受东洋和西洋文化与语言的影响，各种意识形态的影响，遭到各种“标准化”的影响，而遭到“污染”，失去了纯净的丰富的品质。我们现在很难想象还有谁能超越曹雪芹用纯熟的白话写出新的小说来。

以上四点，是我对《红楼梦》艺术品质的看法，应该说多数人都这样那样地肯定过《红楼梦》的文学价值。著名的“红学”家之一胡适尽管拿《红楼梦》的考证来宣传他的研究方法，可他对《红楼梦》的文学价值是缺乏认识的，甚至认为“《红楼梦》在思想见地上比不上《儒林外史》，在文学技术上比不上《海上花》(韩子云)，也比不上《儒林外史》——也可以说，还比不上《老残游记》”①。这只能证明胡适并不十分懂文学或他持有文学偏见。他的这些说法与鲁迅等绝大多数人的看法相反，因此他的观点无法掩盖《红楼梦》的艺术光辉。

文学经典有两极，其中一极是作品的艺术品质，即作品的艺术原创性、意义的丰富性、艺术描写的特点、艺术展现的辽阔空间和艺术语言的生动性等。只有高度的艺术品质所产生的艺术魅力，才能征服一代又一代的接受者。这才能保证作品经得起历史和时间的冲刷而作为文学经典保留下来。一部艺术品质不高的作品，可能因

① 胡适：《与高阳书》，《胡适红楼梦研究论述全编》，上海古籍出版社 2013 年版，第 254 页。

一时的权力推崇和意识形态的推波助澜而喧嚣一时进而成为经典，一旦推崇它的权力和意识形态过去，那么它就必然要跌回非经典的地位。《红楼梦》之所以能成为文学经典的常青树，是因为它的艺术品质这一极是经得起严格的审美检验的。离开艺术品质这一极，无论谁权力多大，鼓吹得多么卖力，都无法保证《红楼梦》的文学经典地位。

二、“红学”与文学经典第二极

文学经典的成立不仅需要文本的艺术品质这第一极，还需要“文本接受”这第二极。如同“接受美学”所阐明的那样，当一个文本未被阅读之前，还不能成为审美对象，文本的艺术品质再高，也是没有意义的。只有当文本被读者阅读之后，其艺术世界被具体化之后，那么文本才构成审美对象，才真正成为作品。对于文学经典来说，它必须经过历代作者的持久的阅读、评论和研究，特别被一些拥有权力的人、具有学者资格的人所评论和研究。《红楼梦》成为文学经典的常青树，就在于它的艺术品质被众多读者所评论和研究，并非常幸运地形成了“红学”，从而使这第二极变得十分强大。因此考察几代“红学”及其背后的意识形态，考察它们从哪个角度切入《红楼梦》的艺术世界，对于解开《红楼梦》的文学经典常青树之谜，是十分重要的。

然而，要做到这一点，还需要从《红楼梦》的意义空间说起。《红楼梦》实际上围绕着贾宝玉和林黛玉的悲剧，描写了一个大家族由烈火烹油之盛到“落了个白茫茫一片真干净”般衰败的过程。中国封建社会是以家族为单元的。所谓“齐家治国平天下”，就意味着，“家—国—天下”是一个链条，可以透过一个“家”看一个“国”，透过一个“家”与“国”再看一个“天下”。这样，曹雪芹的《红楼梦》由家族描写所展开的社会生活的广度和深度都远远超越了许多小说。从这个意义上看，《红楼梦》历史地具体地生动地描写了一个“家族”，其意义的多义必然是多元的，说不尽的。人们必然可以从中解读出不同的东西来。诚如鲁迅所言，对于《红楼梦》，“经学家看见《易》，道学家看见淫，才子看见缠绵，革命家看见排满，流言家看见宫闱秘事。”①

大家知道，乾隆年间，曹雪芹家道中落后，他在北京住了下来，花了十年时间，默默无闻写出了《红楼梦》前八十回，正如他自己所言“字字看来都是血，十年辛苦不寻常”。乾隆五十六年(1791 年)，高鹗续成了一百二十回本，并两度印刷。在冲破了封建统治阶级以“淫书”为名最初的“焚书毁版”灾难之后，《红楼梦》开始盛行，遍及海内。当时有“开谈不说《红楼梦》，读尽诗书是枉然”的说法。此后，有所谓“索引派”的“旧红学”的解释，有胡适、俞平伯的考证派的所谓“自叙传”观点的“新红学”，有 1954 年的“革命红学”，还有更为激进的“‘文革’红学”，有“文化大革命”后的五花八门的“新新红学”……虽然对《红楼梦》的意义发生了争论，各种意识形态在这里角力，赋予《红楼梦》各不相同的意义，但它们都不能不说是这样或那样地抓住了《红楼梦》部分意义，而《红楼梦》作为文学经典的地位则不但始终没有受到冲击，反而在争论中更见灿烂和辉煌。各种意识形态都承认《红楼梦》是文学经典，都从《红楼梦》里发现了自己所需要的东西，而且都有一定的理由和说服力。这难道是偶然的吗？这说明了作品本身的辽阔意义空间，引来不同读者对文本的不同接受，这是《红楼梦》建构为文学经典的另一极。

那么，具体说来，各派“红学”都是如何来接受和阐释《红楼梦》的呢？这种阐释是否都是勉强的？他们把自己的意识形态投射给《红楼梦》的时候，根据的理由是什么呢？

---

① 鲁迅：《〈绛洞花主〉小引》，《鲁迅全集》第 8 卷，人民文学出版社 2005 年版，第 179 页。

我们首先来看最早产生的“索引派”。“红学”中的索引派是把《红楼梦》中的本事与历史上某些实有的人物与事件相互比附。那么这种比附是否能从《红楼梦》的描写中找到它的道理呢？原来“红学”索引派的产生确有作品本身的某些原因。《红楼梦》第一回引作者的话说，“此开卷第一回也。作者自云：因曾历过一番梦幻之后，故将真事隐去，而借‘通灵’之说，撰此《石头记》一书也。故曰‘甄士隐’云云。但书中所记何事何人？自又云：‘今风尘碌碌，一事无成，忽念及当日所有之女子，一一细考较去，觉其行止见识，皆出于我之上。何我堂堂须眉，诚不若彼裙钗哉？实愧则有余，悔又无益之大无可如何之日也！当此，则自欲将已往所赖天恩祖德，锦衣纨袴之时，饫甘餍肥之日，背父兄教育之恩，负师友规训之德，以至今日一技无成、半生潦倒之罪，编述一集，以告天下人：我之罪固不免，然闺阁中本自历历有人，万不可因我之不肖，自护己短，一并使其泯灭也。虽今日之茅椽蓬牖，瓦灶绳床，其晨夕风露，阶柳庭花，亦未有妨我之襟怀笔墨者。虽我未学，下笔无文，又何妨用假语村言，敷演出一段故事来，亦可使闺阁昭传，复可悦世之目，破人愁闷，不亦宜乎？’故曰‘贾雨村’云云。此回中凡用‘梦’用‘幻’等字，是提醒阅者眼目，亦是此书立意本旨。”这段话对于一般的读者可能会觉得毫无意义。但对于研究《红楼梦》的人来说，其意义是巨大的。作品中的确有“甄士隐”和“贾雨村”两个线索人物，看来作者的确是把真事隐去了，用假语村言写出来了，那么作者隐去的“真事”是什么呢？这就不能不使人去推测而想揭示其真事。其中又有“已往所赖天恩祖德，锦衣纨袴之时，饫甘餍肥之日，背父兄教育之恩，负师友规训之德，以至今日一技无成、半生潦倒之罪，编述一集，以告天下人”等忏悔的话，似乎用此书回忆一个曾经兴盛过的家族的往事。这样，就怪不得有人去猜测这是否是写清初一个大家族的兴衰过程。于是早期索引派的“明珠家事”说、“傅恒家事”说、“和珅家事”说、

“张侯家事”说相继问世。这些索引派总是通过小说人物与现实人物的所谓“关合处”，使小说与历史构成某种“互文”关系。

“红学”索引派的文化蕴含在于古代写文章的一种风尚，即所谓“文人感事，隐语为多；君子忧时，变风将作”。就是说，文章做法有隐有显，隐是一层，显又是一层。隐为谜底，显为谜。用今天的话来说，即通过文章的隐语来暗指某人某事，以发泄心中的感情，成为一种文化传统。所以索引派对于《红楼梦》的“真事隐去”“贾雨村言”特别加以关注，并由此切入展开对《红楼梦》的影射对象的解读，是有一定根据的，是中国写作传统的一种延续，根本不足为怪。至于说到后期的索引派，如蔡元培的《石头记索引》，明确提出《红楼梦》是一部政治小说，就更有另一重理由，那就是“排满”。蔡元培认为，《红楼梦》的作者“持民主主义甚挚”，“书中本事，在吊明之亡，揭清之失，而尤于汉族名士仕清者寓痛惜之意”。例如，“书中红字多影朱字，朱者明也，汉也。”即“红”字影“朱明”王朝；“宝玉有爱红之癖，言以满人而爱汉族文化也；好吃人口上胭脂，言拾汉人唾也”；小说中人都以生活中人为依据，并有象征的作用，如贾宝玉“言伪朝之帝系也；宝玉者，传玉玺之义也，即指胤礽”①。这种解读中已经隐含“反清”的意识形态，这对于“反清王朝”的一代知识分子来说，自有他们的批评眼光，也与《红楼梦》所写的事件与细节有某些“暗合”。

“五四”新文化运动后，胡适、俞平伯的曹雪芹“自叙”说，相对于索引派的“旧红学”，被称为“新红学”。他们认为《红楼梦》是作者的“自传”。他们通过大量的曹雪芹家世的考证，力图说明《红楼梦》所写的人与事不过是曹雪芹自身的家世，是他的亲历亲闻亲见。应

---

① 蔡元培在《石头记索引》中说：“《石头记》者，清康熙朝政治小说也。作者持民族主义甚挚。书中本事，在吊明之亡，揭清之失，而尤于汉族名士仕清者寓痛惜之意。”见《古典文学研究资料汇编·红楼梦卷》上，中华书局 1963 年版，第 319 页。

该说，这种“新红学”是有一定根据的。从大量的考证来看，曹雪芹的祖父曹寅是当时政府的重要官员，曾任江宁织造，很有权势也很富有，但后来获罪，最终被抄家，全家被勒令回北京。家族的这一由盛而衰的变故，对于少年的曹雪芹印象极深，体验极深，严重影响其日后的人生出路。“新红学”从考证《红楼梦》作者的身世出发，得出结论：“《红楼梦》是一部隐去真事的自叙，里面的甄、贾两宝玉，即是曹雪芹自己的化身，甄贾两府即是当日曹家的影子。”①作者以“自然主义”之笔墨，展现了一个封建世家由盛及衰的过程。这应该是一种“洞见”，它揭开了《红楼梦》“写实”的精神②，揭开了作品所展现的艺术世界与作者亲历亲闻、切身体验的密切关系，认为可以从曹雪芹家事的考证中，获得了解《红楼梦》的钥匙，为《红楼梦》的研究开辟了新路。胡适和俞平伯的“自传”说与《红楼梦》所描写的场景大体契合，也就具有了相当的价值。当然，这种研究是具有“五四”时期的意识形态性的，即从“五四”的新精神，特别是“个性解放”出发，更多关怀个人的身世变化，而与“索引派”往往关心影射某个家族不同。

1954年在批判胡适唯心主义的运动中，胡适和俞平伯的“新红学”遭到严厉的批判。而当时以青年教师李希凡、蓝翎为代表的“革命红学”观点则得到毛泽东的支持。从今天的观点看，对胡适、俞平伯的“新红学”的批判并不恰当。“新红学”一派观点完全可以存在和继续发展。但我们这样说的时候，又不能否定以李希凡、蓝翎为代表的“革命红学”。李希凡、蓝翎的“红学”观点当然是充满政治意识形态含义的，那就是到了封建社会后期，封建贵族阶级已经不配有更好的命运，他们的没落是历史发展的必然趋势。但是从这种意识

① 胡适：《红楼梦考证》(改定稿)，《胡适红楼梦研究论述全编》，上海古籍出版社1988年版，第108页。

② 鲁迅在《中国小说史略》中说：《红楼梦》“盖叙述皆存本真，闻见悉所亲历，正因写实，转成新鲜。”见《鲁迅全集》第8卷，人民文学出版社1959年版，第196页。

形态催化出来的“革命红学”，也自有合理之处，也贴近作品本身，也成为一种“洞见”。李希凡、蓝翎最早的“评红”论文《关于〈红楼梦简论〉及其他》①写道：“红楼梦出现在清帝国的乾隆盛世，并不是偶然的现象。乾隆时代正是清王朝行将衰落的前奏曲。在这一巨变中注定了封建官僚地主阶级不可避免的死亡命运。这恶兆首先是由腐朽的封建统治集团内部的崩溃开始。曹雪芹就生活在这样一个时代，他的封建官僚家庭在这时代的转变中崩溃了，使他不得不过着贫苦的生活。自然，作为在富贵荣华中生长起来的曹公子，在‘贫穷难耐凄凉’的生活中，对‘当年笏满床’的盛世是不无惋惜怀念的。作者通过书中许多人物的对白，时常流露出追怀往昔的哀感，这正是作者世界观中的矛盾所在。像其他伟大的现实主义大师一样，曹雪芹的同情虽然‘是在注定要灭亡的那个阶级方面’，但是他从自己的家庭遭遇和亲身生活体验中已预感到本阶级必然灭亡的历史命运。他将这种预感和封建统治集团内部崩溃的活生生的现实，以完整的艺术形象体现在红楼梦中。把封建官僚地主内部腐朽透顶的生活真实地暴露出来，表现出它必然崩溃的原因。作者用这幅生动的典型的现实生活的图画埋葬了封建统治阶级的历史命运。尽管这是一首挽歌，也丝毫未减低它的价值。”我之所以要不厌其烦地引用这段话，是因为从这段话中我们可以概括出“革命红学”的基本观点：①腐朽的封建统治阶级必然灭亡论；②阶级论；③作者亲身体验论；④挽歌论；⑤现实主义论。应该说，“革命红学”的这些观点几乎统治了半个世纪，至今仍有它的价值，这是为什么呢？显然，这些观念尽管是充满政治意识形态的，但也是符合作品的实际的。从《红楼梦》具体感性的描写中，我们的确可以看到“封建统治集团内部崩溃的活生生的现实”，的确可以感受到作者用一幅“生动的典型的现实生活的图画

① 李希凡、蓝翎的文章发表于《文史哲》1954年第9期，《文艺报》同年第18期加以转载。

埋葬了封建统治阶级的历史命运”，的确可以感到作者的描绘是“从自己的家庭遭遇和亲身生活体验”得来的，的确感到这是作者为自己所同情的阶级唱起的“一首挽歌”，的确可以感到作者整个描写是“现实主义”的。特别值得注意的一点是，关于作者亲身体验的观点，与胡适、俞平伯的“新红学”观点并无二致，实际上是把“新红学”的考证的结果原本地接受过来，这说明了“革命红学”与“新红学”之间的联系，而且是密切的联系。

从索引派的“旧红学”到“新红学”，再到“革命红学”，它们的意识形态的支持是完全不同的，“索引派”背后的封建社会写作文化传统，或者是“反清”的意识形态；“新红学”背后的意识形态是“五四”时期所形成的启蒙主义思想，“革命红学”背后的意识形态是在中国共产党领导下的马克思主义阶级论和唯物史观，但它们都支持《红楼梦》作为文学经典，都形成了对于《红楼梦》经典的“洞见”，都揭示了《红楼梦》所蕴含的某种意义。不同意识形态却都支持同一部文学经典，这种现象说明了什么？首先，这三者都指向“一个家族的兴衰”，可见“家族的兴衰”作为中国社会历史面貌的一种缩影，具有广阔的意义空间，不同的观点都可以从“家族的兴衰”中做出不同的解读。当然，描写家族的兴衰的作品不止《红楼梦》一部，还有别的作品也写“家族的兴衰”，为什么它们就不能获得与《红楼梦》相同或相似的阅读效果呢？

当然，这与《红楼梦》的艺术品质相关，与《红楼梦》的意义空间是否辽阔相关；但更为重要的是与文本接受状况相关。文本接受的权威性、普及性很重要。《红楼梦》接受的权威性和普及性，是任何作品都无法比拟的。例如，索引派的存在，与乾隆的阅读参与有关。索引派中的“明珠家事”说，广为流传，据说与乾隆有关。据《能静居笔记》作者赵烈文回忆，他曾听说过：“曹雪芹《红楼梦》，高庙末年，和珅以呈上，然不知所指。高庙阅而然之，曰：‘此盖为明珠家作也。’”①这条记载的可靠性如何，很难断定。但起码有此传说，则是无疑的。另外，毛泽东对《红楼梦》的阅读、评论是大家都知道的，以他领袖地位和在国内外的崇高威望，他的正面阅读参与和文本接受，使《红楼梦》的文学经典地位更为稳固，也是在情理中的。“新红学”的创始人也非平凡之辈，胡适是“五四”新文化运动的领导人之一，在学术界颇有影响。更幸运的是，曹雪芹的《红楼梦》获得了普通百姓的欣赏，自一百二十回的程甲和程乙本印出来后，不胫而走，红楼故事几乎家喻户晓。这就回答了为何一个写“家族兴衰”故事的小说，获得大家的认同，成为经典的原因。由此也说明，政治意识形态对于文学经典的建构，不完全都是负面的，不都是偏见，有时候倒构成一种研究的视野，而生发出对经典作品的一种真知灼见，那种认为意识形态只是一味“操控”的看法并不是完全妥当的。

三、《红楼梦》研究视野与文学经典化两极的连接

前面我们以《红楼梦》研究为个案，阐明了文学经典化的两极。但是“艺术品质”这一极与“文本接受”这一极不能连接的话，那么文学经典的建构仍然是不可能的。那么文学经典化这两极如何才能连接呢？这是一个必须进一步探讨的问题。我们知道有不少作品的艺术品质并不差，但因文本接受情况不好，而不能成为经典。反之，有些作品文本接受情况很好，却因艺术品质差，而难以成为经典。这里的问题关键仍然是作品本身的思想意义是否开阔，可供挖掘的东西是否深厚，就是人们通常所说的某部作品是否“说不尽”，总之仍然要“回到文本本身”。只要是作品的思想意义无限辽阔，可供人

① 赵烈文：《能静居笔记》，《明清小说资料选编》下册，南开大学出版社2006年版，第600页。

们挖掘的东西很多，那么虽有意识形态风暴和文化权力的横行，也可能出现作品的意义“东方不亮西方亮”的情形，从而在文学经典里立稳脚跟。最典型的就是西方的莎士比亚和中国的曹雪芹。如上所述，由于曹雪芹的《红楼梦》所描写生活的广度和深度达到极致，艺术表现的客观性与主观性所产生巨大张力等，因而是一部具有辽阔阐释空间的超越性的作品。它经得起不同意识形态的冲刷和解释，也经得起研究视角的探索与挖掘。换句话说，由于作品本身的艺术品质，它以多元的召唤结构，向各种研究视野敞开，从而形成文学经典化两极的对接。

“红学”流派除了上面所举的“旧红学”“新红学”和“革命红学”之外，也许更重要的还有王国维开始的《红楼梦》批评，这种批评的视野和价值取向显出更为多样的形态，从这里也许我们可以更清楚地看到两极连接的桥梁。

例如，王国维的《〈红楼梦〉评论》，与前述的索引派和考证派专从作品外部下功夫不同，它力图回到《红楼梦》自身的价值结构。王国维评论的视野是叔本华的生命哲学。曹雪芹乃中国18世纪作家，叔本华是德国19世纪哲学家，他们之间有何关系呢？曹雪芹的“色空”观念与叔本华的生命哲学有何关系呢？但是王国维在熟读了《红楼梦》之后，在理解了叔本华之后，终于在生活、欲与痛苦三者为一的生命哲学，与《红楼梦》“之人有与生活之欲相关者，无不与痛苦相始终”的现实之间，实现了一次顺理成章的连接。

又如，夏志清的《〈红楼梦〉里的爱与怜悯》一文，也是着眼于《红楼梦》的内部的“爱”与“情”的层面。但《红楼梦》中的“爱”与“情”会与基督教教义有联系吗？当然一般人根本不会从这个视野去考察《红楼梦》。然而，夏志清的上述文章就是从基督教教义的视野对《红楼梦》做出诠释。夏志清说：“《红楼梦》虽是一部言情小说，它最终关怀的‘圣爱’(agape)远胜于‘爱’(eros)，是怜悯与同情远胜于情欲。”这种诠释与《红楼梦》提出的“意淫”的确可以对接起来。

我们来说说王蒙的“红学”研究。我们读王蒙的《红楼启示录》，觉得王蒙把《红楼梦》读活了。似乎他把红楼人物和事件看成是我们身边的亲戚、朋友、同学、同行等，他似乎在评论《红楼梦》，又似乎在评论我们经历过的生活本身。为什么会这样呢？曹雪芹曾想到200多年后，会有人这样来解读他的书吗？按照我的观察，王蒙是按照现实的人、人的生活来理解《红楼梦》的。在王蒙那里，生活里有什么问题都可以到《红楼梦》中去寻找答案。印象非常深的是，他曾写了对王夫人的分析，我读后，就觉得他是对照某个年代发生的人和事来写的。但王蒙否认这一点，他说他只是照作品所反映的生活本来的样子分析王夫人。王蒙提问：“为什么《红楼梦》偏偏提供了这样的歧义性？同是著名中国古典小说，《三国演义》《水浒传》怎么就没听说过被研究成‘密码’‘缩微’‘图示信息’？外国文学瑰宝多矣，怎么也没听说过这种独特的命运？”王蒙自己回答：“说来说去还是由于《红楼梦》相当全面、真实、丰富、准确而又包罗万象地、规模宏大地反映了生活，反映了人。人们对《红楼梦》的兴趣就是对于世界、对于生活、对于人自身的兴趣。”[①]看来王蒙对于《红楼梦》的研究，也就是对于现实人生自身所存在问题的研究，他觉得红楼故事中的每一个人物，不过是现实生活中的一种角色。我们可以通过《红楼梦》种种人物来理解现实生活中的角色。王蒙的“红学”研究是通过人、生活本身，在《红楼梦》文学经典两极之间搭起了一座桥梁。

上面所举三例，研究的视野完全不同，但都实现了“艺术品质”和“文本接受”两极间的连接。这就说明对于文学经典化过程的两极，可能会因作品的不同而有不同的连接。我们不能肯定那种一概以外

① 王蒙：《红楼启示录》，生活·读书·新知三联书店1991年版，第258～259页。

部的所谓权力作用、意识形态的"操控"的单一视野，来解释文学经典化问题。在文学经典化问题上，充分理解这两极及其连接是十分重要的。对于目前正在进行的文学经典问题的讨论，我们理应有更具说服力的精微的思考。

（《中国比较文学》2005 年第 4 期）

回归文学经典的"教"与"学"

——谈谈当前高校中国语言文学专业的教学改革的方向[①]

2006年，我去台湾辅仁大学参加一个关于国学的国际会议。当时也有一些北京师范大学文学院的学生在那里学习。我询问他们与台湾学生交往过程中，大陆学生有何优势和劣势。他们回答说：要是谈宏观问题，我们可以侃侃而谈；要是谈具体的某篇文学文本问题，甚至到其中的字词的解释，我们就往往无法跟他们对话，因为我们根本就没有阅读过这些原著或阅读得不够细致或读过而忘记了。

我后来常想这次与学生的对话，思考我们的中国语言文学学科的教学改革问题。

① 该文为2011年10月16日笔者在北京师范大学文学院教授委员会上的发言。2012年5月做了增补。载于《安徽师范大学学报（人文社会科学版）》2012年第3期，原题为《回归文学经典的"教"与"学"——高校中国语言文学专业教学改革的方向》。

一、当前中国语言文学专业教学存在的问题

在我们目前的教学中，苏联的以意识形态为纲的影响甚深，至今仍未能完全彻底摆脱，过分注重“概论”“通史”的教学，且课程多，课时也多，而不强调中国语言文学经典原著（理论作品、语言学作品、文学作品）的教学，特别是不重视古代经典原著的阅读与教学。这样培养出来的学生，所获得的知识是大而化之的，甚至是形而上学的，对具体的名篇、原著知之甚少。其结果是“两头落空”：一头是理论空洞无物，另一头是对具体的经典文本一无所知或知之甚少。例如，我们的本科生学完了《文学概论》课程，所得到的是教师或教材中古今中外杂糅在一起的“二手转述”（有的甚至是“伪知识”）。这种“二手转述”往往是教材的某些教条的教师个人综述，却不知道作为文论原著的中国刘勰的《文心雕龙》和古希腊的亚里士多德的《诗学》为何物。对于学生来说，一方面宏观上能“侃侃而谈”，进行不能解决问题的空论；另一方面微观上则缺少原作原著的知识，一旦进入原著的某篇某段某句，只能支支吾吾，说不出所以然来，或因为从未读过，或读过而记不清了，或遗忘了，实际上处于无知状态。

我前后参加过教育部1978年编制的教学计划（武汉）和1980年编制的中国语言文学专业的教学计划（云南）的会议。据我所知，当时思想未能完全解放，改革精神不够，所制定的教学计划都是沿用“文化大革命”前的计划，只做了小修小补，没有完全摆脱苏联的影响。在新中国成立初期，苏联派来了许多专家，帮助我们制定专业及教学计划，其特点之一就是“概论”“通史”大行其道。民国时期的教学计划有问题但也有优点，优点——主要是细读古代经典原著——未能保留下来。新中国成立后，大陆高校与台湾、香港的大学交流也不够，台湾、香港的大学的中国文学教学更多地保留了民

国时期细读经典名篇、原著的教学传统。

二、当前中国语言文学专业教学改革应有的方向——回归经典文本的教与学

在语言文学学科中，我这里主要指古汉语、中国古代文学、现当代文学和文学理论教学中，应该回归到经典名篇、原著的阅读和教学上面。为什么要强调经典名篇与原著的阅读和教学，而不主张过多的“概论”和“通史”的教学？

因为经典的名篇、原著是一个学科之所以能够成为一个学科的根基，离开这个根基，学科就不能成立。经典的名篇、原著是什么？总的说，是经过时间一再检验的那些永远不会被我们忘记的作品。我认为原典有四大特点：

第一，原创性。它总是这样或那样地根据著作时的情况发现了人类知识的某些方面，从而成为人类智慧的种子。例如，中国的《诗经》《论语》《庄子》《孟子》《老子》《荀子》《韩非子》《墨子》《离骚》《左传》《史记》《说文解字》《陶渊明集》《文心雕龙》《李太白集》《杜工部集》《白香山集》《韩昌黎集》《柳河东集》等，都是开宗立派之作，在人类历史上第一次提出管理社会或开发自然或创造艺术的观念或优美的篇章。就以战国时期涌现的诸子百家的著作而言，那是西周之后，中国社会陷入混乱，所谓“礼崩乐坏”，原有的“礼乐”不能维系人心，诸侯纷争，战争频仍，社会失序，人民痛苦不堪，怎么办？这就是儒家、墨家、道家、法家、阴阳家等学人遇到的前所未有的问题，他们形成了不同的学派，在差不多无所依凭的情况下，提出了不同的治理社会的方案，所以提出的思想完全是新的，具有原创性的。

第二，历史性。它产生于一个特定的历史语境中，它本身就是具有历史针对性的，是为了所面临的问题而写的，其后又经过长时

期的历史检验和实践检验，为后代一再阅读与研究形成了一个知识的谱系。儒家孔子《论语》之后所形成的所谓儒术，汉儒重实证，是第一期；宋儒崇理，是第二期；清儒，即所谓的乾嘉学派，继承汉儒的遗产，也是重考证，是第三期；新儒家，面对现代社会，重视古代思想的现代转化，是第四期。这四期儒学形成了一个具有历史衔接性的知识谱系，具有历史的深厚性。所谓的“龙学”“红学”等都是如此。

第三，深刻性。它对问题做了入木三分的阐述，往往是整体的把握和局部的提示都具有普适的意义。“己所不欲，勿施于人”，这是孔子说的话。孔子似乎在两千多年前，就站在历史的转弯处，说着这些箴言，等候着21世纪在中国大地上流行的以拜金主义和拜物主义为核心的商业主义。关于“美”的问题，刘勰在《文心雕龙·诠赋》篇提出了“情以物兴”和“物以情观”说，在《文心雕龙·物色》篇提出“随物以宛转”“与心而徘徊”，他说的话绝对不比朱光潜教授的美是“主客观统一”差。

第四，现实性和未来性。它博大精深，既指向历史，又指向现实，并具有启示未来的意义。它蕴含着人类的真理的种子，阅读这种书，无论对教师还是学生而言，都会获得全新的启发。历史不会完全重复，但历史的场景和问题可能会换着花样重新出现，这就是人们常说的历史是螺旋式上升的。这时候，我们经典作家提出的被实践证明了的观点和知识，就可以再加以改造后派上用场。或者我们可以从它出发，可以用它作为种子在新的土壤上引出新的思想来。

1923年，梁启超给清华大学学生写了一份《国学入门书要目及其读法》，其中开了许多书目，他在此篇后附录一“最低限度之必读书目”，有《四书》《易经》《书经》《诗经》《礼记》《左传》《老子》《墨子》《庄子》《荀子》《韩非子》《战国策》《史记》《汉书》《后汉书》《三国志》《资治通鉴》《宋元明史纪事本末》《楚辞》《文选》《李太白集》《杜工部集》《韩昌黎集》《柳河东集》《白香山集》，其他词曲集随所好选读数种。梁启超说：“以上各书，无论学矿、学工程学……皆须一读。若并此未读，真不能认为中国学人矣。”我们是教语言文学的，学语言文学的，以上各书就更需读了。对于刘勰的文论著作《文心雕龙》，梁启超在此篇中也说：“六朝人论文书。论多精到，文亦雅丽。”①自然也是必须读的。我们今天选读什么名篇、原著，可以不受梁启超的限制，换一种时代的眼光，另选若个名篇或原著，但读经典的名篇和原著，不能不是我们语言文学教学的第一要务。

要知道，学习原典与学习“二手转述”的教材是不一样的，这就像一个人主动吃原汁原味的饭菜，与一个婴儿被动地吃大人嚼过的饭菜，是完全不同的。原汁原味的饭菜才有营养，才有味道，这个道理是不难理解的。对于知识的学习也是这样，我们要帮助学生主动去学习原汁原味的原典，学到第一手的知识。“回归原典”的教学思路则能摆脱目前的教学困境，使教师愿意讲，学生喜欢学，既可拓展教师的研究视域，亦可开阔学生的学习视野，从而让学生真正学有所得，嚼出“原典”的滋味来。这正如德国哲学家叔本华所言：“只有从那些哲学思想的首创人那里，人们才能接受哲学思想。因此，谁要是向往哲学，就得亲自到原著那肃穆的圣地去找永垂不朽的大师。每一个这样真正的哲学家，他的主要篇章对他的学说所提供的洞见常十倍于庸俗头脑在转述这些学说时所作的拖沓藐视的报告；何况这些庸才们多半还是深深局限于当时的时髦哲学或个人的情意之中。”②叔本华这段话似可说明，我们的思维要有所转变，多看经典原著，少看中庸的论文和“二手转述”的教材。对学生是如此，对我们自己也是如此。

---

① 梁启超：《国学入门书要目及其读法》，《梁启超讲读书》，天津古籍出版社 2005 年版，第 18 页。

② 叔本华：《作为意志和表象的世界》，商务印书馆 1986 年版，第 18～19 页。

我们现在编写的古今中外杂糅性的“概论”“通史”，理论的概念或结论，不是高度历史语境化的，而是带有形而上学痕迹的。这种形而上学的基本弊端是否认事物是变化的、发展的，因而是僵硬的、凝固的，不能反映事物和人的精神观念实际的变化，甚至去追求所谓的“最终解决”和“绝对真理”。恩格斯在《反杜林论》中说：“在形而上学者看来，事物及其在思想上的反映即概念，是孤立的、应当逐个地和分别地加以考察的、固定的、僵硬的、一成不变的研究对象。他们在绝对不相容的对立中思维；他们的说法是：‘是就是，不是就不是；除此以外，都是鬼话。’在他们看来，一个事物要么存在，要么就不存在；同样，一个事物不能同时是自身又是别的东西。正和负是绝对互相排斥的；原因和结果也同样是处于僵硬的相互对立中。初看起来，这种思维方式对我们来说似乎是极为可信的，因为它是合乎所谓常识的。然而，常识在日常应用的范围内虽然是极可尊敬的东西，但它一跨入广阔的研究领域，就会碰到极为惊人的变故。”①恩格斯在《路德维希·费尔巴哈和德国古典哲学的终结》中又说：“如果人们在研究工作中始终从这个观点（指形而上学）出发，那么关于最终解决和永恒真理的要求就永远不会提出了；人们就始终会意识到他们所获得的一切知识必然具有的局限性，意识到他们在获得知识时所处的环境对这些知识的制约性；人们对于还在不断流行的旧形而上学所不能克服的对立，即真理和谬误、善和恶、同一和差别、必然和偶然之间的对立也不再敬畏了；人们知道，这些对立只有相对的意义，今天被认为是合乎真理的认识都有它隐蔽着的、以后会显露出来的错误的方面，同样，今天已经被认为是错误的认识也有它合乎真理的方面，因而它从前才能被认为是合乎真理的；被断定为必然的东西，是由纯粹的偶然性构成的，而所谓偶然的东

① 恩格斯：《反杜林论》，《马克思恩格斯选集》第3卷，人民出版社1995年版，第360页。

西，是一种有必然性隐藏在里面的形式，如此等等。”[①]

不要以为“概论”“通史”比较系统完整，加强这些课程可以使学生获得系统完整的知识，其实也不尽然。常常有这种情况，越是系统完整的东西，越是远离本原的事实与真相，甚至是一种“学术的神话”。陈寅恪在冯友兰《中国哲学史》上册中“审查报告”的话提醒我们：“今日所得见之古代材料，或散佚而仅存，或晦涩而难解，非经过解释及排比之程序，绝无哲学史可言。然若加以联贯综合之搜集及统系条理之整理，则著者有意无意之间，往往依其自身所遭际之时代，所居处之环境，所熏染之学说，以推测解释古人之意志。由此之故，今日之谈中国古代哲学者，大抵即谈其今日自身之哲学者也。所著之中国哲学史者，即今日自身之哲学史者也。其言论愈有条理统系，则去古人学说之真相愈远。”[②]陈寅恪此话真正说到当今许多“通史”的弊端上面。现今的许多“概论”“通史”一类的教材，由于是“二手转述”，系统则系统矣，完整则完整矣，只是离原著的内容相差甚远。

三、经典的确立与意识形态的建构

有人或许会问，你主张中国语言文学专业的教学回归原典的教与学，可经典常常是意识形态的凝结，这样做会不会让我们教学的内容从现代退回到古典，从开放退回到保守，会不会让学生中经典文本中过时了的意识形态的毒害呢？

这个问题很好。我们就简要地来讨论一下这个问题。

据我了解，在高校的教学中，几乎各国都有关于经典问题的争

① 恩格斯：《路德维希·费尔巴哈和德国古典哲学的终结》，《马克思恩格斯选集》第4卷，人民出版社1995年版，第244页。

② 陈寅恪：《陈寅恪集·金明馆丛稿二编》，生活·读书·新知三联书店2011年版，第279～280页。

论。其中影响比较大的是 20 世纪 80 年代中期开始的美国的关于文学经典的争论。50 年代是美学文学经典的确立时期。艾略特、里维斯、弗莱、布鲁克斯等成为了重要的文学经典的选择者，他们主要根据作者的权威、天才的程度、传统的力量、审美的魅力等标准加以衡量，来确定文学经典。那时，一般都认为，经典是历史选择的产物，它具有永恒的价值，它超越政治，与政治无关。但六七十年代，美国出现了以文化为中心的社会运动。在激烈的文化辩论和斗争中，自由主义和多元主义盛行。多元主义分别从阶级的或族群的或性别的观点参与斗争。这些斗争和观点很自然地会折射到经典问题的讨论上面，于是 50 年代被确立的原有的经典往往被认为是白人男性的或欧洲中心和盎格鲁一撒克逊基督新教的意识形态的建构而已。这就说明原典包含了意识形态和原典是在意识形态斗争中的产物。像在美国，经过六七十年代的社会运动后，不同的阶级、不同的族群和不同的性别，用不同的意识形态建构了自己的经典。只有少数超越功利的有魅力的原典保持它的地位，其他经典都被意识形态的力量形塑，有的从经典变为非经典，有的由非经典变为经典。

也许把问题拉回到中国来谈，会使我们感到更亲切。中国古代经典在近代以来遭到质疑、批判、推翻，但在特定的历史条件下又重新得到肯定、推崇，这更能使我们看清意识形态如何在树立经典或推翻经典中所起的作用。

大家都知道，被孔子称为“六经”的《诗》《书》《礼》《乐》《易》《春秋》，是包含巩固西周君主和贵族统治的意识形态的内容的。当时的“诗”，特别是各国的国风，其作用是“兴观群怨”，这其中也含有对统治阶级的“怨”，但这种怨常常是“怨而不怒”，所以不但不会伤害贵族的统治，而且起到了“小骂大帮忙”的作用。所以这种歌谣是允许存在的。后来经孔子删改，留下 305 篇，成为了经典。但在战国时期，所谓“礼崩乐坏”，各诸侯国都不再遵守西周时期所定的礼制，

《诗》《书》《礼》《乐》《易》《春秋》不受人们的认同，其经典地位除了在孔子所代表的儒家那里还保留着之外，在其他“家”那里经典则成为了非经典。例如，道家就反对人为的治理，一切法律、道德、伦理、等级、制度等，都是人为的，所谓“六经”就是人为、人治的代表，是完全没有用的。他们主张“无为而治”，一切顺应自然，所谓“以天合天”，那么社会也就得到治理了。所以在战国时期，孔子周游列国，以“六经”为文本，宣扬他的学说，但没有人理他，如丧家之犬。总之，在战国时期，尽管有儒家极力宣扬自己的主张，“六经”在多数人那里还是没有成为经典。从西周时期的“六经经典”论到战国时期的“六经非经典”论，这是一个大变化，这是意识形态变化折射的结果。

到了汉代，出了一个大理论家，这就是董仲舒。他的理论是为汉代的统治服务的。汉代以武力取得天下，但如何来治理呢？最初曾尝试用黄老的道家思想，但遭遇到许多问题。社会处于无序状态。这时候董仲舒用阴阳家的思想对儒家的思想进行改造，重新梳理“五经”为经典(因为“乐经”已遗失)。他从这“五经”里面抽取出“三纲”和“五常”的观念，即君为臣纲，夫为妻纲，父为子纲，确立了社会伦理；提出仁、义、理、智、信这五种不变的德行，确立了人与人之间关系的道德伦理。“三纲”与“五常”相配合，社会就可得到有序的发展。“三纲”“五常”来自何处，来自“五经”，“五经”就是经典，就是恒久之至道，就是不刊之鸿论。汉代从此宣布“贬黜百家，独尊儒术”。汉代的意识形态与“五经”就这样完全结合在一起。此后中国传统社会延续两千多年之久，其中起起伏伏，“五经”作为经典延续了很长时间，虽然“五经”作为经典的命运也时有起伏。这是大家都知道的。宋代是儒家学说的发展时期，儒学发展为理学，“五经”这时被扩展为“十三经”，儒家经典的位置更稳定了。为什么更稳定了？还是因为当时统治阶级的意识形态的需要。

但是，古老的中国发展到近代，内部的各种矛盾暴露无遗，国家力量积贫积弱，而西方国家在经过文艺复兴和启蒙运动后，发展起现代工业，创造了大量的财富。但西方国爱资源不够，市场不够宽广，急需殖民地。与此同时，现代武器迅猛发展起来，帝国主义国家凭着自己的武力在世界上耀武扬威。贫弱的中国屡遭西方和东方帝国主义国家的侵略，沦为半封建半殖民地社会。近代以来，特别是1919年“五四”新文化运动以来，中国有志之士反省国家落伍的原因，发现正是以孔子为代表的儒家及其经典，以其封建主义的意识形态，死死地束缚了人们的思想，于是反传统的思想不胫而走，在向西方寻求先进的思想的同时，提出了“打倒孔家店”的口号，儒家思想及其经典成为众矢之的。儒家经典在新思想的视野下，即新的革命的意识形态的作用下，成为社会发展的障碍，经典就这样变为非经典。这是反传统的启蒙主义意识形态发出的声音。

“文化大革命”时期，传统文化被称为“四旧”，更处于被横扫之列。“文化大革命”后期还有“批林批孔”运动，孔子及其所推崇的经典，更是成为革命的对象、打倒的对象。其批判言辞之激烈，批判手法之粗暴，更是前所未有的。这是意识形态嚣张的必然结果。20世纪80年代初中期，虽然人们的关注点转移，但孔子及其经典也还未进入我们的视野，因为那个时代主流的意识形态是清算“文化大革命”，所谓“拨乱反正”，“乱”是“极左”之乱，“正”则是正统马克思主义之正。孔子及其经典不在“平反”之列。但是随着时间推移到90年代中期，中国现代经济发展起来了，商业主义流行，拜金主义和拜物主义抬头，道德伦理下滑，社会上流行庸俗、低俗风气，商业主义的意识形态把我们压迫得喘不过气来。这时候，人们回过头来，瞭望古代，我们在发现唐诗、宋词、元曲、明清小说的同时，也发现了孔子和他的谈话录《论语》，发现了另一个儒家孟子，发现他们所推崇的“六经”。我们从传统文化及其经典中看到了儒雅、人文、仁义、真诚、智慧、友情、自然、纯朴、节俭这一面，我们连忙往回走，力图接近它，这就是90年代兴起的国学热。何为国学？有的学者就认为，“国学”就是以“六经”为中心的一套话语。这明显是从反商业主义、反物质主义的意识形态所发出的声音。

看来，“五四”反传统和90年代的国学热，看似相反，前者是解构，后者是建构，却都反映了时代精神的需要，所以，我们的结论是，“经典形塑”与“意识形态”是同时登场的。

在这种情况下，我们今天以“回归经典”为旨趣教学改革，就不能不从我们今天时代的需要出发，对经典进行必要的选择。就以中国古代的文学经典和文学理论经典而言，其中精华与糟粕并存，人文与反人文的成分掺杂，既有真、善、美、人文、自然、超脱、高雅的部分，也有假、丑、恶、低俗、庸俗、封建、腐朽的部分，我们搞教改只能是取其精华去其糟粕，不能精华糟粕不分而一把抓。我一直认为，现代的思想，如真、善、美、自由、平等、博爱这六大观念，以及正义、民主、法制、包容等观念，与古代经典中所蕴含的思想并非绝对对立。情况常常是这样，现代的思想在古代思想中也可以找到它的种子、幼芽或表达，有时是非常好的表达。例如，“真”，庄子有很好的表达，“真者，精诚之至也。不精不诚，不能动人。故强哭者虽悲不哀，强怒者虽严不威，强亲者虽笑不和，真悲无声而哀，真怒未发而威，真亲未笑而和。真在内者，神动于外，是所以贵真也”①。“善”，孔子的“己所不欲，勿施于人”，就是一个具有现代意义的普世性的精辟表达。“美”，柳宗元有很精到的表达，“美不自美，因人而彰”②，比现代的所谓美在客观、美在主观、美在主客观的统一、美在自然性与社会性的统一等说法还要好。我的看法是，随着时代的变化和需要，我们所选定的标准可以不同，选

---

① 《庄子·渔父》。

② 柳宗元：《马退山茅亭记》。

择出来的作为古代经典的篇章也可不同，所做出的阐释也可不同。这样，我们教学改革中，就可以不断地对“经典”进行必要的“调整”或者做出新的解释。

另外，现在“二手转述”的“概论”“通史”，就没有意识形态的形塑吗？实际上，只要你一动笔，那意识形态就不找自来。我们只要检视新中国成立以来所编写的各种“概论”“通史”，我们就会发现，哪一种“概论”和“通史”不是意识形态的凝结？

四、教学改革要从教材编写开始

我们从教学中体会到原典教学的急迫性，但是这种注重经典名篇、原著的教学改革要从哪里开始呢？我们实践的结果是要从教材编写开始，因为教材是教学之本。没有合适的教材，教改无从谈起。目前重修教学计划未被提到日程上来。我们可以从自身的教学，开始这种改革的实验。例如，在我的理想中，中国古典文学的教学，文学史用二三十个学时讲个概貌就够了，也可以指定一部简单一点的文学史教材让学生自己去阅读，其余时间都要讲经典作品。可以开出诸如“《诗经》研读”“《楚辞》研读”“汉赋研读”“汉乐府研读”“《史记》研读”“陶渊明诗歌研读”“二谢诗歌研读”“李白诗歌研读”“杜甫诗歌研读”“白居易诗歌研读”“韩愈散文研读”“柳宗元散文研读”“李商隐诗歌研读”“欧阳修散文研读”“苏轼诗词研读”“柳永词研读”“李清照词研读”等二三十种课程。重点在阅读和研究作品上面，作品的量要大，研读则要细，也提倡诵读。这样本科毕业出来的中文专业的学生，起码能背几百首古代诗词，一二百篇古代散文。胸中有这些诗词、古文垫底，出口成章，能力自然培养出来了，毕业后走出去从事相关的工作都会得心应手。

几年前，作为国家级重点学科的北京师范大学文艺学学科和北京师范大学文艺学研究中心的老师们，就教材回归原典达成共识，开始编写新的“文艺学教材系列”。自从确立“回归原典”的教学思路之后，我们北京师范大学文艺学研究中心，在大家的努力下，用大力气抓教材建设。目前已出版“文艺学教材系列”的教材9部，教师用书1部。这些教材可供本科生基础课、选修课使用，还有几本可供硕士研究生使用。

我们是如何通过教材的编写来引导学生学习经典名篇、原著的呢？我们在《文学理论新编》一书中有两段话，转引在这里，从中可以看到我们教学改革的方向：

> 以往的文学理论教材往往是观念先行：编写理念既定，也就确立了教材的编写结构框架；然后是分章分节，最终以“六经注我”的方式完成了教材的编写。本教材的编写当然不是不要理念，而是在确立编写理念的同时，更看重那些经过时间检验的“经典文本”。因此，在每一章里，我们首先精选出两篇(第四章为三篇)古今中外文学理论大家或作家的文章作为其内容之一，然后，通过对文本的详细注释和“作者简介”“背景知识”“文本解读”三个环节，去释放“经典文本”的魅力。由于“经典文本”是对某个具体问题的发言，而无法完全涵盖某个文学理论的大问题，于是每章中又设计了“相关问题概说”，旨在对某一类问题做出补充性的说明、较系统的阐释。
>
> 这样，本教材每章均由两部分内容组成：一是经典文本阅读；二是相关问题概说。如果说前者是“一斑”，后者则是“全豹”，两者相呼相应，取长补短。于是在编者与作者之间、文本与文本之间、问题与问题之间构成了一种多层次的“对话”关系。而且如此一来，那种“六经注我”的编写思路也将被打破，取而代之的是一种“我注六经”式的新思路。我们相信，这样一种编

写思路可能更合理，更稳妥，也更符合教学规律。因为对于大学中文系一年级的学生来说，与其让他们一开始就接受一些抽象的、空洞的、有时甚至是教条化了的理论，不如让他们直接面对二三十篇经典文章更有价值、更有成效。实际上，从学生的实际情况出发来思考文学理论教材的编写方案，即是我们的初始动机之一。

我们已经开始使用这些教材。教学是有难度的，教师要讲新的内容，学生要读原著，这都不容易。但我们面对困难，没有退缩。师生共同努力，我们愿意在教学改革中走出一条新路来。

第六辑

语文建设论

语文教学改革的哲学思考

目前进行的语文教学改革，随着新课标的陆续颁布，已经取得了进展。但是我认为语文教学改革的有力推进，还有赖于对语文教学改革宏观的思考和微观的研究。没有宏观的思考，就事论事，我们可能迷失方向；没有微观的研究，一味空谈，许多改革的措施也无法落实。宏观的思考与微观的研究是相辅相成的。本文是对于语文教学改革的哲学思考，属于宏观的讨论。

一、语文教学存在问题描述

从 20 世纪 80 年代初中期，我常带大学本科四年级学生到中学实习，我听实习学校老师的课，听我学生的课，感觉到中学生学习语文的积极性很差，教师的教学水平很低，学生的学习水平也很低。学生们对语文课不感兴趣。何以造成如此局面，我想原因是多方面的。第一，是教材问题。在教材中真正的“文质兼美”的佳作太少，尤其是新鲜独特的文学作品太少，过分考虑在名家中排资论辈，所选名篇几十年没有多大变化；时文太多，通讯报告啊，社论啊，占了太多的篇幅；再加上讲什么语法，写作知识，把学生学习的积极性活活地压制下去了。这样的教材学生读起来没有趣味，老师教起来也不起劲儿。第二，是教法的模式化和学法的操练化。教师明明面对的是一篇不错的文学作品，教师却按照当时“教辅”资料的模式，讲字、词、句，讲段落大意，讲中心思想，讲写作特点，讲语法，一篇整体的作品被割的零零碎碎，更遑论如何把沁人心脾的豁人耳目的文学世界(对大量的文学作品而言)呈现在学生的面前呢？这样，在课上，老师有气无力地讲，学生无精打采地抄；在课下，学生又要面对大量的繁琐的枯燥的无益的练习，学习变成一种操练。第三，是语文学习的效果低下。教师出尽了力，学生也下了功夫，可学习语文变成了沉重的负担。学生学习主动性、积极性严重受挫，其结果是学生的语文素质普遍较差，有的学生更是胸无点墨。第四，归根结底，是语文教学的指导思想出了偏差。在教材编写者和教师那里，语文成为纯粹的工具，五六十年代是“政治工具”论，80 年代开始是“语文工具”论。难道语文是一种工具吗？关于“政治工具”现在多数人以为不对了，就暂且放下不论。单拿“语言工具”论来说，现在坚持这一观念的还大有人在。在语文教学实践中占主流的做法也还是“语言工具”论的一套。有一点我一直很困惑，既然人们认为语文就是为了学习语言工具，那么为什么又要在教材中选那么多的文学作品呢？经过我的观察，原来这些人不过是看重文学作品的语言。但是文学作品的语言是单纯的语言吗？那语言是一种没有思想感情、没有艺术韵味的空壳吗？我们是否可以把作品的语言拿过来而把作品的思想感情、艺术韵味舍掉呢？如果把作品的思想感情和艺术韵味舍掉之后，学生还能不能进入五彩斑斓的艺术世界？如果我们不能把学生领入文学作品的艺术世界，学生还会对语文感兴趣吗？在学生对语文没有兴趣的情况下，又如何去调动学生学习语文的积极性和主动性呢？回答这些问题是另一篇文章的任务，我想就暂且打住吧。

1997年社会各界开始了语文教学改革的大讨论。讨论的结果之一就是教育部总结历史教训，借鉴国外经验，颁布含有新的教育理念的课标，培养学生的“语文素质”的新理念提出来了，超越了“政治工具”论和“语文工具”论。在新课标的指导下，多种新教材也先后推出，人们看到了黎明时分五彩斑斓的霞光，听到了远方传来的令人振奋的号角。语文教学改革大有希望。但是语文教学就没有问题了吗？不，问题仍然很多。这就需要新的思考。

二、语文教学改革需要什么哲学根基

任何学科和专业都需要有自己的哲学根基。没有哲学根基的学科和专业肯定是不存在的。不论自觉不自觉，语文教学和教材中所反映的上述情况，肯定隐含了某种哲学方法论。今天我们正在进行的语文教学改革也需要哲学方法论的指引。那么，以前的语文教学的哲学方法论是什么？今天我们进行语文教学改革又需要什么哲学根基呢？

根据我个人对哲学的有限的理解，从哲学的文化类型上说，现今世界上有两种哲学：一种是认识论哲学，一种主要是存在论哲学。什么是认识论，什么是存在论，这纯粹是哲学问题。我这里不准备也没有可能把这两种哲学讲清楚，因为这不是一两篇论文能够讲清楚的。这里我只是用举例的方式，简要地让读者了解这两种哲学的不同，以及它们跟语文教学改革的关联。存在论产生于古代。在西方，从古希腊的哲人赫拉克利特那里，存在论就开始萌芽，在他那里是作为哲学本体论提出来的。但它后来衰落了，被新兴起的哲学认识论所取代。认识论哲学源于古希腊柏拉图和亚里士多德的传统。它的理论基础就是主体与客体的分离与对立。人是认识世界的主体，周围的世界则是认识的客体，其基本的理论假设是事物有现象与本质、个别与普遍、具体与抽象、感性认识与理性认识之区分，并认为通过现象可以认识本质，通过个别可以认识普遍，通过具体可以获得抽象，通过感性认识可以升华为理性认识，二元对立成为认识论的基本特征。认识论哲学的本质是知识论，人可以通过对周围世界的认识，通过对事实的分析与综合，通过逻辑判断、推理、证明和证伪等，获得一切知识，解决一切问题。认识论折射到文学问题上面，就是模仿论(复制论、再现论、反映论)流行，通过模仿对象世界获得对对象世界的认识，典型形象就是通过个别认识一般的典范。所以西方文学理论的经典是模仿论和其后发展出来的典型论，它统治了西方文学发展一千多年。认识论哲学发展的主要成果是西方现代科学技术获得突飞猛进的发展，从而给人类社会既带来无尽财富又带来无穷弊病的现代工业社会。直到以科学技术主义为主要特征的工业的弊端，终于给人类自身带来灾难(如拜物主义、拜金主义、环境污染、现代战争等)，人们开始怀疑认识论哲学是不是就是唯一的哲学。于是，所谓的存在论哲学应运而生。陀思妥耶夫斯基、齐果克、尼采、里尔克、卡夫卡、雅斯培、海德格尔、萨特等作家学者开辟了哲学的存在论的新方向。与认识论不同，存在论主张以人为本，世界唯一的存在是人，而不是物。海德格尔说："存在的东西叫做人。只有人才存在。岩石只是'有'而不是存在。树木只是'有'而不是存在，马只是'有'而不是存在，上帝只是'有'而不是存在……"尽管各派存在论有很大不同，但存在论以人为中心，关切人自身，则是共同之点。存在论抵制现象与本质、个别与一般、具体与抽象等二元对立的思路，认为东方尤其是中国古代文化的"天人合一""主客消融""物我两忘""物我同一""物我互赠""情景交融"等更符合人的生存的要求。在掌握世界的路径上面，与认识论只相信事实、逻辑、判断、推理、证明、分析、综合等不同，存在论更相信人的感受、体会、直觉、体验、感性、想象、领悟、意会等。在文学问题上，存在论摒弃模仿论，而主张显隐论。模仿论关心的是模仿得真不真，显隐论关心的是形象背后隐在的蕴含。在言语表达上面，与认识论的言必尽意的看法不同，存在论相信人的世界博大而深厚，往往是言不尽意。

中国古代文化所隐含的哲学也可以说是存在论的故乡。值得庆幸的是这一传统始终没有中断。古代道家的“道”，就是一个存在论的根本。庄子的“与天地万物相往来”可以视为存在论的箴言。《庄子·秋水》篇：“庄子与惠子游于濠梁之上。庄子曰：‘鯈鱼出游从容，是鱼之乐也。’惠子曰：‘子非鱼，安知鱼之乐？’庄子曰：‘子非我，安知我不知鱼之乐？”庄子作为主体与鱼融为一体，知道鯈鱼出游之乐，主客体在这里达到了合而为一，这可视为海德格尔神往的“诗意地栖居”，这可以视为存在论所追求的境界。“白云抱幽石，绿筱媚清涟”（谢灵运），“相看两不厌，只有敬亭山”（李白），“感时花溅泪，恨别鸟惊心”（杜甫），“春蚕到死丝方尽，蜡炬成灰泪始干”（李商隐），“野桃含笑竹篱短，溪柳自摇沙水清”（苏轼），“日暮北风吹雨去，数峰清瘦出云山”（张耒）……这些诗句可视为存在论的诗意范本。毫无疑问，认识论倾向于科学与技术，存在论则更倾向于人文的审美与诗歌。

特别值得注意的是，认识论和存在论对人的世界的提问与回答也是不同的。譬如，人的饥饿问题。认识论的提问是：人为什么会饥饿？其回答则是从人的生物机体的需要的角度，即从生物学的观点来加以解释，在这解释中会有科学的实验、事实的说明，还有判断、推论、分析、综合、证明等。存在论的提问可能是：人在饥饿时的感觉是怎样的？其回答就无法通过判断、推论、分析、综合、证明等，必须是人亲自去体会饥饿，你才能知道饥饿的感觉是什么样的，而这感觉对一个从未挨过饿的人来说，连描述都是很困难的。饿，是一个抽象的词，一个从未挨过饿的人是不会用“饿”这个词来描述“饿”的。实际上就是挨过饿的人，对于饿的感觉的描述，也是五花八门的。更进一步说，对于同一事物，认识论和存在论的观点是不同的。认识论关注事物的“在场”方面，存在论则关注事物的“不在场”方面。假如面对大江上刮风下雨，航运工人、科学家与诗人所言说的东西就大不相同。工人会说：风雨太大了，航行受阻，要耽误时间。科学家说：刮风下雨是气流运动导致的结果。而诗人杜甫则说：“风起春灯乱，江鸣夜雨悬。”工人和科学家都关心“在场”的事物，可杜甫在这首《船下夔州郭宿雨湿不得上岸别王十二判官》中则关心着因为刮风下雨，不能上岸与他的朋友王十二判官相见，以至于在他的眼中觉得在风雨船上的灯不是在摇晃，而是“乱”。灯的摇晃怎么能说“乱”呢？原来是诗人心里乱，才觉得“灯乱”，“乱”是杜甫心里的似有又无的说不清道不明的感觉，是“不在场”的。同样的道理，雨不过是在“下”、在“降”、在“落”，怎么能说雨是“悬”着的呢？原来雨“悬”也是杜甫内在的感觉和体验，是隐含在背后的“不在场”的。不难理解，工人的观点、科学家的观点都是知识性的，“认识论”的，而杜甫的描写则是诗意的，“存在论”的。作为读者，我们要读懂杜甫诗的意味，如果我们采用认识论的方法去读，无论你如何判断、推理、证明，也根本读不懂他的“灯乱”与“雨悬”。

三、需要认识论，但更需要存在论

语文教学的观念，无论是“政治工具”论，还是“语言工具”论，在哲学上都属于认识论或机械认识论的范围里。

“政治工具”论不用多说，无非是把课文看作简单的“政治”载体，课文不过是传达某种“政治”信息的工具，“政治信息”传达到了，那么教学任务也就完成了。这里所谓的“政治信息”，对于语文教师和学生来说，就是客体。教师和学生则作为被动的主体，主体要认识这个作为“政治信息”的客体，而不管你是否理解或是否同意。所以在语文课中归纳段落大意和主题思想，就成为掌握“政治信息”的基本手段，其方法就是粗糙的或庸俗的认识论。

“语言工具”论在方法上也是认识论的。认识论的主客二分势必把课文当成认识对象，而不是感受、体验和领悟的对象。我们面对一篇优秀的文学作品，当然有一个认识的过程，我们要了解它写了什么情和景，写了什么人物和故事等。也就是我们必须先读懂它，获得课文所传达的信息。在教学的这一个浅层面，我们所运用的是认识论。但是我们必须知道，获得课文的信息，读懂了，并不是语文教学的终结；我们必须强调说，这仅仅是语文教学的起点。为什么这样说？因为一篇优秀的文学作品，不论是诗歌还是散文，也不论是小说还是戏剧，对于读者而言，重要的不仅仅是它所传达的信息，而是它所蕴含的情感、意义和韵味等。如果你仅仅关注信息，那么你就辜负了对作品的阅读，对你来说，“真理空空如也”（海德格尔）。优秀文学作品的结构是多层的。假定说“意义1”是信息的话，那么“意义2”“意义3”……就是信息背后的思想、情感和韵味。“意义1”是“在场”的，而“意义2”“意义3”……则是“不在场”的。存在主义大师海德格尔分析过著名画家凡·高的作品《农鞋》。也许大家都熟悉凡·高画的《农鞋》：在一个田埂上面，摆着一双农鞋，那农鞋是厚重的，鞋面上到处都有泥土，似乎刚刚穿过。整个画面就是一双普通的农鞋。海德格尔分析说：“从这双穿旧的农鞋里边黑黢黢的沿口，可以窥见劳动步履的艰辛。在这双农鞋粗陋不堪的、窒息生命的沉重里，凝结着那遗落在阴风猖獗、广漠无垠、单调永恒的旷野田垅上的步履的坚韧与滞缓。鞋皮上沾满了湿润又肥沃的泥土。

夜幕低垂，荒野小径的孤独寂寞，在这鞋底下悄然流逝。这双鞋啊！激荡着大地沉默的呼唤，炫耀着成熟谷物无言的馈赠，以及冬天田野休耕之寂寥中不加解释的自我拒绝。这双鞋啊！它渗透了农人的渴求温饱，无怨无艾的惆怅，和战胜困苦时无语的欢快，同时，也隐含了分娩阵痛时的颤抖和死亡威胁下的恐惧。"海德格尔明显不是注重对"在场"的农鞋线条、形状、颜色、样式本身的分析，他所分析出来的这一些意义属于更加丰富的"不在场"方面，是通过分析者的感受、体验、领悟而想象出来的。更为重要的是，在分析家感受、体验和领悟这一瞬间，他已经设身处地移情于农妇，与农妇融为一体。通过海德格尔的分析，我们所感受到的就不仅仅是那双农鞋，而是农鞋后面的意义 1、意义 2、意义 3……这样的分析，由于不是单纯传达信息，而是通过想象揭示"真理"，这就不能不引起我们的兴趣。其实，中国古代文论分析作品的方法，也不是认识论的，而是存在论的。大家都清楚，唐代文论大家要求揭示诗歌的"韵外之旨""言外之意""弦外之音"，揭示诗歌的"咸酸之味"，也是力求通过"在场"揭示"不在场"。文学性不在"在场"，而在"不在场"，只有"不在场"，才会引起读者的阅读期待，才能使读者进入作品的艺术世界，去享受那说不完道不尽的诗情画意。这里，我想举一个中国现代诗歌的例子。艾青有一首题为《礁石》的诗：

一个浪，一个浪
无休止地扑过来
每一个浪都在它脚下
被打成碎沫散开

它的脸上和身上
像刀砍过的一样

但它依然站在那里
含着微笑，看着海洋

这是艾青1954年写的一首短诗，完全可以进入中学语文课本。如果我们用认识论来理解这首诗，那么教师只是告诉学生，礁石是不动的，而浪花却是动的，浪花不断拍打着礁石，所以礁石像刀砍过的一样。这样的阅读或者讲解，诚然也教给学生一些知识和概念，浪啊，礁石啊，但却不可能引起学生的兴趣。然而，如果我们不是这样阅读和讲解，而是告诉学生，礁石和浪花只是在场的东西，文学的意味不在这里，而在礁石和浪花所构成的关系上面，而且这里写的不是自然物，而是情感物，那么这情感物是什么呢？

这首诗的“意义1”是：礁石与浪的关系，但这只是知识而已。诗的意味不在“意义1”，而在“意义2”：一个有钢铁般意志的人，是永远不怕风吹雨打的。意义3：一个集体只要坚定不移，是能够战胜一切困难的。意义4：一个国家只要众志成城，是不怕别的人欺侮的，也是不怕自然灾害侵犯的。意义5：一个民族只要有凝聚力，是会永远屹立于世界上的。还有意义6，意义7……如果有一个学生问：只要我有坚定的意志，那么什么样的干扰与困难也无法阻挡我达到我想达到的目标，对不对？很对。因为，你这个道理是从礁石与海浪的关系里面领悟到的，你已经进入到诗歌的艺术世界中，你已经与礁石融为一体，你就是那礁石，你永远会记住这一课。这样去学语文，不但学到了语言和语言的运用，同时也获得那优美的、宏阔的、坚定的、刚强的、壮丽的、善良的……心胸。事情难道不是这样吗？

长期以来，语文课程不能引起学生的兴趣，不能调动学生学习的积极性，根本原因在于语文课本给予学生的大多是知识和概念，而不是生动形象和艺术意味，完全抽去了审美的欣赏，这怎么能不失败呢？而导致失败的原因又与教学的哲学思想相关。我们过分相信认识论，而完全不相信存在论。对于数学、物理、化学、历史、政治等课程，以认识论作为教学的哲学方法论是完全正确的。但是在语文课程的教材和教学中，完全的采用认识论的哲学方法论就不够，甚至会产生技术主义的流弊，导致千篇一律、简单生硬、枯燥乏味。应该充分看到语文课程的独特性，语文课中有知识但又不止于知识。语文课中知识、信息和应用的部分，应用认识论是可以的。然而，面对作为课文的大量的优秀的文学作品，面对作品中豁人耳目的形象和沁人心脾的情感和意蕴，教学的任务就不仅是做些词语的训练，而是要引导学生深深地进入作品的迷人的世界，这就必须调动学生的感受、体验、直觉、妙悟、移情等心理机制，为作品的情景所吸引、为人物所感动，或欢呼或流泪或高兴或痛苦，在鉴赏的高潮时刻，做到“天地与我并生，而万物与我为一”，“登山则情满于山，观海则意溢于海”，阅读鉴赏主体与客体完全融合为一。这样的语文课必然会引起学生的学习兴趣，极大调动学生学习的主动性，他们也必然会在感动、欣赏、玩味之余，觉得有情非倾吐不可，有话非说不可，表达与交流就像人呼吸空气一样成为自然需要。只有把学生调整在这种状况中，通过语文教学过程，学生的语文素质才能大大提高。

（《语文建设》2003 年第 8 期）

语文教学与人的建设

长期以来，我国中学的语文教学一直存在着不利于开发学生潜力的极为刻板的模式。我曾经多次带学生去中学实习，对此种刻板的固定教学模式，有深刻的体会。我曾把它列为一个“公式”，即释词——分段——概括段落大意——归纳中心思想——提示写作特点。问题的严重性在于，不仅一般的文章要按这个固定的模式进行讲解，语文教材中大量的文学作品，即所谓的美文，也完全不顾文学作品的审美特性，生硬地套入这个模式进行讲解。更为严重的问题是，上述固定模式的讲法也是由某些权威机构出版的《语文教学参考资料》规定好的，得按规定去讲，不能越雷池一步。就这样，一篇篇生动的、具体的、充满感情力量而又有丰富思想内涵的作品竟被那个模式机械地宰割了。我这里描述的情况是大体不错的。毋庸置疑，有部分语文教师的教学之所以受到学生的欢迎，主要不是超越这个模式，而是由于个人的才能在此模式内的某个环节发挥得好，讲得比较生动感人，符合了文学的审美特征。很显然，这样一种刻板的教学模式，既不利于调动学生学习语文的积极性，也不利于发挥语文老师的教学主动性和才能。许多有才华的大学中文系本科毕业生，到了中学以后，不出几年，几乎所有的棱角都被磨光而变得平庸起来。中学生的可贵的童心和灵气也被逐渐消磨掉。

那么我国的中小学语文教学为什么会堕入这种刻板的模式呢？我的看法是，上述刻板的教学模式只是表层问题，深层问题是中小学语文教学观念的定位有偏颇。长期以来，我们的语文教学观念定位在两点上面：第一，恪守古老的“文以载道”和“文以灌道”理论，认为应通过语文教学进行思想政治教育；第二，通过语文教学，即课文的字词句篇的教学，培养学生运用母语的能力，即听说读写的能力。语文教学可以对学生进行一定的思想品德教育，这一点不用怀疑。但思想品德的教育是不是语文教学的主要目标，就值得怀疑了。这些年语文教学改革的主要方向，就是探讨“文道结合”的“语文教育和思想教育的统一规律”，如果结合得好，就成功，如果结合得不好，生硬地灌输思想教育，就失败。另外，培养学生运用母语的能力，作为语文教学的目的之一，是不能否定的，但如何达到这一目的，则大有讨论的必要。我觉得目前这样来规定语文教学的目标，思路不对，缺乏开阔的视野。

我总的想法是，必须从“人的建设”的高度来定位语文教学的观念。马克思早在1844年给共产主义所下的第一个定义时，针对资本主义“人的异化”，突出地提出，共产主义的理想从根本上说是为了人，为了“人对人的本质的真正占有”，为了“合乎人的本性的人的自身的复归”。马克思的意思是，共产主义的理想实际上是人的理想，即要克服人的残缺化、片面化、贫弱化，使人走向全面化、完整化和丰富化。我认为语文教学的“元问题”是我们要建设什么样的人的问题，是通过语文教学使学生对自身的本质真正占有的问题。换句浅近的话来说，就是要通过语文教学来挖掘学生的潜能，把学生潜在的感性和理性都挖掘出来，发挥出来，而不是用刻板的教学模式死死地束缚着学生潜在的能力。语文教材应主要选我们民族历代的名篇佳作，即所谓的美文。外国的篇章不要太多。当代的那些通讯、报告基本不要。语文教学应与美育相结合。深层次的美育与语文教学有极为密切的关系。语文教学的目标应培养学生的五种能力：第一，培养感知力，也就是观察周围事物的能力，其中包括审美感知力。现在的学生，书可以背得很熟，但眼力和听力都不够，甚至视而不见，听而不闻，以审美的眼光来观照周围现实的能力就更差。语文教材中的名篇佳作对事物的诗意描写，就是作家对事物观察、感知的结果。我们为什么不充分利用教材的这些篇章培养学生的感知力呢？第二，培养情感力，也就是对周围事物进行情感评价的能力。现在的学生缺乏感情表达的能力，甚至会有这样的情形，该哭时哭不起来，该笑时笑不起来，该愤怒时愤怒不起来，幽默、反讽等就更不会了。语文课中名篇佳作恰好充满了各种感情的生动传达。这是作家自由感情活跃的结果。我们为什么不可以通过名篇佳作培养学生的情感力呢？第三，培养想象力，其中包括培养艺术想象力。现在的学生想象力贫乏，被实在的现实束缚得死死的，更不会海阔天空地幻想。名篇佳作则充满各种变幻无穷又合情合理的想象。我们为什么不可以利用它来培养学生的想象力呢？第四，培养理解力，其中包括艺术理解力。现在的学生理解力也比较差，只会直线性的理解，拐一个弯就理解不了。对于那些只可意会不可言传的意思就更难理解了。我们为什么不以名篇佳作的深刻细微的理解来培养学生的理解力呢？第五，培养学生高水平运用母语的能力。这一点大家都同意，不必多说。需要补充的是，语言并非是单纯的工具或媒介，人就是语言的动物，人的知觉、直觉与语言是同一的。因此上面四种能力的提高必然也有助于语言能力的提高。如果语文教学的目标定位在上述五点上，那么无论教材还是教法都要相应地加以改变。教材必须多选文学作品中的名篇佳作。教法则要根据不同篇章的思想艺术特点，寻求不同的教法。决不能千篇一律，决不能用一个刻板的模式去宰割艺术风格各异的作品。美文必须按美文的特性来讲。当然，最困难的还是人的问题，即编写教材和讲解教材的人的视野、知识结构等问题，特别严重的还有教师独立教学能力的提高问题。

也许有人会问，你提出的语文教学与美育相结合的目标，可能对培养文科人才有利，对培养理工科人才未必有利。我不同意这种看法。应该认识到，并非文科人才才需要感知力、情感力、想象力、理解力；一个人无论从事任何职业、任何专业，都需要上述“四力”，因为说到底，感知力、情感力、想象力和理解力，是一切创造力的基础。换句话说，一个人只有在自己的感知、情感、想象、理解等各种心理机制处于活跃状态下，他的创造力才会爆发出来。无论任何部门的人们的创造力并非单纯来源于知识的多少，更重要的是人的本质力量的充分占有，即人的由感知、情感、想象和理解等各种潜能的发挥与挖掘。对数学家来说，“不能在心灵上成为一个诗人，就不能成为一个数学家”(科瓦列夫斯基卡娅)。对物理学家来说，同样也是如此。爱因斯坦说：“陀思妥耶夫斯基给予我的东西比任何科学家给予我的都要多。”我想，爱因斯坦的话是真实的，他强调理工科专家非常需要文学的情感与想象。

也许有人会问，你提出的语文教学的目标中，把培养“四力”放在重要地位，这样语文课还能叫语文课吗？会不会削弱对学生的语文能力的培养？我的回答是，不但不会，相反只会促进学生语文能力的提高。首先，当一位教师明确了语文课着重要培养学生的“四力”，就必然会把美文当作美文来讲，那么这种课必然是生动的、活泼的、形象的、充满感情和韵味的，这就使学生觉得上语文课不但不枯燥，而且充满了审美的欣赏，他们会感到兴趣盎然，这就必然会调动学生学习语文的积极性和自觉性。其次，也是更重要的一点，教师把美文当美文来讲，充分揭示作品的审美特征，那么必然要重视字词句篇的分析和讲解，而且一定要从表层的“文意”的分析，推进到深层的意味、意蕴的审美的理解，即对“言外之意”“象外之象”“景外之景”的感悟。对作品的言—象—意的分析，都必然会紧紧地扣住课文来展开。与目前这种刻板模式不同的是，教师不仅要讲作品的字词的“字典意义”，而且还要讲“字典意义”以外的“文学意义”。所以不会削弱字词句篇的教学，而是提高了字词句篇教学的生动性和灵活性。引导学生不是孤立地去死记硬背字词的解释，而且还要理解字词在不同语境中的意味，实际上也就大大提高了学生的语文能力。例如，鲁迅的小说《祝福》中描写了“我”与“四叔”在书房谈话的场面，最后一句是“谈话是总不投机的了，于是不多久，我便一个人剩在书房里”。这里的“剩”这个词，按字典的意义是“余下”的意思，但按前后语境看那内涵和意味就十分丰富深刻。一个教师在解释完“文意”一重之后，还要解释“文意”之外的“好处”一重。

也许有人会说，你所讲的这些，只是一种理想，不切实际，实行不了。我承认，这样去规定语文教学的目标并寻求多种多样的教学方法，是有难度的。因此中学语文教学改革不是一朝一夕的事情，是一个长期的任务。但我认为语文教学改革应该从现在开始真正地起步。我们可以开始做的事情有：①就语文教改展开讨论，逐步形成共识；②新编一套适合于教学目标的教材，逐步推广使用；③取消害多益少的语文教学参考资料；④开始逐步轮训教师，逐步提高教师水平，并补充新生力量；⑤从现在起开始改革语文的高考试题。我建议简化试题样式，去掉烦琐的东西。例如，全部卷纸只有三道作文题，写一篇抒情文，一篇叙事文，一篇论说文。

我希望我们把一个新的以“人的建设”为旨趣的中学语文教学改革的尝试，带入新的世纪。

（《课程·教材·教法》1999 年第 5 期）

漫议中小学语文教学的中国经验

自教育部颁布了《课程标准(实验稿)》之后，国家鼓励和支持有条件的单位、团体和个人编写符合中小学教学改革需要的高质量、有特色的教材。到目前为止，已经出现了多种面貌较新的语文新教材。竞争机制的引进，使语文教材编写的思想空前活跃起来，教学改革终于进入建设的阶段。作为密切关心中小学语文教学改革的一位教师，我为此感到欢欣鼓舞，但在阅读了几部新的教材之后，想到语文教学新实践中的种种问题，也不无失望之感。

一、以“生活单元”来结构教材是可取的吗?

母语教育的重要性，已经引起人们的高度重视。对一个民族来说，母语就是文化本身，母语所承载的就是连绵不断的文化的链条，而人文精神也蕴含在母语所创作的文本中。日本著名的文化学家岸根卓郎在《文明论——文明兴衰的法则》中说："放弃母语，就是通向亡国（毁灭文明）的捷径。"因此，没有一个国家不是把母语教学放在课程最重要的位置。

教材是教学之本，1949 年中华人民共和国成立以来，也十分重视语文教材，编写出了多套语文教材，取得了令人瞩目的成绩，这是不容否定的。但是由于受大家都知道的原因，有很长一段时间，语文课程（包括教材）成为政治的传声筒，致使广大师生的教与学的积极性受到挫折。新时期开始以来，拨乱反正，重新把语文课程定义为工具课，强调听说读写能力的培养，编写出与此理念相对应的教材。这种"工具论"的语文理念和教材，对于消除"政治论"的语文观，无疑起到了重要作用，也有利于学生的语文能力的提高。但是在这种语文理念的制约下，无论是教材还是教法都比较枯燥，学生学习的积极性再次受挫，尤其突出的问题是，语文教材和教学中缺乏人文关怀和审美体验，对汉语的特点也没有给予足够的重视。这些问题在 1997 年以来的语文教学改革的讨论中，已经得到充分的揭示，这里无须赘述。

2001 年前后，国内出现了人民教育出版社、语文出版社、江苏教育出版社、北京师范大学出版社等出版的多种语文教材。这些教材强调工具性与人文性的统一、强调语文的实践活动，不约而同地以"生活"或"价值"为纲目组成单元，力图使语文教材生活化，也注意加强人文精神和伦理道德的教育。我们最初阅读这些新编的面貌一新的语文教材，也感到了巨大的变化，感到这一次终于"与国际接轨"，终于觉得新的语文理念在教材编写中得到了实现。但是，"上学了""家""太阳和月亮""大海""外面的世界""手与脑""梦想""劳动""冬天""成长"这些"生活单元"（见北京师范大学出版社出版的《语文》一年级上册）……慢慢地引起了我的思考、讨论和比较，终于很遗憾地发现在这类大同小异的教材中并没有更多的新鲜的东西。这种编法以及在课堂上的讲法不过是在较简单的层次上对英国、日本等国母语教学的模仿。早在 18 世纪，英国的母语教材“初级读本从字母表开始，直到主祷文、教义、‘十诫’和礼拜的原则”来组单元。到了 20 世纪，“以宗教为纲目”来组单元的编写法，改变为“以生活为主题来选择文学作品”组织单元，如著名的《牛津英语教程》以“学校”“家庭”“社区”“人与动物”等为主题来构成教材的单元。日本流行的语文教材“结构上都大同小异，其内容编排都是以单元的综合形式编排”。“每个单元都有一个主题和明确的目的要求，并根据这个主题和目的要求配备数篇以阅读和理解为主的课文，并在课后附有导读说明和培养理解能力的练习。”例如，在初中第二册的语文教材中列了“走向新世界”“文学的乐趣”“自然中的奇特现象”“祈求和平”“在生活中”“接触古典文学”“少年岁月”7 个以主题构成的单元，每个单元都安排了 2～4 篇课文。例如，在“祈求和平”这一单元里，安排了《未能长大的弟弟们》《木琴》和《水门》三篇文学作品。这种编写法自然有其特点，那就是可能更体现语文课本生活化，更便于就某个价值观念集中进行教育。目前我们新编的几套语文教材不约而同地学习英国和日本的以“生活主题”组成单元的编写方法，可能也是基于上述考虑。

但是这种主题单元编写法，并不是没有问题的。第一，生活海阔天空，无限宽广，中小学的语文教材的主题单元如何能穷尽它的版图呢？或者说，某些生活不重要，可以略去，但你怎么知道这一方面的生活就不重要呢？现实的发展可能证明这一生活在今天看起来不重要，明天却会变得非常重要。第二，更值得考虑的是，把多义性的、蕴含丰富的文学作品，纳入到某一生活主题单元中，无疑就“限制”了对文学作品自身的多义性和丰富的蕴含性，同时更可能限制了教师和学生对课文的多义性丰富性的解读，丧失了文学想象应有的空间，以文学作品为主体的语文课本并不符合文学的自身的规律，这不能不说是一个致命的弱点。或者有人会说，在以生活或价值为主题组成单元的情况下，我们应该尽可能选取那些符合主题的、意义比较单纯的作品；但这样一来我们势必要放弃一些意义丰富深远的最优秀的作品；而语文教材往往遗漏本民族一些最优秀的作品，从而不能保证每篇选文的典范性，这个代价未免太大了。第三，过去我们以“政治思想”为主题组成单元，已经证明是一个死框框，其后以“工具”理性为主题来组成单元，也已经证明是一个无生趣的框框，那么现在我们以“生活”或“价值”为主题来组成单元，也不过是借来了一个“新”框框(外国人用熟的)而已。可见，这种以“生活”或“价值”为主题组成单元的做法，不过是用“新”框框取代“旧”框框，以道德、伦理、人文的框框取代“政治”或“工具”的框框，难道我们花费了那么大的精力对语文教学改革进行讨论，就仅仅是为了向外国借用这样一个“新”的框框吗？我们语文教学的中华民族经验又从何体现呢？所谓人文精神的教育就仅仅体现在这种组元的形式上吗？总的说来，我们虽然有了《语文课程标准(实验稿)》，明确了语文是工具性与人文性的统一，但是我们的新教材的编写并未能充分地体现出《语文课程标准(实验稿)》的基本精神。中小学语文教材的编写看来仍然是任重道远。

二、是否要学习中华民族最基本的精神文化精华

当下，中国仍然是一个发展中国家，我们青少年中的绝大多数只能接受九年制的义务教育。他们中的多数人在接受九年义务教育之后，就要走上劳动岗位，回过头来再系统学习语文等课程的机会就不多了。因此，应该充分利用九年义务教育的时机，尽可能多地学习中华民族文化。通过九年的义务教育，通过语文、历史等课程的教学，让青少年接受和理解中华民族五千年的历史发展所形成的

最基本的精神文化的精华，只有这样才能让我们的青少年具有起码的由中华民族优良传统所塑造的人文素质。我们这里所说的不是中华民族文化的全部，只是“最基本的精神文化的精华”，即按照常理一个现代中国公民应该知道的本民族文化的最重要的最突出的也是最基本的部分。例如，他们应该知道汉字的音、形、义及其最基本的变化，他们应该知道中国文化中儒家和道家思想的精华，应该知道法家和兵家的思想精神，应该知道“四书五经”是什么，应该知道《诗经》是中国第一部歌谣总集和屈原是中国第一位伟大诗人，应该知道何谓“赋比兴、风雅颂”，应该知道司马迁是汉代中国最重要的史传文学作家，应该知道汉魏风骨和盛唐之音，应该知道汉语的声律与典故，应该知道骈体文与古文的不同，应该知道唐代发生的古文运动，应该知道古诗和律诗的区别，应该知道诗与词的区别，应该知道套曲与散曲的区别，应该知道传奇和话本的区别，应该知道仕与隐，应该知道明代的“四大传奇”，应该知道中华民族所推崇的气、神、韵、境、味，等等。总之，应该让学生知道中华民族文化是如何形成的，又形成了一些什么最基本的理念与精神。因此，应该把语文教学(包括教材编写)作为九年义务教育的一部分，应具有客观的标准，而不应完全是人为的安排。应该以客观形成的篇什统筹安排，而不是以包罗万象的生活主题，主观地随意地做出排列，必须保证我们有限的教材能给予学生以中华民族文化最基本最必要的东西。

语文教材应该是中国文学史上重要作家和作品的载体。编写的秩序基本上应该是先古代后现代，安排一系列重要作家的杰出作品。这些作家的作品不是那种符合人为设置的主题单元的勉强之作。首先，教材所选择的作家，必须是学界认同的在文学发展史上有重要地位的作家，凡文学史、文章史上无地位的作家一律不入选。其次，课文所选取的作品一律是这些作家的代表作或最为优秀的作品，凡经不起历史检验的作品一律不入选。第三，如果要分单元的话，是否可以考虑按作家来分单元。例如，古代的屈原、司马迁、曹氏父子、陶渊明、李白、杜甫、白居易、韩愈、柳宗元、李商隐、李贺、杜牧、欧阳修、王安石、范仲淹、苏轼、李清照、关汉卿、施耐庵、罗贯中、曹雪芹等都分别可以是一个单元，“五四”时期，鲁迅、郭沫若、茅盾、巴金、老舍、曹禺、沈从文等作家也都可以分别列为一个单元。教材的选文及单元不是编者主观的筛选，而是历史和时间的筛选。历史与时间才是最公正的。或许有人会问，这样的选文思路难以实现语文的现代化，难以切入青少年的生活。我不这样看。早就有人指出今天人们的一切情感差不多都已经包含在历代作家的作品中。从一定意义上说，正是屈原教会我们如何为国家去探索去奋斗去献身，正是司马迁的史传文学教会我们如何去“究天人之际，通古今之变”，正是曹操父子的诗篇教会我们如何去建功立业去慷慨悲歌，正是诸葛亮的文章教会我们如何为事业去“鞠躬尽瘁，死而后已”，正是陶渊明的诗教会我们如何远离尘嚣如何去亲近自然，正是李白的诗教会我们如何去洒脱如何去思乡，正是杜甫的诗教会我们如何感同身受地去同情人民，正是苏轼教会我们如何用诗意的眼光去看明月、看山川、看历史、看现实等。且不说我们将选编优秀的现代作品，紧紧跟随时代的步伐；跟随今人生活的步伐；更重要的是中国古典的作品，只要是优秀的，经过教师的阐释，就必然会具有某种现代意义。根本的问题是对于古代的作品必须而且也必然要进行现代的解读。

当然，我们在编写语文教材的时候，要特别考虑小学阶段的教材。我们认为目前的教材，包括新编的小学语文教材，都低估了小学生起步时候的语文能力。开头的课文总是什么“来，来，来，来上学”之类，写字训练也总是从“人、手、口、刀、牛、羊”开始，实际上现在的小学生在入学之前已经有了一个幼儿园阶段，孩子们在幼儿园里已经学会了许多知识，也有了一定的语文能力。因此我们认为小学的语文教材起点要提高，不需要编那些太浅显的顺口溜之类。小学语文教材在选文方面应选择文学史上已经有定评的儿歌、寓言、童话、小散文、诗歌，并利用儿童记忆能力最好的时期，尽可能多背诵一些有一定难度的古典作品中的名篇、名段、名句，先背诵下来再说。也许其中一些他们还不能完全理解，在教师讲解之后仍然不能完全理解，这也没有关系。因为随着他们的成长和阅历的增加，他们肯定会理解或完全理解。童年的心理特点之一就是记忆力特别好，如何挖掘小学生的记忆潜力，是我们编写教材中应特别加以注意和解决的问题。在他们小学的求学时期，课文如果都是浅显的白话文，这不但毫无意义，也大大浪费他们童年宝贵的时间，忽视了他们记忆力的优势。因为，白话可以在日常生活中学习，可以在跟亲人、朋友、同学交流中学习，可以在看电影、电视中学习，可以在互联网中学习，可以在坐公交车、逛商店中学习，可以在一切生活场合中学习，何必要用那么多的课堂时间去学习过多的白话呢？从来没有上过学的人，不也会说流利的白话吗？

我一直在想一个问题，今天我们所敬仰的“五四”时期那一代学人和作家，他们的童年都是在私塾中读古书度过的。鲁迅童年读的第一部书是《鉴略》，随后是一系列的古籍。蔡元培四岁入家塾，先读《百家姓》《千字文》《神童诗》，然后读《四书》《五经》。胡适三岁进私塾，在私塾的九年，他先后读了《学为人诗》《原学》《律诗六钞》《孝经》《幼学琼林》《小学》《论语》《孟子》《大学》《中庸》《诗经》《书经》《易经》《礼记》《纲鉴易知录》《御批通鉴辑览》《资治通鉴》。郭沫若童年时期最初读的是《三字经》《诗品》《唐诗》《诗经》《书经》《春秋》《古文观止》。叶圣陶童年先读《三字经》《百家姓》《千字文》，然后是读《四书》《诗经》和《易经》。我们如果有耐心的话，可以一路查下去，会发现“五四”那一代人最初读得滚瓜烂熟的书，都是古代典籍和诗词。可后来他们专用白话文治学或创作，不但一点困难也没有，反而为他们日后的研究与创作打下了坚实的基础。像鲁迅、郭沫若都是在日本读医学的，后来转到文学创作和历史研究上面，也取得巨大成功，成为一代文豪与学者。这其中的缘故就和他们童年熟读许多古代典籍密切相关。我们要知道，古代汉语是现代汉语的根基所在。不必什么研究，任何一位有一定古代文化修养的人，都会发现我们现在所用的许多词语，都是从《诗经》《老子》《论语》《庄子》《孟子》《左传》等一系列的典籍中来的，从古代的诗词歌赋中来的。现代的学问与古代的学问一脉相承，所谓"鉴古知今"。所以我们是否可以说，如果我们在小学、中学就开始用最能体现中华古代文化精华的篇章做课文，那么，这样给予他们的似乎是"铜"的东西，可将来总会有一天变成"金"的东西。

可能有人会说，现在让孩子们去读那些古典的作品，与现代的生活失去联系，孩子们会感到枯燥，引不起他们学习的兴趣。这种看法看似有理，其实未必。学习的对象与现实的距离太近，就可能落入所谓自动化的"套板反应"，才会令孩子们感到枯燥乏味。例如，一个期待了很久要开始学习生活的一年级小学生，如果他第一次端坐在教室里，开始上第一次语文课，结果老师教给他的是"来，来，来，来上学，大家来上学"，他会觉得兴味盎然吗？他放学了，回到家，爸爸或妈妈问他：你今天学了什么呢？他一定会觉得很难张口，因为"来，来，来……"这句话让他觉得太没有劲了。学习内容与他入学前的期待相去甚远。他觉得他已经上学了，已经是"大人"了，可以开始进入"学问"的门槛，可在学校里学到的第一句话，却让他感到没有"学问"，让他有点泄气，甚至有一种失败感。他不愿跟他的爸爸或妈妈重复这句没劲的话。假如我们小学一年级教材的第一句是孔子的"己所不欲，勿施于人"（或者是范仲淹的"先天下之忧而忧，后天下之乐而乐"等），那么孩子们就觉得一跨入学校的门槛，就与现实的世界不一样，就似乎一下子进入“学问”的“深处”，他觉得深奥，觉得困难，觉得陌生，觉得不易理解，但同时觉得有意思，有兴趣，有挑战，这会极大地提高他对学校的认识，对学习的认识，极大地提高他学习的积极性。他回到家里，他会主动地滔滔不绝地饶有兴味地向爸爸和妈妈讲解“己所不欲，勿施于人”是什么意思，他可能讲得不太清楚，这没有关系，爸爸和妈妈会加入讨论，他终于大体弄明白了这句话是什么意思，他觉得学到了一个做人的道理，他觉得他长大了，学习真有意思，学校真有意思，他觉得学习是一场挑战，要憋足劲儿来应对这场挑战，以便向学习进军。事情难道不是这样吗？

对于汉字的政策，国家提出“用简识繁”。但怎样才能做到？同样的道理，写字的训练也不一定都按照什么教育心理学的原理，要从简单到复杂。学生在掌握了基本的笔画之后，也许他们对于那些看起来笔画更多显得更复杂的汉字会更有学习的兴趣，更钟情于那些多笔画交织的游戏，因为汉字是象形文字。繁体字是我们祖宗所用的汉字，其中传达了许多简体字无法传达的信息。例如，“爱”字，繁体是“愛”，中间是有“心”的，现在的简体字，把中间的“心”挖掉了，那么无“心”如何去爱？当然，我不是说要返回用繁体，而是要让学生对于繁体字也会认和写。汉字是中华民族的重要根基之一，我们的思想与言说都与汉字有关，决不可不重视。

在小学结束后，我们的孩子们，已经起码会背诵《论语》《孟子》，会背诵《唐诗三百篇》，会背诵《古文观止》等经典的部分篇章。在学生们站在这些中国精神文化的起点线之后，他们完全能够接受后面所做出的更进一步的更富有挑战性的安排。我想这样的安排不比现在的以生活、价值为单元的课本更富于中国语文经验吗？

三、是重分析的“科学主义”还是重整体的“领悟”?

长期以来，我们的语文教学受“科学主义”的影响，无论是教材，还是教师的讲授，都过多地强调分析作品，字、词、句、篇，样样都要分析。往往把一篇完整的作品给分析得七零八碎。只见树木，不见森林。分析完了还不够，还要概括，概括段落大意，概括主题思想。其结果是把具体的、感性的作品，变成一些没有多少意义的抽象的概念。这样的肢解性的分析和放到许多作品都适用的概括，对于学生来说会具有什么意义吗?

传统语文教学提倡的不是科学主义的分析，它提倡的是“领悟”。领悟与科学的认识是两种完全不同的认知方式。科学的认知依靠的是从个别概括出一般，或者相反，从一般的推演去分析个别。这种科学的认知方式对于数理化无疑是十分重要的。因此，在中小学数学、物理、化学等一系列课程中，采用科学认知的方法学习，是理所当然的。这对于学生科学世界观的培养具有重要意义。但在语文课上，当我们面对一篇篇具体的优秀的文学作品的时候，所提倡的方法就不应该是科学的认知，而是要采用整体的印象主义的领悟的方法。就是说，教师不要带领学生去抠作品的字、词、句，而是要指导学生去欣赏、玩味，让学生逐渐形成一种整体的美学领悟能力。要知道，同一物理性事物，在人的理解中，或者实现为审美物理课题，或者实现为审美客体。例如，春天的“桃花”，在我们的理解中，可以是一种会开花的植物，也可以把它理解为某种气氛、情调。例如，《诗经》中《桃夭》:“桃之夭夭，灼灼其华。之子于归，宜其室家。”这意思是，桃花开放了，多么艳丽；一位好姑娘终于出嫁了，找到自己的好人家。在这里，描写桃花的“灼灼其华”，并不是让大家知道桃花是植物，会开花。它在这里是作为诗的“起兴”而出现的，它不是物理性的事物，只是一种气氛、一种情调、一种色泽。你看，在姑娘出嫁的时候，红艳艳的盛开的桃花，与那婚礼的场面、周围人们的心情，相互呼应，让人想到喜庆、美好、幸福……但这一切都是通过整体的领悟，最终才实现为审美客体，仅仅通过字、句的分析是不会获得的。“领悟”，在中国古代的文学理论中大体上就是“顿悟”“妙悟”“感应”“物感”等，这是中国传统诗意地理解生活和艺术的方式，与现在普遍流行的科学的分析综合是很不同的。

也许正是基于上面我所说的“领悟”的理解，中国古代语文教育最重要的一个方式就是背诵。注重在背诵中感悟把握文章，培养语感，学会“知音”式的鉴赏。也许学生不能立刻完全理解背诵的篇章，但这没有关系，学生是会长大的，学生也会变成劳动者，在这个成长、变化的过程中，随着生活阅历的丰富，领悟能力的不断提高。他们对于储备在自己头脑中的诗篇和文章，会逐渐地用他的生命来领悟，开始可能是较低的三级领悟，然后是二级领悟，最终是最高的具有创造性的领悟。

我上面所讲，大体的意思就是，我们中国自身有丰富的有效的语文教学经验，我们完全可以在分析的基础上加以继承、借鉴。语文教学改革一定要重视中国经验，外国的方法可以供我们学习和参考，但民族语文与西文有很大不同，我们的民族语文特点要充分受到尊重，对于外国的一套不宜照搬照抄。语文教学改革仍然是任重而道远。

（《中学语文教学》2008年第2期）

语文教学与审美教育

一、从美育的高度看待语文教学

应该从怎样的高度看待中学的语文教学呢?可以有两个高度。第一个高度,认为语文教学的基本任务是通过教育活动,使学生能读会写,培养学生的语文能力。长期以来,所有的中学语文考试都是从读与写方面出题,而中学的语文教学也总是随着考试的指挥棒转,从课文的字、词、句、篇章结构、主题思想、段落大意、写作特点等方面来展开教学活动,而且这一切都有严格的规范,不能越雷池一步。这都是从培养学生的语文能力这一高度看待语文教学的必然结果。从这一高度来看待中学语文教学诚然是必要的,不可或缺的,但我以为还不够。中学的语文教学不仅要培养学生的语文能力,而且还要为培养德、智、体、美、劳全面发展的人,肉体与精神、感性和理性和谐发展的人，尽一份力量。这是第二个高度。

语文教学可以而且应该同马克思提出的共产主义的理想联系起来。马克思提出的共产主义理想，从根本上说，就是关于人的理想。马克思、恩格斯生活在资本主义原始积累时期，他们深刻地看到，资本主义条件下，工人的劳动已变成了“异化劳动”。“劳动者生产的财富越多，他的产品的力量和数量越大，他就越贫穷。劳动者创造的商品越多，他就越是变成廉价的商品。随着实物世界的涨价。人类世界也正比例地落价。”①这种异化劳动所生产出来的产品，对劳动者来说，不但不感到亲切、亲近，相反，被视为“异己的东西”。因为他们劳动的产物都被资本家掠夺去了，结果“劳动者在自己的劳动中并不肯定自己，而是否定自己，并不感到幸福，而是感到不幸，并不自由地发挥自己的肉体力量和精神力量，而是使自己的肉体受到损伤、精神遭到摧残”。更进一步说，劳动者“只是在执行自己的动物机能时，亦即在饮食男女时，至多还在居家打扮等等时，才觉得自己是自由地活动的；而在执行自己的人类机能时，却觉得自己不过是动物。动物的东西成为人的东西，而人的东西成为动物的东西”。② 这样，人变成非人，人也就“自我异化”。劳动者“自我异化”了，那么资产者是否就不异化呢？不，资产者的人性也片面化，即他们富了还想更富，他们欲壑难填，他们的精神完全被享有感、拥有感、占有感所控制。打个比方说，劳动者在异化劳动中变成了任人宰割的羊，而资本家则变成了贪得无厌的狼，人——包括劳动者和资本家——都变成了非人，都变成了动物。这是多么可悲的事啊！马克思、恩格斯正是从人的这种悲剧命运出发，提出了消灭私有制，提出了共产主义的理想，因为正是私有制使人异化，而共产主义则要在消灭私有制的条件下，使人重新成为人，成为“全面的人”“丰富

① 马克思：《1844年经济学—哲学手稿》，人民出版社1979年版，第44页。

② 马克思：《1844年经济学—哲学手稿》，人民出版社1979年版，第47～48页。

的人”。如果我们认真查找的话，马克思的第一个共产主义定义是这样下的：“共产主义是私有财产即人的自我异化的积极的扬弃，因而也是通过人并且为了人而对人的本质的真正占有；因此，它是人向作为社会的人即合乎人的本性的人的自身的复归，这种复归是彻底的、自觉的、保存了以往发展的全部丰富成果的。”[①]这也就是说，共产主义的理想从根本上是为了人，“为了人而对人的本质的真正占有”，为了“合乎人的本性的人的自身的复归”，换言之，克服人因异化而产生的人的残缺化、片面化、贫弱化，使人走向全面化、完整化、丰富化。当然，要使全人类达到这一崇高、美好的目标，从根本上说是要改造社会，变革社会，彻底地消灭私有制，削除人的异化产生的根源。但共产主义的实现还是遥远的事情，在美好社会到来之前，人类怎么办？难道就让人的异化、残缺化、片面化恶性地发展下去吗？当然不会。人类已采取了各种各样的社会实践来逐步克服和减轻这种人的异化的势头，其措施之一就是积极地推行审美教育（简称美育）。审美教育自古就有人提倡。例如，在中国古代，孔子曾提出“文、行、忠、信”四教，主张将礼、乐、诗、书、射、御这“六艺”列为学校教育科目，这相当于我们今天的德、智、体、美四育相结合的思想。其后，荀子提出“美善相乐”的思想，认为“礼乐之统，管乎人心”，有“美政”“美人”和“美俗”的功能。又如，在西方，古希腊的柏拉图也认为人耳濡目染于艺术，就会“浸润心灵”，融美于心灵，使心灵美好起来。亚里士多德则提出影响很大的“净化”说，认为文学艺术有“净化”人的心灵的功能。古罗马时期的贺拉斯也提出过“寓教于乐”的理论。上述这些都可视作审美教育的思想萌芽。真正把审美教育与人性的完善联系起来，并建立起一整套理论的是近代德国伟大的思想家、作家席勒。席勒生活在18世纪，他

① 马克思：《1844年经济学—哲学手稿》，人民出版社1979年版，第73页。

在人类工业文明刚刚露出曙光之际，就一针见血地指出工业文明可能带来的弊病。他说："现在，国家与教会，法律与习俗都分裂开来，享受与劳动脱节、手段与目的脱节、努力和报酬脱节。永远束缚在整体中一个孤零零的断片上，人也就把自己变成一个断片了。耳朵里所听到的永远是由他推动的机器轮盘的那种单调乏味的嘈杂声，人就无法发展他生存的和谐，他不是把人性印刻到他的自然（本性）中去，而是把自己仅仅变成他的职业和科学知识的一种标志。"[①]现代工业发展带来的某些弊病，证实了席勒的论点。现代工业的一大特征，就是分工过细，在工业流水线中，每一个工人都被束缚在一个工序上，成年累月重复着同一个动作，人成为了机器的一部分，人的全部的知、情、意的潜能都被抑制，人就这样走向单一化、残缺化、片面化（马克思早期的思想显然受到了席勒的影响，他对"劳动异化""人的异化"的分析与席勒的论点是一致的）。席勒针对人的单一化、残缺化提出了审美教育以全面发展人的感性与理性，他认为感性的人只有经过审美教育，变为审美的人，最终才能成为道德的人，即全面的人、丰富的人。席勒的呼喊在近现代中国也有人响应。最早起来响应的是王国维，他在《论教育之宗旨》一文中，把教育分为两大块，即"心育"和"体育"。"心育"包括德育、智育、美育，认为"完全之人物不可不备真善美之三德，欲达此理想，于教育之事起。教育之事亦分为三种，智育、德育（即意志）、美育（即情感）是也"。近代另一思想家、教育家蔡元培也十分重视美育，他在《以美育代宗教说》中主张用美育代替宣扬封建伦理的礼教和西方的基督教，使人能在知、情、意三个方面都能得到全面发展。概而言之，审美教育参与人的建设的过程，着重从感知、情感、想象等方面来开发人的潜能，使人的感性和理性、肉体与精神得到和谐的发展。

① 席勒：《美育书简》，中国文联出版公司1984年版，第51页。

新中国成立以来，我们是重视美育的，在中小学都普遍开设音乐、美术等课程。但若以为中小学的美育仅仅与音乐课、图画课有关，与语文课无关，那就错了。

实际上，美育，特别是深层次的美育，与语文教学的关系极为密切。中学语文教材中有许多文学名著，它们是真正的艺术品。它们具有极强的审美特性，它们是对学生进行美育的最好的教材。因此，通过语文教育对学生进行审美教育，培养学生的审美观点、审美趣味和审美能力，是语文教学固有的要求，而不是外加的任务。而且，通过语文教学进行审美教育和通过语文教学培养语文能力，并不矛盾，相反是互相促进的。因为成功的审美教育可以使学生的感知、情感、想象、理解等心理机能处于活跃的状态，这无疑可以使学生全身心投入到语文能力的掌握中去，促使语文能力的更快提高。

二、语文教学中的美育任务

目前，在我们的语文教学中，存在着对美育的排斥现象。前几年，我带了 12 个学生到一所中学去实习。有一位能力很强的学生讲一篇九年级课本上的短小的抒情美文，结果却讲砸了，她的学生们在听讲时一个个像小木偶似的，对她的讲解反应极为冷淡。事后我们一起分析失败的原因。我告诉她，这是一篇洋溢着细微情感的散文，或者说是一篇美文，审美性很强，而你却完全看不到它的特点，就像分析一篇社论那样，让学生抄你归纳出来的主题思想、段落大意、重点词语和干巴巴的几条写作特点，你完全没有把学生领进到散文所描写的情景中去，没有把学生领到那极为美丽的艺术世界中去，学生怎么能对你的课产生兴趣呢？我建议这个实习生重讲一遍，把这篇散文主要当作美育教材来讲。可以把散文分成由表到里三层：

第一层是语音层，此篇散文虽不是诗，却有鲜明的节奏和优美的语调，一定要朗读好，因为这篇散文的音调本身对学生就有吸引力和感染力；第二层是景、情层，可通过师生对话的方式，让学生了解到这篇散文写了什么景，又传达了什么情，情与景又怎样交融在一起，让学生领略到其中的诗意；第三层是哲学意味层，要通过教师的启发，使学生从散文所描绘的情景世界中，去品味散文中更细微、更深刻的意味。我的这个实习生按我设计的以美育为中心的教学方式，重新将此篇课文讲了一遍，结果获得了成功，学生的反应极为热烈。事后我们又做了进一步的总结，成功之处在两点：第一，我们把美文当美文来讲；第二，教学方式选择得当，使学生的感知、情感、想象、理解等一切心理机能始终处在活跃状态，因此学习积极性被充分调动起来了。在总结之后，我的实习生和我长久地讨论一个问题：为什么当她用抑扬顿挫和动人的语调开始朗读课文时，教室里就突然安静下来，而且学生们都能聚精会神地听她朗读，甚至有的学生因感动而眼噙着泪花？难道声音真有如此巨大的力量吗？我们得出了肯定的答案。

文学作品作为认识和审美交融的产物，是一种层次结构。中国古代文论对此早有论述，庄子就提出过言与意的关系问题。他说："世之所贵道者，书也。书不过语，语有贵也；语之所贵者，意也。意有所随；意之所随者，不可以言传也。"①庄子这段话的意思在于提出不尽意的命题，但从另一方面看，他实际上提出了作品中言与意的两个层次及其关系的可贵思想。到了魏晋以后，王弼在继承庄子"言意"说的基础上，又提出了"象"的概念。他说："夫象者，出意者也。言者，明象者也。尽意莫若象，尽象莫若言。言生于象，故可寻言以观象；象出于意，故可寻象以观意。"②尽管王弼不是谈文

① 《庄子·天道》。

② 《周易略例·明象》。

学作品，但他的思想对我们有所启发。这就是说，在作品的言和意之间还有一个“象”，这样就构成了作品的由表及里的言、象、意的三层结构。在西方，现代波兰现象学派的文艺理论家英加登把文学作品分成由表及里的五个层面。第一个层面是声音层面。于这一声音层面产生了第二个层面，即意义单元的组合层面，每一句法结构都有它的意义单元。在这种句法的结构上产生了第三个层面，即要表现的事物，也就是小说家的“世界”、人物、背景这样一个层面。第四个层面是所谓“观点”的层面，即文学作品中“世界”的层面是从一个特定的观点看出来的。第五个层面是“形而上性质层面，如其中所表现的崇高、悲剧性、喜剧性、神圣性，通过这一层面使作品可以引人深思”。英加登的作品层次论与中国古代的言、象、意论都把作品分成由表及里的层次结构，中西在作品结构的思路上有相似之处。我在这里之所以介绍作品的层面结构，与我们正谈论的语文中的审美教育的实施密切相关。因为作品的每一个层面都作为美而存在着，语文教师可以而且应该抓住作品每一个层面的美质，展开教学活动，使美质像细雨一般渗入孩子们的心田。就以作品的最表层的声音来说吧，其中的美的力量是能震撼人心的。我们古人为什么提倡吟诗，就是因为他们感觉到了声音作为一种美，对诗来说是极重要的，所以要把它吟诵出来，使声音能作用于我们的听觉，而产生感情的反应。汉语是一种具有高度美质的语言。古代诗歌那么严格规定诗词的韵律，从根本上说，就是要借助声音的艺术力量，使诗词变得更有魅力。我国语言学界的前辈、著名语言学家赵元任先生，在《谈谈汉语这个符号系统》中曾举过一个汉语诗韵辞十分微妙的例子。唐代诗人岑参有首《白雪歌送武判官归京》，头四句是：

北风卷地白草折，
胡天八月即飞雪。

忽如一夜春风来，
千树万树梨花开。

赵先生说：“这四句诗用官话来念，押韵的字‘折’(jer 35：)和‘雪’(sheue 214：)，‘来’(lai 35：)和‘开’(kai 55：)没有什么特别的地方。可是用属于吴语的我家乡方言常州话来念，由于古代的调类保持得比较分明，头两句收迫促的入声 tzəʔ(5：)和 süeʔ(5：)，后两句收流畅的平声 lai(21：)和 kai(21：)(原注：这种低平声只用于吟哦)，这种变化暗示着从冰天雪地到春暖花开两个世界。换句话说，这是韵律象征着内容。”①当然像这种以声音象征情景的变化的用法，在汉语中还较少见。汉语声音的优美与西语相比，还在于汉语除了有语调之外，还有富于表现力的字的阴阳上去的声调，用赵元任的话来说：“字调加在语调的起伏上面，很像海浪上的微波，结果形成的模式是两种音高运动的代数和。”②由此不难看出，仅就语音的角度看，汉语是一种具有丰富的美的资源的语种。我们在上语文课时，完全应该充分地利用汉语的这种美质，有声有色地朗读一篇课文，其声音的表现力就足以引起学生的注意力和感情反应。这也就不难理解，我带的那位实习生为什么在朗读了那篇优美的散文后，就紧紧地抓住了学生的心。除声音层外，文学作品的其他层面，如意义单元层、表现的事物层(即艺术形象层)、“观点”层、形而上性质层，都作为一种美而存在，都具有丰富的美质，这些层面都是语文教师充分施展美育的天地，问题在于我们会不会利用它。换言之，文学作品的每一个层面都有美，语文中的文学作品本身，为审美教育提供了最好的条件。利用语文课进行审美教育是完全可能的。

---

① 赵元任：《谈谈汉语这个符号系统》，《赵元任语言学论文集》，商务印书馆 2002 年版，第 877～878 页。

② 赵元任：《谈谈汉语这个符号系统》，《赵元任语言学论文集》，商务印书馆 2002 年版，第 879 页。

那么，语文教学所担负的美育的任务是什么呢？一谈到美育，大家立刻就会想到，要指导学生分辨美和丑，这种看法自然是不错的。但我以为帮助学生分辨美和丑，培养这方面的能力，还是美育中表层的任务，更重要的更深层的任务是要通过语文教育，培养学生的敏锐的感知力、丰富的情感力、独特的想象力和深刻的理解力。感知力、情感力、想象力和理解力是学生的最基本的素质。现在的情况是，我们的学生感知力很差，书可以背得很熟，但他们的眼力不够，听力不够，不能直接从生活中看到应该看到的事物，听到应该听到的声音。我们的学生感情不够丰富，对微妙的刺激不能做出恰到好处的感情反应，甚至该哭时哭不起来，该笑时笑不起来。我们的学生缺少想象力，常被实在的事物束缚住，不会幻想。我们的学生理解力也还较差，对问题只限于直线式的理解，拐一个弯就理解不了。应该认识到，并非搞社会科学的人才需要感知力、理解力等，并非搞人文学科的人才需要情感力、想象力等。一个人不论从事任何一种职业、任何一种专业，都需要作为一个富于创造力的人所必须有的感知力、情感力、想象力和理解力。就以诗和数学来说吧，似乎是相距甚远的两种专业，数学最重要的工作是要从无序中寻找秩序，诗则是要从平凡的生活中寻找美，表面看起来，诗与数学无关，其实不然。有的学者指出：数学与诗虽然处于两端，但它们还是一致的。原来数学所追求的不仅是秩序，还有美；而诗所寻求的不仅是美，还有秩序。真正的数学家不仅会解题，而且要解得美，解得漂亮。19 世纪俄国伟大的女学者科瓦列夫斯卡娅说过：“不能在心灵上作为一个诗人，就不能成为一个数学家。”世界上许多伟大的科学家，都是一些对文学艺术入了迷的人。例如，爱因斯坦作为一位伟大的科学家，他对文学艺术的爱好是十分令人感动的。他自己就会拉小提琴，而且拉得极好。他在紧张地思考广义相对论和光量子假说的时候，每当遇到困难，他就拉起小提琴。那优美的、和谐的、充满想象力的小提琴曲，有助于他对科学难题的深思。除音乐外，他还十分热爱文学，莎士比亚、歌德、海涅、陀思妥耶夫斯基和萧伯纳的作品，都是他喜欢读的。他甚至说："陀思妥耶夫斯基给予我的东西比任何科学家给予我的都要多。"科学与艺术有相通之处，它们之间有互补性。科学家在某种意义上甚至比社会科学家、文学家、艺术家更需要感受力、想象力和理解力，当科学家为争取自己的成果得到人们的承认时，也需要投入巨大的情感。总之，感知力、情感力、想象力和理解力是人的基本素质，人的这四种力越高，人的素质也就越高，也就越具有创造力。因此，美育(包括通过语文教学所进行的美育)，不仅与塑造人的美好的心灵相联系，而且也与提高人的创造力相联系。从这个意义上，语文教师的工作是极为光荣的，他们雕塑人的灵魂，开发人的潜能，他们通过教学创造美好的明天。

三、美育不妨碍语文能力的培养

语文教学要进行审美教育，就不能不对多年形成的语文教学模式进行必要的改革。那种"释词——分段——概括段落大意——归纳中心思想——提示写作特点"的固定模式，对一般的议论文的教学也许是合适的，但对美文的教学可能就不合适。如前所述美文可以分为由表及里的几层，越是里层，其诗意就越浓厚，其意蕴就越深刻，这种诗意、意蕴统统是只可意会不可言传的。目前形成的这种教学模式，只能把美文的表面的文意解释出来，不可能把深层的意味、意蕴挖掘出来，因而也就无法调动学生的感知、情感、想象、理解等心理机能，美育的任务也就完成不了。我的想法是这样，如果教师面对的是美文，那么就要以审美教育为中心来组织教学。美文千差万别，我们教学的模式也就不可千篇一律。要根据每一篇美文的特点，采用灵活的方式，切入到美文的深层里去，不但要让学生知道“文意”这一层，还要让学生知道“好处”(即言外之意、韵外之致、味外之旨等)这一层，使学生的一切心理机能都充分地、自由地活跃起来，使学生真正进入“寂然凝虑，思接千载；悄焉动容，视通万里；吟咏之间，吐纳珠玉之声；眉睫之前，卷舒风云之色”①的境界。

那么这样做会不会妨碍学生语文能力的提高呢？我认为是不会的。

首先，当一个教师真的能做到把美文当美文来讲，重视审美教育，那么这种课必定是生动的、活泼的、形象的、充满感情的，这就使学生感到上语文课一点也不枯燥，相反他们会感到兴味盎然，这就能调动学生学习语文的最大的积极性和自觉性。

其次，也是更重要的一点，以美育为中心来组织语文教学，并不是不重视对课文的字、词、句、篇章结构的分析，而是把这种分析从表层的文章解释，推进到深层的意味、意蕴的审美理解。因为所谓通过语文教学进行审美教学，不是要教师脱离开课文的文本，去空讲什么是美，什么是丑。完全不是这样做。在语文教学中理想的审美教育，仍然是要求教师紧密地结合课文，结合课文的字、词、句来展开教学，不是空讲大道理。对字、词、句的理解不但要解释文内意，而且还要解释文外意，即司空图所讲的“咸酸之外”的“味”。这里我们可以举个例子，鲁迅的小说《祝福》是中学语文的传统课文之一，按审美教育的要求，就必须把其中一些富于表现力的字、词做出富于深刻内涵的解释，如其中有这样一段描写：

> 他是我的本家，比我长一辈，应该称之曰“四叔”，是一个讲理学的老监生。他比先前并没有什么大改变，单是老了些，

---

① 刘勰：《文心雕龙·神思》。

但也还未留胡子，一见面是寒暄，寒暄之后说我“胖了”，说我“胖了”之后即大骂其新党。但我知道，这并非借题在骂我：因为他所骂的还是康有为。但是，谈话是总不投机的了，于是不多久，我便一个人剩在书房里。①

这段话的“剩”字可以说是“文眼”，很有讲头。作家汪曾祺在一篇文章中说：

假如要编一本鲁迅字典，这个‘剩’字将怎样注释呢？除了注明出处（把我前引的一段抄上去），标出绍兴话的读音之外，大概只有这样写：

剩是余下的意思。有一种说不出来的孤寂无聊之感，仿佛被这世界所遗弃，孑然地存在着了。而且连四叔何时离去的，也都未觉察，可见四叔既不以鲁迅为意，鲁迅也对四叔并不挽留，确实是不投机的了。四叔似乎已经走了一会了，鲁迅方发现只有自己一个人剩在那里。这不是鲁迅的世界，鲁迅只有走。

这样的注释，行么？推敲推敲，也许行。②

这是一个很典型的例子，一个“剩”字，汪曾祺不但解释了它的表层意思，而且进一步根据鲁迅小说全篇的立意，根据上下文的关系，把“剩”这个字在这里所包含的感觉、情感、意蕴等都全部透彻地做了诗意的解释，这样一种解释就是审美学的解释，它包含了我们普通意义的解释，又超越了这种解释。这样地去读作品去讲作品，不是更能培养和提高学生的读写能力吗？因为这样的教学，不但可

① 鲁迅：《祝福》，《鲁迅全集》第2卷，人民文学出版社2005年版，第5页。

② 汪曾祺：《关于小说的语言（札记）》，《汪曾祺集》，花城出版社2008年版，第472～473页。

以引导学生读懂作品，而且可以帮助学生读“透”作品；不但可以引导学生写得合乎规范，而且可以帮助学生写得含蓄、蕴藉。由此可见，在语文教学中加强审美教育，把美文当美文来教，不但不会妨碍学生语文能力(主要是读写能力)的提高，而且可以促进语文能力的提高。

通过以上分析，我们可以看到，在语文教学中加强审美教育应该成为语文教学改革的一个方向。

(《北京师范大学学报(社会科学版)》1993年第5期)

代后记

这篇后记本来应该是由童庆炳先生本人亲自撰写的，但实际情况是，老人家还没来得及进入这一环节，就于今年 6 月 14 日仙逝了。这样，便只好由我越俎代庖，勉为其难地写上几笔。

据我掌握的信息，也据童老师最后四届博士生回忆，《童庆炳文集》的整理与编纂经历了一个较为漫长的过程。2010 年 9 月，新一届博士生江飞和李立刚入学不久，童老师便找他们帮忙，嘱其编辑文集一事，以便为以后的正式出版做准备。江飞说："当时，童老师只给了我们一摞已复印保存的文章，数量少，也比较散乱，基本上是在网上容易找到的文章。为了编得更准确、更齐全，那时我们在课余时间搜遍了网络，跑遍了北师大图书馆，坐公交车到国家图书馆更是不计其数，查找、借阅、复印、整理、编纂，力求将童老师发表的所有文章一网打尽。"经过三个月的努力，他们二人初步完成了十二卷文集、总字数约四百万字的编辑工作，其中包括《童庆炳文集》十卷和《童庆炳研究（1979—2010）》上下两卷，同时他们还分别编纂了《童庆炳文集（1961—2010）》总目录、《童庆炳文集编年索引（1961—2010）》以及各分卷目录。值得一提的是，当初的十卷文集是按时间顺序编辑起来的，这应该是童老师对自己文集的最初构想。

之后，2011级博士生李圣传与段恺，2012级博士生姜洪真、席志武与彭薇，2013级博士生杨宁宁又根据童老师的另一种编排思路，在此前编辑的基础上调整结构，完善内容，查漏补缺。姜洪真回忆，2012年10月，童老师在北医三院因心脏病接受治疗期间，曾向她口述过一个文集编排的思路框架——四百多万字的文集准备出十二卷，每卷约四十万字，其中理论研究十卷，文学创作两卷。理论研究包括审美诗学（三卷）、心理诗学（两卷）、文体诗学（一卷）、比较诗学（三卷）和文化诗学（一卷），文学创作包括两部长篇小说（一卷）和散文随笔（一卷）。童老师出院后不久，他便安排姜洪真与席志武按新的编排原则加以落实，姜洪真负责审美诗学和心理诗学两大块，席志武负责文体诗学和比较诗学两部分。文化诗学因仅涉及初步完成的一部书稿，这部分便交由李圣传校对完善。2013年2月，他们编出了文集目录；2013年秋，重新编排的文集已大体竣工。

但实际上，这并不意味着这套文集就万事大吉了，因为在此后一年多的时间里，童老师还曾不断念叨起文集之事，而每念叨一次，我听出来的话外音都是不满和焦虑。例如，在文艺学研究中心举行的2013年年底总结会上，童老师显然有备而来，因为轮到他发言时，他说他要给大家讲一讲自己的最新思考，可概括为“两论”——“体制论”和“单元论”。所谓“单元论”，是说学人治学一般以十年为一个单元，只有在一个单元内集中做一件事，深挖洞，广积粮，勤思精研，穷其所有，才能把它做到极致。随后他马上以自己为例说：“但我研究《文心雕龙》，十年中并没有把它研究到极致，没有成为这个方面首屈一指的专家。”2014 年 5 月 17 日，文艺学研究中心召开学术委员会会议，会上童老师又讲起了科研速度与学术质量问题。他从梁启超的《中国近三百年学术史》讲起，先是谈钟敬文先生在“六五”规划中的遗憾——他想写本梁启超那样的书，却终未如愿。接着又拿自己说事：编了十卷本的文集，觉得好多东西是应景之作，有价值的东西不多。而编自选集时他也意识到，自己这辈子真正满意的文章，有些价值的文章，不过五六篇而已。

这番话让我很受震动，我也立刻联想到钟敬文先生的一个说法：“我从十二三岁起就乱写文章，今年快百岁了，写了一辈子，到现在你问我有几篇可以算作论文，我看也就是有三五篇，可能就三篇吧。”(《人民的学者钟敬文》，学苑出版社 2003 年版，第 122 页)两位老人晚年时如此评价自己，不约而同，在我看来绝非什么自谦之词，而是活到一种境界之后的大彻大悟之言，其中我以为隐含着两层意思：一是要想有所发现，有所出新，以真知灼见之文行世，是难乎其难的；二是贪多求快，或逞一时之勇，可能会写出学术时文，却又往往速生速灭，成为过眼烟云。我觉得起码在童老师那里，他已意识到这一问题的严重性，却又来不及补救了。因为那天他结束发言时说：“我自己觉悟得太晚了。”

因此我猜想，在编辑自己的文集时，童老师或许并非主要是欣慰和满足，而是有些失望，有些遗憾。为了弥补一些缺憾，也为了把他这套文集归置得妥帖些，修补得漂亮些，2014 年暑期他又亲自动手，调整、补充、完善、提高，直到把自己折腾出毛病。我还记得那是去年 8 月 28 日下午四点半左右，我把童老师的保姆小郭约至北师大西门外，与她在零星小雨中聊童老师近况，长达一小时(此前她曾给我打过电话，直言童老师身体不好，希望与我见面说十分钟)。她说，童老师最近被十卷文集折磨得够呛，脑子也不好使了，重复打印了多遍文稿，老出错。她还说，童老师依然惦记着要再写两三篇关于《文心雕龙》的文章，这样才能使《〈文心雕龙〉三十说》圆满。而这本书既被童老师看得很重，也正是他准备收到文集中的内容之一。她希望我们想想办法，帮帮他，劝劝他，让他停下手头的所有事情，好好休息一阵子。

事情紧急，我马上给程正民老师打电话，向他求主意。程老师立刻去看望童老师，发现他果然状态很差，便赶快跟我说，得给童老师减负。他建议我与姚爱斌加入进去，爱斌负责《文心雕龙》卷，我负责另一卷论文组成的集子，别让他再跟自己的文集较劲了。但我们还没来得及进入，童老师就在9月初给我电话，让我和爱斌各派自己的一位学生去他家，帮他再整理一下十卷本的文集，他说他自己老也弄不好。我随即与爱斌商量，他派出了杨宁宁，我则派出了徐晓军。

2014年秋冬之际，很可能是童老师平生状态最差的时期。那一阵子，他的脑子确实出了点问题——张嘴忘词，提笔忘字，思维迟钝，语速更慢。他也跑了几趟医院，让医生帮其诊断病因。但就在这种状态下，他每天还要读书写作，力争让他的《文心雕龙》研究有一个大团圆结局。他跟我说过，坐在电脑前，他经常是精神涣散，哈欠连连，犯困，打盹儿，有时甚至会睡过去，但醒来之后还得接着工作，效率很低。每每想到这幕情景，我就觉得心酸，也觉得有些悲壮。也许，那时的童老师已意识到什么，他在与死神赛跑，也在挑战生命的极限。套用以前的一个说法，他确实是战斗到了生命的最后一息。

至年底，他终于把十卷文稿理顺了，也差不多补齐了。但交到出版社后，他依然不放心，便又在今年春节期间修补一番，重新提交一遍电子版。大概只是到那时候，他才算是松了口气，也了却了自己平生最大的一桩心事。

我把童老师文集的成型过程简要描述如上，是想说明一个问题：

尽管昆德拉说过，现在已是一个写作癖正在流行，满大街都是作家的时代，但是对于一个学者来说，一辈子能够写出四五百万文字著作文章，又能把它们在生前出成文集的情况还不太多见。童老师看重这十卷本文集，那固然是他一辈子思考的结晶，但又何尝不是一个学者毕生追求的东西？曹丕说："盖文章，经国之大业，不朽之盛事。年寿有时而尽，荣乐止乎其身，二者必至之常期，未若文章之无穷。"(《典论·论文》)如今，把文章上升到"经国之大业"的高度或许已显得迂腐，但"不朽之盛事"却很可能还是许多舞文弄墨者绕不过去的一个情结。因为谁都知道，在生命终止之处，文字可以再度出发，那是生命的延续，也是薪尽火传的主要通道。我听说圈内一位正值盛年的学人身患绝症，当他得知自己不久于人世时，首先想到的便是出版自己的文集。我也刚刚参加了"庆祝聂石樵先生九十寿辰学术研讨会"，聂先生的夫人邓魁英老师在会上披露，当十二卷《聂石樵文集》的样书送来后，聂老一晚上不断摩挲，连说真好真好。这幅画面令人动容，也许它再明白不过地说明了一套文集在学者心目中的份量。

当然，我更清楚，童老师的文集也是他为自己准备的生日礼物。他跟我说过："等过八十岁生日时，这套文集也面世了，那么我要为来宾、为学生每人准备一套书，送给他们。但十卷本文集又太沉了，不好带走。所以我会让他们留下地址，然后让小郭，让学生帮忙，挨个儿给他们寄回去。"这番话是在今年 4 月的某一天说的，那时候他并未想到他会先走一步，永远失去"摩挲"这套文集的机会。每念及此，我就觉得造化弄人，心里特别不是滋味。

这套文集的顺序，每卷的书名和其中的内容都是童老师生前亲自敲定的，而整体框架也大体上遵循了他在 2012 年形成的编辑思路：始于审美诗学，终于文化诗学。与他那时的构想相比，文集只是少了两卷文学创作，那应该是出版社与他商量的结果。据我粗略了解，这十卷本文集或许还不够全面，但基本上已把童老师学术方面的著作文章搜罗殆尽了。如何全面评说这皇皇巨著，显然是一个大工程，并非三言两语能说清楚，也并非笔者学力所能胜任。不过，据我先前阅读的点滴体会，我似乎可以重复一下我曾经形成过的一个看法：“在我的心目中，童老师是一个真正懂得文学、并能吃透文学诸多奥秘的人，于是文学在他那里便能敞开、显豁、透亮。唯其如此，他才能够把来自自己阅读、创作、生活感悟的经验上升为理论，又在古今中外的文学理论中去印证自己的经验，最终提炼出某种文学规律。”(《好雨知时节，当春乃发生——童庆炳先生对于中国当代作家的意义》，《南方文坛》2014 年第 1 期)基于我的这一理解，我觉得在这十卷著作中，无论童老师是说中道西，还是谈古论今，都可以看作一个深谙文学之理、审美之道的温厚长者在与您围炉夜话，侃侃而谈。在他的娓娓道来中，在他掰开来揉碎式的讲解中，理论不再显得僵硬了，不再让人头疼发怵避之唯恐不及了，而是有了血肉，有了灵魂，有了温度，有了丰采。如果去掉那些大而无当的溢美之词让我说句实在话，我更愿意与读者朋友分享我的这一感受。

感谢北京师范大学以及出版社的领导，正是因为他们的重视和推动，才使这套文集有了面世的机会。出版社学术著作与大众读物分社主编谭徐锋先生告诉我，因为学校和出版社要为资深教授出文集，他曾奉命与童老师商谈此事。那是 2013 年 10 月 22 日上午，童老师把他约到家中，谈正事也谈天说地，总之是相谈甚欢。谭主编说：童老师当时讲启功，说汪曾祺，还把他自己写就的未刊发过的小说打印稿拿出来，与他一起赏析。“老爷子的平易近人，让我倍感意外，或许是由于我对民国以来的学林掌故略知一二，所以还能对上一些话题。当时说了很久，结束后他还专门把我送出来，很是热情。”2014 年，谭主编又就文集之事与童老师交流过四五次，而最后一次见面则是 2015 年 4 月。可以说，在具体运作这套文集的过程中，谭徐锋先生各方面都考虑得细致周到，为童老师提供了一次愉快的合作机会。

感谢北京师范大学出版社的诸位责任编辑，他(她)们为这套书的编辑付出了大量劳动。据策划编辑曾忆梦讲，这套文集每一卷都有一位责编，而她则负责整套书的组织协调工作。当文集经过二校依然存在着编辑无法解决的一些专业问题时，曾忆梦和童老师的儿子童小溪先生与我商量，希望文艺学专业的老师和学生加入进来，群策群力，完善文稿。于是在中秋节那天上午，曾忆梦、童小溪、《文学评论》编审吴子林、文艺学研究中心的四位老师(陈太胜、陈雪虎、姚爱斌和我)及文艺学专业的几位硕士生，一起在北师大出版社的二层会议室开会，商谈如何处理每一卷发现的问题，并进一步分工，由老师带着学生通读二校稿，订正错误，再由每位老师分别写出所经手的那两卷的“本卷说明”。具体分工是这样的：吴子林老师与周娆同学负责第一卷《文学审美特征论集》和第八卷《中国古代诗学与美学》，陈太胜老师与王子健同学负责第二卷《文学活动的美学阐释》和第三卷《精神之鼎与诗意家园》，姚爱斌老师与胡一飞、王文文同学负责第四卷《文体与文体的创造》和第七卷《〈文心雕龙〉三十说》，赵勇老师与段萌婕、熊超同学负责第五卷《维纳斯的腰带——创作美学》和第六卷《文学创作问题六章》，陈雪虎老师与郑浩洁同学负责第九卷《现代视野中的中华古代文论系统》和第十卷《文化诗学的理论与实践》。他们在很短的时间内圆满地完成了最后的任务。

还要感谢关心童老师文集出版一事的亲朋好友和学界同仁，感谢参与《童庆炳文集》相关事务的所有老师和同学，特别要感谢童老师的最后几届弟子。他们的名字及其工作我在前面已一一提及，兹不赘述。

走笔至此，我也想在这里指出困扰童老师也困扰帮他整理书稿者的一个问题，那就是重复。童老师曾经跟我讲过，编辑文集时他才发现，书稿中有许多东西是重复的。所谓重复，既指一篇文章与某本书中部分内容的重复(即文章内容进入了某本书的某一个章节中)，也指不同著作和不同文章之间一些论述上的重复。而据杨宁宁讲，当文集的编排告一段落时，实际上后来几位弟子的主要任务便是查重——发现重复之处告诉童老师，让他亲自处理或他们试着帮他处理。尽管重复问题在童老师生前已有所解决，但责编们后来依然发现不少。于是我们商量决定，凡文集中单篇文章与某本著作的部分内容整体重复，一律删除单篇文章；而如果是著作与著作之间、著作与文章之间的部分论述存在着重复，则不再改动，意在保持文气的贯通和著作文章的完整性。

重复问题让编辑们头疼，也引发了我的思考。我是这样理解重复问题的：一、学者著书立说之时，往往便有阶段性成果以论文的形式先期面世，而成书时把这些论文改造成书中章节，这应该是学界通行做法。此种情况没必要深究。二、当不同的著作文章论述到完全相同或大致相同的问题时，其语境交待、举例引证等或许就会有重复之处。这固然算不上尽善尽美，却也是可以理解的。当然，最稳妥的做法是另起炉灶，让它们以不同的文字行世。三、重复现象增多，在我看来又是数码写作时代的一个特点。当年笔耕墨种的时候，我们是不大可能把自己以前写的文字掐胳膊去腿，“拖”进新写的文章中的，但自从有了电脑之后，复制、粘贴等既让写作方便了许多，却也往往会让人生出不少惰性。童老师得风气之先，是国内最早使用电脑写作的学者之一，这样，他在享受着电脑写作便利的同时，也就不可避免地感染上了这种写作的某些“病毒”。我想，在这一问题上，我们没有必要为童老师避讳。他的问题其实也是我们大家或多或少面临的问题。而指出这一点，既是对童老师的尊重(其实，他生前对此问题已有非常清醒的认识)，也是对《童庆炳文集》诸读者的一个交待，还是对后来者的一个提醒：如果您此前不大注意，那么等您晚年编文集时，困扰童老师的那些问题很可能也会让您苦恼不已。

需要说明的是，童老师并未来得及专门为这套文集写序。但事实上，早在1993年他就意识到一个问题：书须有序。当其时也，台湾一家出版公司约他出书，书稿交上后责编又催其写序，说书有序言才符合出版规范，才能使一本书圆满。于是童老师引台湾作家柏杨的话——“一本书没有序，好像一个人没鼻子。夫‘序’者纲要也，读者老爷看了序，对全书的来龙去脉，就有一个概括的了解。”——以此佐证序言的重要性(参见《苦日子　甜日子——童庆炳美学随笔·自序》，上海人民出版社1999年版)。基于此，我们觉得找他一篇文章使其成为该文集“纲要”，是顺理成章的。而童老师在编完《从审美诗学到文化诗学：童庆炳自选集》(首都师范大学出版社2014年版)一书后，随即写出了《我的新时期文学理论研究之旅》。此文是他对自己这辈子研究之路与学术之旅的回顾与总结，把它拿来用作这里的“序言”，应该说也恰如其分。这样，这套文集就有了“序言”或“前言”。

阅读这篇长文，我很是感慨。我也特别注意到童老师在此文的结尾部分写下了这样一番话：

新时期过去了三十余年，转瞬之间，我已从中年迈入晚年。我从审美诗学起步，经过了心理诗学、文体诗学和比较诗学的跋涉，最后一站来到文化诗学。这就是我的新时期的文学理论之旅。回顾所走过的路，总觉得所做的太少，留下的遗憾太多，论文和著作的质量不能令人满意。我清楚知道，我离我的学术研究目标还有很大的距离，未能像某些大家那样达到那种令人神往的境界。但生命的火焰即将黯淡，我可能再做不了什么来补救了。遗憾将陪伴上天留给我的日子。我只能告诫我的学生：努力吧，勤奋地、不倦地在文学理论这块园地里耕耘。要读万卷书，行万里路，永远和现实生活保持密切的、生动的联系，把书本知识、创作实践和生命体验贯通起来，也许你们能在这块园地获得丰收。我从来不嫉妒学生。我希望你们成家立派。当你们像我这样年老的时候，回首往事，觉得自己的生命没有虚度，你们已经成功，达到了你们的老师没有达到的境界。那对我来说，就是最好的安慰了。

这段表白责己也深，期待也甚，行间蕴情意，字里含悲音，读来令人感喟，启人三思。把它作为总结自己、鞭策后进的学术遗言，是一点都不为过的。但言之凿凿，情之切切，声犹在耳，斯人邈矣。

于是我想说，尽管童老师晚年觉悟，对自己做出了不无苛刻的评价，但他依然是他们这代学人中的佼佼者。他甚至已把他们这代人的学问做到了极致，做到了境界。我辈只有脚踏实地，勤奋耕耘，有待于内，无期乎外，或许才不至于辜负他老人家的殷切期望。

诗云：落红不是无情物，化作春泥更护花。

让我们一起努力！

北京师范大学文艺学研究中心　赵勇

2015年10月23日写于北京，25日改于荥阳

图书在版编目(CIP)数据

文学创作问题六章 / 童庆炳著．—北京 ：北京师范大学出版社，2016.1

（童庆炳文集）

ISBN 978-7-303-19158-1

Ⅰ．①文…　Ⅱ．①童…　Ⅲ．①文学创作—文集　Ⅳ．①I04-53

中国版本图书馆 CIP 数据核字(2015)第 139961 号

营 销 中 心 电 话　010-58805072　58807651
北师大出版社学术著作与大众读物分社　http://xueda.bnup.com

TONGQINGBING WENJI

出版发行：北京师范大学出版社 www.bnup.com
北京市海淀区新街口外大街 19 号
邮政编码：100875

印　　刷：鸿博昊天科技有限公司
经　　销：全国新华书店
开　　本：787 mm×1092 mm　1/16
印　　张：33.25
字　　数：500 千字
版　　次：2016 年 1 月第 1 版
印　　次：2016 年 1 月第 1 次印刷
定　　价：128.00 元

策划编辑：曾忆梦　　责任编辑：曾忆梦　蒋智慧
美术编辑：王齐云　　装帧设计：王齐云
责任校对：陈　民　　责任印制：马　洁